芬尼根守靈
墜生夢始記 上卷

FINNEGANS WAKE

JAMES JOYCE 著

Sun-chieh Liang
梁孫傑 譯注

國家圖書館出版品預行編目資料

芬尼根守靈：墜生夢始記【上卷】／詹姆士・喬伊斯（James Joyce）原著，梁孫傑譯注. -- 一版. -- 臺北市：書林出版有限公司, 2024.12
　面；公分一（西洋文學；36）

　ISBN 978-626-7193-83-9（上卷：平裝）

873.57　　　　　　　　　　　　　113012300

西洋文學 36
芬尼根守靈：墜生夢始記【上卷】
Finnegans Wake

著　　　　者	詹姆士・喬伊斯（James Joyce）
譯　　　　注	梁孫傑
執 行 編 輯	張麗芳
校　　　　對	王建文
出　版　者	書林出版有限公司
	100 台北市羅斯福路四段 60 號 3 樓
	Tel (02) 2368-4938・2365-8617　Fax (02) 2368-8929・2363-6630
台北書林書店	106 台北市新生南路三段 88 號 2 樓之 5　Tel (02) 2365-8617
學 校 業 務 部	Tel (02) 2368-7226・(04) 2376-3799・(07) 229-0300
經 銷 業 務 部	Tel (02) 2368-4938
發　行　人	蘇正隆
郵　　　　撥	157438731・書林出版有限公司
網　　　　址	http://www.bookman.com.tw
經 銷 代 理	紅螞蟻圖書有限公司
	台北市內湖區舊宗路二段 121 巷 19 號
	Tel (02) 2795-3656（代表號）　Fax (02) 2795-4100
登　記　證	局版臺業字第一八三一號
出 版 日 期	2024 年 12 月一版初刷
定　　　價	720 元
I　S　B　N	978-626-7193-83-9

全套（上／中／下卷）1939 元〔ISBN 978-626-7193-86-0〕

本書由國家科學及技術委員會人文社會科學研究中心補助出版。

欲利用本書全部或部分內容者，須徵得書林出版有限公司同意或書面授權。請洽書林出版部，Tel (02) 2368-4938。

獻予我 ê 媽媽佮爸爸

楊麗卿女士　　　梁子彬先生
(1935 — 2021)　　(1933 — 2023)

目次

上卷

【推薦序】（依姓名筆劃排序）

［序一］再造《芬尼根守靈》的浩瀚宇（語）宙 / 林玉珍 i

［序二］《守靈》轉醒，再現東方 / 帖睿柯 iii

［序三］翻譯的創造性愉悅 / 莊坤良 vii

［序四］「守靈語」之終極解密：讀梁譯全本《芬尼根守靈》/ 曾麗玲 xv

【自序】魔・鬼・神・人 xvii

【深度導讀】漢譯《芬尼根守靈：墜生夢始記》.................... A01

《芬尼根守靈》情節大綱 B01

《芬尼根守靈》語言縮寫對照表 C01

《芬尼根守靈》各國全譯本出版簡表 D01

第一部 1

  第一章 3

  第二章 63

  第三章 95

  第四章 147

  第五章 199

  第六章 235

  第七章 313

  第八章 355

中卷

《芬尼根守靈》情節大綱……………………………………………A01
《芬尼根守靈》語言縮寫對照表……………………………………B01

第二部……………………………………………………………393

第一章…………………………………………………………395
第二章…………………………………………………………477
第三章…………………………………………………………597
第四章…………………………………………………………769

下卷

《芬尼根守靈》情節大綱……………………………………………A01
《芬尼根守靈》語言縮寫對照表……………………………………B01

第三部……………………………………………………………801

第一章…………………………………………………………803
第二章…………………………………………………………853
第三章…………………………………………………………935
第四章…………………………………………………………1083

第四部……………………………………………………………1141

第一章…………………………………………………………1143

索引凡例…………………………………………………………1205

【序一】
再造《芬尼根守靈》的浩瀚宇（語）宙

　　繼2017年踏上《芬尼根守靈》繁體中譯的第一里路，出版原著第一部第一、二章的《芬尼根守靈：墜生夢始記》之後，梁孫傑教授不負眾望，走完迢迢路途，完成全書漢譯。這七年期間，他在翻譯實務和理論都有重大突破，可謂再造原著的浩瀚宇（語）宙。

　　儘管梁孫傑絕對是喬伊斯在《守靈》書中戲言的「理想讀者」，但他非但不是閉門造車、獨自享受或承受「理想的失眠」，而是廣結同好，和他國譯者交換翻譯《守靈》心得，從中瞭解各個語種轉譯原著的優勢與極限。在這同時他用功甚勤，蒐集各語種的翻譯與讀者反應，建構《守靈》翻譯史之餘，從中探索以漢文呈現該書的難題與因應策略，現有的戴從容簡體中譯（《芬尼根的守靈夜》第一卷，2012，上海人民出版社）應為他主要的參照。

　　本書導讀對兩個版本的差異並無著墨，不過就筆者所知，戴譯傾向原文直譯後佐以上標文字，期能呈現原著文字的多種層次，但是對原文的掌握偶爾不甚精準，上標文字和譯文也未做串連，使中文讀者難以享受原著的趣味。相形之下，梁譯文字精確、靈巧、妙趣橫生，有時甚至「生」出比原著多出幾倍的字數。這是因為他試圖呈現原著的多元語言、語意、人物、情節與掌故等，讓譯文在貼近原文的效果之餘，依舊可讀、好讀、令人拍案驚奇。

　　這種「無中生有」的「技術犯規」源自雄厚的《守靈》研究功力與豐富的想像力，破解原文隱晦的密碼，轉譯為直指密碼核心且故事性十足的漢文，對原著隱藏神秘數字1132那幾行（FW 19.20-19.22）的翻譯（《守靈》42.24-43.03），即為令人倒絕的妙譯。至於嚴肅的宗教主題，更嚴苛考驗譯者的功力。這部分梁教授做足功課，舉凡天主教、新教、猶太教、印度教、佛教等，全都遊刃有餘。

　　比較「師出有名」的是以方言呈現原著人物的文化背景，於是閩南話、臺灣原住民語言、山東話等，都出現在梁譯，落實國際喬伊斯學者解讀原著聲音文本（phono-text）的要訣「看不懂，唸就通」（"When in doubt, read aloud"），而且一旦讀者發現唸的是南腔北調，一定會忍俊不住。

朗誦也行不通時，梁孫傑把漢文翻譯《守靈》的劣勢翻轉為優勢。他指出歐語和英文的結構都建立在音節，歐洲語系的譯本因此佔先天優勢，原文看似無意義的音節甚至可一字不改。以形聲義為結構基礎的漢字雖沒這方便，漢譯幾乎不用的「形」，卻也是他逆轉勝的契機。如原著最後一句他以排版逐漸縮小、各佔一行的隸書、小篆和甲骨文呈現原文「詩中有畫，畫中有詩」的殘句，展現令人驚艷的創意。

　　喬學界咸認原著的最後一字銜接開章第一個字，意味全書的世界生生不息，永遠是進行中的作品。梁孫傑的首部全本《守靈》漢譯也是如此：它不僅賦予原著新生命，也將啟發讀者在欣賞喬伊斯的宇（語）宙之餘，看見漢文之美。

林玉珍
中山大學外文系退休教授

【序二】
《守靈》轉醒，再現東方[*]

　　漢譯《芬尼根守靈》[1]毫無疑問是壯舉中的壯舉，因為這表示要為喬伊斯這部巨作找尋一種新形式與一個新家。《守靈》這本從一開頭便令讀者搞不清東南西北的文本，如今已在東方安居，一如亞當（Adam）在小說中既成了「原子」（atoms, FW 455.17），亦成了「安居」（athome, FW 363.22, 434.03, 446.35）。喬伊斯這本萬變之書可說是《易經》的現代版真實體現。在這本書中，形式便是一切，而梁孫傑大膽地首次嘗試以小說中最重要的語言之一（《守靈》內有數百筆對漢語的指涉）來譯完全書，這件事本身就是一場語言盛宴。藉由眾多不按陳規新創的字體，這本漢譯深究了漢字的歷史，也窺探了其未來：正如喬伊斯為我們所有人構思的語言解放，那是個充滿可能性的未來。

　　一種形式，還是眾多形式？這確實是問題之所在。因為在《守靈》，新形式向來是重塑世界與文字的新方法。小說中有個相當玄妙的雙關語，它影射了另一位語言大師、同時也是創作家與詩人的威廉·莎士比亞（Shakespeare）；在喬伊斯的這本作品中，他變成了"Shapeshpere"（FW 295.4）。這個新存在是誰？他形塑的是寰宇（sphere），又或者是恐懼（fear）？還是兩者皆是？在喬伊斯的作品中，這類的形式質變，是為了達成同時性（simultaneity），這也正是本書極具東方特色的一面。容我舉幾個例子。

　　梵文是古代《吠陀經》與佛教文本所使用的語言之一，而在二十世紀的這本萬變之書，它從"sanskrit"變成了"sanscreed"（FW 215.26）。這個字或許指的是一位聖徒（san 在義大利語中為神聖之意），但就字面上來解讀是失去了教義（sans 在法語為「沒有」之意），就這樣成了幾乎相反的意思。這正是未來文學的「同時性」。又或者，如果用量子相關的術語來說，這就是文學「疊加」的例子。

---

[*] 本文由義大利文版《尤利西斯》譯者與《芬尼根守靈》（第三、第四卷）第一譯者帖睿柯（Enrico Terrinoni）以英文撰寫。承蒙文藻外語大學翻譯系謝志賢教授譯成中文，特此致謝。

[1] [譯者注] 以下簡稱《守靈》。

在《守靈》中，同時性的概念在某些重要段落中化為不朽。我們就以書中布魯斯（Burrus）與卡西歐斯（Caseous）這對兄弟[2]為例（喬伊斯在書中稱其他雙胞胎為「連體」雙胞胎 [Siamese twins]，但他的用字為 "soamheis" [FW 425.22]，也就是「不分他我」[as I am so he is] 這說法的壓縮版）。這對雙胞胎兄弟一直無法擺脫彼此，但喬伊斯用密碼般的文字寫道，他們「同時一起置於嘴巴裡，不是好像尚未開始，就是彷彿完全沒有，分分又合合」（have not seemaultaneously sysentangled themselves, FW 161.12-13）。這種寫法包含許多事物，或許太多了。首先是英語動詞 to seem（看似），它在某種程度上點出了同時性其實只是看似同時而已（愛因斯坦也會同意這論點）。然後是 sy-，它是希臘語表達「一起」的前綴詞；另外德語的「嘴巴」（Maul）也令人費思量地出現在這兒。最後是英語 disentangled（解開）一字的文字遊戲，彷彿是重申沒人能解開造物主，又或是藝術家所結合之物。

同時性讓不同意思得以同時存在，且完全不可能分開；也就是說，若將它們獨立分隔，意思便截然不同。而透過喬伊斯施作的核融合，這些意思正是藉由映照彼此，也就是藉由生成新文法、新句法、新詞彙的互動現象，它們具有了新觀念。同時性不單單是《芬尼根守靈》，也是許多重要藝術作品的特徵。正是它們能在同一時間述說許多事，並且得以用這種方式來達成的這種能力，才令這些事物持續糾結在一起。這又是另一個出自量子力學，且精準描述《守靈》的用語：糾纏（entanglement）。

然而，喬伊斯憑藉的這份既簡單又複雜的稟賦，也是所有偉大作品擁有的奧秘心靈，並以此再度發現，唯有透過嶄新的手法方能彰顯作品未來屬性的那股珍稀力量，到底從何而來？令人迷茫的東方再次降臨。

當然，對這類能夠毀損西方傳統中理性邏輯之崇高地位的思想，喬伊斯自年輕便一直為其著迷；這種理性邏輯傳統是根植於無矛盾律，而在無矛盾律中，因果序列經常是透過時間的線性順序來解讀。喬伊斯熱衷於布魯諾（Giordano Bruno the Nolan）的學說，還幾乎到處都用上了布魯諾依照庫薩的尼各老（Nicholas of Cusa）的理論所發展出的「對立偶合律」（the coincidence of opposites）。這套律理從某些角度上呼應了古老東方傳統。在此一傳統中，宇宙萬物，包括思想，都是由對立的兩極所建構，而彼此都是相互了解不可或缺的一部分。

---

[2] [譯者注] 在此寓言故事中，這對兄弟的真實身分是奶油與乳酪。

幾年前，我曾造訪臺灣，並與梁孫傑教授合授了一門研究所課程，探討《尤利西斯》、《守靈》與翻譯。研讀《守靈》時，我們探究了書中有關聖博德與德魯伊大祭司相遇的橋段（FW 611.4-613.14）。它是喬伊斯最早撰寫的幾篇《守靈》故事之一，如今卻位在幾乎是小說結尾的地方。為什麼會這樣？為什麼喬伊斯花費多年完整地重新審視這個故事後，又再回到這個故事？

他決定回到這個故事時，便一直深思一套詭異的理論，或者該說是某種奇特的可能性，也就是愛爾蘭宗教的根源並非西方，而是來自東方。很古怪，對吧？根據傳說，聖博德用三葉草向凱爾特異教徒解釋了三位一體的奧祕，並說服整個愛爾蘭改信天主教，但如今在小說中，這位愛爾蘭基督信仰之父卻幾乎被當成是某個東方神祕主義者。為什麼？

其實喬伊斯又燃起了舊時對東方哲學與宗教的熱情。他年輕時與神祕學圈相關人士來往的經歷中，便已接觸到這些東方事物。他還非常認真研讀了海因里希・齊默（Heinrich Zimmer）的著作《摩耶：印度神話》（*Maya der indische Mythos*），書中有許多針對佛教的精準論述。某位大學生曾向喬伊斯解說了一些表意文字的比喻觀念，而喬伊斯認為這些文字對他正在撰寫的故事深具啟發。

他認真鑽研與寫作的成果，根據我的計算，就是《守靈》書中有至少 229 筆中文字或概念、119 筆與日語以及日本傳統相關的指涉，還有 117 筆與梵文以及最初以梵文所撰寫文本相關的資訊。書中還有至少兩處談到老子的重要指涉。這位偉大的中國思想家與道家的創始人認為，宇宙存在於建構它的萬物以及每個人之中。或許有人會說，這不正是布魯諾的主張？

這正是為什麼從許多方面而言，《守靈》的漢文版全譯本是另一種歸鄉！《守靈》其實不只是一本有關同時性的書，它也是一篇循環的文本；如果我們談到許多東方哲學的時間連續性、不間斷流動的概念，還有阻礙且否定線性再現的因果循環，這循環文本就是另一個東方遺澤。

按此而言，漢譯《芬尼根守靈》就不單單是對浮現於喬伊斯書中的東方哲學與宗教的致敬，無疑更是從令人「迷途知反」的東方觀點，以全新方法來觀看喬伊斯那無系統的思考體系。我相信它將幫助我們打造通往喬伊斯這本漆黑萬變之書的橋樑，並在其中找到新的詮釋模式。

帖睿柯（Enrico Terrinoni）
義大利佩魯賈外國人大學義大利語、文化與藝術系英國文學教授
謝志賢 譯
文藻外語大學翻譯系助理教授

【序三】
翻譯的創造性愉悅：
讀梁孫傑的《芬尼根守靈：墜生夢始記》

　　喬伊斯的曠世巨作《芬尼根守靈：墜生夢始記》是英文世界的一道高牆，絕大多數人只能仰望，無法攀爬。喬伊斯費時 17 年完成這部總共 628 頁的大作，他誇口說：他在書中藏了許多謎題，要讓文學教授忙上三百年來解謎。這樣一本奇書，自 1939 年出版以來就持續迷惑讀者，挑戰讀者的閱讀極限與欣賞能力。例如小說結束的最後一個字是 "the"，任何學過一點英文的人都知道，這句話還沒結束，其後應該還有個名詞。謎底在小說的開頭：

riverrun, past Eve and Adam's, from swerve of shore to bend of bay, brings us by a commodius vicus of recirculation back to Howth Castle and Environs.（FW 3:01-03）

川流，流經厄娃與亞當教堂，從海岸的迤邐到港灣的曲折，攜同我們沿著安康茂德危窠穢濁的錯落城鎮裡那些罪惡相生迴旋往復的寬敞街衢，[臺]回頭返家 杭 福 Howth 瑞 楚頭倒轉去酣歌福禍的霍斯城堡及其蓊蕕環繞的周遭領地。（梁 3:01-03）

顯然小說的結尾必須回到開始的 "riverrun"，頭尾相接，形成一個圓形結構，循環不已。這樣的巧思，也是英文書寫世界少見。
　　至於文字本身，那就更令人頭痛了。據統計，這本書總共出現了六十餘國的文字，包括中文、日文、梵文、拉丁文等等。此外，喬伊斯也喜歡拆解和組合不同的文字，鬆動字詞原來固定的意義，創造一字多義的游移空間，提高閱讀障礙／樂趣。書名 *Finnegans Wake*，原來是一首愛爾蘭民謠，說搬運工芬尼根從梯子上跌下來摔死，大家為他守靈時，不小心把威士忌灑在他頭上，他卻甦醒過來。喬伊斯的小說挪用這個故事，寫主角酒店老闆伊耳維克（Humphrey

Chimpden Earwicker）在夢境的所見所聞與所思所想，喬伊斯煞有其事認真地描述這個荒誕離奇夢幻的故事來表現人類死亡與復活的循環。梁教授的譯書名採用《芬尼根守靈：墜生夢始記》，兼顧原來的書名，並在副標題上點出小說內容。守靈是從現實生活進入陰間的過渡，介於人鬼之間的臨界地帶，基本上是一個隱晦不明、充滿想像的世界。既是夢境，故事當然可以天馬行空不按牌理出牌，當然可以超越世俗價值顛覆日常邏輯，當然也可以深入我們的潛意識，探索一種我們說不盡或欲辯已忘言的語言困境。喬伊斯在這本書中以其無邊的想像，玩弄「意旨」（signified）與「意符」（signifier）之間的「延異」（différance）遊戲，意義的追逐，因為延遲與差異的效應，永遠不盡不全。也就是，意旨無法抵達，意符只能在不斷接近意旨的過程中，漂浮游移。因為意義無法固定下來，所以喬伊斯的語言書寫，特別考驗讀者的理解力與耐性。

　　閱讀已難，遑論翻譯？這本書是所有譯者的噩夢，大家都望而卻步，只有少數人才有膽識敢挑戰這個不可能的任務，梁教授是臺灣第一人，也是華文世界譯完全書的第一人。我很難想像多少個夜深人靜的晚上，一個人折衝於喬伊斯的文字迷障中見不到出口，那是一種怎樣的孤獨與絕望。同有翻譯經驗，我想來就冒冷汗，不得不佩服。

　　翻譯涉及兩種文字系統的轉換，譯者在忠實與背叛之間掙扎，企圖從兩種思想價值體系的衝突中尋求可能的融合之道。原文的跨文化差異性越大，譯者必然面臨所謂「不可譯性」（untranslatability）的挑戰。但同時對譯者而言，跨文化的葬／障礙反而是翻譯創意開發的墊腳石。梁教授的《芬尼根守靈：墜生夢始記》正是一個這樣的文本，我們不能以傳統忠實與否的「意義對等」（semantic equivalence）來看待梁文的翻譯。他的翻譯涉及一種美學或藝術上的對等關係（aesthetic equivalence），也就是說他不只在形式、語用或功能上追求對等，他更希望在文化生產上創造一個芬尼根守靈的中文「原著」，建立臺灣譯文的主體性（subjectivity）。任何沒有讀過喬伊斯原文的讀者都可以把這個梁版當作中文的原作來閱讀，同樣可以在中文的語境下來欣賞這本奇書，並痛快地享受閱讀的折磨之樂。

　　梁教授費時 12 年的嘔心瀝血之作，絕對是華文世界的一道風景。以下我舉些例子來管窺這本翻譯／創作書中的精彩片段，以饗讀者。首先是譯文的文字策略，如前所言，喬伊斯挪用多國語言來敘述，不讓「正統」英文獨佔發言權，基本上，文字遊戲本來就是這本書的一個賣點。梁教授秉持喬伊斯挪用多語言的精

神,也嘗試在翻譯時把臺語、客語、原住民語導入他的譯文,形成一種具有臺灣特色的表達。例如:

Sonne feine, somme feehn avaunt!(FW 593.08-09)
美好的陽光,焚風把瞌睡蟲都趕跑了!咱家己,干焦咱家己。(梁 1143.10-11)

（[德] Föhn　　avaunt　　[愛] Sinn Féin [愛] Sinn Féin Amháin）

愛爾蘭母語蓋爾語（Gaelic）的 "Sinn Féin",就是英文的 "ourselves"。如果翻譯成國語的「我們自己」,作為口號,反不如臺語的「咱家己」,更貼近原文,更親切、更有力。

The old breeding bradsted culminwillth of natures to Foyn MacHooligan.（FW 593.12-13）
這老品種透過廣播對著鱸鰻之子芬恩・麥克庫爾大加放送大吹牛逼。（梁 1144.01-02）

（hooligan）

"Hooligan" 的意思是「流氓」,譯成臺語的「鱸鰻」更具滑溜、不走正道、彎曲而行的惡人形象。譯者加上臺語色彩,讓喬伊斯的文本,變得更加多元豐富。

And dabal take dabnal! And the dal dabal dab aldanabal!（FW186.09-10）
讓魔神仔把都柏林都抓走吧!打魔打鬼我揮拳頭你搧巴掌輕輕拍敷敷藥啊啊很痛耶!（梁 340.22-341.01）

這段原文朗讀時充滿了聲音的節奏,梁教授的中文翻譯,也同樣充滿節奏感。dabal（devil）是中文的「魔鬼」,帶著邪惡的鬼魅聯想。但翻成臺語的「魔神仔」,多了兩面性的曖昧,是魔也是神,同樣令人敬畏。梁文引入臺文,反而更傳神。

　　喬伊斯喜好音韻,曾經參加過歌唱比賽,他的文字充滿音樂性。但這對譯者而言,乃是難上加難的挑戰。梁教授頗具巧思,也能像喬伊斯把玩文字的音樂

性。例如：

Foamflakes flockfuyant（FW 502.35）
flake　　[法] fuyant　flock　flock
雪花飄飄麩散復聚浮伏如斯夫（梁 989.01）

　　這個詞語，以四個"f"開頭的字組成，製造一種饒舌的感覺。梁文翻譯用「麩」散「復」聚「浮伏」如斯「夫」，兼顧音與義，而且都是中文的「ㄈ」音開頭的字，呼應原文的音韻遊戲，妙極了。

　　梁教授對歌曲的翻譯更絕，喬伊斯把 "Mary Had a Little Lamb" 這首通俗的兒歌融入文本敘述中，基本上這也是一種「不可譯」的挑戰。但妙的是，梁教授不但破解喬伊斯的文字戲耍，他的譯文還可以按照英文的旋律唱出來。

Mirrylamb, she was shuffering all the diseasinesses of the unherd of（FW 223.01-02）
[歌] Mary Had a Little Lamb
瑪利有隻小羊羔，小羊羔，小羊羔，焦慮暈眩真糟糕，洗牌隨便搞，它
　　　　　　　　　　　　　　　　　　　　　　　　legion　　legion
們都去纏瑪利，纏瑪利，纏瑪利，好像軍旅和豬群，症狀夠怪異。（梁 402.18-19）

小說中，伊耳維克的酒館內有台收音機，供大家聽新聞、賽馬實況報導、天氣預報等，時不時也傳來愛爾蘭啤酒的廣告：

Genghis is ghoon for you（FW593.17-18）
Guinness　　　　　　　　　　　　Genghis Khan　　ghoont
健力士，健壯你一世；在你跟前的成吉思汗，不過是迷你駄馬流冷汗（梁 1144.09）

　　廣告詞的意思是 "Guinness is good for you." 「健力士」（Guinness）是愛爾蘭的黑麥啤酒。梁教授把這個廣告詞翻譯為「健力士，健壯你一世」，簡潔有力，也容易記，符合廣告詞的寫作原則。多義性是喬伊斯的語言特色之一，同一個句子卻有許多可能的詮釋。因此，一個文本隱含有多重的「互文性」（intertextuality），每個文本之間互相穿透或堆疊，而衍生出無盡的語義，這個意義「生成」

（becoming）的過程凸顯出意義的流動性，喬伊斯的寫作也深度反映這個語言現象。面對這個流動的現象，譯者往往顧此失彼，不能完全表達喬伊斯在文本中的意圖。因此如何將流動的文字「固定」下來成為可掌握的「線性」（sequential）表達，譯者必然陷入掛一漏萬的困境。梁教授為保存喬伊斯原著的精神，也在書本排版上動腦筋，例如在文字行間加上小字的附記，提供讀者文本字詞或章節的相關出處或語種類別，或在文本中穿插手寫字體，表達書中人物可能的潛在意識活動，這種作法把傳統的線性文本轉化為多重開放性的文本，譯者在文本之間之內加註必要的線索出處，以協助讀者去探索喬伊斯繁複精微的寫作世界。

這種多重文本的做法也擴大了譯者的創意空間。例如，在上述的廣告裡，喬伊斯把「健力士」（Guinness）和成吉思汗（Genghis Khan）結合，創造一個複合字 "Genghis"，然後大作文章。因為喝了「健力士」，變得身強力壯，連橫掃歐亞大陸的金戈鐵馬草原英雄成吉思汗，在我面前也只不過是隻迷你「駄馬」（ghoont），只能嚇得冷汗直流。若只有翻譯前半句，那有關成吉思汗的聯想就被犧牲了。梁教授的翻譯兼顧健力士和成吉思汗的指涉，另也延伸廣告創意精神，玩成吉思「汗」和流冷「汗」的同音字，讓廣告詞更容易記住。梁教授的創意，令人激賞。

梁教授的妙譯，非常多。再舉一個佛洛伊德的例子來說：

> Sell not to Freund.（579.20）
> 不要賣給庸醫朋友佛伊落德。（梁 1121.16-17）

Freund 這個字是佛洛伊德（Freud）、朋友（friend）和詐騙（fraud）的綜合體。梁的譯文強調「佛洛伊德」本該是神「佛」那一級的心理醫生，「伊」卻成了「落德」，敗壞道德，一名庸醫罷了。

另一則也很精彩，給人會心一笑：

> they met my dama, pick of their poke for me（FW 548.12-13）
> 他們遇到了我的黑桃皇后，賽過刁纏的母豬，著實讓他們驚為天人啊（梁 1071.16）

dama 是法文的 "dame de pique"，也就是撲克牌的黑桃皇后。"pick of their poke"

是指最好的選擇，這個說法讓我們聯想到 "to buy a pig in a poke" 這個諺語，指未經仔細的評估，就胡亂挑選。梁教授將該諺語衍譯成「賽過刁纏的母豬」，真是妙招。「刁纏」是三國時代美女「貂蟬」的諧音，中文裡原來就有「當兵二三年，母豬賽貂蟬」的詼諧說法。這句話在梁教授的操作下，東方與西方的諺語在此交會，生成一則精彩的妙譯。

翻譯時，除了「義」與「音」的考量外，梁教授另一個更具創意的做法，就是在「形」上去尋求形式與功能上的對等。例如

  flash becomes word（FW 267.16）
  血肉成了聖字（梁 494.16）

梁文巧妙把閃電的符號與肉字結合，flesh 是肌肉，喬伊斯暗渡陳倉，以 flash 代之，讓英文的 flash/flesh 成了帶著閃電符號的軀體。梁教授把兩字合一，製造一種以圖作文的視覺效應，真是神來一筆。

另一個例子也有趣：

  And his monomyth. Ah ho!（FW 581.24）
  他那根單一神話孤字鐫刻的獨石立柱！介！目！（梁 1125.09）

梁教授的譯文選用「單」、「孤」和「獨」字，貼切表達 mono 之義。句子所指涉的 monomyth, monomythos, monolith 等意象，也一一翻譯出來，讓讀者能夠有效聯想喬伊斯一字多義的表現方式。但這個句子後的 "Ah ho!" 如果翻譯成「啊」和「呵」之類的音義，便無法顯示單一神話／孤字鐫刻／獨石立柱在翻譯中的呈現。梁教授師法中國藝術家徐冰，以傳統書法寫西文字母，把英文 AH 重疊合成一個設計圖案，HO 也如法泡製，於是發明兩個立柱形圖騰，來表達讚嘆之意。梁教授的譯文，真是創意無限，奇招百出，令人拍案叫絕。

羅蘭巴特（Roland Barthes）的閱讀理論把文本分為兩種：一是「讀者文本」（readerly text），一是「作者文本」（writerly text）。前者是一種交代清楚容易閱讀的書寫，讀者只需被動跟隨文本發展，就可獲取訊息理解文本大義，基本上是一種「友善讀者」（reader friendly）的書寫。後者的書寫挑戰讀者的閱讀能力，

其敘述多半模稜兩可或語義多重或碎片化，它需要讀者主動參與文本的詮釋，以建構自己的知識體系，並產生創造性的閱讀經驗。喬伊斯的寫作基本上也是一種「作者文本」，強烈需要讀者的主動介入，他有時更樂在玩弄讀者於股掌／文字之間。喬伊斯的實驗性書寫，不在呈現故事的內容是甚麼（whatness），它更聚焦在用甚麼方式來演出故事（howness）。故事沒有甚麼太新奇處，但是說故事的方式與文字表現則充滿創意，處處驚奇。

梁教授的中文譯本，也是一種「作者文本」，讀者必須帶著開放的精神，主動介入文本的詮釋活動，才能發現譯者的巧思與譯文的精妙，才能享受這本翻譯所帶來的創造性愉悅。因此，閱讀本書的目的不在學會變成喬伊斯，而在發現自己，取悅自己。

莊坤良
逢甲大學外文系客座教授

【序四】
「守靈語」之終極解密：
讀梁譯全本《芬尼根守靈》

　　於 1939 年出版的《芬尼根守靈》是喬伊斯耗時 17 年寫成、也是生前最後一本巨著。《芬尼根守靈》雖仍以英語為其基本寫作語，但更見證統治喬伊斯祖國愛爾蘭八百年的英語霸權摧枯拉朽，因為在書裡，喬伊斯新造獨特的「守靈語」，海納來自世界各地六十餘種語言，趨近「全知與全能」（註：貝克特語）的語境，小說另外充斥無數的新造字、「複合字」（portmanteau）、多語雙關的字詞與無盡的文字遊戲。觸及的典故除古希臘、拉丁、吠陀文本外，亦遍及文學、歷史與宗教人物、天文、地理、醫學病例、數學、戰役、寓言、時尚名流、廣告、電影、食譜、運動、生物現象、性癖好等等。寫作雖以敘事散文為主，但也見註腳、邊注、塗鴉，以及用意不明的條列文字。基於以上種種小說語言與形式的革命，《芬尼根守靈》堪稱二十世紀最為艱澀、隱晦的小說。艾珂（Umberto Eco）曾有名言，說《芬尼根守靈》的語言「已經超越溝通的極限」；喬學論者或稱《芬尼根守靈》是「潛意識的世界語」、「幽黯之書」、「無法閱讀的書」。關於翻譯《芬尼根守靈》，艾珂指出其中的悖論：「《芬尼根守靈》無須翻譯，因為小說的多語性原本就是翻譯了。」

　　儘管翻譯《芬尼根守靈》公認是件不可能的任務，2017 年梁孫傑教授曾出版《芬尼根守靈》第一部之第一、二章節譯本，七年後漢語全譯本終於問世，堂堂列名全球第 21 部全譯本。梁教授全譯本的最大特色是盡量減少動輒打斷閱讀節奏的注釋，將「守靈語」裡多重繁衍的字義，搭配「行間注」，編排進一氣呵成的文句裡。梁教授全譯本裡除仿效原文，亦步亦趨發揮新造漢字的絕學之外，還運用多項文字或文體巧思，以傳達原作儘管晦澀但仍十分突顯的語言特色──有善用諧音重現原作之黑色幽默，如針對原文裡名字極度變形的四個歷史人物（Suffoclose! Shikespower! Seudodanto! Anonymouses!），整合其言外之意譯成「索夫剋勒死！啥屎屄呀屌力量！淨飯大王戴假牙！無名小卒憨梅瑟！」四個
（Sophocles　Shakespeare　Suddhodana　Moses）

朗朗上口的詞組；動用漢字獨具圖像化的特質，將 o'c'stle, n'wc'stle, tr'c'stle 三個佈滿縮寫符號、狀似咒語的文字譯為「古城堡，新城堡，三城堡」以示其中「古」、「新」、「城」、「堡」幾個字也歷經類似原文被縮減及自我崩壞的過程，讀者便可一目了然《芬尼根守靈》裡文字遊戲的真諦；動用視覺系的中文字體如小篆及甲骨文來翻譯小說最後三字（a long the）與開頭第一字（riverrun），以呈現小說死生輪迴的環形結構及主題；除採用在臺灣流通的漢語外，譯文的語種還加入臺語、客家語、原住民語、中國各省七大方言、日本漢字、韓國漢字、和越南𠸝喃等東方語言，以呼應喬伊斯撰寫《芬尼根守靈》成為語言百科全書的雄才大略。

在喬伊斯的《芬尼根守靈》出版 85 年後，梁教授隻手打造復刻喬伊斯技法的漢語譯筆，終能在新世紀的 24 年間成功破解這部天書，以饗漢語讀者綜覽天下奇書之願，謹以本推薦序誌此盛事。

曾麗玲
臺灣大學外文系教授
寫於 2024 年仲夏

【自序】
魔・鬼・神・人

　　第一次接觸到《芬尼根守靈》，是我在讀碩士班第一年結束的暑假。剛剛修完談德義神父（Rev. Pierre E. Demers）開設的《尤利西斯》專題，好不容易絞盡腦汁硬著頭皮胡亂拼湊出一篇看似論文的期末報告，寫的是啥早丟九霄雲外了，僅記得繳交後不久的某夜，炎炎夏日餘悸猶存，突然閃過一個可稱為不祥與邪惡的念頭，我內心充滿興奮和恐懼，渴望能進一步探個究竟，《尤利西斯》已然艱澀如斯，真想認真瞅瞅《芬尼根守靈》又是如何把人往死裡折騰。當晚輾轉反側，隔天早晨，一骨碌翻下床，蹬上腳踏車飛快奔往羅斯福路小巷弄內那家外文系研究生待得比在教室和圖書館內還要來得久的小書店，甫一入門就急忙從架上抽出一本，當場捧讀起來。應該沒超過3分鐘吧，一股倦意猛然席捲上來，我付了錢，踩著沉重的踏板，慢慢騎回租處。我對在課堂中偶而秀幾手讀過《芬尼根守靈》的談德義神父添加了更多的敬意和佩服。後來我選擇納博可夫（Vladimir Nabokov）的《羅莉塔》做為論文題目，在馬樂伯（Robert Magliola）教授的指導下，取得碩士學位，順利畢業。

　　服兵役的第二年，我開始準備申請美國的英文系博士班。在眾多學校中，紐約州立大學水牛城分校（SUNY Buffalo）的簡介，轟然擊中我的軟肋，「本校擁有全世界典藏最為豐富的喬伊斯檔案」。那股塵封已久的莫名興奮，以及如影隨形倏忽冒現的無名恐懼，又開始在心裡窸窣作響。博士班第一年，選修了薛克納（Mark Schechner）教授的《尤利西斯》專題。進度是每週上一章，一學期就上這本小說。同一部作品，第二次研讀，雖然碩博要求有差，但應該會輕鬆些許吧？結果證明根本不是那麼一回事！第二次上課，所有修課的博士班學生，來自美國、法國、義大利、西班牙、日本和臺灣，個個面有倦容，有人以為上課前一天開始閱讀，時間綽綽有餘，一章能有多長？有人以為已經唸過，溫習需要多久時間？大家都錯了，前一天晚上人人搞到三更半夜才闔上勉強將近看完的第一章，爬上床睡覺。

　　我同時還參加每週四在薛教授家裡定期舉辦的《芬尼根守靈》讀書會。成員

有英文系老師和來自不同國家的博士生、當地的神職人員、舞臺劇演員和喬伊斯迷。一夥人邊喝健力士（我參加的五年中，從沒換過廠牌），邊逐字逐句朗讀和討論，一個晚上下來，三、四個小時不等，順利的話，大約會有三分之二頁的進度；不順利的話，就有可能唸完一頁。蛤？什麼意思？不順利反而進度較快？是的，不順利就表示某字某句大家都不懂，無法討論只好跳過去，跳得越多，自然就越不順利，進度就會越快，呃，健力士也耗得越兇。第一次讀書會結束，我開車回到住處已近午夜，匆匆盥洗完，昏頭漲腦沾枕就睡。當晚，夢中，彷彿穿越愛麗絲的鏡面，經過那次 3 分鐘震撼教育事隔多年之後，再度體驗守靈語的魔魅法力。

魔（Demons）

　　一個字，分裂成三個字，分裂成七個字，分裂成密密麻麻的字，在繼續分裂的過程中，三三兩兩開始隨機結合成看似熟悉卻完全沒有意義的單詞和一長串蠕動如蛇爬的字句，四處漂浮、攀爬、纏繞、媾合，孳乳。生養眾多，聚散離合，隱隱然從四面八方合圍過來。來者何人？*我的名字叫做群*。來者何物？*我的名字叫做龍*。惡龍，別逃，**魑魅魍魎**，**魁魃魖魈**，人人得而屠之。還有。還有。那一大堆惡龍掠奪而來的金銀珠寶，全是我的。我的。我提筆直搗龍穴，迭亂翻正。我大開殺戒，一片腥風血雨，扯裂龍爪，拗斷龍角，撕破龍翼，砍下龍頭，我來了，我看到了，我征服了。狂笑聲中，碎裂一地的龍呼嘯而起，騰空飛升，落地壘砌而成一面面任意移轉的迷宮牆壁。自詡的屠龍英雄，就這樣被死死困在裡面，怒聲詛咒，高吼哀嚎，亂砸金銀和珠寶。經過很久很久的時間，一段不算挺好的時間，外頭的人們開始謠傳，深山密穴中，有一條發瘋的魔龍。

　　夢魘，魔障，從心而生。從第一次《守靈》讀書會之後，我自知資質愚魯，但堅信勤能補拙，便死心塌地啃讀《守靈》者碩一本本的研究著作；每次原文讀上一兩行，就得翻遍麥克丘（Roland McHugh）、坎伯（Joseph Campbell）、丁道爾（William York Tindall）等十多本以上的相關註解和詮釋，往往在狼吞虎嚥二手資料後再回頭對照原文，依舊一知半解，那還算是比較好的情況；令人挫折沮喪如中魔蠱者，就是二手資料之間水火不容矛盾齟齬的情況頻繁出現，參考的資料越是龐大，詮釋的衝突越發熾盛。似乎騎士揮舞越繁多的致命武器，瀰散越強大的屠龍殺氣，只會越把惡龍的魔法餵養得更加詭譎益發茁壯。那段期間，又恰似懷裡揣著希望的稚嫩幼苗，手裡擎著鐵鏽斑斑的鋤頭，在鋪滿不知有多厚實

的水泥地和瀝青地上，汗流滿面揮鋤開墾，鑿開的水泥硬塊和瀝青碎片，如大地生出的荊棘和蒺藜，撕扯早已皸裂的赤腳。何時才能掘獲一方沃土，在幼苗再次枯死之前？可是，可是，即使有此機緣成功播種，會不會冒出一批青面獠牙的龍戰士，揮舞刀叉朝我迎面殺將過來？

鬼（Ghosts）

我很清楚，魔由心生，甚麼惡龍，甚麼戰士，純粹是自己嚇自己，究其緣由，應該是對喬伊斯的認識還不夠清晰，研究還不夠透徹，我知道，我非得進入他的內心世界不可，他那個廣袤無垠的文字語宙裡。我得召喚喬伊斯的鬼魂，當面好好討教。不是要搞降靈，窗門自動打開，桌子騰空半時，布拉瓦茨基夫人（Madame Blavatsky）的那一套把戲，喬伊斯壓根兒不信。不是降靈，而是守靈以待覺醒。我必須深入每一個守靈語，甚至每一個守靈字母，它們都是喬伊斯在世存有的鬼魂精魄，自行拆／猜解，自行組／阻裝，讓類似英語的守靈語透過我這凡體肉身變成雷同漢語的目標語。和鬼魂打交道，不可能沒有風險。是天上的和風，或是地獄的罡風，是會把我誘到莉菲河（Liffey）的潮水裡去，或是領到下臨大海的霍斯（Howth）懸崖之巔，我一無所知。它召喚，我跟誰。

役鬼反被鬼纏身，常有的事，不足為奇。浮士德不就是個活生生的例子？平日穩坐書桌前，靈語纏繞，其實頗有悠遊太虛妙境的無限樂趣，頂多是失神打翻茶杯、水灑桌面之類的日常小麻煩；可是一旦開車上路，腦袋裡面盡是盤繞著 "sabcunsciously"（FW 394.31）和 subconsciously, abc, anxiously，也許還有 sab, sabotage 和 saboteur 等等，它們到底在《守靈》中有哪種關係，可以形成何種意義，那可就危險了。每每思之，實有後怕，那陣子開車，真是壓力山大到極點。幾次有驚無險的事件之後，下定決心，嚴格遵守開車不「思」靈，「思」靈不開車。話是這麼說，但談何容易啊。如此在內有心魔叢生，外有鬼魂纏繞，時而渾渾噩噩，時而神遊幻境，偶而嚐到些許自我感覺良好的甜頭，大多處於心甘情願成為他者人質的情境裡，終於度過博士班第一年。

神（Gods）

加入《守靈》讀書會第二年，我隱隱約約感覺自己不知從何時開始，總是暗自疑鬼疑神，彷彿參加的是《讀書》守靈會。每次都會從成員討論中蒐羅一大堆支離破碎的詞語，每一個都是閃亮璀璨的寶石，兜攏湊在一起卻頓成毫無生氣

的垃圾。再多的健力士，只是健壯日益猖狂的魔障力士和糾纏不清的醉鬼魂魄罷了。某次，在討論某小段《守靈》之前，依循往例由一位成員先行朗讀，剛好是一位愛爾蘭裔美國人，聽著他以濃厚的愛爾蘭英語抑揚頓挫地發出音樂般的韻律，正自陶醉之際，突然之間，所有西方歐美成員居然同時唱了起來：

The babbers ply the pen.	抓鰻的撒網罟。
The bibbers drang the den.	貪杯的奔酒窟。
The papplicom, the pubblicam,	要錢老爹，酒館老爹，
he's turning tin for ten.	把爛錫變金庫。
(FW 262.27-29)	（梁 483.14-16）

我像個牙牙學語的山頂洞人，彷彿第一次咋聞響徹天際的雷霆霹靂，心裡受到無比喜樂的震撼，超越語言、文化、族裔的層層障礙，瞎子得以看見，聾子得以聽見，好像倏忽之間，又穿越了愛麗絲的奇幻鏡面，這次來到的是喬伊斯的秘密花園，奇珍異獸，鳥語花香，直如人間仙境，瓊漿玉液，取之不盡，飲之不竭。那天晚上，做了一個夢。似乎有玫瑰，或許是酒杯，夢到甚麼，一早醒來，完全記不清爽，但心情愉悅，通體舒暢，那份感覺是騙不了人的。《守靈》增添了一份神的色彩，神聖奧秘的文字，隱晦深邃的語咒，是魔魅，是鬼迷，更是神入，足以入人以狂喜，我漸漸體會德希達稱呼《守靈》是一部超級電腦的微言大義。若以當代的詞彙來說，這位解構大師說不定會說，《守靈》就是盧貝松的露西。

人（Here Comes Everybody）

接下來數年間，我踽踽獨行於魔-鬼-神不約而同漫天佈下的濃厚迷霧之中，在莎士曼（Henry Sussman）教授指導下，以喬瑟的《坎特伯里故事集》和喬伊斯的《芬尼根守靈》為研究題材，完成博士論文，回國任教。幾年以後，稍微適應了教學的要求和學術的環境，那股守靈譯癮乙乙然老是游到我跟前，嘶聲如瀑，隨即擺定一種墜生夢始的姿態，將自己凝固在譯術的美學趣味中，彷彿問起了我的心事。某夜，我面對映照在黑魆魆電腦螢幕上的臉龐，開機，新增一份名為「Trans FW Late」的資料夾。

2002 年夏天，透過國科會的移地研究計畫，偕妻重返水牛城大學，為期兩週，主要是檢閱喬伊斯的檔案。返臺後不久的某夜，毫無來由，腦海遽爾閃過喬伊斯檔案室中，一頁躺在玻璃展示櫃內的《守靈》手稿，斗大潦草的字跡，深藍

豔紅的蠟筆劃痕彗星般橫貫頁面，我似乎看到一位幾近半百的獨眼醉翁，深夜裡萬頃千里的黑暗，混沌和痙攣的生命活力，有風有雨，更有興奮無比的恣意狂笑，吉姆，睡覺啦！在那一刻，魔鬼神三位一體的存有盡付大笑之中。看哪，這個人！貧窮帶來的羞辱，出版一再的挫敗，暗地惡意的中傷，眼疾引發的痛楚，種種生命現實的打擊，在那笑聲中，全都化成一顆顆晶瑩剔透恰似清晨露珠的。無魔無鬼也無神，已灰之木，不繫之舟，生平功業，都畫尤芬。他活過、笑過、愛過、來過，複雜的心智，單純的心靈，刻畫世人的一生。是啊，喬伊斯就是昨日今夕明朝的我們。

我不再是獵殺惡龍的騎士，我不再是鬼魅纏身的瘋子，我不再是盲目拜神的教徒。我只是個想和龍做好朋友的學子。我想要享受暗夜的笑聲，讓我也發出笑聲，無論是暗夜或白晝。讓大家都發出笑聲，在守靈之際。

如今回想，一路走來，很多時候，好不容易跨出前腳，後腳卻深陷泥淖，拔得太猛，還會摔個狗吃屎，很多時候，長途跋涉回首凝望卻發現誤入歧途，很多時候，披荊斬棘伐木為橋，卻發現破壞了自然地貌；自以為是愚公移山，自以為是精衛填海，其實都是戕害環境嚴重攪擾生態平衡的危險舉措，好吧，回頭，反思，看該從哪兒再重新開始。有時想想，還真像《飢餓遊戲》的情節，明明過關斬將浴血奮戰已然闖過最後一關，正在振臂高呼的當兒，突然不知打哪兒傳來一陣更為宏亮的聲音宣佈新的遊戲規則，*還有一里路*，不滿、嗔恚、暴怒、消沉、自憫、無奈，好吧，強撐兩根窮骨頭，養活一團春意思，勉力而為，再撐一里；好不容易到了目的地，正在振臂高呼的當兒，耳邊又響起那該死的聲音，*還有一里路*，類似俗爛的情節一再重播。面對、接受、處理、放下，依怙此神聖嚴說的加持，一再延宕的譯事成為好些年來生活的日常。

我要感謝國科會長期以來對於本人相關研究計畫的支持和鼓勵，也要感謝國科會人文及社會科學研究中心的慷慨贊助，讓這本譯注得以順利出版。我也想到那些幫助我成就這本漢譯《守靈》的所有人，他們也是這本書的譯者。他們教導我專業的知識、陌生的語言、《守靈》的樂趣和人生的經驗。我們不是一起搭建巴別塔，我們是共同編織一場夢。不辭辛勞長年在家舉辦《守靈》讀書會的薛克納教授，博學多聞精擅理論的莎士曼教授，視文學為經國之大業、不遺餘力引介愛爾蘭作家、令我常懷不捨無限思念的吳潛誠教授，為我細膩分析日語涵義的山本卓（Yamamoto Taku）教授，為我解決粵語疑難雜症的余君偉教授，為我詳細回答數學問題的葉乃實教授，深化我對臺語認知的李勤岸教授，為我剝絲抽繭釐

清諸多愛爾蘭繁複文化社會現象的愛爾蘭好友柯衣凡（Evan Colbert）老師，費心提供許多寶貴修改意見的黃山耘教授、辜炳達教授和謝志賢教授，指出我誤譯之處、主動校對全書並熱心提供極具建設性可能譯法的樓安杰（Andre Louw）博士。

感謝於我有知遇之恩的高天恩教授，他對梁實秋翻譯獎大半輩子的心血付出，貢獻非凡，啟發我對翻譯的深層認識。感謝梁欣榮教授與我分享編譯中華民國筆會英文季刊《台灣文譯》（2023 年更名為《譯之華》）的點點滴滴，讓我得以管窺中譯英的殿堂之奧。

我要感謝半夜寄給我《守靈》最新相關報導的李有成先生，他豁達大度的長者風範和對每一位後輩的諄諄期勉與照顧護持，讓我們得以見證大時代不朽盛事的歷史脈絡；我也要感謝單德興先生，除了他每每慷慨餽贈的譯著大作之外，若有見面場合，屢屢關心拙譯進度，溫言劬勉，鼓勵有加，令我受之有愧。感謝紀元文先生溫厚和煦的支持，當年在水牛城蒙他照顧甚深，後來青澀的〈淘氣皇后〉（"The Pranquean"）初稿，是他不厭其煩幫我修改的。感謝紀蔚然教授讓我可以一邊享受他親自料理的紀伯香煎厚切牛排，一邊耐心跟我討論《守靈》種種相關事宜。

感謝喬伊斯韓文譯者金鍾健（Kim Jong-gun）教授。金教授在當年相關資料極度匱乏的時代，以一己之力在 2002 年完成喬伊斯全部作品的韓文翻譯，用心之刻苦認真，毅力之堅忍剛強，令我既感且佩。2018 年冬天，承蒙金教授首肯，應允我訪問他關於《守靈》的韓譯經驗，我們相約在首爾見面。在訪談後閒話家常中，我才知道，當時高齡 84 歲的金老先生，獨自搭了一個半小時的電車赴約，而且還為我帶來四大巨冊他的著作精裝本當作見面禮：兩本韓譯《守靈》（1211 頁）、一本縮減版韓譯《守靈》（994 頁），以及一本韓譯《尤利西斯》（938 頁）。我想像他老人家提著厚重沉甸的畢生心血，穿越熙來攘往的首爾人潮，雪絨飄飄若柳絮，盈盈落在他滿頭銀髮之上，他護著聖杯，安然行經寇讎的挨擠推搡，我想到他逸興遄飛地談論翻譯《守靈》的種種酸甜苦辣，歲月刻畫的臉龐上閃爍一雙晶瑩睿智的雙眸。我想到他再三叮嚀，翻譯《守靈》，務必要有耐心，不要急。我想到我們之前的約定，如今生死兩茫茫，無處話淒涼，徒呼奈何。

哲人日已遠，薪火永相傳。2020 年，我和義大利文版《尤利西斯》譯者，同時也是《芬尼根守靈》（第三、第四部）第一譯者的帖睿柯（Enrico Terrinoni）教授，相約在羅馬進行訪談。我們之前素未謀面，然訪談甚歡，頗有相見

恨晚之感。那次羅馬之行，來去匆匆，兩人分居西東，當然沒有機會再多聊喬伊斯。不料事隔一年，他突然來了一封電郵，提到想來臺灣的計畫。這位打扮時尚、看似搖滾樂手的學者，之前沒有來過臺灣，也沒有來過亞洲。2022 年，他來臺與我合開一門「喬伊斯研究」，幾個月相處下來，他毫不藏私地分享翻譯《守靈》的困難和可能解決的方法，雖然義文和漢語有先天的差異，我仍然可以從他身上學習到許多翻譯《守靈》的通則和技巧。那是我畢生難忘的一個豐收學期。

我要感謝林玉珍教授，是她開創《芬尼根守靈》研究在臺灣發展的契機，樹立了愛爾蘭研究和喬伊斯研究的楷模和典範。我感謝她當年邀請我加入她主持的愛爾蘭文學相關整合型計畫，每次的讀書聚會都讓我有機會親炙喬學先進的高論和風采，受益匪淺。那次計畫讓我再度萌生翻譯《守靈》的念頭，花了將近半年的時間，終於勉強譯出原文總共不到兩頁半的〈馬特與朱特〉（"Mutt and Jute"），湊合著交了差。感謝林教授過去對我毫不吝嗇的鼓勵和毫無壓力的打氣，讓我得以享受翻譯《守靈》無窮無盡的樂趣，也讓這本譯作成為可能，不再只是昔日一位無知的文學藝術家年輕時書空咄咄的幻象。拙譯《芬尼根守靈：墜生夢始記》是繳交給林玉珍教授的一份遲來的結案報告。

感謝莊坤良教授在學術和行政上長年的提攜和關照，能與他同系授課，是我修來的福報。莊教授學識淵博，熱誠待人，履任重要行政主管，處理重大嚴肅事務，但說起喬伊斯來，眉飛色舞，渾然忘我，實乃讀書人本色。莊教授是《都柏林人》的譯者，譯作出版以來一直受到學界相當的重視和熱烈的討論，我在拜讀之餘，當然毫不客氣從中偷學不少翻譯喬伊斯風格的技巧和筆法，應用到漢譯《守靈》當中，希望拙譯還能入莊教授的法眼。我也要感謝曾麗玲教授。除了受益於曾教授在喬伊斯和貝克特的精湛研究之外，她在 2009 年籌建臺灣愛爾蘭研究學會，為愛爾蘭研究愛好者建立起一個家，一個無可取代的主體性，對我個人而言，意義非凡。

感謝蘇正隆先生對拙譯出版的支持和幫忙。初識蘇先生，那是我剛考進中興外文系沒多久的秋天。有天系主任告知，有人從臺北送外文書籍過來，需要幾個學生幫忙搬書。我跟著幾個學長去幫忙，得空跟那位開小貨車來的司機聊天。不聊還好，一聊之下，驚訝萬分，這個司機學問真好，英文也不在話下，他隨口說了幾句常見的錯誤英文例子，我只能唯唯稱是。不知是因為搬書或是聊天，他送了我一本哈代（Thomas Hardy）的 *Tess of the d'Urbervilles* 原版書。我問他，老闆不會罵你吧？他笑笑沒答話。後來我才知道，他就是蘇先生。拙譯有幾處植

物花卉的翻譯，多蒙他不吝指正。感謝張麗芳執行編輯和她的排版伙伴包容我層出不窮的龜毛要求。麗芳深具專業的修為和敬業的態度，即使為了閃躲小貓出車禍，在行動相當不便的休養期間，仍然確保編輯進度正常進行，思之令人感動。王建文先生堪稱一流的校對功力，讓我從中學習到何謂對精準文字的堅持和執著。

感謝我的大哥梁孫程和我的小弟梁孫堅。沒有他們長期幫忙提供網路資訊和維修電腦，我的資料和筆記恐怕會在一次次的當機和中毒裡，消散在電子世界的黑洞中。感謝我的表哥陳哲中，不僅教導我專業的土木工程知識，還灌輸我精闢的人生哲理。

感謝我的妻子李珀如。我在各方面都不如喬伊斯於萬一，但她在許多方面幾乎都能媲美喬伊斯一生的摯愛。感謝她這麼多年對我生活習性的容忍和諒解：半夜擾人清夢的打字聲響，對著空氣的喃喃自語，失手打破的杯盤碗碟，回到家才想起又忘了買的牛奶（還有豆漿），老是記不住出門要帶的鑰匙（鑰匙皮夾手機口罩唸一遍），以下省略無數行。她是拙譯特殊字型的第一讀者，也是臺文表達的第一諮詢人。只要她看得懂，我就放心了。

假如我有足夠的時間，我願意從大洪水之前翻譯《守靈》直到猶太人改宗換教，我願意像春蠶一樣徐徐咀嚼消化《守靈》全部的研究資料，我願意像史古基（Scrooge）一樣貪婪囤積《守靈》日益增多的筆記雜鈔，比帝國還要遼闊，像植物緩慢生長，用一百年思考 Finnegans Wake 的種種不可思議，用一萬年試著把它翻譯出來。可是背後有戰車催趕，面前有無垠大漠，終究還是懷著深深的慚愧和罪疚的心情，放手，任其付梓吧。回首來時路，其實我只走了一里的一半的一半的一半的

黑洞
語宙
世界
亞細亞
臺灣
臺北
木柵
梁孫傑
二〇二四年孟秋

【深度導讀】
漢譯《芬尼根守靈：墜生夢始記》

　　十九世紀哲人尼采曾經說過，人們要到下個世紀才能瞭解他的哲學。簡單一句話，濃濃勾勒出根植在天才宿命中的孤傲和悲涼。尼采研究果不其然在二十世紀躍升顯學，對學術和文化各種層面造成一波波的衝擊和震撼。假如喬伊斯的《尤利西斯》（*Ulysses*）是氣勢磅礴的現代史詩，足以傲視同時代的經典文學，那麼他的《芬尼根守靈》（*Finnegans Wake*；以下簡稱《守靈》），就如同尼采哲學之於二十世紀，其中隱而將現、蓄勢待發的龐大能量，即將席捲整個二十一世紀，發揮無以倫比的影響力。喬學家吉珥・勒諾（Geert Lernout）表示，《守靈》出版之後，雖然語言艱澀難懂，人物撲朔迷離，寓意幽微深邃，學者卻仍一本初衷，鍥而不捨，著書立言，歷久彌新，從讀書會、小型座談會到大型國際研討會，熱烈討論《守靈》賦予時代的意義，「每一新興的學術世代，每一當紅的文學批評和理論學派，總會再度發現新的方法來解讀《守靈》的種種謎面」（2006: 79）。小說家薛穆斯・丁恩（Seamus Deane）讚譽該書是「世界歷史的縮影」（50），文評家瑪戈・諾里（Margot Norris）曾打過一個比方，如果「《一個青年藝術家的畫像》是聖子之書，《尤利西斯》是聖父之書，那麼《守靈》就是聖靈之書，是接榫前兩本巨著成為三位一體的實質盟約」（28）。如果《尤利西斯》是喜馬拉雅山目前人力可達的極致顛峰，《守靈》就是迄今尚未為人探知的幽冥深海；如果《尤利西斯》是目前科學可能探知的婆娑世界，《守靈》就是迄今尚未為人全盤通曉的無垠宇宙。對二十世紀學術界乃至世界思潮有巨大影響的解構大師德希達（Jacques Derrida），一向不諱言《守靈》對他哲學思考和人生體驗的衝擊和啟發，曾如此讚嘆這部巨作：「假如《守靈》是一臺超級記憶機器（hypermnesiac machine）的話，我們當今的科技，不論是電腦、微電腦化檔案、或是翻譯機，充其量不過是史前時期小孩子拼湊出來的玩具罷了」（147）。

　　相對於喬伊斯的曠世傑作，尖端科技的翻譯機居然會落伍到如此原始蠻荒的程度。即使出自德希達之口，恐怕也難以令人完全信服。讓我們來看看匯集世界

喬學菁英的金頭腦，面對《守靈》的翻譯，又當如何？1971 年於崔艾斯特（Trieste）舉辦的國際喬學會議上，學者葛哈・阮普（Gerhard Charles Rump）在一場翻譯《守靈》的小組討論會裡提出根本的質疑：「我們何苦費盡心思來節譯，甚至翻譯這本書，因為和一群翻譯家將《守靈》翻成該國語言所花費的時間和精力相比，不懂英文的人士，只要花一半的時間就能學會足以閱讀原文的英文能力，更別提在翻譯過程中大量流失的意義」（Knuth 266）。在場所有的與會人士，包括資深喬學專家貝爾納・班斯達克（Bernard Benstock）和羅莎-馬利亞・波西內里（Rosa-Maria Bosinelli）在內，都一致決定這個問題必須先存而不論（Knuth 266），否則，我們可想而知，小組主席即可逕行宣佈討論會結束。《守靈》不僅用語繁複，哲理幽微，囊括吸納古今東西文化精髓，再加上特有的文字拼法（據保守估計，全書總共由六十餘種語言文字組合拼湊而成），大大倍增閱讀的難度，遑論翻譯。許多學者的意見其實比阮普的質疑要來得直接，坦言《守靈》本質上就具有強烈的不可譯性。半個世紀後的今日，物換星移，翻譯研究領域人才輩出，理論學派如雨後春筍蓬勃發展，早已將翻譯這門原本是學術界視為旁枝末節的領域推上現今人文學科的顯學之一。因為這些學者和譯者的努力和付出，我們總算可以坦然重新面對上一代喬學界提出的質疑。

首先，讓我們檢視德希達的比喻。40 年前，他口中「我們當今的科技」早已不是當年的吳下阿蒙，AI 強勢時代的來臨，引起各行各業基本生存的憂慮和恐慌，人類將何去何從的言論也甚囂塵上，尤其是 2014 年，足可與愛因斯坦並駕齊驅的科學界巨擘霍金（Stephen Hawking）接受 BBC 採訪，就曾語重心長地表示，「全面人工智慧的發展可能意味著人類的終結[1]」，似乎在不久的將來（比我們經驗中的「將來」還要來得快上很多；葉慈那頭再度降臨 ["The Second Coming"] 的怪獸，正以迅雷猛爆的速度奔向伯利恆），人類就會面臨全面被取代的終結命運。2016 年，AlphaGo 對弈韓國九段圍棋國手李世乭，以四勝一奪魁。2019 年，李世乭宣佈結束 24 年職業圍棋生涯，正式退役，他說，「拿下第一名，我也不是冠軍[2]」。2022 年 11 月 30 日，ChatGPT 橫空出世。2023 年 10 月，日本知名茶飲品牌伊藤園（Ito En）使用 AI 生成劇本推出 AI 虛擬演員的廣告，女主角逼真的程度，讓許多觀眾無法辨認。2024 年 1 月，比爾蓋茲預言這

---

[1] 〈https://economictimes.indiatimes.com/news/science/stephen-hawking-warned-artificial-intelligence-could-end-human-race/articleshow/63297552.cms?from=mdr〉。擷取於 2024/03/15。

[2] 〈https://www.bnext.com.tw/article/55680/alphago-lee-se-dol-retire〉。擷取於 2024/03/15。

一年將是 AI 的轉折之年，AI 將廣泛應用於各個領域。整體社會到底受到何種程度的威脅和衝擊，如人飲水，冷暖自知。然而翻譯在「當今科技」突飛猛進的氛圍下，該當如何自處？讓我們以稍微「平易近人」的《守靈》開卷第一段文字，來檢視看看，經過人工智慧加持的翻譯機器，是否還是「史前時期小孩子拼湊出來的玩具」？以下是根據 Google Translate、DeepL 和 ChatGPT 的翻譯，所列出來的對照譯文：

Finnegans Wake	riverrun, past Eve and Adam's, from swerve of shore to bend of bay, brings us by a commodius vicus of recirculation back to Howth Castle and Environs.（*FW* 3: 01-03）
Google Translate	奔流河，經過夏娃和亞當，從海岸的轉彎處到海灣的轉彎處，經由康莫迪斯的再循環帶我們回到霍斯城堡和周邊地區。
DeepL	河水奔流，經過夏娃和亞當，從海岸的轉彎處到海灣的拐彎處，把我們帶回到豪斯城堡和周圍地區。
ChatGPT	河水流淌，從岸邊的轉彎到海灣的彎曲，經過夏娃和亞當，將我們通過一條方便的循環途徑帶回豪斯城堡及其周邊地區。

由於 ChatGPT 有人機互動的功能，因此在獲取譯文後，我又輸入一段說明，提醒「它」有兩個字具備多層意義，請一併考慮調整譯文，首先是 commodius，可理解為 commodious、commode 和 Marcus Aurelius Commodus Antoninus，其次是 vicus，可理解為 vicious、Vico Road 和 Giambattista Vico。ChatGPT 回覆：「很抱歉，由於 commodious 和 vicus 的多層含義並不在該句子的上下文中直接適用，且翻譯時需尊重原文的意思，我無法將它們的多層馬爾谷含義直接翻譯到該句子中。」我隔了一段時間，以不同表述但相同要求的內容，再一次請 ChatGPT 翻譯，這次回覆如下：

ChatGPT	江河奔流，從夏娃和亞當的過去，從岸邊的轉彎到海灣的彎曲，將我們通過一條寬敞的迴圈道路（諸如便壺、馬可·奧勒留斯·科莫德斯·安東寧斯）帶回豪斯城堡和周邊地區（包括惡劣的環境、詹巴蒂斯塔·維科）。

姑且不論以上譯文的文字是否精確、修辭是否到位、或音韻是否悅耳，對華文

讀者而言,的確是比閱讀原文要來得清晰一點,藉用佛洛伊德《夢的解析》中的術語,就是顯性(manifest)內容至少呈現出大致的輪廓;然而,若是論及隱性(latent)內容,相信喬學專家都會同意,連在宮牆外窺視都遠遠不及,所見僅是模糊不清搖晃閃爍的海市蜃樓,頂多勉強算是《為芬尼根守靈析解》(*A Skeleton Key to* Finnegans Wake, 1944),或是《芬尼根守靈解讀》(*Understanding* Finnegans Wake, 1982)的最低端版本,遑論登堂入室一探殿宇之美。綜觀《守靈》,光以單詞而言,不僅絕大多數都是多種語言的混成體,而且該單詞的構成要素之間,兩兩雙關還彼此共振出強大的內部齟齬、矛盾、互斥和排擠的效用,如書中敘述者語帶揶揄地調侃讀者:「這本頭尾相啣的都柏林巨人之書,字字都拼寫成這副德性,勢必個個都有 3 乘 20 加上 10 那麼多樣醉酒般顛倒迷亂無止無盡孳乳浸多的頂尖讀法」(梁 44.20-22 / FW 20.14-16)[3]。光一個單詞就有 70 種的解讀方式,無法想像一本 628 頁的小說可以延伸成何等無限繁複的文字宇宙[4]。

即使面對如此強韌巨大的翻譯阻力,《守靈》譯者仍舊憑著堅強的毅力和決心,完成此艱鉅的任務,從《守靈》1939 年出版至今,已有 15 種語言 20 版全譯本問世(法文有三全譯本,日、義、葡文各有二全譯本;見後〈《芬尼根守靈》各國全譯本出版簡表〉)。在 1998 年出版的《跨文化喬伊斯》(*Transcultural Joyce*)一書的第三部份,編者收錄法文、義大利文、德文、西班牙文和羅馬尼亞文的〈ALP〉翻譯,而為這些翻譯作品執筆介紹並肯定他們翻譯成就的學者,就是當年持質疑態度的波西內里。《守靈》從不可譯,值不值得譯,到可譯,這種態度立場的轉變,除了譯者鍥而不捨的努力之外,翻譯理論掙脫純工具導向的邊緣地位而逐漸佔據學界顯學也是一大主因,造就 21 世紀激增的翻譯《守靈》熱潮。依據派翠克・歐尼爾(Patrick O'Neill)的估計,至少還有 9 種語言 12 位譯者(其中有 4 位的目標語是葡萄牙文)可望在近幾年完成

---

[3] 斜線之前的數目字分別代表此譯本的頁碼和行數,斜線後面的數目字分別代表原文的頁碼和行數。

[4] 其實從文化翻譯的角度來看,每個詞語都涵納深層繁複的難解因素,《守靈》詞語並非唯一的特例,而是喬伊斯放大凸顯語言本身的特性。譬如說,北美大平原地區的原住民語言波塔瓦托米(Potawatomi),有一個字 puhpowee,意思是「讓蘑菇一夜之間破土而出的力量」(qtd. Macfarlane 111),以翻譯的層次而言,由淺入深,或可分成(1)力量,(2)蘑菇的力量,(3)讓蘑菇破土而出的力量,和(4)讓蘑菇一夜之間破土而出的力量。若以機器來翻譯,大抵還停留在第一、二層面。

全譯本（2022: 23）[5]。

一：《芬尼根守靈》的翻譯簡史

　　喬伊斯本人是啟動翻譯《守靈》的最大推手。1928年，《安娜・莉薇雅・普菈貝兒》（*Anna Livia Plurabelle*）於紐約出版。隔年，喬伊斯就力邀貝克特（Samuel Beckett）著手法文版的翻譯工作。根據菲利普・蘇波（Philippe Soupault）《喬伊斯回憶錄》（*Souvenirs de James Joyce*）的記載，翻譯步驟是先由貝克特主筆，然後再由貝克特小說《莫菲》（*Murphy*）的法譯者佩龍（Alfred Péron）從旁協助修訂，總共花了數個月才完成初稿，之後在喬伊斯的全權掌控下，再由藝術家萊昂（Paul Léon）、翻譯家喬拉斯（Eugène Jolas）和詩人戈爾（Ivan Goll）加以修改潤飾。第三階段由喬伊斯、萊昂和蘇波接棒，他們每週四定期聚會討論，每次三小時左右，由萊昂朗讀一段《守靈》內〈ALP〉的原文，蘇波朗讀法文的對照段落，喬伊斯則在一旁聆聽，然後三人對譯文裡的韻律、節奏、意義和特殊變形的拼字開始進行反覆推敲，最後由喬伊斯裁奪定稿。他們總共聚會了15次才完成法文版〈ALP〉的翻譯。1937年，喬伊斯邀請法蘭克（Nino Frank）共同把〈ALP〉翻譯成義大利文。義大利文原本就不太適合用來鑄造新字，致使由喬伊斯全程參與翻譯的〈ALP〉義文版，和原著兩相比較之下出入頗大，里瑟（Jaqueline Risset）指出：「該譯文很難稱為我們觀念中的翻譯，因為我們讀到的是全然的改寫 [……] 相對於原著，義文版〈ALP〉僅能算是『建構中的半成品』」（qtd. Lorenz 117）。艾珂（Umberto Eco）甚至認為，義文版〈ALP〉是「喬伊斯本人的創作」（107）。最明顯的例子，就是喬伊斯把原來的277條河流，在義文版〈ALP〉中，刪減到僅剩74條，主要的原因，在於那些被刪減的河流名稱假如翻譯成義大利文的話，會阻礙朗讀的韻律和節奏（Eco 108）。

　　在接下來的數十年當中，喬伊斯親自樹立的翻譯範例，幾乎全方位籠罩所有《守靈》譯者的翻譯方法，從選取的段落到策略的使用，無一不直接受到影響。在當時作者主宰的時代氛圍下，初期《守靈》譯者一般都會選擇第一卷第八章〈ALP〉做為試金石（Costanzo 225）。韻律和節奏成為最主要的翻譯重心，其次才會把意義（或其他相關元素）納入翻譯的考量。根據喬伊斯傳記作者艾爾

---

[5] 包含中文、土耳其文、芬蘭文、挪威文、葡萄牙文、塞爾維亞文、匈牙利文、德文和喬治亞文。

曼（Richard Ellmann）的記載，他曾對女兒露西亞（Lucia）說：「天曉得我的《守靈》到底傳達甚麼意義，反正讀起來十分悅耳動聽」（715）。由於這種音韻高於意義的考量，再加上喬伊斯積極介入自己作品的翻譯，許多譯學專家都認為法文版〈ALP〉幾乎是根據原著的二度創作，文字誦讀起來行雲流水，宛如溪河淙淙，江海滔滔，具有高度的音樂性，幾乎貼近《守靈》的精神原貌（Costanzo 231），這也就是為什麼勒文（Harry Levin）認為，法文版《守靈》譯者「就像厄達特（Urquhart）翻譯拉伯雷（Rabelais）一樣，是翻譯一種寫作風格[……]，逐字翻譯是毫無意義的」（196）。在如此具有高度共識的背景下，早期《守靈》的翻譯工程於焉展開。以下依出版順序逐一介紹較具代表性的現有全譯本（若全譯本少受譯界青睞，雖有代表性，但品質不足，則會轉而討論該語言的節譯本），試圖勾勒過往譯者翻譯《守靈》從跌宕起伏到巨流奔放的歷程：

(一) 法文版（1982）

在眾人殷殷盼望之下，菲利浦‧拉韋尼（Philippe Lavergne）費盡心血翻譯的全譯本好不容易付梓問世，然而從社會大眾到文藝學界的反應卻不如原先預期的熱烈激昂。班斯達克伉儷（Shari Benstock and Bernard Benstock）在他們的書評裡寫道：「對拉韋尼而言，翻譯《守靈》的確付出無比勞心的愛，可是法蘭克斯坦博士（Dr. Frankenstein）對他創造的科學怪物所付出的感情，也不遑多讓吧」（231）。他們認為拉韋尼偏離了喬伊斯強調《守靈》基本上是用英文寫作的原則，原著雖然文字艱澀意義難明，但只要誦讀出聲，即使無法口說言傳，想像體認也都各異其趣，然而神妙的旋律總會讓人心領神會，自然而然沉浸在音韻之中，卻是絕大多數讀者共同的經驗。相對之下，法譯本唸起來詰屈聱牙，令人不忍卒讀。這恐怕也是鮮少有譯評家討論這本首度問世的全譯本的原因。當時遠在日本的日譯者柳瀨尚紀（Naoki Yanase）已經著手開始翻譯《守靈》，乍聞法譯本已經出版，他腦海閃過的念頭是，「天哪，他們比我早了一步」，而且趕忙去購買了一本，在匆匆閱讀之後，「頗感失望！有些字句甚至略而不譯；即使我的法文只有基本程度，都能看出裡頭缺乏放膽一搏的冒險精神」（Yanase 1991）。西班牙文《守靈》譯者馬塞洛‧扎巴羅伊（Marcelo Zabaloy）則以十分委婉的說法談及拉韋尼的直譯：「法譯版可算是《守靈》修正過的『英文版』，所以讀起來像是自動書寫或是超現實文本的產物」（Zabaloy 2015）。

同時期安德烈‧杜布歇（André du Bouchet）的節譯本，倒是為後來的譯本

開創兩點值得參考的做法。首先是雙關語的翻譯。由於《守靈》特殊的文字構造和迥異的寫作風格，所有譯者（包括喬伊斯本人在內）和評論家都公認照原文逐字逐句對仗工整的翻譯是不必要也不符合實際需求（看看拉韋尼跟著原文亦步亦趨的法譯本給抨擊得有多慘），解決的辦法，是掌握住宏觀的通用法則，適時加入涉及全書主旨的雙關語（Costanzo 229）。以 "Christian minstrelsy"（FW 3.18）為例，杜布歇翻成 la christiomathie，裡面暗藏 Matthew，是原文所沒有的衍義。又如 "Bygmester Finnegan"（FW 4.18）在小說第一次出場的那個段落裡，杜布歇也創造出許多該段落沒有但均符合《守靈》宗旨的雙關語。其次是典故的翻譯。杜布歇有時會更改典故出處，但保留其精神意涵。例如原文 "As you spring so shall you neap"（FW 196.23），典出新約 "As you sow, so shall you reap"（《迦拉達書》6 章 7 節），譯文 "Tu sèmes l'avon, tu récoltes l'eaurage"，典出舊約 "Sow the wind and reap the whirlwind"（《歐瑟亞》8 章 7 節），雖然譯文不是採用同一聖經典故，但旨趣相同，如出一轍，亦為眾人所樂見和接受。

(二) 德文版（1993）

繼法文版 11 年之後，德文版問世。譯者迪特・施君德爾（Dieter Stündel）將承襲自阿諾・施密特（Arno Schimdt）奇異詭譎的筆譯風格淋漓盡致施展在德譯《守靈》之中。可想而知，讀者再次領會到不如直接閱讀原文的失落感。喬學者老弗里茨・森恩（Fritz Senn）稱讚施君德爾「膽色過人」，也肯定他「勤奮努力完成德文全譯本的翻譯」，但同時含蓄地表示，譯本僅僅受到譯評界盡量不失禮節的歡迎之意（qtd. in O'Neill 181）。森恩早先對於施君德爾節譯版的評論，其實更加直截了當，可謂一針見血：「缺乏原著誘人的魅力」，施君德爾將閱讀德譯本的經驗「變成一場跨越一大團一大團笨重字母的障礙賽跑」（qtd. in O'Neill 184）。施君德爾慣於在譯文中加入個人的創見，這本是《守靈》圈內默認同時也鼓勵的潛規則，從杜布歇以來，譯者在無可轉圜的情況下，都能依此彈跳（springboard）的技巧跨越障礙打通關卡，在較為順暢的語境中讓譯文往前持續推進，同時提供讀者額外的相關解讀資訊；譯評家對德譯版最大的不滿，在於施君德爾把該翻譯技巧視為《守靈》舞台上的個人表演秀，只見極其武斷的解讀和幾無節制的演繹，另一位《守靈》德文譯者弗里德赫爾姆・拉特詹（Friedhelm Rathjen）直指施君德爾的德譯是「在誤解的基礎上搭建自我的創作」（qtd. in Rademacher 483），而且應有的節奏感與音樂性，幾乎全被忽略不譯。

在音韻和意義的對照上，施君德爾有時為求句構清晰流暢，會自行運用想像力，增添與原文毫無指涉的字句，以求音韻的統一協調和意義的邏輯連貫（Rademacher 483）。譯評家最常舉出來大加撻伐的例子，就是他把〈ALP〉開頭的 "O" 翻譯成 "Eau"：

原文　　O / tell me all about / Anna Livia! (FW 196.01-03)

德譯　　Eau / sag mir alles über / Anna Livia! (Stündel 196.01-03)

一般咸認為，雖然法文 eau 具有相同的發音，同時可以突顯「水」在〈ALP〉中扮演的重要角色，但以貫穿全書循環不息的關鍵意象 O 做為代價，犧牲未免太大，實為不智之舉，尤其是原文簡潔清朗，毫無道理一廂情願鑲嵌雙關效果，一開始就嚴重阻礙〈ALP〉敘述的流暢通順，是為一大敗筆。類似喧賓奪主的武斷翻譯頻繁出現於任意增添隨機自創的穢噁和性愛雙關語上，難怪《守靈》荷蘭文譯者艾瑞克‧賓德沃特（Erik Bindervoet）和羅伯特-揚‧亨克斯（Robbert-Jan Henkes）抱怨說，施君德爾將每個單詞都掰開來，然後把他能夠聯想到的雙關語盡可能全數往裡頭塞，所有的雙關語幾乎無一不是影射或直指性器官，多到「簡直把人逼瘋」（qtd. in O'Neill 186）。德文譯本再度證明，太過執著於呈現繁複的意義，反而會陷自己和讀者於意義的泥淖當中。

(三)日文版（1993）

柳瀨尚紀當年曾說，法文版「早了一步」搶先出版，但這一步之遙，居然耗費他 11 年之久的歲月和心力，其中緣由，恐怕就是伊東榮志郎（Eishiro Ito）所說的，柳瀨尚紀翻譯的堅定信念：「譯者不僅要翻譯文字，還要翻譯文本中使用的風格」（Ito 2004），或許是這種理念，以及該理念確實表現在譯作上，日本學界大加讚譽柳瀨的成就，甚至宣稱《守靈》日譯本直可比肩「日本文學的經典鉅作」（ibid），可藏諸名山，以為典範。柳瀨精擅營造譯文的音韻和旋律（Yanase 1991），並極盡所能保留原文的聲響，達到「令人嘆為觀止的程度」（Ito 2004），譬如 "Chin, chin! Chin, chin!"（FW 58.13），四個完全一模一樣的單詞，在柳瀨的生花譯筆之下，化成四個發音完全一模一樣（ちん [chin]），但字形各異的日本漢字「沈、珍、租、鎮！」（柳瀨 65.11）。又如以下的例子，

原文　　His howd feeled heavy, his hoddit did shake.（FW 6.08-09）

日譯　　もこ畚ともっこり重く、畚凜々しく大振動。（柳瀬 8.06）
拼音　　Moko mokko to mokkori omoku, mokko-ririshiku daishindō.

即使我們不懂 mokkori（胯下腫脹）、mokko（畚箕）、ririshiku（帥呆了）、daishindō（大震動）等字的意涵，或是完全不懂日文，但單單試著依羅馬拼音朗讀該句子，「充滿音樂旋律和童玩趣味的節奏，就足以讓人忍俊不禁」，完滿達到朗讀《守靈》的效果（Treyvaud）。

在譯文方面，柳瀬呈現出來的目標語言，是「一種沒人書寫過的日文」，可以展現日文「華麗」（"luxurious and rich"）同時「獨孤」（"alone"）的語言特色（Yanase 1991）。所謂「沒人書寫過的日文」，除了指依據原文新創的鑄造詞語之外，更是指譯文之中高度混融漢字、平假名和片假名三種不同書寫的系統（Okuhara 4-5）。可惜的是，柳瀬引以為傲的翻譯風格，並沒能引起廣大讀者的支持和理解，多數的抱怨和不滿，主要在於譯文太過繁冗複雜，許多單字和短語都蘊藏過多層次的含義，很難理解故事的情節和發展，「大多數讀者會在閱讀前幾頁之後就頹然放棄」（Ito 2004；cf. Okuhara 1）。11 年前柳瀬對法文版的批評，也轟然發生在他身上。歷史的反諷，響應如斯，居然來得如此之快。對閱聽大眾而言，絕美的旋律似乎仍敵不過清晰的意義，柳瀬想必深覺委屈和無奈，《守靈》的語言風格本來就是語義繁複深奧難懂，他費盡心思詳實翻譯，再現《守靈》的語言和風格，何過之有？以譯文第一個詞語「川走」（"riverrun" [FW 3.01]）為例，柳瀬採用日文裡的平假名，運用漢字和日文發音之間的矛盾，創造多層次的意義面向。「川走」的發音為 sensou，除了指河川流動外，也是日文「戰爭」和「船艙」的諧音。根據柳瀬的解釋，「川走」勾勒出來的三層意象，就像透過船艙所看到的滾滾江河，以及在江河上發生的戰事，充分預示第二段「半島戰爭」的來臨。又如 "Environs"（FW 3.03）翻譯成「周丹」，發音為 shuuen，除了指周圍外，也是「終止」的諧音，反映《守靈》始於對抗止於了結的主旨（Yanase 1991）。

柳瀬苦心經營「川走」和「周丹」所創造的綜合意象，巧妙呼應 1992 年再版的書名，《フィネガン辛航紀》，大意是「芬尼根艱辛航行的紀錄」，不僅與 1991 年前兩卷初版的標題《フィネガンズ・ウエイク》（芬尼根・轉醒）有著明顯的差異，更與原著在字面意義上大相逕庭，然而就發音來看，「辛航」（shinkou）唸起來會讓人聯想起日文的「進行」、「進步」或「往前行」，影射

《守靈》未出版前的標題《進行中的作品》（*Work in Progress*）；換句話說，《フィネガン辛航紀》正是柳瀨（遙想辛巴達、尤利西斯、喬伊斯）有如航行在廣袤無垠的守靈大海上，那般艱辛困苦地進行他的日文翻譯。如此理解，或在情理之中。「辛航紀」強烈召喚出尤利西斯（Ulysses）出征和返航遭受的顛沛流離和人生體驗，或許也是藉此向喬伊斯的《尤利西斯》表達深深的敬意（不過1993年全譯本的書名，又恢復原貌，畢竟譯事已成，無須再經歷漂泊和流浪）。無論外界對日譯版的反應如何，柳瀨尚紀曾信心滿滿的表示，日語比英語更適合建立一個千變萬化的《守靈》世界，「如果喬伊斯懂日語的話，他一定會嫉妒我們的」（Okuhara 4）。

(四) 荷蘭文版（2002）

我們無從得知喬伊斯是否會嫉妒懂日文的柳瀨尚紀，但我們確知歐美譯界對荷蘭譯者賓德沃特和亨克斯的《守靈》譯作讚美有加。喬伊斯的孫子史蒂芬（Stephen Joyce）倒是孤意獨行，公開宣稱他們的翻譯充其量只能算是「改編作品」（adaptation）。兩位譯者得知之後，決定因勢利導，將譯作的屬性正式定調為 hertaling；「翻譯」的荷蘭文是 vertaling，而他們的鑄造字 hertaling 的意思大致接近「外文再製品」（Van der Weide 625; cf. O'Neill 2022: 211），這種看似自我解嘲的回應舉措，雖然僅僅只是一個字母之差，既可展現向喬伊斯致敬的雙關語，也標明後喬伊斯時代翻譯的強硬立場。這個順勢而生的鑄造字，為荷蘭語言增添了新詞彙，也留下一段讓人傳頌不已的軼事。

荷蘭文《守靈》出版之後，立刻獲得譯評家一致的讚賞，史蒂芬的不滿和貶抑，馬上被淹沒在如潮佳評之中，直到今日，他們的譯作仍是所有《守靈》翻譯中，無論是全譯本或節譯本，數一數二的代表典範。聰穎機巧、妙筆生花、高度創新、極端搞笑等用語，頻繁出現在譯界對荷蘭文《守靈》的評論裡，班斯達克伉儷在聆聽傑拉丁·弗蘭肯（Gerardine Franken）朗誦最後幾頁的荷蘭譯文後，兩人深受感動，雖然他們都不熟悉荷蘭文，但「確實理解所聽到的內容」，因為朗讀的節奏、音調和旋律，喚醒他們極為熟悉的《守靈》風味，那正是檢驗譯本品質的最佳準繩（Benstock 232）。

賓德沃特和亨克斯保證譯文品質的法寶之一，就是設計出高達29種不同的翻譯策略（O'Neill 2020: 215）來因應雜音複義的守靈語（Wakese），其中有兩種最為人津津樂道：第一種他們稱之為「完璧歸趙」（right-back-at-you），挪用喬

伊斯創造的守靈語來進行自己的翻譯，譬如"Wacht even!"（FW 76.23），本來就是很日常的荷蘭文，意思是「等一下」，想必多數譯者在邂逅自己本國語言出現在《守靈》內，驚喜之餘都會毫不猶豫選擇原文照抄，絕對能夠達到忠於原文的效果，但他們卻採取原書第17頁的"Bussave a sec"（FW 17.17）[6]來「翻譯」"Wacht even!"，把原本喬伊斯的東西悉數歸還給他（van der Weide 627）。第二種可稱為「溯源回歸」，是遵循「手稿研究」（genetic studies）的傳統，探索喬伊斯真正的企圖。亨克斯指出，在他們開始翻譯不久，就發現必須深入瞭解「這部作品從受孕、懷胎、到出生的源起歷史（genetic history）」（Henkes xlviii），尤其是留意找回《守靈》付梓前，無心遺漏的所有字句。一般文本缺字少句，讀者大抵可以依據閱讀經驗，自行補正看似不甚通順的部份，但同樣情形若發生在閱讀《守靈》上，簡直是從霧裡看花躍升到思維短路的層級。他們總共發現2,235處在「傳輸」過程中被遺漏的字句（xlviii），累積起來大約有28頁之多（O'Neill 2020: 214）。最為明顯的例子，就是ALP臨終獨白的最後那句不算完整的話。從1939年費伯與費伯（Faber & Faber）出版社以來印行的版本，幾乎都是以"A way a lone a last a loved a long the"（FW 628.15-16）結尾，而他們根據喬伊斯的手稿，以及相關學者的研究結論，把長久「失落」的"a lost"加入荷蘭文的對應翻譯裡，變成"Al weg al leen *al loren* al laatst al liefd al langs de"（Bindervoet & Henkes 628.16; 本人強調），也就是"A way a lone a lost a last a loved a long the"[7]，在邏輯和音韻上，可以感到比原本的字句要來得合理順暢。對於這種「溯源回歸」的增譯手法，范赫爾（Dirk van Hulle）給予高度的肯定和支持，極力讚揚這種作法是延續喬伊斯未竟之功，發揮「進行中的作品」真正的精神內涵（42），所有作品都是尚未完成而正在進行的作品。范赫爾更進一步指出，賓德沃特和亨克斯的翻譯理念正是韋努蒂（Lawrence Venuti）所說的異化策略，盡可能將外來辭彙融入本土語言之中。兩位譯者加工再製外來語的努力，並不是把守靈語馴化成荷蘭文，而是把荷蘭文異化／譯化成守靈語（42）。

　　荷蘭文全譯本所受到的熱烈歡迎和衷心肯定，為《守靈》開啟後喬伊斯翻譯的輝煌時代。譯者紛紛走出喬伊斯龐然無朋的巨大陰影，或調整翻譯角色、或分享翻譯策略、或大搞翻譯實驗，一時之間，好不熱鬧。2016年，土耳其譯者烏

---

[6] "Bussave a sec" 翻譯成荷蘭文，就是 "ween een minuut"。

[7] 在賓德沃特、亨克斯和福德姆（Finn Fordham）共同編輯的牛津版《芬尼根守靈》（2012）中，最後一句和以往的版本相同，並沒有加入 "a lost"。

穆爾‧切利基耶（Umur Çelikyay）出版土譯《守靈》第一卷，書名頁的譯者姓名上方，原本依據慣例，應該標示書本性質和譯者身分的字眼 tercüme（翻譯），赫然變成拼法稍微不同的 terscüme，除非有人特別細心，否則誰會在翻看這頁的同時又留意到這個似乎微不足道的改變呢？這個改變，不是打字校對出錯，印刷排版也沒有問題。穆罕默德‧拜德爾（Muhammed Baydere）在解釋切利基耶的翻譯立場時指出，terscüme 字面意思是「翻轉」（inversion），用來定義他的翻譯本質並非傳統認知的那套系統，而是較為接近「反譯」、「逆譯」、或「對抗翻譯」等向背乖宜的翻轉取徑[8]（Baydere 92）。以 hertaling 取代 vertaling 的時代意義，在於標示譯者從陰影現身爭取身分的契機；超過一輪12年悠悠歲月的醞釀，從 tercüme 到 terscüme，始見破繭而出幡然轉醒的譯者，以公開書寫的正式行動，定義自我的存在。2018年，俄羅斯譯者安德烈‧雷內（Andrey Rene）出版俄譯《守靈》第一卷，同時全文上網，2021年，他在社交媒體上宣佈完成《守靈》全譯本，不僅如前作法一樣全文上網之外，還把一直持續公佈在網上關於翻譯《守靈》的思考、方法、註釋和筆記，也一併更新上網，根據博里亞娜‧亞歷山德羅瓦（Boriana Alexandrova）的分析，雷內構建一套由700個主題詞語組成、鉅細靡遺的分類系統[9]（170-171）。2019年，亞當‧羅伯斯（Adam Roberts）與谷歌大神翻譯機器通力合作，幾乎完全漠視喬伊斯的權威，完全沒有可不可譯的心理壓力，在短時間內完成這項不甚艱鉅的任務，出版拉丁文版《守靈》全譯本。譯者的角色翻轉和自我辯護，可以視為和作者喬伊斯之間螞蟻和大象的拔河競賽，至少螞蟻已經取得和大象一樣的選手資格，然而發展到人工智慧解碼《守靈》語宙的境地，實驗性極強，貢獻度頗弱，倒是引起譯界莞爾一笑，也算有點喬式幽默感吧。在此威權解體 AI 崛起的全球化氛圍下，2019年迎來義大利文的《守靈》全譯本。

㈤義大利文版（2019）

義大利文《守靈》的出版狀況和其他全譯本稍有不同。1974年，路易吉‧

---

[8] 切利基耶的主張，與單德興提倡的具有多重角色的譯者——即「仲介者、溝通者、傳達者、介入者、操控者、轉換者、背叛者、顛覆者、揭露者／掩蓋者、能動者／反間者、重置者／取代者、脈絡化者、雙重脈絡化者」（2016: 2），大致不謀而合。

[9] 埃爾維‧米歇爾（Hervé Michel）於2004年將他的法文版《守靈》全文上網，並定期修改更新譯文。譯文網址：〈https://sites.google.com/site/finicoincequoique/texte〉。

史基諾里（Luigi Schinoni）開始擬定翻譯全書的初步計畫，接下來將近 25 年內，他的確按照計畫一步一腳印發表翻譯成果，於 2008 年已出版全書的第一卷和第二卷，然而卻在這一年不幸棄世，身後徒留世人的遺憾悼念。數年之後，義文版《尤利西斯》譯者帖睿柯（Enrico Terrinoni）和翻譯家裴多涅（Fabio Pedone）於 2014 年接受出版商力邀，開始著手翻譯第三卷和第四卷，5 年後克服外人難以想像的困難（帖睿柯在某次接受訪問時說，「比較之下，翻譯《尤利西斯》是小菜一碟」[Barter]）[10]，完成這項顛峰挑戰，順利在 2019 年與前輩史基諾里「聯手」出版義文版全譯本。

　　史基諾里曾表示，他使用通俗的義大利文作為標的語言，在有必要的時候才輔以自創的辭彙，對於喬伊斯創造的專有名詞，則予以原文保留，不加翻譯（Parks 199-200）。波西內里指出，史基諾里以新鑄詞彙成功重現原文的意義、音韻和聲響，以嚴謹治學的態度忠實保留《守靈》語言自相衝突矛盾的內在本質，任何一點蛛絲馬跡也不放過，從而引發讀者沉浸在「理想的失眠」當中；如果音義無法兩全，史基諾里傾向保留「音律、頭韻和聲響，即使如此作法會流失部分意義」（Bosinelli 151），也在所不惜，由此可見喬伊斯的翻譯觀對義文翻譯的影響。毫無疑問，帖睿柯和裴多涅同樣也繼承喬伊斯翻譯的遺緒，假如義文版前兩卷是把守靈語習得以維妙維肖的義大利文模擬再現，後兩卷則是立足於此基礎之上的創造重生。帖睿柯和裴多涅熟稔文義互補（semantic compensation）的真髓，將杜布歇和柳瀨尚紀以來，譯者持有錯置、轉換、或改造原文的詩學特許狀（poetic license），運用到淋漓盡致的地步。以往譯文幾乎只要符合《守靈》的主旨和思維，如柳瀨在「川走」中暗藏的「戰爭」和「船舶」，由於呼應愛爾蘭被殖民的歷史（從北歐維京人的入侵到大英帝國的霸權），即使 riverrun 以及上下文意並無明顯的相關指涉或是隱約的聯想暗示，仍一向是頗受肯定、讚許和採用的翻譯技巧。所謂的「文義互補」，依據帖睿柯的解釋，是喬伊斯親身示範翻譯《守靈》的技巧：

> 喬伊斯與尼諾・弗蘭克（Nino Frank）合作，自由發揮互補的翻譯策略，把〈ALP〉翻譯成義大利文。也就是說，假如他無法鑄造義大利新詞語來重現該守靈語涵納的所有意義，就會將那些意義分散到該句的各個部位，就

---

[10] 乍聞之下，帖睿柯的比喻似乎頗為輕視各國《尤利西斯》的譯者，其實他是回應主持人的問題：「談談您翻譯《尤利西斯》和《芬尼根守靈》的經驗，有何不同？」。他所比較和談論的翻譯經驗，是自己翻譯以上兩個文本的經驗。

好像它們沒有固定的住所，是可以隨時移動的物件。我們不禁會感到，喬伊斯這樣做是在為他的潛在譯者開闢一條道路：他教導他們如何面對和解開翻譯《守靈》的困境。基於同樣的原因，他邀請讀者盡可能發揮創意。(Terrinoni 2017: 265)

「發揮創意」，並不是天馬行空隨意拈來的恣意妄念，而是要精準把握「該句」所能鋪展的空間，將偌大的關係網絡縮小到讀者記憶所及還能做出聯想的時間範圍內，將可能的意義，以挪移補不足，適當地分配到該特定句子的有限詞語似乎無限展延滋長的罅隙之中，讓讀者可以感受到喬伊斯在此展現的企圖；譬如，"he [Shaun] blessed himself devotionally like a crawsbomb" (FW 424.18)，對照的義大利譯文為 "facendosi devotaventre il pagnotto della croce come un flagellante"。沒有經過扭曲變形的英文字 devotionally，單純明瞭，原本譯成類似 devotamente（虔誠地）的意思，就能毫無懸念貼近字義。兩位譯者卻自創 devotaventre，雖然音節數目相同，發音部位相近，但為何要多此一舉，畫蛇添足呢？究其緣由，主要是為了配合 crawsbomb 的意義。將 crawsbomb 翻譯成 flagellante（鞭打自己以求贖罪的教徒，或是鞭打自己或他人以達性滿足的施虐人或受虐人，或指類似的鞭打行為），連結「鞭打」和炸彈（bomb）的爆炸威力，是可以極大化性變態和宗教狂的合體形象，但 crawsbomb 還內含有影射聖餐的 cross bun（十字小麵包），假若略過不譯，難以呈現碩恩（Shaun）這個自認極度虔誠的肥胖天主教徒貪戀口腹之慾的一面；譯文頗具巧思，將食物（或聖餐）以 ventre（肚腹）的意象分攤到 devotaventre 上，用來指涉間隔兩個字之後的 craw（胃），以及 pagnotto（近似 pagnotta，圓型或長型麵包）（Ruggieri 731）。如此迷你範圍的乾坤小挪移，讓讀者在萬花筒般變幻無窮的行文中，不是顛撲趑趄於胡亂堆疊的文字雜貨內，而是馳騁心智享受將各式各類的汽車組合成變形金剛的美感成就。

除了以上的翻譯特點之外，帖睿柯和裴多涅與他們的譯界前輩一樣，也是盡可能在譯文中兼顧音樂的旋律感、語言文字的精確度和幽默的趣味性。同時，他們還借用社交媒體、網路平臺、和大眾傳播的普及性和即時性，定期發表暫時定稿的譯作，然後依據兩人的密集討論和讀者的熱心回饋進行校正和修改（O'Neill 2022: 251-252）。蘊含在《守靈》內對多元文化的民主包容和悅納異己的開放胸襟，長期支持史基諾里和其他義大利譯者堅持打上一場生命美好的仗，也促成站在這些巨人肩膀上的帖睿柯和裴多涅，發揮創意的翻譯功力，如盧吉耶立所說，「為義大利帶來蓬勃發展的喬伊斯研究」（Ruggieri 732）。

二、漢語和守靈語

　　就本質而言，漢語具有守靈語的潛在特性。或是借用壯鹿馬利根對史蒂芬「信仰」的評語，守靈語的潛在特性是以顛倒逆向的方式存在於漢語的結構之中。守靈語的結構是單音複語，而漢語的結構是複音單語。漢語基本上是一群擁有相同的書寫文字，但在許多情況下口語無法相互溝通理解的語言變體（或方言），可以地理區域劃分為七大語系：

(1) 官話（中國北部、中部和西部地區）、(2) 吳語（江浙一帶，包括上海）、(3) 湘語（湖南）、(4) 贛語（江西）、(5) 粵語（廣東）、(6) 閩南語（福建）和 (7) 客家語（廣東和其他中國南方省份）。（Fung 1）

孫宏開指出，由於每一大語系可再細分為更小的地方方言，經中國語言學者認可的漢語變體可高達 130 種之多（孫 30）[11]。雖然語言背景如此繁複多樣，漢語仍然被視為「單一語言」，「主要是因為所有 [變體] 共享完全相同的書寫形式」（Fung 1）。另一方面，同一件事物有不同稱呼的文化現象，更豐富既有的語言寶庫。例如，自行車至少有十種不同的名稱[12]。如果我們考慮到，歷史上深受中國文化影響的周邊國家，曾經採用或仍然採用漢字變體作為其書寫系統的一部分，即日本漢字（Kanji）、韓國漢字（Hanja）和越南的喃字（Chữ Nôm），這座寶庫珍藏的語言資源，正是翻譯《守靈》絕佳的圖書館，就算沒有達到巴貝耳塔圖書館（Library of Babel）的等級，至少也具備亞歷山卓圖書館（Library of Alexandria）的水準。最重要的是，在這個移民的時代，全球潮起潮落的華人移民離散現象使本已繁複的語言吸納融合當地文化資產而更進一步產生多樣質變的傾向。根據陳志明估計，2009 年華裔移民人口約為 4000 萬，21 世紀初的華裔移民定居在約 130 個國家[13]（Tan 3-4）之中，因此，單語複音的溝通模式成為「海外華人共同的特徵」，儘管「對於不同地域、不同群體和不同世代的同一家族來

---

[11] 在同一本書的序言中，王軍提供的資料是 129 種 (1)，而根據中華人民共和國教育部官方網站顯示，中國共有 130 多種以上的（變體）語言。

[12] 1868 年，時年 19 歲的中國駐法使團代表張德彝在其遊記《歐洲遊記》中將自行車命名為「自動自行車」。在臺灣，自行車有五種不同的名稱：腳踏車、孔明車、鐵馬、單車、自轉車；在新加坡、馬來西亞和中國廣東省沿海地區，腳車；江西省有線車、鋼絲車、自行車嗰；另外，自行車也俗稱洋車子、單車、獨腳車（https://kknews.cc/zh-tw/ 體育 /mmk8y49.html）。

[13] 另一份資料顯示的統計數字遠勝於前：「2008 年大約有 4500 萬中國人分佈在 180 多個國家」（Tan 4）。

說，這種現象代表不同的文化意義」（Li 8）。作為主導文化符號的漢語帝國近年內經歷了巨大的轉變，致使「中國性」的定義開始遭受不同地區華人僑民一系列「複雜的談判和干預的行動」（Chiu 593-594）；無論中華人民共和國是否仍然保有傳統中國性的文化中心[14]，不可否認的是，當今世界格局的轉變已經動搖普通話的霸權統治。普通話早就已經成為漢語變體之一了。

　　這就是普通話在臺灣目前的語言地位。它在政治、社會、文化上，已經失去原先優於臺語、客家語和臺灣本土原住民語言的崇高地位。就語言層面來說，《守靈》的理想漢語譯本必須包含臺灣、中國、新加坡、馬來西亞、世界各地華人／臺灣社區使用的所有漢語變體、日語漢字、韓語漢字、越南�喃，以及根據漢語結構變化出來的鑄造詞語。迄今東西方所有出版的全譯本，標的語言清一色均是拼音文字，尤其在西方印歐語系的世界，文化、宗教、傳統、習俗，乃至語言和語法等，都有互通有無之處，翻譯《守靈》自然佔有先天的優勢。以開卷第一段的 "vicus"（FW 3.02）為例，西方譯者無須耗費太多精神和時間，都能在各自的譯文中使用對應得宜，或以完全相同的詞語來表達這個字彙涵納的複雜指涉（Okuhara 3），如下表所示出自全譯本的例子：

荷蘭文	西班牙文	義大利文	波蘭文	法文	葡萄牙文	土耳其文	德文
vicus	vicus	vicus	vicus	vicus/Vico[15]	vico-	-vikus	Ouikuß

荷蘭文版受到譯界一致的推崇，固然得力於譯者孜孜不倦的努力和超乎常人的毅力，但荷蘭文和英文在許多方面高度融通，卻是不可否認的關鍵因素。再以《守靈》開卷第一段為例，就算我們不懂荷蘭文，也能看出以下根源語和目標語幾乎達到字對字、句對句、結構對結構的完美對稱：

> FW　　riverrun, past Eve and Adam's, from swerve of shore to bend of bay, brings us by a commodious vicus of recirculation back to Howth Castle and Environs.（FW 3.01-03）
>
> 荷文　　rivierein, langst de Eva en Adam, van zwier van strand naar bocht van baai, brengt ons via een commodious vicus van recirculatie terug naar Howth Kasteel en Immelanden.（Bindervoet & Henkes 3.01-03）

---

[14] 見 Khoo and Louie (86-87; 131; 189-190).

[15] "vicus" 是拉韋尼的法譯，"Vico" 是米歇爾的法譯。

日本喬學專家奧原隆指出，「假如歐洲譯者完全不知如何將原文中的某些單字翻譯成目標語言，他們就可以選擇保留原字不動［……］，就像 vicus 的情況一樣」（Okuhara 3-4）。奧原隆進一步表示，原文照抄，放在字母大同小異的歐洲譯文內，至少在視覺上毫不違和，若放置在日語譯文內，立刻一眼就被識破。其實無論是日文或是韓文，都能將西方詞語轉換成拼音字元，照樣能夠（依照奧原隆的邏輯）「解決」上列的困擾。漢語才是那個無路可逃必須直面困境的語言，尤其處理洋涇濱守靈語，除了上窮碧落下黃泉尋覓可能解密之鑰外，別無他途。就拿 "Lick-Pa-flai-hai-pa-Pa-li-si-lang-lang"（FW 54.15）為例，法譯（Lavergne 62.21/Michel 54.15）、義譯（54bis.13-14）、西譯（Zabaloy 54.13）、瑞譯（Falk 66.27-28），都是原汁原味的 copy & paste，荷譯 "Lic-Pa-flai-hai-pa-Pa-li-si-lang-lang"（Bindervoet & Henkes 54.15）和德譯 "Lic-Pa-flei-hei-pa-Pa-li-si-lang-lang"（Stündel 54.13），只有更動了一兩個字母，是原文照抄的歸化版，奧原隆的斷言果然沒有冤枉他們。土譯 "Nihau, isisu ang zine vei rising, paupau, ini leing zei veig lei, zung zung zağm（大意是「你好，我是一個正在崛起的人，呸呸，我是真正的戰士，嗡嗡嗡」）"（Sevimay 57.12-13）別開蹊徑，譯者以自己的理解和想像，創造出和根源文似乎毫無關係但符合西方人士對中國人的刻板印象。柳瀨也是依循自己的詮釋，翻譯成「嘗めてちゅーチューゴク楽行く行く」（柳瀨 62.14），大意是「讓我們嚐嚐，讓我們去享受吧」。倒是韓譯「러－차－프라이－하이－파－파－리－시－랑－랑」（金鍾健 54.15-16）採取擬聲的技巧，避開處理字面意義的麻煩，直接重現這團類似胡言亂語的譫妄原音："leo-cha-peulai-hai-pa-pa-li-si-lang-lang"[16]。

三、翻譯的原則

如此泰山壓頂的巨大難題，的確會讓人心生卻步，從而束之高閣頂禮膜拜以免褻瀆原文的翻譯之心再起。所幸喬伊斯的每部作品（除了本書之外）都有中文全譯本，甚至有不同譯者的多種版本，早已累積相當深厚的喬學翻譯資產。本人何其有幸，可以在眾前輩譯者的基礎上，試圖開拓漢譯《守靈》的可能取徑。金隄和蕭乾／文潔若（之後簡稱蕭／文）分別翻譯的《尤利西斯》，有許多值得讓人學習仿效和挪用的地方。

---

[16] 拙譯：「舔爸像飛高剝皮怕怕爸─巴黎是郎─狼遠遠拜拜」（梁 107.24）。

假如「直譯」和「意譯」代表中文翻譯的兩大傳統，論者咸認為金隄譯本屬於前者，而蕭／文合譯本則屬於後者。金隄倡導「等效原則」，認為翻譯「首先要求傳達原文的精神實質，同時也要求譯文具有與此相適應的風格韻味」（1998: 34）。金譯力求逼近喬伊斯文字的「精神實質」，在雙關語、夾帶字（portmanteau）、回文、謎語等文字遊戲的翻譯上，深得讚賞（Chuang 761-62；林 1996: 167-68；曾 1997: 151-54），在風格、典故、神韻上，也受到相當程度的肯定（Jum 245）。蕭／文合譯採用導讀引介的翻譯方式，設定「心目中的本書對象既有一般讀書界，又希望它對研究者也有些用處」（蕭 31），因此譯文主要力求淺顯易懂，盡可能把原作艱澀繁複的部分化解開來，使譯文流暢通順（張美芳；Murphy），甚至視情境需要，或增或刪，或改寫或加注。曾麗玲認為中譯《尤利西斯》加注「勢在必行」（1997: 155），但金譯傾向能不注就不注，蕭／文則採行能注即注，全書共有 5991 條注釋，包括「典故註、版本註、考證註、批評註之外，更加上『呼應註』[……] 以致於註解幾乎與譯文等長」（林 1996: 165-66）。這種作法，固然大大降低閱讀的難度，卻不為多數學者所認同，如張美芳所說：「原著讀者要自己進入迷宮內尋找出路，[蕭／文] 中譯本的讀者則好比在已經標明出路的迷宮裡去看過去的熱鬧」，這顯然和喬伊斯的原意背道而馳。

　　不論是「直譯」和「意譯」，雖然金隄和蕭乾／文潔若翻譯立場不同，解讀各自有異，相信都是企圖駕馭中文來「忠實」呈現《守靈》的精神原貌。根據之前討論的各國《守靈》全譯本，我們可以得知，絕大部分的譯者都同意，完完全全照本宣科一字不漏的將其翻譯成他種語言，在實際上根本是做不到的，而在理論上也沒有必要。喬伊斯參與翻譯甚深的義文〈ALP〉就是最好的例子，對許多喬學專家而言，喬伊斯其實是窮盡義大利文本身的極限來重新捕捉原著所欲表達的精髓；翻譯對喬伊斯而言，是一種再創作（Sedda; Milton 130; Yao 192）。對諾貝爾文學獎得主愛爾蘭詩人希尼（Seamus Heaney）來說，翻譯就是神迷恍惚（trance-lation）。以華文翻譯來說，最有名的例子，或許就是黃克孫以七言絕句來「衍譯」波斯詩人奧瑪珈音的《魯拜集》，另一近作是梁欣榮的《魯拜新詮》，也是以七言絕句為翻譯體例。

　　由此觀之，「換骨奪胎」已是翻譯《守靈》絕大部分譯者的共識，那接下來需要面對的問題就是如何「蓄血氣存精魄」，如何保留和延續原著的精神，正是譯者和學者共同關切的問題（Cornwell 54; Drews 108; Eco 115; Kim 174; Sandulescu 102）。那麼，什麼是《芬尼根守靈》的精神呢？或是說，喬伊斯創作《芬

尼根守靈》的初衷是什麼呢？希尼認為，《芬尼根守靈》的成就在於語言的突破和創新，尤其是以愛爾蘭本土文化的草根方式來使用因殖民強權而變成他們母語的英文，從而解決愛爾蘭長期以來在文化認同上的困境。守靈語將英國的英文（以及英國所有的文化遺產）破壞殆盡，然後在英文的廢墟中創造出以愛爾蘭文化為主體的世界文化。希尼的見解道出了絕大多數喬學專家的心聲（Bosinelli 168；參見 Cornwell 54; Drew 108; Sandulescu 102），這也正是《守靈》一再演示重複出現的中心主旨：破壞／建設，墮落／救贖，死亡／重生，邊緣／中心，以及其他因為人文主義所建構出來的種種二元對立模式。當然，要破壞到什麼程度，要重建到哪種規模，這之間的分寸拿捏，在在考驗譯者的功力。我的方法大致會依據以下三項原則和四種策略進行整本小說的翻譯。這三項原則分別為回應原文的本質、呈現可讀的譯文和突顯譯者的立場；四種策略分別為承接傳統、開展新局、本土草根和衍譯創生。

(一)第一項原則：回應原文的本質

1. 一沙一世界

《守靈》顯然是整個文學史上最晦澀難懂的作品之一，其中主要的原因，不外乎是小說包含至少有高達60餘種的外來語言，彼此矛盾、衝撞、瓦解、消融、重組。在眾語喧嘩無所適從之中，學界耆老丁道爾（William York Tindall）和畢夏普（John Bishop）卻也同時認為，守靈語「基本上就是英語」（Tindall 20; Bishop 101），就如同伯勒爾（Harry Burrel）所說，「幾乎所有 [守靈語] 都與標準英語一樣，依據相同的詞源組合原則建構而成」（2）。這種既是一又是多的本質，正是喬伊斯企圖打造混沌語宙（chaosmos）的關鍵特色，呈現大千世界繁音複義多元變幻的單純本貌，其中的關鍵原因就是「雜諸國語言，混眾家發音，把逃竄巷弄間躲避債主、口說英語狀似幽靈的小巷子史落魄那類人物，打個比喻來說，從號稱大地屁眼的愛爾蘭全部給嘩啦啦嘔吐出去」（梁 327.20-22 / FW 178.06-07）。臺灣的語言環境和使用現狀，正足以反映喬伊斯的企圖，體現抵禦乃至抗衡中國中心霸權的可能，如史書美所說：

> 臺灣主要的華語，包含所謂的國語、閩南語、客家語，而這三種語言又和西方的英語，或本地的原住民語，產生不同程度的混合，日本殖民時期則結合了日語，殖民地漢文、帝國漢文等使臺灣的華語語系文學表現為多

語言、多文化的狀態。華語語系臺灣文學所彰顯的便是這種特定的、在地的、多重語言文化混融與碰撞之下的產物，也因此對中國文學文化的正統性產生某種質疑的力道。華語語系研究因此與中國研究之間形成某股張力，一方面批判中國中心主義，另一方面透過其在地性和獨特性建構自身。（史書美 135）

為了確實掌握並回應這項特質，譯文基本上會以臺灣現行使用的中文為主，配合情境適時加入臺語、客家語、原住民語，以及中國各省七大方言、日本漢字、韓國漢字和越南𡨸喃。譬如，以中卷第二部第一章結尾、笑鬧劇閉幕的第六個雷語（thunderword）為例：

  原文 Lukkedoerendunandurraskewdylooshoofermoyportertooryzooy-
     Sphalnabortansporthaokansakroidverjkapakkapuk.
     （FW 257.27-28）

  拙譯 KlukKdungTkkdungKapowan 收擔關門欲閂起來囉收攤關門愛上鎖囉打烊尕门要下钥啰收当门尕好戍门啰拿門閂上尕咭门子尕栏柜尕板子尕店揀䦨閉店閉扉 Qmlu'QeljeQdupiPi'inʉvʉPangʉhlʉvʉSukudMasukudAmutaEdefEdebIneb'OmlebAlrebiWaelebePlebun。
     （梁 472.17-20）

第六個雷語是由 9 種印歐語系（丹麥、愛爾蘭、義、法、德、希臘、英、芬蘭、俄等語）和 1 種突厥語系（土耳其語）組成，每個詞語的意義都是「關門」，整體可以理解為在觀眾如雷的掌聲中，劇場老闆大聲嘶喊準備關門的吼叫。對應的譯文，包含臺語、客家語、16 種臺灣原住民語和漢字文化圈使用的漢字，依序羅列如下（部分原住民語系重複使用，目的是用來增添音韻的效果）：太魯閣、太魯閣、太魯閣、達悟、臺、客家、中、粵、吳、晉、晉、湘、贛、越南𡨸喃、韓國漢字、日本漢字、泰雅、排灣、邵、卡那卡那富、拉阿魯哇、布農、布農、鄒、阿美、撒奇萊雅、噶瑪蘭、賽夏、卑南、魯凱和賽德克。

2. 無窮的閱讀樂趣

在《守靈》深沉厚重的悲鬱色調中，時不時會閃現高雅雋永的風趣幽默，或是低俗鄙陋的戲謔打鬧，或是擺盪在這兩極之間數不清的詼諧、突梯、滑稽、逗

趣、揶揄、嘲諷、搞笑，尤其是屬於市井小民這端囂濁俚窳俶詭之言，更是層出不窮，令人或會心一哂，或開懷大笑，不少喬學專家之所以一生投入《守靈》不倦不悔，很多都是為了這種滋潤精神和心靈的純粹樂趣。譬如：

原文　He is too audorable really, eunique! (FW 562.33)
　　　　　　　　　　　　　　　unique　　eunuch
拙譯　他的聲音，真真讓人仰慕，獨一無二！就是沒老二！（梁 1095.02）[17]

原文　Merry-virgin forbed! (FW 376.35)
拙譯　快活小處女，床上好伴侶！童貞瑪麗亞，不容胡亂壓！
　　　（梁 756.08-09）。

以下例子，可以充分反映 "funferall"（FW 111.15）既哀傷又搞笑的本質：

原文　There'll be bluebells blowing in salty sepulchres the night she signs her final tear. Zee End. (FW 28.27-29)
拙譯　那個夜晚，在她嘆息的淚水中，會有一簇簇的藍鈴花在充滿海洋鹹味的地下墳墓裡絲絲顫動。然後她撕下罰單，簽名zzzzz劇終。（梁 59.21-22）

此處場景是電影院，正在播放由連載故事〈賣車情人和交通女警的羅曼史〉改編的電影，片中以蒙太奇手法，首先呈現一幅彷彿是被棄弱女子孤寂落寞香消玉殞的哀淒畫面，下一景卻翻轉成強悍女警給負心漢（賣車情人超速被逮？）開立罰單。這種以通俗濫情賺人熱淚的劇本，根本就是最好的催眠曲，觀眾越來越大的鼾聲（"Zee"）為劇終（The End / "Zee End"）配上絕佳的背景音樂。或是出現在中卷第二部第二章〈夜課〉開頭，左邊屬於楦姆的「批注」，針對居中的文本提到的餐廳和公廁所做的點評：音階越拉越高，不准做這個不准做那個的，吃了壞掉的食物，還硬叫壓著「往下沉」，最後稀哩嘩啦，該吐還是吐了。《尤利西斯》的布魯姆在第十一章中吃壞了肚子，惶惶如喪家之犬，章末在他屁聲連連當中劃上句點。這裡狀況之慘，似乎有過之而無不及。

---

[17] 或許是指湯姆·柏克這一類的神父。柏克神父，依據〈恩典〉中舌頭受傷發音失真的科南的描述，「具有演說家的風範」，雖然科南對當時演講的主題已經記不清楚，柏克神父的聲音卻還深印在他腦海裡，「還有他的聲音！天啊！他的嗓子真好！」（莊 212）。

原文	Dont retch meat fat salt lard sinks down (and out). (FW 260.L2)
拙譯	Do 都不准喊 Re 累，不准嘔吐 Mi 糜肉爛脂 Fa 肪，鹽巴豬油 So 餿， La 拉 Si 稀， Do 都往下沈 （噁，還是吐了）（梁 478.L2）

3. 高度的音樂性

對個人而言，這部份或許是漢譯《守靈》最困難的地方。想要真實再現整個作品中如此精心編排的迷人音韻，幾乎是不可能的事。在前述介紹喬伊斯自譯義文版和法文版的〈ALP〉時，我們已經知道喬伊斯相當重視守靈語在音韻和旋律的朗讀效果。漢語在這方面缺乏拼音文字天生的優勢，幾乎難以再現喬伊斯匠心獨運的音樂特性，舉凡聲調、音節或狀聲詞，在在都是極大的挑戰，往往成果也離理想甚遠。押韻（頭韻和腳韻）、疊字和重複，在不致於太過曲解原意的情況下適切地使用，可以大幅度提高朗讀的音韻，回應內化情緒的高低起伏。譬如說：

【例一】

原文	giddygaddy grannyma, gossipaceous Anna Livia! (FW 195.03-04)
拙譯	潑天迷糊泊漂四洋的婆婆媽媽，頗好東家長西家短的安娜・莉薇雅。（梁 354.13）

拙譯盡可能配合原文押頭韻的旋律，以「潑 - 泊 - 婆 - 頗」帶動聲音的節奏，期望能夠營造出原文童趣的氛圍。引文出自〈ALP〉前一章結尾兩三行，顯然帶有強烈的預告性質，「潑」和「泊」的部首均為「水」，「婆」的部首為「女」，或以守靈方式強解為「波女」，勉強符合 ALP 的人設。第四字推敲頗多時日，仍無法覓得更為適當的詞語，真是眾裡尋她千百度，驀然回首，榮枯歲月已過萬重山，無奈，還是用「頗」吧。相較之下，具有既定旋律的歌曲，不那麼棘手，算是比較容易處理的類型。在能力允許的情況下，我會盡量翻譯成可按原曲唱出的譯文，譬如，聽似天真無邪的兒歌〈這老頭〉（"This Old Man"；綠油精的廣告歌曲，就是依照相同的旋律，加入改編的歌詞；以下關於歌曲的幾個例子，有興趣者可依原文和拙譯試唱看看）：

原文　　And roll away the reel world, the reel world, the reel world! And call all your smokeblushes, Snowwhite and Rosered, if you will have the real cream!（FW 64.25-27）

拙譯　　[歌] This Old Man
　　　　用膠捲，拍世界，膠捲界，真世界！暈上妳的羞羞臉，
　　　　Snow-White & Rose-Red
　　　　白雪玫瑰紅，若妳真有凝脂膚！（梁 128.02-03）

行間注若有標示 [歌]，則表示譯文和 [歌] 後面列出來的歌名有關，譬如以上的例子，「用膠捲」的行間注是「[歌] This Old Man」，兩者之間並不是字義上的翻譯關係，而是表示從「用膠捲」三個字開始，就可以套入 "This Old Man" 的旋律來唱這首兒歌。再舉兩例：

〈溪谷的農夫〉（"The Farmer's in the Dell"）

原文　　The babbers ply the pen. The bibbers drang the den. The papplicom, the pubblicam, he's turning tin for ten. (FW 262.27-29)

拙譯　　[歌] The Farmer's in the Dell
　　　　抓鰻的撒網哥。貪杯的奔酒窟。要錢老爹，酒館老爹，
　　　　把爛錫變金庫。（梁 483.14-16）

〈驪歌〉：以往臺灣學生在畢業典禮必定會聽到的歌曲。歌名 "Auld Lang Syne" 是低地蘇格蘭語，字面意思是「昔日時光」，一般翻譯成〈友誼萬歲〉或〈友誼地久天長〉。

原文　You ought to tak a dos of frut. Jik. Sauss. You're getting hoovier, a twelve stone hoovier, fullends a twelve stone hoovier, in your corpus entis and it scurves you right, demnye! Aunt as unclish ams they make oom. (FW 376.13-16)

[歌] Auld Lang Syne

拙譯　多吃水果，良藥清血，你是越來越重，整整多了十二石重，身體這麼肥腫，通通下沉，屁股之中，活該呀拖去種！像英國人，肉煽濃濕，叔姨搞起唔唔唔唔嗯。（梁 755.03-05）

在此有一點需得提醒讀者，《守靈》中關於歌曲的部份，不見得都可以唱出來，有時喬伊斯只是借用歌名，但沒有對應歌曲的文字敘述。若是這種情形，本人的漢譯基本上會配合原文，只有翻譯出歌名。不過，偶而心癢難搔，有意過過背叛者的翻譯癮（雖然無心的背叛必定「罄竹難書」），還是會讓譯文配合曲調做到可唱的效果，如以下這個例子：

聖歌〈齊來宗主信徒〉（"O Come, All Ye Faithful"）：

原文　Or the comeallyoum saunds. Like when I dromed I was in Dairy and was wuckened up with thump in thudderdown. Rest in peace! But to return.（FW 295.12-14）

[歌] O Come, All Ye Faithful

拙譯　齊來變色龍沙灘，夢到單峰飛機，
Derry
德里駱駝奶場，鴨絨被裹全身，

噗通摔下來，嚇死人驚醒來。
[臺]回去
息止安所倒轉去，

息止安所倒轉去，

息止安所倒轉去，

倒轉去，倒轉去。（梁 558.08-14）

另外，具備固定音韻的詞語，對漢譯也有莫大的幫助。我會依其情境的需要，翻譯成對應的表達方式，希望能夠兼顧意義和聲響。以卡若爾（Lewis Carroll）創造的牆頭蛋人「憨瘊帝・蛋披地」（Humpty Dumpty）[18] 為例，全書大約有 21

---

[18] 依據愛乐娃泽妈 Elva 整理的資料，Humpty Dumpty 的中譯名稱，大致有「昏弟敦弟」（趙元任）、「矮胖錘墩子」（吳華）、「蛋頭先生」（游然）、「矮胖子」（趙明菲）；王安琪在新譯的《愛麗絲幻遊奇境與鏡中奇緣》（2015）中，將其譯為「不倒翁大胖墩」（93）。

個變體，如 humpteen dumpteen (FW 219.15), homety dometry (FW 230.05), hemptyempty (FW 372.19), umptydum dumptydum (FW 567.12), Pompkey Dompkey (FW 568.25-26) 等，象徵墜落、戰爭、毀滅、機槍、粗蠢等意象。

原文　　eggspilled him out of his homety dometry narrowedknee domum (FW 230.05-06)

拙譯　　丟了他滿身蛋汁淋漓，然後將他逐出憨痞滿城蛋披滿地穹頂萎縮成膝蓋骨大小的家園（梁 417.11-12）
（Humpty Dumpty dome / home 標注於原文上方）

原文　　umptydum dumptydum (FW 567.12)

拙譯　　吭劈嚁嗒嗒嗨 - 溫劈嚁嗒嗒嗒嗨 [19]（梁 1102.04）
（Humpty dumdum　Dumpty dumdum 標注於原文上方）

原文　　Arise, Sir Pompkey Dompkey! (FW 568.25-26)

拙譯　　平身，胖痞弟‧盪霹靂爵士，肥鑰匙，蠢鑰匙，打得開就是鑰匙！（梁 1104.22）
（Pompkey Dompkey plump dumb 標注於原文上方）

(二) 第二項原則：呈現可讀的譯文

對絕大多數的翻譯而言，這項原則要求的門檻似乎頗低，甚至不近常理，譯文不都應該是可讀的嗎？讓我們首先澄清，「可讀」的意義並不見得是通順流暢或淺顯易懂，傾向「異化」的譯文或許包含相當數量的嶄新名詞和怪異的表達方式，但同樣可以讓人「讀得下去」。無論就理論或實踐上來說，漢語《守靈》應該忠實反映原文的方方面面，確保華文讀者在閱讀過程中「等效」體驗西方讀者閱讀原著的燒腦經歷。德希達談到守靈語特色時指出：「這種在書寫上普遍化的曖昧性，乃是建立在共有的意義核心的基礎上，並不是將一種，而是多種語言轉化（translate）成另某種語言」（149）；由此可知，我們要翻譯這種語言，就必須反其道而行，以一種目標語言呈現出多種語言的繁複層次。然而這樣的操作方法，其實就是「不可讀」的根本原因。換句話說，第二項原則在本質上就已經違逆第一項原則的精神和主張；不可讀的《守靈》，不管翻譯成哪種語言，對於使用該語言的讀者而言，都應該是不可讀的；此處閱聽大眾口中的「不可讀」，

---

[19] 此處是指「達姆彈」（dumdum bullet）掃射的殺傷力，其相關描述如下：「那面迎風獵獵、印有人形肖像的皇家旗幟，一旦碰上從軍事法庭城堡傳來十萬歡迎兩位岡寧男爵夫人連袂來訪的轟隆隆禮炮，吭劈嚁嗒嗒嗨 - 溫劈嚁嗒嗒嗨，常常碎裂成破布爛旗」（梁 1102.02-05）。

是以一種隱喻的措辭來表達整體閱讀過程中佔據極大份量因為無法理解而必然導致的挫敗經驗，即使殘存些許似乎可以理解的吉光片羽，但寥寥無幾的數量簡直可以略過不計。或許那是讀者大眾依據個人閱讀經驗的共同心聲，但《守靈》出版 85 年以來，喬學界、相關學界和各行各業的有心讀者，透過譯本、專書、論文、訪談、戲劇、電影、音樂、歌曲、繪畫等等，來闡述各自的研究成果、詮釋衍義和分享心得，在實質上已經達到聚沙成塔的龐大規模。本人漢譯的第二原則，就是在如此的基礎之上，至少在第一層的字面意義上，擴大在往昔讀者心目中認為可以「略過不計」的零星理解和稀薄認知，達到尚可「讀得下去」的程度，藉此拋磚引玉，期待更能貼近喬伊斯本意、更能再現《守靈》精神的漢譯本可以不斷問世。至於第二層以上隱而不現的意義（和其他設計），或標行間注提醒，或加注解釋。以下用兩個例子稍加說明：

原文　how matt your mark, though luked your johl (FW 245.29-30)

拙譯　妳這小母馬逗人得很，還真沒見過馬兒盡懨懨成這副德行，還能鼓
　　　動怒頻碎碎念，假若望望妳那下巴抖晃的垂肉，算啦！
（瑪竇／馬爾谷／路加／若望標注於「matt」「mark」「luke」「johl」對應處）

　　　（梁 450.13-14）

原文　they maddened and they morgued and they lungd and they jowld.
　　　(FW 367.15-16)

拙譯　他們仫，瘋馬鬥，麻而盡，戮枷剌，烙旺火熱，大呼小叫爭罵不
　　　休。（梁 736.01-02）
（Matthew／Mark／Luke／John 標注於對應處）

以上是運用錯置的句讀，將四福音書的作者名諱，鑲嵌到語帶揶揄嘲諷、實則自找下臺階的抱怨中。假如此處沒有行間注，讀者閱讀譯文，即使沒有聯想到新約四福音書，相信還是可以了解字面上第一層的意義，對於本人來說，那就夠了。至於沒有意識到隱藏的語碼，或是挖掘到隱藏的語碼但無法解開該語碼出現在此處的意義，或是解開該語碼出現在此處的意義卻無法理解該意義如何呼應整個段落的微言大義等等，太過繁複曲折無法在有限空間內以簡潔字句闡述，那屬於閱讀經驗的積累，就讓讀者充分享受閱讀過程中發揮自由自在的想像力，從中摸索挖掘出無窮的樂趣。譬如以下這句：

原文　like lots wives does over her handpicked hunsbend [...]．
　　　（FW 364.35-36）

　　　　　　　　　Lot　　lots　　　　　　　　Hun　　　　handpicked　henpecked
　　拙譯　　就像羅特众多的駐顏婆娘，以匈奴的氣勢，把手工挑選的懼內老公
　　　　　　　　　　　　　　　　　　　　　　　　　　　　　　　bend
　　　　　　拗來彎去。（梁 731.01-02）

如同上例，讀者配合參考行間注，對於第一層「妻管嚴」的字面意義，應該不會有理解上的困難，但對於使用簡體的「众」，也許會有點困惑，懷疑是誤植的結果；另外，熟悉聖經的讀者，心中應該也會升起羅特妻子數目的疑雲，他娶妻一位，何來眾多老婆之說。首先，根據《創世紀》19 章記載，上主以硫磺和火摧毀索多瑪和哈摩辣兩座墮落之城之前，曾藉天使傳達警告：「快快逃命，不要往後看，也不要在平原任何地方站住；該逃往山中，免得同遭滅亡」（19:17），但羅特的妻子在逃命中「因回頭觀看，立即變為鹽柱」（19:26）。羅特攜同兩位女兒成功逃出生天，避禍山洞中。兩位女兒因為擔憂父親這一支脈從此斷了子嗣，商量好每晚將她們的父親灌醉，以便輪流「與他同睡 [……] 女兒幾時臥下，幾時起來，他都不知道。這樣，羅特的兩個女兒都由父親懷了孕」（19:32-36）。假如我們把為羅特生下兒孫的女兒視為履行傳宗接代義務的妻子，羅特前後共有三位夫人（Lot's wives / "lots wives"），如此可以解釋原文複數形式的 wives，由於後面兩位並非「明媒正娶」，因此可以翻譯成「眾多婆娘」（lots of wives），以模糊的俚俗字眼（四川話的「婆娘」，可以指「女人」或「老婆」；而「娘」是日語的「女兒」）迴避曖昧的髮妻身分。改「眾多」為「众多」，主要是因為「众」既可以切確顯示妻子共有三人，精準標定三人的婚姻身分（一大在上，兩小在下，元配和庶妻的關係），更可包涵中文語境「三人為眾」的概念。「駐顏」是本人的衍義，指涉「駐顏有術」的兩位「小」老婆，同時加強讀者對於「鹽柱」（對調「駐顏」之後的發音）的聯想。

(三) 第三項原則：善盡知音譯者的天職

喬伊斯相當看重《守靈》譯作的品質，曾和貝克特共同翻譯法文版的〈ALP〉，數年後也曾和法蘭克（Nino Frank）共同翻譯義文版的〈ALP〉。1929年，由於親朋好友和文藝學界都對發表的《守靈》篇章抱持高度的懷疑，甚至出現強烈敵視的態度，再加上個人的精神和健康狀況，喬伊斯認真思考過要敦請詹姆斯・史蒂芬斯（James Stephens）接手撰寫尚未完成的部份；喬伊斯向史蒂芬斯詳盡解釋這本小說的內容、梗概和要旨，史蒂芬斯保證會全心投入，完成這本

書的第二部和第四部（Crispi, Slote, and van Hulle 23）。要善盡《守靈》譯者的天職，理想上需要具備以上幾位喬伊斯「欽點代理人」的條件，並以在世的身分，達到來世不朽之盛事。如此彷彿環繞作者意圖為核心、看似陳腔濫調的主張，由於守靈語自我解構的本質，已然賦予譯者類似遺緒繼承人的身分，可以合法從事翻譯、反義、迻譯、移義、改寫、概寫、編撰、甚至杜撰等任務，不是父規子隨僵守家產，而是創造語宙繼起生命，即班雅明所謂的「後繼的生命」（Fortleben）。生命，唯有創造，而非製造，始見意義。譯者，必須是喬伊斯的同代人（contemporary），但不是十九世紀末到二十世紀中期之前的那一代，而是設身處地成為和喬伊斯與時俱進的人，呼吸同樣的空氣、關注同質的議題、取徑同等的方向、開創同類的思路，是把花花世界大千宇宙翻譯成語言文字的作者，是取精神本質心靈文化創造來世生命的譯者。同時，還得是喬伊斯的知音，大概有點像孔子之於文王那樣的知音。在《守靈》中，我們可以讀到相關的描述：「從朗納爾以下歷來統治者所起的全部種種，完全都被大雨夷平了，但我們聽聽羅盤指針的轉動，就可以判斷出原來的區域範圍，有道是：習其曲可得其數，習其數可得其志，習其志可得其人」（梁 113.05-08 / FW 56.36-57.03）。孔子學琴循環漸進，從曲入數，由志得人：「丘得其為人，黯然而黑，幾然而長，眼如望羊，如王四國，非文王其誰能為此也！」（司馬遷 1925）。如此信實達意雅致超凡的領悟能力，實乃臻至嚴復對翻譯的理想境界，充分再現（或「克隆」）文王的外貌和威儀，的確也是喬伊斯相當鼓勵的翻譯手法。但喬伊斯同時也期勉、激勵、慫恿、唆使、熒惑、誘導、甚至驅策和役使《守靈》譯者根據他所撒下的線索種籽，創造出與時俱進的譯文。創造不是完全放任譯者依據自我的理解和個人的詮釋大開腦洞自由聯想的創作，譯者得依據「羅盤指針的轉動」，透過判斷，在一大片漫漶錯位的地理環境中探知「原來的區域範圍」，至於該區域範圍的山勢走向、水文分布、屋宇街衢、人口結構等等，就端視守靈語開放多少曖昧空間供譯者發揮想像力，呈現符合守靈邏輯的譯文。

　　依據此三大翻譯原則，本書以喬伊斯和喬伊斯作品譯者的翻譯理念為經，以喬學專家闡述的《守靈》中心主旨（leitmotif）為緯，採取四種翻譯策略：承接傳統、開展新局、本土草根和衍譯創生。說明如下：

四、翻譯的策略

㈠第一種策略：承接傳統

在近代批判浪潮的普及和深耕之下，「傳統」幾乎成了「包袱」的代名詞，似乎裡頭全是累贅的破銅爛鐵，而不見光慧的碑碣琉璃。我們應該都知道，事實並非如此。偏頗極端的論斷往往是二元對立激烈鬥爭之下，以鬥垮對方為終極目標而不顧現實事物本身的政治手段。沒有過去累世累代的傳統，何來今日質疑傳統的我們？即使有（從當代特定眼光省視下）所謂的破銅爛鐵，也都是當時歷史時空下的產物，有其產出的文化、社會、政經等等複雜背景和生成意義。拿翻譯為例，對我而言，在整個翻譯過程當中，其實並無全然嚴格意義的歸化和異化之分，惟有譯者透過個人詮釋視角理解原文某段文字之後，在歸化和異化之間對話、折衝、協調、重組、融合（或戎合）之後，所呈現出來仍然具備差異本質、依舊保有飄思不群的（理想）譯文。倘若摒棄傳統而僅就創新，無異將解構誤認為是竭澤而漁的「竭構」，將 deconstruction 當成是 destruction 來揮舞殺敵，大大違反德希達的本意。以下分述承接傳統的兩種方式：

1. 挪用現有中譯

所謂「現有中譯」，是指迄今為止已經翻譯成中文的出版文本，可分成兩類：第一類是除了《守靈》之外喬伊斯作品的中譯，第二類是非喬伊斯作品的中譯。第一類：《守靈》中，喬伊斯常會指涉以往的作品，從單詞到句子到故事情節都有，同時還有人名、地名和商店名等，因此都會參考先前譯者的譯法，在不影響本人翻譯的大原則之下，盡量予以採用。譬如，*Finnegans Wake* 的書名中譯。華文世界最早出現的 *Finnegans Wake* 書名中譯，應該是吳興華發表於 1940 年《西洋文學月刊》第二期書評中使用的《斐尼根的醒来》（谷小雨 122），之後，Finnegan 的中譯很快就趨於共識，譯者幾乎都採取「芬尼根」做為人名，而 Wake 的譯法則始終擺盪在「蘇醒」（或「覺醒」）和「守靈」之間。迄今可見的譯法，大約有十種以上，可分成三大類；第一類著重死亡，如《芬尼根守灵夜》（蕭／文）、《為芬尼根守靈》（王錫璋），第二類強調重生，如《芬尼根還魂》（莊信正）、《芬尼根之醒》（薛絢），第三類綜合以上兩層意義，如《芬

尼根守靈／轉醒》（林玉珍）和《芬尼根後事[20]》（金隄）。在看似大同的現有譯法中，顯然可見的有兩處小異：「的」和「夜」。所有格「的」在中文語法中，若核心語和修飾語在語意上有領屬關係（即「密切關係」或是「相對關係」者）（趙元任 316-317），也就是說，「『的』前後的兩個名詞在語義上結合得很密切」（湯廷池 145），則可以省略「的」，如「張三（的）女朋友有一頭（的）秀髮」。就原文書名 *Finnegans Wake* 而言，我們無法完全確定是否有所有格的存在，若翻譯成「芬尼根的」，顯然背反原文模糊 Finnegan 和 wake 之間的關係，而省略掉「的」，除了毫不影響所有格的可能存在之外，還可塑造出模稜兩可的語境。另外，關於「夜」一字，就原文觀之，並沒有直接和此意象相關的字眼，當屬衍譯的添加詞，此舉無可厚非，原是翻譯常態，就故事內容觀之，全書的確描繪夜間 HCE 就寢後輾轉於夢境中的種種遭遇，然而我們不可否認，最後一章的時間點是破曉時分，黑夜已盡，旭日初升，ALP 不是以愛憐憨嬌的口吻，叫喚 HCE 起床嗎？

> 　　　　　　　　　　　　　[梵] divas　　　　　　　　　　　　　　　　　　[梵] div
> 今朝，緩現的白晝，從微妙精巧化爲神而明之，光天化日之下閃耀的
> vases　　　　[梵] padma
> 淨瓶。缽曇摩蓮花，光彩玲瓏益添晶華流轉，極盡甜美中更加芳香甘醇，
> 　　　　　　　orisons
> 悠悠遠遠晨禱鐘聲，臍中綻出千葉金色妙蓮華，正是我們的時辰，或許該起身了。（梁 1153.03-06 / FW 598.12-14）

期待和等待，表示尚未到來的時間點，但真正的黎明在小說結尾已然降臨。若以「夜」字入於書名，恐會有漫漫長夜似無盡期的誤解。綜合以上所述，個人選擇《芬尼根守靈》做為 *Finnegans Wake* 的漢譯書名。

　　第二個例子是 "twosides uppish" (FW 484.14)，這是一段討論虛假表面和真實內在的敘述，我借用金隄素為喬學專家讚不絕口的神來妙譯，「卜一：上」（"U.P.: up"），配合語境，翻譯成「如同那張明信片，一面是『卜一』，另一面是『上』」（梁 951.01-02）。讀者可以從相同的表達用語聯想到《尤利西斯》的相關情節，從而擴大對《守靈》的認知。第三個例子，如下所示：

> 原文　likeas equal to anequal in this sound seemetery which iz leebez luv.
> 　　　(FW 17.35-36)

---

[20]「後事」，如丁振祺所說，是指「死者的守靈夜、葬禮等喪事」，同時，也可以指「以後的種種事情」（31）。

| 拙譯 | 就像我們的 like 和 as，看似對等卻不盡然平等，一場夢魘迴盪在這盃對稱完美的墳墓裡，冶煉聲音，打造語調；渣滓，伊曦之愛愛上愛之死，藥引，依稀之愛愛上愛愛。（梁 38.20-23）[德] Liebestod |

原文中的 leebez，暗示德文的 Liebestod（愛-死），即華格納的名劇《崔斯坦與伊索德》（*Tristan und Isolde*）第 3 幕第 1 景中，伊索德在崔斯坦的屍身上，悲慟欲絕吟唱的哀歌，leebez luv 也就成了 love love，回應《尤利西斯》第 12 章的 "love loves to love love" (Joyce 1992: 433)。現有的三部全譯本關於這句的中譯如下：

蕭乾和文潔若	愛情思戀著去愛慕愛情。（798）
金隄	愛就愛愛愛。（642）
劉象愚	愛愛愛愛。（629）

本人根據金隄和劉象愚的中譯，修改為「愛愛上愛愛」。從「伊曦之愛愛上愛之死」中，讀者可以辨識出主詞是「伊曦之愛」，第二個「愛」是動詞，其受詞為「愛之死」，因此，在類似的構句「依稀之愛愛上愛愛」中，就不致於被「愛愛上愛愛」弄得一頭霧水了。

第二類雖然雷同第一類的原則，但需要視本人所理解的《守靈》情境再詳加區分和調整。譬如說聖經典故，就必須判斷敘述語氣（narrative voice）的立場是羅馬天主教，或是新教，才能決定要引用思高本，或是和合本，因此同一個人物，在不同的章節就可能會有不同的譯名，如 Onan，就可能是「敖難」或「俄南」，大天使 Michael，就可能是「彌額爾」或「米迦勒」，假如是伊斯蘭教的情境，則可能改成「米加勒」。就像亞當和夏娃，倘若敘述語氣是引用《古蘭經》的話，他們就必須是「阿丹和哈娃」。判斷敘述語氣是翻譯《守靈》中特別需要用心注意的地方。譬如說：

原文	when he bore down in his pyrryboat (FW 367.20-21)
拙譯	他挾萬鈞之力躍上那艘好比北米合眾國水師提督瑪竇·伯理麾下的 Matthew Perry 黑船、那般同等奪人魂魄的琵菈號渡輪。Pyrrha
	（梁 736.06-07）。

對於這位將領的姓氏 Perry，一般都會按照發音翻譯成「培理」。在此翻譯成「伯理」，是根據日本歷史的記載。1853 年（清咸豐三年）七月，美國東印度艦隊

司令官 Matthew C. Perry 率領四艘軍艦，抵達日本江戶灣浦賀水道，當地居民首次目睹那般巨大的船艦，因船身漆黑，故稱黑船。日後橫須賀市蓋了一座伯里公園，並在當年黑船登陸的地方，樹立一座紀念碑，上面有日本首相伊藤博文的親筆手書「北米合眾國水師提督伯理上陸紀念碑[21]」。「伯理」應該比較足以反映史實。

2. 尊重專有名詞的生成脈絡

專有名詞，如德希達所言，有其絕對無法取代的獨特性，尤其在《守靈》有如百科全書的龐大繁複敘述脈絡下，必須將其確實還原到本初的生成脈絡，一方面可以真正顯示該專有名詞的意涵，二方面可以啟動並連結其生成脈絡的豐富底蘊。因此，舉凡文化、經濟、政治、法律、科學，到交通、音樂、武器、服飾和食物等等，都必須十分精準掌握該專有名詞在華文語境的特殊用法。譬如，以現代大家熟悉的 Tesla 為例，不管是人或是車，就非得翻譯成「特斯拉」不可，除非有特殊的文本需要和足夠的輔助語境，「特思拉」、「忒絲菈」和「透思拉」，都無法讓人即刻聯想到那位天才科學家或是電動汽車，而且就後者而言，已是該汽車公司登記的官方中文名稱，譯者無權擅自更動。以下用列表方式，呈現幾個《守靈》使用到的商品名稱。

原文	拙譯	備註
Jhem or Shen (FW 3.13)	占姆或神恩 [釀造出] 尊美醇的威士忌 (4.08-09)	Jhem or Shen，三個字合起來 Jhemor-shen，若含糊發音，聽起來會類似 Jameson，也就是依據其營業執照上登記的官方中文名稱。
guilbey (FW 406.33)	傑彼斯琴酒 (809.03)	依據其營業執照上登記的官方中文名稱。
Jacobiters (FW 111.04)	絕大多數遭殃的都是貪吃 Jacob's 雅各伯餅乾的 Jacobiters 詹姆士黨人。(210.08-09)	Jacob's 的正式中文商品名稱應該稱為「積及餅乾」(Jacob's Club Biscuit)，但為了凸顯厄撒烏 (Esau) 和雅各伯 (Jacob) 因「吃」結仇的豆羹事件，無奈直譯成「雅各伯餅乾」。

---

[21] 參見〈https://zh.wikipedia.org/zh-tw/ 馬修・培里〉。擷取於 2024/5/3。

from Neaves to Willses, from Bushmills to Enos. (FW 577.21)	從尼夫牌嬰兒食品到威爾斯的《皇家離婚》，從布什米爾威士忌到醒酒的以羅果子鹽。(1118.04-06) （Neave's / Bushmill / Eno 標註於對應詞旁）	「布什米爾[22]」和「以羅」是 Bushmill 和 Eno 兩大廠牌的官方中文名稱。若時日久遠，該商品已停止銷售，譬如此處的 Neave's，則採用其他可信的輔助資料，「尼夫[23]」是根據蕭／文（804）翻譯的中文名稱。

(二) 第二種策略：開展新局

在所有的翻譯過程當中，譯者難免需要鑄造新的辭彙（neologism），對於《守靈》譯者來說，幾乎更是無法迴避的必要創作。為本國的文字添加嶄新的詞語，並非表面上看起來那般無足輕重，並非只是幾個新鮮的字眼而已；每個新鑄詞語，都是兩座（或兩座以上）文化冰山合體之後露出水面的一丁點尖端，代表精華淬煉的結晶。那是一項對所有譯者而言絕大的挑戰，對漢語譯者而言，難度尤甚。我在本書中嘗試以下列幾項方法投石探路，希冀能夠提供解決之道。

1. 陳腔濫調

以拼音文字翻譯《守靈》，確實比漢語佔有先天的優勢，但問題的癥結所在，並不在對比表音文字和語素文字的巨大差別（漢語畢竟不是徒具語素的啞巴文字），而是要了解讀者之所以能夠辨識諧音的前提，是因為他們早就熟悉類似（或相同）發音所表示的意義，如此才能有所共鳴。讀者要先知道 Rosicrucian 的聲音和意義（sound and sense），才有可能享受 raxacraxian (FW 99.28), crucian rose (FW 122.25), russicruxian (FW 155.28), roselixion (FW 346.13), rawrecruitioners (FW 351.06), Russkakruscam (FW 352.33) 等等變體帶來的無窮樂趣。但假如我們把漢語的單詞當成拼音文字的一個音節（syllable），看似天生的缺陷立刻可以華麗轉身，變成上天的祝福，把幾個漢語單詞並置在一起並且能讓人一聽就懂的

---

[22] Bushmill 原名布什米爾，於 2023 年更改在臺品牌名稱為「鉑仕麥」。參見：〈https://www.tw-tw.com.tw/breaking-news/2022/bushmills-new-mandrian-brand-name/〉。擷取於 2024/5/1。

[23] 針對此嬰兒食品的中譯：尼夫（劉象愚 635;《婦女襟誌》[42 卷 202-239 頁]）和耐夫（金隄 649）。

組合，譬如成語、金句、詩詞、口號、廣告詞等等，這些大家耳熟能詳的表達方式，越是陳腔濫調，越是最佳選擇，意謂該表達方式已經擁有極大普及範圍的可能，在如此基礎之上，漢語的單詞之間具有高度的同音現象，更能達到西方拼音文字在發音上相互契合的緊密程度，從該組合詞語更換幾個發音相同或類似的字眼，即可化腐朽為神奇，創造符合文本語境的守靈漢語。陳腔濫調，變成沉腔藍調，意象宛然翻頁，若變成逞強懶叫，瞬間就從慵懶憂鬱的歌手變身勉力推車的老漢。稍前討論過本書的漢譯標題，稍後會以副標題的前四個字「墜生夢始」，來進一步說明以上技巧的運用。

讓我們再一次回到正標題的漢譯問題。不管是喬學專家，或是業餘譯者——這其實也是所有這本小說讀者共有的閱讀經驗——面臨翻譯 Wake 的難題，若為求順暢，大多不約而同被迫選擇其中一種意義；反之，若為求忠於原著，那譯文總難完全符合標準中文語法。前兩種翻譯方式雖然清晰易懂，但卻將喬伊斯苦心經營的繁複意境簡化成平淡無味的單面陳述，尤其若採用這種譯法來翻譯全書，則無法映照小說引人入勝之精妙於萬一。第三種的譯法，如林玉珍的《芬尼根守靈／轉醒》，雖然違逆中文一般認可的書寫表達方式，卻可將 Wake 這字的曖昧衝突清楚明白地呈現出來。事實上，在一次專門研究《守靈》翻譯的小組討論會裡，蘿絲瑪利・法蘭克（Rosemarie Franke）和赫爾姆特・玻恩海姆（Helmut Bonheim）就曾提出建議，認為應將該書可能的意義（至少有正反兩種）由不同的譯者盡數譯出，並將這些不同的譯文以垂直排列方式和原文對照刊印，讀者方能略解其中三昧（Knuth 268）；然而，讀者有無耐心相互對照閱讀，固然無法預期，而哪幾個字（或辭）應該對照原文何字，更容易使人困惑。因此，多位喬學專家學者建議在「忠於原著」的大原則下，借用現有耳熟能詳，甚至陳腔濫調的語法，注入喬伊斯在《守靈》所揭示的語言意涵，應能賦予嶄新的意義（Costanzo 231-32; Lorenz 114-15; Nestrovski 473-74），為《守靈》的幽微世界打開一扇可供窺探的視窗。本人漢譯書名《芬尼根守靈：墜生夢始記》，就是希望能在主標題和副標題之間製造繁複意義的模糊曖昧性，尤其是副標題所指涉「醉生夢死」的傳統刻板意涵，再加以增益多層同音異義的面向，除了方能庶幾逼近 Wake 的繁複意象外，更能傳達整本小說的主旨。當然，論者或以為，這種文字替換遊戲司空見慣，不足為鑑。沒錯，我們隨處都可見到類似的例子，如房屋廣告「水滿為換」，如報紙社會版標題「飯店新食尚對了年輕人胃口」「用薪看職場 吸引人才難」等，但翻譯《守靈》並不僅是諧音字的替換，而是幾乎每一個詞語都由至

少兩種意義截然背逆的字彙組合而成，我們可以稍加想像，由這種字串聯成句，由這種句串聯成段，乃至章、卷、冊，而成書，其中纏綿輾轉，重疊複遝，實非尋常文字遊戲可望其項背。

假如我們以較粗糙的方式來瞭解 Finnegans Wake 意欲所指，並試圖翻譯的話，起碼有四點必須先行注意：（a）Finnegan 是愛爾蘭人名；（b）書名第一個字 Finnegans 最後的字母 s，可能是所有格 Finnegan's，或是複數 Finnegans，或是複數所有格 Finnegans'；（c）Finnegan 可拆解為 Finn 和 again，前者影射愛爾蘭英雄 Finn MacCool（芬恩‧麥克庫爾）、法文 fin（結束）和瑞典文 fin（美好的），後者的意思是「重來」，可延伸循環、迴轉、重生等意義；（d）書名第二個字 Wake，可指「守靈」，也可以是「醒來」，更重要的是，這兩層意義截然相反，是本書中典型的布魯諾式鑄造字（Brunonian coinage）。

〈芬尼根守靈〉（"Finnegan's Wake"）是愛爾蘭飲酒歌謠，敘述水泥匠提姆‧芬尼根（Tim Finnegan；象徵世間芸芸眾生）因為酒「醉」而「墜」落梯子導致「死」亡，喬伊斯藉以暗指人類自亞當犯「罪」而墮／「墜」落的聖經典故；但就在為芬尼根守靈的夜晚，當眾人痛飲酒漿唱歌跳舞（愛爾蘭守靈風俗）時，有人將酒瓶隨手砸到芬尼根停靈處，酒瓶迸裂，酒漿流滿芬尼根頭顱，竟因浸著酒液而從鬼門關轉回，奇蹟般的甦醒過來，彷若重「生」，又如做了場「夢」。因酒而醉而亡，大「夢」一場，再因酒而獲重「生」，乃「始」於醉／墜／罪，而終於「生」／昇，其中以降為升（也就是快樂的墮落 [felix culpa]）、矛盾相容、死生相扣、循環不息等小說重大主旨均涵納在「罪升夢始」四字裡。再者，「始」和「夢」尚可延伸出與主題相關的意涵。「始」除了對照其反義「死」之外，另可指「屎」；喬伊斯雅癖穢汙（scatology）意象，結合埃及《逝者之書》（*The Book of the Dead*）哲理，在小說裡一再強調生命始於污穢歸於卑下的生死觀。「夢」，可以細小如「蠓」（昆蟲是 HCE 一家大小常見的意象），亦可以入水為「鯭」（在眾多 HCE 的動物意象中，當首推魚類）。如下所示：

醉　生　夢　死
墜　昇　蠓　始
罪　牲　鯭　屎
贅　神　萌　蝨

換句話說，「醉生夢死」可以上列每一行中隨機任選一字，然後將 4 個方

塊字由左到右排列出來的「偽成語」，幾乎都能逼近小說錯綜複雜的主旨，譬如「墜神蠑蝨」、「醉牲魷死」、「罪生夢始」、「贅昇萌屎」，以及本書的副標題前四字「墜生夢始」等。

以下再羅列數例，都是將陳腔濫調加以翻新，賦予《守靈》面貌，由於使用技巧大同小異，僅在備註欄內稍加說明：

原文	拙譯	原本含義	備註
boardelhouse (FW 186.31)	妓宿之家 (342.01)	寄宿之家[24]	"The Boarding House"，喬伊斯讀者應該很熟悉的《都柏林人》故事。
chemins de la croixes (FW 376.06)	受難苦鹿 (754.20)	受難苦路（[法]chemin de croix）	碩恩一向以基督自居，也曾化身麋狐鹿榮登教皇寶座。
quine (FW 254.31)	[望之似] 母后而冠 (467.9)	沐猴而冠	quin，十六世紀的法文，指猴子，quine 是母猴。發音與英文的 queen 類似。

2. 正反背逆

「畫圓為方」（squaring the circle），古希臘數學裡尺規作圖的命題，引導喬伊斯認識義大利哲學家焦爾達諾・布魯諾（Giordano Bruno）「對立偶合[25]」（co-incidentia oppositorumi）正反背逆、似非而是的哲學主張。喬伊斯在 1925 年 1 月 27 日的信中，對哈莉特・肖・韋弗（Harriet Shaw Weaver）女士表示：「他 [布魯諾] 的哲學是一種二元論——自然界的每種動力都必須進化出逆動力才能實現自身，對立帶來復合」（Joyce 1966: 305-306）。構成守靈語的字素往往處於火水未濟的動態平衡，時而抗頡、衝突、組裝、融合、分裂、對立、再度抗頡，週而復始，盤旋升級。我嘗試從五方面來翻譯具有正反背逆特質的守靈語。

(1) 把握對立，製造矛盾

這類的守靈語具有明顯一分為二相互對立的傾向，通常都是以雙關語的形

---

[24] 依據莊坤良的中譯 (75)。

[25] 此概念源自德國樞機主教庫薩的尼各老（Nicholas of Cusa）的神學思想。

式，透過轉喻（metonymy）、諧擬（parody）、矛盾修辭（oxymoron）等來強化背逆同源的現象。

【例一】

  原文 Avondale's fish and Clarence's poison. (FW 209.06-07)
  拙譯 艾文戴爾森林的柑橘，克拉倫斯山脈的毒枳。（梁 379.11）

這是典型的對仗工整彼此互斥的例子。若直譯成「艾文戴爾的魚和克拉倫斯的毒藥」，只能展現外顯的二元對立，但無法傳達原文內在的含義。要了解其含義，有兩點需要先納入考慮：(a) 諺語："One man's meat is another man's poison"（某人的肉食是他人的毒藥）；(b) poison，就法文而言是「魚」，英文是指「毒藥」。這兩點的共同特色是相同的東西分裂成對立的兩面。略加更動「南橘北枳」的成語，即可製造出矛盾對立的語境。原文中的「魚」，並非主要的關鍵字（並無影射耶穌或 HCE 的作用），以橘替代，實屬無奈。另外還有一點，較不明顯，但更為重要。艾文戴爾是愛爾蘭無冕王帕內爾（Charles Parnell）的出生地，而位於早期英國罪犯遣送地澳洲的克拉倫斯，1884 年在其轄區內的袋鼠溪發生 23 位原住民慘遭毒殺事件。地傑出人靈，罪窟產惡魔，不同的生長環境，栽植相同種類的蔬果，自然相去千里。

【例二】

  原文 and it is veritably belied, we belove, that not allsods of esoupcans that's in the queen's pottagepots [pottage post] (FW 289.04-05)
  拙譯 [對他] 我們深信怖疑，我們敬愛有枷，在女王郵遞過來的粥湯之中，當然不全都是種類繁多的湯罐頭，厄撒烏煮的湯也不盡然都是泥沙呀。（梁 546.04-06）

大英帝國對其殖民地的蟻民，自然期望他們能以深信不疑、敬愛有加的態度，來回報女王在大飢荒時期慈悲恩賜的救濟食糧。謊言（lie）深藏在「相信」（believe）我的政治宣傳裡，敬愛（love）的代價是加諸身心靈的枷鎖，都是摻在災荒捨粥內的泥沙。以「深信怖疑」和「敬愛有枷」分別激化政治謊言中「深信不疑」和「敬愛有加」坑蒙拐騙的內在本質，略顯《守靈》諷喻的內涵。

(2) 善用古文，建構模糊

此處用「古文[26]」來概括以古典漢語書寫的文本。運用其美學上強烈的不確定性，來建構《守靈》模糊朦朧的正反齟齬世界。

【例一】

  原文 We nowhere she lives (FW 10.26)
  拙譯 我們不知偽知之，她這會兒住在這裡的哪兒（梁 21.20-21）

這是一段關於伊曦（或是少女莉薇雅）住處的描寫，大致含有三種可能的解釋；（1）「我們知道她住哪兒」（"we know where she lives"），（2）「我們不知道她住哪兒」（"we no where she lives" / "we do not know where she lives"），（3）「我們知道也不知道她住在無處可尋之地」（"She lives nowhere, and that's what we know/no"）。這裡的重點，不在於「她住在哪裡」（夢境的空間迅息萬變，知道她在哪兒的當下，恐怕她早已經換了好幾個住處了，或是住處早已變皇宮變酒館變人變魚變壺藤變黑雁變羽絨大山變了不知多少回了），而是要把「知」與「不知」之間的曖昧矛盾翻譯出來。借用《論語・為政》孔子對子路的教導，「知之為知之，不知為不知，是知也」的轉折邏輯，重組出「不知偽知之」類似「對立偶合」的哲學思維。

【例二】

  原文 In the name of Anem (FW 15:29)
  拙譯 以非常名之名的名義（梁 33.16）

Anem 是 name 重組字母順序後的產物，也可能是愛爾蘭文 ainm（名字）的變形，或是爪哇文[27] anèm（名字的）的有意誤用，都烘托該詞語遠古蠻荒的特質，完全符合〈馬特和朱特〉（"Mutt and Jute"）的背景，再加上大寫字母 A，標示它是一個專有名詞，在在說明此名非一般之名。借用老子《道德經》「名可名，非常名」看似矛盾的概念，來製造 name 與 Anem 的對比。

---

[26] 古文，亦稱文言文，朱光潛提過，要為它下定義著實不容易，所謂「用文言作文」，可能有三種含義：「一是專用過去某一時代的語文［……］。第二種辦法是雜會過去［中國］各時代的語文，任意選字，任意採用字句組織法［……］。第三種辦法是用淺近文言」(110)。

[27] "orangetawneymen!" (FW 361.24) 包含的 orang，即爪哇文的「人」。

(3) 建立邏輯，強調因果

　　守靈語內含的意義越多，組構出來的語境自然就越加複雜。這種狀況就得先釐清此語境所處的文本環境，然後以配合文本環境為前提，用抽絲剝繭的耐心和毅力，羅列出來所有可能的字義，每個字義都是一塊拼圖碎片，有正，有反、有順、有逆，依據《守靈》邏輯，讓思緒飛揚，總能拼出個人的圖案來。譬如在開卷首頁就遭遇的戰爭：

> 原文　to wielderfight his penisolate war (FW 3.06)
>
> 拙譯　也尚未再度以統治者之名，以監禁伊索德為由，發動他的半島戰爭，揮舞著超屌孤挺的鐵桿長矛，直如筆迅如矢，一場狂野的戰鬥，口中吐出乳白沫星，不降即戰！（梁 3.06-08）

我們試著盡可能把所有字義攤開來，一塊一塊拿起來，對照心中那份彷彿模糊溤漫的圖案，慢慢進行比對、分析、檢視：

wielderfight	wieder（[德]再度）+ wield（揮舞）+ wild（狂野的）+ wiederfechten（[德]再度戰鬥）
penisolate war	pen（筆）+ penis（陰莖）+ late（遲到的）+ isolate（孤立）+ solid（堅實的）+ Isolde（伊索德）+ peninsular war（半島戰爭）
penis in isolation	自慰或手淫
penis "au lait"	penis with milk（射精）
pen Isolde	把伊索德關到圍欄裡

寥寥數字，勾畫出來一幅相當豐富的景象。「狂野」和「孤立」，「遲到」和「再度」，「射精」和「戰爭」等詞語似乎存在某些無法兜攏的地方，但假如把「伊索德」三個字連結到《崔斯坦與伊索德》淒美的愛情故事，所有零散的碎片都會百鳥朝鳳以她為中心按照品秩級職依序就位。秩序呈現意義，意義勾勒語境，語境建構文本的世界。

(4) 區別字體，活用對話

　　常人交流溝通，難免都會有口頭奉承，心中回嘴的情況，這種現象在雙胞胎

兄弟或滄海四皓（Four Old Men）或旅館酒客之間，尤其常見。在進入針鋒相對彼此撕破臉皮之前，某一方或是隨便敷衍或是刻意巴結對方，但心裡卻髒話連連罵罵得熱火朝天，這時就會出現正反背逆的語境。譬如說，滄海四皓之一的額我略（Gregory）興高采烈回憶方舟大餐的豐盛場景：

> 原文　the Finnan haddies and the Noal Sharks and the muckstails turtles like an acoustic pottish and the griesouper bullyum [...]. (FW 393.10-12)
>
> 拙譯　冷燻黑線鱈、諾厄方舟上享用的初生鯊魚，還有米田共啦仿海龜牛尾湯，各類食材就像氫、氧、鉀起化學變化混在一鍋熬燉、齊聲發出共鳴的新鮮雜燴生猛菜餚，還有杜蘭麥粉濃湯 [......]。（梁 787.22-24）
>
> （Finnan haddies 標於"Finnan haddies"上方；mock turtle 標於"米田共啦仿海龜"上方）

就在眾人隨著額我略沉浸在佳餚美味的回憶之際，突然有人冷不丁插入一句「米田共啦」，直如一鍋香噴噴的米粥內的那顆老鼠屎，儘管額我略似乎完全投入自己的敘述而繼續大談特談，至少讀者被勾起來的食慾，想必在一剎那間立刻全部清零。原文 "the muckstails turtles" 本來應該是 mock turtle 和 ox tails（"muckstails"），但兩種食材在嘴巴裡咀嚼，早就混雜成辨識不清的一團肉糜。或許有人不喜該種混合滋味，以 muck（糞便）表達己見，也未可知。此處「米田共」若不使用標楷體，而是使用和上下文一樣的新細明體，相信讀者會讀得完全摸不著頭緒。話雖如此，但在酒館吵雜喧嘩的環境中，不知名酒鬼這裡插句話，那裡罵兩句，鬧烘烘亂成一片，若要每個人都用不同的字體，整個版面的譯文必定把讀者整得眼花撩亂，只能全體一視同仁，新細明體一路吵到底。

(5) 增加註釋，交待脈絡

這種策略是在前述方式都捉襟見肘的情況下，最後採取的作法，分為行間注和腳注。腳注是常見作法，應該不用額外說明。行間注位於目標語上方，以縮小字體標明對應的來源語，或解釋目標語的字義，或提供相關的簡短訊息。在某些情況下，行間注不見得百分之百呼應目標語。以下舉兩例說明：

> 原文　this preeminent giant, sir Arber (FW 504.15-16)
>
> 拙譯　這個昨夜操群的巨喬爵爺（梁 991.10）
>
> （preeminent 標於"昨夜操群"上方；arbor 標於"巨喬"上方）

毫無疑問，preeminent 的意思是「卓越超群」，為了強調爵爺的「巨大喬木」仍然老當益壯足以駕馭群雌，故以諧音「昨夜操群」取而代之。行間注並非完全以字面意義（denotation）做為唯一訴求，而是以開展言外之意（connotation）做為更大可能的探索目標。

原文　　Coss? Cossit? (FW 293.01)
拙譯　　你格老子的，啥？人生才幾何，幹嘛搞這啥玩意兒呀？
　　　　　　Nicholas　　　　　　　　geometry
（梁 552.17-18）

在此問句出現的前 7 行，"undivided reawlity"（FW 292.31）暗示庫薩的尼各老（Nicholas of Cusa）的哲學主張。雖然「你格老（子）」和 Nicholas 毫無丁點關係，但加了此行間注，希望讀者能從 Nicholas 的暗示讀出「你格老」是「尼各老」的諧音。「幾何」，取自東漢曹操《短歌行》的「對酒當歌，人生幾何？」，意謂感嘆人生苦短，時間能有多少，當及早建功立業。另一方面，這一章節的主軸是小朋友的「夜課」（Night Lesson），歐基里德的「幾何學」是其中一門功課。行間注 geometry 當然不是「時間能有多少」，但根據可讀性的原則，譯文應該已經達到足以理解的第一層字面意義，若行間注無能帶領讀者進入第二層以上的含意，也不至影響繼續往下閱讀的動力和繼續探索的樂趣。

㈢第三種策略：本土草根

在《守靈》大量的非標準英文拼音詞語當中，愛爾蘭的本土語言（愛爾蘭語和蓋爾語）當然不會在此語言狂歡當中缺席。翻譯其意義得依使用的情境來做不同的區分，有時是表示親近，有時是卑屈，也有俚俗、粗鄙、誇張或自傲等等面向。相對於中文，臺語、客家話和原住民的語言是本人在適當語境中選取作為翻譯蓋爾語和愛爾蘭語的目標語言。就像愛爾蘭語 Sinn Féin, Sinn Féin Amháin，意思是「我們自己，只有我們自己」，做為愛爾蘭政治獨立的重量級口號，翻譯成臺語的「咱家己，干焦咱家己」（lán ka-kī, kan-na lán ka-kī），遠遠比前者要來得更加妥適恰當。某些文本情境，雖然原文並沒有包含蓋爾語或愛爾蘭語，但會依個人的詮釋和譯文語境的需要，翻譯成本土語言。以下舉出三例進一步說明：

【例一】

原文　　Guinness thaw tool in jew me dinner ouzel fin? (FW 35.15-16)

拙譯　　我體面ê先生，羹早^{[臺]早安}，您好！猶太人ê工具，健力士心肝頭燒烘烘，黑鶇芬^{Ouzel}，鬥陣食早頓好無^{[臺]一起吃早餐}？（梁 71.24-72.01）

HCE 在鳳凰公園邂逅一位痞子。他跟 HCE 打招呼，根據麥克丘（Roland McHugh）的註解，那是一句表達問候的日常愛爾蘭語，"Conas ta tu indium o dhuine uasalfionn?"（McHugh 35），意思是「你今天好嗎，我尊敬的先生？」，可是愛炫愛爾蘭語（表示自己很愛鄉很本土）的痞子，發音卻很不道地，致使 HCE 除了聽到打招呼之外，似乎還聽出一些弦外之音：猶太人的工具、健力士暖心肺、黑鶇芬等等。痞子似乎一邊調侃 HCE 為猶太人幹活，口袋有錢才得以喝健力士喝到胸口暖呼呼，一邊在跟他套近乎，用黑鶇芬的綽號稱呼他。黑鶇是一種黑鳥，也是一艘愛爾蘭商船的船名。十七世紀末，黑鶇號從都柏林開航，原訂三年後返回愛爾蘭，到了返航日期，卻渺無音訊。又過了兩年，黑鶇號奇蹟似出現在都柏林港灣，滿載珍貴香料和財寶。船長和船員聲稱，他們出航後不久即遭海盜綁架，五年後好不容易找到機會才奪回貨物逃離虎口。「黑鶇號」成為久未聯繫突然現身的朋友的代名詞。很有可能痞子誤認為他是芬尼根，才會用「黑鶇芬」揶揄他是愛搞失蹤的芬尼根，也因此痞子才會想問看看，要不要一起去吃個早點，頗有敘舊之意。HCE 其實心裡高度懷疑，所有這些聽似善意的問候和邀請，事實上是痞子這小鮮肉在拉客賣身，想從他身上狠狠賺一票。HCE 這一大串的胡思亂想，主要都是來自於痞子所說的愛爾蘭語。此處以臺語做為目標語，方能突顯語言使用上常見的誤解，以及文化和政治上更為深層的影射。

【例二】

原文　　Our Human Conger Eel! (FW 525.26)

拙譯　　咱ê大尾鱸鰻航富雷啦^{杭福瑞}！（梁 1029.07）

這是伊耳維克多到不可勝數的綽號之一，HCE 以藏頭方式隱匿其中。直譯是「我們人類中的海鰻」。海鰻（conger eel）天敵不多，通常被描繪成「生性兇殘[28]」

---

[28] 參見維基百科：〈https://zh.wikipedia.org/zh-tw/ 海鰻〉。擷取於 2024/01/28。

的海中惡霸。雖然此處原文並沒有使用愛爾蘭語或蓋爾特語的跡象，但海鰻的臺語正式書寫體為「鱸鰻」（lôo-muâ），引伸為「流氓」，如「鱸鰻萬仔早起去予職業殺手結果擲揀矣」（[中譯] 流氓阿萬早上被職業殺手給解決掉了），或「展鱸鰻」（[中譯] 耍流氓）[29]，加上「個性兇殘」正是大眾對流氓的刻板印象，符合原文中人類和海鰻合體的形象。倘若臺語能夠比中文更加精確表達原文的含義，沒有道理捨棄不用。不就是因為英文無法表達喬伊斯複雜深奧的構思，他才求助於各國的語言文字來建構守靈語嗎？

【例三】

原文　　Sdrats ye, Gus Paudheen (FW 332.32)
拙譯　　頭家，你好，你駕崩啊袂（梁 653.01）

臺譯的意思是「先生，你好，你吃飯了沒」。由於說話者的臺語發音不甚準確，聽起來就像把「吃飯」（tsiah-png）唸成北京腔的「駕崩」。此無他意，博君一哂罷了。

(四)第四種策略：衍譯創生

關於注釋，思果曾為大家提出疑問，「遇到譯文不容易明白，或者原文用典，要不要加注呢？」（149）。如同絕大多數在當代翻譯理論（尤其是深度翻譯）席捲全球之前的譯界耆老，思果主張「一般譯者都加注，不過原則上應該盡量少加」，但他同時也建議一個實用的辦法：

> 有個辦法雖然不很「忠實」，卻也不妨一用：就是譯文夾最簡短的解釋。就如 punch 這種酒，中文有譯作「潘趣酒」的，讀者當然不知所云。原文指的是果汁、香料、茶、酒摻和的甜飲料。譯者似乎可譯為「加果汁的淡甜酒」。等有一天 [大家] 喝慣了這種酒，有了定譯，就不必這樣費心了。(149)

或者，依據果老的邏輯，我們或可譯成「加果汁的淡甜潘趣酒」，假以時日，讀

---

[29] 以上兩例，引自臺灣「教育部臺灣閩南語常用詞辭典」網路版。見〈ttps://sutian.moe.edu.tw/zh-hant/tshiau/?lui=hua_ku&tsha= 流氓〉。擷取於 2024/02/01。

A44 ■芬尼根守靈 ■ Finnegans Wake

者就會理解「加果汁的淡甜酒」是英美人士口中的「潘趣」。許淵沖認為這種看似「超碼翻譯，添枝加葉」的作法，「在翻譯中是難免的，問題是加了什麼詞。如果加的是原文表層雖無，深層卻可以有的詞，那就不是『弊大於利』了」（185）。思果和許淵沖提供的看法，可以讓本人翻譯的第二項原則「呈現可讀的譯文」，達到比較理想的《守靈》閱讀經驗。然而，絕大多數的守靈語都需要「夾帶」點內部自然衍生的大量解釋，雖然我已盡可能做到「最簡約」的程度，本書的讀者應該可以發現，我從拙譯中所舉出的例子，字數絕大部份都比原文要長很多。原文 628 頁，而我的譯文長達將近一倍，對於這種結果，實屬無奈，譬如面對 "Adya" (FW 598.14) 如此驚艷絕倫的守靈語，若只翻譯成「再見」（adieu），或類似的表達方式，對身為《守靈》譯者的我而言，不啻於視珠寶為糞土，拿天龍當蚯蚓，把瓊漿玉液稀釋成平淡乏味的餿泔之水，怎對得起喬伊斯藉由此字迸放出如下示現的靈光呢？

  [梵] adya　[梵] adya　[義] addio　　[梵] Adi
  今天，此刻，別了，願本初佛眷顧你。（梁 1153.07 / FW 598.14）

相對於「再見」的單一指涉，我希望為華文讀者再現該字（word）所開展出來豐沛奧秘的可能潛在世界（world）。在尚未找到足以精簡準確漢譯《守靈》的方法之前，若非盲龜之逢浮木的殊勝機緣，也只能拆解守靈語到最小單位，並依據自己的管窺蠡測，耙梳破碎零散的字素之間可能的微妙關係，再將它們拼貼成符合守靈情境的譯文。拼貼所需的黏著劑若越來越少，就表示譯文和讀者的成熟度越來越往上提升。借用思果的意象，從「加果汁的淡甜潘趣酒」、「淡果甜潘趣酒」、「潘趣酒」到「潘趣」的翻譯進化軌跡，正可以反映該產品（以及該產品背後所代表的文化）受到讀者和消費大眾的接受程度。思果的例子，見於他的名著《翻譯新究》，出版於 1982 年，而今年是 2024 年。試想，「加果汁的淡甜潘趣酒」，花了將近 42 年的時間，在傳播媒體、消費大眾（酒國醉仙！）、以及社會各界和全球流行（酒）文化各方面的推波助瀾之下，方能進化到「潘趣」這種一說幾近大家（無論嗜杯與否）都懂的日常用語，而且我們要知道，現在談的只是一個詞語 punch，那內在抵禦翻譯、外在抗拒流行本身繁複多變的龐雜守靈語，在翻譯成漢語之後，我們又怎能期待閱聽大眾在短時間內全盤接受呢？衍譯，尤其以漢譯《守靈》來說，是必要的惡之華。

  在現有的《守靈》譯本當中，無論是全譯本或是節譯本，不管是忠於原文或

是衍譯創作，依本人拙見，幾乎都沒有把「形」當成可資翻譯的考量參照座標。我採用漢字「形」的概念，入於譯文的結構肌理，可算是衍譯的一種嶄新嘗試。

每個漢字都具備三大屬性，分別為形狀（形）、聲韻（音）和意義（義），統稱為「形音義」。雖然大家知之甚詳，但以漢字為標的語言的翻譯活動長期以來一直都視「音和義」（sound and sense）為首要參照座標，幾乎不見「形」的翻譯，究其根由，絕大多數源文本和源語言都不以呈現形狀為主要的訴求和考量，在信（忠實反映原文）的普遍原則下，標的語言自然而然無須呈現相對應的樣態，但並不表示印歐語系沒有過以「形」為主的文學創作。以整部文本來強調形狀的西方作品，常見於短詩，稱為「具象詩」（concrete poem），可以追溯到公元前4到2世紀的希臘詩作，最具盛名當屬詩人羅德斯島的西米亞斯（Simmias of Rhodes）幾首殘存遺作，計有形似蛋、翼、斧的短詩，以及特奧克利斯（Theocritus）〈潘神的排笛〉（"The Pipes of Pan"），詩行排列的方式，完全和詩作標題一樣，如〈潘神的排笛〉，整首詩的外形就是模仿排笛的形狀。十七世紀英國形上詩派詩人喬治‧赫伯特（George Herbert）的〈聖壇〉（"The Altar"），也有異曲同工之妙。二十世紀初美國詩人龐德（Ezra Pound）受到中國漢字和日本俳句的衝擊，大力推動意象主義（imagism），強調漢字的圖像元素。雖然龐德常會有偏頗誤謬的詮釋（譬如把「習」理解為時光飛逝的「白色翅膀」），但不能抹滅他將意象的概念從具象詩的外形內化到重視詩語言文字的重大貢獻。康明思（e. e. cummings）的詩作 "mOOn Over tOwns mOOn"，光從標題就能心領神會，月亮的意象盡在 O 的形狀上表露無遺。奧原隆曾指出，漢字具有以視覺方式傳達意義的巨大優勢（5）。可惜柳瀨和金鍾健在他們的譯文中，並沒有專門發揮這項特色。某些守靈語的特殊拼法明顯具備造形的傾向，若要在譯文中忠實呈現該守靈語「形」的面貌，漢字相較於其他的語系，恐怕是世上極少數（假如不是惟一）能夠勝任這項挑戰的書寫符號，足以在最大限度內以形表義涵納守靈語本身所外顯的繁複圖像層次。

【例一】

原文　To it, to it! Seekit Headup! (454.35-36)

拙譯　走向夜鶯泣血的地府冥界！（梁 899.06）
　　　　　　　　　　Duat

在埃及神話中，死後的世界稱為 Duat[30]。由於《守靈》裡提到不少各個文化宗教裡「地獄」的概念，如 Hell, Inferno, Helheim, Hades, Gehenna, Sheol 等，若一概中譯成「地獄」，它們所代表的文化之間的差異，就會全數給抹除殆盡。假如有既存中譯（或習慣用詞），當然最為理想，譬如希臘文 Gehenna（"get to henna" [FW434.18-19]），是被視為人死後最終懲罰的地方，源自於希伯來文，原意「欣嫩子谷」（Valley of the son of Hinnom），是座落在耶路撒冷附近的一個山谷，最初用作活人獻祭給偶像摩洛的場所（《列王紀》（下）23.10；《耶肋米亞》35.35），自詹姆士欽定本聖經以來的英文聖經，以及中文、法文、丹麥文聖經，全都以「地獄／陰府」（或類似的字眼）一語帶過[31]，所幸在詮釋聖經的相關漢語文獻中，早已依其希臘文音譯成「革赫拿」（梁 862.10 / FW 434.18-19），直接挪用於守靈譯文，至少行內人士可以理解其義，再加上腳注解釋，視同衍譯，庶幾可行。不過，這種現成可用的素材畢竟不可多得。Duat 和英文的 Underworld 意義差不多，都是各自文化中對「冥界」的泛稱。由於埃及象形文字表示冥界的書寫符號是居中有一顆星的圓圈 ⊛，為了盡量避開文化上意義的混淆，並凸顯此處埃及對地獄的理解，故以「冥界」取代「冥界」和「杜阿特」（Duat 的音譯），希望這是較為接近理想的選擇。

【例二】

原文　　her suckingstaπ[32] of ivorymint (FW 235.36)

拙譯　　含在她口中吸吮成像煞小小星㕷的象牙色薄荷糖（梁 430.11-12）
（staπ　ivory mint）

喬伊斯深受龐德和費諾洛薩（Ernest Fenollosa）關於象形漢字研究的影響，並將漢語造字的原理融入他守靈語的創作之中，就如余定國所指出的，「漢字的單詞雖然並非是真正的拼寫文字，但大多數的象形圖案都是由讀音和意義兩大部分所組成」（206），更換其中一部份，置放在特定的語境中，華文讀者依舊可以判定該字的原形，就可以達到某種程度的守靈語效果，suckingstaπ 就是一個絕佳的

---

[30] 或 Tuat, Tuaut, Akert, Amenthes, Amenti, Neter-khertet 等拼法。

[31] 以《聖經・創世紀》37 章 35 節來說，法文版："au séjour des morts"（前往死者之旅），丹麥文版聖經："i Dødsriget"（在死者的畛域）；德文版路德聖經："in die Grube"（陷入坑洞中）。

[32] 這個詞語在《守靈》1964 年費伯與費伯第 3 版的拼法為 "suckingstaff"（FW 235.36）。此處我採用的是由 Danis Rose 和 John O'Hanlan 編輯的 2012 年企鵝版的拼法。

例證。這是一種薄荷糖，外觀呈游泳圈狀，剛放入嘴巴內，結實的糖體可當成哨子來吹響。含在嘴裡久了，糖果會越來越薄，邊緣開始呈現尖刺鋸齒狀，就像漫畫的小星星一般。星星的英文是 star，在該名詞後面加上 s，就是指複數的星星 stars。到底有幾顆，光 stars 是看不出來的。守靈中複數形星星的拼法是 staℛ，若沒仔細閱讀，很容易看成是 staℛ（前面 3 個字母是印刷體，最後那個字母是手寫體的 r）；π，圓周率的符號，也是一個小數點後有無限位而且不循環的無理數，也就是說，staπ 代表無窮無盡的星星。然而，因為 π 和 ℛ 幾近相同的外形，把 staπ 當成是一顆星星，似乎也說得過去。Staπ，可以是獨一的單數，也可以是無限的複數，極盡展現守靈語錯綜繁複的單純面貌。英國浪漫主義詩人布雷克（William Blake）「一沙一世界，一花一天堂」的境界，盡收於守靈 staπ 一字之中。喬伊斯混搭印刷體和手寫體鑄造新的詞語，我們自然亦步亦趨，可以大膽組裝漢語字素和無限符號 π，把星球（star）翻譯成星𝛑（staπ）。

【例三】

原文　　before the hygienic glllll (this was where the reverent sabboth and bottle-breaker with firbalk forthstretched touched upon his tricoloured boater, which he uplifted by its pickledhoopy (he gave Stetson one and a penny for it) whileas oleaginosity of ancestralolosis sgocciolated down the both pendencies of his mutsohito liptails (Sencapetulo, a more modestuous conciliabulite never curled a torn pocketmouth), cordially inwiting the adullescence who he was wising up to do in like manner what all did so as he was able to add) lobe before the Great Schoolmaster's. (FW 54.29-55.01)

拙譯　　面對偉大師尊揉不進一丁點渣滓必須要消毒絕對要清零維持衛生的巨巨巨〡（民心所向性如烈酒的這位費爾柏格人打破安息日戒律，右腳踩破空酒瓶，伸出他橫樑粗大的冷杉木杖，往上頂了頂頭上環有皺巴成醬酶色呼拉圈狀帽帶的平頂三色船伕硬草帽帽簷（他付給斯特森公司 1 先令 1 便士），而與此同時，承襲自老祖宗的油膩膩汗水順著他仿效明治（勇氣十足擊出文化安打的日本天皇）刻意在雙唇上方蓄養的兩道虛懸半空的尾巴狀鬍鬚，蜿蜒流淌下來（不披斗篷啦，本來就不像有錢人，想取得氣質高貴、禮賢下

士並秘密結社反對教會的公眾形象,就絕不能老把那張爛口袋嘴
往上翹),真心誠意地(良心的譴責,枯燥的元素)邀請這位年輕
　　　　　　　　　　agenbite of inwit
人,在他能力所及的範圍內,要他放聰明點,[054] 就像所有人都
採取的態度)童稚耳垂。(梁 108.14-23)

由於這個章節談的是以「形」來翻譯守靈語,就讓我們先把上列冗長的引文轉換成比較容易入眼的結構示意圖,僅留下和「形」有關的字眼,其餘分區以 t, w, x, y 和 z 置放在括號內表示:

原文　　glll (ttt (www) ttt (xxx) ttt (yyy) ttt (zzz) ttt) lobe
拙譯　　巨巨巨丨(ttt (www) ttt (xxx) ttt (yyy) ttt (zzz) ttt) 童稚耳垂

在第三章的某段插曲裡,小說的男主角伊耳維克(Earwicker)上廣播節目控訴大眾對他不公不義的指責和毀謗,呼籲大家齊來見證他的為人,同時以無限誇大的言辭不斷強調他無辜入罪的委屈,以及潔身自好的天性。在這段描述裡,他恍若置身鳳凰公園,抬頭面對著威靈頓(Wellington)公爵高高在上的雕像,並注視著這位「偉大師尊」那隻堪比地球那般碩大的眼球發表他的演說,彷彿威靈頓已然化身為一尊獨眼巨人的雕像,而且還是一尊獨眼已遭奧德賽用尖端燒得通紅的木樁插入而早已失明的盲瞽巨人的雕像。喬伊斯用極其具象的拼法,來描繪這顆眼球(globe)[33]:"glll (…) lobe" (FW 054.29-055.01)。在括號內總共有七行 78 個字,裡面還插入四個含有內文的括弧,雖然看起來不算太長,但依據個人所知,恐怕需要有超強的記憶和／或豐富的《守靈》閱讀經驗,才能察覺左側的 glll 和右側的 lobe,合起來是 gllllobe,從聽覺的角度而言,可理解為把 l 拉長發音的 globe;或者,從視覺的角度而言,可看成是數根 l 狀的棍子硬生生插在 globe 上,把眼球分裂成 gl 和 lobe 兩部份。對於這顆受傷的眼球,我們並不陌生。

---

[33] 由於整本小說絕大部分的內容都是 HCE 的夢境,《守靈》讀者必須大幅度調整既有的閱讀習慣。時空會嚴重扭曲變形,也會隨機跳動和混雜稼接,譬如此處 HCE 應該是在廣播間內,但毫無預警也沒任何鋪陳,立刻置身在鳳凰公園,面對威靈頓的雕像,但在下一秒(接近讀者從上一行 [54.28] 到下一行 [54.29] 的閱讀速度),卻意識到雕像的眼睛居然有地球(globe)那麼大。當然,globe 也可能是指「地球儀」,筆者之所以翻譯成「地球」,主要是認為本章主旨之一是對視覺霸權的抨擊,同時這段的措辭和牽涉的內容與《尤利西斯》第十二章〈庫克羅普斯〉("Cyclops",「獨眼巨人」)有多處影射或重疊,因此選擇極度誇張的措辭。其餘請見本文討論。

荷馬史詩中火棍刺瞎單目的典故，在喬伊斯作品中首次出現於《尤利西斯》第12章〈獨眼巨人〉的第一段，那位悻悻然的敘述者差點遭遇到眼睛被刺瞎的飛來橫禍：「俺正和首都警署的老特洛伊在涼亭山街角那兒寒暄呢，該死的，冷不丁兒的來了一名掃煙囪的背時傢伙，他那長玩意兒差點兒戳進了俺那眼睛裡頭去」（金隄 575），當同樣的典故出現在《守靈》時，那顆眼睛就沒那麼幸運了。這是一顆被三根直槓和括弧硬生生搞成耳垂、外形已經不像眼球的眼球。括弧內的文字，活靈活現描繪一個粗鄙鄉巴佬被迫放下佯裝的帝皇身段，「紆尊降貴」俯就無知小兒而必須忍受的屈辱，將「瞳」切割成「目」和「童」，另一方面，在漢字「目」的中央，「冷不丁兒」給戳進一槓，如同奧德修斯（Odysseus）插入巨人波利菲莫斯（Polyphemus）獨眼的那根削尖的橄欖樹樁，巨目成了「巨目」，中間的三條橫槓，呼應 "gl-" 之後那三根陽具般挺直矗立清掃煙囪的細長木棍（或借用《守靈》的意象，立柱石碑）。同時，我們可以想像，伊耳維克專注銳利的眼神如雲彩飄過月亮（或如刮鬍刀片劃過眼球）那般滑過碩大無朋的瞳仁（因此 "gllll" 是 globe 的殘像？）之後，立刻迅速移轉到偉大師尊的耳垂上。這朵耳垂最先出現在第二章賽馬場內人聲鼎沸的賭客之中。在下注吆喝的嘈雜噪音裡，同時還有一起子好事之徒閒來亂嚼舌根，八卦伊耳維克在鳳凰公園內「幹的那件事」，雖然壓低聲音附耳相傳，流言蜚語仍然在有意無意間「全都鑽進一個叫做小駬子菲利・森思頓（Philly Thurnston）那一朵輕輕觸碰下就羞赧如紅寶石的小耳朵（"rubiend aurellum"）內」（梁 78.10-11 / FW 038.34-35）。這位中學教員的本名應該是菲利普・桑頓（Philip Thornton），但在敘述者戲謔譏諷的口吻中，男性名字「菲利普」故意被叫成中性的「菲利」（Philly），不但大刺刺地暗指他是一頭「小母馬」（filly）之外（因此，翻譯成類似綽號的「小駬子」，駬，音ㄋㄧˊ，小馬也；小駬子是小妮子的諧音），還特別強調他像一頭發情（鑲嵌在 "Thurnston" 裡的 "turns on"）的小母馬；假如他的耳朵稍加撫摸就會「羞赧如紅寶石」的話，我們實在難以想像，當那件污穢骯髒又下流的事件如尖銳利器般刺穿（"pierce" [FW 038.34]）他的耳朵時，他會出現何等更加激烈的生理反應。換句話說，從女性化的綽號和渾名、強烈的性暗示、和對馬戲團女明星紅寶石（"Ruby"）種種拼湊出來的破碎形象，所有的徵兆都指向一種可能：根據敘述者的描述，這位教書匠是一位外表陰柔，內心極度渴望施虐受虐（sadomasochism）關係，有如「馬戲團紅寶石」的男同志。當然，這種描述反映的是敘述者本身扭曲變態的語言施虐傾向，極度嘲諷菲利普・桑頓的外表和性偏好，至於菲

利普是否和所描述的一樣，我們無從得知真相，就像我們無從得知 HCE「幹的那件事」到底是哪件事，我們倒是知道，以往馬戲團如紅寶石的女團員慘遭毒打鞭刑的肉體虐待，事件若被披露，很多時候都是在雄性爽朗豪邁無辜委屈的「她們喜歡啊」和接下來的哄堂大笑中不了了之。如今，就如同莫須有的流言戳進天真童稚的耳朵，與「目」（或「🗨」）切割開來的「童」，若考慮其本身的象形構圖，更能強化利刃入眼的殘酷情境。《新編說文解字大全集》如此解釋「童」字的來源：

> 「童」是會意兼形聲字。金文從辛（刑刀），從目，從東（脊簍），會用刑刀刺瞎奴隸的一隻眼睛之意 [……]《說文·辛部》：「童，男有罪曰奴，奴曰童，女曰妾。從辛，重省聲。」[……]「童」的本義是古代有罪受髡刑的奴隸。由於髡刑削髮，而古代小孩子不蓄髮，所以引申指未成年的奴僕，泛指小孩兒，又引申指沒有結婚的，如「童男童女」就是指未結婚的男孩和女孩。（2703）

圖一

如右上圖一[34]的字形結構所示，我們明顯可以看到眼睛上頭插著一把利刃（「辛」的甲骨文就是一把平頭刑刀 ▽ [《新編》3209]）的恐怖景象，完全逆轉現代觀念裡「童」字所傳達純真無邪的形象。翻譯成「巨🗨（[……]）童稚耳垂」，就音而言，可以達到「童稚 / 同志」的雙關語效果，就義而言，可以凸顯《守靈》第三章眼睛（視覺）和耳朵（聽覺）相互辯證的主旨（讀者應該已經注意到，「耳」字也被插入一根利器，變成「耳」），就形而言，除了可以在空間上對照喬伊斯拆解 globe 成為兩個偽漢字，並揭露性別政治的隱晦運作之外，更可以呼應和嘲諷〈獨眼巨人〉中國族霸權的愚蠢和荒謬行徑。

【例四】

原文　Hereinunder lyethey. Llarge by the smal an' everynight life olso th'estrange. (FW 17.32-33)

拙譯　在這兒底下，每個凱爾特武士和每個奧斯陸英雄，像一條條柔軟的明太鱈，渾身裹滿生石灰和泡鹼粉，大⼪大⼪排排躺平。（梁38.15-17）

---

[34] 圖示來源：〈https://www.cidianwang.com/shufa/tong5474_zs.htm/ 童 /55797〉，擷取於 2022/06/16。

這段引文出自〈馬特與朱特〉("Mutt and Jute")中，馬特回憶起殘酷的克朗塔夫戰役之後，埋在地下一具又一具被生石灰覆蓋的屍體，按照 "Llarge by the smal"（FW 17.32）的方式依序排列。假如是 large by the small，那就是大小大小的排法，毫無疑問。但問題是，原本應該拼成有兩槓 l 的 small，憑空少了 1 槓，而應該只有 1 槓的 large，此處卻無故多了 1 槓。我們或許可以如此理解，small 的末端連結 large 的前端，就寫實觀點而言，唯有拼寫成 Llarge by the smal，才真正反映兩者位置的相對關係。所謂「大」和「小」頭尾相接，我們在《尤利西斯》最後一章其實見識過真人版的實際展演，也就是布魯姆伉儷在床上睡覺的姿勢；兩人頭腳反向相鄰並排，入眠之後的樣態與死亡之後的形體，其實相去不遠。甲骨文的大，寫做 ↑，上方是人的頭顱，下方叉開的是兩條腿，要反映首尾相接的具體實像，必須 180 度旋轉「小」，變成「大 ╥ 大 ╥」，複製布魯姆（「大」）的雙腳毗鄰夫人（「小」）的腦袋，呈現賢伉儷夜晚就寢的睡姿。

移動一個小小的字母，居然可以創造出如此的空間藝術，喬伊斯的文學造詣，實可謂登巔峰造極境，令人嘆為觀止。我並沒有翻譯 l 的聲音和意義，而是翻譯出 l 在空間上的改變軌跡，並以漢字的形狀來表達，勉力達到空中撒鹽差可擬的風味。然而，由此延伸出來的問題是，假如單單只有一個英語（或印歐語系）字母，該當如何以漢字翻譯？或是說，我們如何把 A, B, C, D 等等，翻譯成漢字呢？音譯的話，可能是欸、逼、西、低，若採意譯的話，或許是甲、乙、丙、丁（或子、丑、寅、卯），無論是企圖重現聲音或／和意義，總像十九世紀中期流行於美國的克利斯蒂黑臉綜藝歌舞團（Christy's Minstrel），黑玉其外，敗絮其中。這種漢譯的極端困境，終於還是無可迴避地出現了。見以下的《守靈》對話：

  原文 What was it?
     A . . . . !
     ? . . . . O! (FW 094.20-22)

翻譯這段極簡的對話，對使用拼音文字的譯者來說，不過就是毫不費勁的 cut & paste，但對華文譯者來說，簡直就是難如解釋為什麼 1 + 1 = 2 之類的似乎不成問題的問題[35]。我們要先知道，A/O 是頻繁出現於《守靈》中的組合。A 代表

---

[35] 為了回答「1 + 1 = 2」之類的基礎數學問題，英國數學家懷德海（Alfred North Whitehead, 1861-1947）與哲學家伯特蘭・羅素（Bertrand Russell, 1872-1970），花了十多年的時間寫出

Alpha（阿耳法），O 代表 Omega（敖默加），分別為希臘字母中的第一個字母 A 和最後一個字母 Ω。《若望默示錄》最後一章 13 節，耶穌對若望說，「我是『阿耳法』和『敖默加』，最初的和最末的，元始和終末。」倘若我們忠實反映聖經從創世到末日的典故，將此 A/O 配對翻譯成：

元始⋯⋯⋯⋯！
？⋯⋯⋯終末！

在省略「省略號」的情況下，首尾四字可重新組合成「元末」或「始終」，尤其是後者，意思是「從開始到結束」，足以讓華語讀者聯想到「始終如一」、「始終不渝」、「有始有終」、「貫徹始終」等極為正面的含義，然而總不如 A 和 O 來的簡潔有力；若考慮音義的話，僅憑「啊」和「喔」的發音，要聯想到 A 和 O，有一定的困難，何況 A 的英文發音和「啊」有明顯差距（當然，假如把 A 當成歐語發音，那又另當別論），應該是「ㄟ」，勉強對應的漢字為「欸」。如果硬要音譯為「欸⋯⋯噢」，徒增不必要的困惑罷了。假如聲音和意義的中譯都遇上無可突破的瓶頸，就此例而言，是否終於有實錘證據，中文的確不可能翻譯《守靈》！

但是，一直以來，我們似乎都只在如何翻譯音義兩大部份絞盡腦汁猛下苦功，始終把構成漢字重要部份的「形」棄如敝屣。漢譯英文字母，若聲音和意義的可能譯法已走到山窮水盡，何不坐下來觀看雲起時變換無方的形狀呢？中國藝術家徐冰創作的西文書法（即以中國的書法書寫西方的文字），就是以漢字的外形「翻譯」西方的字母，以飽濡東方哲理的豐饒筆意，賦予後者方塊字的氣勢體態。以徐冰的英文拼音 Xu Bing 為例，英文方塊字母的書寫體，就如右圖二 [36] 所示，閱讀的順序是由上到下，由左至右，幾個一開始較難辨識成英文字母的漢字筆畫 凵 (U)、阝 (B)、冂 (n) 等，只要

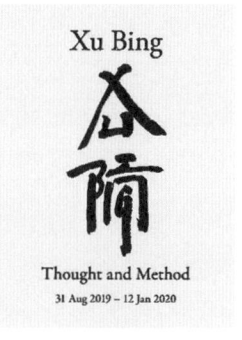

圖二

一本三大卷多達 2 千頁的《數學原理》。該書在 360 頁之後才能介紹何爲 1，在 379 頁才能開始證明 1＋1＝2（李信明 31）。

[36] 「尤伦斯当代艺术中心」以〈徐冰：思想和方法〉("Xu Bing: Thought and Method") 爲展覽標題的宣傳海報。見〈https://www.museummacan.org/exhibition/xubing-thought-and-method?lang=en〉。擷取於 2024/04/24。

稍加適應，很快就能掌握方塊字形和英文字母之間的轉換機制。換句話說，何妨以漢字的「形」直譯英文字母的外觀呢？

抽譯　那是啥呀？

亼…………!
?…………口!（梁 182.21-22）

在此提問之前，敘述者回顧亞當和夏娃墮落的簡史，並以鳳凰公園發生的醜聞（可能是 HCE 偷窺兩位女僕小解；雖然該事件在不同的語境由不同的人物反反覆覆地講述傳言，實際發生了什麼，包括當事人在內的所有「涉案」人員都沒能說清楚到底是怎麼一回事）做為收尾。但事情還沒有結束。他隨即提出關鍵性的問題：「那是啥呀？」。我借用徐冰創作西文漢體的巧思，以 亼 和 口 之形翻譯 A 和 O，並加上適當的注釋，說明徐冰的創作理念，至少在《守靈》給予的衍譯空間內，應可解決漢譯英文字母的困擾。另一方面，假如我們把 亼 疊在 口 上面，可得「合」一字。從創世（A-lpha）到末日（O-mega），以愛爾蘭長期的被殖民歷史而言，無論是「合巹」、「合同」、「合作」、「配合」、「交合」、「整合」、「聯合」等，從婚姻制度、社會契約、性別政治到帝國霸權等視角，都可在看似以「合」為貴的宣傳話術中勾起無限的非「合」聯想。若此法可行，漢譯暗藏在守靈語內的單一英文（或印歐語系）字母，即可迎刃而解。譬如以下三 K 黨的例子。

【例四】

原文　Kóax Kóax Kóax (FW 4.02)

抽譯　Kóax Kóax Kóax！（梁 5.11）

以模仿漢字結構的書寫方式組成的西方拼音文字 Kóax，模仿呱噪的蛙鳴。設計靈感來自中國藝術家徐冰創作的西文書法，即以中國的書法書寫西方的文字。將 Kóax 編排成方塊字的形狀，也就是把 K 當成是漢字的部首，稍加拉長書寫成 K，調整 óax 的外形（小寫的 a，以大寫的 A 表示），變成類似方塊字的字素，口́、亼和 X，然後組合起來，如放大版的右圖三所示。如此方能顯出戰嚎聲聲狂吼叫囂之中，以 Kóax Kóax Kóax 強烈暗示 KKK（三 K 黨；此處當成部首使用）在場的證據。或有讀者質疑，Ó 的方塊英文字母應該是 口́ 才符合外形相似度的要求，怎麼憑白無故底座的橫槓往兩邊延伸，變成類似「丘」的漢字呢？如此漢譯，主要是對陳黎的

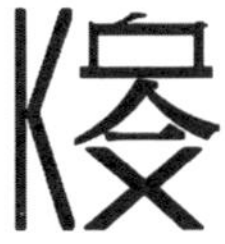

圖三

〈戰爭交響曲〉表達致敬之意。詩中藉由四個漢字「兵、乒、乓、丘」逐步刪減筆畫的過程，勾勒出一幅血光殺伐驚心動魄的戰爭場面，以及滿目斷足殘體的士兵和綿延無盡的塚丘。K 是殺人屠戮的武器，亂葬士 ⺊（兵）於塚 ⼞（丘）之中。

【例五】

　　原文　A way a lone a lost a last a loved a long the (FW 628.15-16)[37]
　　拙譯　一條道路 一隻孤影 一團迷霧 一份臨了 一掬遺愛
　　　　　一縷悠
　　　　　長
　　　　　䰣
　　　　　爪

《守靈》以定冠詞 the 做為全書的終結，之後沒有任何文法上該有的受詞，也沒有任何標點符號，真是落了片白茫茫大地真乾淨。手握鑰匙，開啟大門，進入定冠詞無能定義無法言傳的虛渺時空，眼前一條道路一隻孤影一團迷霧一份臨了一掬遺愛一縷悠長，一行未完成的句子，沿此 aaao-ao aaao-ao[38]「阿耳法」和「敖默加」交替輪轉餘音繞江的守靈韻律，一路緩緩潺潺沉入

　　尚未（not yet）完成的句子，始於 A，終於以 T 為首字母的定冠詞 the，依據基本的邏輯和聖經的訓誨，O（或 O 開頭的詞語）難道不是更為完善的終止嗎？從阿耳法到敖默加，有始有終的基督宿命，ALP 或許無法超脫終將來臨也許無能轉醒的那一刻，但是她至少可以選擇自己離開（away）的方式。她的選擇，不是基督文明的 Omega，而是希伯來文最後一個字母 Tav（ת）。無論 T 是否象徵 tea（茶）、tree（樹）、three（三）等意象（Solomon 59），或是代表姊妹兩極的守靈符碼（sigla），⊢ 和 ⊣（分別稍加以逆時鐘和順時鐘的方向轉動這兩個符碼 45 度，即可得 T），這個希伯來文的最後一個字母，是 ALP 留給我們最後的身影。所謂詩中有畫，畫中有詩，這句尚未完成的詩行，在我眼中，就是不折不扣的 T。或有論者提出合理質疑，原文最後結尾的排版一切如常，完全沒有 T 的形狀，何必標新立異，強加衍譯呢？首先，希臘文 A/O 首尾相啣的結構，很明顯

---

[37] 本譯文依照荷蘭文《守靈》譯者賓德沃特和亨克斯的提議，將 "a lost" 加入 ALP 的彌留呢喃當中。

[38] 如粗體所示："**A** way **a** lone **a** lost **a** last **a** loved **a** long the"。

被希伯來文 A/T 所取代；其次，我是取法荷蘭文《守靈》譯者賓德沃特和亨克斯「完璧歸趙」(right-back-at-you) 的翻譯技巧，挪用小說第八章〈ALP〉的開頭前三行（為避免扭曲引文的外形，出處挪移到此處：[梁 355.01-03 / FW 196.01-03]）的架構：

哦
跟我講跟我講
安娜‧莉薇雅所有的一切！我要聽聽所有關於

這是喬伊斯的視覺設計，我只是借用相同的概念顛倒上下罷了，並非自己憑空捏造的幻象之物。假如 ALP 是以 T 做為最後的依歸，那麼 T 旁邊的 he，指的是誰呢？

　　讓我們退幾步，回首看看最後三個字 "a long the"。也許先把三個字看成兩個字 "along the"，會比較容易理解，大概就是「沿著這個」之類的意思。我翻譯成「沿此」，並分別以小篆和甲骨文做為書寫符號。沿，根據《說文解字》的說明，乃「緣水而下」，原寫做「㕣」，意思是「山間沿泥地」。小篆書寫的「沿」，本身就是一幅高山流水順谷而下的抽象山水畫（如右圖四所示）。「此」，現代字義為「這個」，與「彼」相對。清代段玉裁《說文解字注》另有一解：「此，止也」（68）。「此」是會意字，由兩部份字素所組成，觀其甲骨文的構造，更能體會此字的內涵（如右圖五所示）。右邊是朝東而立的人，左邊是大拇指朝上的腳掌，表示在這裡停了下來。ALP 或許已經在此停了下來，以 T 宣告最終的來臨。失去 T 的定冠詞，變身為一個 he，一個朝東凝視的男人。他凝視著虛無飄渺間一條煙霧迷茫的水道，從潺潺涓滴到滾滾巨流，從溪河大江到穹蒼雲海，君不見，守靈之水天上來嗎？

圖四

圖五

五、無結之論

　　川流，死生輪迴的初始和終結。樸拙的線條，潺湲的流水，人生的故事，世事的滄桑，古老的歷史，語宙的脈動。甲骨文的「川」拉出一條生命長河無止

無歇的酣暢奔放。當年孔老夫子在川上慨嘆：「逝者如斯夫，不捨晝夜」，確乎令人興起川流不息，淵澄取映，天運不窮的雄渾氣概。然而，另一方面，小篆的「流」，卻也慨然道出身而為人的另一種處境。㳅，由三部份所構成，左邊部首是水（𣳫），右側是㐬（㐬）。㐬的上方是「子」（𡿨），腦袋朝下寫成「𠫓」（𠫓），為倒子之意，下方是流出的羊水（巛）[39]。𠫓，依據《說文解字》，乃「不順忽出」，即「不順情理忽然出現」（殷寄明 245），因此我們應該不難接受，㐬的意思就是「胎兒隨羊水產出，引以稱疾」（李恩江和賈玉民 1059），更直接的表達，就是「病胎在母體的羊水中排出體外 [……] 古人稱正常生產為『毓』，稱壞胎病產為『㳅』」[40]。古人口中的病胎或壞胎，即今日所稱「發育缺陷的胎兒」（趙雯 25；cf. 马丽亚 4489，凌焰 110），據《續名醫類案‧異胎》的記載，「壞胎安之無用下之為好，果斷用瀉藥攻下『異胎』是明智之舉，以後另育『好胎』」（王米渠 等 5）。川流，裹挾罪惡相生的知識之果，流經厄娃與亞當，果然生下原罪未脫的坏胎加音，加害兄弟種下惡因，犯下人類第一宗的謀殺罪行。守靈語宙第一個字，riverrun，除了預示小說循環往復的組織架構之外，隱隱然也可見 err 盤據其中（"To err is human"？），私嚐禁果的人類老祖宗、怨妒弒弟的世間第一子，果真都是道德倫常發育缺陷的胎兒。是十分可敬的（reverend）康米神父（Father Conmee）或綏夫特總鐸（Dean Swift）所代表的羅馬天主教造成的結果嗎？或是要歸咎於丁尼生（Alfred Tennyson）那隻垂死天鵝漂流其上引吭謳歌的奔流河（"river ran"）[41]？或是要歸功於那條奔流（"river, ran"）入海人稱阿耳法的神聖之河[42]？從錯誤到罪行，從生命到死亡，從父權的宗教到陰柔的載體，彷彿在 riverrun 中有來有去聚散離合，或許漢字「川流」可挽留這個守靈首語些許的雪泥鴻爪，聊以解嘲自娛。解嘲也好，自娛也罷，江河兀自奔流不息，《守靈》依舊神秘難解，聲聲刻畫著過去、現在和未來。就像原來標題所揭示的事實，無論是守靈，或是轉醒，永遠都是進行中的作品（work in progress）。每一代讀者的閱讀、分享、討論、研究和翻譯，不僅賦予作品嶄新的生命，更是在自己的文

---

[39] 另一派較為小眾的說法，認為 巛 是嬰兒倒垂的頭髮。本人採「羊水」之說。

[40] 見〈https://www.sohu.com/a/437132619_226778〉，擷取於 2023/11/11。

[41] "The Dying Swan" by Alfred Tennyson: "With an inner voice the **river ran**, / Adown it floated a dying swan, / And loudly did lament"（本人粗體）。

[42] "Kubla Khan" by Samuel Taylor Coleridge: "Where Alph, the sacred **river, ran** / Through caverns measureless to man / Down to a sunless sea"（本人粗體）。

化土壤上栽入一顆顆細小的種子，會長成多麼翠綠的樹木和森林，會建構多麼豐沛的社會和文明，會認識多麼奧秘的自然和世界，凡此種種因緣際會，盡在芥子納須彌，浩瀚同語宙的《芬尼根守靈》之中。

引用書目

一、英文部分

Alexandrova, Boriana. 2020. *Joyce, Multilingualism, and the Ethics of Reading*. New York: Palgrave Macmillan.

Barter, Pavel. 2017. "Italy Set to Wake Up to Joyce Opus." *The Sunday Times* Feb. 15. Available at 〈https://irishstudies.nd.edu/assets/250219/terrinonitranslation.finneganswake.sundaytimes.pdf〉. Accessed on 2024/01/05.

Baydere, Muhammed. 2018. "A New (Mis)Conception in the Face of the (Un)Translatable: 'Terscüme'." *transLogos* 1.1: 92-120.

Benstock, Shari, and Bernard Benstock. 1985. "Review." *JJQ: Symposium Issue* 22.2 (Winter): 231-233.

Bishop, John. 1986. *Joyce's Book of the Dark:* Finnegans Wake. Madison: U of Wisconsin P.

Blumenbach, Ulrich. 1998. "A Bakhtinian Approach Towards Translating *Finnegans Wake*." *Images of Joyce*. Vol. II. Ed. Clive Hart, et al. Gerrards Cross: Colin Symthe. 645-649.

Bosinelli, Rosa Maria Bollettieri. 1990. "Beyond Translation: Italian Re-writings of 'Finnegans Wake'." *Joyce Studies Annual* 1 (Summer): 142-161.

Burrel, Harry. 1996. *Narrative Design in* Finnegans Wake: *The Wake Lock Picked*. Florida: UP of Florida.

Campbell, Joseph, and Henry Morton Robinson. 1944. *A Skeleton Key to* Finnegans Wake. New York: Harcourt, Brace and Company.

Chiu, Kuei-Fen (邱貴芬). 2008. "Empire of the Chinese Sign: The Question of Chinese Diasporic Imagination in Transnational Literary Production." *The Journal of Asian Studies* 67.2 (May): 593-620.

Chuang, Kun-liang (莊坤良). 1995. "Book Review: *Ulysses* by James Joyce, trans. Jin Di." *JJQ* 32.3-4 (Spring/Summer): 761-765.

Cornwell, Neil. 1992. *James Joyce and the Russians*. London: The Macmillan P.

Costanzo, W. V. 1974. "The French Version of *Finnegans Wake*: Translation, Adaptation, Recreation." *JJQ* 9.2: 225-36.

Crispi, Luca, Sam Slote, and Dirk van Hulle. "Introduction." *How Joyce Wrote* Finnegans Wake: *A Chapter-by-Chapter Genetic Guide*. Ed. Luca Crispi and Sam Slote. Winconsin: U of Wisconsin P, 2007. 3-48.

Deane, Seamus. 1992. "Introduction." *Finnegans Wake*. By James Joyce. New York: Penguin.

Derrida, Jacques. 1984. "Two Words for Joyce." Trans. Geoffrey Bennington. *Post-structuralist Joyce: Essays from the French*. Ed. Derek Attridge, and Daniel Ferrer. Cambridge and London: Cambridge UP. 145-159.

Drews, Jörg. 1979. "Work After the Wake, or a First Look at Joyce's Influence on Arno Schmidt." *Joyce & Paris 1902...1920-1940...1975: Papers from the Fifth International James Joyce Symposium*. Paris June 16-20, 1975. Ed. Jacques Aubert, and M. Jolas. Paris: l'Université de Lille. 133-142.

Eco, Umberto. 2001. *Experiences in Translation*. Trans. Alastair McEwen. London: U of Toronto P.

Ellmann, Richard. 1982. *James Joyce*. Oxford: Oxford UP.

Fischer, Steven Roger. 2001. *History of Writing*. London: Reaktion Books.

Fung, Roxana S-Y. 2009. "Characteristics of Chinese in Relation to Language Disorders." *Language Disorders in Speakers of Chinese*. Ed. Sam-Po Law, Brendan S. Weekes and Anita M-Y. Wong. Buffalo: Multilinguo Matters. 1-18.

Henkes, Robbert-Jan, and Erik Bindervoet. 2012. "Note on the Text." *Finnegans Wake*. By James Joyce. Ed. Robbert-Jan Henkes, Erik Bindervoet and Finn Fordham. Oxford: Oxford UP. xlvi-xlix.

Ito, Eishiro (伊東榮志郎). 2004. "Two Japanese Translations of *Finnegans Wake* Compared: Yanase (1991-1993) and Miyata (2004)."*James Joyce Journal* 10.2: 117-152. Available at〈p-www.iwate-pu.ac.jp/~acro-ito/Joycean_Essays/FW_ 2JapTranslations.html〉. Accessed on 2023/12/07.

Joyce, James. 1966. *Selected Letters*. Ed. Richard Ellman. 2nd ed. New York: Viking.

—. 1975. *Finnegans Wake*. 4th ed. London: Faber & Faber.

—. 1992. *Ulysses*. Ed. Declan Kiberd. New York: Penguin.

Jum, Susan Fong Sook. 1999. "Chinese Translation of Figurative Locutions in *Ulysses*." *JJQ* 36.2 (Winter): 245-249.

Khoo, Tseen, and Kam Louie, eds. 2005. *Culture, Identity, Commodity: Diasporic Chinese Literatures in English*. Hong Kong: Hong Kong UP.

Kim, Chong-keon (金鍾健). 2004. "On the Untranslatability of *Finnegans Wake*: With an Example of a Korean Translation." *James Joyce Journal* 10.2 (Winter 2004): 173-190.

Knuth, Leo. 1974. "The *Finnegans Wake* Translation Panel at Trieste." *JJQ* 9.2: 266-69.

Lawrence, Karen R. 2009. *Transcultural Joyce*. Cambridge: Cambridge UP.

Lernout, Geert. 2006. "*Finnegans Wake*: Annotation, Translation, Interpretation." *Text* 16: 79-86.

—. 2010. *Help My Unbelief: James Joyce and Religion*. New York: Continuum.

Lorenz, Sabine. 1991. "On the Impossibility of Translating *Finnegna Wake*." *Interculturality and the Historical Study of Literary Translations*. Ed. Harold Kittel and Armin Paul Frank. Berlin: Schmidt. 111-119.

Lydon, Jane. 1996. "'no moral doubt…' : Aboriginal Evidence and the Kangaroo Creek Poisoning, 1847-1849." *Aboriginal History* 20: 151-175.

Macfarlane, Robert. 2019. *Underland: A Deep Time Journey*. New York: W. W. Norton & Company.

McCormack, Jerusha. 2013. "Irish Studies in China: The Widening Gyre." *Studi irlandesi: A Journal of Irish Studies* 3: 157-180.

McHugh, Roland. 1991. *Annotations to* Finnegans Wake. Revised ed. New York: Johns Hopkins UP.

Milton, John. 1995. "Modernist versus Neo-Parnassians in Translated Anthologies in Brazil." *International Anthologies of Literature in Translation*. Ed. Harald Kittel. Berlin: Erich Schmidt Verlag. 126-133.

Murphy, Cait. 1995. "'Ulysses' in Chinese: The Story of an Elderly Pair of Translators and Their Unusual Bestseller." *The Atlantic* (September) 〈http://www.theatlan-tic.com//issues/95sep/ulyss.htm〉. Accessed on 09/09/01.

Nestrovski, Arthur. 1990. "Mercius (de seu mesmo): Notes on a Brazilian Translation." *JJQ* 27.3: 473-77.

Nibley, Hugh. 1949. "The Arrow, the Hunter, and the State." *The Western Political Quarterly* 2.3 (September): 328-344.

Norris, Margot. 1977. *The Decentered Universe of* Finnegans Wake*: A Structuralist Analysis*. New York: Johns Hopkins UP.

Okuhara, Takashi (奧原隆). 2000. "Translating *Finnegans Wake* into Japanese." *Studies in the Humanities* 84: 1-10.

O'Neill, Patrick. 2022. Finnegans Wakes: *Tales of Translation*. U of Toronto P.

Panther-Yates, Donald N. 2007. *Visits to Sacred Sites: Articles and Photography from the Santa Fe Sun-News*. Santa Fe, MN: DNA Consulting.

Parks, Gerald. 1992. "Blotty Words for Dublin: An Excursus around the Translation of *Finnegans Wake* by Luigi Schenoni." *SSLM Miscellanea*. Trieste: Università degli Studi di Trieste, Scuola Superiore di Lingue Moderne per Interpreti e Traduttori. 197-206.

Rademacher, Jörg W. 1993. "Two Approaches to *Finnegans Wake* in German: (Mis)appropriation or Translation?." *JJQ* 30.3: 482-88.

Raichlen, Steven. 2017. *Barbecue Sauces: Rubs and Marinades*. 2nd ed. New York: Workman.

Rose, Danis, and John O'Hanlon. 1982. *Understanding* Finnegans Wake*: A Guide to the Narrative of James Joyce's Masterpiece*. New York: Garland.

Ruggieri, Franca. 2015. "Review." *JJQ* 52.3-4 (Spring-Summer): 730-733.

Senn, Fritz. 1993. "ALP Deutsch: 'ob überhaupt möglich?'." *James Joyce: A Collection of Critical Essays*. Ed. Mary T. Reynolds. Englewood Cliffs: Prentice Hall. 187-92.

Solomon, Margaret. 1969. *Eternal Geomater*. Carbondale, Ill.: Southern Illinois UP.

Tan, Chee-Beng (陈志明). 2013. "Introduction." *Routledge Handbook of the Chinese Diaspora*. New York: Routledge. 1-12.

Terrinoni, Enrico. 2017. "Out of the 'Infinibility': Scaping the Prison-house of Language in the Translation of *Finnegans Wake*." *Journeys Through Changing Landscapes :Lliterature, Language, Culture and Their Transnational Dislocations*. Ed. Carla Dente and Francesca Fedi. Pisa: Pisa UP. 257-270.

Tindall, William York. 1969. *A Reader's Guide to* Finnegans Wake. Syracuse: Syracuse UP.

Treyvaud, Matt. 2015. "Daishindō." 〈http://no-word.jp/blog/2008/04/daishindo. html〉. Accessed on 2015/11/29.

Tseng, Li-ling (曾麗玲). 1999. "Mist-/Mys-tification of the Source Text: Dynamic Ambivalence in the Chinese *Ulysses*." *JJQ* 36.2 (Winter): 251-261.

Van der Weide, Jack. 2003. "Review: *Finnegans Wake*, by James Joyce. Bilingual Edition. Dutch Translation by Erik Bindervoedt and Robert-Jan Henkes." *JJQ* 40.3 (Spring): 625-629.

Van Hulle, Dirk. 2015. "Translation and Genetic Criticism: Genetic and Editorial Approaches to the 'Untranslatable' in Joyce and Beckett." *Linguistica Antverpiensia, New Series: Themes in Translation Studies* 14: 40-53.

Versteegen, Heinrich. 1998. "Translating *Finnegans Wake*: Translatability and the translator's Personality." *Images of Joyce*. Vol. II. Ed. Clive Hart, et al. Gerrards Cross: Colin Symthe. 698-707.

Yanase, Naoki (柳瀬尚紀). 1991. "Interview: The Breadth and Depth of the Japanese Language." Conducted by Kenji Hayakawa. Nov. 9. 〈https://kenjihayakawa. com/2019/06/28/naoki-yanase/〉. Accessed on 2024/03/05.

Yao, Steven G. 2002. *Translation and the Languages of Modernism: Gender, Politics, Language*. New York: Palgrave Macmillan.

Zabaloy, Marcelo. 2015. "Interview: If I did that shamething it was on pure poise." Conducted by Derek Pyle. Sept. 1. ⟨https://www.massreview.org/node/467⟩. Accessed on 2023/12/11.

二、中文部分

王米渠、马向东、邬家容和郑晓莉。1997。〈论中医学对先天畸形的认识〉。《甘肃中医学院学报》14.3（9月）：4-6。

王安琪 譯。2015。《愛麗絲幻遊奇境與鏡中奇緣》。路易斯・卡若爾著。臺北：聯經。

马丽亚、蔡园园和张大伟。2022。〈基于数据挖掘的宋金元时期医学文献治疗胎漏、胎动不安病用药规律分析〉。《世界科学技术——中医药现代化：中医药与妇科疾病研究》24.11: 4484-4492。

史書美。2017。《反離散：華語語系研究論》。臺北：聯經。

司馬遷。1959。裴駰、司馬貞、張守節注。《史記三家注：集解、索隱、正義》。臺北：中華書局。

朱光潛。1998。《談文學》。臺北：萬卷樓。

孙宏开 编。2007。《中国的语言》。北京：商务。

李信明。2016。〈需要十億年才能看完世界最長的數學證明〉。《數學傳播》40.4（12月）：30-43。

李恩江和贾玉民 编。2000。《说文解字译述（全本）》。郑州：中原农民出版社。

许渊冲。2016。《文学与翻译》。北京：北京大学出版社。

林玉珍。1996。〈評《尤利西斯》中譯兩種〉。《中外文學》24.12: 165-170。

金隄。1993。《尤利西斯》。詹姆斯・喬伊斯著。上下卷。臺北：九歌。

—。1998。《等效翻譯探索》。增訂版。臺北：書林。

赵雯、甘静和严余明。2015。〈《金匱要略》论妇科癥病条文浅析〉。《江西中医药大学学报》27.5（10月）：24-28。

赵建敏 编译。2012。《现代天主教百科全书》。麦克尔・格拉茨 编。北京：宗教文化出版社。

思果。2018。《翻译新究》。广西：广西师范大学。

段玉裁 注。1985。《說文解字注》。臺北：漢京文化。
凌焰和汪晓。2022。〈清代乡村育婴堂运作实态研究：以江西萍乡新发现的育婴图册为中心〉。《农业考古》3: 107-114。
张美芳。2016。〈意图决定语篇制作的策略〉。《中国翻译网》。〈http://www.chinatranslate.net/big5/garden/garden1_5.htm〉（擷取於 09/02/2001）。
爱乐娃泽妈 Elva。2015。〈原版英文绘本分享 - Humpty Dumpty 鹅妈妈童谣〉。〈https://blog.sina.com.cn/s/blog_75307e950102vnfa.html〉（擷取於 04/06/2024）。
莊坤良 譯。2009。《都柏林人》。喬伊斯著。臺北：聯經。
莊信正。1996。〈三點澄清：回應林玉珍〈評《尤利西斯》中譯兩種〉〉。《中外文學》。25.4: 143-144。
梁欣榮 譯。2013。《魯拜新詮》。臺北：書林。
梁孫傑 譯。2024。《芬尼根守靈：墜生夢始記》。詹姆士・喬伊斯 著。臺北：書林。
湯廷池。1979。《國語語法研究論集》。台北：台灣學生書局。
殷寄明。2006。《说文解字精读》。上海：复旦大学出版社。
馮建明 等譯。2022。《為芬尼根守靈析解》。約瑟夫・坎伯（Joseph Campell）與亨利・莫頓・羅賓遜（Henry Morton Robinson）著。臺北：書林。
曾麗玲。1997。〈霧中看花花自媚：論評金譯全本《尤利西斯》〉。《中外文學》25.8: 151-159。
單德興。2009。《翻譯與脈絡》。臺北：書林。
—。2016。《翻譯與評介》。臺北：書林。
蕭乾、文潔若 譯。1995。《尤利西斯》。詹姆斯・喬伊斯 著。上中下三卷。臺北：時報文化。

《芬尼根守靈》
情節大綱

※ 翻譯自 Bernard Benstock. *Joyce-Again's Wake: An Analysis of* Finnegans Wake. Seattle, WA: U of Washington P, 1965. xv-xxiv. 譯者調整部分描述，以配合譯文內容。

第一部第一章（3-29）

03:	主題陳述
04:	天堂的戰爭與芬尼根生平簡介
05-06:	城市的締造
06-07:	守靈
07-08:	地理景觀
08-10:	參觀威靈頓國家博物館
10-12:	母雞在戰場撿拾戰後丟棄物
12-13:	都柏林風景
13-15:	愛爾蘭早期歷史及其侵略者
15-18:	馬特和朱特講述克隆塔夫戰役
18-20:	字母和數字的發展和演變
21-23:	范胡瑟公爵和淘氣皇后
23-24:	墮落
25:	芬尼根守靈
25-29:	僕人跟轉醒的芬尼根報告當前狀況
29:	介紹伊耳維克

第一部第二章（30-47）

30-32:	杭福瑞・齊普頓・伊耳維克名字的由來
32-33:	在歡樂劇院上演《皇室離婚》
33-35:	關於伊耳維克行為不檢的謠言
35-36:	伊耳維克邂逅某痞子
36-38:	痞子回到住處吃飯喝酒
38-42:	散佈謠言的各種管道
42-44:	哈士惕所撰寫的歌謠
44-47:	〈歐萊里之歌〉

第一部第三章（48-74）

48-50:	吟遊詩人及其信徒淒涼的下場
50-52:	伊耳維克講述曩昔的故事
52-55:	伊耳維克無罪的訴求被改編成電影、電視劇和廣播劇
55-58:	對伊耳維克墮落的評述
58:	伊耳維克的轉醒
58-61:	伊耳維克犯罪實錄的新聞採訪
61-62:	伊耳維克逃亡的報導
62-63:	伊耳維克與蒙面殺手的邂逅
63-64:	敲門
64-65:	離題的電影橋段：蜜桃與布朗寧爹地
66-67:	探詢遺失的信件與遭竊的棺木
67:	賴利警佐逮捕酒醉的伊耳維克
67-68:	兩位誘惑男人的年輕少女
69:	閉鎖的大門
69-71:	一名男子在酒館休息時間痛罵伊耳維克
71-72:	一長串的罵名
72:	伊耳維克沉默不回應
73:	鳴叫的驢子
74:	伊耳維克的睡眠和芬恩的復活

第一部第四章（75-103）

- 75: 纏繞伊耳維克的無休夢境
- 76-79: 內湖的墳墓
- 79-81: 凱特回憶鳳凰公園的垃圾堆
- 81-85: 攻擊者與抵禦者的對峙
- 85-90: 歡樂王因公園風化案受審
- 90-92: 堅持無罪的歡樂王獲得伊曦的愛慕
- 92-93: 無罪釋放的歡樂王披露自己的騙術
- 93-94: 信件
- 94-96: 四大法官重議該案
- 96-97: 獵狐（追捕伊耳維克）
- 97-100: 伊耳維克死亡又現身的謠言
- 101-103: 安娜・莉薇雅

第一部第五章（104-125）

- 104-107: 頌禱與安娜・莉薇雅無名宣言的可能標題
- 107: 檢視文件
- 108: 耐心的重要性
- 109: 信封
- 110: 發現文件的地點
- 110-111: 發現文件的母雞碧蒂
- 111: 信件的內容
- 111-112: 信件的外觀
- 113-116: 各種分析信件內容的理論學派
- 117-125: 《凱爾經》

第一部第六章（126-168）

- 126: 廣播節目的益智問答（楦姆發問碩恩回答）
- 126-139: 問題一是關於芬恩・麥克庫爾
- 139: 問題二是關於碩恩的母親

139-140：	問題三是關於伊耳維克酒館的座右銘
140-141：	問題四是關於愛爾蘭的四大城市
141：	問題五是關於伊耳維克的酒館幫手
141-142：	問題六是關於凱特
142：	問題七是關於酒館內的12位常客
142-143：	問題八是關於瑪姬
143：	問題九是關於萬花筒般的夢境
143-148：	問題十是關於一封小情書
148：	問題十一是關於碩恩拯救楦姆的靈魂
148-152：	瓊斯教授
152-159：	麋狐鹿與拐葡萄
160-168：	布魯圖斯奶油與卡西烏斯乳酪
168：	問題十二是關於楦姆這位蒙受詛咒的兄弟

第一部第七章（169-195）

169-170：	楦姆的側寫
170：	宇宙第一謎面
170-175：	論楦姆的卑污鄙陋
175-176：	球賽
176-177：	楦姆對於戰爭和起義的懦弱行為
177-178：	酒醉的楦姆誇大自己的文學天賦
178-179：	戰後碰到槍枝威脅的楦姆
179-180：	男高音的楦姆
180-182：	以偽造為主業的楦姆
182-184：	楦姆的住處
184：	楦姆下廚煎蛋
185-186：	楦姆取糞製墨作為書寫之用
186-187：	楦姆邂逅警佐
187-193：	碩恩以正義之名訓斥楦姆
193-195：	楦姆以慈悲為懷替自己辯護

第一部第八章（196-216）

196-201：	兩位浣衣婦分據河岸左右議論安娜・莉薇雅和伊耳維克的八卦
201：	關於安娜・莉薇雅的謠傳
201-204：	關於安娜・莉薇雅年輕時候的浪蕩生活
204-205：	浣衣婦滌洗內褲
205-212：	安娜・莉薇雅分發聖誕禮物給眾小孩子
212-216：	兩位浣衣婦在夜幕低垂下分別變成一棵大樹和一塊岩石

第二部第一章（219-259）

219：	《彌克、尼克和瑪姬們的童話笑鬧劇》
219-221：	劇中角色
221-222：	道具和服裝
222-224：	關於該劇的主題
224-225：	咕嚕咕咕答錯第一道謎題
226-227：	彩虹少女自行跳舞玩耍，漠視一旁的咕嚕咕咕
227-233：	流亡海外作家咕嚕咕咕
233：	咕嚕咕咕答錯第二道謎題
233-239：	彩虹少女頌讚她們的太陽神噗噗帢夫
239-240：	咕嚕咕咕感到地獄的折磨之苦
240-242：	重探伊耳維克的復活
242-243：	安娜・莉薇雅準備要原諒伊耳維克
244：	夜幕低垂，小孩子準備要回家了
244-245：	動物進入諾厄的方舟
245-246：	伊耳維克的酒館
246-247：	咕嚕咕咕和噗噗帢夫打架
247-250：	彩虹少女以充滿魅惑的甜言蜜語讚美噗噗帢夫
250：	咕嚕咕咕答錯第三道謎題
250-251：	咕嚕咕咕挫敗後反而對潤年小女生慾念大增
252-255：	父親顯像彷彿重生
255-256：	母親現身兜攏小孩

256-257:	小孩唸書做功課，但伊曦在鬧脾氣
257:	落幕，笑鬧劇結束
257-259:	晚禱

第二部第二章（260-308）

260-266:	夜課開始，楂姆負責左邊批注，碩恩負責右邊批注，伊曦負責底下腳注
266-270:	文法
270-277:	歷史
277-281:	書信寫作
282-287:	數學
287-292:	愛爾蘭在政治、宗教和情愛上遭受的外來侵略
293-299:	多爾復為凱福講解安娜・莉薇雅私處的幾何結構
299-304:	凱福不滿多爾復的比喻而動手打了他
304-306:	多爾復原諒了凱福
306-308:	52 位男性名流
308:	小孩子寫信給父母

第二部第三章（309-382）

309-310:	伊耳維克酒館內的收音機
310-311:	酒泵旁邊的伊耳維克
311-332:	柯西裁縫與挪威船長的故事
332-334:	凱特為安娜・莉薇雅傳話，請伊耳維克上床安歇
335-337:	伊耳維克開始講故事
337-355:	巴特和塔夫擔綱主演的電視迷你劇《巴克利如何射殺俄國大將軍》
355-358:	伊耳維克試圖辯護
358-361:	收音機傳出夜鶯的歌聲
361-366:	遭受控訴的伊耳維克為自己辯護
366-369:	四大耆老騷擾伊耳維克
369-373:	打烊之際薩克森警佐出現在酒館裡

373-380: 單獨在酒館的伊耳維克彷彿聽到自己的審判案
380-382: 伊耳維克酒醉不起

第二部第四章（383-399）

383-386: 滄海四皓偷窺崔斯坦和伊索德的愛之船
386-388: 小若望・麥道格的評述
388-390: 馬爾谷斯・里昂的評述
390-393: 路加・塔佩的評述
393-395: 馬特・額我略的評述
395-396: 崔斯坦和伊索德的結合
396-398: 滄海四皓回憶海上航行
398-399: 美人伊索德

第三部第一章（403-428）

403: 在床上的伊耳維克和安娜・莉薇雅
403-405: 夢中出現榮光流溢的郵差碩恩
405-407: 狼吞虎嚥的碩恩
407-414: 碩恩受訪
414-419: 挾軛螞蟻與乞恩草蜢
419-421: 碩恩譴責信件內容
421-425: 碩恩謗罵槿姆並聲稱自己也是具有同等天賦的文人
426-427: 碩恩化為一個木桶並側身著地滾進河裡
427-428: 伊曦祝福碩恩珍重再見

第三部第二章（429-473）

429-431: 路邊休息的強恩巧遇29位女學生
431-432: 強恩對他妹子的訓誡
432-439: 強恩發表道德講話
439-441: 強恩針對伊曦大談性事
441-444: 強恩怒斥槿姆為誘拐少女的色狼

444-445：	強恩帶著施虐取樂的怒火訓誡伊曦
445-446：	強恩的謾罵轉化成柔情的告白
446-448：	強恩積極提升自己的文明素養
448-452：	強恩向伊曦保證他會擁有成功的事業
452-454：	強恩結束他的講話
454-457：	強恩就飲食方面做補充說明
457-461：	伊曦以情書作為回覆
461-468：	離別前強恩把伊曦介紹給達味
468-469：	強恩終於離開了
469-473：	29位女學生對著強恩的精魄揮手告別

第三部第三章（474-554）

474-477：	四大耆老在垃圾堆上發現疲憊的勇恩
477-483：	他們審問勇恩
483-485：	勇恩怒氣衝衝地回嘴
485-491：	勇恩解釋他和兄弟之間的關係
491-499：	安娜‧莉薇雅附身勇恩，議論行為失檢的伊耳維克
499-506：	某鬼魂透過勇恩的嘴巴講述原初的墮落
506-510：	觸摸者湯姆
510-520：	守靈
520-523：	越來越糟糕的審問過程
523-526：	糖漿湯姆提供他所知的公園事件版本
526-528：	伊曦與鏡伴的對話
528-530：	馬特‧額我略接手審問事宜
530-531：	傳喚凱特當證人
532-539：	傳喚伊耳維克到庭為自己辯護
539-546：	伊耳維克誇示他所建立的城市和訂定的法律
546-554：	伊耳維克敘述如何征服安娜‧莉薇雅

第三部第四章（555-590）

555-559： 深夜的小酒館和一對被小嬰兒半夜啼哭騷擾難眠的父母
559： 父母同床
559-563： 瑪竇的觀點：和諧共處的第一體位
564-582： 馬爾谷的觀點：動盪搖擺的第二體位
582-590： 路加的觀點：功敗垂成的第三體位
590： 若望的觀點：排難解紛的第四體位

第四部（593-628）

593-601： 喚醒沉睡巨人的新世紀曙光
601： 29 名少女歌頌基文
601-603： 晨報披露伊耳維克不檢點的行為
603-606： 聖基文在澡盆兼祭壇內的沉思
606-609： 重訪伊耳維克出事的鳳凰公園
609-613： 穆塔與鳩瓦目睹聖博德和德魯伊大祭司的邂逅
613-615： 清晨重啟歷史的循環
615-619： 安娜・莉薇雅簽名的信件
619-628： 安娜・莉薇雅入海前的最終獨白

情節大綱的延伸閱讀：

Campbell, Joseph, and Henry Morton Robinson. 1961. *A Skeleton Key to* Finnegans Wake. New York: Penguin.

Crispi, Luca, and Sam Slote, eds. 2007. *How Joyce Wrote* Finnegans Wake: *A Chapter-by-Chapter Genetic Guide*. Wisconsin: U of Wisconsin P.

Epstein, Edmund Lloyd. 2009. *A Guide Through* Finnegans Wake. Gainesville: UP of Florida.

Rose, Danis, and John O'Hanlon. 1982. *Understanding* Finnegans Wake: *A Guide to the Narrative of James Joyce's Masterpiece*. New York: Garland.

馮建明 等譯。2022。《為芬尼根守靈析解》。約瑟夫・坎伯（Joseph Campbell）與亨利・莫頓・羅賓遜（Henry Morton Robinson）著。臺北：書林。

《芬尼根守靈》
語言縮寫對照表

各國語言

【三劃】

土	土耳其語	Turkish

【四劃】

日	日語	Japanese
中	中文	Chinese
丹	丹麥語	Danish
巴	巴斯克語	Basque
巴利	巴利文	Pali

【五劃】

布	布列塔尼凱爾特語	Breton
史	史瓦希利語	Kiswahili
古北	古北歐語	Old Norse
古法	古法語	Old French
古英	古英語	Old English
古諾法	古諾曼 - 法語	Old Norman-French
古愛	古愛爾蘭文	Old Irish
古臘	古希臘文	Ancient Greek
立	立陶宛語	Lithuanian
世	世界語	Esperanto
加	加泰隆語	Catalan

【六劃】

印	印地語	Hindi
印英	印度英語	Anglo-Indian
西	西班牙語	Spanish
匈	匈牙利語	Hungarian
吉	吉普賽語	Romani
冰	冰島語	Icelandic

【七劃】

| 沃 | 沃拉普克語 | Volapük |
| 希 | 希伯來語 | Hebrew |

【八劃】

拉	拉丁文	Latin
法	法語	French
非拉	非正規拉丁文	Dog Latin
阿	阿拉伯語	Arabic
阿爾	阿爾巴尼亞語	Albanian
孟	孟加拉語	Bengali
泛斯	泛斯拉夫語	Pan-Slavic
拉脫	拉脫維亞語	Latvian
亞	亞美尼亞語	Armenian
亞述	亞述文	Assyrian
芬	芬蘭語	Finnish
波	波斯語	Persian
波蘭	波蘭語	Polish

【九劃】

保	保加利亞語	Bulgarian
南	南非荷蘭語	Afrikaans
俄	俄語	Russian
柬	柬埔寨語	Cambodian
威	威爾斯語	Welsh
威尼	威尼斯語	Venetian

【十劃】

埃	埃及語	Egyptian
馬	馬來語	Malay
索	索馬利亞語	Somali
挪	挪威語	Norwegian
盎諾	盎格魯 - 諾曼語	Anglo-Norman
盎愛	盎格魯 - 愛爾蘭語	Anglo-Irish

【十一劃】

梵	梵文	Sanskrit
康	康瓦爾語	Cornish
捷	捷克語	Czech
敘	敘利亞語	Syriac
意	意第緒語	Yiddish
葡	葡萄牙語	Portuguese
曼	曼島語	Manx
荷	荷蘭語	Dutch
雪	雪爾塔語	Shelta

【十二劃】

喃	喃字	Chữ Nôm
斯	斯堪的納維亞語	Scandinavian
斯洛	斯洛維尼亞語	Slovenia
普	普羅旺斯方言	Provençal

【十三劃】

瑞典	瑞典語	Swedish
瑞德	瑞士德語	Swiss German
義	義大利語	Italian
意	意第緒語	Yiddish
塞	塞爾維亞語	Serbian
塞內	塞內加爾語	Senegalese
塞克	塞爾維亞 - 克羅埃西亞語	Serbo-Croatian

寮	寮國語	Laotian
愛	愛爾蘭語	Irish
愛沙	愛沙尼亞	Estonian
愛英	愛爾蘭英語	Hiberno-English
雷羅	雷蒂亞-羅曼語	Rhaeto-Romanic

【十四劃】

| 蓋 | 蓋爾語 | Gaelic |

【十五劃】

撒	撒克遜語	Saxon
魯	魯塞尼亞語	Ruthenian
德	德語	German

【十六劃】

| 諾 | 諾曼地語 | Norman |

【十七劃】

| 韓 | 韓語 | Korean |

【十九劃】

臘	希臘語	Greek
羅	羅曼什語	Romansh
羅塞	羅塞尼亞	Ruthenian

【二十劃】

| 蘇 | 蘇格蘭語 | Scottish |
| 蘇美 | 蘇美爾語 | Sumerian |

【二十一劃】

| 蘭 | 蘭茨莫爾語 | Landsmaal |

臺灣

【四劃】
太　　太魯閣語

【五劃】
卡　　卡那卡那富族語
布農　布農族語

【七劃】
阿美　阿美族語

【八劃】
拉阿　拉阿魯哇族語
卑　　卑南族語
邵　　邵族語

【九劃】
客　　客家語

【十劃】
泰　　泰雅族語

【十一劃】
排　　排灣族語

【十二劃】
雅　　雅美族語
達　　達悟族語
鄒　　鄒族語

【十四劃】
臺　　臺灣語

【十五劃】
撒　　撒奇萊雅語
魯凱　魯凱族語

【十六劃】
噶　　噶瑪蘭族語

【十七劃】
賽　　賽德克族語
賽夏　賽夏族語

中國（包括方言和俚語）

【三劃】
　川　　四川話
　山東　山東話

【五劃】
　甲　　甲骨文

【六劃】
　江　　江西話
　成　　成都話

【八劃】
　京　　北京話
　長　　長沙話
　東北　東北話
　定　　定襄話

【十劃】
　陝　　陝西話

　海　　上海話
　烏　　烏魯木齊話

【十一劃】
　巢　　巢湖

【十二劃】
　揚　　揚州話

【十三劃】
　粵　　粵語

【十五劃】
　鄭　　鄭州話

【十六劃】
　龍　　黑龍江話

【二十劃】
　蘇州　蘇州話

其它

【八劃】
金	挖金礦工方言	digger's dialect
俗	俗語	colloquial

【九劃】
俚	俚語	English/American slang
黑	黑話	cant

【十二劃】
童	童謠	nursery rhyme

【十四劃】
歌	歌曲	song

《芬尼根守靈》
各國全譯本出版簡表

1982（法） Lavergne, Phillippe, trans. *Finnegans Wake*. Paris: Gallimard.

1993（德） Stündel, Dieter H., übersetzt. *Finnegans Wehg*. Göttingen: Verlag Jürgen Häusser.

1993（日） 柳瀬尚紀 譯。《フィネガンズ・ウエイク》。東京：河出書房新社。

2002（荷） Bindervoet, Erik, en Robbert-Jan Henkes, trans. *Finnegans Wake*. Amsterdam: Athenaeum.

2002（韓） 金鍾健譯。《복원된 피네간의 경야》。서울：도서출판 어문하사。

2003（葡） Schüler, Donaldo, trans. *Finnicius Revém*. Pôrto Alegre, Brazil: Ateliê Editorial.

2004（法） Michel, Hervé, trans. *Veillée Pinouilles*. Available at https://sites.google.com/site/finicoincequoique/texte.

2012（波） Bartnicki, Krzysztof, trans. *Finneganów tren*. Krakow: Korporacja Ha!art.

2012（日） 浜田龍夫譯。《フィネガンズ・ウエイク》。千葉：ALP。

2013（臘） Anevlavis, Eleftherios, trans. Η αγρύπνια των Φίννεγκαν. Athens: Kaktos.

2016（西） Zabaloy, Marcelo, trans. *Finnegans Wake*. Ciudad Autónoma de Bueno Aires: El cuenco de plata.

2017（土） Sevimay, Fuat, trans. *Finnegan Uyanmasi*. İstanbul: SEL.

2018（義） Mazza, Giuliano, trans. *Finnegans Wake: La veglia di Finnegan*. Lemignano, Parma: Abax Editrice.

2019（義） Schenoni, Luigi (FW I-II) and Enrico Terrinoni and Fabio Pedone (FW III-IV), trans. *Finnegans Wake*. Milano: Mondadori.

2019（拉）		Roberts, Adam, trans. with Google Translate. *Pervigilium Finneganis*. New York: Ancaster Books.
2020（塞）		Stojaković, Siniša, trans. *Finegana buđenje: Knjiga II*. Belgrade: Pasus. [FW I 和 III-IV，分別出版於 2014 年和 2017 年]
2021（瑞）		Falk, Bertil, trans. *Finnegans Likvaka*. Vetlanda: Aleph Bokförlag.
2021（俄）		Рене, Андрей, переводчик. На помине Финнеганов. Москва: Издательские Решения.
2021（法）		Sénécot, Daniel, trans. *Finnfanfun: Une lecture parisienne du* Finnegans Wake *de James Joyce*. 網路版：〈finnfanfun@free.fr〉。
2022（葡）		do Amarante, Dirce Waltrick, tradução. *Finnegans Rivolta*. São Paulo, Brasil: Editora Iluminuras Ltda.
2024（臺）		梁孫傑 譯。《芬尼根守靈：墜生夢始記》。詹姆士・喬伊斯 著。臺北：書林。

FINNEGANS WAKE

第一部

第一章

　　𡿨𣲃，流經厄娃與亞當教堂，從海岸的透迤到港灣的曲折，攜同我們沿著安康茂德危窠檅濁的錯落城鎮裡那些罪惡相生迴旋往復的寬敞街衕，踅頭倒轉去酣歇福禍的霍斯城堡及其蕤葳環繞的周遭領地[1]。

　　崔斯川姆爵士，柔音中提琴催華手，在永恆回歸的某個歷史時刻，以上帝之姿行海盜之實，從愛莫里卡北方遠渡愛爾蘭海裂波碎浪而來，不過還尚未再度抵達彼岸，下錨於濃情蜜意之小歐細歐邋邋破敗瘦骨嶙峋的地頸，也尚未再度以統治者之名，以監禁伊索德[2]為由，發動他的半島戰爭，揮舞著超屌孤挺的鐵桿長矛，直如筆迅如矢，一場狂野的戰鬥，口中吐出乳白沫星，**不降即戰！**：在岩層裸露的奧科尼溪流旁，索瑪師仔索耶在鋸坑上位推拉雙人大胴鋸，將樹幹剖成兩片，他那兩粒，**喔嗨呦**，硬如石臭若鼬的蛋蛋，還尚未沖著勞倫斯縣那些違反居住清規、說話像漩渦打旋滾輪轉滾的吉普賽俏妞兒，以及其他都柏林[3]鎮的在地居民，有什麼腫脹膨風的生理反應，反正人口還是如常倍增繁衍，隨之也憑空滋生了成群成夥的乞丐、騙子和有殼羊盼[4]；更尚未有類似移送

---

[1] 開卷二字，甲骨文和小篆，是「川流」，取「川流不息」之意。康茂德是公元二世紀末的羅馬皇帝。《羅馬帝國衰亡史》的作者吉朋（Edward Gibbon）以及其他歷史學家，均認爲羅馬帝國的衰亡始於康茂德執政時期。「危窠」是義大利歷史學家維柯（Giambattista Vico）姓氏的諧音。

[2] 伊索德（Isolde, Isode, Iseult, Iseo 或 Isotta）是亞瑟王傳說中愛爾蘭王國的公主，準備下嫁馬克國王，卻與護送她的國王侄兒崔斯坦（Tristan）爵士墜入情網，註定了兩人日後的悲劇命運。

[3] 移民美國喬治亞州的愛爾蘭人強納生·索耶（Jonathan Sawyer）建立的小鎮，以茲紀念故國家園。

[4] 中國甘肅永登薛家灣的吉普賽人自稱「羊盼」（或「洋盤」），稱呼外人爲「豁家」（或「伙家」）。吉普賽人爲流浪民族，沒有固定住所，大抵依循祖訓，以帳篷爲臨時住處。他們蔑

罪犯的牛鳴大聲音，從遠方荊棘叢的火焰中鼓風箱般轟轟呼喊，是梅瑟梅瑟呼 ^(Moses)
叫受洗受洗，你是教會磐石伯多祿吧，我得走啦，整個基督聖事的大雜燴就交 ^(Peter)
給那個三杯套一豆玩得嗆啦轉的聖博德了：都還尚未發生，雖然不用等太久， ^(pea-trick Patrick)
某個披著羔羊皮的娃娃兵就會擎著獵鹿槍托去捅擊老瞽依撒格的屁股；還尚未 ^(Isaac)
發生，雖然浮華世界凡事虛空，無分對或錯，什麼都可做，尼斯出海口，依稀 ^(Nis)
可歸坐，而長得一模一樣的兩姊妹凡妮莎[5]和艾斯德爾，輕佻可喜，也還尚未漲 ^(Vanessa Esther)
紅了粉臉，對著三隻手上濕答答的納森與喬[6]這兩個寶貝孿生兄弟大發雷霆； ^(Nathan Joe)
占姆或神恩，偷了老爸足可釀成兩加侖的麥芽酒麴，濕透的臉龐在方舟的弧光 ^(Jhem Shen)
燈下，兩道雨淋的眉稍淌掛著露珠汗滴，釀造出尊美醇的威士忌；戒環般彎如 ^(Jameson)
蛾眉的彩虹浮現在東方水面上，紅潤潤的外圈濕盈盈地往外暈染瀰散，無窮，
無盡。

　　墜落[7]（叭叭叭吀-嘎喇嗒-塌瀰啦-隆滾怖隆恫吶-隆突霂-竦啜呱-混落嘶
鍩-突呼呼噔楞突哷-嚕喀！）的老父親，昔日挺過華爾街股災，今日仍老當益 ^(Wall Street)
壯如幼鮭，居然會失足從窄牆上直溜溜摔跌下來，早先只當成床邊那種故事大
家好玩說說嘴，後來卻不斷給搬上大舞台，以基督教歷代積累的吟唱技巧，
結合克利斯蒂吟遊詩人黑臉綜藝歌舞團粗俗搞笑的雜耍，大剌剌的公開演出。
[粵]威腳
拗柴咔嚓一聲、翻下牆頭的大墜落，就像一顆雞蛋砸到地面，滿目熱呼呼黏答
答的內臟、肚腸、殘渣和不相干的垃圾，需要在短時間內發布緊急公告周知鄉
鄰，那個芬尼根，啵咈吶——碰，降落傘出事兒順滑溜那樣直直摔了下來，我 ^(Finnegan)

　　稱有房有屋不再流浪的吉普賽人為 gorgio。

[5] 凡妮莎（Vanessa）是愛爾蘭作家綏夫特（Jonathan Swift）根據他的私淑學生艾斯德爾（Esther Vanhomrigh）杜撰出來的名字。以她家族姓氏的第一音節 van，加上 Esther 的小名 Essa，而成 Vanessa。

[6] 把納森（Nathan）與喬（Joe）前後對調，就合成綏夫特的名字喬納森（Jonathan）。

[7] 墜落與雷鳴。根據維柯的記載，史前巨人雖然極度懼怕來自穹蒼的轟雷，但也從斷斷續續類似說話結巴的雷語中學到如何張嘴吐音開口講話，開啟了人類的文明。

說啊，親像一塊予，嘘——，予趁食查某，我呸，軟甲焦涸涸皺㴙㴙的煙燻火
[臺] 活像一片被　　　　　[臺] 被妓女　　　　　　[臺] 吸吮到乾巴巴皺癟癟

腿，這個當年堅實可靠完美無缺的愛爾蘭漢子，卻落得如此糞便脫肛的下場；
他的尻脊骿墳起憨痞帝·蛋披地[8]那般形狀的駝包，圩頂如丘的頭顱速速派遣出
[臺] 背部　　Humpty Dumpty

問不出所以然的探子，一路向西在死地裡尋尋覓覓他的肚腹和那些可能埋陷在
亂葬墳堆中夯不隆咚的腳趾頭；然而，它們卻像收稅關卡的柵欄尖柱，根根鎚
槍戟矛箭十趾朝天，矗立在公園內鮮有人跡的丘陵地；自從督柏鱗那個魔神仔
　　　　　　　　　　　　　　　　　　　　　　　　　　　　　Dublin

毋成囝愛上了天真活潑生機盎然的莉薇雅之後，就再也沒有人去撿拾掉在如茵
[臺] 小混混　　　　　　　　　　Livia

綠草上滿地黃澄澄的柳橙，任由它們在那兒靜靜地安息，悄悄地腐爛。[003]

　　就在這兒，兩軍對壘迎頭撞擊，意志對抗積習，聽，我要 槓上了我不要，
東哥德人晶瑩閃爍的牡蠣神緊緊掐住西哥德人腥臭鬼祟的海魚神，鉗住口！封
East Goths　　　　　　　　　　　West Goths

住嘴！鼓咯咯-咯咯-咯咯-咯咯！𭢐𭢐𭢐[9]-𭢐𭢐𭢐！嗚嗚咽咽！嚎嚎啕啕！嗚呼哀
Kékkek　　　　　　　　　　Kóax

哉！在哪邊！往哪去！兩撥人馬，一撥是配備法蘭西闊刀彎刀和長柄雙鉤鐮槍
　　　　　　　　　　　　　　　badelaire　　　partisane

的兵丁黨羽，另一撥是那些以巴黎人自居、以波特萊爾的徒子徒孫為傲的藝術
　　　　　　　　　　　　　　　　　　Baudelaire

家，雙方各自追趕在狂奔的冠軍靈猩麥格拉斯少爺身影之後，四處兜捕還沒定
　　　　　　　　　　Master McGrath

罪、人稱再世先知馬拉基亞的數學老師瑪爾枯斯·米克格磊斯，算計著如何打
　　　　　　[希] Malʾaḥi　　　　Malchus　Micgranes

垮這個手持彎刃大砍刀、腰纏數枚手榴彈、讓人傷透腦筋的窮光蛋，非好好教
malchus

訓他一頓不可；素以凡爾登鋼劍聞名於世的凡爾登家族已分別聯繫盤據霍斯山頭
[法] épée de Verdun　　Verdun

的歷任都柏林市長大人，懷特、侯伊特和博伊斯，吩咐大伙伺機行動，他們於
White　Hoyte　Boyce

是像發射投石機那般源源派出那幫吃人不吐骨頭、頭臉罩著森白布套的白小子[10]
　　　　　　　　　　　　　　　　　　　　　　　　　Whiteboys

---

[8] 憨痞帝·蛋披地（Humpty Dumpty），英語世界童謠中身形如蛋的角色，童謠內容主要是關於他從牆上摔落地面的種種趣事。

[9] 以漢字的結構書寫西方的拼音文字 Kóax，模仿蛙鳴。設計靈感來自中國藝術家徐冰創作的西文書法，即以中國的書法書寫西方的文字。將 Kóax 編排成方塊字的形狀，方能顯出戰嚎中強烈暗示的 KKK（三K黨）。

[10] 「白小子」（Whiteboys）是十八世紀愛爾蘭的農民秘密組織，因身穿白色上衣而得名，以維護並爭取農民和工人的權益為立會宗旨，其後演變成激進暴力團體。其成員並不戴白頭套，此處喬伊斯有意混淆「白小子」和罩白頭套穿白衫的三K黨員。

剝皮成員，個個精通火器彈藥，手擎長矛，身負十字弓，配備強力弩砲。尖鐵輕標槍，來去有如迴旋風暴，層波推疊浪，秘密搶攻後庭城門。大地的血胤，四方的子民，當敬畏我！灑血贏得光榮，齊聲頌讚！飲泣失去功名，一邊涼去！武器傾軋，入耳鏗鏘作響，戰嚎嘶吼，驚心奪魄膽寒：棺衣飛揚，淚水縱橫。杀呀殺呀杀呀：喪鐘鼎沸，渡河繳費。有哪種依偎蜷戀會演變成掄起棍棒自衛殺人，有哪種卡瑟爾圓塔碉堡會砌壘成開放通風任人出入！有哪種奉令友愛而皈依獻身的新教徒，會受到孩子，我赦免你的罪那種人的誘惑而陷身罪藪深淵！什麼樣的觸感足以分辨他們身上的秫草、皮毛和器度，什麼樣的情感可以如實聽出雅各伯用虛假的打嗝掩飾偽裝的雄偉嗓音！啊，聽一聽，這兒，就是這兒，就在日薄西山的陰霾之下，倡議隨性開放之父躺平攤屍於塵土之上，然而（我那熠熠閃爍的眾星和至大無外的天體啊！）霓虹燈的軟廣告是如此精密地編織天際，如此巍峨地鋪展蒼穹！怎麼了，伊索德？那位可是？厄撒烏？確定嗎？這兒以前是，呃，灑汗的下水道？亙古的櫟樹如今都安歇在泥炭中，然而白蠟樹橫躺處正是榆樹抽搐發芽之所在。假如你想要墮落，那就一定要先攀升：反正對潛藏深淵伺機獵色的那頭鯤魚來說，這齣鬧劇暫時也不會那麼快就以鳳凰循環燒成灰那般世俗的小把戲來落幕收尾的。

梓人芬尼根師，結巴手氏族，共濟會會員，悠閒自在的砌牆泥水匠，遠在若蘇厄的士師們登錄黎民數目頒佈戶籍之前，遠在肋未人回應天主的召喚服事祭司之前，遠在梅瑟帶領以色列人進入迦南地重申天主的命令之前，也遠在赫爾維第人的大遷徙和〈第二紇里微提信條〉的頒佈之前，他早就在想像力所及最寬闊最偏僻的道路邊，蝸居於他二樓走道燈芯草蠟燭點亮的邊間斗室內（某個昨天，活躍的酵母直冒泡，正是酣暢的佳節酌日，他莊嚴肅穆地把腦袋瓜子一頭扎進橡木酒桶，就像高空跳水那樣直直插入黑沉沉的冥河內，臉面狠狠給賞了一大巴掌，頓時眼花撩亂頭冒金星，也不過就是想洗洗命運瞧瞧未來，但在他迅速把頭顱硬生生從似乎是束緊的麥桿堆中抽拔出來時，憑藉梅瑟

分開紅海的大能,這桶水酒竟然化成無數腹蛇卵般白茫茫的霧珠倏忽蒸發殆盡,連帶所有健力士(Guinness)啤酒也如同創世(Genesis)後大批以色列人出走埃及(Exodus)谷地一樣全部逃逸無蹤,所以囉,你應該早就看得出來,他不過就是一隻貪杯好漿、脾氣陰晴不定的霉垃污鼠(Pentateuch)[11]!),而在這煞甚詭譎的漫漫歲月裡,此君身居醉翁村,酒量冠群雄,扛著磚泥木斗(hod)為那些叫啥名字來著的居民,沿著這條或那條河流的岸邊,蓋了一棟又一棟的房子,如同文明和教育瘋撇大條,層層堆疊節節昇高。像他這種腐爛大壞蛋,居然有個稚嫩小妻子,叫做安妮(Annie)來著,說來還真嗯,他每次咕嚕咕嚕灌了佳釀[盎愛]crayhur威士忌,就會把這小可憐拖過來抱著窮下蛋。雙手攬住她的白金頭髮,**渾身敗草的獵狗猛撲野兔**,把你那話兒,你那根細小的穿甲刺劍(tuck),塞進她裡面。終年嗜酒如命,舌頭肥大如燈泡,說起話來結結巴巴,頭戴狀似主教冠冕(mitre)的高帽,人前儼然是波斯太陽神密特拉(Mithra),手握便利大鑊刀,那件沾染有象牙白泥漿的心愛工作吊帶褲,老是不由自主地幻想,上面全是噴滿自己愚蠢的種;雙胞胎誕生的那個地方,酒漿在夜晚的燈光下,返照一片瑩瑩清亮,他會師法哈倫‧拉希德(Haroun Rashid)、希爾德里克(Childeric)、艾格伯特(Egbert)和卡利古拉(Caligula)這些偉大的君王,把海拔的高度、所有的態度、大量的群眾和麥芽的好壞等等因素都慢慢兒考慮進去加以計算相乘,接著就是他那具往昔遠近馳名,仿圓顱黨(Roundhead)[12]之頭型為釜,效教堂之尖塔為柱的威士忌壺式蒸餾器(pot stills),需得蹺蹺板那般上上下下調整溫度,直到他以前所見過的佳釀出現在眼-眼前,方能罷手。他的蒸餾器會從堆疊成立柱的粗礪裸石中復活過來,升起而聳立(龐然巨物花崗岩!大悅恩准展歡顏!),遠高於天下第一摩天塔廈伍爾沃斯大樓(Woolworth),更勝於艾菲爾鐵塔(Eiffel)和霍斯山脈(Howth),[004] 極盡賞心悅目之巍峨聳矗,昂然勃發於鴻濛之毗鄰,節節攀升直搗霄漢,層層分明越伸越高,躡手躡腳心懷敬畏,翻越極頂登臨顛峰,在那

---

[11] 取天主教中譯「梅瑟五書」的諧音,華人基督教採用的中譯是「摩西五經」。

[12] 圓顱黨(Roundhead)為 1642 年到 1652 年英國內戰時反對貴族的清教徒議會黨,成員皆蓄短髮,與當時留長捲髮或戴假髮的權貴比較之下,頭顱顯得頗圓,故名。

銀樣蠟槍塔頂上，他想要一睹燃燒的荊棘樹叢魚餌般上下浮動，他也想看看鑿刀一路往上銼刮小疙瘩，沙沙鏘鏘，直到泥桶一路往下摔成大爛巴，乒乒乓乓。

擁有姓氏和家徽並持有武器的先民之中，數他第一人：瓦賽禮·佈施醴（Wassaily Booslaeugh），重生巨人山城堡主，喜宴飲家臣和武士，大伙兒輪番敬酒狂喝痛飲，高聲歡笑中頻頻乾杯祝健康。其家族紋章之盔飾（crest，ㄑ一ㄢ）：天下無雙的烏鮭鰲頭，佔上方，據正中，倒置，翡翠綠扶盾侍女二，分立兩側，面帶困囧，誘腿微抬，銀白流酥，大橡樹一，牡山羊一，潛隨在旁，粗蠢長毛，駭人耳目，犄角合抱，狀若光輪。其臀溝狀橫條記家徽盾牌（fesse）：箭手滿張彩虹強弓（Strongbow），日頭，香紫草光暈，普通色打底（second）。哀慟欲恆的豔妓，頭戴綠帽的英雄。泥腿子想要飲酒做樂啖鮭魚賞肚皮舞，還是窩在茅草屋肚自己玩自己[客]屋內，就看怎麼善用他的鐵鋤頭。家釀粗酒，享受女人、勤忙庄稼、緊握把柄，我的我的，和深犁田地，都是同一碼事兒。呵呵呵呵，芬恩先生（Finn），你就要轉變成芬阿更先生（Finnagain）了！這會兒沒事，再上繳罰款就好啦！魘女魔爾茉（Mormō）走了，週一清晨撐起滿滿的喜劇氛圍，喔，安啦，你是葡萄藤喔你是葡萄蔓！週日坐上一整個夜晚，啊，你終究還是會變成醯！嘻嘻哈哈，渾恩先生（Funn），你又要被罰啦，沒事，你總會再混出個名堂來的，然後呢，啥把柄又讓人家抓在手心囉！

那麼說到底，究竟是哪種因素的介入，在那個公羊要代罪的悲劇星期四，導致城市裡那件晴天霹靂的造孽事件呢？我們那座憨厚的立方岩石，人稱天房克爾白[客] al-Kaʿbah[13]的聖殿，以耳代目見證他在阿拉法特（Arafāt）[14]山峰極頂的祭壇上，聲若轟轟響屁的雷霆訓誨，震撼得它至今仍簌簌顫動不能自己，然而，長久以來的綿

---

[13] 克爾白（al-Kaʿbah），阿拉伯語音譯，意思是「立方體」（cube），也譯成卡巴天房或天房，是一座立方體建築物，位於伊斯蘭教聖城麥加內，相傳是第一個人類阿丹（亞當）所興建。《古蘭經》4章96節記載：「為世人而創設的最古的清真寺，確是在麥加的那所吉祥的天房、全世界的嚮導」（馬堅譯）。

[14] 阿拉法特山（Jabal ʿArafāt）位於沙烏地阿拉伯城市麥加以東，又稱仁慈山（Jabal ar-Rahmah）。在穆罕默德生命接近終點時，他在阿拉法特山向追隨者發表了著名的「辭朝演說」。

延歲月裡，我們也時有所聞，不適任的哈里發[Khalīfa]以口籠封死安拉喚拜員[muezzin]的喉舌，以投石拒魔[Stoning of the Devil]的儀式砸死他們和她們，而其卑劣幫兇古萊氏家族[Qurayshites]則在一旁扮演巫沙布提俑[ushabti]¹⁵的角色，合唱隊般鬧哄哄地應答如儀，此等情事喪心病狂，恐將天庭隕落豐碑蠡滾在地之白石遍體染黑。在我們尋找正路時，啊，養主[Sustainer]，懇祈如馬甲般緊緊托住我們，約束我們起身做晨禮，剔牙後做晌禮，一屁股噗通倒向羽毛被皮革床之前做晡禮，夜晚前做昏禮，以及晨星消逝前做宵禮！邊聽街坊先知講道邊打瞌睡，頻頻頓首頓到最低點，總遠勝於把頭抬到最高點，對著藍天白雲間端來艾碧斯[Absinthe]的隱形聖女擠眉弄眼。不然的話，我們只能擺盪於東倒和西歪之間，恰似某修道院長的揶揄，貝都因[Bedouin]游牧的命運，布里丹之驢[Buridan's Ass]的抉擇，就像某位宗教領袖的棺槨，上不著天，下不接地，搖晃在魔鬼般嘰里咕嚕的熱貝爾[Jebel]山丘和吉普賽般浪蕩隨性的埃及海之間。不過，那匹名叫翦耳[Crop-Ear]¹⁶的駱駝把羊齒蕨踩得嘎吱嘎吱價響，由牠去做決定吧。然後我們就會知道，星期五的宴席是否蒼蠅滿天飛。這是一匹獨具慧眼精擅追蹤的單峰駱駝，她好整以暇地回覆伸出援手的善心人士的問題，真是個夢幻好伴侶。咳咳嘶鳴！注意聽來！一半兒也許是哪塊磚頭沒燒好，有些人是那麼說的，另一半呢，沒準是對他家裡那個卡呂普索[Calypso]說溜了啥嘴爽了啥約，或是他背上的腫塊擦撞到什麼，不然就是直腸啥毛病搞得大小便失禁之類的，有些人是那麼看的啦（各種說法滋衍散播至今殘存累計共一千零一種版本，故事梗概都一模一樣）。然而，貪婪卑污的亞伯爾齒含醇旺地的-的確確囂囓了莉薇[Livvy]那些神聖可畏大有能力的紅咚咚蘋果（由於高牆深苑的瓦爾哈拉[Valhalla]¹⁷情懷造就的恐懼和渴望：羅爾萊特環形石群[Rollright Stones]，史前一溜兒排排站的岩石列柱，青草綠地的巨石陣，石棺，石墓，圓轉縱橫的路權，

---

¹⁵ 巫沙布提俑，意思是「應答者」，埃及用於葬禮的一種雕像，有大有小，功能是為亡者完成神所交付的任務；傳聞在施咒之後，他們也參與戰爭，敵人聞之喪膽。

¹⁶ 穆罕默德的坐騎。

¹⁷ 北歐神話天堂瓦爾哈拉（Valhalla），意思為「英靈神殿」，是陣亡的英勇戰士永享幸福之去處。

勞斯萊斯轎車、出租馬車，克拉克大帆船，卡賴鎮草皮上石器時代的蒸氣機，
<small>Tramtris</small>
川姆崔斯榆樹，給風兒吻得團團轉的風標儀，電纜車，遠遠就大聲咆哮讓路！

滾開！的貨物搬運工，看起來像電影裡自行移動的那種汽車，騎著馬頭竿子
<small>St. Augustine of Hippo</small> <small>Fleet</small>
像河馬蹦跳的小鬼頭，喊著希波的聖奧古斯丁某段講道詞的某某人，艦隊街上
<small>Thurn and Taxis</small>
塞滿馬車、貨車、巴士組成的車陣，圖恩和塔克西斯家族四處兜溜的計程車，

傳遞郵件的驛馬車，聲響交織成一大片沸沸騰騰的擴音喇叭、車輛喇叭和濃霧
<small>Phineas Fogg</small>
號角，菲尼亞斯·福格要出發環遊世界囉，街頭馬戲團，護城河內嚴密監
<small>Wardmote</small>
控下的坊民會議，享有翼蜥王巴西利斯卡尊榮稱號、改建自昔日商場和法院的
<small>basilica</small> <small>Ares</small>
宗座聖殿，古希臘神祇般飛翔在雅典最高法院所在地戰神阿瑞斯山之高度外型

酷似東方浮屠的飛機，扒手，馬鳴嘶叫，市囂喧鬧，一個喃喃自語一下子呆笑

一下子皺眉的英國皇家海軍陸戰隊，一個被謔稱為山羊剝皮手的皇家愛爾蘭警
<small>Mecklenburg</small>
官，身旁有個穿著頭臉全罩式長袍雙眼遮在密織網紗後的梅克倫堡街紅燈區婊
<small>Calamity Jane</small> <small>Marlborough</small>
子綽號叫災星珍[18]的，笨頭笨腦地跟他咬耳朵借零花，記得嗎。瑪爾伯勒軍營。
<small>Four Courts</small>
你那個破前院。四法院，還有很多很多地方喔，好傢伙，這條子忙不迭像挖地

洞一樣，深深掏了半天口袋，變魔法一樣越掏越多，都借了，酷似陷身在倒須
<small>Merlin</small> <small>The Twelve Pins</small>
籠裡的大馬林魚，或是被囚困在岩石裡的魔法師梅林，還有在十二尖峰山，白

天夜裡不停地在草堆上幹活兒，黑不溜秋的大煙囪，黑焦焦的立枯病馬鈴薯，
<small>Safetyfirst</small>
[005] 黑手杖，12便士一打，公共汽車如低矮浮雲沿著安全第一街滑雪橇般來回
<small>Jelly Bean</small>
穿梭，還有不少像是超大型雷根軟糖的空中飛船，漂浮在**別跟裁縫講**眷兒店的

上方，偷偷摸摸地嗅聞任何風吹草動，濃煙和霧霾，希望和期待，昔日羅馬，
<small>Sick and Indigent Roomkeepers' Society</small>
今日倫敦，笨手笨腳幫忙**貧病寄宿者協會**整理房間和居家打掃偶而還兼陪客賺

---

[18] 「災星珍」真有其人，原名瑪莎·珍·康納莉·柏克（Martha Jane Cannary Burke, 1852-1903），美國拓荒時期的女神槍手，她曾擔任洗碗工、廚師、女服務生、舞孃、看護和妓女，後加入軍隊成為偵察兵。在一次與原住民的作戰中，據她自己描述，士兵幾乎盡遭殲滅，但她成功救回領隊的上尉。上尉在甦醒後，開玩笑對她說：「我命名妳為『災星珍』」（Calamity Jane），妳是大草原的女英雄。」

取外快的本地女佣人，躲在攀滿大教堂的青綠藤蔓後面偷窺人家嬌嫩胸脯的裁縫湯姆，城市聖教堂，一眼看不完，光明和完美，塔尖相連到天邊，磚頭疊磚頭，在這裡踐家園，塗灰抹漿後，烏陵和突明[19]，決斷工具，輕聲呢喃，直到永遠，永不止息的蘭姆一杯接著一杯，含糊不清的嘴巴發出奇妙的聲音，呼應著蒸騰於屋頂上盤旋在屋瓦間的囂鬧囉嗥和吆喝呼喊，有屋頂遮風避雨，什麼都答應的梅，有海軍雙排扣大衣主動為他溫暖大屁股的休，以及笨到不行只適合癱在橋底下的流浪漢東尼；在一個天色翻魚肚白的凶兆清晨，醉醺醺的，就叫他菲爾吧，覺得腦袋裡有台翻煤機不停地攪來攪去。他頭腦沉重腳步浮動，肩上磚斗還真的會搖-搖晃-晃的。在他往上攀爬的當兒，就這麼想當然耳，猛然有一道高牆鼓漲挺勃迎面崔嵬而來。笨！他眼一花腳下一踩空，雙手亂揮啥都沒抓牢，從梯子上磕磕碰碰地摔下來，口中發出結結巴巴類似母音的哀嚎。操！沒聲息了，這騙子蔫了。肏！在馬斯塔巴墓穴般空谷寂靜的氛圍裡，躺著墳起如垃圾堆的乳齒象大體。湯姆少爺啊，您這身魂，憑著亞圖姆的大能，告了消乏的手指頭，**轟轟轟**，湯姆少爺啊，您這壞蛋，憑著阿蒙[20]的大能，散播種籽的隱藏者，咚咚咚，男人吶，一時高興結了婚，整天不是玩兒吹簫，就是搗鼓他的魯特琴。就讓全世界的目光盡性來狩獵！

裂？咧嘴說啥呀！幹，我早該看得出來，就是他！麥克庫爾，我的麥克庫爾[21]啊，搞什麼嘛，唉，你還好嗎？天主啊，究竟咋啦，就這麼掛了？就在星期四的早晨？心情哀慟，喉嚨乾裂，非來一杯不可。他們在急就章的守靈會上嘆息悲泣，妃尼根小姐的聖誕蛋糕，慢了就沒了，喝了一杯又一杯，舉國

---

[19] 參閱《聖經・出谷紀》（思高本）28 章 29-30 節：「如此亞郎進聖所時，在他的胸前，在判斷的胸牌上帶着以色列兒子們的名字，為在上主前常獲得紀念。在決斷的胸牌內應放上『烏陵』和『突明』，幾時亞郎進到上主前常在亞郎胸前：如此亞郎在上主前時，胸前常帶着為以色列子民行決斷的工具。」

[20] 阿蒙原為底比斯神祇，後與古埃及太陽神拉（Ra）之形象結合，具備古埃及所有神祇的特質。

[21] 麥克庫爾（Finn MacCool），愛爾蘭神話中的英雄人物，常以巨人的形象出現。

上下驚慄懼怖，根據杜威十進位分類法(Dewey Decimal Classification)把水管工、馬伕、警長、齊特琴手(cither)、強梁之徒和拍電影的各色人等，從聖徒到惡棍依其特性羅列不同排序和前後梯次，每十二刻輪番上陣舉哀慟哭，眾人每每嗥啼癱瘓軟伏於地。四處擺滿了李子、梅乾、櫻桃、柳橙、葡萄乾和肉桂。哥格(Gog)和瑪哥格(Magog)兩大巨人族也紛紛趕來加入這場極盡喧囂極盡翻樂的世紀大秀。大夥兒連番數巡傳酒言歡縱情酣暢，祝飲之聲連綿不絕，拼酒如大漢與匈奴廝殺到至死方休的他和她，醉死的來賓客和挺屍的芬尼根(Finnegan)沒啥兩樣。彷彿置身布萊恩・博魯(BrianBorú)國王停靈的金克拉(Kincora)宮殿，有的人是愛撫酒桶大口灌，齊-齊-齊聲高歌，更多的人是並肩跳大腿舞，嚎-嚎-嚎啕痛哭。鐘聲揚起，眾人在嘶吼中將他抬起，然後放落大體，滿滿塞進棺木裡。這硬梆梆的酒鬼，雖然只是個再普通不過的工人，但堅定沈著有如末代國王普里阿摩斯(Priamus)，樂天通達恰似傳奇人物布萊恩・歐林(Brian O'Lynn)。正直的青年，快活的短工。刨塑他的殿柱，拋光他的石枕，封釘他的棺樞，滿斟他的奠酒。世界各地古往今來都攪進這螺旋聲波裡，汝輩何處可再聞此直探事物本質之轟隆雜音？[德] Ding an sich 釀酒桶內廣納深藍的大海，以厚實的學養從海底深處的豐沛礦脈中享受挖掘的樂趣；[拉] De Profundis 滿積宗教灰塵的忠貞妻子，在信主聖徒齊來見證下，拯救丈夫於苦難[歌] Adeste Fideles 之中。黎明時刻，他們在他頭臉朝下的停床身側安置智慧之鮭，頭尾虛啣猶如西里爾字母O(Cyrillic)。朝向啟示末日(Apocalypse)的腳底板前頭，擺上一瓶人人都嘟起嘴唇想要一親芳澤的威士忌(Guinness)。還有單輪手推車一趟趟運來創世活水健力士，在他頭顱正前方越堆越高築成一座史前古冢。**大家準備好，全民開始戒酒啦**。哪個酒瘋子在這裡唧唧歪歪扯他娘的淡，吊死他。雙眼圓睜，圈大嘴巴，O！

　　真的哩，那顆具有貓頭鷹智慧的圓球狀蒼老頭顱旋轉過來進入眾人的視線內，一副歐倫施皮格爾(Eulenspiegel)的尊容，顛來倒去用不同的話術再度重申**一輩子不再喝了**的戒酒誓言，和手持劍刃戟的少壯武士憑著古老的信仰而翻來覆去唸誦**萬物非主唯有真主**的清真言，其背後的邏輯，具有異曲同工之妙。呃嗯，怹哪，如此孱弱無助的存有，整個身軀的正面熨貼著床板，肉體像比目魚般鬆弛地向兩

側鋪展攤平，看起來像個還在牙牙學語卻生長過度如巴貝耳塔(Babel)的都柏林巨嬰，讓我們撒泡尿照照這個居家宅男的人類形象，他也該來瞧瞧，就在石板的第零頁，家裡那位伊西斯(Isis)端著的餐盤上。維肖維妙的凵，的確是泥捏土造的他本人！m嗯！他的身軀平靜沉穩地鋪陳伸展，從查珀爾利佐德(Chapelizod)[22]的伊索德(Isolde)小教堂到燭芯般閃爍的龐然大物貝利(Bailey)燈塔，從阿什頓鎮(Ashtown)的糖化槽(mash tun)到盤據山頭的聖羅倫斯(Lawrence)家族霍斯(Howth)男爵領地，從被收購殆盡的科克(Cork)郡利(Lee)河河畔到霍斯山脈圓滾滾海豹頭顱般的山頭周遭區域，從地岬海岸到愛爾蘭眼睛島(Ireland's Eye)，猶如一張法警在管轄區域(bailiwick)自行擴權那般不斷增長的待辦清單，從購買蠟燭芯、252加侖釀酒木桶，到處理銀行併購案、圓顱黨事件、繳交帳單，一項一項加到一呎多長，看到雙眼都隱隱冒出怒火來。從挪威冰河峽灣（號角聲嗚-嗚-嗚——！）一逕浩蕩直抵斯堪的納維亞山頂高原，港口海風蕭蕭如黑管蒼涼悲悽，[006] 他困縛在亂石狀流之間（嚯-嚯-嚯——！），浮沉於現在、過去和遠古，寥寥長夜漫漫一生，這個洩露少女秘密、揭示迷宮玄機的斑駁夜晚，這個屬於藍鈴花兒普菈貝兒(Plurabelle)的朦朧夜晚，她的笛韻時而輕柔揚抑如行雲流水，時而激越嚎啕如狂風怒潮(trochee)（啊，花瓣纖指捧陶笛(Ocarina)！啊，龍骨星座(Carina)渡迷津！），守著他的靈，喚著他的名，聲聲盼著他轉醒。她的霓紗帆和蕾紗帆，還有她那幾個為了天主教、長老會、路德派之間，陳年芝麻的瑣事而爭論不休的伯多祿(Peter)、傑克(Jack)和馬丁(Martin)，也都在客棧公宅忙裡忙出的。丟幾文錢到收銀屜裡，嘈嘈切切三兩聲，隨口講講在這個卿卿髒髒的都柏林裡，那個喑啞阿圖姆(Atum)的古記，和那隻屎塊丁點大小、老是淚眼汪汪的斑鳩的哀鳴，他們之間荒誕不經的情事足可媲美《一個木桶的故事》(A Tale of a Tub)、《一個墳墓的故事》、《一個講壇的故事》、《一個啞巴的故事》和《一個肚肚的故事》。放量大啖羊肉之前，先做個感恩禱告。感謝天主，為了我們即將要領受的禮物，以及很難相信的事物，季芬財(Giffen's Goods)，價格調漲反而刺激市場需求，越貴越好賣呀。那麼還請幫幫忙，從袋子裡掇出那條從貝革(Begg)買來的魚，想必足足有

---

[22] 查珀爾利佐德（Chapelizod），都柏林附近的村落地區，地名原意為「伊索德的小教堂」。

　　　　Poolbeg　　　　　　　Kish　　　　　lightship
普爾貝格燈塔或是基士沙洲外海的燈塔船那麼大，祝福了，擘開魚，放在柳籃裡傳遞下去分給眾人，為了基督，也為了大家的雞腸鳥肚，阿們。不祥之兆
　　　　　　　　　　　　　　　　　　　　　　[歌] London Bridge Is Falling Down
啊，我們如是嘆息。有如渾身瘡癩的逆戟鯨，巨嬰阿公垮下來垮下來垮下來，慈祥阿媽笑瞇瞇，掃地兼佈菜，這場博弈算她奪頭彩。是哪個巨人快翹屁了，
　　　　　　　　　　　　　　teetotum
去割他一巒肉端上盤吧？芬-歪-否 23，四方陀螺鯤一世是也。他那顆培根焦烤般
　　　　　　　　　　　　　　　　　　　　Kennedy Bread
的頭鱸旁邊，是啥東西？一條聖博德麵包店的甘酒迪麵餅。那麼，用什麼來搭配他那狀似啤酒花的茶褐色尾柄末稍呢？一杯泡沫滿溢遠近馳名的都柏林老牌
　　　　Danu　　　　　　　　　　　　　　　　　　O'Connell Ale
啤酒，丹奴啊，妳最知道這個擲骰子賭博的老爺爺了，歐康奈爾啤酒，也行。
　　　　　　　　　　　　　　　　Freud
不過呢，看看這德行，妳還是會把他那些佛洛伊德江湖郎中的玩意兒都當成美
　　　　　　　　　　　　　　　　　　behemoth
酒咕嚕咕嚕全灌下肚，且觀看他這頭被造的河馬巨獸，妳還是會把牙齒埋進那木髓般白泡泡陰森森的麵糰身體裡，因為他歿了，他現在是不再是了，無處可
　　　　　　　　　　　　　Noah
尋。烈火鳳凰的結局！洪水諾厄的重生！不過是曩昔逐漸褪色漫漶的復活節照
　　　　　　　　　　　　　　　　　　　　　　　　salmanazar
片之一幕。那尾活蹦躍跳的鮭魚，眾魚之王，身量有 12 夸脫酒瓶那麼大，色近
　　　　Fintan macBóchra　　　　　　　　Parmenides　　　Agapemone
粉紅，自遠古波克拉之子芬坦的時代以來，無論是巴門尼德的慾愛公社，或是
　　agapes
基督教的聖愛團體，年復一年都會出現在它們愛之饗宴的餐桌上，這次在我們
[臺] 眼睛
目睭糊到牛屎巴的迷茫困惑中，他這條抱定破釜沉舟的決心離開淡水初探海洋的幼鮭卻遭逢突襲，可憐見的被封進名牌錫鐵罐頭內，裝箱帶走。所以那頓號
　　　Summa Theologia　　　　　　　[臺] 吃餿水
稱《神學大全》等級的鮭魚大餐，根本就是食潘 24，共阜吃喝哪分牛驥鳳凰雞，眼睛死死盯著，雙手汲汲切著，就權充是好魚好肉好燻鯡魚乾，唅唅作響的嘈
　　　　　　　　　　　　　　[臺] 神志不清
雜聲中，咻溜咻溜囫圇吞下肚，馬西馬西了結好脫身。

---

23 英國童話〈傑克與豌豆〉("Jack and the Beanstalk")中，巨人聞到傑克時，大聲叫道：「非-發-否-反（fee-fi-fo-fum），/我聞到英國佬的血味。/管他是死是活，/我要磨他骨頭做我大餅。」

24 食潘，音ㄐㄧㄚˇㄆㄨㄣ，臺語。「潘」，見《左傳·哀公十四年》：「使疾，而遺之潘沐。」杜預·注：「潘，米汁，可以沐頭。」《新唐書·卷二十·禮樂志十》：「以盆盛潘及沐盤，升自西階，授沐者，沐者執潘及盤入。」臺語「食潘」取原義配合在地民情，轉義成「吃餿水」的意思。

不過呢，即使在夜晚我們的時光裡，在鱒魚悠游謠言周流的菅茅溪畔，勃朗蒂的舊情愛，勃朗爹的黎安娜[25]，就算他動用留置權，我們難道仍看不出來，蟄睡之輪廓，身具雷霆之魄龍魚之魂？**於此安眠大君王，可供食用任人嚐。獲釋女孩伴身側，莉比蒂娜治喪亡。**要是她呀，這麼著，綁著一條鳶尾繡花的襤褸圍裙，或是趿拉著一雙鑲有俗麗亮片的破爛舊拖鞋，一身補丁又酸又臭，跟那些貧民兒童免費學校和主日學校的窮學生沒啥兩樣，世界末日啦，還是眾神都死光光啦，要不然就是穿著最體面的衣服，日曬褪色的布面，隱隱約約透出銀礦般珠光寶氣的高雅，行徑卻像個跟人討小錢、順手偷鑽石、圍著口水兜兒的乞丐婆，要她是這般德性，那又當如何！哎喲呦，說啥呢，我們愛死了惹禍精小安妮‧魯尼，呃嗯，沒有啦，我們是說，愛死了雷陣雨中的安娜‧瑞霓，雨傘如波搖曳起伏，內衣襯裙婀娜添姿，老天爺啊開來消遣，把個尿屙得滿目水洼遍地成河，她迷迷糊糊地走著，咩吔咩吔地蹦著，足之蹈之、手之舞之，翩然滑步悠然而過。嘿呦！您哪，猶格，億萬群晶瑩剔透聚散離合的燦爛球體！睡個懶覺嘟噥著懣怨個啥，啪，搧了自己一巴掌，你呦，立刻鼾息如雷又睡死了。頭顱枕在賓‧艾德爾呼嘯山巔的石楠叢上，身軀平躺在伊索德小教堂所在地的查珀爾利佐德上，直溜溜的塔尖冒出頭來了呢。他那顆硬如花崗岩的腦袋，種種理智博弈打拚的戰場，從遠處覷看矇矇朧朧似乎是張慍怒的年輕臉龐。誰的臉？或是？吁-呼—吁-呼—。他有一雙沾滿陶泥的左腳，上面覆滿瑕怖掩瑜的銅綠色青草渣，腳背有槍管抵著似的，僵硬的趾頭盛氣凌人地抬得老高，絲毫不動，一根一根都杵在他最後崩倒處，毗鄰彈藥庫城堡圍牆外的山丘上，否極總該泰來了吧，可是啊，就在那兒，披肩包頭的小姐妹瑪姬什麼都瞧見了。遙想佳麗聯盟村陸洞高地戰役，如今都已年過耳順，卻還是諸事不順，還在這兒意亂情迷和小美人搞聯誼和小娘皮窮攪和（**眾聖教堂，崢**

---

[25] 黎安娜‧席德（Leanan Sidhe），曼島語，意思是「精靈愛人」。愛上她的男人會變得才華橫溢，但卻得付出折壽的代價，英年早逝。

嶙高夆，睜眼細看，焦頭爛肚，內部早已淘　殆盡！）。要塞後庭，嘭-嗒喇嘭—嗒喇嘭—，小心，有埋伏，樹叢裡有晻淡火光，敵體藏身的地點，藏得像供人瞻仰的遺體，或是待產寶寶的媽咪，近衛軍，上！幹掉他們！斬斷他們的筋，剁碎他們的肉！所以囉，真真狗屎運哪，當時靄雲翻滾橫空而過，可以由上俯下鳥瞰個夠，兩眼秋趒[臺]色瞇瞇[26][007] 咨意欣賞我們越垛越高的大塊建築，今稱威靈礮國家博物館[Wellington][glaucoma]，磊巨石砌高牆，掩映於滿眼青翠的鄉間風光，牆外不遠處就是迷死人的嘩水蘆[Waterloo]，聽說那兩個肌膚賽雪的維萊特[Villette]小村姑，就在枝葉扶疏暗影浮動之間賣弄風騷，咯咯嘻笑涮涮放尿，蓄意春胱不吝外洩，搞得人家看也不是，不聽也不是，真是愚蠢的年紀，這些嬌憨的傻丫頭！凡有能力實踐深入、侵入、滲入，介入、插入等行為之人士，均准予免費入館。不具備以上資格的威爾斯人、愛爾蘭人、英國人，以及英愛聯姻的帕地[Paddy]·帕金斯[Patkins]家族，1 先令！希伯來金幣錫克爾[shekel]，噓，她可以通融！各位會員，這兒讀一下。那些榮譽軍人院[法] L'hôtel des Invalides領退休俸的殘障老近衛軍，嘴巴微微一張一翕喵喵喵好像尋找心愛的小貓咪一樣，都趔趄著去找了台手推輪椅坐下來，先舒解他們還可以稱得上屁股、這會兒早已濡濕透底的那玩意兒的疼痛酸楚。去跟女門房凱特[Kathy]小姐拿百合鑰匙，記得要低聲下氣求她。咔，打開這。叩。往謬思房，這邊請，朝有室內樂的走過去就對了。入門注意您的果亞草帽[Goa hat]！現在恁佇萎寧蹲謬斯房[臺]你們在Wellington。這是打起來噗嚕噗嚕響的珍貴普魯士長槍，打起來噗嚕噗嚕響，還蠻像崗恩[Gunn][27]的道具。這管油光潤亮，才幾吋長，法國製的。叩。這是噗嚕士旌旗，茶杯和茶碟，那些是扑魯屎賤屄和黑斗蓬妖覡用過的。這是幹破普魯士那面婊子旌旗的子彈。這是幹破普魯士那面婊子旌旗的子彈的法國步槍，簡直牛逼透頂。向他在嘩水蘆[Waterloo]十字交叉射擊的槍桿子致敬，乾一杯！舉起你們的長矛和釘耙！他

---

[26] 秋趒，臺語，音ㄑ一ㄡ ㄎㄨㄢˋ。「秋」是雄性動物在發情時節，性慾旺盛而亟欲宣洩的身理反應，「趒」是因高興而雀躍不已。

[27] 麥克·崗恩（Michael Gunn, 1840-1901），都柏林歡樂劇院（Gaiety Theatre）的老闆兼經理人。他

抬起餐刀和餐叉[28]！（牛蹄！讚！）叩。這是拿破氈軍功彪炳的三角帽。叩。這是拿破氈的木油帽。這是萎寧蹲撅起白白的屁股騎著的那匹仍是白白大屁股的戰馬妹本哈根。這是大屠夫壓塞‧怨靈囿，崔嵬偉岸，橫掃馬真塔的鐵血公爵，上著絳紅燕尾軍服，下穿帆布軍長褲，熨燙挺直，蹬滾錫邊金馬刺，風采迷人，還有那雙踏遍四臂村的黃銅包頭木底鞋、那枚衷心擁護大憲章獲頒的尊榮顯貴的嘉德勳章，那頂精緻編織的曼谷草帽、那件下廚烹飪才會穿的高級背心、那份等級之大比得上巨人歌利亞的食量、那雙享樂和謊言的防雨膠鞋套，還有那條在伯羅奔尼撒戰爭中無論打仗或休戰都穿脫方便的方格緊身呢褲。這是他那輛大肥臀塞得進的寬敞靈車。叩。這兒是三個參加過博因河戰役的拿破氈少年仔，低頭控腰蹲蜷伏身在積水的壕溝裡哀嘆生不如死。這是衝鋒殺敵的皇家英尼斯基倫火槍隊的英國佬英格利斯爵士，這是張灰撲撲的擔架，躺著滿身虱子的皇家蘇格蘭灰部隊傷兵，這邊是威爾斯來的大衛，身體都快折成兩半了。這是大拿破氈在茅廁裡拉出泥濘大便時，下達軍令處死小拿破氈，而小拿懇求大拿不要拿他做筏，當成莫德雷德[29]隨隨便便處理掉。痞子傭兵就靠一張嘴饒饒爭辯，也不想想加維爾加爾堡壘和阿高姆戰役是咋回事。這就是個拿破氈童子軍，小玩意兒一個。不是，長官！不是大捕蟲囊也不是小痞蟑螂。好啦，好啦！給我坐穩，慢慢兒來，試著瞄準阿薩耶的尻川，點火！夠了！夠了！砲管火藥的引線孔塞得太緊了。屄嘴湯姆。臭屌狄克。還有毬毛哈利。孩兒們，動作快。趕快把手塞進存溫的砲孔裡，把那些討厭的東西掏乾淨。這是德洛斯的朱利安阿爾卑斯山脈。這是高如艾菲爾鐵塔，山色酡紅的緹維爾山。這是爬上去會讓人感到微醺的緹普囍山，這是崇峻的聖若望山脈，偉大的母親六月的阜丘。這是阿爾卑斯山脈，略微撩高流線型的裙擺，看起來是跟克里米亞戰犯

---

[28] 拿破崙習慣在戰前享用餐點，因為他常說，打場勝戰和吃頓佳餚一樣，都是易如反掌的事情。

[29] 莫德雷德（Mordred），亞瑟王姪兒，實為私生子，為圓桌武士之一。背叛亞瑟王，死於卡姆蘭戰役。

站在同一陣線了，期盼三個飽受砲彈驚嚇的小拿拿拿可以躲到裙撐內避避難。
這是兩個妖相俏麗的金妮精靈，頭戴簡愛女帽，前開大檐暗掩容顏，倒露出半
截誘人的大腿，佯裝讀著她們那本頗受女僕青睞的縱擒空冊，有戰術有策略有
星象還有些箭頭什麼的，看穿什麼內衣內褲可以鬆懈萎寧蹲的防線。這個金靈
手中的銀幣咕咕低響如馴鴿，那個精妮黑亮怒髮咄咄狂呼如瘋鴉；萎寧蹲抬高
了手臂，於是整團勃發待命。這是高大巍峨的萎寧蹲大理石紀念碑，嶽立如龐
大獸脂蠟燭，亦如巨型單筒千里鏡，憑此，這位行死奇蹟的大能者箝制了金妮
精靈娘子軍的左右兩翼。口徑粗達 6 英寸，功能堪比活塞運動 6 汽缸馬力，連
亞瑟王的石中神劍艾克斯卡利伯也不敢披其鋒。叩。這是我 [008] 那個愛馬的
比利時男孩帥少和他的小母馬，從那最恐怖最冷峻的陰暗河流區偷偷潛摸過
來，邊打嗝邊灌了幾口滿是太爾希特奶酪味道的啤酒，正破口幹醮他所受過最
慘烈最殘酷的槍傷，對發生的戰役極盡辱罵喪謗之能事，跟克倫威爾的血腥暴
力他娘的哪有啥屁兩樣。這是酒瓶的標籤。亞瑟吉尼斯父子有限公司，潰逃中
搶來的，還有一頂破爛遮陽帽和一雙痿靈鈍橡膠長筒靴。這是金妮精靈百里加
急的信札，製造黑斯廷斯戰役那種突襲的假象，用來灌漑煨炝燉的怒火。信札
貼胸藏於帥少細細的紅綫滾邊燕尾軍服內，隨時準備好跨越戰線深入敵區近
身肉搏。你呦你，瞧那豕突狼奔俊俏模樣！尊貴的招討鮭撫霹靂大元帥亞瑟閣
下：我們會將您打敗打趴打成乾渣，怕了吧！別嗯啦！野外雙筒望遠鏡早看光光您
那緊蹙成團的細小眉毛。代向夫人問安。來個擁抱，外交場合演個戲嘛。別。小心
花柳上身。您真誠的小拿。那可是金妮精靈在大戰爆發前，倒數計時滴答滴答
瘋忒努挖[30]盡心思來引爆煨炝燉的以演還眼戰術。嘘—她壓他呀她，看吧，都是
她搞的鬼！金妮精靈妒從心上起，怨向膽邊生，又開始撩撥眾家三小拿破氈，

---

[30] 「豐特努瓦」（Fontenoy）的中譯諧音。1745 年豐特努瓦戰役，薩克斯元帥率領的法軍擊敗
坎伯蘭公爵統率的英軍。

啊，金酷兒[31]，莫忘阿金庫爾之恥。不過他們哥兒們幹尛啦像小男生卡頓一樣偷偷躲了起來，中了科頓和克里西那兩個愛德華的讀，居然小妮子般癡狂愛上孤家寡人的煨烠燉，精神剛昂地聯合起來杯葛發瘋的小小金妮。於是偎鄰盾抬高了手臂，整團勃發待命。這是一心仿效潑天屌膽馮博德的信差帥少，羊毛無邊藍呢帽對上熊皮鳥纓高頂帽，背棄承諾，手掌圈成半球狀跟偎鄰盾蜜咬耳朵，言語神聖奧秘，艱深難解。這是偎鄰盾的傳令官用來回報軍情、歷史可上溯哈洛德國王的黑匣子。便紙塞進帥少的後臀部位。瀰漫霉味的接待室，烈慾無傷的火蠑螈，好樣的！對啊懟啊對，就是我！親愛的櫻唇金妮：我會贏！屈死妳在無花果樹上，永遠結不出果子來，戧妳娘個臭膣屄！啥都無所謂了。妳這殺千刀的古靈精怪。哪ê安妮？想鬧上新聞，隨便妳啦。真誠氣到想上妳的畏凜盾。那是首任畏凜盾公爵鬧的第一個笑話，以睚還眦滴滴答答。嘿呦嘿呦嘿！就是他！這是我那帥少，穿著日行12哩的直筒橡膠靴，在牛屎雞糞般的濕爛泥巴中長途跋涉，發出似鳥叫又如無線電的啾啾嚓嚓，撤-撤-撤退，斯坦福橋戰役，每拔出一腳，就留下深深的鞋印，我的奮鬥，掙扎著往金妮精靈大營駐紮的前線滾他媽的毽蛋去吧。啜一小口，軟軟糊糊的緩緩爬下喉嚨，想買瓶健力士，欸，還不如到店鋪去A幾瓶霉臭味的烈黑啤。這是俄國砲彈。這是法國壕溝。這是砲彈部隊射擊時炸出來像一團一團槲寄生的濃密煙霧。這是烏黑滿臉的砲灰士兵，頂個鮮紅如罌粟花高聳如雞屁股的教皇鼻，戰時開打炮，閒來被打炮。就為了他這百日以來的荒唐行徑，買贖罪券還是活該倒大霉。這是上主祝福的傷兵。這些是托列斯維德拉防線的遺孀，塔拉石柱的纏繞者，八方大地的焊接者！這是佩著湛藍胸針穿著骨白俏麗布魯徹爾鞋的金妮精靈。這是穿著猩紅緊身馬褲，身處喧鬧妓院的拿破氈。這是畏凜盾，在砲彈裂片木頭碎屑滿目瘡痍的沼澤旁，下令射擊。轟-靐-靐-靐-轟—！（跳梁小丑！牛耳！爽！）這是駱駝

---

[31]「阿金庫爾」的中譯諧音。1415阿金庫爾戰役（Battle of Agincourt），亨利五世率領以步兵弓箭手為主力的英軍擊潰法國精銳部隊。

運輸部隊，這是步兵戰鬥部隊，改道，潰堤的洪汛。這是該往槍膛塞火藥卻滿
　　　　Solferino　　Actium　　　　　　　　　　　　　　　　　　　Phermopylae
腦子索爾費里諾和亞克興的慘烈畫面而怔忡無所措足的士兵，這是在溫泉關凌
　　　　　　　　　Bannockburn
亂如暴動的部隊集結，這是在班諾克本出現的驚恐殼觫和肚腹絞痛。萬能的上
　　Almeida　　　　　　Orthez　　Toulouse
帝啊！大破阿爾梅達碉堡，奧爾泰茲大捷，土魯斯再傳大捷，誰說軟綿鬆散，
　　　　　　　　　　　　　　　　brum　　brrm　　Cambronne
亞瑟會輸嗎！這是威靈頓戰前吶喊叫陣。怖亂！怖亂！哺嚕嚕呣！砍怖亂！這
時金妮精靈戰前叫陣吶喊。雷雨交加，風暴來襲！天主嚴懲英格蘭！野山羊活
　　　　　　　　　　　　　　　　　　　　　　　[德] Austerlitz
剝白綿羊！這是金妮精靈沖出來，滾滾渀向短兵交鋒的奧斯特里茨競技戰場，
　　　　　　　　Bunker Hill
磨爛的腳跟直接衝下邦克山的地下碉堡。汛呀迅如風嗖嗖嗖，噓呀徐如林咻咻
咻。因為她們的心兜在那兒。叩。這是我們惦著您吶感謝您吶麻煩您吶對的帥
少，捧著似乎黑紗墊底的盤子，去承接從他那溫度稍涼的罐子內屙出來的葡萄
　　　　　　　　　　　　　　　　　　　　Martha　　Mary
大小霰彈粒，還要準確地把它們裝進套筒內，看把他給整得半死不活。為了國
家！為了和平！為了微薄的軍餉！這是金妮精靈像瑪爾大和瑪利亞那般馬拉松
　　　　　　　　　　　　Bismarck
服侍主子之後，留下來有如歷經俾斯麥鎮壓過的吻痕和咬痕。這是威靈頓，大
　Sophy　　　　　　　　　　　　　　　　　　　　　Royal Divorce
智慧薩非王，坐在尿壺上正把玩手中的鑰匙，乍聞天縱英明之謊家逆昏欺敵戰
略旗開得勝，立馬對著渀離而去的金妮精靈上下揮舞他那一根大理石堅硬般的
　　　　　　　　　　　　　　　　　　Giambattista　　　della
單管千里鏡，逃命去吧！光的折射，真是好樣的，這個吉安巴蒂斯塔‧德拉‧
Porta
波爾塔，讓我們免於誤判。瞧瞧那些母豬賤婢的大腿，娘兒們就是娘兒們！沒
　Talavera de la Reina
看過塔拉韋拉德拉雷納戰役嗎！這是拿破氈裡頭最微不足道的 [009] 一個，好
　　　　　Toffeethief　　　Spion Kop
偷太妃糖的馬屁精托菲席夫，汲取史皮恩山的經驗，目光順著威靈頓那匹白
　　　　　　　　　　　　　　Cape of Good Hope
馬哥本旺根的屁眼肥臀，**真是個好望角度啊**，往上監看他滿漲希望的斗蓬。
鐵齒石牆威凌頓是個婚姻失敗一次都嫌太多的醉鬼老狐狸。拿破氈是個年輕單
　　　　　　　　　　　　　　　　　Hennessy　　Jena
身配備有驢大行貨的當紅綉補工。這時諧星軒尼詩模仿耶拿戰場的豺狼用盡
全力放聲狂笑嘲弄萎寧蹲，全部通通出局，把個腰桿子都給笑成蝦姞。這是
　Dooley　　　　　　　　　　　　　　　　[德] Leipzig
黑髮杜利和金髮軒尼詩這兩個微醺的諧星提及萊比錫戰役時，舌槍唇戰迸出
來的笑點火花。這個是站在杜利小子和軒尼詩之間不黑不白的印度兵，人稱三

葉草戰獅的希瑪珥·希恩。叩。這是虛弱的萎寧蹲，怒火中燒的燭芯老頭，從血腥污濁的戰場撿拾了足足可堆成小山的拿破氈三角帽。這是瘋迷飛彈咻—嗚—砰炸得滿地尖刺、想來就性致高漲到尿失禁的光腳英印阿兵哥拉吉。這是萎寧蹲，把拿破氈半數帽子用絲線捆成一大捲紮束在他那匹肥肥白白的馬兒雄偉屁股上面高高豎起的尾巴上。叩。那是萎寧蹲鬧的最後一個笑話。打呀打壓打！就是牠！這還是萎寧蹲那匹白馬，哥本哈羹，左右搖擺著那根筆直老高如單筒千里鏡的屁顛尾巴上頭掛著拿破氈半數的帽子，蹦蹦跳跳地把達爾馬提亞公爵蘇爾特大爺當成印度阿三英國兵好好羞辱一番。咳兒咳兒咳！就是他們！（鬥牛紅布！髒！犯規出場！）這是英軍建制裡非驢非馬的印度水兵，全身起疹般紅咚咚的，中了瘋帽病的一隻瘋狗，上下亂跳大口喘息，滿嘴狗屎胡謅啥瑪拉塔戰役，還對著威靈頓嘶吼：**牛仔們，上，抓住他！要玩，去玩你們自己純種的歐洲屁眼！**這是生於馬廄不見得就非得是馬的正人君子威靈臀，面對口操科西嘉語滿口髒話的戰獅，著實被激怒了，像賣火柴盒的那個小女孩一樣，笨手笨腳地劃了根番仔火頗費力地點燃了火絨。微弱的火光閃爍在戰獅的眼瞳裡。嚐嚐我的巴祖卡，你才吸卵蛋！這是為了印度總督達費林侯爵而決心大幹一場的阿三兵，炸掉他那匹肥肥白白的馬兒雄偉的屁股上面高高豎起的尾巴上懸掛的拿破氈的半數帽子。叩！（正中牛眼！玩完了！）哥本哈根就落了這麼個結局。這邊到大廳。出門時請注意抬高靴子。

呼～！

在裡頭待了好久，又悶又熱，這兒倒是惠風和暢，還蠻陰涼煞人的。我們不知偽知之，她這會兒住在這裡的哪兒，可你千萬不能告訴任何人，連安娜也不行喔。牛眼窗櫺內燭熒燿動，精靈鬼火般踢踢踏踏跳著吉格舞，萬聖節傑克南瓜的氛圍，阿拉丁魔法神燈的幻境！那是一棟小房子，狀似半截點燃的巨粗蠟燭，共 28 加 1 扇擋風窗戶。烏鴉三隻高空盤旋嘎嘎嘎，在下頭啊在下頭，往下看哪往下看。古色古香又古趣，都是我的。門牌 29 號。我家裡那

個都 54 了。什麼季節就該有什麼氣候，蠻合理的！從瓦格拉姆^(Wagram)吹來的長風漂泊無定，挑動驟雨共舞華爾滋，繞著皮爾登村^(Piltdown)的門柱來回打旋，雨點嘩啦啦打在山丘裡一顆顆該死的岩石上（假如你算得出有 50，我看還得多加 4）。村裡有那麼一隻長了肉瘤的母雞，早早起來撿破爛，跑一跑，動一動，啄一啄，尿一尿，抹一抹，踢一踢，扯一扯，吃一吃，哀一哀，覷一覷，幫一幫，劫一劫，早起的肉瘤母雞。關關黑鸝悲歌吟，高原遼闊桌案平，戰場淒滄，_{[歌] Ten Little Indians}勛帶分界。七匣葉形劍鞘^(sheath)怒火爆烈懸於半空，其下躺臥一坨粗蠢笨重吼聲連連的羅斯柴爾德^(Rothschild)家族土皇帝。寶劍、掌甲^([韓]手套)、盾牌、還有一顆頭顱滾落身側。坐騎中彈，墜馬落地，龍骨扭傷，貴體微恙，再強的盾牌也擋不住造化弄人哪！我們那些同窩的斑鳩，一公一母兩兩相伴，從烟囪口振翅雙飛直往北方懸崖，風馳電掣鶉鶉疾翔，通通跟諾思克利夫^(Northcliffe)³²子爵通風報信去了。[010] 群鴉中有三隻早已遽然起飛把消息拍向南方，嘎嘎嘎聒噪著**大軍潰敗**傳向蒼茫四方，遠處天際回喝三聲牛鳴般的倒采，咘-咘-咘—鳴；呃，那是小威^(Will)，甭理他。哭吧，沒事的！只要上頭那個索爾^(Thor)打開蓮蓬頭沖澡，她是不會出來的，是要弄閃電和他的精靈水妞兒們玩得頻頻走光，或是如末世天使吹響號角，鼓起雷霆霹靂的強風，怒濤排壑直貫虛空的裂縫，那她是絕對不會現身的。不行，雲彩兒，不能那樣，說什麼昏話！**不，不婚，不嫁！**翻雲覆娛是妳的宿命！**這輩子你休想！**她呀裝模作樣的鬼靈精，揩人油水還到處哭窮，她的好可怕喔會怎樣怎樣。什麼把腿埋進我裡面，什麼把我膏膏纏到反白仁^([臺]胡攪蠻纏)，還有**世界誠歹命啊**，什麼搞得要死要活的種種話術。信仰^([雷羅] fè)、烈焰^([雷羅] fò)、飢渴^([雷羅] fom)，糊攪成一團，我是真他媽的非-否-反^(fee-fo-fum)哪！說真的，她念茲在茲抱持的希望，還不就是那兩個幼稚又無知的，唉，小男孩嘛，過去都過去了，直到非得說掰掰

---

³² 指艾爾弗雷德·哈姆斯沃思，第一代諾思克利夫子爵（Alfred Harmsworth, 1st Viscount Northcliffe，1865-1922），英國現代新聞事業奠基人，創辦《每日郵報》，改組《新聞晚報》、《泰晤士報》等。

的那一刻。而此時此地，同一幕又再度上演，她如此這般就這樣來了，吹奏賦格(fugue)的號角，示範和平的標兵(fugleman)，戲仿天堂的禽鳥，翩翩鴻毛的佩莉(Peri)，果實纍纍遍地開花，掌控命運的仙母(fairy mother)，滿佈碎片的陶罐原鄉(Mother of Pots)[33]，天地大洋六合之中小小一點尖針芒；跨坐在她的脊背上、大小合宜隆起如乳豬的袋囊，裡頭裝著色澤近似麥雞的大理石小彈珠，和雜在秘方與藥散當中、一大沓唸起來像巴狗汪汪叫的禱詞和咒語，腰際一只打擺子的軍用水壺，每次顛簸都飆射出點點光燦燦的流矢，在閃爍不定中，似乎有個頑皮的小精靈在惡搞逐格動畫，把象徵成功與和平的盟約，狀如彎弓的晴空彩虹，小的放肆了，放映成一雙神經質般顫動痙攣的美麗大腿。在先前用來劫財劫色，而現在任意散棄地面的火器雷銃之間，她喵嗚-喵嗚有如尋覓貓咪那般，這兒撿一撿，那兒啄一啄。今晚就算暫時休戰，雙方軍隊仍然蓄勢如潮近距對峙，和平與戰爭本就懸於**你先開的槍**一線之間，福禍相倚翻轉難測，彷彿正邪難分的噗卡(Púca)[34]，在極度悲慟之餘，我們期盼明天是個像聖誕節的好日子，滿身泥濘的士兵和微不足道的民兵和製造武器的工人，相擁相吻哀悼落淚，休戰期間無比歡欣，孩子們從來就沒有那麼快樂過，到處大口吃喝盡情玩耍，幸福的愛巢再度溫暖她的心窩。到我這裡來仰視那片天空，在這個值得我們慶賀的日子，頌唱蘇瑟(Suso)的聖歌，同時也悄聲閒聊咱們哪一天帶上莎莉(Sally)踏向正道突擊光明。她從馬車伕那兒借來一盞車前燈，把黑暗鑽出一圈明晃晃的隧道，方便仔細窺瞧（早晨霜霧好濃喔，[歌]一同去郊遊 走走-走走走，我們謹小拉慎微，走走-走走走，咻咻噓趕走，看到可愛的就留下來），所有的破爛戰利品一樣樣都放進她那隆起如圓丘的軍用帆布背包裡：耍小性兒的彈匣和軍鈕互相撞來撞去，活像嘎嘎嘎打著加特林(Gatling)機關槍，散發尿臊味的毬綁腿、各國的旗幟、貼身火藥壺、口袋小酒壺、古鋼琴的殘裂琴鍵、沾

---

[33] 埃及的烏姆卡伯地區（Umm el-Qa'ab），原意是「陶罐之母」（Mother of Pots），因為遍地散佈古埃及早期王朝祭祀時使用的器具碎片而得其名，乃埃及古文明發軔之地。

[34] 噗卡（Púca），愛爾蘭民間傳說中住在酒倉中的妖精，可帶來好運或厄運，以黑馬、山羊和野兔的形體出現；有時也會以人的樣貌現身，但總會保留小部分動物的特徵，如耳朵或尾巴。

粘有肩胛骨碎片（我是母雞呀！）的隨軍教士的破爛法衣、各式各樣的地圖、
各形各狀的鑰匙、積成小草堆垛成小柴堆的伍德半便士硬幣、幾條沾染血漬的
軍褲、一枚微暈殘月下螢螢閃亮的龜裂血玉髓扣針、用來吹噓自己嘉德勳帶騎
士身分的吊襪帶、波士頓的秘密小宣傳單、墳成小冢的麻薩諸塞州皮鞋和襪
子、打哪兒蕭來的鍍鎳小巧玩意兒，天哪，我操，神父，啊，麥克爾，一尊糧
秣堆中的彌額爾總領天使小雕像，還有個看起來不是那麼賞心悅目的牧師、一
份包裝可愛貓咪臉型的精緻蛋糕，*親愛的瑪姬：妳好嗎？*榴彈砲、耳朵殘渣、
群聚的小蚊蠅和白蛆蟲，山丘和水井，他們和她們哪，散落一地的太妃糖和玉
米粒，一條條的吐司和一份份的肋排，一個餐桌小鈴鐺，風流紈綺堪留情，多
少歡顏多少淚，*妳的摯愛*，喪鐘響起，伴隨發自內心最後的一聲嘆息，可都是
茸角幼鹿啊（謳頌古英雄的歌謠，壯鹿巴克利的謊言，撒上泡鹼粉的背脊！）。
太陽見證此最美好的立約記號，兒子目睹過最原初的人類罪孽（沒錯，就是那
隻母雞和那艘方舟！）。親親妳。橫著親豎著親。十字交叉著親[35]。親著十字
架。直到超越生命的盡頭。祝妳健康平安。別了。史雷恩。一沱血漬。

　　這麼多長筒靴，真是大大的收穫。這個豐胸肥臀的美麗女人，費爾博格部
族勇士史萊明明三申五令禁止往那兒跑，她仍善盡婦道，該搶就去搶，絕不落
人後，忠於生命的現實，從過去後先知的時代偷得我們歷經歲月留在當下的遺
產，希冀在未來讓我們都成為堂皇尊貴的男女繼承人，成為筋肉體魄的市長先
生和魔鬼身材的市長女士，不過頗讓人尷尬，完全不是那麼一回事，我們只分
到用雙耳鐵鑄燉鍋提過來的腐爛水果。她活在我們債務高築的死蔭幽谷當中，
為了我們，她笑盡多少悲歡淚水（可是她又超會生，怎麼擋都擋不住），綠葉
錦簇的圍裙覆蓋在羞恥的部位，兩隻木鞋在半空胡亂踢踏，詠歎腔調的嗓音時
而傳來安息日的低吟天籟，時而發出女巫大會的拔尖鬼嚎（好痛啊！好難受！

---

[35] 十九世紀農民寫信為了節省紙張，信紙寫滿之後會轉個90度角，繼續寫在行與行之間可資
　　利用的空白上，故整封信的書寫方向看起來呈十字交叉狀。

撒辣[36]以前的經驗，莎莉眼前的驚厭！）你要是問我要，我會端出依撒格的笑容，替你吹一吹，不然就拉倒。呵！呵！希臘老棒鎚昂揚舉起，[011]特洛伊壯丁重重摔下，不就是褲落屌起那檔子事（每幅圖案永遠都會有兩種視角）；天地不仁高高在上，對於側身輝煌大街的陰暗小巷，從來就不曾有過任何前瞻性的規劃，而那兒很有可能正是畢生志業發軔的觸發之地，也是實現畢生志業就算賠上性命也非得逃離的地方；世界如牢籠，囿百姓憂懼等死，寰宇似茅坑，供黎民快活拉屎。就任由想贏得男人的少女，跟那些老虔婆荒誕的故事一起私奔，就任由依戀姆媽的少男，在管家屁股後面油嘴滑舌散佈謠言。當倫敦沈入夢鄉，加農老砲兒也早已褪縮成慢燃引信頭兒，細密打鼓似得呼嚕嚕大睡之際，她知道她的他該盡的騎士職責，她也知道她對他應盡的夜晚義務。**妳說妳攢了點銅子兒，還是存了些無花果之類的，是嗎？他說。我咋啦？她露齒笑著說。**結了婚的安，伶牙俐齒尖酸刻薄，但我們都喜愛這老女人，因為她就像個凡事精打細算的傭兵，然腹地狹長迫於走勢屢遭氾濫，還是得盤點盤點，該還的債還是得還（做大水，淹溝槽，吹長笛，啐啐啐！），創造出這個揚波水浪滾滾世界的始作蛹者，華塔威特大老爺，一張白白淨淨的臉龐，沒有頭髮，沒有眉毛，也沒有睫毛，梳子眼刷全都省下來，這惡棍流氓在太陽底下肌膚光潔通體無毛，想必盡數化成綠意昂然的扶疏草木了；為了舉炊點火迎灶神，她會去告貸一盒薇絲塔蠟火柴，再請個皮特之類的小工撿些泥炭來，自己在海邊彎腰控背用鋤頭挖尋烏蛤蚌殼，在灶台烤給家人享受一頓，真是窩心吶。她會竭盡所能讓事情順遂無虞，就算滋滋滋撒泡尿可以養護好草皮，讓孩子們繼續在上面玩遊戲，她都照幹。吁吁。噗噗。吹氣助長火苗。呼呼。嗡嗡蠅蠅。一大堆人怨聲載道群聚在這間相當於耶路撒冷神聖地位的酒館，個個像極了那個土耳其大鬍子卡夫茲懶[37]，酒氣沖天喧鬧不休，在穿梭如織的聲浪之中，神情

---

[36] 亞巴郎（Abraham）的妻子撒辣，生子依撒格（Isaac）時，年齡已超過90歲。

[37] 1866年開始流行的歌曲，〈卡夫茲懶絕妙的滑稽歌謠〉（"The Great Comic Songs of Ka-

恍惚地提出了《大抗議書》(The Grand Remonstrance)；即使駝駝憨痞帝(Humpty)一再摔落在他們之中，粉身碎殼多達40次，實在很丟臉哪，連摔跤都摔得土里土氣的，其實她也不怎麼理會那些來哀悼他青蛙般咯-咯-咯吵雜的宴客，呃，唁客，但還是會細心煎出聖體光(monstrance)形狀的半熟荷包蛋，給他們當早餐。是真的，翻折(turnover)吐司出爐的時候，沏好的茶也剛好可以準備上桌了；倒也是沒錯，上下折騰一番，立刻就水汪汪。當你自認為那是一隻屁眼擠蕃茄醬的農丁粗手，可得搞清楚，把你精心料理成如是堅硬的，可是一隻牝雞喔。那麼，在慣性行為驅動下她正忙著心愛的絕活，有點像安妮女王基金會(Queen Anne's Bounty)那樣，憑著古雅怪趣、不合時宜卻頗具奇技淫巧的手藝，辛辛苦苦像頭拱土的母豬，在青蛙蟾蜍蹦跳間採收完初熟的禾穀蔬果(First Fruits)，然後好整以暇地吹蕭助興，她的奶泡兒他的牙齒啊，等著索取她的初年聖俸和十一稅，我們就可以從後頭好好瞅瞅那兩團鼓漲漲的山丘，說不得也看不真，哪兒是豐峰頂，哪兒又是小疙瘩，真是無處不天堂，這麼多的丘陵和牝谷，或七或六囝囝囡囡錯落成群，親親我我丘巒疊翠，兩兩並肩環坐成圈，個個酷似褲底破一孔露出臭屁股的聖女彼利其特(Brigid)和渾身酒氣蒸騰尿屎騷味沖天的聖徒博德(Patrick)，身著窸窣窸窣的亮緞(satin)紋寬襯衫和萃蔡萃蔡的塔夫綢(taffeta)緊身褲，在公園內的星堡(Starfort)附近，湯馬士(Thomas)·華頓(Wharton)居然會蠢到蓋那玩意兒，木板音樂台上玩著喝下午茶的家家酒，四周枝葉蔥茂叢樹鬱勃。所有的米奇(Micky)，起立！立正——！桿兒打直，為了米妮(Minnie)，為了米糧和銀兩，也為了喇叭方便吹得響！此乃奉秘書長睥睨群雄之惡魔尼古拉斯(Nicholas)·普饒德(Proud)的命令。假如我們只能從這些挑選的話，看來恐怕聽不到什麼精彩的：我們可以從住在軟木塞山街(Cork Hill)的小個兒女生，拉短腳小提琴那個開始，或是涼亭山街(Arbour Hill)來的，柔音中提琴；坐好，別左右亂晃啦！或是夏日山街(Summer Hill)，維奧爾琴；活潑亂蹦的都玩在一起了！或是苦難山街(Misery Hill)，大提琴；居然還有人吃義大利麵線，丹尼爾(Daniel)·伯金(Bergin)那兒買的吧！或憲法山街(Constitution Hill)，低音提琴。給我滾！非得爺擺出鄉下土財主的氣勢！人家都這麼說，每把克魯特琴(crwth)都可彈出數種音調，

Foozle-Um")，描述一位土耳其中年男子古怪逗趣的種種事蹟。

就好像同一群人會發出不同的嗓音；每組鋼琴三和弦都有彈奏的高超指法，就好像每個行業都有優秀的老練師傅；每把口琴都有獨到的延長記號，就好像每種和諧總會有特殊的主張觀點；雖然話是那麼說，但是啊，但是啊，歐拉夫在右邊，伊沃爾在左邊，西崔格[38]在中間。可是都排排坐死了，勉為其難嘎吱嘎吱拉起來咿，就像手風琴的兩片箱板，往內壓一壓，勉強打個噴嚏啥的還是有可能，還是有生氣的，興許可以解開生命中羅穆盧斯和雷穆斯[39]那類的鬩牆謎團，稍微撫平彼此的傷痛，也或許，至少可以搶救和保存日常生活中那些拉伯雷般的語言表達方式。他們蹦蹦跳跳圍繞在他的腰腹打轉尬舞，[012] 活脫脫是炙熱烤盤上一群發熱發情的雄鮭魚，啊！值此之際，從金字塔尖端的壓頂石俯望，他沉睡不動如休眠火山，從村落雜處城堡盤踞的霍斯山脈勒馬懸崖，一路綿延伸展到座落山腳下、流浪漢來來去去權充灰腳法庭的鳳凰公園彈藥庫堡壘。用心看，注意聽，真正含有愛爾蘭文精髓的聲音。是嗎？英文在這兒也有些看頭喔。皇家欽定的？一枚古英鎊可錘打成240枚繳交年稅的聖彼得便士，一箭雙雕一錢兩用啊。陛下恩准的？沈默不語道盡眼前萬千醜態。誆人的！[川] 操你祖宗八代日你先人板板！

所以，這就是你一而再再而三魂牽夢繫的都柏林？

噓！小心！回聲之地！

含馥蕤葳，優雅迷人！讓人總是想起那幅懸掛在他那間管理失序門可羅雀的旅舍裡漫漶斑駁的牆面上，歷經冰河沖刷歲月積澱的褪色版畫，畫中的我們也曾隨之逐漸模糊了面目，整個身影恍若蝕埋進朦朧的紋路當中。他們也有過嗎？（渾身泥濘的卡巴爾五人幫成員彌額爾，這個常在教堂走動參加秘密聚會把人搞得累呼呼的傢伙，一手拽著鐵鍬，一手還擎著俄國佃農口中擁有魔法的

---

[38] 北歐三兄弟歐拉夫（Olaf）、伊沃爾（Ivor）和西崔格（Sitric），分別是都柏林、利默里克（Limerick）和沃特福德（Waterford）三個城市的締造者。

[39] 羅穆盧斯（Romulus）和雷穆斯（Remus）是一對孿生兄弟，由母狼撫養成人，其後羅穆盧斯因故殺掉雷穆斯，獨自建立了羅馬。

巧克力音樂盒，安息吧，泥土下的米契爾，**我確信你也正側耳傾聽**）我說嘛，石楠沼澤邊的墓牆早就傾圮成一墳泥巴塚，歲月磨損的木雕版畫上仍然遺跡猶存，五四三巨大石塊撐起一片更加巨大的扁平石板，裡頭曾經埋葬著印加^(Incas)魘魔臉顏模糊的巨人稅吏，托勒密^(Ptolemy)的太陽以其為中心環繞運行。我們也有過嗎？（他像個矯揉造作的追述者，佯裝搶著要先玩一玩猶八^(Juba)的口弦^(Jew's harp)，慶祝歡樂的節日嘛，暗算的用意，是要排擠掉所有被造的萬物存在當中，第二個聽得出來愛爾蘭文和英文之間異曲同工之處的那個弱質傲骨之人，那個被硫磺火湖燻得全身黑透透的危險詩人）眾人心知肚明。瞧瞧他自己那副離群鎖居的洛基^(Loki)痞樣子，然後看看那座歷舊彌新的孤挺山，DBLN。WKOO廣播。聽到了嗎？是這兒嗎？就在靠近皇家陵寢石灰宮牆那一帶。分-分 分-分。有一場盛大的喪禮，大家可有的樂了。琤-琤-琤-琤。這簡直是盲人助聽器嘛，直接把光線轉變成聲音^(optophone)。聽，李斯特^(Liszt)！惠斯登^(Wheatstone)會自動彈奏的神奇七弦豎琴，騙瘠ê^([臺]騙人的)。對伊沃爾^(Ivor)來說，他們會永永遠遠地拔河下去，從過去到未來。對歐拉夫^(Olaf)來說，他們會替所有生者和逝者鋪上厚厚的苔蘚。他們會不斷假裝摔個跤故意滑個倒。大鍵琴和豎琴合奏，雖然刺耳失諧，卻是明智之舉，正是伊歐^([義]Io)共執橄欖枝之前奏。

職是之故，四項事物，我們這位承襲偉大的希羅多德^(Herodotus)一脈相傳的道統，如今已老邁昏憒家財萬貫的歷史學家瑪馬路若^(Mammon Lujius) [40] 如是說道，他那座靠近岬角旁年代久遠富麗堂皇的歷史殿堂內收藏的那本封面最藍、內容最臢、文字最難、集注最多、成就最高的城鎮地方志，現下，在都夫林郡^([挪]Dyfflinarsky) [41] 曾記載有四物亙古永存，除非石楠灌叢煙籠四境，雜薺野草霧漫山海，如灰茫茫之棺衣瀰漶覆蓋整個愛爾^(Eire)群島。他們四人，現在就在這兒，呃嗯，見證令人心生恐懼的循環不息。旋轉吧，四方陀螺^(teetotum) [42]！轉得仆仆顛像個剛戒酒的老醉鬼！·（年尾的亞達月^(Adar)）。一

---

[40] 聖經四福音書，《瑪竇》、《馬爾谷》、《路加》、《若望》的第一個字所合成的人名。

[41] 挪威語，都柏林舊稱。

[42] 以下四個點狀符號，是四方陀螺停止轉動後顯示的點數。

具磚泥斗，鼓凸如本布爾本山攀趴在老郡長的背上。唉！是啊！是啊！∴（年頭的尼散月）。一隻單腳鞋，套在顫巍巍的可憐老媼腳板上。哎呀！∴（年中的搭模斯月）。一位興許是處女的紅褐秀髮新娘，即將被歐布萊恩遺棄在**歐迪亞隱世修道院**，而滴落海鹹的淚水。天哪！天哪！隨便啦，歡喜就好。∷（將近年尾的馬齊宣月）。到底是一桿蘆葦絨筆還是一樁圓柱郵筒，反正半斤八兩，也分不清孰輕孰重，孰巧孰戇。所以囉。全部啦。（住棚節）。

那麼，且看斜風懶起何故漫翻書頁，無心拂出英諾森和阿納克萊圖斯大玩偽教宗對抗教宗的把戲，嘩啦啦翻來覆去這次吹到大力水手卜派那一頁，他邊痛毆老爹爹，邊瞪大眼珠虎盯著安娜耍弄她的小荳荳，芸芸眾生的生命扉葉一片片編成《逝者之書》，生之離死之別，嘔心瀝血之大作，此乃他們自己生平紀要的編年史，度測國家級重大事件之循環模式，攜帶化石般的歷史，順著釀酒木桶漂流的方向，有如策馬越野障礙大賽，一路迺往霍斯山狂馳而去。

主後 1132 年。人如螻蟻駭異地漫爬在一座大白鯨上，龐然身軀似高聳入雲的巨牆，皇家寶貴的珍饈，橫臥在緊逼狹仄的河渠中，通體沾滿塵沙和泥濘。鮮血鯨脂溢瓦盆，戰火俎刀向愛爾。

主後 566 年。這年洪水過後，適逢敬拜巴力[43]的貝爾騰五朔節[44]，夜晚點燃了熊熊篝火，一個乾瘪的老媼，[013] 拖拽方形大柳籃，裡面裝滿從腥臭如茅坑的沼澤邊掏挖出來硬如屎塊的泥煤，她想滿足一下自己的好奇心，趕著去瞧瞧冬季大三角的天狼星，據說其運動路徑和瑪瑙貝的殼口隙縫形狀差不多，所以囉，需要一片無花果樹葉不是沒有道理的，就在那時，她不經意掀開覆蓋柳籃已襪成銀鯉那種白中帶黃的布巾，往裡頭看了一眼。這一看還真走了魂兒，竟

---

[43] 巴力（Baal）是舊約時期腓尼基人的重要神祇，主豐饒，掌生死，被教會視為異端邪靈，崇拜巴力等同於離棄耶和華。

[44] 五朔節（Beltane），或直譯貝爾騰節，是凱爾特人跨季的火焰狂歡節慶，傳統上人們點燃篝火歡迎夏季的到來，其來源可遠溯到基督教發跡之前。在基督教文明遍佈歐陸之後，五朔節被視為巫師妖魔的性放縱聚會。

然發現自個兒這要賣的玩意兒腫脹如麻袋，裡頭似乎滿滿一堆好樣的強韌黑鞋鞋和粗糙的小號皮靴靴，不僅相互亂踢胡踹，還邊用愛爾蘭土腔醮來醮去，把她搞得大汗淋漓陣痛不已。柳條橋面跨兩岸，隱穢勾當在淺灘。

（一片死寂）

主後 566 年。在此時節，一個潑膽率性的童貞少女，滿頭蓬鬆捲髮黃澄澄，幽鎖銅牆城堡中，那景象真可說哀慟欲恆啊（嚎啕大哭，聲浪如潮！）。事情抖落開來，原來是粗枝橫暴、眼球通紅的食人妖魔霹烙劈撕・庇護士，以 [義] pia e pura bella（Puropeus Pious）虔誠純良之聖戰[45]為名，應男根大神（Priapus）的感召，強行蹂躪她珍惜的囡囡小玩偶，小名 Ppt[46]（Puppette）的芭比蒂。落紅無情小鑰匙，血光征戰黑水池。

主後 1132 年。兩個囝囝，在意想不到的時辰，降生在旅舍東家老善人及其巫婆心腸老柴耙（[臺] 凶悍老婆）的屋裡。兩子自稱么弟卡諦（Caddy）和頭生普利馬斯（Primas）。普利馬斯擔當崗哨衛兵，鄉野天性，專門前後反覆練操體面的死老百姓。卡諦熱中往返居酒小屋，寫些戰爭啦和平啦夾雜著突梯搞笑的打油詩行。污言謔語醉淋淋，滿紙血淚都柏林。

事情再明顯不過，那個謄寫經文的抄手攜帶羊皮手卷匆忙逃命，慌亂中直直摔落金倫加鴻溝（Ginnungagap）[47]深不見底的某處，那個介於大洪水氾濫之前和施虐女王安娜全面掌控話語權之後，肇因於美酒而孕育出我們祖宗的巨大裂縫。也許是因為不斷上漲的該死洪水，其勢浩大如嵬嶺，其厲揮舞如警棍，其速攀升如帳單，其銳傷人如犄角，試想一頭愛爾蘭駝鹿（Irish elk）頂著大角朝著他衝鋒陷陣猛撞過去；或者是因為從罔極昊天（總計之，雷霆、霹靂和閃電，熠熠如流矢，直飆酒桶來，

---

[45] 維柯以此稱呼英雄時代的宗教聖戰。

[46] 綏夫特在《寫給史黛拉的日記》（*Journal to Stella*）中，暱稱史黛拉為 Ppt，即 poppet（寶貝）的縮寫；在 FW 中，這個暱稱會出現繁多變體，不枚勝數，僅舉幾個例子做為代表：peepette (096.14), pipette (143.31), pipette (147.33), peepat (327.29), popottes (366.01), Peppt (144.17), 和 pet (147.29; ibid.), 甚至 Typette (478.03)。

[47] 金倫加鴻溝（Ginnungagap），古北歐語，意思是「裂口」（yawning gap）。在北歐神話中，這是原始的深淵，所有生命的源頭。

吾入矣）降臨之創世主，君臨天下的威儀難掩暴虐殘忍之酷吏本色，通體熱氣周流，氣勢燠濕逼人，大地為之震動，發出雄渾的轟鳴；或是因為冷血無情的丹麥人，老繭心肝的達南神人^(Danann)、攜帶禮物的希臘人^(Danaan)，這些該被吊死的海盜，用他們的棒棍強行搗撞璧蒂·杜蘭殷^(Biddy Doran)紅斑斑的蓬門，幹，傻逼，吧嘎野魯，俺只^([日] 笨蛋)要點澆裏，砰砰嘭嘭擂得震天價響。當時，就在那兒，那個加害抄手的兇手罪該絞刑，考量他費力除掉的是個人渣，尚立微功，依據血債錢償的古老制度，得易科罰金 6 馬克，或 9 便士肖像硬幣，或處以滾球擊九柱之贖罪勞動^(ninepins)，可是一次又一次的世紀輪轉，拖欠的罰金累積成一屁股還不清的債務；該案有前例可循，某個風流倜儻、坐領乾薪、閒暇時替蟻后和女王蜂等級的貴婦消解人生苦惱的小鮮肉，偷偷摸摸貪戀鄰妻扃鎖在抽屜的內褲，跟人扭打鬥毆本該解往絞刑台，最終以軍事審判和民事訴訟的判決讞，也處上列等量之罰金。

如今，那些記載在《四大先師紀要》^(Annals of the Four Masters)[48] 中，違逆常理的日常情事，周遊所見的奇風異俗，令人憤慨的無謂喧囂，或是瓜清水白的單純描述，都已經成了過往雲煙，那麼，就讓我們把耳目從那本藍皮封面的大部頭巨冊移開來，在黑暗中抬起眼睛，豎起耳朵，（瞧！）平和安順之中可能儘含笑諷嘲罵，多麼愛爾蘭哪，逐漸晦黯模糊的沙丘碉堡薄光閃爍的山林沼澤，蒼茫暮色下，伊蘭羚羊漫^(eland)步的平和草原，我們父輩走過的自由土地，在我們眼前鋪展開來。石松樹下躺臥著瘦瘠牧人，身旁有一根曲把拐杖；兩歲雄羆傍捱其崽妹，一小口一小口啃囓著嫩綠盎然的回春大地；青草搖曳擺盪亂石壘塊間，三色堇和酢漿草相映成雙，有道是，不羨三一尊且偉，願委塵土擬卑微；天穹高空終年常灰，難怪時間也拉扯到像驢子耳朵那麼冗那般長。自從無髮熊艾伯爾^(Éber)和多毛男艾里蒙^(Éremon)[49] 兄弟

---

[48]《四大先師紀要》（Annals of the Four Masters），早期愛爾蘭的編年史，成書於 1632 和 1636 之間，由米歇爾·歐克利爾（Mícheál Ó Cléirigh）主筆，另有其他三位編年史家從旁輔助。記載年代開始於大洪水（上帝創世後第 2242 年），結束於西元 1616 年。

[49] 艾伯爾（Éber）與艾里蒙（Éremon）兩兄弟，米列希安人（Milesians），為早期侵略愛爾蘭的外族之一，落居同化而成為近代愛爾蘭人的祖先。根據中世紀基督教的虛構愛爾蘭史書

俩几回合争鬥以來，矢車菊年年依舊開滿巴利曼村，[014] 麝香玫瑰早已在薄暮
中嚼遍山羊鎮的灌木籬笆，鬱金香始終如兩片薄唇緊緊含羞閉合，無視洛許鎮
採花手濃甜暖意催苞開，那裡可是蔓藤攀綠雙纏繚之鄉啊，山楂生白刺，火棘
有赤鉤，果實累累都如精靈眼球一般雪底透鮮紅，花色繽紛，點綴俗稱屍體
高地的諾克馬倫五月山谷，即使仙女的魔法團團環繞著護佑他們，仍難逃一千
年來漫漫歲月的戰火摧殘，如伊里亞德史詩般蒼涼，似繞行太陽旋轉般規律，
福摩雷人照樣擊碎圖阿薩・代達南神族的後代丹麥人的牙齒，奧克斯曼敦鎮維
京牧牛人也一直飽受費爾博格人縱火焚屋騷擾劫掠的磨難，也難怪，魁偉磊壯
的英雄巨人聯合起來蓋高塔，雖說胡搭亂湊的跟違章建築沒有兩樣，卻仍癡心
妄想塔頂通天，假如小孩子是人類的父親，那麼宏偉的城市就要管垃圾亂堆的
草地上那間菜市場叫爸爸囉（說得真好！年復一年，總算含淚破顏！）。這些
插在衣領鈕眼專供締結和平盟約的花朵，四四成對翩翩起舞，迴旋交錯舞盡多
少歲月和世代，如今這基拉洛村的夜晚，淡淡幽香撲鼻陣陣隨風飄來，宛若少
女綻放滿臉的微笑，清新動魄不知煞死人幾何。

虛榮自負之人，老把**要感謝我們**掛在舌尖，開口只聞讒言妄語，眼看樓起
眼看樓塌（他們給困死在大混淆殿堂裡！），他們活過了，他們都走了；你懂得
的，心機算盡的幫派惡棍流氓小偷活過了，在聖殿密室裡和慧駰[50]幹著所多瑪玩
屁眼那檔事兒，還發出類似吟唱讚美詩歌樂音的湯湯姆姆們都活過了，心滿意
足或嘟嚷憤懣的俊美挪威人活過了，那個玩弄了一個又一個未婚妻的波爾利，
風流浮浪，忒愛搭訕，妳會說法文嗎？沒錯，那些北歐男子冰棍般的身體開始
暖和起來，司鐸嗡-嗡-嗡蠅吟頌禱祝詞，先生．先生，發出清風吹拂樹葉的低
喃，**舉心向上**，金髮想要褐髮，金髮追求褐髮，金髮獵捕褐髮：**親愛的凱**

《奪取愛爾蘭記》，米列希安人是由伊比利半島遷移至愛爾蘭的蓋爾人。

[50] 慧駰（Houyhnhnm）是綏夫特《格里弗遊記》（*Gulliver's Travels*）中智馬國遊記的主角，外形如馬，通語言，有智慧，善政治，似乎是理想人性的代表。

莉，妳愛我嗎？可以親親其他部位，妳呀淫賤材小母豬！懵懂無知的姑娘身陷迷情，對著地獄般黑呼呼的逢人就講我們都是好朋友的金髮傢伙，啞巴著嘴說，你白癡喔。還真是大海洋來的鱈魚種。壞壞笨笨的話又說不好，是誰咬傷人家舌頭的？我的禮物呢？然後他們同時撲向對方，一陣乒乒乓乓；之後他們都倒地不起。今宵，一如往昔數不盡的夜晚，遼曠野地恣狂花叢對著那些臉皮薄若雪白紡綢的靦腆羊男單單反覆呢喃著：採我，在我為你枯萎之前？稍後：摘我，趁我還羞紅著臉！好的很哪，只要她們想要嫁了，童貞聖母瑪利亞啊，要有多紅就可以有多紅，真心話！因為那些個告白呀，花言直貫耳，細語如砲轟，古老智慧還真是壽比霍斯高。一頭有如墓塚土丘的鯨魚囤在手推車上頭，沖
               Howth
沖停停好一陣子然後又是刷刷洗洗的，要的只是我的背鰭和胸鰭（這不就是我正告訴你的圖阿薩傳說中的真相嗎？），細肩帶連身內衣包裹著一雙閃躲起來還真
 shimmy   Tim   Timmy
像在跳西迷狐步舞的大腿，多麼油光閃亮啊。提姆提來空罐頭啊，咚咚咚，提米
              Tammy
就來塞洞口啊，咚咚咚，棉條塞呀塞傷口，咚咚咚，恬米張呀張開口來，咚咚-咚咚咚，張開口。還想逃！上下翻滾啪啪啪！咦，蚤爪子！快拿跳蚤粉！

  跳！

  憑著非常名之名的名義，我敢賭咒在這個岩丘上住著一個莽漢，經年形影
      Partholon   Joe Biggar
伶酊，身披襤褸獸毛，腰間縛有皮繩，有巴索隆佔地為王的霸氣，有喬畢格[51]
           Pygmy
隆丘如凸的駝背，這傢伙到底是誰啊？他有一顆粗蠢如俾格米女傭、[015]斗大
 hogshead
似豬頭酒桶、嚴重扭曲變形的腦袋，有一雙走起路來啪躂啪躂皺縮乾萎的扁平足。腳趾相連，小腿粗短，而且，看哪，那胸膛，他的，媽媽咪咪呀，乳-乳-
           Moustérien
乳肌，到底是什麼神秘的因素造成這種恐怖的莫斯特生理現象。它正在享用午
          Dragon Man
後餐點，用舌頭舔舐什麼東西的腦殼內顱。我猜，這龍人是個古蛇附身的通譯
         keep
兼嚮導。他保衛此封建采邑，守護此城堡主樓，每個月幾乎都保持著高度的警

---

[51] 喬・畢格（Joe Biggar）是愛爾蘭自治運動（Irish Home Rule Movement）領導人帕內爾（Charles Stewart Parnell）的議會助理，頗得他的信賴。畢格駝背，身體扭曲變形。

惕，他是能吃能喝速戰速決的城堡保安總管薩克森。咱們就來點畫點畫他的模樣。不論是正月喝杜松，二月灌佳釀，三月乾亞力，四月醉黑啤，或是五月酒旱降甘霖之後如猛獅人立接連續攤歡飲和喧鬧，他都可以如此這般咆哮嘈嘩從六月到七月，直逼繁花盛開的八月。好個狗熊樣的煤黑怪咖。很明白啦，躲藏在無賴老爹地[52]陰影下摸魚打混專幹見不得人勾當，還自稱老大的一個我我我。讓我們跨過他的篝火防線和獸骨柵欄，還有這些四處堆疊散落的碎裂骨頭，膏髓想必就像布丁咻溜一聲被吸入那啤酒肚裡。（洞口，小心！）說不準他可以指點一下迷津，聊聊那條直布羅陀海峽通往海克力斯石柱的波浪道路呢，咋會有這麼荒謬至極的想法，那個獨臂公羊不就是那樣帶來郵筒那麼重的頸手枷嗎。別，來吧。navenala sun？您今天好嗎，金髮先生？裝了滿肚子烈啤酒的笨蛋，靠褲襪女清理排水管的教士。歹勢，恕我們眼拙，大爺長得還真像喬利之友的那尊銅像呢！打雜的傢伙！您佬會說丹麥話嚜？看來今兒個要繳點稅囉？嗯。那您講斯堪的納維亞語嗎？搭著平底駁船過來靠著翻譯幫我們解決紛爭的是嗎？嗯嗯。那會英語吧？只會每天三次聽著祈禱鐘聲打開酒桶龍頭嗎？嗯嗯嗯。撒克遜嚜？還薩克斯風傻個兒廝瘋咧？嗯嗯嗯嗯。這下可都弄明白了！朱特人[53]嘛。讓我們握個手交換個帽子，套問一下財務狀況，用上一點強弱動詞，哎呦，咬到舌頭了吧，隨便聊聊那些倒盡血楣的溪流怎麼給剝到光溜溜的。夠了，打住。

Jute
朱特 ─ 你，那個，那邊你啊！我，蛀忒！

Mutt
馬特 ─ 嘔，蟆忑，粉搞興潤素擬。耳坑塗著牛屎巴。

朱特 ─ 你個塞巴子，耳背啊？

馬特 ─ 是有淡薄仔重聽。

---

[52] 無賴老爹地是英國浪漫詩人布雷克（William Blake）在同名詩作中所塑造的兇惡殘暴的神祇。

[53] 朱特人是古代北歐日德蘭半島的居民，與盎格魯人和撒克遜人同屬日爾曼民族的三大部族之一。三大部族約於公元五世紀開始入侵大不列顛島，於 1066 年法國諾曼第公爵入侵及征服英格蘭（史稱諾曼征服）之後，朱特人、盎格魯人和撒克遜人逐漸融合為一。

朱特 ─ 你不會是裝聾裝笨不講人話故意迴避吧？

馬特 ─ 偽幣，啊是有咧做啦。不-不會啦，大舌 niâ-a。[臺]而已

朱特 ─ 御─！啥？你娘的有啥毛病啊你？

馬特 ─ 偶跌一倒，嚇一跳，就大-大舌了。

朱特 ─ 聽起來讓人好-好-好-好怕怕喔，還真的呢！馬特，到底是咋啦？

馬特 ─ 給砸到了，大爺，酒矸仔啦。大家戰繪了，衰糠！[臺]酒瓶　[臺]拼到停不了

朱特 ─ 尿水坑？誰的？在哪兒？

馬特 ─ 就佇伊那間進前予人足敬畏 ê 牛屎埔旅舍，你應該就是伊啊。[臺]就在他那間先前讓人很敬畏的

朱特 ─ 說話，用原來的聲音就好，幹嘛假掰那種濃濁的高盧腔羅馬音，俺幾乎是有聽沒有懂，你那樣，俺哪吃得下去。俺是你的話，會有意學聰明點。

馬特 ─ 有？有欲？哪有什麼幻想有什麼欲？還有什麼好猷豫[54]？還不都是，站起來，搶過來，呃嘎，咈-咈-咈嗚─，任我哭都哭布萊！布萊恩·博魯，篡位！一想起他來，就像在密米爾[55]智慧之泉看到我-我-我自己的倒影，心中怒火燒到全身顫抖不已，直想在拉思曼斯跟他好好打上一仗，把他的土圍垣蹧成平地！Brian Ború　Mimir　Rathmines

朱特 ─ 別。揪斗嘛哼苦打塞咿。砍砍俺這兒，還不是被卯成黑圈兒，獨眼龍哩。過去就讓它過去吧。小男生不都是這樣，美洲野牛哪有不鬥的嘞。還是兩個兒子咧。看在你還在猷豫的份上，給，這枚硬幣[日]稍待一下

---

[54] 此處的「猷豫」是有意的錯別字，原文為 hesitency（正確拼法為 hesitancy），用來影射構陷愛爾蘭自治運動領袖帕內爾（Charles Parnell）的黑函。1887 年，新聞記者皮戈特（Charles Piggot）向《泰晤士報》揭露帕內爾身涉鳳凰公園謀殺案，並提供一封帕內爾簽名的信函做為佐證。其後法庭證實皮戈特涉嫌偽造文書，因為皮戈特習慣把 hesitancy 錯拼成 hesitency，而這樣的錯字也同樣出現在他那封所謂帕內爾的親筆信函中。兩年後，皮戈特畏罪自殺身亡。

[55] 密米爾（Mimir）是北歐神話中智慧之泉的守護人。奧丁（Odin）以自己的右眼交換一口泉水，密米爾得到奧丁的右眼，奧丁喝了泉水得到了智慧，但從此失去了笑容。

打點酒去，撫平你心裡頭烽煙直冒的憂懼不安。哪，橡木包銀的
1畿尼硬幣，孝敬爺們一點軍需。健力士，健壯你一世。
guinea

馬特 — 就是他！就是他！聽聽這聲音！路易十六！就是這金幣。都說不出
話來了，我怎麼可能一箍柴柴認它不出來呢，絲髯公西崔格國王
嘛，有夠糾結蓬亂的頭髮，那件寬大的灰袍，怎麼可能會忘掉。
一千個一萬個歡迎您。把不能吃的劣米轉變成酒吧裡四處濕答答的
啤酒灘漬，讓不良國土保全都柏林沙洲。他是一隻對著老灰熊發
出恐怖咆哮的大偉迴游鮭！同樣在那個地點，他卻偷偷給非法獵殺
了，被當成白煮蛋一樣用清水給慢火烹治。[016] 在這兒，馬克是專
權獨攬的正字標記，養活一大群身穿軍服的角鬥士。在那兒，尿尿
女童四處尿尿，涓滴細流流過彌撒神父催眠下、活像過氣櫥窗模特
兒的守財奴穆尼太太鈔票多多的美夢。
（[臺]笨到不行 / Sitric Silkenbeard / Mark / Mooney）

朱特 — 原因很簡單，沈默寡言的塔西陀，咱這位老是長話短說、把迴旋曲
折的故事說得粗疏簡陋、內容也是錯誤百出的歷史學家，就如同他
所預言的，就只是因為他用借來的獨輪手推車把一整車包心菜當成
垃圾，卸到這裡垛成了一堆堆的小古塚，玷污了這片土地，是吧？
（Tacitus）

馬特 — 我只想知道，利物浦對岸，莉菲河[56]上的威靈頓橋旁，座落在圓礫
岩石上的那座教堂，他是如何把房角石放上去的。
（Liverpool / Liffey / Wellington）

朱特 — 不就是一坨濕淋淋的大便。萬軍之耶和華啊！說父說祖，幹嘛發出
這是啥北歐鼻腔的噪音呢？

馬特 — 就像羅穆盧斯和一頭公牛啪滋啪滋踩在克隆塔夫泥淖草原上的聲
音，就像騙子賭徒喝了蘭姆酒群起張開烏鴉嘴呱呱大叫，**富足的國
王，羅馬的國王！供我吃供我住的國王！**的聲音，就像我打呼
說夢話的聲音：
（Romulus / Clontarf）

---

[56] 一般譯成「利菲河」。配合《芬尼根守靈》的情境，在本文翻譯成「莉菲河」。

我來跟他好好聊一聊，

　　那根沾滿泡沫的犄角，

　　還有大衣亞麻羊毛面，

　　他都朝內穿著才方便，

　　我就坐在薩頓地頭上，

　　布萊恩・歐林恩（Brian O'Lynn），以前也常這麼幹呀這麼幹。

朱特 ── 這種詭異的文字，假如俺從頭到尾連一個蹦子都弄不懂，鮑多伊爾（Baldoyle）和拉亨尼（Raheny）那兩村莊，熟煉油和原蜂蜜，俺都全包了。幾乎稱不上是英文，土腔土調地居然還藏著輕快的節奏，語言從土耳其到芬蘭都有，這個字到底是小牛犢（sturk）還是傻蛋（sturk）還是史圖爾克（Sturk）[57]，那個字到底是耳廓狐（fennec）還是有鰭生物（finny）還是，腦海裡的海港表、航跡圖、海道針經通通徹底被干擾到天昏地暗，就算合眾神之力還是會給搞得死光光的（[德] Götterdämmerung），你喔，這戮忑膽的無賴流氓（Rotterdam），腐爛渣子。聽都莫有聽過，看都莫有看過！好吧，就算聽到了，腦袋裡也蹦不出個屁場景來！您留著自個兒腸胃慢慢克化，午安！報應不是不到！明兒見了您嘞。

馬特 ── 講得真好，去做你的千秋大夢。慢且行（[臺] 且慢走）。讓我們我推你敲重新再來一遍吧。在眨眼間暗沉下來的那一瞬，是不是像在黑漆漆的丹辛克（Dunsink）天文台裡頭，就讓我們在這個幾乎和亞厘畢湖（Albert Nyanza）同樣洪荒耄耋的島嶼上，朗德伍德村（Roundwood）也好，沃德區（The Ward）也罷，隨便兜圈繞著走走，你便可以看到農忙時分禽鳥趁食的大牧草原（[愛] Magh nEalta）有多麼蒼漠古老，有多麼自由自主，暫離兇駑熊羆（Hun）的威嚇，也可以看到偓个爺哀同佢等个阿公婆（[客] 我的父母和他們的先祖）一百零一顆的頭顱，潮淹鹽地的上空，棲居在此的杓鷸和田鳧如常悲啼對鳴，如常在空中朝我們撒尿，不久的將來，依循這就是我的

---

[57] 史圖爾克是勒法努（Sheridan Le Fanu）的小說《教堂墓園旁的房子》（*The House by the Churchyard*）中的角色。

　　　　　　Isthmus of Sutton
　　　法律，薩頓地頸會開建城市和鄉鎮，根據領主對於包含處女地在內的所有領地的權力，大塊大塊的排冰就可以從他的太初旅館排排鋪
　　　　　　　　　　　　　　　　　　　　　Finistère
蓋到地圖上可見的盡頭，在那家誰的叫什麼菲尼斯泰爾的，蘸點火
　　　　　　　　　　　　　　　[歌] Let Erin Remember the Days of Old
鳳凰的灰燼劃上終結的句點。讓愛琳記得所有往昔歲月以來，在她面前窸窣穿梭的流言蜚語。戎-融合兩大族群，中間疆界是寬如潮流洶湧的海洋，黑甜白鹹送做堆。一頭紅毛雌狐，母性的憂愁，一世
　　　　　　[達] 妳好　　　　　　　　　　　　　　　　　　Humpfrey
的操煩。嗨，a kokey，恁好。在這兒，毛毛細雨中，轟隆隆轟瀑雷地從河口向東淘盡海波浪，翻滾澎湃勢若起義抗暴：在這兒，退潮時涼爽宜人，波紋不驚彷若長眠。活生生的情愛故事，厚甸甸無以數計，如飄零沉降的雪花，如天庭謫放的文字垃圾，霸王魁魍巫師魍魎刮起一陣狂風暴雨，紛紛擾攘堆疊在這片瘟疫海岸。如今都已殮葬古塚之內，塵歸塵，冰結冰，泥巴大地原是屎。驕傲啊驕傲，來，您的獎賞，可值！？

朱特 — 臭死神！
　　　　　　　　　　　　　　　　　　　　　　　Oslo
馬特 — 要有什麼，就有什麼！在這兒底下，每個凱爾特武士和每個奧斯陸英雄，像一條條柔軟的明太鱈，渾身裹滿生石灰和泡鹼粉，大ᴠ大ᴧ排排躺平；暗夜的生命總是如此奇異奧秘，那個拿嚐厲害的
　　　　　Babylon the Great　　Roger L'Estrange
大巴比倫發揮萊斯特蘭奇的理念，把個小小的房舍當成偉大宏偉的旅館加以維持和管理，還得獨自一人帶著一窩奶-奶-奶娃子過活，聖母峰壓耳夾蟲，酒火湖薑爛醉泥，就像我們的 like 和 as，看似對等卻不盡然平等，一場夢魘迴盪在這盔對稱完美的墳墓裡，冶煉聲
　　　　　　　　　　　　　　　　　　[德] Liebestod
音，打造語調；渣淬，伊曦之愛愛上愛之死，藥引，依稀之愛愛上愛愛。[017]

朱特 — 哀死人！

馬特 — 開始攤牌計分了啊！輕聲一點，文雅一點！給凶濤砍斷了腳筋似

的。灰心喪志盡付歌曲中。王牌女祖先的古塚洞口如一張飢荒的嘴巴脹大起來，就那麼著把他們都給吞了。多少歲月，此時此刻，這顆地們的我球，不就是憑著相同的磚頭屑粉和不變的腐植土壤，栽培種子，萌發人類，生生不息地循環回歸。有本事邊奔跑邊讀盧恩文（rune）的健將，恐怕得採狗爬愛愛式，雙手對兩膝打全四牌（all fours）的體位法趴匍在地，方能讀懂這片假我以文章的大塊。古城堡，新城堡，三城堡，土崩瓦解！說實話，我得花多少錢買車票，才去得成卑微的都柏林！未到千般恨不消的博覽會，乖巧聽話愛不完的俏女子。說話溫柔一點，學學人家版模工，殘瓦碎石得慢慢得篩！列進你的希望清單。噓，安靜！來玩個牌，惠斯特（Whist）吧！

朱特 — 穢屎廁，啥玩意？咋要俺安靜？

馬特 — 龍伯斜蠼螋（forficula），和迴繞著他環流不息的河精靈安娜（Anna）。

朱特 — 這會兒又是咋樣？霍斯（Howth）的墳墓嗎？

馬特 — 這是維京攝政王掠奪之地，也是他葬身之墳。

朱特 — 說啥呀！

馬特 — 你石器時代來的啊，把你這朱特（Jute）人嚇聾啦？

朱特 — 俺是大吃一驚，眼睛被雷打到似的，原來這就是自治議會庭（Thingmote），一堆爛泥巴嘛。

（停，注意台階，記得彎腰）就算再漫不經心，但閱讀這解密之鑰的泥板塊，就得在意a、b、c這些個潦草的字母，書寫符號中的古董稀巴物兒（請稍停，注意台階，記得彎腰），阿拉法（alpha）是公牛，貝塔（beta）是房舍，因著安拉（Allah）之故，啵喇唄呢啪啪啦（Plurabelle），著床合體成了文字！你讀得出來（因為我們和你[58]已經討論過了）一字一世界裡頭的雷霆智慧嗎？全部數一數，都是同樣的故事說了一遍又一遍。

---

[58] 根據《古蘭經》的書寫傳統，「我們」指安拉，「你」指穆罕默德。

默乃[59]——算算你的年日還剩多少：異族通婚和混種聯姻，無計其數。特刻耳
——秤秤你的斤兩夠不夠份量：一根羽毛，無關痛癢。他們活過了，樂過了，螻
蟻似的，愛過了，盡頭了吧，走過了。烏法珥新——你的家園被瓜分了：或許為
了罪的緣故，可憐的孩兒。你的會議庭要崩裂，你的王國會歸給瑪待草原上的
少女和波斯窮人家的兒子。我們遠古的異教蠻族自治邑那些蜿蜒曲折的傳說，
嗚呼悲哉，得復佚失凋殘流轉幾不可考，直如尼安德塔人和海德堡人之種種，
爾時，魂遊象外而冥想開悟頭頂滿佈朵朵螺旋浮雲的大覺世尊正周遊列國，教
化生眾：

　　　　無明蘊顯行，以諸行因緣，以有識著故，馳求於名色。

　　　　名色磨礪故，因而生六入，因於六入故，隨轉及於觸。

　　　　因於觸之故，添香及於受，以因受之故，而催於渴愛。

　　　　因愛有依戀，依戀故有有，從有而有執，從執有老死。

　　　　老死耍婊故，因而緣起生，唯取生之需，業力承存有。

一葦吉祥草從他的臍眼萌生而出，拔高竄升攀援往**拉姆斯博藤**大教堂祭壇正後
方的石雕屏風上羅摩[60]轉世化身的聖徒肖像，隨之沒入他那兩扇屎胐之間反覆開
開合合的菊花花蕊裡。一卷生命書寫，活潑潑陸棲之物，將此因緣栩栩如生開
展在我們眼前；扭曲歪斜畸形異狀，那縷持續蔓延生長的微微顫動，足以震撼
八方大地。一把黃濁小斧，一柄腐朽石鑿，一具餒爛犁鐄，口耳相傳分享著它
們共同孵育的凱爾特，擘開我們地球富饒瑞穗酣厚的神聖硬殼，**這是我的身體
為你們獻上**，時時刻刻測量檢驗分析評估，向前深耕，向後犁地，壯闊恢弘如
《*薄伽梵歌*》的大塊文章泥土地上，彷彿有一頭負軛筆耕的水牛，由左至右再

---

[59] 以下數行，典出《聖經‧達尼爾書》5 章 25-28 節：「寫出來的這些字是：『默乃，默乃；
特刻耳，培勒斯。』這些字的含義是：『默乃：』天主數了你的國祚，使它完結；『特刻耳：』
你在天秤上被衡量了，不夠分量；『培勒斯：』你的國被瓜分了，給了瑪待人和波斯人。」

[60] 羅摩（Rāma），阿逾陀國的王子，是史詩《羅摩衍那》（*Rāmāyaṇa*，意思為「羅摩的歷險經
歷」）的主角，也是印度教主神毗濕奴的化身之一。

由右至左，折行轉壠翻土蹈田^(boustrophedon) ⁶¹。看看這兒，呦，這麼多陶泥小人，瞧一瞧，聽一聽，小小人偶，打罵啄吻，喁喁擁抱，束裝上馬，馬上裝束，抱擁喁喁，吻啄罵打，偶人小小，聽一聽，瞧一瞧。更過分啦，這尊真人尺寸的泥塑像，小小殘塊上依稀有弗托克文^(Futhorc) ⁶²，ᚠ是牛，ᚷ是禮物，兩個搞在一起，幹啥呀！不就是舉行燔祭和葬禮需要的那玩意兒。正所謂：燧石人人都能打，聲聲迸落煙火花。F，面東而臥吉祥姿^(royal ease)！喔，我說呀，我倆真彌密！ꟻ，面西側躺攔腰抱！啊，你壞壞，快一點啦，可不要走了火！上，脫掉它們，甩到地上，᚛ 對上 ᚜，正是：倒鳳迎鸞顛，上下交相墊，屁眼對臉面，面面顛倒面！[018] 這麼丁點大小的零件，漂亮呢就負責組裝整體，假如醜不拉嘰的像巴納姆^(P.T. Barnum) ⁶³馬戲團展示的畸形怪物，那就去搞坑坑洞洞囉。我們很快就熟練了字母排列組合之間的須彌芥子相互替代的妓法。這兒（請往台階走，記得彎腰）是一些剛煮好油亮亮的鮮摘森林豌豆，怪可愛的小不點 Q，味道還蠻特舒的，最起碼可以填一填推著雙鏵犁耕地的英兵湯-湯米^(Tommy)咕嚕嚕的肚子。小豌豆敷衍肚皮，燙子彈養肥錢包。右列那些岩塊，是國王朗納爾^(Ragnar)在眾神的宿命末世之戰^(Ragnarøkr)的武器，地上那堆腐爛的橘子，八成有一群紅毛猩猩在這裡喧鬧鬥嘴大跳探戈，還兜圈圈大玩旋轉木馬的遊戲，把個對的一骨腦都呼啦呼啦轉擰巴了。嘖，嘖，嘖，真是的，哪 ê 安妮啦^([臺] 怎會這樣呢)？就像舌頭叫拇指湯姆^(Tom Thumb)用頂針戳進一根細細的荊棘刺，都腫成這樣了，再怎麼費勁吐音，s 不是發成 θ 就是 ð，就是白費力氣，你給白痴背叛了，

---

⁶¹ 此處是指牛耕式轉行書寫法（boustrophedon，又譯折行書）。這是一種古代書寫方式，常見於希伯來文，阿拉伯文和希臘文等手稿中。以牛耕式的方式書寫，假如第一行是由左寫到右，那麼第二行則接著由右寫到左，再下一行接著由左寫到右，如此繞行 180 度轉彎寫下去。而且每個字母從左寫到右，從右寫到左，必須是左右反向的。整個書寫的方式「就像牛犁田般拐彎」，而這也是 boustrophedon 原來的含義。

⁶² 弗托克文字母，ᚠ相當於英文的 F，ᚷ則相當於 G。

⁶³ P. T. 巴納姆（P. T. Barnum，全名 Phineas Taylor Barnum，1810-1891），美國馬戲團經紀人兼表演者。1842 年在紐約開辦「美國博物館」（American Museum），以奢侈的廣告和怪異的展品而聞名，最有名的是假斐濟美人魚（FeeJee Mermaid）。1871 年建立了世界大馬戲團，自稱「世界上最棒的表演」。

會巴望報仇雪恨嗎，徒勞無功嘛。唔，垾得好，唔，一大坨亂七八糟的，唔，
[臺] 廚餘垃圾堆
食賸 ê 糞埽堆！偷偷摸摸底，半夜裡在一堆噁心的廚餘裡面翻找啥寶貝來著！
א、橄欖、コ、甜菜、ユ、茴香、ᚁ、水果、α, L, f, β, B, t, Γ, 玉米粒, A, Δ 等等等，
攏攏總總煎的炸的炒的烤的全夾成地上的菜尾堆，這兒那兒還露出些許殘破的
                     Alfred   Beatty
書頁紙張，初步鑑定或許來自阿弗烈德‧畢隄的古蘭經手抄本和新約聖經羊皮
      Cormac   John   D'Alton   History of the County of Dublin
卷、高王康馬克傳奇，以及約翰‧道爾頓的《都柏林郡志》。喔，還有 O，還
有 e, e, e, 好多 e 耶，還有歐姆蛋，還有白森森的希臘起司，咦，這兒通通都是
小型貓頭鷹下的蛋（彎下腰來啊，好好討好一番！），往常時候到了就嘎吱嘎
吱自動龜裂開來，眼下只剩大張嘴巴變成希臘 ε 的蛋殼，給棄置在靜悄悄的地
面上，旁邊簇擁著幾只站立不穩的破舊水瓶，散置的殘斷把手稀稀落落湊成遠
古世界三三兩兩的 ᚋ，連抓把青草去擦拭都不值得。S-s-s-嘶-嘶-嘶！瞧瞧，到
處都是蛇！我們這塵土飛揚的都柏林就是個垃圾大桶箱，塞滿一藪紛涌蠕爬的
蛇蝎小人。他們從 Δ 的英國和 △ 的西班牙-法國-義大利這些你接觸我，我解
除你的國家出發，紛紛搭乘滿載蘋果和類似違禁農產品的貨船，橫越那片有如
濕淋淋草原的大海洋，穿過高高澎聳的濤天駭浪，來到我們的島嶼。一起跟著
                         Paddy   Whippingham
登陸的乘客中，有個號稱 SM 皮鞭的帕蒂‧威靈汗，他老兄施展揮鞭擊蛇兜桶捕
廞的看家本事，把這起子在地上爬來爬去的東西打到爽奄奄剩一息，他還調製
     Irish Trash Can
出綠色垃圾桶雞尾酒激發愛爾蘭人展現讓人毛骨悚然的潛力，而他抄起廢紙簍
接住他們拉屎塊的速度，比我們的那個誰來著，就是從男人身上取出那個來，
還把她褪下的那個扯上來的那一個，要來得，一次接多少？有人採細分法，有
人用加總法，反正都是想知道全部是多少，但在木頭上刻痕數數兒，根本就像
   Bailey   [臺]一樣
貝利那個馬戲團老闆說的話一樣，恁娘的跟孔子仝款，讓人有聽沒有懂。都是
一幫婪索敲詐的惡棍和販賣私酒的奸商。

　　x 加上 x 加上 x，斧頭篤-篤-篤砍三下。乘以 x 加上 y。斧頭得像耕牛來來
回回砍上好幾趟。一個一個來，1 加 1 加 1 等於 3，把 1 置 3 前，3 後跟著 2，

再把一個 1 放在最前頭。1 加上 1 乘以 3，後頭放 3 的兩倍數。2 和 1 針峰相對各據一方，加起來得 3 擺中間，峰滿的小穩婆，兩個裡面總會有一個自由奔放，讓我偷偷尾隨在後。首先揭開太初序幕的是頭巨蚺，和一些身懷六甲的三足牸牛，以及長青不老卻疲憊不堪的駑鈍牝馬，個個口唧玉書來報佳音。青春永駐的仙女，綠色象牙粉雕細琢，肌膚牙紋柔膩純白，有亞瑟王母后伊格萊恩^{Ingraine}之風姿，攜來一子無骨者伊瓦爾^{Ivar}，嚎啕大哭，聲勢浩大若巨大冰塊崩裂於冰山之上而隕落海中。另，進獻一尾酒水鮮煮放涼待食的鮭魚。設想，那位享有三子女特權^{[拉] jus trium liberorum}的婦人，假如督促她那些頭紮髮辮的童蒙，這絕非加酵澎風的說詞，日讀重達 100 再加 11 斤的竹簡，反反覆覆研讀孔子，每天像呆瓜寇南^{Conan}那樣過著可怕的耕讀生活，日復一日無人過問，直到周遭滿目恐怖的萬聖節傍晚。展開卷軸，竹簡內盡是些有如尼安德塔人之種種曲折流轉荒誕不經的故事，結尾倒是一目了然，髒髒的蹲夷，拒蹲的髒髒囝因夷，還有個老是磨磨唧唧要趴不趴的髒髒姨！說說我們的將來會怎樣來聽一聽，關於我們的時代、魔鬼和噪音，也給從我們而出的那些個提姆^{Tim}啦、尼克^{Nick}啦、賴瑞^{Larry}啦都聽一聽，草根泥巴的後裔，兒子們，孫子們，對，沒錯，還有忠誠不貳的曾孫子們，假如要談未來我們不想怎樣的話，就給我們這些個叫蘇^{Su}、曦絲^{Sissy}和莎莉^{Sally}的說說木蝨、嘶嘶蛇和石蠅，一個個挺著老奶奶木瓜奶，不愧是安娜的女兒！祖輩是被控訴的直接受格！厄娃用動詞不定式詛咒亞當，直到無窮無盡！

真的是那樣，在那些算不上日子的日子內，沒了，啊，男孩全死在尼羅河了，當時，西方這些個無賴根本都不知道布漿紙為何物，咱們的老祖先也還沒有開始使用蒲草紙，父親腰間鼓突成團的末稍也沒有白白浪費掉，當時，孤峰挺拔有若強勁鋼筆的澎恩^{Penn}人山^{man-mountain}，仍然在陣痛中苦苦呻吟，一心就想生下囝囝小耗子。還不都是老祖宗那棵遠古的大樹。你給我一只靴（先前已有頗多暗示，所以囉），要我上路好滾蛋，而我當時居然把你的風言風語當成真。我不過是問問你要那枚金幣想幹嘛（幹嘛老是有交換條件？），然後你就把自己關進了

因為這個因為那個的邏輯監獄裡。但這個世界，請注意，這個世界，靈魂創造的世界，無論是現在、過去或未來，都會永永遠遠地照常以盧恩文(rune)記錄下自身所犯的錯誤，[019] 以及，比如說，面對貴客來訪而家裡只剩最後一頭奶駝的窘境時[64]，那些早就遭受我們基本理性處以絕罰(anathematization)而排除在外的大小處理方式。那個叫穆罕默德的男人，儘管兩道棕褐眉毛之間浮現悻躍的血管，還是會停泊在他迷人的大表妹兼貼身婢女赫蒂徹(Khadīja)墳墓之前，在她的棕櫚樹幹栓繫上一串他的海棗。然而，當號角吹響的時候，最後審判的重擊(smiting)，日子之艱難啊。現在還算不上。一片骨頭、一塊卵石、一張羊皮；削薄、片裂、切割，總是得用盡所有的辦法；不然就把它們丟進那個鯡魚圖案的赤陶媽媽鍋裡煮上一煮吧，保證咕嚕咕嚕鬧騰得不可開交：早安，印刷術，您好，古騰堡(Gutenberg)運用他那一刀一刀媲美克羅馬儂人(Cro-Magnon)藝術等級、日後會印出大憲章(Magna Carta)的紙張、迅速著墨上色的工技和鉛板活字印刷機，叮-叮-叮十八點活字印出那本偉大的禱告書，為了我們無所不知無所不能的主宰和祂所有的子民，廉價普及版從印刷機吐出來時，就得印有赤磚色的大標題，紅得像三文魚剛產下的小魚卵，或從醡汁機鮮搾出來的葡萄汁，這可是《古蘭經》[65]中最富饒醖味的地方了。因為（**蓋被的癲狂之人啊，你應當起來，你應當警告**）那個呀就是製作蒲草紙和印刷紙不可或缺的獎賞和報酬，潛藏在印刷品中無異於遍佈在羊皮紙上的奧秘隱語和錯別文字。等你們終於（事情可還沒有結束喔）有機會認識認識他們的時候，就會知道了，就是鉛字提普斯(Typus)先生、酗酒托普(Tope)女士，還有所有吱吱啾啾的小不點兒。打下句點，斟滿酒杯。所以你根本不太需要告訴我，這本頭尾相啣的都柏林巨人之書，字字都拼寫成這副德性，勢必個個都含有 3 乘 20 加上 10 那麼多樣醉酒般顛倒迷亂無止無盡孳乳浸多的頂尖讀法（那些轟隆隆胡嚷亂吼搞分裂的人，願污泥塗黑他的額頭），直到面臨死亡的那一刻，億兆萬年間宇宙創生滅絕再轉輪之剎那(Mahamanvantara)，

---

[64] 根據阿拉伯的禮俗，就算家裡只剩下一頭奶駝，也得殺之以饗賓客，否則有失待客之道。
[65] 參閱馬堅譯，《古蘭經》74 章 1-2 節。

天地寰宇張翕開合之中孕育眾生萬物的△就此封印了這隻這份這位這扇這。糞金龜也。地球也。禮物也。神也。門也。

　　先莫嚎啦！還遠著呢，讓我們綻放微笑，迎向倫敦般不在當下的天堂裡那些尚未發生的種種，六、七十個天堂處女配一個男人，而且，爺啊，樂園裡燭光微弱，瞎燈黑火的可是一片黑呼呼喔。不過瞅瞅您自個兒手上抓的那一把黏結小禮物！那些活體鉛字一個個動了起來，潦草雜亂地整好隊伍踏出正步，齊刷刷地劈啪劈啪彎來繞去通通都邁進昔日的光陰裡，因為那些四處瞎忙性情詭異的輝格黨員[Whig]，總會像隻耳夾蟲偷偷爬進你的耳朵裡，跟你八卦點托利黨員[Tory]的這個那個。從前從前就有一隻待在百里香葉片上，有兩隻在萵苣菜畦後方上下蹦跳，有三隻藏在蓬亂生長的草莓苗圃中。小母雞剔著她們的牙齒，蠢驢子也樂得開口結結巴巴說點話。你大可問問你家那頭驢看他信不信。所以搭把手，把我抱在懷裡，只有狂奔才知有腳跟，只有牆壁才會長耳朵。那人有一個老婆，和四十個頭戴無邊童帽的崽娃兒。因為在那個年代，裙圈揚得可老高，生活充滿了欣喜和希望。關於沒有方舟的諾厄，和嘴利如刀的老婆；關於墳邊結實纍纍壓枝椏的蘋果樹，和飢荒中輕浮的女子[ㄕㄢˊ]；或是關於老想騎一騎騙馬的豪門子弟；或是關於惡作劇的小姑娘逼迫某男子做的某件事。娘嫁給爹沒嫁對，婚姻不算頂順遂，但她還是會隨著〈閨怨哀歌〉[法] Chansons de mal mariée的樂曲翩翩起舞，撩起裙擺繫在腰間露出兩條大腿，調皮搗蛋的輕快舞姿，作勢投擲想像的旋轉飛斧，繞圈瞪視的試探恫嚇，一場霹銳剋戰舞[Pyrrhic]跳下來，耍得他團團翻轉到心驚膽跳的地步。這個女人跟琵拉[Pyrrha]一樣漂亮，一樣慘贏。哎呦，真看不出來這蛇蠍女人還是個摩根·勒菲[Morgana le Fay]的角色，扭得還真浪！瞧那輕快滑動的舞步，待會兒一定要從腳尖一路舔到櫻唇裡！薄紗後那雙靈動閃爍的眼睛，含情脈脈愛意綿綿，飄逸飛舞間忽隱忽現。婊子一個！西南風吹大帆船，不要不要俏薇妮[Winnie]吹起來還真不賴。船兒順流而入，岸邊旅社朦朧，安娜[Anna]優游自在，河水一逕東流。呵呵呵，聽看看，這賤女人！萬無一濕，肯定是她的問題，不是我們啦！稍安勿噪，各位爺們，[020]

神態自然一點，我們就跟在一隻耳夾蟲屁股後頭，輝格黨親諾斯爵爺那邊的， ^(Lord North)
這個距離他聽得到我們的。說起耳夾蟲，就這麼一咪咪丁點大。過來看看，屁
股就長有這樣𝌀^(66)的雙鋏。偷偷躲進樹叢裡，好像知道了，動作跟蠑螈一樣輕盈
俐落。我也來學上一學。聽，獸角笛發出嗚嗚低鳴的懇求！豎弦琴回應雲雀般
清脆的啁啾！

很久很久以前，某個晚上，暗中偷去，夜半真是有力^(67)，石器老舊，榆樹 ^([歌] Auld Lang Syne)
蒼勁，年代遠古難追；那個年代啊，亞當鋤田，幼妻紡紗，絲綢滑如水，捲起
千層泥，那個年代啊，暗黑山的少年壯如山，釀酒貪杯霸凌樣樣來，奔流水的 ^(Montenotte)
少女賊如水，合法竊佔肋骨贓物勇拔頭籌，說她隨心所欲嘛卻是忠貞誘不貳，
至於其他的男男女女，眉目傳情總是愛，大柱子啦，小碧蒂啦，反正人人相親 ^(Billy) ^(Biddy)
相愛日日搗杵在一塊兒，就是在那樣年代的某個夜晚，霍斯伯爵賈爾‧范胡瑟 ^(Jarl · van Hoother)
在他聳矗如燈塔的樓房裡，老高揚起那顆火柴棒頭燒完似的炭黑腦袋，還把
兩隻玄冰掌行覆手禮那般按著自個兒那兒。他那兩崽小摰孖^(68)，咱的表哥和表 ^(laying on of hands)
弟，崔慮思多縛和喜樂瑞，在他們爹爹自己關起門來當老大閉起眼目當國王口 ^(Tristopher) ^(Hilary)
中稱為酣富睿城堡大家叫做憨腐蝸敗家的塗墼厝裡面鋪有防水油氈的老舊地板 ^(Humpfrey) ^(Humpfrey) ^([臺] 土砌房子)
上，百無聊賴地用腳後跟你蹭來我蹭去他們的小玩偶。是誰這麼討厭，居然以
迪爾梅德之名，直直闖入他的城堡主樓，他最-醉-罪隱密的避難所，不就是那 ^(Dermot)
個外戚姪女，冒失莽撞老愛穿著大口袋圍裙工作服四處晃悠，渾號逃妻謊后的
那個石女豚母老浪蹄爛破鞋，就是她。逃妻謊后摘了一朵玫紅的紅玫瑰，面對 ^([臺] 母豬)
肅穆森然的正門說了一些俏皮話，隨即漩了一泡鹹濕濕的尿水。然後她放了第
一把火，火焰把她給映得紅咚咚醺醺然的，㷖爾蘭也就火光熊熊燒了起來。然 ^(ㄊㄞ)
後她以細弱難聞的巴黎嗓音對著正門說：注意看好孩兒們，皮膚黝黑臉色蒼白

---

^(66) 希伯來第八個字母，造型頗像耳夾蟲尾端之雙鋏。

^(67) 語出蘇東坡，〈寒食帖〉：「闇中偷負去，夜半眞有力」，感慨時間的流逝。

^(68) 摰孖，音ㄐㄧˊ ㄗ，即雙胞胎。

的國王馬克一世，為什麼我看起來像一壺門房尿出來的黑啤酒？那就是裙子和
                                                                Nassau
襯衫怎麼零零星星地開始相互較勁的。不過大門呢，用荷蘭皇室拿騷家族的官
                                                    Grace
話跟施予恩典的娘娘猛打手勢：**去你的屎！下鑰！**所以心懷怨恨的葛瑞絲‧
 O'Malley   Jolly Shandy
歐瑪利娘娘攫起崔慮思多縛這小髽孓，往西邊狂放不羈的樂怡仙地一路濟啊濟
     van Hoother
啊濟飛奔而去。范胡瑟這黑髮洋鬼子，在她後頭用鴿子般的柔情蜜意釋放出非
           [歌] 重回故鄉   Eire
攻的無線訊號：**停下來女飛賊快點停下來耳聾啦停下來回到愛耳來**。不
                                           Eria
過她回罵了一聲：**不可能，不可理喻的磚泥斗**。同樣是那個安息日的夜晚，
盎格魯人如墜落的天使乘著戰船而來，登上盛產羊毛的愛瑞雅島，從來沒有聽
                                       Gulliver's Travels
過的哀慟哭嚎如野火燎原燄沖四方。逃妻謊后此後踏上她自己的格理弗之旅，
徒步行走環繞世界 40 年，然後她擰出硫磺皂洗完衣服的髒泡泡水，用來潔淨
這小髽孓額頭上愛的斑痕，她任命四位充滿貓頭鷹睿智的夜間羊毛走私老鳥傳
授他各種騙術把戲，還教會他搔癢自己取樂自己的訣竅，這小子簡直受洗重生
變了個人，她讓他幡然顛轉全然皈依那個絕對獨一完美良善的上帝，註定他日
                   Luther
後會成為一個信奉路德教派懶散荒嬉的無行文人。所以接下來她又在下雨天裡
濟啊濟啊濟，真是討厭啊，以爾迪德梅之名，淘氣荒后身著夏季粗布長褲，小
髽孓穿著別有一小片棕櫚葉的吊帶圍裙，她帶著他在船帆迎風飄動兩次的時間
     Jarl   van Hoother
內，又回到了買耳‧汎胡射伯爵那兒，夜色如蕾絲覆蓋大地，這是第二個階
                                 Bristol
段。她還會去哪兒，不就又衝著他那間仿布里斯托旅舍的酒吧去了。汎胡射伯
爵，給防汛抗洪搞得疲憊不堪，把他圓卵似的受傷腳跟光裸裸地淹溺在麥芽威
                   Bartholomew
士忌裡，去他的聖巴多羅買之夜，暖暖的雙手相互緊握著，來來回回晃動自個
     Hilary
兒。喜樂瑞這小髽孓和 [021] 小玩偶時值幼年初期，在樓下的地板上鋪起印有
 Tearsheet   tear sheet
蒂爾席特劇照的報紙樣張，就在咳嗽喘息中打來打去扭絞成一團，看似兄妹戲
        Brodhar   hister
耍卻更像布羅得[69]玩弄閻魔甲蟲。淘氣荒后就掐了朵蒼白的白玫瑰，然後她放
了第二把火，炎焰把她給映得紅咚咚醺醺然的，一群鮮羽怒冠大紅松雞啪啦啪

---

[69] 布羅得（Brodhar），丹麥術士，在克隆塔夫戰役中擒殺布賴恩‧博魯（Brian Ború）。

啦從山巔振翅高飛，宛若炸上高空的一團火球。她面對陰邪森然的邊門口兒漩了一泡更鹹濕的尿水，隨即說出更俏皮的話：**精神分裂的國王馬克二世，借問，為什麼我看起來像兩壺門房尿出來的黑啤酒？** 接著：**去你的屎！下鑰！** 陰邪的角門一邊說，一邊對著蹲貴謙嘘的娘娘比手劃腳。千嘘娘娘早就暗算好放下這小聲孖拎起那小聲孖，然後這莉莉絲沿著綁架小孩專走的小人國百合夾道的小徑，在雨天凓啊凓啊凓飛奔而去，逕往男人真苦命的女人國度而去。滿懷怨毒的汎胡射伯爵恨不得血刃此獠，在她後頭咩咩亂叫中還夾雜好一陣助長聲勢的暴風響屁，[歌]重回故鄉 **停下來笨賤婢快點停下來啞巴啊停下來還我愛耳環來。** 不過淘氣荒后回罵了一聲：**我是越玩越開心嘍！想得美啊你！** 在盛產羊毛的愛瑞雅島某處，適逢另一個相同的聖羅倫斯節夜晚，從來沒有聽過的辟踴哭嚎發自格蘿妮婭蒼老的胸脯，如爍火流星紛紛劃過黑暗的天際。淘氣荒后此後又徒步行走世界環繞40年，她把連克魯姆・庫魯克的黑魔法都望塵莫及的克倫威爾詛咒釘，硬是轉陀螺般深深旋進小聲孖的腦袋裡，她任命四位聲如雲雀古板可笑的教引嬤嬤傳授他萬般流淚技巧，還教會他觸摸他人吞噬他人的法門，這小子簡直受洗重生換了個人，她讓他幡然轉性心生變態全然皈依那必然獨一全然可靠的天主，注定他日後會成為一個崔斯坦那樣為情所困的憂鬱基督教徒。所以接下來她又在下雨天裡凓啊凓啊凓，這婆娘還真是討厭吶，以迪梅德爾之名，淘氣皇后穿著剛換洗過的內褲，把樂瑞爐兜在她的圍裙大口袋內，又回到了假耳・凡夫舍伯爵那兒。她為啥停下來，還不就是靠近了官邸氣派的大廈之屋，在第三次蕾絲誘人的蠱惑階段？凡夫舍伯爵背對著膳食盒，高高翹起兩糰颶風肉臀，努力反芻飽漲成平常四倍大的胃囊內待咀嚼消化的食物（快點！哦，親愛的！快點！），小聲孖桤夫崔綠楒和小玩偶在廁所濕淋淋地板鋪墊的防水桌布上，相親相愛學那妖精又是翻滾又是打架，一個扮演聖博德，另一個當然就是聖女彼利其特，又親又吻又啐唾沫兼吐口水，既粗魯又野蠻，接著又是吻又是親，活脫脫一副無賴小兒和天真新娘的模樣，正是他們幼年中

期。淘氣皇后折了一朵無色的玫瑰花,然後她放了第三把火,焱燄掩映整片山
谷閃閃爍爍。漂亮小妞擠奶牛噗噗啪啪。[歌] The Pretty Girl Milking Her Cow 她在三拱彩虹凱旋門前漩了一泡最鹹 [法] Arc de Triomphe
濕的尿水,隨即說出最俏皮的話:鬱悒寡歡的國王馬克三世,借問,為什麼我
看起來像三壺門房尿出來的黑啤酒?那就是這些零零星星的較勁怎麼在裙子上
揚和襯衫上拉的情況中收場的。因為手持熠熠電閃雙叉長矛的凡夫舍伯爵、人
稱雷霆之子的波納爾革本人,Boanerges 貴婦仕女揮之不去的陰影,丹麥死敵聞風喪膽 Terror of the Danes
的恐怖,顛著屁股蹦著腳步像個肢殘體障的傢伙手忙腳亂地翻身上馬,
[歌] The Campbells Are Coming   Noah
砍卑爾快來了喔吼喔吼,穿過他三座深鎖的懦厄城堡,以方舟出關的姿態
從柵欄大開的拱門騎將出來,Brobdingnag 頭戴大人國流行的姜黃闊邊帽,乾癟如薩頓的脖 Sutton
子上繫著把人搞得脾氣暴躁的槲葉環高硬衣領,穿真皮滾邊作戰背心,加上高
Balbriggan
級牛皮手套,搭毛皮馬褲和巴爾布里根的針織襪子,斜肩披著一排排羊腸線編
織成的子彈帶,腳蹬橡膠長筒靴,[022] 外覆獸皮綁腿,緊緊交叉捆紮的繩帶把
小腿搞得像兩管毛線軸,可不就是那個遍體通紅、露出焦黃牙齒大聲吼叫、怨
Orangeman
氣沖天的臉上塗著綠藍相間戰鬥彩漆的橙黨人,暴烈的激情把整張臉都漲成東
一塊靛青西一塊絳紫,這個誓言要好好算帳的潑膽猛漢,用全身滿拉硬弓的力
量,將滿腔的義憤灌注到手中緊握的那根挺得更加剛直的長柄鉤鐮槍裡。在得
得馬蹄聲中,他那隻汗血咚咚的粗魯手掌拍擊在暫時穩坐的馬鞍上,發出響亮
的啪啪聲,然後用盡屙屎的力氣,下達在她聽起來都是些鄉音濃厚嘶嘶-噓噓-喀
喀的命令,咱們收攤打烊啦,瘋婆子。然後小布偶這鬼靈精就乒乒乓乓擱
上護窗板子啦(隱隱殷殷匔匔硈磕嘭咔嚓咔啦啦轟隆隆劈哩啪啦砰哐噹噹噷霍霍
[喃] 雷霆霹靂
壨䨺餳潋雷壨䨻䨺!),然後他們開懷酣飲。因為穿上鎧甲的男人,即使像一
根胖呼呼的火柴棒,對只有穿著圍裙和內衣的女孩來說,鐵定是最佳的匹配。
那是這塊即將於末日的烈焰、該死的洪水和愚蠢的脹氣中消失殆盡的土地上,
Kersse
第一首關於草包門房的押頭韻詩歌。當年裁縫師傅柯西的櫻桃小女孩為共濟會
會所把門時,是如何貼心地網開一面,讓頭戴只剩單角的戰盔,活像隻獨角鯨

的挪威船長進入奧斯陸國會殿堂般的店鋪裡的。你這會兒知道這樣就夠了。這事兒就止於妳我之間。就這樣吧。淘氣皇后為小玩偶的偽裝船掌舵，孳孖俩會保持波浪上的平靜，不再滋生事端，假耳・凡夫舍伯爵就負責讓風揚起來。所以說嘛，市民順服於道聽塗說乃是整個城邦和所有警察的福祉。

哦，快樂的墮落，都怪火鳳凰這孽障！從非惡而出者皆為無善之物，也只有從鄙賤的尼克犯下的邪佞罪行中，方能彰顯米迦勒節結算年度帳目時所積厚之敦實良善。丘壑和溪流，世世代代相伴相依，就是小的在老的有限公司一起工作那樣的宿命，沒啥好說嘴的。試想，倘若獵物的體腺都淹上胸口了，還不是立刻上馬夾腿跨越溪水！正因為如此，這秘密中的秘密，絕不會飄向北歐戰士，或宣稱和平的愛爾蘭人。難怪他們找不出來這條下水道的源頭。採石場上滿地燧石，杭福瑞，你為啥沈默不答？亞厘畢湖，自由自在的老家，不難吧！齊膝水波激起龍膽花般的碎浪，莉薇雅，妳到底真他娘的從哪兒奔流出來的？還是沒答案？維多利亞湖，忒簡單吧？羊毛無邊帽白雲壓頂般包覆在頭頂，其下是兩道緊鎖的眉毛；想聽個清爽，他就得耳朵貼壁腳才能享受滴滴答答類似從屋簷掉落的水聲，或像捏緊在手中的老鼠發出來的吱吱叫，更像遠處空曠裡傳來酒瓶碰撞的叮叮作響。瞧，他的山谷在隱隱綽綽的陰霾中漸次晦黯下來。她老是操著一口臭乳呆，嬌憨地跟他嘮叨盧此這般的這狗的個那狗的個。她呀他嘻嘻呵呵搞得她哈啦啦地笑他笑個不停。媽了個屄，真想攥根篾條揪住她的頭髮好好抽她一頓，說不定好運一來，這麼著就懂她嘮叨個什麼勁兒了！有手，卻不能動手，可他真恨，耳力不濟啊。聲浪化成一缽缽帶著拳擊手套的鐵拳連續不斷猛鎚在他的耳膜上，驟然炸響群象豎起長鼻的轟鳴；狂潮來勢洶湧，一波追疊一波的吆喝、怒吼、狂嘯，依稀夾雜著一聲聲的不要管那些運馬的船都是些玩屁眼的水手聽我的唄。有如四面水澤錮鎖的陸地，或是八方陸地困圍的湖泊，被他身邊的粗野女人絲藤纏繞，被他活蹦亂跳的小鬼們徹底搞到僵直癱瘓全身無力，都是些赤子乳兒，聖人般伶俐，閒人般魯鈍，不論是早晨的報

紙或是曲調悲戚的風琴手,都可以當著他的背(卻不得見他的)面跟他這麼說:
                    Louth
我們正在鯨吞蠶食這蠢貨只有勞斯郡那麼丁點大鬆軟軟麵包般的身體;假如不是他那麼拼命地抓住那條比目魚的尾巴;這個兩腿夾雙唇的女體用粉撲噗噗地輕輕拍在羞恥之處,否則我們豈能汲飲她的生命酒泉;假如不是為了那些小不隆咚的孩子們,她豈會把意外吹落的蘋果熬釀成烈酒,我們的種,賜予我們麵包和水,洗滌我們,那麼,城鎮裡頭就不會有挺立如聖矛的教堂尖塔和衣衫襤褸渾身破爛的細作,碼頭上也不會有停泊浮盪的來往船隻和嬉笑怒罵的酒醉神女,咬字發音缺了 U 和 I 之類的母音,含糊不清信誓旦旦嘟嚷著,不要起帆嘛,也不會
                Nilbud   Dublin by Lamplight
有妳和我 [023] 在新城林柏都鬼火熒熒的沼澤邊,在老成**都柏林暗夜明燈洗衣店**的榆樹下,睜大眼睛玩捉迷藏,**輸了要罰錢喔**,也不會有偉岸的國王徵收我
              Laurence O'Toole
們高額的稅金,也不會有崔嵬的**聖老楞佐教堂**傳來高昂的鐘聲,點頭致意,奉上錢財,不會像公廁那麼不方便,他們可一點都沒有要偷拐搶騙的意思。憑著耕田的技藝,他日日勞苦刨土挖畦才勉強餬口,得以徼幸保留住牙床,
[臺] 為了他自己
為著伊家己,也為了所有屬於他的一切,他秉威權起烏占驅使部屬為了生計汗水都沾滿了他們的眉毛,他把麵包賺進口袋,把死人塞進甕罈,真是隻振翅遨翔的飛龍,吼聲如鳴砲,他替我們樹立漏洞百出的法律,搭建扁蝨亂爬的住處,
                                                      Unfru
並用盡全力把我們和棉花象鼻蟲送做堆,還真是物以惡聚啊,阿們,盎福蠕-
Chikda Uru Wukru   Liberator
齊庫達-烏爾魯-烏庫如,天吶,大能力的解放者,貨真價實,我們的老祖宗,這位最受敬愛的老大人,外覆寶藍披氅,滿臉燥熱通紅,當年就是待在他這棟適合鰥夫寡婦居住滿是窗戶的房子裡,這耳進那耳出的,從年頭到年尾都想著怎麼把事體辦的再順當些。假如催綠春天的紅腰鸚鵡可以從草地喚醒他來,事情不會有所不同。就算五月再來一次,或是在火鳥解體成灰的十二月,還都會是一模一樣的。如同老年人跟他們的晚輩就是會講上同樣的真話。你有為了我的婚禮哼哼唉唉受過一點兒苦嗎?水酒備好了嗎?新娘過來了嗎?床褥被鋪也帶來了嗎?你會為了我即將死在獅身人面獸守護的金字塔裏面,而激奮高昂地嚎

嗎大叫守著靈嗎？咋醒啦？沒死透！威亞士當忌！生命的泉水！

你們豬啊，一堆大便，魂兒統統都叫魔鬼給掏光了！料定我死翹翹了嗎？給我喝的是啥玩意兒，摻了他娘的喪門釘嗎？沒事，放輕鬆點，芬尼摹先生，好老爺您哪。躺下來好好休息一下，老爹過渡，佳哉啦[70]！就當自己是領養老金的神仙，退休啦，不要再四界趴趴走。給您打包票，準會在這座昔日蒂姆・希利總督府所在地的太陽神大城內把自己搞丟了，想想當年，您鮮衣怒馬在迦毘羅衛城的風姿，粉碎廟柱，推倒偶像，如今世道不同囉，駅──，髑髏地那事之後，看看騎兵隊伍蜿蜒在那些曲折的道路上，北方陰影路，五大墓塚路，蹣跚入侵路和摩爾蔭亭大道，所以啊，來自國外深霧重露的骯髒濕氣，就很可能會沾污您的雙腳。不然就是邂逅哪個生病破產的老頭子，或是那頭四主之僕的蠢驢，身上還掛了他一只晃動的鞋子，犍陟揚蹄咯琅咔-咔嗒咣咔-嗒，不然就是個懷抱不潔嬰兒在長凳上呼嚕大睡的流鶯。都會完全翻轉你面對生命的態度，絕對會的。還有那討人厭的氣候。傑拉德・鈕金特[71]的確深知遠離德福林內心的煎熬，咱們潔淨無垢纏繞胸懷的家園，比起鄰近可自由買賣卻不能閒意走走的田產，水草要來得豐潤多了，幾杯蹩腳下肚以後，躺起來更容易讓人醺然酣睡，不過，你的魂魄再也禁不起任何傷害。爺，您現在硬朗多了，在您的大禮服上，在鏽有血鷹的背心上，還有其它的衣物上，都劃好十字架聖符了。還記得嗎？清冽泉水旁無花果樹下的枕墊上，留下多少您長短不一嬰兒般的鬃毛，不用擔心，托利島的黏土會驅嚇討厭的害蟲的，在亡魂的國度裡，荷馬、布萊恩・博魯、巴路克、改信基督的可憐羅南老頭、還有直接從酒桶管嘴張口吞酒的尼布甲尼撒、和健力士成吉思汗，都會在

---

[70] 台灣諺語，指「有驚無險」。「老爺」是指地方小官。舊時台灣以筏渡河，分官渡、義渡和私渡。若老爺要渡河，三種渡筏必定要提供服務，也就是「該載」，後經過轉音，變成「佳哉」。見陳主顯，《台灣俗諺語典》（臺北：前衛，1997），頁178。

[71] 鈕金特（Gerald Nugent），愛爾蘭16世紀詩人，曾做詩〈賦別愛爾蘭〉，表達遠離家園之悲痛。

那兒陪著您呢,你要啥有啥,應有盡有,小袋囊、手套、隨身扁酒瓶、短劍、汗巾、戒指、琥珀鑲傘、火葬柴堆上的所有金銀寶藏、我們這群在陰影中玩奧伯爾^(ombre)紙牌的玩家們,都會到這裡來,耙攏墳墓的碎石,[024] 獻上帶來的禮品,對吧,眾家芬尼亞^(Fenian)弟兄們?對您,我們不會吝惜我們的唾沫的^(72),沒錯吧,德魯伊^(Druid)祭司們?在那兒,沒有破舊骯髒的小陶俑僕人夏巴堤司^(Shabti),也沒有您得避開我的目光,辯稱是從城市糖果店買的、那種淫穢下流感官刺激、1便士一本的腥羶雜誌,也沒有女人跟著老公一起火葬之類的情事。有的,就是些各地農產的貢品。萬千禮物悲如淚甜如蜜啊,只要依照法赫蒂^(Faherty)那位草藥薩滿^(Shaman)的指示,您就會好轉的。罌粟花的乳漿,老父親的乳頭,都是萬能鑰匙^([法] passe-partout),都是讓您離開現狀的護照,帶領您環遊世界的忠心僕人萬事通^(Passepartout)。還有,蜂蜜是現存最滋補的聖品,黃澄澄^(杭)的蜂巢、富盈盈^(瑞)的蜜漿和芮絮絮的耳蠟,配饗榮耀的極品食材(切記,要小心保存陶罐,以備您的瓊漿杯秤重不足時,或許用得上),來點羊奶,爺,跟女僕以往端給您的是一樣的。遙想當年芬坦^(Fintan)・拉洛^(Lalor)橫笛催您踏上木板投身大洋,大小氏族在您身後連名帶姓叫喚著您,樂音雜聲伴您飄過巴斯尼亞^(Bothnia)海峽,跨過海疆直送您到另一邊去,此後,您的名聲有如王者香膏婆之利古牟^(basilicon ointment)一直廣佈流傳至今。這兒的鄉間父老總會聚集在**大鮭魚遊樂場**^(The Salmon House)裡的神聖主橫樑下,就像一根根立柱巨石般圍成一圈,盤坐在豬頰軟皮座墊上,述說您的傳奇事蹟,記憶在舭碗間雜錯交織,每個洞穴總是注定要填塞某個聖人,沒輒,命該如此,來,喝到不剩一點滴酒渣,來,誓言保護那些不用付房租的男孩人渣。豔羨我們的超級橡木手杖吧,汗濕的手掌高高舉起來,彷彿半空中刷刷晃動的棕櫚葉,那是您的紀念碑上那根特別引人注目的解放之手。那些愛爾蘭和平人士含在口裡咬嚼或是拿來摳腳趾頭的牙籤,和那根鬥毆的棒棍,外型雷同,材質無異,尺寸有差罷了,不都是同樣的樹木出產的嘛 。假如您是個任人隨意買賣的奴隸,被迫彎腰鞠躬伏身泥首,不待見於勞役主人,又摔落出天主榮耀之外,把您扛去田裡

---

^(72) 薩滿巫師以唾液為人驅魔治病。

種,那些水稻佃農的殖民莊園大老爺們或許可以多囤些米糧,假如您可以為了女神們修長的大腿逾越了規矩,**把一切都交付命運吧**,搞到每個毛細孔都欲死欲仙,那麼您讓我們無須勞動的勞動階級年輕女工們認識到,自由解放可以是多麼自然容易的一件事啊。如今,獵物都走了,遊戲結束了,還是那首老歌,還是那個精力充沛像隻鬥雞的老崗恩(Gunn),他們都是這麼說的(**頭顱當酒杯,歡呼齊乾杯!乾!**),就他這拓荒殖民主子才治得了您,把您給拖去種的,他可是個添香加料的老手呢。聒聒老天爺啊,還真是他吧,萬神之神哥格(Gog)!他死了,走了,這會兒又回到現在,我們循著屁股潰爛的味道飛到這兒來,尋找公義正直之所以讓他頭疼的根源,不過,笨蛋、丑角和鄉巴佬都是高高在上的在世佛,願和平充滿他花苞般的臀部和往外延伸三哩之長的四肢,願他好好休息,放心,托斯卡(Tuskar)燈塔正以其百萬燭光的眼睛環掃莫伊爾(Moyle)海域!從來沒有過,放眼復仇怒火(Erinnyes)的大愛爾顛和酒腺瀰漫的不列(Brett)蘭帝國裡,非也,非也,就算在整個派克(Pike)郡裡,他們都這麼說,從來沒有過哪位統帥像您一樣。從來沒有過,不論是國王、高王、醉醺醺的桶塞王、太陽王、宋王、或是大鳥漢王。您有能力砍下一株12個小孩都無法環抱的榆樹,也能扛起威廉(William)力有未逮的利亞法爾(Lia Fáil)[73]命運之石。除了咱們財富的提振者,咱們錢幣的改革者,咱們的麥克庫爾摹(Maccullaghmore)之外,誰有本事在喪禮中專門搞笑,一下子裝作兜售贗鑽的小販,一下子假扮森林之神羊男(Faun)呢?誰有能耐擔任我們前進方向的羅盤,我們目標範圍的圓規?捨您其誰啊!您爭辯鬥口盛氣凌人,簡直就是哈克貝里・芬恩(Huckleberry Finn)那頑童的化身,都快知天命了吧,還在大海裡四處飄蕩,都是您這種層級的,是吧,才有能力在大西洋中鋪設跨海的電話電纜,說到能力,試問,有哪個板球選手或棒球選手會比閣下您來得更懂得打擊呢?威廉・格雷斯(William Grace)跟您比,差太遠了!隨便任何一個愛爾蘭人,什麼米克(Mick)啦、麥克(Mac)啦、麥格魯斯(Magnus)啦,麥克科利(MacCawley)啦,都把您當成他們模仿的偶

---

[73] 命運之石利亞法爾(Lia Fáil),假若在國王登基典禮時高聲鳴叫,表示新王是明君;有罪之人坐其上,則現黑斑。

像，[025] 簡直維妙維肖到完美無缺的地步，酒皮囊雷諾茲伴著音樂學著你洗牌和切牌的架勢。不過就像霍普金斯和霍普金斯珠寶銀樓的東家說的，一提到英格蘭特轄區那段歷史，您啊不折不扣脾性兒差，容易生氣，喝一小杯蛋酒都會嗆出濕囉音來，您啊，就喜歡吹噓自己一大籮筐那個的能力，說了一打還怕份量不夠趕緊再加一。記得咱們都聒聒叫他鮑伯利可夫滾你媽的蛋蛋大將軍嗎，因為這個號稱遊歷天下的老傢伙，吹噓他曾隨十字軍出征過耶路撒冷，還去了小亞細亞，根本都是在他屁眼大的莊園裡的醉言醉語。您那隻鬥雞，鬥起來比起彼特、傑克和馬丁要來得更加狠戾兇猛，嚐起來也更加有野味兒，還有您那隻餵養麥桿的鵝中之鵝，堪稱聖米迦勒暨諸大天使節的極品饗宴。願七蟲和滾茶祭司，我們慈父般的教宗大人帕帕韋斯特雷，永遠不會到您近旁來；當您鬢髮日見霜白，當您子嗣麥穗波湧，莉菲河畔就是天堂！嘿嘿-嘿嘿嘿，吼銳！哈哈-哈哈比，英雄！我們七次對您歡呼！整袋背包的機巧玩意，包括獵鷹羽毛和軍用長統靴，糾結雜亂，就是您在那時把它們拋向天空的。您的心臟隨著淫蕩的母狼星座的天體律動，冠飾高聳的頭顱臥在魔羯星座中，太陽在此直射南迴歸線上的一坨野豬糞堆。您的雙足擱在修道院四方迴廊般的處女星座。您的烏啦啦愛巴物兒正杵在星海濱邊靈魂永存的不朽獵戶座群。千真萬確，跟您出生後得離水上岸一樣毫無懸念。您的麥糠床褥相當舒適。那邊的最高甲板艙鋪墊的是亞麻織布。獨自沿著兩岸肥沃的土壤前往拉法葉的漫遊旅程已到了盡頭。快點進到您的航道來，趕緊安心上路吧，娃兒！不要再驚慌！伊曦德偏殿專門看管身體和頭顱的守望人暨卡諾卜罈洗滌人，全然祥和的圖坦卡門，說道：吾知曉汝，醴酊之皿，訊息之使，眾母之母默瑟爾，吾知曉汝，救贖之舟。至於爾，爾乃眾人之所厭憎，裝瘋賣傻之乞丐，亞巴郎建立邦國之濫觴，無須上禱祈求自會如斯響應，爾之到來無人知曉，蓋因吾等加諸於汝之眾事物，關乎成服殯殮厚禮安厝之大小事宜，均依循**基督教會座堂**與**聖博德大教堂**所屬儀典祭司團暨語法教席團吩咐執行。水手悲嚎皇陵墓，棹郎高眠險陡牆。

在小島老家這兒，所有的事情都還是老樣子，看起來像是那樣，或許我們也都喜歡那麼想，教堂內殿幾乎人人都在咳嗽，時運實在有夠背，渲染力超強的佛羅倫莎阿姨也感冒了。一切照舊，濃霧號角是早餐，一點鐘篩鑼鼓是午餐，晚餐時間敲管風鈴。大夥兒習慣了，和英國國王征腹者威廉一世與他的股肱閣員心腹大臣在曼島議會進餐時，毫無二致。一模一樣的成藥、啤酒和茶葉，還是擺在商店窗櫺上。雅各伯糕餅店的嘎嘣脆條梯餅干和字母餅干，醉仙蒂博爾大夫的維他可可粉，包你恣意暢飲的厄撒烏華滋脫水湯料，旁邊放的是健胃整腸助消化的海鷗媽媽糖漿。是缺煤缺炭，不過我們院後的沼澤地有不少泥炭土，不然後院的茅房也還有硬屎塊。打從萊里珀森斯倒閉後，肉條行情始終疲軟乏力。大麥又漲價了，希望穀粒結實飽滿。老爺，小少爺們都有按時上下學，經常研讀記載聖尼桑事蹟的那本《霍斯之書》，吃香喝蜜那位參加了拼字比賽，猶豫不決也就算了，還把自己搞得頻生幻覺，泥首垢面那位倒是反敗為勝，拿到九九乘法的大獎。都喜歡讀書，從不會拿石頭啥的去亂砸玻璃窗子，[026] 去丟光腚如鏡的湯姆・博伊・格拉薩斯，或是玩自個鳥兒的懶散鬼提米。都是實話，真的！以迪斯雷利的名義起誓，就像先知曾在經典裡啟示，對以色列後裔做出判決，那般一樣的真實。您是羅馬天主教徒，是有那麼個說法，對吧？他倆出生的那個清晨，您還是個筋骨異常柔韌、瞻前還得顧後的門房，　真是雙喜臨門，您絕對是位偉大的人物，不過得等到主持儀式的右手把握住左臂所知道的情愛，您才會完完全全進入祖輩的境界。凱文就是個傻呼呼的小呆瓜，小天使的臉蛋，腰上繫有學校腰帶，手擎小小提燈，肩背裝滿亂七八糟小玩意的袋子，喜歡用粉筆在赭黃牆面上塗鴉，亂劃一些食人妖魔使用的歐甘字母，也喜歡在住家附近跟小朋友玩郵差敲門要親親的遊戲，還會到垃圾堆去挖寶貝。您現在體氣孱弱，喝牛奶小口點，不要喝得嘴角冒肥皂泡似的。您可以放心適意地把他的寶劍他心愛的公主還有所有的一切都留在他身旁。不過，老天爺啊，真的，魔鬼偶而會附身到傑瑞那小傢伙身上，瞧他皮膚曬得瀝

青般黑黝黝的，喧鬧如雷，好穿方格花呢的花花公子哥兒，從他沖洗完那個之後留下來的便秘結塊，苦心調配成製作蠟畫需要的紫紅油墨，做為收入的來源，所以總有一股猥褻污穢的氣息包裹他的赤身肉體。每星期四上證券交易所穿的襯衫上，橫胸有一楨藍色閃電條紋，取藍籌股之意。海蒂・珍，瑪利的女兒，**聖母愛子會**(Children of Mary)的成員。她等一下就會來（因為他們一定會選她），會穿上那套點綴著長春藤綠的金橘坎肩純象牙白衣裳，在聖費利克斯節(St Felix Day)像一隻快樂的火鳳凰，用火把點燃節慶的火焰。艾曦・莎娜涵(Essie Shanahan)已經把她所有的裙擺都放長了。就是**聖月露納女修道院**(Luna)的那個艾曦，您記得吧？她的雙唇鮮麗莓紅，他們都管她叫冬青聖母快樂瑪利(Holly Merry)，就算那個來了，好像一堆渾身血紅的礦工在她裡面大搞暴動，挖呀挖呀挖，她仍然維持清純少女應有的溫柔婉約，換成是普菈貝兒的(Plurabelle)話，可就像在打一場神聖純潔的聖戰[義] pia e pura bella。假如我是**威廉斯伍茲**(Williams & Woods)果醬鋪的店員，我會在城裡每個門板都糊上她那沾著些許果醬微微上嚦的櫻唇的宣傳廣告。她在**蘭娜芭蕾舞蹈工作室**(Lanner)頗為出色，逐漸闖出些名氣，一個晚上總會扮上兩回風騷狐媚的女僕人。跟著江湖郎中塔巴林(Tabarin)還有陀螺卵蛋馬阿吉那(Whirligig Magee)幫打鈴鼓的和拍桶鼓的，弄得滿堂火紅轟然大笑。完全打趴那平淡無奇的卡秋恰舞(cachucha)。去瞧她一眼，沒準兒把你的心樂到不知漲成啥模樣。

別，現在別急，小心膝蓋，您這德行還算正派嗎，我的領主大人我的法官閣下，您得靜靜躺著休養！快抓住他，以西結・哀籠使(Ezekiel Irons)，使出鐵腕，拿出鐐銬，願神賜給你力量！他鼻孔大開大翕嗅聞著，孩兒們，咱們也顯顯追蹤獵物的本事，那正是我們暖呼呼的酒氣烘燻出來的高昂精神。迪米崔斯・歐福拉格楠(Demetrius O'Flanagan)，大肚酒瓶內的酒都流滿地啦，您以為自己是敖難[74]嗎，為了麥卡錫(McCarthy)，為了氏族的駄馬，趕緊把軟木塞塞回療癒聖品上吧！自從滔滔洪酒由靚門狂洩而出托浮起(Onan)蘋果國王號之後，您就飄蕩在遍生龍葵菇的沼澤之中(portobello)[義] Portobello。永遠安息，無限懷念(俄 vechnyi pokoi)。

---

[74] 敖難，舊約聖經人物，原為保留亡兄子嗣而奉命與寡嫂行房，卻故意遺精於地，因此為上帝所擊殺。

　　　　Pat　　　Koy　　　　　　　　　　　　　　　　Pam　　　Yates
　　帕特‧考伊，拿過來，靠近一點！現在該妳拿過來，帕茉‧葉慈！霍斯大人，
　　　　　　　　　　　　　　　　　　　Abraham
　　您不用怕這兩個覡巫優伶之輩，他們也都是亞巴郎的後代！這兒是靈薄之都，
　　休眠之地，介於天堂和地獄之間，薄霧如襁褓層層覆裹的腰際地帶。在這兒，
　　　　I Am　　　　Moses
　　沒有我是，沒有梅瑟，沒有鼠輩，沒有好管閒事之流，沒有抹脖子一走了之之
　　徒，都沒有這色人等在此過夜，在這兒，女人嘗試以玄密之術將柔情和慈悲源
　　源灌注到我們可憐見的孩子們身上，哦，還想睡啊！好吧，願事情會是這樣成
　　就的！

　　　　　　　　　　　　　　　　　　Behan　　　　　　　　　　Kate
　　　我的眼睛緊盯著邪門歪道的醉鬼男僕貝漢和上了年紀的佣婦凱特，而且，不
　　管大家信不信，還有奶油。別妄想她會扭擺水蛇腰跳吉格舞，然後表演半空輪
　　番拋接她的戰爭紀念明信片的雜耍，看看那些醉茫茫的傢伙可以賞點小費什麼
　　的，幫忙湊錢蓋我的紀念碑和紀念牆，上頭有壁畫的那種。忍不住真想吞下誘
　　餌觸動設好的陷阱！爺，我們替您把時鐘往前調了一小時。**到底調好了沒，**
　　指針咋抖得跟我的大舌差不多？跟您掛保證，就像您人在這兒那樣的確
　　定！好囉，您的處境不會太過尷尬啦。您這身行頭就穿著吧，也甭換了。船艉
　　明輪照舊緩慢有力地轉動，推著大船向前爬行。我 [027] 剛在大廳跟您的夫人請
　　　　Eire　　　　　　　Guinevere
　　安。望之儼然如愛爾之后、亞瑟王愛妻格妮薇兒。哎呀，她自己也很好，不要
　　一直插話嘛！要握手？要避開啥？結局？故事您哪一個跟我說快點哈利那小伙
　　子故事一個女人沾著青草碎屑喜多洗多骯髒的好褲-酷-鱒魚。來，握個手。跟她
　　　　　　　　dibble
　　玩玩乾草叉穴植法戳戳洞兒，她到底犯了什麼錯，不就是把腿上弄髒了嗎，這
　　　　　[拉] Lex Salica　　　　　　　　　　　　　　　　　　　　Tib
　　樣也要引用《薩利克法典》褫奪她繼承財產的權利。賊大膽的老禿貓蒂波，在
　　　　　pollock
　　一旁頻頻打哈欠，懶懶趴在鏤有狹鱈圖案的圓形羊毛緞面沙發矮凳上，掛著貓
　　咪特有的睥睨微笑，覷著那個一向安分守己的裁縫女兒，把一席美夢攤在鞋楦
　　　　　　　　　　　　　　　　　　　　　　　　　　　　　　Nestor
　　頭上縫縫補補。不然，就是到了冬天，等著看牠這隻貓族涅斯托爾施展魔魅火
　　力全開，誘騙更多更多築巢的小鳥從溫暖的煙囪口以雪崩之勢墜落下來，多到
　　　　　　Avalon
　　足以淹沒蘋果仙境阿法隆，只不過邊大啖還要邊吹涼這些一球球如焦黑禁果的

熔岩餐點,還真不是貓咪該有的食物。再挫火的事,還是有人可以從中受益。
真希望您能在那兒開示一下這個那個的意義,您對她來說簡直跟世尊一樣,您
讚美她是金髮姑娘(Goldilocks),跟她談善與惡的問題,還應許銀砌粉妝的生活。說得她嬌
嫩的雙唇又濕潤得一塌胡塗。就像當年您開車載著她去黃金白銀博覽會玩。您
使出千手浮屠的本事,一下子執著這兒的韁繩,一下子撥著那兒的髮緞,又是
摟著腰枝,又是拂著兩腿,所以把她搞得完全不知道自己到底身在何處,是在
陸地上,或在海洋中,或是像蒼天羽翼飛行員(Airwinger)的新娘子,正由蔚藍的穹蒼中猛
然飛撲而下。那時她呀愛賣弄風騷,現在依舊不減當年。他要唱什麼歌,她立
馬附和,他幹了什麼醜事,她也愛慕有加,事情就是這麼著,直到郵差當日送
件最後一趟,向晚的號角聲逐漸隱入薄暮之中。挺喜歡聽六角手風琴,兩片按
鈕木蓋開開合合之際,她梨窩含淺笑已經度過一頓歡愉的晚餐,馬鈴薯燉甘藍
泥和蘋果餃,打盹兒上下眨眼 40 次的時間,現在坐在梅林輪椅(Merlin chair)[75]上,憨笑癡迷
狀若酣醉如中魔法,讀著她的《世界晚報》(Evening World)。去瞧瞧夠不夠時髦拉風,是長版
的寬大衣,還是寬版的短大衣,煙視媚行騷包得很。新聞,新聞,怎麼都是新
聞。死亡,一隻獵豹,咬死非斯市(Fez)某個種田的。北愛議會大廈(Stormont),憤怒的風暴場
面。過氣明星史黛拉(Stella)·史塔(Star)和她的幸運兒,度蜜月前,一場一場的歡送會。機
會博覽會,浮華大世界,還有中國遭洪汛,我們還風聞以下紅粉八卦。汀恩(Ding)·
湯姆斯(Tams)他知道個屁,嚷嚷一堆哈利(Harry)那小伙子這個那個的,早都聽過了。她噗哧
一哂,小妞那樣的嗤嗤輕笑,神入神出於他們的連載故事〈賣車情人和交通女警
的羅曼史〉,後來白白沒收啥版稅就被改編成電影《新挪威處男的生命及其老
婆》。那個夜晚,在她嘆息的淚水中,會有一簇簇的藍鈴花在充滿海洋鹹味的地
下墳墓裡絲絲顫動。然後她撕下罰單,簽名 Z z z z Z 劇終。不過那份世道人心(The Way of the World)
那種交往方式已經離現在很遙遠了。遙遠到尋跡追蹤會一路追到時間的盡頭。
沒有白蠟木,也沒有細樹枝,可資用來記錄那段逝去的光陰!曲意承歡的蠟燭火

---

[75] 梅林輪椅,19 世紀供病患使用的輪椅,前兩輪後一輪,病患坐其上可自行轉換方向。

焰明滅不定。死而復活的安娜斯塔西婭[Anastasia]跟大夥打招呼，**大家好！**實在可惜了，那件高尚的束身馬甲，價值可達與她肉體等重的諾布爾[noble]金幣，都準備好付款金額的**亞當父子拍賣公司**的拍賣商和股東們，異口同聲表示遺憾。她的秀髮棕褐如昔。活潑飄逸如水波起伏。您現在可以好好安歇了！從此遠離罪惡！不要再芬了！

　　因為在那隻渾身鉤刺入體的鮭魚的雙生兄弟附近，早已有個身材粗大臉色紅潤粗暴聒噪的小伙子，集羅德里克[Roderick]・藍登[Random]的歷險經驗和羅里[Rory]・歐康納高[O'Conor]王的流氓作風於一身，在他魂牽夢繫的青樓地盤上，像一頭發情的牡羊，光顧上百家妓戶，渴飲上百瓶美酒，[028] 胡亂甩魚竿那般隨性釣女人，我是那麼聽人說的。查珀爾利佐德[Chapelizod]的非法販酒商店，活躍熱鬧享有盛名彷彿市長大人一樣，繁茂鬱勃欣欣向榮有如蟒蛇盤繞狒狒棲息長於海灣之濱的胡-糊-猢猻麵包果樹；廉價旅館的小房間內，開燈，啪嗒一聲，像一根枯死的枝條，那個婊子（脫吧！唉呀，臭蟲！）翻身倒落在背風處，不過微風輕拂聲中（愛炫耀的兄弟倆！）高高舉起的是長達一碼（讚啦！）孕育不死鳥貝努[Bennu]的山葵樹枝，立起來有**布魯爾**[Brewer]**釀酒廠**烏溜溜如黑猩猩般的煙囪那麼高，下頭撐起來鼓脹足足有費尼爾司[Phineas]・巴納姆[Barnum]的馬戲團帳篷那麼大；秀給她看，扛起肩上犛頭的精力，都已沉澱積累到體內化成威力強大的無尚靈氣[sekhem][76]。他就是這麼一個偉大的墮落者，好比一隻了不起的蝴蝶，沒認清爽就娶過來一個滿臉麻花的螢火蟲老婆，接著就是啵啵啵三隻小小可臭的愛蟲，像極了沾黏在屁眼旁氈毛上的三粒小屎屑，兩只孿生斜紋蟲囝囝，和一咪咪窈窕蚤囡囡。反正他不是給瞧見幹了你們的四腳仔所瞧見的勾當而破口大罵，不然就是呢，他從來沒有幹過你們這些像鴿子一樣咕嚕咕嚕的抓耙仔[臺]細作認為知道的那檔事兒，天上低垂的雲彩是含笑的見證人，滴下恩賜的淚水，關於魔法童話呵呵呵的他們，還有孱羸柔弱嘻嘻嘻的她們，這會兒都說

---

[76] 無尚靈氣（sekhem），埃及文，原意為「權杖」，引伸為「力量中的力量」，是結合天和地的能量。

得差不多了。雖然女人扯個小謊編個伊索寓言把那檔事兒都歸咎於西風吹拂的
^{Zephyr}
十質點^{77}生命之樹，雖然大地和星辰永永遠遠推著那檔事兒繞著她的天堂咻咻打
^{Sephiroth}
轉。造物者，祂已經為祂的被造物創造了一件創作。是像白矮星那般單一生成
^{monothetic}
的白色恐怖嗎？是像紅巨星那般劇場政體的紅色恐怖嗎？臉色酡然泛粉的眾先
^{theatrocratic}
知，還在喝酒那回事上聯合起來共同矍鑠一起硬朗嗎？八九不離十！不過話說
回來，不管過去或是現在，有件事是可以確定的，那個穆罕默德的後裔，長得
^{Muhammad}
岩石巨塔般的執法警長托拉夫，根本是一條毒蛇，他所言之鑿鑿的那件事，還
^{Toragh}
有馬達克迅速在ה中間打上一點，發音立刻從 hey 轉變成 ha，在在說明了那
^{Mapqiq} ^{mappiq}
個男人，賤價兜售的小販杭姆先生，居然在嚴密監督下腳底抹油溜了，我們
^{Humme}
還以為他醉醺醺的呢，倒是沒辜負這名字，看似酣睡止如水，才不是咧，他惝
恍惶惶如被攆逐的喪家之犬，火速駕著雙渦輪渡船匆匆遁逃，後汐推壓前潮，
來到我們這歷史悠久歲月斑駁的地方，一直被騷動的穹蒼籠罩著的心思狹隘的
教區，雲靄若纏頭白巾繚繞霍斯山巔，這座群島多年來第一艘來訪的雙桅縱帆
船，穴植總督號停泊在邪魂惡魄纏繞的都柏林灣，船首雕像是個臉色蠟黃的
^{Wicklow}
威克洛少女，青柳紋雕琢全身，從死海深淵冒上來的一頭儒艮，水珠從濕淋淋
的身體沿著逆傾斜方向滴答滴答滴落下來，過去七十年以來，他一直責備自己
像隻魚般嘴巴開開闔闔演默劇，沒有自由的老婆躲在他身旁，自認為是本初佛
^{Adi}
的平庸男子和他的好幫手，他的纏頭巾下毛髮逐漸花白，蔗糖轉變成富含纖維
質的澱粉（嘖，嘖，凡事到頭來都是大便一坨，該是圖坦卡門的東西就還人家
^{Tutankhamen}
吧！），如同加音的緣故就多出個舍特來，還有就像那個，一旦醉到霧茫茫，
^{Cain} ^{Seth}
得用板條釘牢船艙隔板那樣好好釘牢那張他誇耀的鼓脹肚皮，才有辦法止漏
的。我們這位有歲數的慣犯，謙卑低微，平凡好交際，跟昆蟲一樣對亂倫毫不
在意，本性如此，你可以估量看看，根據人家加諸在他身上的名號稱呼，那些

---

77 根據猶太教的卡巴拉（Kabbalah）思想，伊甸園的生命之樹是由 10 個質點（Sephiroth）和 22 條路徑所構成。

是各國語言眾多舌頭用來鞭撻攻擊他的（邪惡必臨心生邪念之人[78]；讚美勿諱身著華服之士！），而且拈拈他的斤兩在他身上下的所有賭注，甚至梅瑟五書（Pentateuch）也拿來度量他，他之所以為他，就如同含（Ham）就是閃（Shem），沒醉酒時既清醒又嚴肅。這個他就是他，沒有另外一個可資對比的他，因為一再調理出令人喜愛的雞尾酒，而在伊甸自治小鎮引起了喧鬧騷動。對此，他終究會毫無畏懼地在不恰當的時間點上，負起彌補的責任來。[029]

---

[78] 諧擬英國皇家盾徽的圈飾上的古法文 Honi soit qui mal y pense（心懷邪念者蒙羞）。

第二章

那麼（關於艾瑞絲・崔伊斯和莉莉・歐蘭茛絲，就像樹叢中的鳶尾花，和柳橙下的百合花一樣，在她們綻蕊怒放之前，大家還是得忍一忍，能知道的實在不多），關於哈羅德的出身，或是杭福瑞・齊普頓在職業上的別號和醜行（我們回到有名無姓，數字發明之前，人之為人類的前驅癥狀甫現的時代，當然，剛好也是人之子厄諾士[1]用白堊塊在廳堂牆壁上塗鴉瑞符，和趴在地上畫圈圈兒當陷阱的時候），讓我們把那些根據老舊資料所得的理論，一次全數拋棄殆盡，它們只會把他重新擺回去那些佔據樞紐位置的老祖宗行列裡，譬如說，粘膠古魯家族、肉汁格拉維家族、東北諾斯伊斯特家族、鐵錨安可爾家族，還有在百漢郡賽朵斯含村的蠼螋伊耳維克家族；不然就宣稱他是維京人的後裔根苗，反正哪，他創立百戶村，把族人安置在赫里克，還是在艾瑞克呢，然後教導百姓拿起武器，上鞍騎馬，縫製摺邊。這是驗證過最好的版本，《德木塔》，讀一讀〈霍斯山頭之子霍夫的講讀〉那一章節，上面是那麼記載的。如是我聞，起初事情是如此發生的，就像那個種包心菜搞得手腳不太乾淨的辛辛納圖斯[2]，這位同樣也很偉大的老園丁，在他的紅衫樹下趁天黑前節省時間努力工作。那是個日光節約的安息日下午，溽蒸炎熱，時值切維厄特狩獵節，男的獵殺吭呼累斃的野獸，女的呢，某處某個醜癟老嫗嘮嘮叨叨追著未婚的夏娃，逼她要幹啥去的。夏末初秋的季節，伊甸樂園歲月靜好的祥和氛圍，就在那間**海軍老酒**

---

[1] 厄諾士，舊約聖經人物，賽特之子，亞當之孫。希伯來文 enosh 的意思是「人」。

[2] 辛辛納圖斯（Lucius Quinctius Cincinnatus, 519-438 BC），羅馬英雄人物。西元前458年，羅馬軍隊遭圍困，當時務農的辛辛納圖斯臨危受命，擔任羅馬獨裁官，16天後成功退敵，辭官返鄉，繼續務農生活。

店杜鵑窩般哄亂雜響的房子後院，他跟隨拱土的犁耙在新翻的泥塊中找尋根莖的蹤影，當時有先遣廝僕奔來頒佈飭令，下達皇室貴族欣然駐足於大道側旁之旨意，該處乃那隻生性悠閒的公狐狸，匪疾匪徐逃逸時變換蹄迹之所在，一大群追蹤其後的長毛垂耳淑女裝扮的可卡獵犬（cocker spaniels），踩著類似閒散輕快的步伐，在那兒四處嗅聞著。正所謂，萬事皆可忘，唯存誓誠旺，杭福瑞（Humphrey）抑或哈羅德（Harold），滿門心思都想著如何效忠總督大人，然，他既非服軛廝養亦非鞍馬貢士，乃急斂嘻笑與饒舌，面紅燥熱趑趄跟蹌而出，蓋因（一小截濕透透的漬汗花布大頭巾，巴在大衣口袋上沿軟趴趴地蠕竄彈跳著）頭戴罩有防曬圍巾的熱帶遮陽盔，掩飾童山之濯濯，腰束法衣腰帶，左肩覆有方格呢披肩，著俗名多四吋的高爾夫（plus fours）燈籠褲，其上纏綁腿，足蹬馬汀大夫那款鬥牛犬朱砂色戰鬥靴（Martens），上頭還沾染著[030] 地獄般熱呼呼的芳香施肥土壤，有如逃離黑斯廷斯戰役（Hastings）那般，風風火火地趕往酒館的四法前院，那串關稅柵欄的鑰匙沿路叮鈴噹啷響個不停，在狩獵人馬挺直凝立的槍矛中，只見他加倍小心舉得高高的棲木桿子上，牢牢倒扣著一個祥瑞夯福（瑞杭福）的花盆。尊貴的陛下從青年時就有（或是說，經常伴裝成有）遠視之習性，還非得讓人注意到不可，原本意欲垂詢遠方堤道（causeway）滿目壺穴（pot hole）之實際肇因，然，更易心意，願與聞陷捕龍蝦之誘餌，念珠式釣鉤（paternoster）與銀博士（silver doctor）假餌，皆屬奇技淫巧稀巴物兒，現今莫非不為行家所鍾愛否；誠實鹵直的哈羅德（Harold）·杭福瑞（Humphrey）裝模作樣清清喉嚨，大無畏的前額稍稍向前傾了一點，以毫不躊躇的語氣上稟天聽：回鄙下，恐非如您真知灼見，小人剛剛在抓的只是那些討厭的耳夾蟲，都鑽進兩臀胯間向小的開戰了。我們的水手國王（Sailor King），拿著琺瑯彩蒜頭瓶，把裡頭明顯是清水的亞當啤酒（Adam's ale）咕嚕咕嚕地灌進喉嚨裡，直到涓滴不剩為止；那份禮物，原是要進呈天主的至聖獻儀科爾班（corban）[3]；在喉頭吞嚥的動作停歇下來之後，從他海象般

---

[3] 「科爾班」是希伯來文音譯，意思是「人向上帝立誓奉獻的財物」，按照舊約的教導，也就是獻給神的禮物，不能移作他用。見《戶籍紀》31 章 50 節。新約時期，有些猶太人據此聲稱自己財物已屬神的「科爾班」，不能再用來奉養父母，耶穌斥責他們倒果為因。見《馬爾谷福音》7 章 11-13 節。

的髭鬍下露出最誠心誠意的微笑,大鼻子征服者威廉一世,頭上有一小撮遺傳自母后那邊的白毛鬈髮,手上有數根像蘇菲姑婆肥肥短短的指頭,他縱容同樣是承襲自母系算不上和藹親切的表情掛在自己的臉上,轉身面對兩名充當貼身武裝隨扈的官員,萊伊什和奧法利兩郡郡主麥可,和德羅赫達鎮的禧年鎮長大人艾爾科克(兩管散彈獵槍,根據克隆馬克諾伊茲修道院卡納萬院長,這位愛放空話製造消息博學多聞的學者所引述的近期版本,應該是由瓦特福市的首任議員麥可・M・曼寧,和義大利主教禧年鳩比雷,分別扛在肩上),不論是哪一種情況,都像是宗教家族的典型三聯畫,分別象徵純潔如白膿的天主教義,對外界騷亂不為所動的工作態度,以及愛巴子傳教士華而不實遍植人心多如土豆的毒芹福音,國王陛下語氣平淡中似乎還帶著一絲憨萌的表情,訓斥道:聖胡貝圖斯的神聖骨頭啊!我們波美拉尼亞的紅臉兄弟,若知曉此項亟需信任再三之關稅重責大任,竟盡賦予此等蕞爾小吏,尚輪番擔任掏泥漿與抓蠑螈等差事,豈不憤懣怒斥,傾盆大雨恐亦難掩其如雷之咆哮!因為他曾風聞有這麼一門遠親,叫約翰・辟爾的是吧,他的庭院即便在清晨也是一片灰矇矇,幽靈獵犬四處盤據在看似居喪的宅第內。(我們還是可以聽到卵石厚壁覆裹的空間內傳來各種聲響,笑鬧鼎沸夾雜陣陣犬吠,歡呼喝采華麗如盛開的日本櫻花,在何姆帕特里克男爵夫人親手種植於路旁的那棵大樹綠葉枝枒之間奔騰竄流,我們也可以感覺到,披岩戴石的鐘聲裡,清晰可聞格萊斯頓捍衛帝國的迴響,以及如虛似幻滾滾襲來不生青苔的巨大寂靜:月中總勾起我的思念,疆界石,邊境外,小溪流,麵包屑,盼重生)。

　　那麼問題就來了:關於他氏族大姓的真相,附加的事實陳述計有兩大類——那些安德魯、保羅和莫非之流的證詞,以及種種關於具備人類特徵的描述——在記錄、核實(如授勳之爵位)和整理之後,不是兩類彙整合併,就是採信其中之一,對嗎?大家不敢看但看了又欲罷不能的西比拉神諭,嘶嘶作響,穿梭於神律和罪惡、正確和誤謬、可能和絕非的字裡行間,都是一張張預示他們命運

的臉龐嗎？人生路上沒少見 [031] 糞便吧？耶和華之慰藉乃赫米雅重建的聖城耶路撒冷，會是個金窩銀窩但還是不如自己的？誠然，麻利鯁疥的瑪拉基是不是一個能力大如大金剛足以勝任國王寶座的可汗，還是只配當個酒館小老闆？我們或許不會太快看見結果。歡慶春季六鳴節的穆穆鐘聲悠揚綿長在空中迴盪，有賴滿臉粉紅痘疱渾身散發惡臭的帕克給保釋出來的血腥貝爾福，在**她因聖神受孕**的誦念聲中，跟手握嘮潲[4] 權杖體味近瀝青的半人馬逞圖爾尋求建立無關乎合約的聯盟關係。牢記在心，智者霍克馬之子；既是如此，願你瘋話中有深意，肚腹中有蜜酒，癲狂中有嚼環，此人乃一座大山，人若登高必會有所改變。讓我們用力掀起誤謬推滾到一旁，瑣碎雜亂好像芬尼根，反覆無常恰似迦太基，鮮紅，暗紫，血親的滅絕，因為要注意的，並非是自稱寡人的那個國王，而是那一對他無法斷捨離的姐妹倆，在夜晚喃喃說話無法駕御的雙姝，**裙子，先生，我已經掀開囉**的雪赫拉莎德，和**不行，好啦，那來幫個忙吧**的小妹妹丹妮雅莎德，當搶劫強盜的強盜們驟然滋生繁衍昌盛，當替這個社會的街頭巷弄增添不少火光的混亂槍戰把人打得渾身孔洞，當毒品注入達官顯貴富賈名流體內之後，她們就涉足踏入這個世界成為娛樂藝人，在薩德羅夫人安排下登台獻技，取名暗合天子嬪妃之意的玫瑰・蜜絲婷瑰和百合・蜜絲婷瑰，著綠色小內褲，在璀璨流彩的水銀燈下，扮起了諧星，跳起了舞蹈，演起了鬧劇，價位忒低，都壓到站票的價位了，還是得靠那兩個小氣巴拉的贊助人，禮物千百口如蜜的彌里歐朵儒斯和水性楊花身如石的加拉蒂亞，努力投下大把銀子，才勉強把場面給撐起來。在那個歷史性的日子之後，一個重大的真相浮出了檯面，迄今所有出土的手寫原稿，只要是哈羅姆福瑞有簽字的，都載明有首字母縮寫HCE這樣的檢索符碼，對於盧肯伊索德區那些饑饉消瘦的匈牙利雜工來說，他是絕無僅有的，身材很長的，總是很好的，呃嗯福瑞公爵，對於他那些拜把子

---

[4] 嘮潲，音ㄌㄠˊㄒㄧㄠˇ，根據《玉篇》的解釋是「臭水」之義，動詞有「吹牛」和「說大話」之義。台語則引申為「精液」。

哥們來說，就是個愛好室內樂的齊姆貝斯議員；有鑑於此，我們同樣可以確信的是，平民百姓的態度也有了令人愉悅的轉變，給那幾個依據法律簽寫的字母賦與新的意義，暱稱他為「大家[5]來囉」。
<small>Chimbers</small>
<small>Here Comes Everybody</small>

　　他的確看起來總是有股堂皇雄偉的大家風範，跟他同樣的一個自己，恆常不變，跟他平等的一個自己，清華毓德，普及人人遍佈眾生，當之無愧，無時無刻不盤據櫃臺制高點四處眺望，在那些**你就笑納點堅果吧！**和**脫下那頂白帽子！**夾雜著把氣氛鬆緩下來的**別讓他灌黃湯了！**和**賒帳！還有贓銀就塞在他的**（聲音低沉宏亮）**皮靴內**，等等匯集成的嘈雜喧囂叫喊擾鬧之中，從美好的開始到歡樂的結尾，真是包羅萬象各色人等齊聚在國王街的**皇家大酒店**，就是穿著絲緞的魔鬼那般充滿誘惑有得吃有得樂的那一棟，籠罩在所有腳燈煌煌照耀之中，彷彿漂浮在流光溢彩之上，大夥兒從他們驢子咴鳴的田原和牛隻犁上一年才走遍的耕地趕到這兒來，在啪啦啪啦齊聲鼓掌（他的一生帶來的激勵鼓舞，他們的事業造成的轟動流行），華倫斯坦‧華盛頓‧杉琵凱利先生的常綠巡迴團所有團員奉皇室特達諭令，恩准以教化虔敬為指標於御前獻藝表演，此社會問題苦難劇乃本千禧世紀第一百加十一場的演出，以家庭為敘述背景，演得一成不變，單調無趣，大家卻看得興趣盎然生氣勃勃，《皇室離婚》從首演以來一直大受歡迎，就在劇情逐步推近高潮的頂端之際，中場休息，音樂響起，開始演奏從歌劇《波西米亞女孩》和《百合花》野心勃勃挑選出來的管樂精選曲，都是搭配踢大腿歌舞秀和馬術表演等活動的絕佳音樂（那頂博薩利諾紳士帽，[032]遠不如麥愜白樞機主教和卡倫樞機主教類似小紅帽那身主持儀典的鮮豔斗蓬來得引人注目），裡頭，端坐著一位貨真價實的拿破崙N世，我們這座世界舞台上專門惡作劇的搗蛋傢伙，頂多算得上退休的三流凱-凱爾特搞-笑諧星，一向想怎麼搞，就那麼搞，家族王朝所有貴介團團圍繞著這個歷代以
<small>King Street</small>
<small>Wallenstein　Washington　Semperkelly</small>
<small>Passion Play</small>
<small>A Royal Divorce</small>
<small>The Bohemian Girl　The Lily</small>
<small>Borsalino</small>
<small>MacCabe　Cullen</small>

---

[5]　「大家」是中國唐朝下屬對皇帝的尊稱。在臺灣，「大家」是為人媳婦對婆婆（丈夫的母親）的稱謂。

來人民的大家長和老祖宗,把那條購自百老匯不容許有一絲一毫改變的汗巾,整條攤開鋪平在他整個兒脖子、頸背和肩胛骨上,涼快涼快,身上那件嵌片燕尾服往外翻著半褪脫在臂膀下,露出裡面漿熨堅挺的襯衫,燕尾服,嚥下整尾真佩服,取得好名字,需要花錢清洗的羊角槨頭;堂座旁一溜兒大理石飾頂的
^{highboy}
高腳男孩抽屜櫃,和一環一環半圓形的觀眾席,似乎都不斷向外擴展蔓延。劇情喔:瞧瞧那麼多燈光。演員呢:去瞧瞧那個大鐘下頭。女士的專屬樓座:大氅外套儘可留在衣物間。高堂,場內站票和大堂前座,都賣光了,只剩下場外站票。演員行禮如儀地隆重登場。大家來看囉!

　　長期以來,這些角色一直都被賦予較為下流的意義,而該意義字面何解,正派的詮釋幾乎無法在不傷身分的情況下提出安全無虞的暗示。某些愛嚼舌根的痞棍說溜了嘴跟放把煙火沒啥兩樣,謠言就是那樣傳開來的(明日的腐朽取決於早上夜壺的氣味;其臊不可聞的恐怖程度,如同上工的吉時取決於清晨面
[印] mahurat
對的夜間密謀),都說他的身體罹患惡疾。阿特曼⁶啊,世界的吸呼,宇宙的哮
[梵] Atman
喘,去他們的風格主義,直接閹掉吧!針對隱疾的影射,自尊自重的回應明確指出,有些說詞是不該存在的,同時容許我補充一句,也不應該准許被創造出來。那些惡意誹謗他的人士,非完全恆溫之暖血族類,顯然把他想成是一條又
　　　　　　　　　　　　　　　　　　　Juke　　Kallikak
大又白的毛毛蟲,精擅案件日程表上記載的任何一項損及朱克和卡利卡克⁷兩近親通婚家族名譽之窮凶惡極的罪行;他們沒有打算修正原來辦案的方向,卻又七嘴八舌交相捕風捉影,說他有一度曾捲入某個荒謬的指控,在人民的公園內騷擾威爾斯的燧發槍手。呵!呵!呵!都是乾草堆!好耶!好耶!好耶!在農
　　　　　　Faun　　　　　Flora
莊草原上幹活的牧神豐恩和弄花拈草的佛羅菈都愛死了那個謠傳已久小不隆咚

---

⁶ 阿特曼(Atman),梵文音譯,意思是「靈魂」,可指個人的靈魂,也可以是宇宙集體之靈魂,在印度哲學中視為最高的存在。

⁷ 關於犯罪是否會遺傳的問題,戈達德(Henry Goddard, 1866-1957)和達格代爾(Richard Dugdale, 1841-1883)兩位學者分別對兩大犯罪家族卡利卡克(Kallikak)家族和朱克(Juke)家族進行追蹤研究,就犯罪統計數字而言,確實遠高於普通家庭。

的笑話，愛到倆人忍不住全身上下輕輕顫抖來回搖晃。對任何人來說，只要知道他閣下在擔任總督這段期間內長期節儉自持消弭犯罪，就可以瞭解進而敬愛 H. C. 伊耳維克（Earwicker）這位心思純淨的偉大巨人所表現出來的基督情操，僅僅風言風語說他像個緝黃偵探四處嗅聞，**有人把頭塞在兩顆乳房內，惡作劇嘛，這樣他也要找我麻煩**，聽起來就特別荒誕不經。真相，跟先知的鬍鬚一樣，越多越取信於人，讓人不得不再多說一句，據聞以前曾經有過（要開溜啦！呸！）類似的案例，時不時就會有人相信，牽連到的是在那個相關時間點上的某某人（假如現在他不在世，那麼職是之故，就有必要把他給發明出來），他趔趔趄趄漫步在災禍連綿下人人變得又聾又啞的都柏林 [033] 霍斯山區，穿著滲水球鞋，帶著他那本髒兮兮的跟蹤記錄簿，經年累月的業績，形跡鬼祟，他一直保持著滴水不漏的低調作風，不以真實姓名示人，但是（讓我們群起加入追捕的行列，並大聲呼喊他的名字，阿布杜拉（Abdullah）·淦莫拉薩爾斯基（Gamellaxarksky），這彩虹下方舟外的老鮭魚），據報，在自治保安委員會監管鬥士（Watch and Ward）憂心匆匆的提議下，相關個資早已公告在約翰·馬倫（John Mallon）服務的警局裡，然而多年之後，有更大聲疾呼者，伊比德（Ibid）（單位同上，Commander of the Faithful），信仰者之領袖，可怖份子之委任指揮官，認為呢，好像是這麼著，類似的事情也會降臨到那些滿桌珍饈據案大嚼荒淫無度飢腸轆轆的蘇丹王頭上，啪嗒倒下猝死在地（但願如此！就這樣吧！）：那是垂首低眉奉守齋戒月的頭一日，洪災過後食物供應有了變化，取代羊排和土耳其卡博烤肉串（kebab）的是水果和哼！包心菜，就種在那棟教堂墓園的老舊立方形房子附近，要價硬得很，負責的人手叫羅胥·哈達克斯（Roche Haddocks），就在離皇家戲院附近霍金斯（Hawkins）街不遠的**黑線鱈魚市場**。這下流低俗的人渣，他娘的王八羔子金毛騙子，跟羅烏（Lowe）一個毬模樣，就是你露出醜不垃圾的雞巴嗎兒的那個市場，連天主和密探都看得合不攏嘴，還有那個生活在純真年代（The Age of Innocence）養育在歡樂之屋（The House of Mirth），把那些內心沸騰、空口說誓言的男孩兒搞得污穢不堪的她，也看見了！在那頓龜肉佳餚（calipash）流水價的幽默氛圍中，的確是有一拖拉庫的**轟趴爆笑**夾雜在杯盞交錯臉紅耳熱中[臺]一大堆。毀謗，任由它撒謊撒到

滿天飛，隨便它躺平躺到遍地平，從來就沒能判定我們良善偉大又非凡的南英
格蘭鄉紳伊耳維克有罪，那位（如同某位作家對他的虔誠讚嘆）具有眾人特質
的天才君子，就算觸犯法律，也不會比某些林務局的巡山員或區長提出來的那
件事來得更加不體面：他們不敢否認雇用的看管人手，嚼舌泰德,雞婆譚姆，
還有八卦泰菲德，那天灌了自家玉米精釀的威士忌之後，就去跟那個叫什麼
曼斯基沒啥紳士風度的異邦男子一起廝混，說真格的，就是個放浪形骸毫無節
制，對面長滿燈心草低凹地的小丘阜上，就是那兩個小巧精緻又可口的女僕娃
兒，一陣陣唏哩嘩啦嘩啦唏哩的，戴著白色蕾絲圓盤頭飾，身穿連身圍裙的這
兩個小妮子，至少是這麼申辯的，**好討厭喔，都是大自然女士的召喚啦**，一
臉的天真無辜，反正是在傍晚，就是那樣自然而然她倆同時都很有感覺，可是
她們給刊印出來的優雅證詞，跟她們絲絹襯裡的掐摺棉質連體內衣褲，以及綢
緞柔滑般的甬道一樣，是啦，毫無疑問都十分純潔完全清白，卻顯而易見有所
分歧，就像悼淚和掉戾，經紗和緯紗的差別，在觸及到該事件本質上一些私密
小問題時，大家都同意，她們就像砍伐綠林、獵捕山獸、抑或摘花拈草、追逐
野兔的初犯，不夠謹慎，同時也小心不足；不過，就算是最狂放的情況，充其
量就是少部分的暴露，而且如此輕罪具備可減刑的條件（在花木扶疏綠蔓濃的
圈圍園子裡，免服兵役的佃農長彎遠馭通好之女子），就像整個夏季裡，只有
聖史威遜節當天溫度異常（耶穌是沙崙玫瑰，潔西・羅莎夏隆是原野百合！）
正是煽情點火的成熟時節嘛。

　　我們不能沒有她們。婦人哪，趕快衝過去救救他們，讓他們早些安生吧！
當愛意橫生、笑靨如花、紅豔暈染玫瑰時，屬於男人的還是會回到男人的身
邊。對於她們的需求和渴望成就我們修文習武的學院，就在那棟樹頂枝葉編結
整齊的小小別墅，全部花兒隨你摘，世界語言隨你講。非洲，滾一邊去！F罩
杯，多適合鮮活肉感的蕾莉，從愛爾蘭來的，也算英國啦，全新的世界，我的
朋友！說她是什麼魔鬼情人夜魔獸交的淫女莉莉斯，那還不趕緊拔身走人呀！

人家可是號稱「利利顯威靈，讓你打激凜」的莉莉斯吧！使徒保羅都說可以了，波琳，就依了吧！這些男子漢呦，還裝啥腆紅了臉，少毛手毛腳的，給我退後點！就儘會埋伏在樹叢暗處畫唬爛勒索害人！許多堆到頭上的指控，他都覺得，至少有那麼一次他很清楚很清楚地表示過，那算犯了哪門子的罪啊；說話時嘎嘎嚇嚇的仍夾雜著一絲絲以前的 r 顫音，職是之故，我們一致採納 [034] 他的供詞真實可信。他們各種說法的統一版本（完美結合的程度，恰似某種汞合金混合物，或是吸收水分的乾燥劑氯化鈣，或是不吸水只吸油的海綿，極盡所能含納最大量那麼的神奇，無縫接合的程度，就像那些重度酗酒患有恐水症的吃白食傢伙，在嫩綠青草地上，順順當當就套進天真如克羅伊那些個女孩子們的破鞋裡）；是這樣的，4 月 13 日，一個無憂無慮的早晨，外頭突然彤雲密佈大風驟起（剛好是他第一次赤身裸體滿心歡悅呱呱墜地的週年紀念日，同時也是人類各個種族擁有混合通婚權利的週年慶），在據稱犯了那個輕微的罪過歷盡數代之後，這位所有被造物的好朋友，飽受試煉身心俱疲，手持虎皮木紋紳士杖，肩披橡膠雨衣，頭戴法國平頂圓筒軍帽，身裹藍霉斑斑近北極雪狐毛皮色澤的粗斜紋布衣褲，腰束又寬又粗的大腰帶，腳穿撒克遜異教徒獸皮毛襪，足蹬克倫威爾鐵甲軍軍用長筒鋼頭靴，捆上幾圈專門搏架犯戈[8]的肥厚綁腿，繫著一口鐘款式膠面斗篷披肩，艱辛跋涉行經我們最為宏偉的公園那片廣袤無垠四周彷彿驚濤駭浪的綠地，就在那兒碰上了那個刁著煙斗的痞子。路西法火柴，明亮之星光，不是聖人也不是錶面的光輪（那個游手好閒的傢伙，八九不離十，如今還是頂著好好國王達戈貝特的綽號，頭上還是戴著原先那頂草編小禮帽，照樣四處打探消息嚼舌議論是非，肩脅下夾著山羊皮大衣，一副宙斯大帝決不會讓他因罪罹禍的神態，綿羊毛那面反翻在外頭，看起來更像個舒適自在的鄉紳，即使簽下戒酒誓約時，也是一副你可以想像到的輕鬆愉快模樣），粗獷地隨口跟他打招呼：我體面 ê 先生，勢早，您好！猶太人 ê 工具，健力士

---

[8] 取《薄伽梵歌》（*Bhagavad Gita*）的中譯諧音。

心肝頭燒烘烘，黑鶇芬，鬥陣食早頓好無？（大意是，**共進早餐，可好？**，
 　　　　　　　　　ouzel　　　　[臺] 一起吃早餐
蠻得體的蓋爾語，卻足以把我們一些前代遺老拉回過去那段恐怕光想起來都還
會顫抖不已的黑水潭年代），接著又問他說，現此時鐘是拵幾个，啊就是彼个
　　　　　　　　　　　　　　　　[臺] 現在　[臺] 鐘打幾下　　　　　　[臺] 那個
摃ê鐘，性運之神保佑，伊敢知影，因為伊ê手錶仔走呷離離落落。要避免支支
敲打的鐘　　　　　　　[臺] 他是否知道　　　　　　[臺] 走得快慢不一
吾吾猶豫不決，否則會顯得太過於輕浮，還要放聰明點，假如口出惡言，不僅
　　　　　　　　　　　　　　　　　　　　　　[法] honi soit qui mal y pense
會遭來羞辱，還會惹來殺身之禍，有道是：邪惡必臨心生歪念之人。伊耳維克
　　　　　　　　　　　　　　　　　　　　　[拉] nexum　　[拉] noxalis
在事起匆促的那一瞬間，依據自由主義的基本原則，並從要式契約和傷害訴訟
兩方面來衡量所處局勢（時間上最接近可輪番接力幫得上忙的，就屬平平北平
　　the Boxer Uprising　　　　　　the Fenian Rising
的義和團事變、聖博德節，和芬尼亞起義，但都被輾得平平平了），馬上瞭解
到手中此物件實際使用年限的至極重要性，而且他實在很不希望在那當下，被一
顆軟頭子彈從那個傻逼那兒崩進洒家腦袋，立刻就會被拋擲到無止無盡的永恆
裡，停下腳步，**拔槍可要快點**，回答說，他覺得有點醉暈暈的，同時悄悄摩娑
著那根一級棒的金屬包頭棍，是時候了，從他的手槍口袋內掏出一只看起來簡直
　　　　　　　　　　　Jules Jurgensen　　　　　　　　Waterbury
就像一塊榴霰彈碎片，佳士傑根生出廠、早已老舊不堪的渥特伯里款式懷錶，
我們的懷錶，根據共產主義的說法還有共領聖餐的教義，他私人的懷錶，根據
連續使用的時效所取得的擁有權；然而，就在掏出的當下，聽聞一陣蘇格蘭風
笛般尖銳刺耳的東風從上頭呼嘯而過，橫越荒蕪西方的上空瀰散到南邊，**聖母**
　　　　　　　　　　　Fox　　Goodman　　the speckled church
復活教堂司鐘的老狐狸法克斯・古德曼，在斑駁的教堂內正敲擊著十噸重十
　　　　　　　　　　　　　　　　　　　　　　　　　　　Cuchulainn
音階的大鐘，傳來渾厚瘖啞陣陣雷鳴般的最低音鐘（猛犬庫胡林的召喚！），
　　　　　　　　　　　　　　　　　　　　　Jehovah
就是要告訴這個出來賣的小鮮肉包打聽，老天哪，爺何譁也！共有十二聲響，
sidereal time　standard time
恆星時，標準時，也該是端出帶柄特大啤酒杯之時吧，接著說道，你想頂啥屁
股，祝你得償所願，不過我們還是各自守好自己的疆界；他滿口噴出煙燻沙丁
魚氣味，深深彎下腰來，讓那根他想展示的短銅棒子鼓突出來，更加顯示其奇
偉鈍重亟欲大顯雄風的企圖（雖然這根精精棒兒，似乎和拿筷子的孔老夫子常
常食用的表皮皸裂的那種生薑，看起來是會有點搞混，說到薑啊，把它拿來跟

人工酸味、自然酸味、鹹味、甜味和苦味相互調理,其混-混合的品味差堪比擬龐德浮誇虛飾的文采,我們都知道,他老人家不撤薑食,常常擺在嘴巴裡嚼上一嚼,強健骨骼,活肌長肉,滋補血液,養氣固元),[035] 然而,類似當年指控葛飾北齋的風聞謠傳,早寫成對他痛加撻伐的誹句四處流傳,上層社會所欲得知的內情,其精準翔實就好像大清早摩根的夜壺絕對可以令人勃起那般毫無懸念,全刊載在《清晨郵報》了:該生物,具人形,著制服,比一般大眾還要短小瘦弱,能力稍遜於湯瑪斯・帕爾,而且[9]比三頭地獄犬塞伯魯斯還要低劣,比勒拿九頭妖蛇還要卑賤上好幾個等級呢。所以啊,為了更加證實剛才他的話(或是字,也稱為道,那份古早對於某一金句才有的熱切盼望,從原本口頭的表達方式在重新建構之後,一如羅馬公民依據奎里蒂法把所有物品轉讓出去那般祥和平順,被永永遠遠地限縮在配上宗教儀典般發聲韻律的詞語和文字裡,同樣也是這批男子,從以下這本書中諾厄・韋伯斯特斷斷續續的說詞拼湊出來他的梗概:《H. C. 伊耳維克語錄・考定本》的刪節本,定價 1 先令英幣,以奧匈帝國先令支付者贈送獎品,總量滿額,免費郵寄),亞麻髮色的巨漢蓋吉斯打鼓般輕輕敲了敲他的經線儀,現在挺起腰桿直起身子全然聳立,嵬嵞於兩邊毗鄰洪水的平原之上,事情發生的現場,一只板甲鐵護手掌猛劈在他曲彎的手肘飛節處,停住,再猛劈一次,再停住,如此動作重複共計 11 次,然後凝立不動,淵渟嶽峙般矗鎖在最終那個姿勢上(根據口語相傳所知最古老的符號,他這個姿勢代表的是:Ǝ!),然後伸臂往上方呈 32 度斜角,指向那座過度巨大的鐵公爵里程石碑,把它當成對等挑戰者所提出帶有挑釁意味的抵押品,在一陣短暫抽離當下的腦力停頓之後,以嚴肅莊重的熱誠,痛定思痛的決心說道:齷-幹-握個手吧,來,同-同志,咱一起來!我就一光桿,他們是一根的五倍,那可是一場勢均力敵的搏鬥。我那直溜直溜的桿兒,贏得漂亮。所以有了我那地處偏僻,天高國-國家遠,什麼都管不著的寬闊旅館兼商店,專賣濃厚的奶

---

9 「且」,甲骨文。古文學者郭沫若認為甲骨文「且」的造字基礎來自陽具的外形。

油和黏稠的乳酪，幹這些活兒，還不都是為了我們那些整日價喵喵喵的女兒們有點好面子，相信我，爺，我很願-願-願液採取堅定如紀念碑的立場，我們救-救-救贖的符碼，任何一個衛生清潔日的這個時候，我都可以對著我那些罪孽深重如新芬黨徒[愛]Sinn Féin的手指頭對著霍斯山脈賭咒，即使因此銀鐺入獄終身監禁，讓我把手按在闔上的《聖經啟開本》Open Bible之上，在大督工Great Taskmaster的眼皮底下（稍微抬了抬帽沿！）以及在天神的本尊之前，在安德威爾Andwell主教之前，願他康泰，在英國聖公會高教會派High Church of England的米占Michan夫人之前，還有在前述之直系同住親人之前，以及在這顆地球上每一個角落每一條蘇活Soho活坑洞洞的靈魂之前，在他們面前，在交換正義commutative justice的原則下，就算是在那些捏造的小小慌-荒-謊言裡，存有最純潔無瑕的部分，容我以硬脊棟梁之舌頭操持純正道地的不列顛英語跟你說，連一丁點兒的真實性都沒有。

這痞子嘴巴張得老大，有加平吉爾洞穴Gaping Ghyll [10] 那麼幽邃難測，只因急忙趕著要跟索爾Thor他們見面，在曠野合計點私事，卻犯下這個錯誤Swift，立馬檢肅自己的行為Sterne免得被將上一軍（透過那根恆常豐饒的耳咽管Eustachian tube，診斷當下這種狀況，根據史前男性海德堡人Heidelberg Man在性成熟之後製造屍體的洞穴行為準則，很顯然[036]是屬於腦下垂體機能亢進所引發之病例），抬起他陡斜的額頭，微向前傾走了過來，在這個不啻是沾滿汗水血污既使壞又甜蜜的斯拉夫聖山巨人斯維亞托戈爾Svyatogor，同時也是既善良更粗魯的海上戰士麥克穆赫國王Diarmaid MacMurrough面前，表現得像個會在門上敲兩下，問聲好道早安致晚安的都柏林郵差一樣，因為他臉上堆滿感激的表情，近乎貪婪地大獻殷勤，活像個演技窩囊卻纖細敏感的菜鳥藝人，在這個微妙的情境下，看透此危險話題的棘手本質，用上了無窮無盡的試探和碰觸等技巧，謝謝他餽贈的唬爛遁避，呃，荷蘭盾幣以及告知當天的時間（買杯啤酒還不算少，但畢竟還是被嚇了一大跳，竟然就只是為了我們上帝的鐘聲，那聲音倒像是貓頭鷹咕咕鐘），以向德國首相致意的最高禮節，盡了卑微的責任之後，表示會好好修理

---

[10] 加平吉爾洞（Gaping Gill）為英國最深的洞穴。

修理合不攏的嘴巴，和您他這個那個呃迴盪在腐爛虛空之間浩瀚如金倫加鴻溝 ^(Ginnunga Gap) 那麼大的聲音，然後他就上路去幹自個兒的事啦，哪管得著誰是誰，反正照常跟這些死人骨頭[11]打打招呼，本該如此，禮貌嘛，何況也可以當成辨別道途的路標，或是測量科西嘉勇氣的工具 ^([法] Corse)（你肯定可以驅使獵犬把他逐趨出來，假如你那隻心頭小鹿已經記住，在通往火山丘的樹木上，用摳下的膿包碎頭皮，剝落的頭皮屑和拉出的糞便塊所標示出來的路徑），跟在身旁的是一條值得信賴、睡覺時邊打呼邊咆哮的忠狗，也是他恆久不變有模學樣的反射鏡像，譬如說，貪吃無厭啦，反覆嘟噥著沒人聽懂的話語啦，之類的。我碰到你了，詩人麝鳥，太晚囉，不然，就是太瘟蟲，太早了；然後，用有夠哀劣特爛的白癡藉口謝謝借火 ^(Eliot) 作為收場白結束那場邂逅之後，口操好像不是他同一張嘴巴可以吐出來的第二語言，盡量一字不漏地複述這位大時代人物方才說過的話，可在那寒冷的夜晚，他回想起來的只是斷斷續續的模糊記憶；黎明前的那一時刻，介於德魯伊出 ^(druid) 沒的魔鬼畛域和沈睡酣冥幻生的洶湧怒海之間，那間酒吧外面是鳥鳴婉轉嚦嚦啁啾，裡面的吟遊詩人早已變成粗鄙噁心的醉鬼，喃喃咕噥著反社會的廢話，那時，**廈樂騰購物中心**的清飯賭菜佮紀念物仔，一波波悄然闃寂沿著大運河和 ^(Charlatan Mall) ^([臺] 剩菜剩飯和紀念物品) ^(Grand Canal) 皇家運河黑魆魆的河面，從四面八方漂浮過來匯聚一堂；入，那個男人閃身沒 ^(Royal Canal) 入一堵陡崖般的混凝土高牆下，夯，餓貓偷肉般悄悄潛進樹叢圍籬後，然後，累個半死進門還得忍受**就輕輕的嘛**親嘴接吻一、二、三下，還得回答許多柔軟的舌尖吐出來聽似瑣碎小事卻充滿玄機陷阱的閒聊，脫光吧不要發誓啦，妳這軟綿綿的小處子，不愧是我的好老婆，水汪汪的像氾濫的底格里斯河，就是 ^(Tigris) 會默許我的嘛，抬頭仔細端詳著聳入空中像巴士底城堡監獄的浮雲，低頭看看 ^(Bastille) 他那條塞在**不要吹喇叭**裡頭的貓尾巴，這風流種馬同時還盤算著怎麼揮棒使 ^(Studd) ^(cowshot) 出施達德那招笨牛擊球別跑別跑把這些**不要不要**當成牛糞通通打得越遠越好，然後他啐了口痰，用一種改宗換教的信徒小心翼翼的特有口吻開口提到，想在

---

[11] 他穿越墳場，往家裡的方向走回去。

壁爐前端石板上搞點音樂裝置，不過，家族某條摩西教規，不好意思，就是彩繪碎玻璃那般七拼八湊的律法（愛爾蘭土話，講甲喙角全泡，歹勢齁[臺]講到嘴角冒泡，聽起來很像是說，**嘴巴呀她，婊子呀洞**，不過，一位受人敬重關係通達的傢伙，流著愛爾蘭-歐洲祖先的憤怒血液，擁有屬於愛爾蘭-歐洲共榮的優越感，滿腦子包裝精美的想法，譬如說，這位讓咱們嘆息不已的蕭爾微塞夫先生Shallwesigh，或是該稱呼讓咱們忍俊不住的淵爾餵喇夫Shallwelaugh，總知道咋可以做咋不可以做吧，實在有夠諏古[臺]老實，在毛毛蟲絲窩般的口袋裡不是塞有一條貝徹爾Belcher領巾嗎，裡頭已經包裹一坨濃痰啦，**不用，謝謝你們囉！**咳，咳，居然準備那樣把痰給吐出來，咦，吞進去了？），在吃了幾盤下酒菜，喝了菜肉濃湯，還有他掉書袋取名「蜜桃轟炸孟買」的冰淇淋，同時謬斯女神也把他的思緒餵到飽撐之後（她心裡清楚得很，不僅僅只是盧肯Lucan的公羊肉蘑菇派和皮爾森Pilsen啤酒，可以像馬嚼子溫柔地拴住他的心，還得要為他塗上芥末撒上胡椒，讓他吃回春青活力的小夥子），頂級雞胸白肉配上優質翠綠豌豆，一份一份捲成圓球狀，用哺育頭胎的母山羊奶水慢火煨煮，加點白麥芽威士忌和葡萄酒醋，淋上香濃的至尊白醬[法]sauce suprême，這賴帳小騙子在冬季下雪天最喜歡享受的食物，嗓子嘶啞又流鼻涕的，還給我倒吸著咻溜回去，跟你家的老鼠喜歡茴香那般吃得齒頰回香喔；接著呢，值得大大慶祝一下 [037]這個快樂的逃脫事件，正所謂，酒膽氣橫生，錦上添花冠，一大盤當地的清煮小牛犢肉端將上來，堆到天頂成尖的正中央是一顆西班牙種的波蘭橄欖，與其（油滋滋的豚脂！）最速配的佳偶（耳邊響起輕鬆狂想，足以遠離西方幽暗的厄瑞玻斯地獄Erebus的樂音，這隻肥豬不禁擺出阿拉伯式花紋芭蕾舞姿開始手舞足蹈起來），就是一瓶 98 年鳳凰釀酒廠Phoenix Brewery出產的極度奢華的波特啤酒Porter，兩者搭配風味絕佳，接著，啥叫二度春風，就是來瓶特級葡萄莊園[法]Grand Cru的皮斯波特Piesporter白葡萄酒，當馬尿整瓶拿來灌，喝這兩種酒需要特別重視餐桌燭光的效果（說是說大餐，其實還稍嫌儉樸了些，酒色不純，花束寒磣，這哪是愛人道別前的最後一餐！吸食大麻成癮的水手要被抓去關啦！），這老頑固，酒瓶軟木塞上頭蛛網都結一層

硬痂了，還堅持要聞上一聞呢。

　　咱們這位專門跟痞子吵架鬥嘴的冤家老婆（生下來芳名取為貝爾妮絲·馬克斯韋爾頓，跪下，脫光，小姪女，麥克斯，繼續鞭打）耳朵忒靈敏，聽到痰盂聲音有異（如同後來修正的說法），像往常一樣，從和蠢如野畜的老公正在一起幹的家務事那兒抬起眼光（沒有幫你準備波斯蜜桃和亞美尼亞杏桃，我的博美狗狗，但是有波米蘭尼亞的蘋果、石榴和柳橙喔），然後把那根棒棍滑進她箕張成爪的肉掌內，以她平日殷殷禮貌頻頻問安的口吻，在談起另外 111 件的事情中，飛快頓頓身子行屈膝禮，委婉地順便帶出問題的本身（這些悄言耳語，纖細微弱有如飄盪於暮星之間盡露女性特質的晚禱初誦，也如婦人在她們男人整日蝸居的住處裡去方便時發出羞人答答的蚊蚋細響，一波弱似一波，低低傾訴什麼機密似的幾不可聞，幾不可聞到逼得人發瘋）。後天晚上，那位深孚眾望的男人正啜茶一杯飲時，這個聖愛奇西布等級的女性編年史專家用手肘輕輕碰了碰他，她張著乾巴巴的小眼睛，含糊不清的濃膩話語搔得人心頭癢癢酥酥，因為他的臉色看起來怪怪的呀，好像再也無法忍受她們這些老母雞啦，對於她最特別尊重的神的僕人，她的導師，在她心裡面念茲在茲地有個念頭想要（噓，放進來！重點是，茶匙裡只要有頂針大小的份量就好。來吧！）坦誠相告，在關鍵下一步之前，手掌半掩的雙唇所欲傳達的訊息，必須得到任何形式的法律承諾（她絕對不可能讓那些強渡湍流攜帶安尼斯凱瑞鎮布丁來漢娜諾夫的低階勞工品嚐她那一對和懺悔節蛋糕一樣小巧可愛的乳房！），相信在他聽慣福音和牧函的耳朵裡所接收到的流言八卦，都會像愛爾蘭燉肉配著茶和土司完完全全埋進肚子裡，絕對不會逾越那套耶穌會教士服賦予他的權限，跟戒酒誓言一樣，絕對不再喝，絕對不會跟人說，不過呢（來來來，來去葡萄園！喝喝喝，喝酒吐真言！浮誇虛榮得靠白蘭地！拍翅飛離奔向各土地！），布朗恩先生啊，卻是個被過度寵信、偽裝成遣使會會員的神父，在掌握事實的前因後果之後，沒有想到在某個場合居然有人偷聽，他當時自稱諾蘭，一個較不常用以致於還沒養得

　　　　　　　　　　　　　　　　　　　　Paul　　　　Saul
很健全的身分，可憐的東西，意外嘛，反正保祿也是叫撒烏耳──假如，也就是
　　　　　　　　　　　　　　　　　　　　　　　Hippo　　　Augustine
說，這個事件是個意外的話，因為在此處，這個聲稱追隨希波傳教士奧古斯丁
並耽溺賽馬盛事的神父，身分繁複如《傳道書》作者之謎，添油加醋的本事，
　　　　　　　　　　　Eve
遠遠超出那位老是滿口厄娃啦安娜啦兒女啦有無香蕉啦的女寫手──他壓低嗓
　　　　　　　　　　　[阿] Hawwā
子，輕柔的聲音複述著哈娃（就是那根彎曲扭拐的肋骨）不能跟別人說喔的機
　　　　　　　　　　　　　[法] Mère l'Oye　　　　　St. Aloysius
密，和原來的版本有些許出入，（鵝媽媽說的故事，若不是為了聖磊思的母親、
Marie　Louise
瑪麗‧路易絲、約瑟芬、約瑟夫和耶穌，還有啥緣故！），手手被包在手和手之
間，賭咒發誓忠誠不貳（喝聲彩，好──好！夠氣魄，我最優秀的戰士！我的
　　　　　　　　　　　The Secret of Her Birth
兄弟，我的解放者！），卻隨著〈她身世的秘密〉的歌聲，連同噓！禁聲！，
　　　　　　　　　　Philly　　Thurnston
全都鑽進一個叫做小騃子菲利‧桑思頓那一朵輕輕觸碰下就羞赧如紅寶石的小
耳朵內，他是個非教會系統出身的教書匠，搞田野農稼學和標準發音倫理學，
書教得不怎麼樣，賽馬小道消息倒是賣得火紅，啤酒喝得算不上頂烈，身體倒
　　　　　　　　　　　　　　　　　　　　　　　　　　　　　　　Baldoyle
還算結實健壯，差不多 45 歲上下，[038] 那天是在巴爾多伊爾郡那座史詩宏偉
的賽馬場，微風徐徐，在一陣深思熟慮之後，下了適合僧侶等級的小賭注，應
該是穩當當的啦，卻還是搞得心臟嗶啵小鹿亂跳（W.W. 每賽必贏），這時就很
　　　　　　　　　　　　　　　　　　　　　　Ireland Grand National
容易讓人從記憶裡又撿起一些零碎什物，大到愛爾蘭大國家節舉辦的越野障礙
　　　　　　　　　　　Dublin Details　　Perkin　　Paullock　　double
賽馬，小到報刊賽馬專欄〈細說都柏林〉，翹尾珀金和掛鎖保祿的孖寶投注，
王公貴族和無產階級的博弈，以兩個鼻頭的微小差距衝過終點線勇奪錦標大賽
　　Encourage Hackney Plate
的哈克尼士氣獎盤，肩並著肩互相爭馳，頸部超出一點，再超出一點點，距離
漸漸拉開一些，距離瞬間消失不見，如此僵持突然情勢逆轉，一隻資格尚淺的
　　　　Bold Boy Cromwell　　　　　　　　　　　　Chaplain　　Blount
乳白色小公馬潑膽小男生克倫威爾殺向前頭，打從柵欄一開，查普林‧布朗特
　　　　　　　　　　　　　　　Saint Dalough
上尉那匹毛色斑駁的驢騾野雜種貨色聖雙湖憑著幾招靈敏的偷呷步搶到前頭
　　Drummer Coxon　　　　　　　　　odds
（鼓手考克森暫時屈居第三位），為了賭注差額拼命往前衝，直衝到頸子都快斷
掉了，要感謝您哪，頂了不起的小維維，精悍結實的小維維，串門牽線的小維
　　　Winnie　　Widger
維，園丁小鋤維尼‧維傑爾！您是他們所有人的衣食父母，把屎把尿換屎尿布

擦屁股之餘再奉上一大杯泡沫滿溢的濃烈啤酒！他穿著污泥咬入縫線的賽馬騎裝，頭戴大受歡迎的紫色棒球帽，當然是咱們結盟的好友；不像那些羽量級個頭矮小的騎師，仗著幽魂體重，身段柔韌擅跳窪坑和柵欄，只要一騎過我們的
Maggie　　　　　　　　　　　　　　William　Pitt
瑪姬啦那些個小母馬，就把自己當成是小威廉・皮特了。小維維跟他們可不一樣。
　　　　　　　　　Timcoves
　　就是有兩個叫啥提姆寇維斯的惡毒補鍋匠，胡亂倒扣人家屎尿盆（嚴冬已過，濕潤天氣雖然讓人厭惡至極，時雨止息，且已過去，賽馬盛會到處舉辦，快來，在我們綠草如茵的跑馬場已聽到賭徒下注的聲浪，斑鳩的叫聲早就給遠
　　　　　　　　　　　　　　　　　Treacle Tom
遠甩到荒郊野外去了），一個叫做糖漿湯姆，布里斯托來的，靠著典當過日子，
　　　　Kehoe　Donnelly　Pakenham
剛出獄，因為柯荷-唐納利-帕肯漢火腿培根燻臘店那樁芬蘭豬腿失竊案的緣故，
　　　　　　　　　　　　　　　　　　　　　　　　Frisky Shorty
另一個是吸吮相同母奶長大的血親兄弟短腿爽歪歪（他呀，即使對這個修飾用詞吹毛求疵，但的確當之無愧，果真又短又爽又歪歪），幹線人的，剛從囚犯船給放了出來，兩傢伙一身赤貧，在外頭像遊民般四處閒逛，尋機會鑽空子找有錢的賭馬爺們當冤大頭，涮幾枚賊亮的金幣來花花，至不濟也搞個印有王冠
　　　　　　　　　　Seaforths
的肥厚小硬幣。就在那時候，西福士高地兵團的一票阿兵哥正對著白滋滋的小
　　　　Colleen　Bawn　　The Brides of Garryowen
妞兒，科琳和班恩，加里歐文的新娘子，鬼吼鬼叫亂喊一通，兄弟倆還聽到
　　　　　　　　　　　　　　　　　　　　　　　　　　[世] edzo
那個傳教的在馬達斷斷續續轟隆噗嗤聲中，極力使用他的法律術語（丈夫、配
　　　Adams
偶之類的）談及亞當斯先生的案子，整個星期日滿滿都是那個消息，他拿著報紙搔搔鼻頭，還和一個戴眼鏡擦鞋童說得咯咯發笑。
　　　　　　　　　　　　　　　　　　　　　The Countess Cathleen
　　這個糖漿湯姆，身分已查實，他在這片凱薩琳女爵的領地所有育馬的郡縣，都有落腳之處，通通都是蠻夷野人的窩巢，事發之前有好一陣子都沒去待過了
　　　　　　　　　　　　　　　　　　　　　　　　　　　　meth
（其實呢，他比較習慣光顧一般的民宿，哈囉，食飽未，然後一起喝蜂蜜酒喝到酩酊大醉，然後可以赤條條和一大票陌生男人睡在帆布小床上），不過只要當天有賽馬，晚上就會喝到爛醉如泥，濛濛渺渺的，那可是一小杯混著一小杯灌下肚，盡是摻兌酒精的劣質酒，地獄烈火、豔紅小母雞、鬥牛犬雞尾酒（櫻

桃白蘭地、琴酒、萊姆)、藍廢墟和珍妮雞尾酒（伏特加、君度橙酒、櫻桃白
蘭地、葡萄柚），喝到滿地亂滾滿牆爬，還有來自瑞士恩加丁上等旅館的玫瑰
                                          Engadin
                                                        Brigid
藥酒，供應商計有公鴨和狗狗離別酒、四蹄翻飛報春花、彼利其特釀酒廠、雄
雞雞、郵差男孩的號角、[039] 小老頭、瞄準好全都漲、餞行酒杯和馬鐙，他在
 The Liberties
利柏蒂區公共大院設有手壓唧水幫浦的那個 W.W. 街段（他為什麼沒押在頭籌
            [臺] 相約來住
上？）一棟叫做大家相招做厝邊的寄宿屋裡，總算覺得舒適溫暖如青草綠茵，
                            Volta   ㄔㄞˋ
可以好好睡上懶覺的瞑-瞑-床，他呀，因為在伏塔戲院裡大嘔大吐，嘴裡胡嚓亂
                             Volapük
叫的，再來，繼續喝，又是蓋爾語又是沃拉普克語，濃厚的鼻音斷斷續續重複
哼唧著我來了馬兒跑慢了之類的副歌，只有醉醺醺的酒鬼才聽得懂歌詞之間的
連-連-連灌性；那個那個新教福音派的，名兒，呃，不是，叫啥來著，反正無
               [歌] 乾一杯
事忙一個，倒是忙著盡量來飲呼伊馬西馬西，還有那個俄國娘泡，說起話來
         Rosicrucian
像夜鶯的玫瑰十字會員，就他們倆版本的精華，據糖漿湯姆所言，大致的情節
（他不斷嚷嚷著堅持是小女孩，準沒錯，因為，花邊小領子和裙子，遮陽女用
軟帽和康乃馨）還是零零碎碎的（好像是在 3 月 15 日之前，那是個小心有人要
                     Marta
背叛你的日子，他就在瑪塔和啥的女孩眼前，監視人的道路，不斷審察一切
行徑，她們在河中的沙洲小島，不然，那三個根本就是化石年代的威爾斯燧發
槍團的兵痞子，怎麼會看到他褲頭褪垮在膝蓋邊，光著兩糰熱呼呼的屁股，對
    Katya   Lavinia
著凱蒂雅在幹個什麼，而那個拉維妮亞剛好那個每月來報到了，就地噗漱噗漱
大放污水，聲勢致命若雪崩若洩洪，男人一聽不趕緊跳船投海都很難，不遠處
                                          Punch and Judy
還有街頭木偶戲，五個黑鬼騎在野性十足的白馬上又吼又叫又打又鬧，其中還
          meta-agonistic
夾雜著震耳欲聾的狂亂放屁聲響，台上台下真是好一場潘趣和茱蒂的笑鬧秀），
通常是天寒料峭的夜晚（後設不可知論那幫人渣，好論戰好爭辯，還翻譯好他
                                             Welshdraper
們的觀點四處流傳！極端愛好和平主義者，撰寫磅薄史詩，謳歌情愛繾綣的
                                 Peter   Cloran
新婚之夜！）在輾轉反側的睡夢中，他們會聽到徹底破產的威爾斯棉布店那個
負責分期付款業務的瘦小前任經理，好當發言人的彼得・克洛仁（解雇了），

居無定所笑口常開的歐瑪拉，曾幹過私人秘書（天性溫柔安祥，當地都叫她霉娜麗莎），他們有好幾個晚上，其實還蠻古怪逗趣的，都裹著街民的毛毯，睡在愛爾蘭銀行大門口冰冷的地面上，權充枕頭的命運之石[12]，比男人的膝蓋或女人的乳房還要更寒心澈骨，此外還有一個對人深懷敵意的門房哈士惕（光這名號就知道，無萎無靡非同小可），遊蕩在海濱地區的街頭樂師，星運多舛，他身邊沒有麵包沒有奶油甚至連殘羹剩餚也沒有，根底盤得不算牢固，倒也沒有罹患綿羊搔癢病，那可就奇怪咧，他怎麼老端坐在蘑菇狀木質馬桶上，把自個兒抓到瀕臨掉落欲死欲仙的自我深淵裡，有這麼饑渴難耐，同時還有一股超越所有一切事物的憂鬱感傷油然而升（夜班酒保這緬甸仔，居然端來夜鶯小女生喝的牛奶，十億分之一的酒精都沒有，我是暗夜難熬啤酒男，不是啥鳥敖難！缺奶，頑皮的小妞會替我巨大的褐色的那個擠出乳漿來！），之後在臨時鋪設於地沾染遺精的被褥上，他那顆金黃頭髮的腦袋彷彿被拽來甩去的，幾經翻覆折騰，想空想縫想盡所有花招，肖想在這個國家，假如他有使用執照的話，鑽營個門路或之類的，不然去摸一把哪個革命小伙子的魯格手槍，或是一挺帕拉貝倫MG14機關槍，如此大大提升威攝的力道，便可以劫持一輛四輪馬車，登上一艘側輪汽船，然後在多基-鄧萊里-布萊克羅克電車沿線，荊棘小島，牛犢牧原，黑色山岩，隨便，某個地方，他先去造個跟他形象一樣的小孩，鏽跡斑斑的鑰匙、毛髮茸茸的獸穴、悽慘兮兮的新手，然後就直接轟掉自己那一顆盤繞著謀殺手足的腦袋瓜子，花兩個小銅板，就可以換得他媽的好到不行的至高幸福，寧靜安息盡在保證一口乾的酒瓶裡。他在**史蒂文斯醫生醫院**的葛蕾絲達女士優雅賢淑柔中帶硬的協助下，啃軟骨般極盡所能試著提供他所知道的一切，前後共撕掉了18張以上的日曆，時間如流水過漏杓般消逝無蹤，其間出**派翠克但恩爵士醫院**，轉**杭福瑞杰維斯爵士醫院**，然後入**阿德萊德醫院**，呸，我呸，還躺過聖凱文之床哩（在[040]那些不被關懷的哀哉日子裡，從收留嗚呼病患的**不治之症醫院**出發，透過聖

---

[12] 亦稱斯昆石（Stone of Scone）或「加冕石」，是蘇格蘭歷代國王加冕時使用的一塊砂岩。

                           Iago   [西] Santiago de Compostela
伊阿谷的祝福，戴上扇貝帽，踏上前往繁星原野的聖地牙哥朝聖之途，良善的
   Lazarus
拉匝祿，拯救我們！）。哪一次不都是連逼帶騙煞費心思才哄他說出一點東西
             Lisa   O'Deavis   Roche   Mongan
來。父母不詳的麗莎・歐蒂維斯和通體多毛的羅胥・孟甘（就精神層面而言，
容許我這麼形容，他們彼此雷捆之處，就如同一個仇世者和一隻糞坑石頭般的
沮喪老公羊，一起爆噴出來陣陣的蒸騰惡臭）不約而同地躺在可以翻筋斗驢滾打
                                   Swinburne
拼啤酒的同一張臥鋪上，睡著他們悠游汪洋的大懶覺，史溫伯恩頌讚的偉大甜
                                               Wilde
美波浪起伏的母親啊，同鋪的還有哈士惕，睡覺的品質，就跟那些在樹叢裡的
毛頭小伙子，在舟船內的鄉巴佬，或是這麼說吧，在野地裡妄爾德性的奢靡浪
子，差不了太多；天還沒麻亮，他們就像那些精神飽滿忙裡奔外舉炊掃地兼處
   Butler
理糟吧忒垃雜務的年輕女用人一樣（雅典的少女啊，在我們分離之前，讓我們
的喘息共譜饋贈的禮讚！），需花費太多的一瞬間，就刷亮了鍋蓋，擦亮了鑴刻
家族姓氏的黃銅門牌，拭亮了瓷娃娃學童蘋果般紅撲撲的臉頰，以及抹亮了夜
間照路童工的金屬熄火筒，當大家滿門心思期望著「待到日龍陽，躍馬就菊花」
                  ash hopper
時，就只有他一人忒在意從灰渣漏斗製造出來的薄荷清潔肥皂；他去跟一個白
種男子又是叨煩又是哀求好一陣子，無理取鬧地說啥住宿還得加早餐，終於搞
到烤麵包、培根和煎蛋，這個回春的街頭藝人（由於和他的前任們過了一個狂
亂喧鬧的歡樂夜晚，加上一頓頗有嚼口的脛腿哈姆，頂好的清晨，他煥然一新
變了個人似的），而他那群誤把寬廣步道睡成百佬匯套房的平日床伴們（咱們的
男孩兒，我們的拜倫如此稱呼他們）都起身了，拖著兩條疲憊發酸的大腿，從
 Barrel   Eblana
貝羅區那個溫暖幽黑因愛成誼的豬窩之家，穿越艾布拉納洪汛漸褪、天寒地凍
              superficies
的小村落（他們行經這片自家曾經擁有地上權的土地，有三條電車路線和一些
可供歇息的地方，在此大眾搭乘的尖峰時刻，才注意到其車行路線和停靠車站
                             London Tube   [法] Métro de Paris
竟然巧妙地對應著我們花半便士或兩便士就可搭乘的倫敦地鐵或巴黎地鐵；兩
大交通系統深居雪花紛飛的地面下，操控手工鋁熱焊接的地下鐵軌，保證各大
                          crwth
小轉乘站的運作順暢），迎向一把粗糙的克魯特琴拉出來拙劣單調的噪音，嗡

嗡哀鳴掃盡提琴聖地克雷莫納^(Cremona)的名聲,輕飄飄浮佻佻,嗚靡靡咽蕭蕭,這起子浪男蕩女卻是聽得:琴音流暢狡慧靈巧巧,波紋梭織水面光耀耀,噗啦啦^(Plurabelle),唄哦哦,真是愛玩又愛叫,聲聲愛撫著聖芬納格塔^(Finaghta)[13]嘉年歡慶國王治下諸臣僚的耳朵,在他們昔日擁有的砌磚居家屋裡,在他們散發覆盆子和野草莓芳香的床鋪上,幾乎不曾注意到蜂蜜小販的喊叫聲,香味撲鼻的薰衣草,或是博因河^(Boyne)活跳跳的鮭魚,這批傢伙那時只會張大貢高我慢的嘴巴,希望除了高聲吼叫、低聲嘆息和無聲祝禱之外,還能對殷殷企盼的神劇《彌賽亞^(Messiah)》表達更大的激賞和更高的評價,他們半睡半醒路還走不到一半,就突然火車般嘶喂咿咿咿咿咿煞了車,停佇在一家當鋪前面,為了聖餐做準備^(prothesis)的緣故,要贖回那位詩人歌手挺讓人真心羨慕的假牙,之後呢,還在零工待雇處^(house of call)那兒拖拖拉拉的遲遲不肯離開,總算,噗──滋──泡沫兒終於噗滋噗滋噴湧直冒,那是座落在偉大的音樂小鎮古摩亞^(Coolmore)的特許^(Liberty)管轄區,聖則濟利亞^(Caecilia)教區內居嘉廣場^(Cujas Place)的**老醉仙窟窿酒吧**,依據格里菲斯估算邊界的測量標準^(Griffith's valuation),距離首相格萊斯頓^(Gladstone)的雕像不到國家訂定的一千或零一里格^(league)之遙,為這位締造者(或許是上帝最後的僕人)的前進步伐點上熊熊的火炬,就是該故事在那兒開始流傳迴盪的當兒,[041] 騙吃騙喝呵咿呀三人組加入了第四個成員──申請類別不在羅列項目者,明日請早──屬臨時雜工,以前是個好樣的那一類,領的是可憐兮兮的週薪,每星期還要被羞辱一次,啐,那幾個蠶食嚼舌嘴巴比膀胱還大(誰敢說沒有?)專捧卵葩的廢柴,人手一杯狀似薑汁琴酒的助興物,那個好樣的夭壽喔通通買單,隨後還有號稱雄鹿男幫襯的便餐,然後又加碼輪了好幾輪,就只是為了慶祝幾天前,這群惡棍人渣,因著烈火般的玩意兒所領養的友情燒得他們個個滿臉通紅,從擁有販酒執照的營業場所走出來(布朗恩^(Browne)在前領頭,那個小個兒前-前-前郵局主管,帽子拎在手上,墊在一整行列可悲的屁股後面,像個淑女在信末加的哦,剛忘了說:急需

---

[13] 芬納格塔國王(King Finaghta)回宮途中無意撞翻小男孩阿德曼(Adamnan)的牛奶,答應全數賠償,並承諾照顧其一生。其後召入宮,阿德曼終身成為國王亦友亦師之伴。

錢。請寄來），用衣袖揩拭嘴巴濺漏出來的笑沫，和掛著哀愁的雙唇，這些乳臭未乾的單身漢全體一致對這位傳頌埃達[Edda][14]歌謠的作曲家發出極度煽動極其助威的戰嚎呼喊（[臺]我們自己咱家己，彈琴奏樂逍遙池，[臺]只有我們自己干焦咱家己，飲酒唱歌當飯吃），我們有理由相信，押韻達人的詩歌世界會因為一首即將成形的歌謠而變得更加豐富，人類在這個世界、社會、群落或酒吧裡的吟唱都要歸功於埃達詩歌，因為他那首關於這個最卑鄙、最磕巴、最妖魔的愛爾蘭斷背山的民謠小調，在這顆甜美如蜂蜜的西瓜地球儀上，已佔有一席之地，理由無它，只因為他是這個世界從古至今所必須了解的人事物之中，最能吸引目光的轉世謫仙。

根據更加兩舌的正確說法，這首關於某些靚女，或某個「跟著我一起做」的帶頭老大哥的歌謠，最初被廣泛唱頌的那段期間，剛好碰上莉薇歐[Livio]流域氾濫成災和霍多[Houdo]山脈隆升造峠[ㄑㄧㄚˇ]之際，從那位本來應該可以成為立法者的紀念碑下陰影籠罩的蔭涼處（解放之樹[Tree of Liberty]！饒命，樵夫，饒命！），流傳到世界各國齊聚倫斯特[Leinster]省參加全球治洪國際會議，盛況空前人滿為患，臨時設置許多分會會場，觸目所見人頭攢動，超極龐大的團體，群眾想法必無二心，只要習慣以面具示人，習慣以臉蛋吸睛，產生全區代表和跨區代表，易如反掌（洶湧的人潮從酒品販售店鋪和可可亞商行狂洩奔流而出，爭相議論的聲浪滿盈沸鼎），不就是替莉菲河[Liffey]兩岸那些居民發發聲嘛（忘了要提一下，主要陸地的少數族群以及像那些在華特靈[Watling]大道、爾寧[Ernin]街、伊柯尼爾德[Icknild]街和史丹恩[Stane]街四處溜達的閒雜人等，關鍵是一輛停靠不動的出租馬車，在可容許的空間內塞滿了報界巨亨哈姆斯沃思[Harmsworth]旗下冥頑不靈、帶有倫敦口音的八卦寫手，一個是北方來的托利[Tory]黨人，一個是南方來的輝格[Whig]黨人，一個是東盎格利亞[East-Anglia]的編年史專員，和一個西蘭卡斯特[West Lancaster]的護衛人員），譬如以下各色人等：出身扒手街[Cutpurse Row]，割人皮包竊取財

---

[14] 根據維基百科的描述，埃達（Edda）是兩本古冰島有關神話傳說的文學集的統稱，分成《老埃達》和《新埃達》，是中古時期流傳下來的最重要的北歐文學經典。而現今留下的北歐神話故事，其實是揉合了新舊兩部埃達後的故事集。

物，沒幹過正經事的都柏林毛頭小伙子，整天雙手插在及膝短褲的褲袋內晃來晃去，用力吸吮瀰漫在空氣中，這麼說吧，有如巨無霸大麻磚一樣既香濃可口又無須管制的偉光正謊言，平日跟幾個專抓逃學青少年的警察勾肩搭背，典當三團羊毛線球和一匹高檔府綢，換點麵包屑，反正都是偷來的，忙碌的法學、神學和醫學專業人士，一對英格蘭特轄區兩頰蓄鬢毛的蒼白^{Pale}男子，走往達里^{Daly}俱樂部用午膳，剛從拉特蘭石楠草原$^{Rutland\ Heath}$打獵回來，有鷸，沒打到野鴨，彼此交換輕蔑的冷笑，[042] 休姆^{Hume}街的女士坐著輿轎前去望彌撒，轎夫給路人當成狗熊耍著玩，從毗鄰巴多羅買摩斯花園$^{Bartholomew\ Mosse's\ Garden}$的苜蓿田野逃到大街，晃悠著火腿豐臀在路上閒逛的神經查某^{Skinner}，寓居剝皮巷體態滾圓的獻主會神父^{Oblate}，一大群磚泥匠，一個吞雲吐霧的佛蘭德斯人^{Flanders}，身著波紋塔夫綢，帶著配偶和愛犬，一個上了年紀的打鐵匠，漢默史密斯人^{Hammersmith}，手上牽著幾個握有鑿刀的小朋友，一夥人拿著棒棍戲耍比劃，一大群綿羊，染上羊炭疽病的還真不少，兩個穿藍色外套的醫學院學生，四個窮困潦倒的士紳從瀕臨破產的**辛普生^{Simpson}醫院**走出來，開開闔闔有如顏面神經受損而痙攣不已亂眨眼皮的大門內的兩個傢伙，一個粗壯魁梧，一個活潑時髦，小口小口喝著土耳其咖啡和柳橙甜酒，彼得・皮姆$^{Peter\ Pim}$和保羅・弗萊$^{Paul\ Fry}$然後還有艾略特^{Elliot}，哦，以及阿特金森^{Atkinson}，這領年金的傢伙，正忍受著一年一次雞眼發膿時地獄般的痛楚快感，不要忘了，還有一對月神戴安娜^{Diana}般的童貞女獵人，上鞍騎馬真是活見鬼準備好好獵殺一頓；某個主張特殊神寵論^{particularism}，思考羅馬天主教的復活節、剪髮禮^{tonsure}、希臘東正教與羅馬天主教的合併等問題，然後砰砰磅磅把它們甩落一地的受俸教士；一顆、兩顆、三顆或四顆等等等從窗邊伸出來、戴有飄垂蕾絲飾帶帽子的頭顱；另外還有幾位很明顯是遭了酒精的魔咒在二叔公[15]那兒全都拍胸膛立毒誓再也不喝了然後又灌到酩酊大醉的老好人；剛參加完**再給我點時間裁縫師傅泰利**的守靈會的金髮漂亮女孩；滿腦子三只大肚酒瓶加一只的快樂送信男孩；滿腦子怪誕異想但提筆從戎有大將之風的男孩；從**威沃爾慈善濟貧$^{Weaver's\ Almshouse}$所**走出來的半調

---

[15] 二叔公，粵語，指舊社會中當鋪的老櫃員。

子仕紳,緊跟著捱上一位女士,然後緊緊捱巴著,嘰哩呱啦談天說地,像個孩子,像個神父,像謦笛手歐利里那樣,緊緊扯住她那件可憐兮兮地露出雲色襯裙一小角的同色系大衣。
_{O'Leary}

　　裂解箭身傳友邦,共舉干戈赴戰場,亞羅號戰爭,就是這麼幹(再度成為完整的國家,完整的國家再度需要全面的耳目),至於那首歌謠,以切分音入旋律,有如小貓咪在淚水和歡樂之間跳躍滑溜,讓人精神狂熱、腦袋暈厥,而肉身假死,情感張力深受蠮螉泰奧賽伯力作《鸚哥鼻普契內羅的棺材掉下來了》的影響,唱起來激烈處如樹樁演說,聽起來振奮處如群獸狂竄;在德維爾一家地下印刷廠裡面偷偷打印,在黑字白底的長條紙片空白處,嘭-嘭-,一次蓋兩頁,砰,重摁一下墨印台,上方再蓋木刻圖章粗糙的大紅印泥,要不了多久,這首歌謠主要或次要的秘密就直接或間接拍擊著翅膀,啪啦啪啦遨翔在白色的大道和褐色的小路上,透過羅盤分劃圖對方位的掌握和蓋爾文化對藍調的渲染,風起於玫瑰花叢之末,遂成激颷犥怒之狂飆,從街衢拱道內到花格窗牖外,從專搞恐怖暗殺的黑手[16]到聽壁腳聽到發紅的小耳朵,從這個村落呼喊到那個村落,聲量傳遍昔有五大省份今有孖孖四剩的愛爾蘭綠地,橫越蘇格蘭,甚至遠播美利堅合眾國——假如有誰不承認自己沒聽過這首歌謠,願他的頭髮沾滿爛泥巴!

　　德拉尼(或德拉希?)先生,在號角吹響聲中,滿懷期待可以完美贏得這些踐踏草皮斷袖斷背的詩歌朗誦者如傾盆大雨的滿堂喝采,在高盧戰士般的群眾注視下,這位看起來越來越像與他同名同姓荷包滿滿的那個兇手的體面人士,從還算像樣的炭黑禮帽中掏出一管尊貴的短笛,所有樂器中獨自低鳴乏人歌頌的無冕王**皮艾特樂器**行貨架上最純的音色,大提琴和魯特琴合奏方能臻至的天堂神韻,正準備伴奏一曲(如此地靜謐祥和,那般地帕西法爾),卻還沒來得

---

[16] 塞爾維亞恐怖組織黑手會(Black Hand Society)。1914 年 6 月 28 日,黑手會成員 19 歲的青年普林西普(Garvilo Princip)行刺奧匈帝國王儲伉儷,歷史上視為第一次世界大戰導火線。

及把口水四處噴甩之前，[043] 樂團指揮希區考克博士（Hitchcock），在汗濕雜亂的稀疏頭髮上方，有一簇盔飾卷曲白髮，雙手倒扣著絨毛土耳其帽（fez），往上托起約一根警棍的高度，對他的聖杯酒伴打上手勢，意思是「各位看倌，雷聲公來了」以及「神聖法庭，大家肅靜！」（在他昔日崛起之處，再度豎立我們的五月之柱（maypole）），該詩章被譜上水手起錨歌（Canto chantey）之曲調，大夥兒在收稅關卡舊址旁聖安德肋街（Andrew St.），信徒踴躍捐獻的**聖安德肋教堂**（St. Andrew's）那兒，雜耍歌舞團那般又唱又跳，然後舉行入水前的命名擲瓶禮。

　　這首凱爾特詩歌迴盪在翠綠草皮上，流轉唱頌口吟耳傳之間逐漸打造出哈士剔（Hosty）的歌謠之家。博伊樂斯（Boyles）和卡喜悠絲（Cahills），還有囡仔兄佮囡仔姊[臺]，史姬瑞絲（Skerretts）和普瑞查斯（Pritchards），還有穿裙ê佮穿褲ê，四四成對爭相頌詩，五五勾連鑽刺揭私，誠願我們述說的三三兩兩可以如大樹盤根巨石那般長存於口傳掌故裡。歌詞字裡行間大體反覆唱頌他的。有些人投票公決他是維京人，有些人唾飆公幹他是愛爾蘭的羅馬天主教徒，有些人暱稱他鱗恩（Llyn）或萘恩（Phin），而其他的人敬他如神靈，畏他如律法，拜他如聖甲蟲，視他如戲劇名流，吃他的身體如吃鮭魚，喝他的血如喝健力士，對他嵩呼魯格（Lug）、巴格（Bug）、登恩（Dan）、祿普（Lop）、雷克斯（Lex）、拉克斯（Lax）、崗恩（Gunne）或健恩（Guinn）。還有些人雅稱他雅司（Arth），也有些人以洗禮名巴結他為巴多羅買（Bartho）、榛木柯爾（Coll）、克倫諾爾（Noll）、酒伴嗦爾（Soll）、意志威爾（Well）、呃嗯衛爾（Will）、石牆華爾（Wall），但我以語法分析他的雙臀之後，大為讚賞，除了珀爾斯·歐萊里（Persse O'Reilly）[17]之外，沒有任何名諱配得上他的身分和地位。來，一起來。哎呀呀，就交給哈士剔，銀髮冷面哈士剔，就交給哈士剔，這男人，以韻腳入詩，入歌，入凱爾特古詩歌，實乃眾詩之王。在這兒，你們聽過吧？（有些，哈，有）我們有在哪兒聽過吧？（有些，嗯，沒有）你們住這兒的嗎？（其他人有）我們在這兒的哪兒聽過吧？（其他人沒有）快來了，嗡嗡轟轟越來越響！（來，大家熱烈鼓）吭啷，哐鏘！玻璃酒杯

---

[17] 珀爾斯·歐萊里（Persse O'Reilly）為法文 perce-oreille 的諧音，意思是「耳夾蟲」（或「蠼螋」）。

同時使勁攢摔下去,一起在地面炸碎迸開。於是(喀力喀-喀啦喀-啦嘶咔落啪嗤-叭塌-潰屁摳地-咯啦打-些咪啥咪-快要來了要來了來呵-嚕咿-啊啪啦地啊啪啦地-噗空噗喀-滲屎啦!)

聽啊!勇敢的女人,勇敢的男人,豎起耳朵,燃燒吧!
音樂提示。

（樂譜）

聽過 憨痞帝 蛋披地 嗎 他 竟
然連滾帶吼摔 下耶 縮成 一 球像歐拉夫
老 爺靠近底 下彈藥庫圍 牆 彈藥
庫的圍牆 駝盔都很 強 D.C. [044]

Humpty　Dumpty
聽過憨痞帝‧蛋披地嗎?
他竟然連滾帶吼摔下耶!
　　　　　　　Olaf
縮成一球像歐拉夫老爺,
靠近底下彈藥庫圍牆。
　(合唱)彈藥庫的圍牆,

駝，盔，都很強？

他一度是我們的城堡之王，
如今是被踢來踢去的熟爛歐防風(parsnip)，
市長大人下令從綠街押解人來瘋，
直接送到監獄歡樂山(Mountjoy)。
　　（合唱）送到監獄歡樂山，
　　　　　　關他進牢喜刪刪。

詭計之父騷擾我們就是他，
老漢推馬車，無玷無始胎(Immaculate)，保險套保證，人口絕不添，
病人只給喝馬奶，搞得每週七天天天禁酒星期天，
花園野合之愛，宗教改革之初。
　　（合唱）宗教改革極其齪，
　　　　　　手段也是有夠粗。

哎呦喂，你不說，他為啥老是弄不來？
我敢掛保證，心愛的好酪農，
就像老公牛亂闖**卡西迪斯大酒店**(Cassidys)胡亂弄，
你把奶油囤在你的牛角內[18]。
　　（合唱）他把奶油囤在他的牛角內。
　　　　　　奶油塗牛角，啵亮咧！

（再現部）好耶，哈士剔，銀髮冷面哈士剔，換下身上衫，

---

[18] 蘇格蘭諺語，「奶油儲藏在母牛犄角內」，表示該母牛產不出牛奶來。

詩歌添韻腳，眾詩之國王！

大舌頭，小結巴！

鬆獅犬、竹筷子、炒雜碎、藤椅子、口香糖、雞痘子，還有磁便壺，
賣貨郎，甜言蜜語嘴角冒泡通通都有賣。[045]
　　　　　　　　　　　　Humphrey
早知道啦，遍騙大家彷彿類，本地少年耍迷糊，
Chimpden
欺普頓還有很多可以賣。

　　（合唱）他的廉價粗品雜貨店，
　　　　　　順著吵價街，往下走一點。

他住自家豪奢舒適的旅館，
全是廢物詭計加垃圾，熊熊篝火燒成灰，
人手短缺啊，克蘭西警長急上發條狗跳雞飛。
無限公司有法警，砰砰磅磅敲門來
　　（合唱）嘣嘣嘭嘭敲門來
　　　　　　看他還敢再亂來。

甜頭霉運隨浪沖到島上來
迅雷榔頭雙勾鐵爪維京的戰船，
外國鬼子的詛咒，那天廣流傳，
Eblana　　　　　　Black and Tan
艾柏拉納灣瞧見他黑棕的戰艦。
　　（合唱）瞧見黑棕的戰艦，
　　　　　　插在沙洲的利劍。

打哪兒來？普爾貝格扯喉吼。哥本哈根，他咆哮，煮來吃的，這兒半便士，給俺
吐泡泡大明蝦，帶著老婆和一窩小崽子，
大屁股兔兒臉芬格·馬克奧斯卡·奧乃西莫·巴吉爾斯·巴尼費斯，
那是俺以前在挪威騎駱駝穿針孔時打下的渾號，
現在俺只是一隻騙吃騙喝的挪威老鱈魚。
　　（合唱）又弱又駝挪威老鱈魚。
　　　　　　就是他，決無虞。

舉揚，哈士剔，舉揚，你呀惡魔你！與古詩，與押韻的古詩，齊舉揚！

當花園的清水如從幫浦激射噴湧之時，
或是觀賞豔羨群猴之際，如《護理明鏡》所露吐，
咱們杭福瑞重量級的異教徒，
色膽包天追求女傭兼當小玩伴。
　　（合唱）哎呀呀，她要怎麼辦！
　　　　　　女雜工滑貼如膜裂兩半！[046]

真該臊紅臉，滿頭枯草目中無人老學究，
就如此那般趴在她的上面猛擣臼，
大洪水來襲前，天吶，他早就
握有咱們動物園的造冊之謎。
　　（合唱）大爺們，親嘴說笑意亂情迷，
　　　　　　諾厄開的鳥玩笑，還是讓人很著迷。

威靈頓紀念碑下，他渾身顫動搖晃不知麻，

咱們繞柱打轉臭名遠揚的肥臀大河馬，

公共馬車把登梯從車屁股往下擱，

好死不死惹翻了燧發槍的阿兵哥。

　　（合唱）褲底破洞不可憐，

　　　　　　就判他六年。

同情他那窩天真可憐的小孩，

可要小心他明沒正娶的糟糠！

大小老婆揪打伊耳維克鑽好康，

綠葉上的耳夾蟲，腦袋上的爛假髮，豈不上下胡亂跳？

　　（合唱）耳夾蟲爬綠葉好肥好多條，

　　　　　　你所見過最大條。

索夫剋勒死 [19]！啥屎屁呀 [20] 屌力量！淨飯大王戴假牙！無名小卒憨梅瑟！
（Sophocles）　（Shakespeare）　　　　（Suddhodana）　　　　　（Moses）

我們組成門票自訂蓋爾樂團，我們舉辦超極巨大群眾集會，

準備在這個斯堪地下三爛的勇敢之子身上鋪草皮，

願他在牛仔鎮地底永駐紮，
　　（Oxmanstown）

連帶還有惡魔和丹麥人渣。

　　（合唱）又聾又啞的丹麥人渣，

　　　　　　以及他們所有的遺渣。

傾盡國王所有馬和人，

---

[19] 索福克勒斯（Sophocles）中譯之諧音，古希臘悲劇作家代表人物之一。

[20] 莎士比亞（William Shakespeare）中譯之諧音。

無法復活他的肉和身，
因為康諾特省[21]（Connacht）或硫磺火湖都缺乏真正的咒音，
（再一次）足以讓亞伯爾（Abel）舉起酒杯喚醒沉睡的加音（Cain）。[047]

---

[21] 克倫威爾在愛爾蘭強力推動的墾荒政策，宣稱：「下地獄，不然就去康諾特省」（"To Hell or to Connacht"）。

第三章

　　我的耶穌基督啊！瞧，光用肉眼，就可以看到那共鳴胸腔內的高音 C！濃厚的惡臭以水壩潰堤的氣勢從抑揚頓挫的排放中倏然暴淹四面八方，王八羔子的，去死吧！瞧那酒神巴克斯(Bacchus)的身軀，聽那巴賽單簧管([義] corno di bassetto)的音域，連珠砲轟下，到處瀰漫著沉甸甸的音霧！在那片畸異鬼誕的茫茫霧氣中，你[1]極力以調侃的口氣提到視界的虛妄、山羊羣內雌雄混雜性別錯亂的愛愛事件、潑辣浪蕩的地獄野貓，以及暗灰平庸的膽小家鼠，還有重婚的那傢伙，叫鮑伯(Bob)的是吧，和他那可憐的臭老黃臉婆珊番渥([臺]蒼老 Shan Van Vocht)[2]！道明會(Dominican)的黑衣修士(Blackfriars)則施展看家本領，祭出萬靈糖漿藥膏(treacle plaster)，來安撫像愛麗斯·黎寶(Alice Liddell)那般被輕賤的小女生！更有甚者，從濕潤之國胡米底亞(Humidia)國王理查(Richard)身上，的確響應如嘶，釋放出大量含有劇毒形成天然屏障的重重煙霧(cloud barrage)。然而，所有聽過或唱過那首歌謠的人們，如今只剩下一小撮的吟遊歌手，和愛杜依(Aedui)[3]的首席法官(Vergobretus)本人，才清楚整首歌的來龍去脈，至於那群卡拉塔庫斯(Caratacus)頭領統治下身披卡拉庫爾(caracul)綿羊毛皮大衣、個個工於心計善於演戲的牧民，如今安在哉，好像他們已然的未在和未然的將在，就最大程度而

---

[1] 指伊耳維克。

[2] Shan Van Vocht，凱爾特語，意思是「可憐的老嫗」，常見於與國家民族有關的歌曲和詩作中，代表愛爾蘭在英國統治下的犧牲和奉獻。在葉慈（W. B. Yeats）的獨幕劇《胡立翰之女凱瑟琳》（*Kathleen ni Houlihan*）中，同名女主角就是以這個民族形象來呼籲愛爾蘭人共同恢復光榮偉大傳統，群起對抗外來殖民政權。

[3] 愛杜依人，也稱埃杜維人（Aedui, Haedui 或 Hedui）屬於古高盧的凱爾特族群。凱撒時期的愛杜依首席法官稱作 Vergobretus，原意爲「審判工作者」（judgment-worker），每年選拔產生，掌握判決生死的權力，並負有領軍捍衛城邦的職責，但法律禁止其離開人民所居住的疆土前往前線參與戰事。

言，差相仿若，也就是說，他們死了，好像他們從來沒有存在過；他們出生了，好像從來沒有生活過。或許在某個未來，我們會在此處，置身於那些穿著阿拉伯式軍服，參與因克爾曼戰役的法國輕步兵之間，聽他們聊聊墨客劇團搬演的搞笑默劇，聽他們聊聊殷勤利索討人喜的演員和他們的搞笑默劇，像是米克那傢伙，總喜歡 kuso 羅馬天主教那個大總領護守天使叫彌額爾的，他的小惡魔尼克會扮演所有的尊貴小公主瑪姬，希爾頓・聖賈斯特（法蘭克・史密斯先生飾演）和伊凡・聖奧斯特爾（J. F. 瓊斯先生飾演），盧肯鎮的柯爾曼在《芬恩・麥庫爾與內伊湖的七個小精靈》（沼澤地、雨衣、呼喊，以及鍊鎖成串的陰詭僕人）、《格理弗猶悖》（快馬馳騁的獵人、轟然倒地的巨人）、和《喧囂皇后》（臉覆黑面具，身著五彩服，打愛爾蘭曲棍球的丑角哈樂昆[4]）等劇碼中，由兩倍於六的成員都叫做歐戴利・歐道伊爾的吟唱隊擔綱歌舞表演，還有過氣的齊特琴手帶著他那群插科打諢的滑稽班底，嘈嘈切切亂亂彈，滲滲汨汨滲滲泉[5]！巡迴法官睜大著眼睛，扭動著耳朵，看一看聽一聽記載於艾爾比賈傳奇[6]裡，關於冰島古民伊耳維克以及這個半島上人民喪心病狂的罪愆（該傳奇，到那頭，從這端，到內在不斷分裂的罅隙，從外部綿延糾纏的連結，從拋入大海的木桶，到可是湯姆，讀起來很容易很通順啊，其實從頭頂到尾椎，全是貧嘴鬼扯瞎胡謅，具有無可起訴的反毀謗本質，此特性適用於整-整篇作品和整-整個的我），可憐見的聖體奧士惕-法士惕，被描繪成小圈圈內

---

[4] 哈樂昆是義大利即興喜劇（Commedia dell'arte）中的滑稽僕人丑角。傳統造型是臉覆黑色面具，面具上方額頭部位會有一顆類似癤子的巨大紅色斑點，身著補丁和破布組成的菱形雜色服裝。

[5] 滲滲泉是位於麥加清真寺內一口聖井內的泉水。據傳，易卜拉欣（即亞巴郎、亞伯拉罕）之妻夏甲，在烈日下的兩座山中來回奔走七次，為懷抱中的嬰兒尋找泉水。真主派遣天使為她鑿地挖洞，泉水湧冒而出，即今日的滲滲泉。

[6] 艾爾比賈傳奇敘述冰島斯奈山（Snæfellsnes）居民的糾紛和法律訴訟。衝突主要來自於資源的匱乏，導致居民相互爭奪木材、財產和牲畜等。該傳奇淋漓盡致地刻畫人性的貪婪、恐懼、卑鄙和野心。

的音樂天才，擁有一隻超乎尋常訓練有素的耳朵，配上一副男高音的好嗓子，
當然不只這樣，他還是微薄薪資的軍事修士團中獲頒普魯士藍馬克斯勳章的重
量級詩人（起初師法丁尼生和達里歐・德圖奧尼的風格，以雷響的詩句頌讚轟
隆的死亡，爾後力爭上游精液求精，直逼那批精神煥發生機勃勃宣稱咱們一起
抱團廝混的文人騷客），這些才能卻都無人知曉。假如他們 [048] 在他讓帷幕
升起前就對他猛吹口哨，他們在他的末世審判帷幕已經頹然墜下之後，還是一
樣會不斷為他吹口哨。欸，他沒了！你也逃不掉的。他的管家，可憐的老老朋
友阿赫拉（歐卡洛夫？）被這個那個搞得垂頭喪氣，鞋底都磨到見腳跟了，它
們發出吱吱嘰嘰的尖細聲，接受了（**你咧陷眠！你乜係！**）管他是國王還是
高王的那麼點零星錢，從軍樂去囉，就在克里米亞戰爭快要落幕的時候，他學
那野雁遠走高飛，身懷鐫有王冠的錢幣，如同〈去吧，我的愛人〉，獨自一人
跟著孤單的人群彳亍前進，應募加入泰隆郡的騎兵隊，吃愛爾蘭白肉馬鈴薯，
先在陸軍元帥沃爾斯利麾下當了一陣子兵，當時報上去的名字是布蘭科・
菲斯洛夫納・巴克洛維奇（純屬挪用和捏造，暗含白色、精煉鋼之羊，巴克利
之子的意思），泵巷兩旁林立面面相覷的噪鴉高塔和大理石華廈，遠觀似鴿舍
的方格籠，近看如骨灰甕的壁龕，囊昔離鄉尋夢海上稱王的北歐強盜之家，它
們嘶啞著嗓子嘎嘎叫嚷，**不復矣，不復矣**，只因獲悉在大海的另一邊，在大
家稱為國王冠鴉的戰場上，不祥之兆降臨到他所屬的單位，他慘遭滅斃，曾留
言，那份教皇通諭，約有廣告傳單大小、看起來像槁木掉落的敗葉，給
我老頭子，還有那些生巧克力片給我勞斯郡的岳母，那個喋喋不休粗野
魯鈍的八婆，每次都當成煙草來嚼，她肯定會像頭野獸那樣嚎啕大哭。聽
他叭咘啦，**博伊爾修道院**判定遺言無效，反正都嗝屁了！敬愛的保羅・霍倫，
又老又窮，為了饜足他對文學和犯罪的渴望，在公告官嘮哩嘮叨的提議下，根
據《都柏林智識報》披露，被丟進北方某郡的杜鵑窩，跟一堆瘋子作伴。他化
名歐蘭尼，在劇團裡幹了好一陣子跑龍套，善於勝任緊急通知下戲份較長的角

色。他沒了。㺷猩山姆（Sordid Sam），臉色陰鬱衣著端正的都柏林仔，精神狀態不甚穩定，丟魂兒似的老掛念著他的含氏（Ham）火腿，在熾天使執達員伊斯拉菲爾（Israfel the Summoner）跟他說了什麼之後，就毫無痛苦地溘然長逝，他大半輩子歷經日升日落高低起伏的賽馬場人生，萬聖節前夕，心情低潮酩酊大醉，在床上用身體彼此磨蹭的最後床伴，聲稱是至親勝血肉的挪威人和他那個兇殘的海狼大副，以散發海魚血腥的手掌，抓起一床破爛如胎膜的被單把他捆成一團雲朵似的，**這鄉巴佬吊起來還真笨重，方便大家踢個過癮**，在這樣赤條條的自然狀態下，不要把我丟到野狼堆裡，好幾隻腳替這兩個好兄弟，連環猛踹在他緊閉如牡蠣的嘴巴以及頸部的寰椎（atlas）[7]處，鈍重的殘軀發出打嗝般的聲響，從沒好好清洗的臀部被強力狠狠推向從未希冀的無外至大。據說他神情肅穆地說，欲沉落去誠困難[臺]要沉下去很困難，海了一大杯啤酒，**勞力**[臺]謝謝（那些失足陷落地獄的傢伙，塞住他的嘴巴，把這個剛剛還很敏捷的拳擊手推落提詞人藏身箱內（prompt box））——就在電光石火思緒竄動間，他一頭倒栽直直墜落下去，好像瓶口朝下的巴斯（Bass）啤酒瓶摔進滿是糞便和瓶塞的柳條箱內（被騙啦！）：我的戲啊我的夢，又讓斯堪地那維亞的後代贏了一局！現在就讓我分裂本人的細胞化成上百個為我所用的小工人，庫薩克的米古拉斯（Micholas de Cusack）[8]如此稱呼它們，在我接下來的進程裡，基於追索權（recourse）[9]的緣故，所有這些自我中的小我當然會解掉我的職責，藉由他們之間彼此共舞相互戎合的矛盾並存現象（the coincidence of opposites），在那個無從分辨卻完全等同的身分[10]中，一再上演不斷分裂和重組的遊戲，[049] 善於用拳

---

[7] 寰椎，取自希臘神話中背負地球的泰坦巨神阿特拉斯（Atlas），是高等脊椎動物的第一頸椎。

[8] 庫薩克的米古拉斯（Micholas de Cusack）是融合兩位歷史人物所鑄造出來的名字。一位是庫薩的尼古拉（Nicolaus Cusanus, 1401-1464），文藝復興時期神聖羅馬帝國的神學家，在探究人和世界的關係時，曾論證對立面的統一性。另一位是米凱爾·庫薩克（Michale Cusack, 1847-1906），愛爾蘭蓋爾運動協會創辦人。

[9] 根據高點法律網的解釋，追索權是指「債權人在主債務人不履行債務時，要求保證人履行債務的權利」（http://www.finwake.com/1024chapter3/1024finn3.htm）。

[10] 「不可分辨項之等同律」（identity of indiscernibles）和「等同項之不可分辨律」（indiscernibility of identicals）是德國哲學家萊布尼茲（G.W. Leibniz, 1646-1716）討論某兩物相同或不同之類的身分認同（identity）問題時提出來的檢驗原則，一般通稱為「萊布尼茲定律」。

的麵包師傅和一身橫肉的屠夫老闆已分不出明顯的差別，真希望他們不要再這麼魔惑我們（雖然他的起手式，揮舞的鋼鐵猛拳，虎虎威儼如鬥雞金距(cockspur)，滿溢雄性自信的霹靂火噴射屁(hotspur)，或許讓我們心理有所戒備，但此時此刻，還是被辛辣的芥肩[11]和末稍的惡臭彈(stink pot)[12]幾乎轟個正著，燻得頭昏腦脹不知東南西北），通體深褐肉汁色澤的燭台上，蠟燭滾落豌豆大小的淚珠，**火刑柱上諾蘭的布魯(Bruno the Nolan)諾**，粒粒皆辛苦，融入和平的想望！他沒了。她的老婆預言家蘭里(Langley)跟他一樣，都不喜歡這齣在**德魯里巷皇家劇院(Theatre Royal Drury Lane)**上演的雙人音樂短劇(duodrama)，既枯燥無趣又陰鬱幽暗，還有那些最正直最體面最有資格可以湊成一打的追隨者（裡頭還缺一個撒歡的扒手），還有一個最不正直最不體面算是街頭賣藝的樂師，反正那起子，只要在輪輻狀的聖彼得廣場(St. Peter's Square)上，聽過他的公開演講，觸及他海綿動物骨針(spicule)般的刺耳聲音，沾黏上他的飛濺星沫，全部都已經從地球表面消失得無影無蹤了（在**待會兒見囉**之後，他隨即悄悄溜走了，還從保存《凱爾經(Book of Kells)》的密室，帶走所有搬得走的聖高隆龐(Colmcille)手抄經文，不折不扣搖筆桿的專欄作家，才會有如此瀰漫私處腐臭味道的墮落行徑），他橫跨大洋脫胎換骨，一路往南足跡遍及澳洲那麼大的廣袤平原，徹頭徹尾沒有遺留絲毫可資追獵的味道和蹤跡（母書拿起除塵(mother of the book)撢子，把覆蓋在她總苞封面(involucrum)上、他意圖抹除來源的謄錄之作，三兩下清得乾乾淨淨，恢復潔淨無瑕的白板狀態(tabula rasa)），以致於把那些個慣於臆測的人搞得心癢難搔大發議論，幾乎都認為（因為這個列維(Levey)，好像之前一直都叫做蘭里(Langley)的，很可能根本就是那個異-異教徒義大利小提琴家尼可羅(Niccolò)·帕格尼尼(Paganini)再世為人，不然就是自願參軍的那個伍士登(Vousden)）這個四處打零工的羅漢腳（萬千幽默小曲熟稔於胸），在潛逃拘捕令(latitat)的娓娓敦促下，早就把自己逸趣橫生的棲息地(habitat)，翻轉成大地盡頭內部那道黑暗幽冥的深淵。浣屍衣女妖(banshee)來報喪，他沒了。此外，假如這位身體[愛]bhi se

---

[11] 典故出自《左傳·昭公二十五年》。西元前517年，魯國季平子與郈昭伯鬥雞，季平子在他的鬥雞翅膀上塗了芥末，而郈昭伯在他的鬥雞雞爪上裝上利刃。

[12] 十九世紀中葉，在中國沿海活動的海盜所使用的武器。

　　　　　　　　　　　　　Dan　Browne
　　贏弱僅能克化淡茶配土司的丹・布朗恩神父,最最風趣不凡的講古仙,讓我們
　　　　　　　　　　　　　Bruno
舉杯祝他身體康泰,竟然就是布魯諾神父閣下的話,也就是西邊那個西班牙,
他們皇后忠誠可信的慰藉者和品茶師,那麼,那位乎受敬重的神職人員,羅馬
天主教兄弟會等慈善團體的宗教顧問,消化良好,笑容滿面,剝除賽馬惡癖的
　　　　　　　　　　　　Carmelite
業餘玩家,白淨臉皮的假道學白袍僧,他那讓人心頭小鹿噗噗亂跳的講道壇(我
　　　　　　　　　　　　　　　　　　　　　　　　　　　　Bruno
們不都只記得,這位具備稀有天賦頭角崢嶸的僧侶弟兄,頗似高貴男布魯諾和
　　Nolan　　　　　　　　　　　　　　　　　　　　　　Sinn Féin
肌肉男諾蘭恩的混搭綜合體嗎?)悸動著歌聲足以誘人跳海的新芬黨[13]歌唱協會
眾家女子(翻開報紙——羅馬天主教——眼球瀏覽的重點),她們在天主感召之
下,可以如此熱情地相伴相隨,何其有幸啊,他這頭傷風敗俗的蠢驢,時不時
　　　　　　　　　　　　　　　　　　　cockade
就會把慈善義賣會的抽獎彩券當成花結帽章別在頭上斜戴的帽沿上,活像他那
把平底鍋的鐵掛勾(假如優雅的女王陛下見他如此作態,她可是會一怒為紅顏
的喔!),而且也因為在半私人半公開的場合瀆職而被判醫療失當,都是他那
　　　　　　　　　　　　　　　　　　　　　　　　　　　　　　　　Dunhill
把有燙洗過啊餐刀惹的禍(原本希望閃亮的光芒足以掩飾他的焦慮,並提防大
家注意到口袋裡的酒瓶塞),那個同樣出身糞堆之丘,叼上一根登喜路海泡石
煙斗(聽說不止一根咧),就自認學識高人一等的瘋三,根本是個趨炎附勢不
學無術之徒,卻讓成熟魅力遠遠超出他許多年頭的大將軍給偶遇上了,那是個
日曆標有紅色數字的早晨,還是五月某個中午的星期四呢?他們都沒了嗎?他
是沒了。通通都沒了。
　　　　　Philistine　　　Whistling Phil
　　培肋舍特人口哨菲爾的魯莽話頭剛到舌尖就趕緊打住,藐視命運可是蠻愚蠢
　　　　　　　　　　　Mick
的行為,只要去過鹹海濱米克斯旅館的人都知道,我們幾乎什麼忙都幫不上,
因為他再也出不了海了,我們再也見不到他啦。然而,即便朦朧溷濁如天外星
雲,依照我們對於大眾臉的認知,只要多多自主學習,便可得到一個萬里無雲
的臉龐,[050]一般人類陰霾滿佈的面容,雖說悲哀早已隨著日子逐漸消逝,長

---

[13] 新芬黨(Sinn Féin,原義為「我們」),愛爾蘭共和軍的官方政治組織,自1910年代起一直
　　主張武力促成愛爾蘭完全脫離英國獨立,並於1922年成功爭取建立愛爾蘭自由邦。

久的迷惑茫然命定了暗灰慘黃的容顏，臉型經年累月在滂沱淚水浸潤下，一個人的自我經常會有所改變（沒創意！）。這事兒滑不溜丟，由於濕氣太重，能見度也低（因為在一千零一個夜晚裡，調皮搗蛋的雪赫拉莎德(Scheherazade)，每每在諧謔曲(scherzo)的伴奏下，大玩特玩比手劃腳的猜謎遊戲(charade)，那一把代表司法威權、在驗明正身之後決定哪個該處死哪個該恩赦的正義之劍，從未掉落在任何一具洞體上），要去定義和辨識一個無法分割的複合個體，至關重要卻頗為困難，尤其該個體還配戴接髮髮片，穿著平口下擺的方角背心，寬鬆的領巾如燒熔的嚴漿從敞開的領口堆湧下來，襯衫腋下袖褶處迸開一條狹航道般貌似抱歉的細長裂縫，套著鬆垮垮布袋般肥大的長褲，還穿著一雙劈啪作響的拖鞋（人家常常引經據典把他比成老奸巨滑版的聖博德(Patrick)，那個在拉德巷教堂甬道外的年輕小夥子(Lad)），掩不住局部脫髮（縱慾！）的初期症兆（我們跟各形各色不同人等在他們各種各類的年齡打情罵俏之時，總會不斷遇到他們各式各樣髮線剛剛後移的頭型！），他呢，碰上三個寄宿學校逃學的懶惰蟲，意志威爾(Will)、能力康恩(Conn)和應該歐托(Otto)，全身上下緊緊裹著軍用防水大衣，在牆的另一邊，要他隔著門，憑著意志、能力和做應該做的事，再跟他們說一遍，他在那張尿床尿到足夠養金魚的床上聽到的，關於那個針黹小販、兩個聖公會教會語文小學[14](The Anglican Church Grammar School)見人就行屈膝禮的包頭巾小女生，以及三個赤身裸體披著熊皮大衣的單身漢，還有一隻山羊，關於他們那些罕見難信富含冒險蟲堆床頭的童話鬼故事！小女生(杭)和小男生(福瑞)嘛，可是呢，自從草菅人命如雷神索爾(Thor)的索吉爾斯(Thorgils)[15]時代以來，他的容貌已經大為改變！憶多嬌[16]、耳邊風、散秋香、思卿馬、誤佳期、柳搖金、砌花嵩、霸陵橋、救情郎！是啊，就像數羊兒那樣，都聚攏到咱這棵大樹來，當小寵物寵著，當小婊子嫖著，耶

---

[14] 該校於1912年創立，僅招收男生。

[15] 索吉爾斯（Thorgils，也稱為Turgeis、Tuirgeis、Turges和Thorgest）是公元9世紀時活躍於愛爾蘭的維京人海盜頭目。

[16] 中國明朝市井交易隱語，從1數到9，暗含一段曲折崎嶇的戀愛情節。見田汝成，《西湖遊覽志餘》卷二十五〈委巷叢談〉。

穌基督啊,一堆的她、她還有她,十分豐腴百分嫩,跟在科威特的薩法特廣場[Safat Square]兒童樂園[17]裡牧羊差不多,OK,黛比[Deb],OK嗎?才不要呢!瞼上那磨多肉疣,那磨多斑紋,像貧民窟一排排的破房子,油膩膩黏乎乎,夠噁心巴拉的,左半邊直透著邪乎,都是那些沾親帶故的姊妹們,看把我搞成啥皺巴巴的德性(是什麼突然影響到血親兄弟 E ê [臺]寬闊臉龐開闊面模仔呢?),更甭提(上下攀爬 M 形大山,深淺跋涉 U 形幽谷,願曲阜尼丘山的神廟看在這份心意上,保佑我們!)那麼一大把蓄得像蒙戈國家公園[Mungo National Park]的真菌那般茂密旺盛的鬍鬚!想當蒙戈・帕克[Mungo Park]搞探險,門兒都沒有!喝吧!

休閒娛樂是件很普通的事兒,對吧。那天是專屬天主的日子,整天溼答答的(企首盼望的划船大賽[regatta],最終果然以延期來收場,要消磨時間呢,可幹的事,不是只有在海邊打打板羽球[battledore and shuttlecock],或是鬥鬥雞[臺]公雞角釣釣魚那樣而已),如此這般地開場來要求(而非看在博德大愛[Patrick]的份上)這個臉色紅潤似波特酒的當事人,提供全副武裝滴水不漏的充分說明,他老兄啊(出生在我們的姊妹島[18]——米斯人[Meath]還是麥加人[Mecca]?——準沒錯,聽他那口濃厚的土腔,瞧他那雙賽馬過後閃爍著洛基[Loki]般怒火的 X 光眼睛,聞他渾身散發的魯肯[Lucan]本土體味,大家都說就像克朗特[Clonturk]公園裡經常可以看到的,很一般的土耳其小丑那個模樣——雖然說,這個身披斗蓬的查珀爾利佐德[Chapelizod]居民,他的鼻音、流音[liquid],以及打噴嚏「哈——Z」的尾音,硬是把我們的記憶拖拽回到志留紀時期,出現在威爾斯南部那片岩礫山丘地帶的古[Silures]英國奧陶維斯[Ordovician]人的說話方式——他剛去了趟麥加,沒那麼神聖的副朝覲之旅[Lesser Pilgrimage],就開始回過頭汙衊咱們這座歷史更為古老的博德島,把她叫成什麼蝙蝠島啦豬玀島[愛]Muicinis之類的,還說啥,看看那些古里古怪的老外大刺刺就踏上東南方懸崖峭

---

[17] 科威特市政府於 1933 年搬到薩法特廣場(Safat Square),隨即帶動該區的商業活動,紛紛成立的咖啡店和節慶日在廣場上的兒童遊戲,成為市景一大特色。2013 年 1 月 1 日的《科威特時報》(*Kuwait Times*)有刊登 1930 年代薩法特廣場兒童樂園的老照片。

[18] 姊妹島(sister isle),指愛爾蘭,乃是從大英帝國降尊紆貴的態度來表達對愛爾蘭的姊妹關係。

壁下的灘頭，**出逃國王的避難所**[拉]regifugium persecutorum，因此這島嶼還可稱為厚甸如臀的後墊總部）當時在暮禱鐘聲傳來之際，停下來差不多幾分鐘（丹尼男孩Danny Boy，抽管煙斗 high 一下！吧台夥計，快要 1 點了。律師大人，早該贏了吧。我要以十博一，穩賺不賠），困在這個魔鬼的赤道無風帶doldrum，聽那索然無味的鼓聲panomancy（她的櫥窗上朵朵綻放的蘋果花，她的麵包占卜術讀出夏綠蒂Charlotte三個字，蛋糕點心，他的愛慕者，唯一的靈魂伴侶，在糕餅店裡他情有獨鍾的蘋果塔，在他口袋清單裡僅剩的甜心存貨），就想找個醇香留底的匏瓜狀酒瓶，以神槍手安妮‧歐克麗Annie Oakley [051]致命的精準度，執行已經瞄準定位好的週末休閒消遣（欲望給挑起來以後，決定以消費模式達到敦倫之旅的終結行為consummatory behavior，但是希冀染指的那一對雌兒，卻各自仍然保持獨立的個體，仍然維持極具誘惑的挑釁provocative，他迷戀到不管三七二十一就想倒頭栽進去，莉莉Lili和菟菟Tutu，芭蕾舞小短裙，快把香檳瓶塞塞回去！），徹底倒空不久之前還滿滿一桶瑞德家族Reid's Family（你這渾身酒濕的傢伙以前都讀過嗎，可是所有那些造酒池搞屁眼索多瑪Sodom亂而引發大小戰役的殺千刀歷史，卻絲毫沒有削弱你對燒刀子夭壽乾渴的程度！）的瑞德家庭號烈黑啤Reid's Family Stout。他給連發手槍重新裝上子彈，並重新調整他的計時裝置到達定位之後，這個可敬的幽靈人物，仍然還有一兩條生命，供他佔據某個世界某個空間的那段時間來揮霍使用，站起身子，那兒離托爾卡洪汛河Tolka邊名符其實的家，還頗有一段距離，在一座英式花園裡（很普通很一般的地方！），大夥兒一向管它叫迪克惠廷頓自然園區Dick Whittington Wild，園內時而闃靜無聲，時而微風悄語，時常喧囂嘈雜，充滿各種野趣，原本伴隨著歡樂射擊發出的那等興奮喊叫，此時已經不再回應他那直追聲樂家單純暴烈的聲音強度，我親愛的同胞兄弟們，我最親愛的主內弟兄們，他以吃飯和喝酒是同一回事的口吻，將獨一無二的天主和普慈特慈的安拉Compassionate Allah相提並論，並趕在陽具過度早熟、精擅散播驚悚消息的三人組之前（得分秘訣：鏡子幫不了醜八怪，我相信妳是對的，妳的嫁妝就是妳的臉，某個年輕女士是這麼回答的），提醒此時此刻的我們，榮耀歸於我們遠在天上的父，我們生命的作者，要引導祂這批充滿神話

色彩盛裝打扮的子民好好入場。

　　在兄弟鬩牆相煎太急的混亂時刻，千里眼電視殺死了虛偽的順風耳電話。我們的眼睛要求該輪到它們上場了。要有「被看見」，就有「被看見」！燃燒狼骨[19]升起熊熊烽燧，像冒出滾滾深紫烏頭[20]濃煙的五朔節貝爾騰篝火，沿途照亮樹上做有指路標記的要道，直達最深最遠之處，但願虛無飄渺的瑪利可以快點蹦出個神聖的小 baby 來啊。他們一點上火，她的雙眸必然隨之發亮，我們就有些機會可以對每個豬母養的，像你或是我啊，想知道的事情開始熱身做準備。首先，杭福瑞那頂獺皮高禮帽，環繞帽圍的絲質寬帶淌口水般南北走向地垂掛其後，一副玩菊基佬的打扮（進了號子，葫蘆煙斗就歸牢頭老大所有，牢頭老大則歸長人稅吏孔丘[21]所有，孔氏身量高如大金剛，敲鐘剛好響叮噹），打四手結領帶，穿雙排釦長大衣，手肘可以伸展的空間僅厄爾巴島大小，老薑色澤的褲面縫有好幾塊枯橘皮狀的補丁，至於裡頭羞於啟齒的內褲還沾有近似前述的顏色，看來不是住豪宅的料，暗藍的雨傘，方便他支撐身體的另一根脊椎骨，身穿泛著鏽紅鍍銀銅質鈕扣的仿沃爾斯利韋爾斯利粗亞麻襯衫，戴有一雙臂鎧般的及肘長手套，在那個對他來說，不單單只是邪惡就可以形容的時刻，他擊倒了強大有力好像叫什麼右槍手德斯德爾的，當時高層似乎已經有意起用這把槍為國效命了。他剽竊人家的轟隆雷聲[22]，挪用人家的獨創點子，他擁有，

---

[19] 取材自中國「烽火戲諸侯」的典故。周幽王為博得愛姬褒姒的歡顏，點起烽火臺狼煙，假傳敵人大舉來侵的警訊。眾諸侯匆忙趕來救駕，褒姒見狀而展露難得的笑容。周幽王得美人一笑，卻失諸侯眾心。示警烽燧所燒的並非狼骨，而是狼糞。喬伊斯所參考的資料恐有誤導之虞。

[20] 烏頭，多年生直立草本植物，有劇毒，花朵呈深紫或深藍，是英國等西方國家的觀賞植物。

[21] 孔子曾擔任過許多工作，稅吏是其中之一。根據漢・王充《論衡・自紀》所言，孔子「為乘田委吏，無於邑之心；為司空相國，無說豫之色。」所謂「乘田委吏」，按照現在的說法，就是徵收田賦的稅吏。

[22] 「剽竊某人的雷聲」（stealing one's thunder），典出十八世紀英國劇作家約翰・鄧尼斯（John Dennis, 1658-1743）的怨言。在他上演的舞臺劇《阿皮爾斯和維吉尼亞》（Appius and Virginia）中，他發明的舞臺雷聲據稱可以十分逼真製造出預期的音響效果。演出不算成功，很

用小國家毫無爭議適合宣講的語言來說（農家在田地撿拾稻穗時，或許會說的可能字眼），暮晚麻黑的膚色，掛著看起來就像**哎呦，好痛耶**的討喜微笑，他的想法主要都是**平安、順利、珍重、乾杯**之類的祝福話，為了我們即將擠上排名第二順位的父母[23]（尋找女人！探知究竟！），得體地描繪出那個感人的犯罪場面，恰似不同天體的會合，也如同信徒的宗教會議。那種蒸餾醇酒的寧靜祥和，真是撫慰人心。聽，就在此，[052] 就算芬尼根是一根針，掉到地面你都能聽得一清二楚。轟隆-轟隆隆，低沉悶雷在天際緩緩滾動，天穹星體的撞擊，樹叢怒放的花朵，軲轆轆-轟隆隆-砰-啪。這些場面似乎組成《狂妄而得意的畫像》系列中，一幅土石流竄的野外自然景觀，或是某張黯淡的阿哈斯羊毛掛毯上描繪的類似場景，蠢斃了，就像死寂那般沈默，就像媽咪策動兵變造反那般笨手笨腳，這個阿德勒・克里斯汀森的第 77 位表親被想像塑造出來的形象，被譜曲填詞當成頌歌來謳唱，從奧斯陸橫越葡萄酒色的天空透過無線通訊向我們放送，耳朵聽到的，鼻子聞到的，深深浸潤到我們骨頭裡，厭惡憎恨之情瀰散在愛爾蘭土地，比起維京人統治都柏林時期，在自治議會庭討論出來對眾多故事版本的決議，這則傳說不會比它們更加古老，也沒有更加怪異，更不會比圓桶堡壘更加不牢靠。（說得倒是一本正經，根本都是偷來的！）

此後時常會看到，一輛座位相對的愛爾蘭馬車，上下顛簸輕快地跑著，乘客的肩膀偶而會碰來碰去，憤怒的猶太車伕耶胡會告訴信基督的奧斯陸人克利斯蒂安尼爾，聖人對上了賢人，關於杭福瑞媳美《伊里亞德》史詩般的墮落和復起，那時雛菊衝著草叢裡比屁股之間更加粉紅的姊妹眨巴眼睛，拖拽車轅的馬兒咳咳嘲弄車上這一對冤家。何況，因為你的那個誰可能看起來像他寬大腰帶上，哎呦，靠近霍斯另一邊的鐘塔，到底是怎麼一回事啊那個，擦乾你的眼淚，

快就下檔，但他的雷聲卻廣遭使用，因此據說，他很不滿地抱怨，「這些爛人！他們不上演我的戲劇，卻偷走我的雷聲」。

[23] 亞當和夏娃是排名第一順位的父母。

試穿你的衣裳，拭去你的鼻涕，摒除你的能思，天國的典範或許-或許會在愛琳再-再度興起，重建伊甸樂園。讓我們針對他的報復性懲罰之鞭採取進一步的行動吧。森思頓的舌頭，索爾的鐵鎚！哦，看哪！樹木，石頭。奧古斯都和平祭壇賜福眾人的櫟樹，還有那巨大的石柱，以小埃阿斯征服羅得島的堅韌力量，在整張臉膛漲成玫瑰紅的罵喊吼叫**女人會是你的禍水**中，挾威猛氣勢崛起於遍灑月光長滿松樹的石礫貧瘠土地上，時值頌禱三鐘經的時辰，挖壕工人控背弓身雙手合十在農具之上，另一邊休耕的田野裡，黇鹿求偶的輕柔低鳴呼應著迴盪在空中報時的夜半鐘聲（哆——嘞——咪，母鹿，麐鹿，麋鹿，讓我們屈膝祈禱！），交織成他們在銀河星系的宣傳廣告曲（**起立！樂意之至。太慢了！**），這個了不起的護民官真是聰明絕頂，從他那件槍駁領雙排扣的及膝大衣裡掏出雪笳鯊魚皮夾（仿皮！），一股濃厚的煙燻鮭魚味馬上撲鼻而來，先知若蘇厄啊，他用賞小費的手勢遞給我一根頂級炫到爆的平頭雪茄，可不是你們短短胖胖的那種，完全相反，倒像套鐵環遊戲的桿子，而且，說起話來一副壞男人的墮落味道，喙頓貼喙頓，盧肯鎮的肯定會說面頰卵，他剛剛正想塞一根那棕褐色的屌玩意兒，他奶奶的好好吸上一口，我說小子啊，整整半個小時都會神遊在哈瓦那天堂。這個渾身惡臭索爾般的北歐戰神，不會不懂點古高地德語吧？所以呢，他遇見大人之後，他想要說的是，爺，他比最棒的親共共和黨員還要棒，他比最好的紅光滿面的老闆還要好，他的酒吧就開在精氣充沛力量強大的人民川流不息的老楞佐奧多街上那間瑞富夯的**雄鷹雞角青年旅舍**裡頭，而且他誠心盼望，深受我們天上的父、聖母瑪利亞、聖女彼利其特和聖博德的祝福，來自戈特郡的大麥、茱伊拉村的裸麥、布雷岬角的燕麥，以及克羅博德山區的稻米烘製的班諾克麥麩烤餅，還有一整盒裝得滿滿的澱粉質食物，可以擺進大人跟聖多瑪斯一樣寬厚宏偉的胃窩裡——那是我對你誠摯的期望，我的朋友，這個期望會全然讓你兒子的兒子的孫子，像被戰斧迎頭砍上一般給搞得七葷八素，雖然說你自己這輩子老是邊流汗邊幹醮，卻也稱得上生平活躍享有盛名，屢屢都能舉

杯歡慶締造佳婚，而他們這些小兔崽子卻被滾燙的高塔嚇得不知所措。

為比利國王歡呼三次，加油！加油！加油！把他抬起來呀抬起來，烏鴉在水井上空漫天啼叫，發出克羅姆·酷魯赫的厲聲戰嚎，[053] 咘——嗚，一心勝利的克倫威爾，下去吧下去！駕，孩子們，用帽帽套住他！看！就算他們已經失去昔日油亮光滑的棟樑，我們已經找到王室財務紀事官，可以如林布朗一樣翔實保存逝去的記憶：時至今日，他們花費時間把這些繼承人連結到遲遲不來的明日，但是你們記憶中他們那些好耶！昨日，到底哪兒去了？難道哇，在這兒！竟是無處可尋？維欽托利，橫越乙太的千里眼界，和撞球場可憐老女人，高牆角落的一灘污水，卡拉塔庫斯，滿口粗話的傳奇人物，和珊番渥，他的女管家兼上司安。幹 啥 事 去 了？ㄙˇ，三聲死，都死了嗎？過去的 N 次方都過去了，全部結束了嗎，還是得在寂靜無聲的狀態下，一直煩躁不安地睡下去？有耳無舌！斟酌聽來！

你所聽過任何一條狗的生命，就算再多聽幾次，很有可能牠們還是繼續跟悲慘的生活搏鬥，是亂七六糟的沒有錯，不過情況就像每 76 年來一次的哈雷彗星，確定無疑，參加伊斯蘭烏力馬會議的男士們、參加保加利亞國民議會的女士們、參加挪威國會的男孩們，以及參加帝俄國會的女孩們，因為他們都會走進你的和諧之屋那扇蕭瑟陰森黑棕鏽斑的黃銅大門內：哈囉，年輕的太陽之女妮伊，還有婚姻女神弗莉卡，妳們好嗎？身體無恙否？女士們，左邊最後一道門，不舒服齁，還是請排好隊！壹仟壹佰參什貳枚盾金幣！這事兒咋整的啊，大爺，咋辦呢！沒事兒，先生，您太客氣了！下午茶會，求主憐憫，倒倒尿壺唄！來點茶，老客倌，這是受祝福過的餅，抹點奶油不？勞駕，喂伙計您吶，給我這誰用過的，裝神弄鬼啥物果汁啦，你心裡清楚得很！喔，俺的毛毛蟲棕於暖和起來了，你這帕弟，想塞到你裡面，看你樂的？啊，ㄎ勢，兄弟，你蓋爾語聽嘸沒？舔爸像飛高剝皮怕怕爸—巴黎是郎—狼遠遠拜拜！聊點別的，瞧這小盾徽，給，埃居，俺，巴蒂斯塔，來，手帕，你去轉角的小廁所！棉質內褲和葡

108 ■芬尼根守靈 ■ *Finnegans Wake*

葡牙橘褲襪！ＯＯ²⁴！煙斗俺的太粗了，你這口袋忒小哩！這麼少，嘘稀尿喔？多少？硬的，一枚杜羅(duro)！車伕，現在有空嗎？謝謝，你呢？行，謝啦！

然後就輪到，鱈卵葩啦這痞子，他接口，眼瞳上映著一雙劫匪的賊耳朵，流下澤鱷(mugger)的淚水（你會在乎扯謊(liard)的代價嗎？值1里亞銅子兒嗎？瑪姬絲(Maggis)，那麼，妳就繼續用尼克(Nick)這魔鬼虛構杜撰妳的暗夜小說吧！收音機的麥克(Mike)風喇叭口傳來約翰(John)・塔弗納(Taverner)的彌撒曲，這肥碩的旅館老闆，像崔弗斯(Travers)女士²⁵一樣，又上廣播節目控訴了！那團啤酒肚，一隻回來自尋公審自認為是代罪公羊的壯鹿！）：咩咩咩，各位父老兄弟姐妹們，願大家幸福快樂，我號召宇宙中所有單殼軟體動物齊來見證，蛋就是蛋，沒什麼好爭辯的，我在莉菲河沿岸平原銷售的那些蛋，而我們這些善良的老百姓，卻任由百漢郡戶長(Hundred of Manhood)揮舞水勒韁(halter)驅策役使，在歷經月升月落400多年的猛獁巨象時代之後，還是會跟嗚喂～～會船啦！的英國住宅區（古樸傳統！）一樣，從商業角度的考量欣然接納我的蛋，我開設的賓館和我買賣的牛隻都享有良好的信用，禁得起馬上攻-噢哦-公開檢驗，就跟鄰近那座紀念碑一樣，可以站得直挺挺的，面對偉大師尊(Great Schoolmaster)揉不進一丁點渣滓必須要消毒絕對要清零維持衛生的巨巨巨▍（民心所向性如烈酒的這位費爾柏格人(Fir Bolg)打破安息日戒律，右腳踩破空酒瓶，伸出他橫樑粗大的冷杉木杖，往上頂了頂頭上環有皺巴成醬醃色呼拉圈狀帽帶(boater)的平頂三色船伕硬草帽帽簷（他付給斯特森(Stetson)公司1先令1便士），而與此同時，承襲自老祖宗的油膩膩汗水順著他仿效明治(Mutsohito)（勇氣十足擊出文化安打的日本天皇）刻意在雙唇上方蓄養的兩道虛懸半空的尾巴狀髭鬚，蜿蜒流淌下來（不披斗篷啦，本來就不像有錢人，想取得氣質高貴、禮賢下士並秘密結社反對教會的公眾形象，就絕不能老把那張爛口袋嘴往上翹），真心誠意地(agenbite of inwit)（良心的譴責，枯燥的元素）邀請這位年輕人，在他能力所及的範圍內，要他放聰明點，[054]就像所有人都採取的態度）童稚耳垂。（我告訴你的可不

---

²⁴ 在東南歐，ＯＯ是公共廁所的標誌。

²⁵ 崔弗斯女士（Miss Travers）曾經控告王爾德的父親企圖引誘她。

第一部 ■ 第三章 ■ 109

只是故事而已。)微笑！
　　嗜血殘暴的阿楚斯(Atreus)家族的確已經殞落於不再飛揚的塵土之中（伊利亞(Ilya)²⁶！伊利姆(Ilium)²⁷！散落的骸骨，美味的甜薯！我難掩驚駭之情，天璜貴冑慘遭屠戮，舉哀，喔，悲悼睜著鱈魚死眼的好夥伴，悲悼我們殞落的穆羅梅茨(Muromets)！），復仇的火燄把人推向瀕臨枯槁崩滅的邊緣，爛泥沼澤像江湖郎中張大的嘴巴，一窪一窪地佈滿河岸消落帶(riparian zone)，埋身泥濘之中的芬尼亞(Fianna)勇士團，這些死人骨頭注定會再度活過來[歌] Dese Bones Gonna Rise Again。生命，他自己曾說過（他那個妖獸傳記作家，很快就會用筆謀殺掉他，假如時機尚未成熟，那麼之後決不會放過他），是守靈也是轉醒，如同莉菲(Liffey)河那般彎來繞去，沒啥好商量的，要麼接受，不然就走人，在維持我們生計的河岸邊，在豐饒的農作物之中，躺著我們父親播種的大體，臉面朝上如臥衾褥——在天生註定要從子宮降世為人的男男女女胸口上，在他們臨盆之前，依法視事的寰宇奠定者，或許都會提筆寫下這麼一句合宜的橫幅讖緯：製作定世符運²⁸。這一幕景象，再次換新，再度甦活，永遠不會被遺忘，這隻母雞和這位十字軍東征的悍夫銳(Humphrey)戰士(Earwicker)，妳是筆來我是紙，永遠都會咿哦偎窠地相互改變彼此融合，因為之後在這個世紀，那幫窮追真相的後輩晚生，鼓起雪貂覓捕獵物之狠勁的人渣叛徒，其中一個（那時已是離職公務員（在看似工寮的海關服務）（退休）（受傷）（根據65歲屆齡法），打扮時髦，崇尚黑色系列摩登風格，著亮面棕褐色伯靈頓(Burlington)夾克，蘇格蘭圓扁帽(tam)，內搭襯衫和拆卸式襯胸(dickey)，外面套上一件海軍呢大衣，跟湯姆(Tom)啦，哈利(Harry)啦，狄克(Dick)啦大家交換著穿來穿去，一起四處找豌豆充饑）反覆再三地演練他所知道的真相，拿著煙斗，像那個琵帕步行而過(Pippa Passes)、看到什麼都指東道西發表一番老爹爹見識的啥人，在首度行駛的橫越愛爾蘭地面鐵路列

---

²⁶ 指俄國史詩英雄 Ilya Muromets（伊利亞‧穆羅梅茨）。1912年俄國空軍所研製出產的世界上第一架四引擎軍用重型轟炸機，即以此命名。

²⁷ 拉丁文 Ilium，以及希臘文 Troy，兩者都是指特洛伊城。

²⁸ 《春秋緯‧演孔圖》記載孔子異於常人的外表，其中有：「長十尺，大九圍，坐如蹲龍，立如牽牛。就之如昂，望之如斗。孔子之胸有文…」，並特別指出胸文是：「製作定世符運」。

車的普爾曼臥鋪車廂裡，倒是對著已故總執事 F. X. 柯平格（到了晚上就特別熱情火爆的傢伙，願天主之母憐憫他，也願哨兵的嘴巴在他身上滴下乳香沒藥的口水！）所謂的表親，莊嚴肅穆地鞠了個躬（有樣學樣！），假如他有機會，就會像烤肉叉、匕首和短劍齊刷刷刺進他的心臟直沒至柄，把飽含兩泡熱淚大理石彈珠般的眼球淹出眼眶外，玩個珠珠彈出界的遊戲唄，那麼，該次見面的氛圍會更加顯得感傷悲情一些。以雙目共觀福音領受慧眼獨具的對焦方式，透過撐大成圓盤狀的靈魂之窗，心懷令人頭暈腦旋的敬畏之情，一群出遊的旅客背對著背，綺襦紈綺和零工粗褲，坐在四面通風的愛爾蘭二輪無篷馬車上，懷著在蘇聯當外國觀光客那種角隱心情，圓鼓鼓的眼睛專注觀看包頭的趕上禿頂的，禿頂的趕上嫩綠的，嫩綠的趕上凍霜的，凍霜的又趕上包頭的，柁們夾道列隊形成龐大的護衛樹陣，後頭罷靈般猛追著前頭，團團輪轉周延不息，繞著世界之樹伊格德拉希斯爾直兜圈，那是生命之樹，是先人賴以安身立命的活水泉源，猶如一屁股礅坐在地表上一尊巨大無朋的四柄傳酒杯，也是祝福有情人終成神仙眷屬的幸運之樹，火紅葉片間怒綻星芒的花朵，酷似那隻昂福瑞、氣焰騰、伊舌微捲（循環不息！）、矗立林中空地睥睨天下的烈火鳳凰，粗如梓壯如松的帶鬚根莖表面上，隱隱閃現一層忍受叢叢痛楚的光澤，苦苦等待著將之燒成灰燼的那把火。因為這位舉足輕重滿心喜悅的卡德盧斯[29]總鐸，滿心喜悅地把《愛爾蘭田園公報》頻頻擺到一邊，滿心期盼他們在卡斯爾巴跑步比賽（一堆胡亂糾纏綿延不絕的雜草！）中把自己撞到滿頭包之前，可以在大家的要求下談起該事件，希望他們，打個比方，把聽診器的聽筒塞進耳孔內，好好聆聽針對某些部分全新的細膩解讀，因為他這機器降神掌握一套從二疊紀就一直沿用至今的錦囊妙計，憑著這套大衛・蓋瑞克之子創新的格里瑪爾迪白面小丑鬼

---

[29] 指愛爾蘭作家綏夫特（Jonathan Swift），他曾任聖博德大教堂（St Patrick's Cathedral）的總鐸（dean），拉丁文為 decanus，綏夫特把該職位名稱在其詩作〈卡德摩斯與凡妮莎〉（"Cadenus and Vanessa"）中重新拼成 Cadenus。

臉表演術，透過本質替換的變質學說[consubstantiation]，將那位曾經風靡一時，偉大的湯瑪士[Thomas]·艾林頓[Elrington]·包爾[Ball]，張大圓如奧利奧[Oreo]夾心餅乾黑洞洞的咆哮怒吼的嘴巴，所迸發出來振聾啟聵的至理格言，轉化成激烈扭曲的表情位格[hypostasis]，[055] 那個退而不休的文抄公採取哥白尼[Copernicus]的觀察立場，描述了共領聖餐同搭火車的車伴如何擺弄臉部肌肉做出歐陸人士各種禁慾節制的表情，要從他們胸懷內心最深處，把他們自己想像成暫時代理的身分，搭上穿越之旅，被傳輸橫過時空打哈欠裂開的大口（無盡深淵的鴻溝），這陣海邊ê迌迌人[臺]不務正業之人，如同他們以往那般傾聽那個煽動人心的夭壽骨微微翕動雙唇，用最終證明必然失敗但總是辯才無礙的腹語之術，信心滿滿地用那根軟韌如屌的舌頭，出聲漫擲遠方的鐘塔，召喚晚禱鐘聲的來臨（不，不要再有巨濤駭浪了，那麼劇烈地拍擊在聳立於海波之中散發瓦爾哈拉[Valhalla]氣派的宏偉礁巖上，痛哭哀嚎搥心肝那般嘩啦啦猛爆開來！），一片身體輪廓剪影，一頂絲質高筒禮帽，一簇海象髭鬚，容我加上，一顆超級古怪碩大無比的頭顱，益形襯托出蒼茫暮色的圓弧天穹上點點星星的浮垢爛渣（真希望那是清真寺裡聖人喚拜員[muezzin]的呼喊——神聖之地！——這土耳其帽，用無沿的帽邊來代替眉毛，以額觸地的信徒，真希望換個——祝福他們的天庭骨！——加齊聖戰武士[阿]gāzī，安拉寶劍的威力！無畏勇士法蘭克鮑爾[Frank Ghazi Power]³⁰，新聞記者的筆力！），話說他口中那個揮舞槍枝的殺手，伸手遙指那根長到過於巨大的鉛筆，它在短短時日內，至少從紀念碑的角度而言，似乎給莫莉[Molly]和莉芙[Lyv]套有鉛製[臘]molybdokondylon手指虎的拳頭暫時搗鼓得豎成鉛筆狀，成為他銷魂蝕骨的陵墓（映照在呆若木雞的小女孩山雀般眼瞳上的奧康奈爾[O'Connell]，彷彿是蕭邦[Chopin]被封埋在殿柱裡的心臟³¹，高高挺立在直聳的長石立碑[steyne]上，瀰散奧丁[Odin]天帝不動如山的皇家風範），他的面色鉛灰蒼白，整張臉龐滿滿

---

³⁰ 他是都柏林記者，聲稱自己在普萊夫納（Plevna）因為帶領土耳其騎兵衝鋒陷陣，喊著「都柏林萬歲！」而獲得「加齊」（或稱「無畏」[Brave]）的尊貴頭銜，以此欺騙都柏林權貴，從中牟取私人利益。

³¹ 根據蕭邦的遺願，他的心臟被裝在甕中，封在華沙聖十字教堂的柱子裡。柱子上刻有聖經《瑪竇福音》6章21節：「因為你的財寶在那裏，你的心也必在那裏。」

都是證明無罪的神情，為時已晚啊，奧利弗再怎麼催促羅蘭吹響號角聲[32]，一切都來不及了，憂傷的一小顆尿珠珠即將在他那張酷似巫偶祖祖的臉龐上犁出縱橫交錯的溝壑，算啦，學那教宗辭職，辭辭ê準挂煞的念頭鬼魂般纏繞羈絆於他腦海內，逐漸擴散成一陣陣幽幽靈靈的清脆和悅耳，如同沈溺在美夢的年輕人，貪婪地凝視著自己大江大浪的命運，波光粼粼，好比一束陽光閃爍在棺蓋的金屬銘牌上，近似的光源，精準的特效。

　　從太初到今日，假如沒有特別說明的話，那間旅館看起來都保持著原貌原樣，毫無老舊的跡象，咱們那位旅人，神態冷淡，不待見人，來自鬼省范迪門之地，啥北歐吟遊詩人來著，那我還是騷人墨客咧，懶鬼，無精打彩地整天閒晃著，喃喃自語鬼知道他在嘮叨啥，就像放慢放映轉速下，那個病懨懨的小丑萎力威利，緩緩抬起瞧不起人的雙眼，目光掃過黃道十二宮看似隱隱成形的動物符號，酒瓶長長的頸脖子、破茶杯、板球帽、鞋跟磨損的鏤花皮鞋、草皮上的泥煤、腋窩內的污垢、帚毛雜亂的掃把、包心菜的破葉殘梗、對剖成兩片的北歐風乾鱈魚，好想好想多知道點天使旅館如何供給他玻欽威士忌、茶水、土豆、煙草、巴克斯啤酒，還有派對，還有用顫音歌唱婉囀如小鳥的女人：然後不經意地幾乎要從大陸臉龐擠出點半島微笑，以便開始提問些讓人想吐的問題……（荒唐！此時此刻，要多帶點風向，用溫德姆·路易士標榜的理智，吹透憂鬱的龜速先生腦袋瓜子上那一頂帽子！）

　　不過，根據因果律，在付諸實際的行動中，是何種形式因讓那個「想再看看」製造出一絲微笑？他是誰，是對誰而言才有意義的問題？歐布里恩不是他的名字，哦，不要說出他的名諱，穿褐色的那個更不是他的心上人。在雷電交加、喧鬧婚宴、覆蓋草皮和井然有序之中，都是些誰的何處安身？為啥？哪

---

[32] 查理大帝皇妊羅蘭率領的軍隊遭到40萬摩爾人軍隊的伏擊，雖然羅蘭率軍奮勇迎戰，但敵眾我寡，難以抗衡。羅蘭的好友奧利弗曾三次勸他吹號角求救，都被羅蘭拒絕。羅蘭最終是吹起了號角，但爲時已晚。等援軍趕到，羅蘭已戰死沙場。

個？哪兒？多久時間？腐爛到啥程度？告訴他們那個泥巴塚丘的故事，咱們高大偉岸的亞圖姆在那兒幹了啥吵死人的好事。賜與墓口洞開的塚丘黃白之禮物。無論是棒棍鄙賽選手的故鄉康瓦爾郡，或是捕魚人家的城鎮雅茅斯，或是舔舐蒜頭的地區威爾斯，或是馬鈴薯之鄉諾福克郡，或是蘋果汁之鄉赫瑞福郡。從朗納爾以下歷來統治者 [056] 所起的全部種種，完全都被大雨夷平了，但我們聽聽羅盤指針的轉動，就可以判斷出原本所在的區域範圍，有道是：習其曲可得其數，習其數可得其志，習其志可得其人[33]，冷若冰雪的警員，制訂國策的政客，富到流油的爛人，巧言令色的犁田漢，給當成實驗白鼠的平民百姓。噴噴噴噴。罪啊罪，都是罪！四位初民的先祖，與隱匿在草叢中摒息靜聲的三士，明、清、遜[34]，伺機計功爭食二桃。我們會把希望寄託在叫我們吃變質屍體的聖靈上，因為那位收取十一稅的稅吏只為自己出沒的棲地勞心勞力，他不在這裡。他們的佐亞[35]從四個地域如是回應。聽聽他們四位。側耳傾聽，他們層巒疊嶂的隆隆聲響！我，阿爾斯特省的阿馬如是說，對此感到驕傲！我，明斯特省的克洛納基爾蒂如是說，祈願天主護佑我們！我，都柏林的狄恩斯格蘭莒如是說，然後啥都沒說。我，高威的巴納如是說，那又怎樣？咿──齁！在他病倒滾下山丘掉落地獄之前，天堂到處都是他的身影：一條夢幻的溪流，輕輕舔舐著阿爾卑斯山脈的小小溪流，靦腆羞怯地盤捲著，呃嗯，他，她的波流捲起一陣清涼。那時正值熱月，我們只不過是像隱士一樣藏匿起來的白蟻，又小又細，尿珠珠那麼微小，是啊是啊。我們的塔丘感覺上就是一座艾倫山，專門安置蟻界中巨碩如我的尤頓費爾族：本族的肺活量猶如遠方隆隆低語的沉鬱雷鳴，

---

[33] 孔子學琴於師襄子的典故。

[34] 以 Shunny（躲讓）替代 Sun（孫），表示孫中山深諳「二桃殺三士」權力鬥爭下的可怕苦果，「遜」讓大總統給袁世凱，意欲終結無止境的奪權惡習循環。

[35] 英國浪漫主義詩人威廉・布雷克（William Blake），在其創造的宗教系統中，由於原人阿爾比恩（Albion）的墮落，而分裂出四大佐亞（Zoa）來，分別爲：位於南方代表傳統和理性的烏里森（Urizen）、位於東方代表愛戀和情感的魯法（Luvah）、位於西方代表本能和力量的塔馬斯（Tharmas），以及位於北方代表靈感與想像的尤索納（Urthona）。

在一群豬儸螞蟻雄兵之間轟隆炸響，每每讓我們驚歎不已。

因此，我們的確掌有這些非事實，可惜不夠精確又太過稀少，根本無法充分證明想確認的事項，而根據這份整人惡搞的民調，那幫狗官提供的證據無法讓人信服，他們的身分給遮掩得無跡可尋，情況已無法挽回；事情是這樣的，那些軛使他的審訊者，好像都是三人一組的畸怪搭檔，而給他下判決的陪審員，顯然都是些甜蜜似糖兩兩成雙的未成年小婊子，整個過程根本就是一場小孩子
^{twos and threes} ^{Tussaud}
三三兩兩追逐抓人的遊戲。不過話說回來，杜莎夫人從頭到腳秀給你看的蠟
^{escudo}
像，越秀是會越像真人的（入館，一份好名氣，兩枚士姑度；出館，三道出門
^{National Gallery}
口，任君隨意走），而我們的國家美術館，那個欺騙大眾扭曲觀念繁殖大量海鷗的地方，現在呢，自我感覺全然良好，**我的作品已經完成，遠勝黃銅紀念**
^{Gamp}
碑，足以萬古流芳。勞駕，把您的黑刺李手杖留在入口處；還有甘潑[36]傘，麻
^{Tom} ^{Quad}
煩了！真丟臉！那兒啊，許多人在老湯姆・方庭替他拍攝的那張照片之前，都會駐足片刻，記憶在腦海裡如閃光燈啪嚓的剎那，冒現出他酒足飯飽的坐姿，學士袍披掛一旁，身著教士服一派悠閒的模樣，眼看著柔美愉悅的和煦太陽，
^{Dodgson}
他心靈的伴侶，閃閃躲躲地連道幾聲掰掰都沒有，就咕溜滑入地下的世界，
^{nevermore} ^{Mary Magdalene}
不復矣，一滴小小的淚珠，瑪達肋納的瑪利亞纖弱感傷的圓潤淚珠，炫然欲
^{[德] mild und leise}
滴，那張原本恬淡輕柔的臉頰，在深度思惟的煎熬下會皺縮起條條波紋狀的溝
^{Alys}
渠，恰似散發霉臭的屁股蛋，纖細的維多利亞小小女孩阿莉絲的掰掰囉胸脯，好緊好緊，貼在他越來越疲軟越來越鬆垮的。

不過呢，有件事倒是確切無疑。在下個冬季翻遍大自然書卷的每一頁之前，
^{durbar} ^{[愛] Baile átha} ^{Eblana}
直到舉辦杜爾巴宮廷盛會的第一大城籬笆淺灘更名為都柏林第三版的埃布拉納
^{[臺] 肥胖}
那時候，到處都充斥著外地人高大的身影，夭壽大箍的少年仔，一堆噁心巴啦煞似灌了滿窖麥芽酒的面孔，披掛經國之大業不朽之盛事的才子表情，到處都

---

[36] 甘潑太太（Mrs. Gamp），狄更斯小說《馬丁・翟述偉》（*Martin Chuzzlewit*）中一位酗酒邋遢的護士，出門總帶著一個大包袱和一把雨傘，故名。

有他們腫脹巨大的身影，在宗教法庭的圍欄後，在貴族邸第的莊園大廳，就如同在偷盜出沒藏匿的貧民窟，枕頭邊的私密細語和廁所裡的閒聊打哈哈，不論是在萬寶路綠地公園_{Marlborough Green}，或是走過高雅時尚的莫爾斯沃思街口_{Molesworth Fields}，這頭支持先判後審，伸張傑德堡正義_{Judburgh}，那頭反對證人證言逕自宣告無罪，[057] 擁護神職人員有豁免權。

他的自治議會庭_{Thing Mote}把他整得死去活來；而他的瘋狂玩意兒把他打造成男人。他眾多的受益人群足以整編成一支軍旅_{legion}[37]：他們的數目隨著他歲月的遞減逐年往上攀升。那個被他演活的角色，取名偉輪‧登祿普_{Greatwheel Dunlop}：看吶，我們掛著全都是他的腳踏車，他的陰戶，他的睪丸，我們全都是他的依撒格_{Isaac}。聖誕假日在自己的房子內，他就是教士和國王：菅茅叢中，一頭綠眼野狼：我來這兒了，忌妒看見了，常春藤征服了。看，狼子，快蹲下！他們在他的上方揮舞他的綠葉金樹枝_{Golden Bough}，同時惡狼撲羔羊般把他撕成碎片。因為他全身蛻皮脫疽壞死，因為他使用老婆的期限已經截止，因為他被處以永罰遭受恆久蒸烹的苦刑_{damnation dum}，因為他淪入循環不息尖嚎不止靈肉全然滅絕的判刑_{annihilation}。

尖聲哭喊，啼叫哀號，由地底深淵傳來陣陣的嘆息[法] Suspiria de Profundis[38]。別急，黑糊糊的眼圈，會弄髒靈車的！人台貴婦_{mannequin}哭得跟尿尿小童_{Manneken-Pis}[臺]同樣水流量大[日]抱歉，隆冬大褲裂開來裂開來裂開來_{[歌] London Bridge Is Falling Down}，海盜婆婆格勞妮雅_{Grania}清空桌面，擺滿飯菜。齊來，宗主信徒_{[拉] Adeste Fideles}，齊來，餵養病痛死囚的費德里奧_{Fidelio}，喔，都請留下來，齊來把把他的脈博，摸摸他的懶趴，齊來感受這滿口髒話的囊毬媲美長笛手菲爾的舞會_{[歌] Phil the Fluter's Ball}！喧囂達旦，把你的輕蔑、嘲笑和侮辱通通加起來，也夠不上格去煽滅他一

---

[37] 根據《馬爾谷福音》5 章 1-17 節記載，有位附魔的革辣撒人自行來到耶穌面前，哀求不要傷害他，耶穌問他的名字，他說：「我名叫『軍旅』，因為我們眾多。」其後耶穌准許他們進入一群豬的身體內，「那群豬約有二千，便從山崖上直衝到海裏，在海裏淹死了。」

[38] 英國作家托馬斯‧德‧昆西（Thomas De Quincey）1845 年出版的散文集《深淵的嘆息》（*Suspiria de profundis*），標題靈感來自《聖詠集》130 章 1 節：「上主，我由深淵向你呼號」。此處同時也影射王爾德在獄中寫給他的情人道格拉斯勳爵的信件，後來成書出版，取名《來自深淵》（*De Profundis*）。

丁點高昂的情緒，喔！來點節奏，大夥兒好好來唱一唱！請，請！請，請！唱
詩班當然把所有樂器敲得歡鑼喜鼓咚得隆咚鏘，配合這場極盡喧囂象啖鯨吞的
極爽歡樂。一口乾掉，一口乾掉，蘭姆、波恩、雪利、蘋果汁、尼格斯，還有
檸檬水，照樣。來點更烈的：喔歐，喔歐，乞食先生賤族大師，你就要再被塞
回布袋裡埋入沼澤中，不然當成雪人勃哥炸爆頭顱。幹，爆他的菊花。可是，
唉，拊心長歎息：唉，念彼聖加齊，如何不歎息啊，逝者如斯，忘了吧！看呐！
看呐！憑著那些寶座上吟頌輓歌的三合一神祇，人類犯下過錯，然後得到寬
恕，那麼，我們國家裡那些母牛神像現在的地位如何，我們那個光之王，看起
來邋邋骯髒又玩世不恭，到底是怎樣的人，但可以確信無疑的是，那些我們都
彼此虧欠卻很難再重新掌握的日子，在我們扮演民長和若蘇厄的角色相互衝撞
抗詰的批判斷言之後，還是無法忘懷那吞吐氣息如舒身軀龐大如巨樹的朦朧陰
影，是如何不動如山淵渟嶽峙在眾人的眼前。

噠噠、啪啪、噠噠噠、啪啪啪（射擊，開第一槍，就像搶第一口酒，沒
中，再來，燧發槍隊的爺們，絕不容許酒杯空蕩蕩！乒乓砰嘭！六鳴節，慶祝
撒克遜人的掠奪搶劫！），三個湯姆，實在搞不清誰是誰，反正是無拘無束
的英軍兵痞子，屌如大蔥軟哥卵，燉雞湯汁涓涓滴，從頭到腳軍斗篷，渾身
上下尿騷味，編制隸屬冷溪衛隊，他們佁當時正走在猛哥（抱歉，他們
豹，麻煩您老讓一讓，嗯？）麻利（不好意思，她們喔，讓我為您效
點勞，嗯？）蒙哥馬利街上。某個聲音提出意見，任何一方（恕罪則個！）
都猛點頭，芬納軍營全體將士都一致同意（讓我為您效點勞，嗯？）。是第
一個女人，他們都說，那是個危而失力的要命星期三，叫百合花好康寧漢斯
的，建議他說，我們到田間去，可以加大他的馬力，真把他給害慘了。那
個女的對癡狂的阿爾法老爹爹遠遠發了一頓脾氣，她紅著臉像盧德一樣，
對鮭魚產卵區發生的事兒，她的感覺是，瞧著狀似孤立挺直的，天主必然
的懲罰同時也拍碎了她滔天巨浪的怒火，即將赴戰場的大兵帕特·馬欽生

事後回想，是這麼坦承的。（言簡意賅！）因此，「把山桃當成玩具」(San Toy)，和「她因聖神受孕」這類的看法，不論是持同意、滿意或異議的立場，都嘛抱著看戲的心態。在倫敦的沃克斯豪爾區(Vauxhall)，我們這群前途看好的舞臺演員，她也是其中一員，此刻剛好是休息時間（某位素有人間白丁頭銜的劇評家[韓]劊子手稱她為「坐在塞滿垃圾的廢紙簍上的席登絲(Siddons)」[39]），在以蜂腰為時尚的倫敦西區某間可以把人變成鉛灰白蠟塑像的美容院內，坐在類似教堂的長條坐椅上，說她是在接受訪問，倒更像是跟人拌嘴吵架。她身著七星半月(The Halfmoon and Seven Stars)買來的櫻桃紅帕多瓦(paduasoy)稜紋花綢連身裙，安妮·布拉斯吉德爾(Anne Bracegirdle)的束身胸衣和緊繃肩帶，摩爾黑炭頭(Blackamoor's Head)的磚赭襯裙，包裹那身早已不值錢的賤賣皮肉，加上濃施腮紅的雙頰，整體打扮讓厚塗白蠟冷霜的臉龐或許可以看起來 [058] 更加潔白細緻，她身旁淨是些寄宿在他那間老鷹與小孩(The Eagle and Child)裡整天在煙囪內爬上爬下的汗累伕，地上橫七八豎躺杭瑞福著一堆幹光威士卡(Scotch)和勃艮第(Burgundy)的顧客，喃喃嘟噥著他們那匹黑裡通透黑(Black and All Black)，渾身散發出玉米和乾草的體味，混雜室內飄浮酣醇的氣息，藝名芬 X 亞 XX(福杭瑞)(F-A-)人稱啥玩意的任妗可夫人，獨白般悄聲說道，大半時間都拿捏那種高聲私語的舞臺發聲技巧，面對化妝鏡掏心掏肺地坦誠相告，手裡還時不時忙著調整她那頂邊沿大如車輪的貴婦帽，穩穩當當保保險險套在頭上（啊哈——！帽子！我們終於可以瞭解，聖托馬斯·貝克特(Thomas Becket)把花蕊小木桶當成頂針套在說話老把 r 發成 l 的長人聖老楞佐·奧多(Laurence O'Toole)那根小槍矛上，是什麼意思了），她盼望，西洋大旅社(Occident)贊助的非附質劇場(in-accident)，可以捐出《諸聖嬰孩殉道日》(The Feast of the Innocents)演出的所有收入，委請專人繪製一幅畫，清澈的天空、無花果樹、掛滿彩蛋的冬青樹枝，以及由柑橘和檸檬大小的蘭花苞所構成的耶穌肖像和一條清貧的基督鱒魚，作為聖誕賀禮，饋贈給博架犯戈(Bhagavad)、功勳彪炳、偉大尊貴如悉達多(Siddhartha)和亞瑟(Arthur)的韋爾斯利(Wellesley)公爵，因為這個世界憂懼的罐頭已經被打開，佳音(Cain)，裡頭早該隱滅的憤恚都無跡可尋了。那麼，

---

[39] 莎拉·席登絲（Sarah Siddons, 1755-1831），十八世紀英國女演員，擅長詮釋悲劇角色，以飾演馬克白夫人而聞名。

那件事兒，由於沒有比喻就不會有芳香，就像他生命初次爆綻的日子裡那叢怒放盛開的朵朵春花。那天，在綠意盎然的花園裡，對於雨後出土的蚯蚓（癱趴大地的輪癬）、老江湖的詐騙女子（罹患猩紅熱）、葡萄蔓藤（外表皸裂）、鐵線蓮（貌近紅腫）、革木樹叢（疑似感染披衣菌），名符其實正在舉辦一場生機無限的歡鬧派對，發出蹲在便壺上的天神才會有的聒噪嘈喳，人生道上不乏如此美妙的吵雜聲，四處瀰漫，毫不疲憊，她適時趕緊添加一句，向大智大慧如 [梵] prajñā
Maha Prajapati　　　　　　prajna
摩訶波闍波提、大恚大齡如日本般若的三色菫，獻上最高的敬意（**破鞋！**）。一位巧遇的昆蟲心理語源學家鐵口直斷，史前生物，無疑；他正以法官的口吻對 [拉] obitus　　　　　　　praenomen
著他的錄音機敘述自己對於這起類死亡事件的附帶意見，他的個人名屬於剛硬 [康] Mên-an-Tol
威猛那一類的專有名詞，在倒數第二音節上有揚抑符號，取環繞孔洞立石或環 men　　[德] Zirkus Nock
繞戴帽男子之義。一個渾身塵土在諾克馬戲團附近撿破爛的，有個箭栝扣滿弦 Sevenchurches　　Glendalough　　Ashburn　Soulpetre　Ashreborn
那種感覺的綽號，叫七教會，受雇於格倫達洛**阿什本-索彼得-阿什瑞本先生律師事務所**，該事務所專門接辦的相關業務，包括火化、灰燼、骨灰、硝石、靈魂、磐石、灰燼再生等等，他負責的是窺人隱私和打探小道消息，曾匆匆撇了好幾眼，因此應修女會的請求，來回答這個備受爭議的問題，當時他正在一間 [臺] 瘋狂
廉價小吃店後邊的儲藏室，噓，**小聲點**，像一頭斷食過久的瘠狗一樣青狂狂大口撕咬著、連小貓咪都會呸呸呸的又爛又臭的牛肉腰子派，腦袋裡輪流交替浮 Kevin
現的是簡餐供應的肝臟和培根，再配口野生大蒜，真是謝天謝地謝謝聖基文，他衝動之下如一隻不加思索的公鵝呱呱嘎嘎回覆說：我們剛剛才到處打廣告來著，宣傳他的訴訟，要法院判他的婚姻無效啊，還有咧，我親自壓扁那隻他們 Oh Deus
從他耳朵掏出來的小把戲。我們在**喔神哪**酒館的那幫哥兒們都有幫忙打害蟲，他們都說啊，那些個頭腦冷靜的聖哲賢人，像耕田的亞瑟王，還有一葦渡江的 Ārāda-kālāma　　　　　　　　[臺] 腦筋糊塗
阿羅邏伽羅摩，都會同意，他根本就是阿達嘛控固力，失心瘋，添堵，肏他媽的破菊花！一個不經常清醒，但比他那些狀似遺體等待驗屍的同行，還要來得清醒多的馬車伕，輕快地沖洗著他那輛四處跑來跑去的二輪馬車，和那匹流浪

漢模樣的驛馬紅毛老僵無名珍，採取頗為強硬的觀點。賴利一邊說話一邊用水管
　　　　　Ginger Jane
　　　　　　　　　　　　　rewrite man
沖洗拉平板貨車的馬子，以下是經過改寫加工編輯後預備刊登的文字稿，喂，
　　　　　　　　　　　Earwicker
重新再改寫一遍：伊耳維克，清醒時脾氣忒差，總是一副激進左傾份子的架
　　　　　　　　　　　　　　　　　　　　　　　　　Brehon
勢，不過就是一個私生活需要大家一起糾正的傢伙，根據古愛爾蘭布萊恩法律，
　　　　　　　　　　　　　　　　　　　　　　　Escoffier
那頭龐然巨獸，鄉親父老還是認定他仍享有參與國會議政的殊榮。艾斯科菲耶，
　　　　　　　Louigi
調著冰咖啡，說道（**路易吉**義大利餐廳，聽過吧，他可是絕頂聰明的，握有國王
　　　　　　Brillat　Savarin　　　　　　　　　　　　　　Anne
般的權勢，是我們當代的布里亞-薩瓦蘭，來拯救我們香噴噴的安）：我的小心肝
哪，說真格的，妳想來點歐姆蛋，也就表示說，妳真的想要個小家庭，對吧，姑
娘？好啦，親愛的！幹嘛瞻前顧後的，我的心肝小寶貝，天吶，別怕，妳的蛋，
也是他的蛋啊，要吃，讓他自個兒先打破唄。瞧，這麼一下就敲破啦，所以呢，
打包票，他絕對會像個笨蛋一樣，整個兒攤開攤平在鍋面上，混蛋嘛！一個汗流
浹背的人（六十出頭），穿網球衣褲，盡量露面打網球跟大家打打交道，氣喘吁
吁地，他——了——解——餿積痾息——反駁毀謗，很難的，不過是個翻牆去亂
　　　　　　　　　　　　　　　　　　　　　　　　　　　　　Mary　　Braddon
按人家門鈴的白癡，穿得跟我這件法蘭絨可不一樣。你等著看看瑪麗・布拉登，
好像一朵鮮花盛放、好像一隻成熟鮭魚的女人，聽到這個爽歪歪的小怪物，活蹦
　　　　　　　　　　Ruth　　　　　　　Death Avenue　　　　　　　　　　Dole
亂跳的小鱒魚，你看她聽到後，會說出什麼話來！一位鐵路餐車女侍（他們都叫
她 [059] 淚灑盧德路），面對一批對於死亡大道上屢釀悲劇的多爾幹線深表關切
的人士，表達她個人的意見，然而在悲催情緒引起的輕度恍神和突發來潮的衝擊
下，關於這位她寄予無限同情所服務的對象，居然耍起了小聰明，聊起這個男
人和他那根虹吸管：（先清清喉嚨）嗯哼！這個 E 啊伊！吹哨子警告，太晚啦，
Phyllis
菲莉絲早就爆尿水淹破馬廄，然後逃之夭夭了。你要 A 他便宜把他丟進拘留
　　　　　　　　　　[臺] 丟臉　　　　　　　[臺] 那個女戲子　　　　[臺] 以為自己　　Siddons
所，那可真是卸世卸眾羞羞你的臉啦，彼個做戲 ê 查某，叫是家己是席登絲咧，
　　　[臺] 就是那般被他捉弄　　　[臺] 捅屁眼　Seddon　　[臺] 他跟那個茶室破鞋
就是按呢共伊創治，殺人嘛，揆尻川的塞登啦！伊佮彼个茶店啊趁食的，兩人
[臺] 反覆折騰他那只　　　　[臺] 在暗室打槍打到砰砰叫　　　　[臺] 跟他一樣　[臺] 都是
揮跋反 E 彼枝左輪手槍，佇暗間內打槍打佮砰碰嚎，佮 E 仝款，攏是無父無母
[臺] 孤兒　　　[臺] 身體較弱較虛也是有關係的　　　　　　[臺] 喜散跟那個黑心肝的骯髒餓鬼
的孤毛囡仔，啊身體較荏較虛嘛是有關係啦，就是愛佮彼个烏心肝 ê 垃圾枵鬼

　　　　　Lilith　　　[臺] 在一起
莉莉軟鬥陣，伊喔，（清清喉嚨）嗯哼！幹的好，卓姆科希利 [40]，榛林山脊登
　　　　　　　　Kitty　　Tyrrel　　　　　　　　　　　　[愛] Drom Collchoille
高鳴鼓攻而殺之，凱蒂‧蒂瑞爾會以妳為榮的！一位貿易委員會的官員也針對
　　　　　　　　　　　　　　　　　　　　　　　　　　　　　The Banker's Daughters
該涉案人員做出了回應（喔，請不要怪罪委員會！），而同時銀行家之女協會
所有銀行家會員的女兒，穿著長褲，帶著銀行出具的資產證明書，異口同聲喃
喃祝禱，還有不少情緒太過激動而昏厥倒地：大家抄起高爾夫球桿，那些臨時
　　　　　　　　　　　　　　　　　　　　　　Brian　　Lynskey
湊合的木腿也行！願天主赦免他的陪審團！布萊恩‧林斯基，這滿嘴噴糞的狗
　　Ballynabragget
崽子，在酒粕鎮他那鬧哄哄的狩獵小屋裡，又吼又叫大吹牛皮，問他個問題立
刻就給懟回來，直嚷嚷：爪子，老爸的爪子！我會再度發出地獄獵犬的嚎嗥！
　　　　　　　　　　　　　　　　　　　　　　Calamity Jane
我相信洞穴人追馬子那一套，撒哈拉大沙漠的性愛也不錯，神槍災星珍掐著你
脖子做到爽死！那兩個浪蹄子她們，該拴起來狠很鞭打一頓，得留心母狗反
撲！上，獵殺她們，野豬、狗熊，還有那個灰頭漢！爪牙！一個本該成為殉道
　　　　　　　　　　　　　[梵] Asita
者的侍童（隨身服侍阿私陀仙人，那兒還有人教他如何戴臂環），在即將給綁
　　　　　　　　　　　　　　　　　　　　　　　　　　　　Sakya Muni
上炙燒烤架的當下，吐露出了不容置疑的事實，在那棵檞寄生附宿、釋迦牟尼
　　Sankey Moody
悟道的神秘大樹下，只要桑奇穆迪繼續耍弄那套一剎那間讓芒果種子茁然長成
　　　　　　　　　　　　　　　　　apsaras
芒果樹那一類的鬼把戲，只要飛天女神阿普莎拉依舊在他容許的尺度內，若隱
若現地婆娑起舞於明暗交錯的樹葉之間，只要他那群如影不離形的追隨弟子仍
　　　Indra
然遭受因陀羅威猛雷擊令人心生大驚怖的威脅，那麼，那件事就會導致爭戰連
　　　　　Copenhagen　　　　Cuxhaven
著戰爭從哥本哈根綿延到庫克斯港都，遍佈這些國家的所有港口。（妄言！）
　　　　Ida　　　Wombwell
宣教士艾達‧溫威爾女士，十七歲的教會復興運動支持者，談到那幾個小鮮肉
擲彈兵，以及其他無論是正直或嗯心的民眾，居然同時出現在一個石榴汁倒進
　　　　　　　　　　　　　　　　　　　　　　　　　　　　　　　　brut
香檳酒嘶嘶直冒泡那樣的介面上，不可思議的巧合：伊人巍然直立，天然乾的
　　　　Troy of Brutus　　　　　　　　brute
頂級香檳，特洛伊的布魯圖斯，不列顛的野生猛獸！威儀堂皇，自然野性！

---

[40] Drom Collchoille 的原義是「榛林山脈的眉脊」。根據哈利斯（Walter Harris）1766 年的著作《都柏林城的歷史和文物》（*The History and Antiquities of the City of Dublin*），那是都柏林原本的愛爾蘭文名字。

卡利古拉（坩泥丹尼爾・馬格拉斯先生，書商兼賭馬組頭，在那群仔細閱讀
《雪梨閱兵廣場公報》關於東跑道的報導後，卻拙於利用這些消息來圈選理想對
象的東澳洲人圈子裡，他的聲望頗高），跟往常一樣，說出與他的立場南轅北轍
的看法：今日努力，力求逼近死亡，明日綻放，期盼甘美濃醇。小心，別給濺著
囉。寫電報竅門，仿報紙標題。電報員考伯樂。我們太早碰面啦，肉肉整整吃了
兩個小時。擁有鄉村騎士杜利度鐵塔般的身軀、身著短披肩、外罩鬥牛士大紅斗
蓬、屢遭杯葛收購會袍的童子軍博伊考特上尉揚聲高唱著，親愛的弒牛士瑪塔，
這是專屬我倆過早的邂逅！罩衫巷劇場的丹恩・麥克約翰，聖彌額爾和若望教
堂歌詠班領唱人，好像隨時都有小小孩讓他給高舉半空耍逗那樣，老是啞巴著
油膩膩的雙唇，發出他那家戶喻曉的嘿咻聲響，字斟句酌地說出體面的語言：
實際情形大致是這樣的，不過細節部份可以再做調整。朵蘭的老爺（「嗅花嗅柳
盡在鼻煙盒」）和摩怡根的黑夫人（「香扇拍翅馬屁當有趣」）各選邊站了，然
後交換了各自的立場，鞠躬向對方的看法致敬，然後再度互換位置。幾個以前
在渾名髒髒都幹過都柏林民兵的彆腳演員，兩眼發呆，褲檔洞開，一個兩個三
個，個個奔放開闊不羈，瞪著一群海報女郎般精緻小巧的女演員在舞台吊景區
下方，毫無順序地胡亂一、二、三報著數兒；[060] 擺弄風騷了無生氣的婊子，
每天孤獨地在一模一樣的地方，說著一模一樣的淫言穢語，過著一模一樣的乏
味生活，一狗票的傻逼逼，個個都是烏納穆諾筆下飢荒時期養家活口的邋遢母
親。希薇亞・賽仁思，偵探女孩，像隻安靜的林鶯（記住，我，米涅瓦，可
是截至目前為止，斑鳩之地都柏林卻只聞捕撈烏龜的聲響！），在她那間舒適溫
馨令人昏然欲睡不知誘惑過多少單身男子的私人小套房裡，在她獲知該案件幾
個面向的相關訊息後，完全忽略專做白日夢入眠不覺曉的蠢蛋約翰・歐夢那些
得自喵喵喵的胡謬思緒，身體向後背靠在一張真的好舒適喔安樂搖椅上，透過
母音串成的音節安詳閒適地大著舌頭提出質疑：你們這些當 Z 者的，有沒有想
ㄉㄛˇ，ㄊㄨˊ 然的ㄉㄨㄣ貴偉ㄍㄚˋ 就是ㄉㄚ的悲劇？儘ㄍㄢˇ 如此，根據我對

ㄅㄞ項行為考慮過後，ㄅㄚ，應ㄏㄨˋ起全部刑責，ㄅㄤˋ可暫ㄈㄢˇ生效執行，依1885年刑ㄏㄨㄚˋ修正ㄏㄨㄚˋㄍㄜ一ˋ三十二條ㄍㄜ一ˋ十一項之ㄅㄨㄟˋ定，即使本ㄏㄨㄚˋㄏㄨㄚˋ則，載有相ㄏㄨㄢˊㄅㄨㄟˋ定，亦然。賈里・疾爾克的臉色開始變得很難看，因為他回不了在倫敦切爾西區的家，最後只能：他一反平日穿著盛裝，手拎格萊斯頓旅行提包的打扮，套起給人捲包袱走路的麻布袋，反而方便他蛻皮換羽褪脫下來那身襤褸衣衫散發出來的啤酒黴臭。瑪爾，一個乾瘪瘦瘠的新兵水手，在完成一項很受歡迎的行為藝術之後，坐在史前廢墟般的新建魚市場外頭，由兩塊方方整整的石頭支起一片花崗岩板當成的長椅凳上，嘴裡舌頭啪嗒使勁彈出捕食空氣吞嚥下肚，耳邊傳來剛剛一起幹活的逵絲塔和普艾菈空頭的承諾，甭管她們哪個是哪個，反正是尖酸潑辣和羞澀石板（這個說她傷風感冒陰寒入腦涼颼颼，而那個覺得自己心靈受創說啥肚子沉重好像塞石頭，智慧的吳哥窟，咋樣的濕濡穴），即使他整個人幾乎處於神遊涅槃的毗境狀態，其中一個與他訂有婚約的為他加油打氣，要他調順呼吸，艾薩克・華爾頓[41]，張大口直接吞了進去，同時被她那個動作賊快、幹裁縫的異姓姊妹唸誦論書那般噴罵著，皮耶・納維爾啊，扯上你的褲腰帶，安好馬鞍上路去，因此呢，感謝她親親的同時，回答說：我賭上兩枚按鍵鈕，瑪爾的違婚妻（他終於開口了！），關於妳們說的，在癡漢霍尼曼山丘上那兩條綢緞長腿，他該不該挨罵那檔破事——就像風紀扣好了，領鉤難道不該扣緊扣眼嗎，要是我，我的眼球也會給一起鉤過去的，怪他嗎，那我還算男人嗎我？人家隨意亂甩釣竿，魚兒自己愛上鉤了，這能怪他嗎，那不，尿尿的要不要一起怪呢？——不過，華仔你這娘泡，我還這麼想的，這事兒得和女孩兒下面那兒並列一塊考慮的，在圍剿他那條長褲的同時，要知道，他屁股後面另有其人——你大可把你褲袋裡他們收買你說好話剩下的錢全都給賭上，包贏！——是他們那三個在凱瑟摸臀巷的軍鼓

---

[41] 艾薩克・華爾頓（Izaak Walton, 1594-1683），英國作家，代表作是《釣魚大全》（*The Compleat Angler*）。

手。(陳腔濫調!都說第三遍囉!)

　　就憑這些水手、裁縫和布商,光拿伊底帕斯那個古怪國王的故事、第三方仲裁人的說詞和公投的結果胡拼亂湊,編造出來的奇聞軼事來呼攏嗎?現在不都已經看了、聽了,而且忘了嗎?在這個書信體文學當道的灰鉛時代,大家應該樂意知道,有沒有可能籌劃如此繁複歧異的蠻橫暴行(該來的仍舊會來!),用來對付那些信仰無比堅定的蘇格蘭長老教會聖約派的信徒,部分計謀也已付諸實行,假如上頭任何一份記載的確都發生過的話,吾人以為,當中許多橫遭是非、取捨、斷常、造作而承認或否認的事件,乃是某些人士節制使用真相所產生的結果,而在這一邊的我們,還應該對他們用戳針筆寫下的言論感到難過嗎?都柏林,基督王國第七座聖城,恭載於人中白染色的聖卷之上,歐洲之活力,一如印度之優婁頻羅,[061] 乃是他避難的要塞和堡壘,他親愛的逃城(我們難不成還真會相信這些個什麼都不懂的狗男女,還有他們的一派胡言),橫渡亞得里亞海,勇敢面對暴虐的颶風捲起閣樓樹頂那般賊高的千堆雪,史稱聖遷黑蚩拉,他與襤褸丐裝的船老大打聽狀況,在黑夜籠罩下耳邊呼嘯著男高音般狂風暴雨的宏亮聲量中,兩人易服而穿,一切心照不宣緘默不語,波濤漩渦載孤桅,孤桅風雨藏黑鴉(發發慈悲吧,魔波旬!所有囉唎囉吼的羅睺羅都是從他而來的!),逃離老維多利亞統治下,頭戴博勒帽的維京移民東人建立的污泥城市和德比賽馬場,過程恍如**倫敦皇家維多利亞劇院**上演的劇碼,在進行贖罪禮的過程中,逐漸遺忘笑死人的誤殺罪愆,重新停泊,再次重生,在二度結婚的歡樂中,揮別致命的疾病,脫離噁心的死海,追求天主的上智,盡皆未果,說是真知灼見,思之作嘔(假如你是在找某個畫面、某個梓人或是某個畫家小偷的話,那就把你的耳朵深深伸入有聲新聞影片裡,仔細聽一聽!),把他異教徒的命運,手掌把著爪子,跟一個小仙女般的虔誠天主教徒,嘘——,透過棕櫚枝葉和百代新聞,締結緊密的聯盟(我取妳我去妳的當妳是我的夫人我的皇后,我綁你我以韁縛你當你是我的嘉德我的吊襪帶)「原本期望會成為」的

那片荒原，萵苣與蓮花之地，肉慾之鄉，遺忘之境，悲悼之域，特洛伊城重現
                                                                    Troy
翡翠島嶼之上，真是風吹草低見秧禾啊，根據第四戒之應許，憑藉那位從高處
The Emerald Island
轟雷鳴響的大仁慈大憐憫，他的使徒日子既長且久，那些泥腿子嘟噥低語，將
會揭竿而起反抗他，竭盡他們的所有，要求公民權，要求居住權，要求這個和
那個，要求那個和這個，還有還有，城鎮這會兒都成了人潮匯聚的開放大市集
                                                                Lot
啦，茶葉真能堆壘成大山哪，還有大批農奴也蜂湧而來，個個滿懷大量愛羅特
的愛，要來蹧蹋他踐躪他，可憐嘻嘻的閃躲，如影隨身的鬼魂，好像他為他們
成了咒詛，這些可朽壞的很快就會躺下來墳頭蹦迪，而神聖國度裡所有不可朽
                                                            Erin
壞的聖人、遭逢大洪水的普通人，還有先前犯過錯給趕出愛琳花園的男女，在
                                                Humpheres   Cheops
血色復活後接受審判和定罪，因此他們才有可能讓他，杭駝累・基奧普斯・
Exarchas
伊薩耳克斯，開天闢地以來集拜占庭帝國總督和東正教大主教之尊榮於一身、
                        Cheops
權勢滔天遠勝首席法老胡夫的統治者，相信他們自身的罪孽。這**偉男子**對人講
話時上唇緊繃，情緒內藏，乃商場環境使然，而在絕大多數場合裡，就我們所
知，他幾乎不缺打假鬥嘴的機會，即便如此，不管是他、或是他的焦慮，面對
Errorland
愛訛蘭這恐怖的主要來源，全都屈從於發自內心的懼怕。（或許吧！錯誤也是一
種機遇！暫時就先這樣好啦！）

　　我們哪，對我們（真實的**我們**！）來說，就好像從那本書被封印的第六章
                                            Amenti
〈摸黑好走〉裡，讀到關於夕陽西下後我們的冥界阿曼堤的情節。那天剛把星
        Wednesbury
期三埋葬掉，在溫斯伯里那場表演之後，有個高個兒男人，肩負敢人疑竇的包
袱，鼓凸凸地像是背上隆起一團駝峰，從擠滿粗鄙低俗的鄉巴佬和信事來潮
            The Second House   Moore & Burgess   Christy Minstrels
的女市民的**第二聖殿劇院**走出來，摩爾和伯吉斯的克利斯蒂吟遊詩人黑臉綜藝
歌舞團正上演第二場秀，外頭籠罩在倫敦特有的濃霧之中，他老兄那天回得
        Roy's Corner
晚，踅過老地方羅伊轉角酒館附近，正往回家的途中，本以為是酒館裡那個親
        Barkis
誰都願意的巴基斯，老是給人來個突兀大聲的啞吻，卻沒料到是一個身分不
明的（蒙面）攻擊者，握著一管左輪噴子抵著他的臉面，耳邊還響起這些話，

射中你啦，少校！他攻擊他，實在是因為他對於擁有許多酸蘋果的洛塔・
克拉布特里(Crabtree)，或是水果女神波莫娜(Pomona)・伊芙琳(Evlyn)，一直懷有深深的嫉妒。更有甚
者，這個窮徑歹徒（不屬於盧肯伊索德教區，甚至也不是格倫達洛(Glendalough)的主教轄區，
而是從法國之艫(prow of France)揚波呼嘯而來），順便提一下，[062] 他呀，虔誠的切死丹(Catholic)宗教
狂，胃腸泡酒的爛醉鬼，身上除了瑞德(Reade)出的那款整塊鋼鐵反覆鍛打成原來百分
之一、鋒刃薄如紙片血痕隱現的水手彎刀之外，還有一管原本藏在挖空書本內
上好膛的霍布森(Hobson)手槍，反正就只剩下兩種孿生選擇，反之亦然，要嘛，他就是
朝她打槍，那婊姨子，當然是用手槍啊（她想必會像安妮(Annie)・奧克利(Oakley)那樣說，好
啊來呀，OK 的啦！），不然，萬一事沒成呢，就把你這蠢蛋毫無表情的黑臉
打爛到沒人認得出來，他濃濃的伏特加酒味散發出專屬凱爾特那般厚顏無恥的
口氣，尖銳地質問，桑頓(Thornton)啊，你扛著肯恩(Kane)的火爐圍欄，這闖的到底是哪個空門
的生意，不料那個被嚴重毆傷的受害者把他給懟了回去，喝點杜松子酒(schnapps)，算啥
事兒，彈個指頭唄，反正每星期中間那天都會幹幹臨時演員，溫度再高風雨再
大，他都會去，看看自己是不是有能力幹得了。

然而，即使經過溫柔的寫手反覆層層剝刮片片削減，事情顯然還是相當非
真！他那一雙腿啊，六呎一還夠不上長人，根本連邊兒都沾不上，我說啊。沒
見過這樣的牧師！沒看過這種火爐圍欄！沒碰過這種數字，沒聽過這種木材！
也沒遇過這樣的種族，什麼都搞成競賽！都是些啥呀，人稱(person)、性別(gender)、數詞(number)和
格位(case)，哪有這麼用的！想必跟一個女孩有關，就佇立在旌旗招展的弗拉吉(Flaggy)橋下
（無一是活水，唯有莉菲河，她的新橋(New Bridge)是她的舊愛），是這個花巾裹頭的慕我
者得好命米菈米(Myramy)・霍伊(Hoey)，或是那個七彩弓神箭手卡樂絲(Colores)・阿切爾(Archer)？不然就是準
備呼呼磅磅轟響他的 12 膛左輪槍，計畫從皺癟的警長專用通道強行侵入，這個
身形魁梧體健粗壯如牧人亞伯爾(Abel)的漢子，身著一生一件(One Life One Suit)（男服飾店）的屠夫藍
罩衫，持有一瓶可以供做呈堂物證作為裁決依據的淡啤酒，其重要性就如同決
定性戰役對世界的影響力，入夜後在您肛浮淚的痔核有翡翠綠寶石大小嗎(Humphrey)旅館外

嚴禁酒類的入口處被警衛人員逮個正著，就那兒啊，那個大門通道口。

　　在第五點中，他提到第一次聽到這窩囊廢的陳述，內心獨白之懇切，聲調嗓音足以癱瘓人心，他嘟噥著愛爾蘭語，說啊，那鍋黃湯呀硬是灌灌灌得波瀾壯闊，就像，就像大漢天朝把鐵蹄匈奴迎為上座嘉賓，或是，不列顛把
_{Han} _{Hun}
亨吉斯特和霍薩鐵騎兄弟倆延邀入幕，他喝遍大小酒館，**火焰燒刀居**、**煉獄鸚**
_{Hengest　　Horsa}
鵡樓、**血橙橘樹齋**、**油嘴滑爹館**、**太陽黑子軒**、**神靈羔羊閣**，時間流逝像隻掙
　　　　　　　　　　　　　　　　　[阿] Ramaḍān　　　　　　　　　　　Ship Hotel and Tavern
脫皮帶的野獸，以及最後一攤，賴買丹齋戒月的絕佳去處，**船艦酒店**，但可不
　　　　　　　　　　　　　　　　　　　　　　　　　　　　Angelus
是墊底的喔，一直續攤續到律法的引擎驅動三鐘經清晨六時的誦念，**主的天**
　　　　　　　　　　　　　　　　　　　　　　　　　　　　　　　　　Murray
使向瑪利亞報喜，並遠遠傳送到為人母為人妻窩在家中的默莉，該打烊了，
Phil the Fluter's Ball
吹笛人菲爾的舞會散場囉，他早已喝到像隻被關起來的小鳥撲打翅膀那樣地激
　　　　　　　　　　　　　　　　bonnet
動，和身撲在石造門柱上，柱頂是戴博耐特帽的奶牛女工頭像，他其實純粹只是懷著最純潔最平和的心態，有意把它誤認為是一根長得像毛毛蟲的栓牛樁。可是啊，這楞頭青，結結巴巴地胡編瞎扯，拙劣不堪，又不是會船打呼哨，更不是陷
　Daedalus　　labrys
身戴德勒斯的雙刃斧迷宮，一腳高一腳低地摸索亂喊，按照他自己的說辭，他就
　　　　　　　　　　　　　　　　　Zosimus
是個傳票送達人，就只是想學著街頭走唱乞丐佐西姆斯高喊一聲，芝麻開門，啵
　　　　　　　　　　　　　　　　　　　　　Charles　Martel
開一瓶黑啤酒，手段呢，是有點激烈啦，就是把自己當成攝政王查理‧馬特，掄起他那兩夸脫的馬鈴薯大佳釀酒瓶當成鐵錘（棒棍越短，蠻夷越痛）如揮動致命的大頭棒，猛磕那扇該死的大門，**天鵝旅館**的擦靴侍者，紈褲公子哥兒般全
　　　　　　　　　　　　　Maurice　Behan　　　　　　　　　　　　Bunchaman
城都吃得開，摩爾人黑膚色的莫理斯‧貝漢，無頭蜜蜂般趕緊套上一條班恰曼
　　　　　去丫
老爵士的長褲，跂拉著他的皮鞋，除了抓著一把爐火映照下閃出圖釘般點點光芒
　　　　　　　　　　　　　　　　　　　　　hop　　step　　jump
的劍鞘之外，其他啥都沒有，一路單腳跳、跨步跳、跳躍跳，連蹦帶竄三級跳
　　　　　　　　　　　　　　　　　　Ham Shem　Japheth
遠衝到門口看看發生了什麼事，[063] 與許含、閃和耶斐特也是這般趕到美酒家釀的葡萄園的，上半身沒披大衣也沒繫硬高領，僅僅綁著十七世紀那種女人的
obi　　　　　　　　　　　　　　　　　　　[歌] The West's Asleep
三角胸衣，那陣北歐入侵慣有的打槍聲響，就算整個西部還在沈睡，他可是從那堆垃圾雜物的沉睡中激醒過來的，說道，他很驚訝剛剛還能安全的躺在床上，

　　　　　　[歌] I Dreamt That I Dwelt in Marble Halls　　　　　　[臘] mormo
他夢到他住在大理石的摩門豪宅，放眼盡是熊地精那類嚇唬小孩的妖怪大理石雕
　　　　　　　　　　　　　　　　Land of Buelah
像，他被某個第四聲打鳴鼾響給吵醒，正從碧優拉安息地返回人間的當下，溶
　　　　　　　[歌] While History's Muse
溶月色中，歷史的繆思透過土包子的胃囊發出嚼食青草的沙沙輕響，聽到一個肌
肉虬結怒氣勃發的愛爾蘭漢子，搥擊房門所能發出的最高級別的聲音，那迴響如
此巨大從那間瞎了豬眼的非法酒館如迴力棒來回撞擊他的耳膜，像這檔事（飢
　　　　　　　　　　　　　　　Mullingar Inn
荒！夠了！餓死人喇！夠啦！）在那間馬利羹客棧的整個兒歷史裡，他還從沒
　　　　　　　　　　　　　　　　　　　　　　Babel
有聽說過。把大門和邊柱砰砰鏗鏗搥出巴貝耳塔那般混亂的聲音，他始終聲稱，
　　　　　　　　　　　　　　　　　　Beelzebub
根本一點兒都不像啵開瓶蓋時那種咕咕嚕叭叭噗貝爾則布魁魆魆魆的歡呼。那音
量哪，根本不會讓他從熟睡中醒來，只會讓他在夢裡陸陸續續浮現出戒嚴法、
　Marseillaise　　　　　　　　　　　　　　Mars
〈馬賽進行曲〉中踏正步向前行的戰神瑪爾斯們、一個個蒙古癡呆臉的外國音樂
　　　[古北] Ragnarøkr　　　Ragnar　Loðbrók　　　　　　　　　[歌] The Rocky Road to Dublin
家在眾神的黃昏暮色裡，朗納爾‧洛德布羅克曾領軍踏過通往都柏林的崎嶇道路
　　　[拉] Delenda est Carthago　　　Deland
上瘋狂演奏迦太基必須毀滅和運輸老兵德藍將軍，或許還有奢靡華美縱酒狂歡
的龐貝城毀滅前第三遍宣布再過個兩天的前奏曲。在他毫無意義的跌跌撞撞後
頭，在暗淡無光的黑夜中，傾盆大雨像個不顧死活的年輕皇后嘩啦啦從天猛倒
　　　　　　　　　　　　　　　　　　　　Liffey
下來，而老態龍鍾的莉菲河那哭得呀、漲大成河馬的身軀開始延漫四野平原，
窮盡她能力所及反嘔出大量的泥漿，她的反芻行為毀掉所有掌櫃的圍裙、屠夫
的襯衫、烤麵包的啦、賭馬的啦、賣肉的啦、修鞋的啦等等的擦拭毛巾、清潔
　　　　　　　Dublin by Lamplight
手套和暗夜明燈都柏林洗衣店的所有衣物，能想得到的，通通都給拖走了，以
致於呢，在天空的冰輪散發水晶吊燈的光芒下，那個昔日戲伶今日浣婦叫什麼
　Gabrielle　　Réjane　　　　　　　　　　　　Candlemass
嘉貝麗‧賀珍來著，整晚只能囚坐在恍如聖燭節燭光圈裡，望著滾滾大水漸漸
退落，落了片黃茫茫大地，為了啥呢？

　　　　稍等一下。現在及時縫上一針，抵得過日後補九針，各位火槍手，抓緊
　　　　　　　　　　　　　Alpha Athos　　　　　　　　　Beta Porthos
時間掐出最理想的版本！爛皮膚阿爾法亞瑟斯、髒泥巴貝塔頗圖斯和黑焦糖
　Gamma Aramis　　　　　　　　　Astraea
伽瑪亞拉米，不再眼巴巴望著義神星阿斯特莉亞，為了表達對聖人和聖日的
　　　　　　　　　　Kevin
愛，為了紀念聖基文的魚和通往天堂的路稅，離開了澳洲，去找觀星占卜學家

傑瑞,打打屁股拍拍手,劈哩啪啦啪啦啦,你們這些愛巴子,還是回到地表吧。
[歌] This Old Man　　　　　　　　　　　　　　　Snow-White-and-Rose-Red
用膠捲,拍世界,膠捲界,真世界!暈上妳的羞羞臉,白雪玫瑰紅,若妳真有凝
　　　　　　　　　　　　　　　　　　　　　　　　　plush smock
脂膚!假若妳真有霜雪肌膚般的真純奶油,趕緊把那些個穿絨毛罩衫的兄弟們
都叫上來,現在就來一場草莓狂歡派對!痞子白癡喔你們,大夥兒快滾他媽的蛋
吧!讓我們找,找,找,找出那個女人來!找出那團火焰!燔燔-嬏嬏燔!
　　　　　　　　　　　Maschinsky　　　　　Scapolopolos
　來吧,一般男的就可以啦,戰鬥男馬沁斯基、單身漢斯嘎波羅波羅斯、沒
　　　　　Duzinascu
問你呐丹辛納斯丘,或是隨便其他哪個都行,只要有一顆讓人難以忘懷像圓球
門把的光滑頭顱,加上一副毫無表情的魚臉,就具備一頭未上鞍野馬的下賤
形象。你的矢車菊…肉鋪羊腿…肉質變得太硬…就是由於太過…開玩笑…無
　　　　　Noah　Beery　　　　　　　　　　　　　　　　　Hazel
精打采。諾厄・比瑞…健力士啤酒重達一千零一石…當時赫澤兒十歲…那隻
hazel hen
花尾榛雞重達十石。連他的肥油現在都飛得沒油啦,所以啊,胖胖裸,憑啥你
　　　　　　　　　　　　　　　　　　　　　　　Blossomtime
們的就不會呢?給你二十九個甜蜜的理由為什麼花賞時光一級棒。老年人都愛青
澀的綠杏仁果,[064] 養在撒滿搗爛的薑根、石根和海罌粟的細小碎石子裡,雖
然冬天霜白了樹頭,但腰圍是在秋天逐漸鼓漲起來的。假如你宿醉時頭皮痛得像
針刺的話,像針扎在頭皮上,是很討厭,怎麼會這副童山濯濯的模樣,半夜還是
　　　　　　　[臘] orgia
少去點縱酒狂歡的性派對。你腦袋瓜子上的頭髮,長在原野黑鳥來啄,豎在戰場
刀劍來砍,連根拔除,空空如也,引人斜睨,這麼著,聽我說,李爾先生!把那
　　　　　　Fanny　　Adams
模仿小甜甜芬妮・亞當斯的假笑收進他媽的滿是羊腺汗臭的肉餅臉吧。
　　　　　　　　　　　　　　　　　[臺] 他那個穿裙的
　　想像一個養鵝的古怪老傢伙,他去看伊彼个穿裙ê。注意他油光滑膩的頭
　　　　　　　　　　　　　　tableau vivant
髮,真是高雅,好一副紋風不動的活體畫。他對天賭咒,她是只屬於他的蜜糖
　　　　　　　　　　　　　　　　　　　[臺] 他發誓
小綿羊,發誓咱倆是一起幹活的好爸-爸-把式,伊咒誓,一定會在西邊一間幸
福的戀愛小巢拍胸膛掛保證共同分享一段美好的時光,五月天的月娘多亮啊,
　　　　　　　　　　　　　　[歌] 小星星
他們一整晚隨便談天說笑聊八卦,一閃一閃亮晶晶,滿眼都是小慧星,順著他
的尾巴往上梳啊梳得直溜溜地,然後拿著玩具氣槍對著小星星噗噗噗射到累垮
妳。奶油泡芙隨時都有,一坨1毛錢!每天每晚沒完沒了美得滋滋直冒鼻汀

泡，我的親親麥肯茲(Mackenzie)小姑娘啊！因為妳這個脾氣古怪瞎鬧彆扭的親親老乾爹，光是瞧著星星，瘋著星星，燃著星星，人生樂趣浸在其中啊。了嗎？她要上頭知道，她要退回衣櫥，要拿回現金，那麼她才可以買彼得魯賓遜(Peter Robinson)百貨公司堆得琳瑯滿目、跟克魯索(Crusoe)在荒島上的家當差不多的新娘婚紗和結婚禮服，那才叫豔驚全場，大出風頭，必定讓自居藝術家的小亞瑟(Arty)、光鮮亮麗的伯特(Bert)、也許守夜人查爾斯(Charles)・錢思(Chance)、或許連陳查禮(Charlie Chan)（誰知道呢？）也都可能有機會傾倒在她的石榴裙下，穿梭在他們之間真是美瘋了，所以說呢，杭克(Hunker)先生吶，你這老頑固，我跟一個老爹爹跳個啥舞啊（所以她腳一抬，走啦！），你想想，城裡半數的水母小妞兒是怎麼搞到滿抽屜內褲的，就是趁著臭老爹手忙腳亂要把鬆緊吊帶夾上他的長褲褲頭的那會兒，大膽提出自己的夢想。不過呢，這陰陽怪氣的糟老頭，就算周旋在甜滋滋的妳和好好吃的我之間，可沒笨得愛到老番顛的地步，咱倆知道就好，可不要講出去（不會在妳這輩子發生啦，天吶！不會是那款長褲子吧！絕不可能！怎麼說也裝不滿一整壺的！），因為在某些偷偷摸摸的地方，弗菲廁(Furphy)所那附近，阿兵哥都在謠傳，那死老頭還有個水母二號（讚喔，咱們這老不死，豪氣干雲的誓言！），而且他好想時不時摟摟她抱抱她親親她因為呢是沒錯啦他是很喜歡很喜歡他的一號可是呢喔他其實也真像絞股黏膩的麥芽糖那樣死死纏著蜜桃二號所以假如他真的可以把到這倆的話摸一摸捏一捏的，啊，追追追[歌]，追著妳ㄟ心，追著妳ㄟ人，追到伊都打從心眼裡快樂到不行，就像A、B、C那麼簡單，這兩個交際花蝴蝶，咱意思是說，她們小天使般紅撲撲的櫻桃粉臀，那一條專屬於她們自己快樂的細縫，直把他搞得像個不知所措的童僕凱魯比諾(Cherubino)（他只要裝出一副愣頭愣腦情竇初開的模樣就好了），假如他們都同在一艘隨波飄盪的夢幻救生艇內，和其他的動物一樣兩兩依偎纏綣，最近過得如何，穿西裝打領帶的田舍翁啥都可以給妳，小姑娘啊小姑娘妳就給我嘛，瞧您臉色青筋皂白的，怎麼會醉成這般酣浮臭鱉死模樣，哪裡還像個父親啊，在他那艘搖搖晃晃完完全全癡癡狂狂的頂級獨木舟上，妳行嗎？開玩笑。煞[臺]停！

菲林末端啪啦啪啦在轉動的輪盤上拍得直響。確認字符。結束。掌聲如雷、
譁眾取寵、情緒暴漲，三節吐司那般 3-2-1 合成 1 條的結構，我們共同的朋友，
擱在大門口的火爐圍欄和啤酒瓶，似乎都跟著老爹爹和兩個水蜜桃乾女兒共患
難，可以說，同在一艘船上，划著平底小船唱著歌呢，[065] 全都掛有特別設計
的耳標，因為，說真格的，大聲把話說清楚反而會壞事兒，沒啥用處，窺探他
人隱私那類的事，還是得像個狙擊手才行，而那類的事啊，各式各樣累計起來
的總量，這些在私人住宅或公共場合中喝酒親吻論國事一再重複幹了又幹從四
面八方遍及世界各地從世代推進直到永永遠遠綿延流長不分青紅皂白不分年齡
大小不分愛愛對象一天一次進兩天一次出每隔一天暮暮方成朝之中發生的所有
情事，一直都是特別讓人訝異萬分。待續。勝利銷魂之狂喜，聯邦聯合運輸工
會榮譽出品。大家接著幹！

好啦，繼續問。環球郵政聯盟（該鋪遞的官方名稱為蘇格蘭通訊）有限公
司人員的奇特命運（他被稱為維欽托利，就是那個高頭大馬兇殘腦酣，怎麼說
呢，杵著就像棒槌似的國王，一邊大聲嘮叨著那些沒有貼上背膠郵票的信件，
一邊鷹隼般緊盯著壯碩結實的女僕人那整片黏答答的寬闊厚背），也就是遞交
一封可重複使用的信封袋，封面的墨跡分屬七種不同層次，顏色從洗滌漂潔的
銀白，到浣婦習慣用來泡水洗衣那種淡青泛淺紅的紫羅蘭，每一筆畫都像變形
扭曲的炒鍋掛勾，都顯示是洗衣老婆子寫下的收件人姓名和地址，杭德和齊克，
伊甸貝里，都柏林，中心西郵政區，嗨，化身博士和變身怪醫，貼貼臉頰，捉捉
迷藏，在伊甸園，在都柏林，在廁所裡，然後用鉛筆在底下簽上你親愛的，落款
是一位可笑的噗啦寶貝兒伴侶，後面俏皮地加上，聖安東尼眷顧，使命必達，
達完就薷？任何以嬌憨的拉普蘭語（不過像小瑪姬一樣，一說馬扎爾語就丟三
落四的，偶而就會說溜嘴爆出點兒啥來）書寫的東西，似乎總是跟楦姆的創作差
不了太多，黑的看起來像是白的，而白的護衛著黑的，類似於暹羅連體孿生兄弟
使用的那種他倆才懂彼此在說啥的自解語言，足以雜揉嚴肅和迅速，史德恩和

綏夫特，好高興和收到啦，緊繃支桅索和歡樂海盜旗，是吧？這封信會照亮我們，亮到我們金星直冒眼前一黑，倒頭栽進悲慘的山盟海誓之中嗎？這個嘛，現在也許會吧，奇蹟，所以光燦燦的嘍。一直都是那般，一向都是如此，直到雄雞考克斯副水手長的老婆，二度成為牝雞的含恩太太，她那管尖喙般的鷹勾鼻刺探到了這件事的動靜，歐文·K跟在她屁股後探頭探腦的，都想看看這個當媽媽的究竟是怎麼一回事？那個鼓脹如晃瓜、塞滿垃圾碎片般信件的柯爾克孜郵務袋，會鬼鬼祟祟地蟄伏在那一椿半血親兄弟方柱胸像造型的柱墩郵筒裡中空的肚腹內嗎？

這片棺材板，幻術師所能達到的顛峰藝術，若在臉色煞白的情況下匆忙瞥上一眼，自然而然會被當成是一把手撥豎琴（早就翹曲變形了，其實打從他們仁甫問世時，要分辨鬃毛猶巴耳和瓷膚雅巴耳，或那倆任何一個與和事佬突巴耳加音，都是一件苦差事），早已經從鄂茲曼叔姪傢俱公司的五金用品門市部給搬運出來，該家族素以西方極樂世界相關產品著稱，依循萬事萬物的自然軌道，持續供應往生禮儀中每一項不可或缺的必備用品。不過，為什麼必備呢？的確是必備的（假如不炫點銀兩的話，難道你不會覺得像是被關在藤籠子裡面啥都被看光光、只值一枚鼠禽幣渾身腐臭的雞鴨鵝嗎？），因為在四處星光眨眼雲朵勝雪、擲彈兵進行曲響徹華美盛大的婚宴舞會上，與會來賓和亮麗炫妍、穿著純白如百合的波麗露開襟短版小夾克的新娘子，[066] 閒話家常說笑打哈哈，那些正直的新郎總是會跟在妳們屁股後頭加入話題（而且，唉呀呀，瞧他們那股來勁兒！），在此必朽的世界裡，這會兒可都是咱們的，當敲響的時刻來臨，半夜那兒見，搬弄赤身間，半掩俺堅尖，辦事漸漸濺，哪有什麼可以召喚他們和她們連體帶身回轉到白紅黑青各色馬匹奔馳間揚起後必復歸於大地的灰塵之中，他們和她們那些給拇指朝下比的殘羹剩餚大雜燴裡頭。

繼續說下去。我們大可讓牡牛巨漢在夜晚恍惚出神之際，由著他去汲取空氣中的氧氣和氮氣，讓我們就用電解化學成分的方式來議論語評那個類似喀邁拉

奇蹟般的嫁接嵌合體，那個屁話連篇的吹牛皮大王，他口中的豐功偉業也不過就是個把獄卒胃腸脹氣說成飛船升空充氣的那種話術把戲。然後試著把氫氣多多傾倒上大氣層裡，可憐見的傳票送達人(somnour)，把原本歡樂的場景搞到瀕臨恐懼的邊緣。好，繼續那個跟瓶裝辛辣液體有關、類似艾綠猗思(Héloïse)那般的畸戀案子，朗·拉利·托基德斯(Long Lally Tobkids)，這位身兼輔警警員(special constable)的憤怒皇家裁縫師，同時也是磚頭錫鐵搭蓋的旮旯小教堂裡虔誠認真的讀經人，在證人席上把玩著結實胸膛上滿掛的獎章，唸起聖經來祛喀祛喀的活像在叫喚雞仔，宣起誓來咳哧咳哧喘著大氣直如航海的維京水手，他鼓起勇氣，面對那個穿著屠夫圍裙藍的衣衫、毫無疑問古里古怪的（胸口趕緊劃個標準的十字）叫花子似的莽漢，他夾槍帶棍地接著說道，昨兒個傍晚，他替利默里克(Limerick)酒肉供應商奧圖-善德斯-伊斯特曼(Otto Sands Eastman)有限公司運送完生鮮原料肉、羊排和肉汁以後，就目睹那老兄這麼走過去，洒家驚訝之情都還沒緩過來，他直接一腳就（快關上）踹向大門，去你媽的離別酒，完全違背盧恩(rune)文化以來酒館的良善習俗，而抗議行動受到阻礙時，這個傢伙端出一副鄉巴佬的粗魯模樣（高高踢起，一個嗝蹦兒，它的發聲者也同它一起被摔了下來），胡嗳賭咒的，這軟趴趴的驚三，有夠厚顏無恥，嘴巴只是含混嘟噥著：我敢跟你保證，費利(Philly)船長，一切都井井有條，阿波菲斯(Apophis)啊，對不住啦，蘋果派齊整得很，我要上訴，不要酒醉的腓力(Philip Drunk)，我要跟酒醒的腓力(Philip Sober)上訴。你還真上訴啦，沒辜負我先前巫婆般瘋傳 SOS。先生，您所犯的錯誤都淹到膝蓋頭囉，湯金姆斯女士(Tomkins)，聽我跟妳分說分說，巴多羅買之子麥克帕蘭(Bartholomew Mac Parthaláin)（販肉家族，除了尼克之外世上最古老的名字，呃，綽號(salaam)），有如溫柔婉約的婦人在行額手禮祝平安之後，以馬克(Mark)國王封疆裂土的口吻如此回答。加上菲爾普斯(Phelps)和他的條子哥兒倆，都是笑裡藏刀的角色，尖銳的批評字字把人剝得體無完膚。可想而知，他變了臉色，垂頭喪氣。嘶-嘶-嘶-嘶。

現在翻過來看看正面。從平絨(velveteen)內褲到凸花條紋布(dimity)裙撐的距離幾乎不到五指幅之寬，因此，大家都認為，不是這個就是那個根本的肇因，在兩者或其中之

一的煽動挑逗之下，才導致這些駝峰般過度鼓凸的狀態，那些個毛毛躁躁無腦
有洞的女主，早先在長滿燈心草的低凹溼地上，僅著長袖連身裙，連大衣都沒
穿，真希望這個她是我的瑪格麗塔我心中愛，真希望那個她是我的波斯卡酒
　　　　　　　　　　Margarita　　　　　　　　　　　　　　　　posca
我的口中信。喔！喔！因為今天非得要說了個的要通通說了，還真有點嚇人
 Arrah-na-pogue
吔，是這樣的，有個德德里拉拉的貨腰小母狼，盧碧塔·洛雷特，在出乎所有
　　　　　　　　Delilah　　　　　　　　　Lupita　　Lorette
　　　　　　　　　　　　　　　carbolic acid
意料之外的一時衝動之下，把苯酚灌下肚，在她眼前，這輩子波瀾不驚的可愛
　　　　　　　　　　　　　　　　　　　　　　　　　　　[臺] 腌臢
人生逐漸消逝在一片死灰慘白之中，而她那個老在戀愛的姊妹淘，垃儑小粉
 Luperca　Latouche
鳥盧佩卡·拉圖歇，[067] 有天躲懶不想做家事，發現說，給雙筒遠鏡男淘氣
地跳個遮遮掩掩的脫衣豔舞，輕鬆多了，那兩條修長的大腿，平日像門柱般分
　　　　　　　　　　　　　　　　　　　　　　　nautch
立洞開著，這會兒上下蹦跳彼此相見鬧得歡，這個跟印度諾奇舞孃同樣淘氣搗
　　　　　　　　　　　　　fruitful hat
蛋的小妞兒，很快就發現她那頂水果帽咋變得好小好緊，頭疼，立刻慢條斯理
地放慢步調，看喔，立刻就開始喜歡上派對舞會啦，適應摟著脖子打招呼啦，
然後在頂棚的乾草堆上、或是在亂堆雜物的儲藏室內、或在原本說是日照套房
卻臨時肏你媽個屄改成戶外綠地的茅房內，將就著點，蹲著從後面來吧（以
及所有的女化妝間，那麼多肌膚相侵、蛆意承歡的曖情故事，容我們就出租給
想像力去發揮吧），或是在芳香撲鼻的教堂墓園內，忍痛販賣些許她最愛的皮
　　　　　　　　　　soft coal
肉，換來一點點的煙煤，或是捆紮成束的細長木條，總算可以煮出熱騰騰的兔
　　　　　　　　　　　　　　　　　　　　　　　　　　　　　　Graunya
肉，吉普賽烹飪法，跟我們那位辣椒紅撲撲臉頰的嬌小老奶奶格勞妮雅擺盤上
　　Oscar　　　　　Coole
菜服侍奧斯卡的冷酷老大爺庫爾之子所進用的餐餚，沒有任何的差別。翡翠海
　　　　　　　　[愛] Arrah-na-poghue
岸的伊斯蘭天堂美女，以吻傳訊，極盡煽情誘惑之能事，哎呦呦，穆斯林都這
　　　　　　Plurabelle
麼苗條纖巧啊，噗啦啦唄，降服，全心順服，棄世絕塵之人面對她全然的順
　　　　　Leinster's Eva
服，難道她身為蘭斯特的厄娃、玩泥巴把自己潑得點點斑斑的泥人娃兒，不
 Dermot　　　　　　　　　　Forty Steps　　　　　Cromwell's Quarters
是德摩國王忠實的女兒嗎！（她築巢在四十階，他棲居在克倫威爾巷），持有
 Odin　　　　　　　　　　　Valkyrie　　　　 [臘] Kyriê eleêsôn
奧丁特許令、柔順軟膩的女神瓦爾姬麗，天主憐憫，遣送大批噘起嘴唇等待
芳澤的呆瓜戰士，可憐見的，直接打包送到永劫不復的滅亡之境，一次又一

次，唉，是，長官，哀哉，再一次挑戰他的忠誠度，忠誠的狗狗費多，撩逗
費多，是喔，撩逗吠多，是喔，是喔，撩逗沸多多，不信，信，不信，信，不
信，信，還有，還有，喔，疊得太高了，全給崩塌了，停，別搞了，你啊，
giaour
不信真主的基督邪教徒養的那條狗的乳頭，說的就是你，啥咱們軍情局嘛！滿
Angelus   [拉] Angelus Dei   Strongbow
懷羨慕嫉妒之情，頌禱聖辰三鐘之經，天神的信使，那就是我！就像史特朗博
[拉] farfarus
勳爵一樣，強弩開弓卌晝夜，遠離祖輩採欸冬，難道他不是給她亂貼標籤，放
hue and cry
規矩點，我可是會一直尖叫到人家逮到你才會停的喔，就是個把人抱在
大腿上吸吮飽含肉汁的麵包那樣亂舔一通、遇事只會大吼大嚷、徹頭徹尾又邪
[京] 大便
惡又虛偽又病態的大毒蟲，七彩繽紛到抖落米花說拉稀，哆？魔鬼拉屁屁，屎
[德] Teufelsdröckh   Leanan Sidhe
塊彈珠珠，這托爾夫斯德尼克，啥教授啊，有夠嗯！黎安娜‧席德，紅顏掌王
權，禍水女精靈，非法賣酒女，淘氣女天皇。此君具帝王之相，氣度威儀，服
飾尊貴，願他的榮耀仰伸復揚升！曰！長—長—短-短-。所以既然可以給予，因
此當然就能拿走。現在不要這樣，不要現在這樣。他好想要啊。慢。打住。
[揚] 他媽的
受苦受難的雷聲公！他原本以為他很想要的。辣塊媽媽的……咋整啊？聽啊聽，
reb
大地旺盛的生命力！飢渴無奈的猶太夫子，沒救的一代，耳力不濟，仔細聽來！
他傾耳聽，眼睛卻貪婪地盯著她雙唇之間若隱若現的舌蕊。他聽到她的聲音裡那
些流亡折疊的日子。他傾耳聽！滿耳鑼響雜音，說，說，繼續說！不過，以穆
罕默德的鬍鬚發誓，也以啤酒的利潤發誓，他無能做出回硬。軟趴趴的黏土，
spout
沒啥鳥用，睡吧，起床後仍舊是朝陽初昇容光照人。亞細亞，只要有泵嘴出水
† obelisk   Folkestone
處，必有箭標方尖碑相伴，何必呢，也不需要公共石柱鐘塔，或是福克斯通那
[拉] lapis titulis   Tomar's Wood
種民間的碑碣，也沒有必要拿著托馬爾森林的坑阜陷地當幌子，去爆料那一群
Ruth
狗仔拉伕隊是如何駁斥如何勒索悔不當初的盧德。無言之口總可以吸引妄思之
舌，只要淫穢猥褻不是從正面被看到，不需太久就會招來非禮務聽，瞎子必將
Tatcho
領著聾子，一路走到整個地球陷落啞巴地獄的永罰絕境。正港丹頂生髮水，
20 先令！安靜，瘟生小鬼頭，吱吱鬼叫嚎啥喪啊！街燈的柱頭，頂著數坨軍容

渙散的光芒，引導斑駁的樹葉排成傳遞訊息的圖案，留在我們身後當作後人的
patteran
路標。假如說，施加於生命、肢體和動產的暴力，絕大多數的情況，[068] 均見
之於受冒犯女性（暗黑中的啊！啊！），直接或間接透過男性作為媒介，那麼，
[歌] 野地的花　　　　　　　　　　　　　　Wilde
自從野地的花穿著美麗的衣裳那般無憂無慮、狂而嘻噱、菊花爭豔的精靈時代
以來，訛詐、勒索、撒黑函那碼子事兒，難道不都是伴隨著那套人盡皆知的口
耳相傳之術，在私下低聲密語中透露相關的罪愆之後，才出現的嗎？
　　　　　　　　　　　　　　　　　　　　　　　　　Hole in the Wall
　　這會兒就藉著靈光乍現的回憶，把時光之輪再度轉回這間有如牆面孔洞般毫
　　　　　　　　　[達] si Minasang　　[達] si Minayoang
不起眼的小酒館內，彌那桑的鉛筆和米納旺[42]的木筆兩兩互別苗頭。從前從前有
　　　　　　　　　　　　　　　　　　　　　　　　　　　Valhalla
一面牆，那是一面很高很大的牆，牆面上還真有一個洞，光那個洞就有瓦爾哈拉
　　　　　　　　　　　　　　Armenia
英靈神殿那麼高那麼大。在刀劍日日加諸於亞美尼亞之前，在荊棘叢為烈火焚燒
之前，或在愛爾蘭磨利鐵器或激厲怒氣之前，那面牆早就在那兒了。也比身為人
　　　　　　　　　　　　　　　　　　　　　　　　　　Moses
父、頭髮色澤和紋理仍如櫟樹的您，或是在沼澤中挖掘泥炭人稱穆薩夫人的您，
或是您倆成群結隊、騎馬坐輦、多如飯桌的燕麥殘渣和床邊的餅乾碎屑的少爺
　　　　　　　　　　Odin　　　　Eden　　　　　　　　　　Paradise Lost
們和小姐們，在你們隨意曲解奧丁的懿殿心園之前，在你們任意看待失樂園裡
paladin　　　　　　　　　Eddas　　Adam　　　　　　　　　　Hawwā
帕拉丁武士的英靈之前，當時，所有吟唱埃達的阿丹每每曲終於誦念萬福哈娃。
Ameen
阿明。可憐吶，這些武裝的戰士。他們當成家的棕褐碉堡籠罩在黎明前的晦暗
中，假如還想多看個幾分鐘排除寂寥的話，就用打死一隻讓人騷癢難當的臭蟲的
　　　　　　　　Lucifer　　　　　Gregory
力道劃上一根路西法火柴，啟蒙者聖額我略帶來的星光，我們在剛剛新刷皮鞋
的那種光潔炫亮中，遇見擁有舒適美好生活、百合花朵般的女孩們，她們拿著眼
睛毫不遮掩地直勾勾盯著你瞧，哪怕你只現身一秒鐘，哪怕黑丸兒只閃露了一
下下。就讓圓睜如蛋的眼球戴上護目鏡，看看粥粥群雌昔日美好的時光，就讓
　　　　　　　　　　Ishtar　　Esther　　　Easter
嬌生慣養的天星姑娘伊絲塔．以斯帖在這復活節日盡情扮演是的老爺大地母神
　Ishtar　　Esther　　　　　　SAD　　[愛] Saorstát Éireann
艾絲塔蒂．艾斯德爾吧。在這齣哀兒襤自由邦的夢幻劇裡，盡是些痛楚難當輾
　　　　　　　　　　　　　　　　　　　　　　　　　　　Soroptimist
轉反側貧病交加瀕臨死亡掙扎的貧民窟場景。其次，這位樂天派的蘭馨交流協

---

[42] 彌那桑與米納旺是臺灣達悟族紅頭部落（Jimasik）傳說中的巨人兄弟。

會會員購買了一扇以史前巨石作為合頁絞鏈的大門，讓這間破爛的木屋看起來更加宏偉壯觀，租金頗為公允，一頭市價6便士的晬綿羊（頭生），和一頭市價8便士的小晬山羊（次胎），在餘生中，他就可以快快樂樂地反芻昔日安度晚年（擁豬仔，抱羊羔，親吻他，呼嚕他）；等他把所有的事情搞定之後，當場立刻豎直鐵床架權充是另一扇蘋果木門，絕非拿來做為把那些驢子擋在門外的藉口，而是以此行替代茅坑之實（截至目前為止，那些鋸齒狀缺口都還有豬大便垂掛在那兒晃悠著，就說明得很清楚啦），而剛好差不多在那時候，這扇平日合嘴不攏的鐵門，按照慣例都是保持打開的狀態，人在裡頭也不容易得風濕，給貓兒騷擾的山羊才有地方可逃，卻被他忠實的市民和守門人故意用三大掛鎖牢牢上鎖，把他關在裡頭，人家博德有三重生命歷鍊，您老兄一次全都用上啦，或許，也說不定喔，以免，萬一啦，他想要挺起他的胸膛，挺得超過一些，試探試探上帝恩典的護理呢，就是說啊，在人民畫彩蛋當廣告宣傳的那一天，就這麼溜出去逛大街，以前群眾會恣意前簇後擁，現在人家可是隨機撿起泥巴屎塊就會朝他砸過去的，砸到把他淹沒還不罷休，就算如今都已淪落至此，應該也不會習以為常吧。

　　喔，順便提一下，我們還有屎尿澆灌的馬鈴薯可以大展神風，不過，我們總不能忘記，應該還是要和先前說起的那檔事有所關連，就是說啊，有個喜歡住在朝北方向的旅客，貝崔芬德先生，之前有提過的，那個和火爐柵欄相關的人士，在夏日期間都會出外覓個小屋度個小假，當時就賃租在籬笆紮不緊、鮭魚躍蹉門的萊克斯利普（不同於迴溯期間全身轉為橙紅不再進食的鮭魚，拳毆黑目山姆斯在齋戒期間禁食到滿腹火氣難消時，就會來此稍加盤桓），那間蘭姆潘趣橡木桶旅社（垃儓迪克自主酒館[43]的分店）32號房，他先前幹過商業顧問，不然就是做過廣告（天吶，我憑著酒神巴克斯的身體發誓，他老兄幹起事來勁頭十足，像中歐人那樣，體臭蒸騰，渾身油膠管味兒），[069] 來自於歐羅巴合眾國的奧地

---

[43] 不受酒廠合約限制、可出售各種牌子的啤酒及其他飲品的酒吧和酒館。

利，有用又有利，每星期支付（說啥呢，上帝護佑馬克王，高盧拯救馬克幣！）11先令（哎呀，這些神聖羅馬天主教徒，徹底瘋掉的游牧民族！），他錯失一頂軟呢帽，而且聽清楚喔，還補繳了6磅15先令的稅金，良心不安嘛，這些都發生在七月的第一天，簡直就像聖誕節期間的第一筆買賣，十分划算的頂級交易，兼具打翻蜂巢給螫著的痛楚、絕爽和祝福，帶有濃厚愛爾蘭土腔的英文與彷彿麵包碎屑般零散斷續的殘破德文，你來我往溝通協商，其中摻雜著詭異怪誕的凱爾特神話、哈次山脈凌絕頂布羅肯峰的女巫傳說，整場對話颼颼颯颯的，就像置身在蜂窩內一樣，因為當時他正在為《法蘭克福日報》撰寫〈亞當墮落的案例〉的新聞報導，內容偏袒偷竊免罰之主張，那是一份專門把國家視為荒原加以嘲諷挪揄的歐陸刊物，而且，呃，他還斷言，大家也都同意，其中一個是穿著類似林恩‧歐布萊恩那般綿羊毛襪底的墨爾登呢大衣，看那模樣，若非心事重重，就是萎靡不振，他或許應該完好如初地賠還人家，也或許，他會挾帶著成千上萬咆哮的霹靂雷電以及成億上兆公噸的暴怒雨水，把那隻毋成猴的損失再打到變成，不然咧，就乖乖交出王者興必有名世之數[44]，作為損壞賠償之用。所以，法蘭克人吶，法蘭西人吶，你們一定要瞭解，為了要培養一顆纖細感恩的玻璃之心，無論是四目對看誰先笑的遊戲，或是室外音樂演奏亭內此起彼落的屠宰場聲響，就當成是那個淫賤傻逼帕曦‧歐史崔珀連珠砲彈地不斷威脅和破口幹醮，或像成群的壯鹿引發羅巴克山巔雪崩葬送阿諾德‧魯貝克教授的仰天狂嘯，以及諸如此類的情況。

　　這位不請自來拜訪杭福瑞的客倌，叫什麼戴維或鐵達時來著，冠有雞鳴狗盜的古老姓氏、出身煙草大亨的巴克利家族，口供極具砍肉斷筋的殺傷力，從中西部沿路踩著結婚進行曲的步伐而來，一位蠻優秀的鄉野憨睿夫，喜四處兜轉

---

[44] 原文monkey是俚語，指500英鎊。「王者興必有名世之數」是中國明末官場行賄隱語，借用孟子「五百年必有王者興」之語，暗示「名世之數」為500。既是行賄，所求甚大，貨幣單位當然不會太小。

徒步旅行，他對這黴慍當頭的瘟犢子熟門熟路的程度，就像一隻漂鳥燕八哥之
　　　　　　　　　　Belfast　　　　　　　　Sterling　Pilsner　　　　　　　Erlangen
於貝爾法斯特山脈，一罐優質斯特林皮爾森之於喧鬧的埃爾朗根啤酒節，一具
　　　　　　　　　　　　　Adieu Ye Young Men of Claudy Green
駭人耳目的棺架之於哀鳴不已的山丘，然後踏著〈別了，克勞迪綠野的小伙子〉
的旋律，在多雲天空下湍急河流旁的如茵碧草上跳了好一陣不算敷衍了事的舞
蹈之後，彷彿剛宣誓完護衛文明最後一道防線的演講，他一屁股坐在一墩用來
　　　　　　　　Black Stump
栓山羊的黑樹樁上頭，把啤酒杯擺在那個啥等等待會兒還要喝的地方，稍早，
　　　　　　　　　　　　　　　　　　　　　　　　　　Quaker
為了引起他的注意，還霹靂啪啦鞭炮似的一連串貴格信徒特有的詛咒（送你點
Quaker
桂格燕麥片！）唉過那位拘家王者的鑰匙孔，顫聲咩咩如泣如訴，聲聲穿透在
門另一邊那個狂亂撕裂自己衣服的豬瘟裁縫師恐怖暴風般的咆哮呼號，首先，
身為一個毛髮濃密的起訴人，他很樂意打破他那顆頭髮茂密糾結多如毛毛蟲的
Bolshevik
布爾什維克腦袋瓜子，其次，身為專喝杯底殘酒之人，他很樂意用測量棒打破
大門，再砸到他臉上打破那顆醜小鴨的笨腦殼，就像他用活動扳手夾碎核桃殼
一樣，還有，最後最重要的一點，身為忙著烹煮燕麥粥忙到疑神疑鬼的人，他
很樂意給他喝他的（或是那位至高無上掌權者的，或是任何其他哪個血雜碎的）
　　　　　　　　　　　　　　　　　　　　　　　　　　　　Bleda
濃於水的那玩意兒，該死的繼兄弟，這廝是個崛起於大草莽原的布列達，襲殺
Ború　　Brodar
博魯的布羅德，吃他的再罵得狗血噴了頭，看他如何施展手段把他的也裝滿一
　　　　　　　　　　　　　　　　wood alcohol
整個提桶。他強力要求再添加更多的木醇，聲稱他老大爺的呢，全數都是有毒
　　　　　　　　　　　　　　　　　　　　taxicab
假貨，白花花的銀兩都嘩啦嘩啦花在來往運輸的出租馬車唄，平常都要等到
[歌] My Grandfather's Clock　　　　　　　　　　　　　　O'Connell
爺爺古老的大鐘叮叮噹噹敲響十下後，才開始供應奧康奈爾之類的酒品，還
　　　　　　　　isba
有，他那棟狀似俄國農村茅頂的樅木屋，說穿了就是一間酒吧，就是一座公共
釀酒蒸餾鍋，為了愛爾蘭人的那副硬殼皮囊，鼓足焚化爐熊熊烈焰，煮出活水
　　　　　　　　　　　Irkutsk
泉源威士忌，饗火鼎盛一如伊爾庫次克的宗教熱潮，接下來呀，可不是那麼容
　　　　　　　　　　　　　　　　　　　　　　Atilla
易就勸得住，他以邪到難以置信的速度，怒濤排砲般發出阿提拉的戰嚎，間歇
冒出啥禦呀狐呀鹿呀我輕扣呀賤貨呀之類的混亂隱喻，猛烈轟擊那扇邊門，從
11 點 3 拾分到下午 2 點，甚至連稍停下來囫圇個輕食午餐都沒有，以上帝之子

的名義，給我滾出來，酐爛泥巴你這一大坨，浮濫猶太死要番的斃格老背鑊，擂你娘的出來受死。阿們。

伊耳維克（Earwicker），心靈的榜樣，爾眾的典範，接受訊息的最佳代表，號稱狄奧尼修斯之耳（Ear of Dionysius），具過耳不忘的本事，[070] 長期以來承苦受難，他羸弱不堪諸事難行，只能侷限在數堵飢荒石牆（famine walls）後自家花草溫室內的犄角旮旯裡，任由時間流逝肌膚漸漂漸白，身旁是他的真空熱水瓶，搧起來呼呼咋響如手拉小風琴的驅蠅聖扇（[臘] rhipidion / flabel），和一根用來挑剔獠牙的海象硬鬚，兜攏一簇兒，用來哀悼他四處飛散的公野鵝（Wild Geese）和消逸無蹤的健力士，一份該被存檔在冊的名單（現在部分恐怕已佚失漏源了）登錄了長長一大串人家對他的蔑稱（釀酒師約瑟芬·德博阿爾內（Paradise Lost / Joséphine de Beauharnais）逼迫我們多多關注那本約翰·愛克曼（Johann Eckermann）的《立場左右的油墨輥工因克爾曼之對話錄》鉅著裡，那些金髮雪膚麵糰糰的姑娘的歡欣愉悅、彌爾敦的小鎮風味（Milltown）、和彌爾頓（Milton）的幽默風趣等等等，那好，然後繼續翻到蕾絲女孩腳踩尿水灘那一頁，嘩啦啦無拘無束嘩水濕（Waterloo），淡淡的香水味（[法] eau de toilette），溜之大吉，看戲的吃瓜群眾，一坨勻整的屎塊，克朗塔夫牛牿草原（Clontarf））：首場觀眾兼初夜大人、密告線人、水果老玻璃、孬孬黃種輝格黨、穗鵝白屁屁、金門羶羊艾佛烈蓋特（Golden Gate Alfred Geit）、博格賽德區沼澤邊後庭美人（Bogside）、沒錯是屁股、我們嚐過他的香蕉上過他包頭巾的壞安娜、約克猶太肉豬仔、搞笑鬼臉、在貝格街小酒館（Baggot）他撞滅他的新娘、脂膏塗奶油、門戶洞開有夠辣、公開背書卜吉卦、打造加音和亞伯爾之大有能者、第八大不可思議的愛爾蘭奇蹟、賤價出售大尬車、油膩鱈魚黑鉎卵葩男（[臺] 汙垢）、月球臉殺人犯（Moonface）、皓首豪髮耗瘂子、半夜猛暴性陽光、拿開聖經那小孩子的玩意兒、《單峰駱駝每週評論》（[法] Revue Hebdomadaire）的酒館指南、肚皮咚咚當鼓拍的癮子暴君帖木兒（Timur）、柳條淺灘的藍泥巴克利（[愛] Baile Atha Cliath / Buckley）、下午茶前爛醉如泥、自筒兒看看你穿緊身褲本身就是個搞笑默劇、主後聽覺障礙（A.D.）、興許天主會降腐我們這位集詭計大成好款待毳飯的好鴨王阿蓋爾公爵（Argyle）、蒙羞的王權戰爭機器都柏林大主教威廉閣下、缺舌難辨猴急空嚷嚷的都柏林大嘴巴、他的爹爹是蜜口蒙祖克（Mundzuk）而她在滿載啤酒

灌滿耳低吼聲的四輪馬車內佔有了他、伯納姆燈塔和貝利燈塔、老文青藝術家、不配信仰神聖家庭宗教的新教徒、皮膚陶土紅衣服起毛球的巨人貧農帕特里克·柯特、歡迎您來到沃特福德享受晶瑩水質培養的食材、簽名都簽絲帶會、用倒鬚籠捕龍蝦的土財主、千金散盡都給了城裡一個叫亞瑟的、把貓咪從培根旁噓趕開去、穿皮革大衣的唐諾德、叫花子風笛手的拿手舞曲、歐萊里酣醉之餘背著博雷爾在大酒桶後親吻男人的歡愉、瑪哥格急著要哥格、鄉巴佬步兵小甜心、痛風吉伯林、清空輕鬆的馬丁路德、憨福瑞孵公雞蛋、攪黃計畫、婚前就享有結婚才有的性運、奴家意欲休夫君、6便士半、去找地獄海倫娜不然就去天曉得誰那兒、髮色駁雜頭頂自然呼呼禿的西奧巴爾德、為《伯克貴族宗譜》暨伯克酒館兩造聯手除名、他不是害我這樣的大姨哥、赤條條的野蠻男子、癖好怪異之猶巴子、偽原住民作家灰色貓頭鷹筆下的雜役小弟和碩德長老豚聲嚄嚄的性交圖騰、十二個月大的小貴族、狼人、一曲即席伴奏洩漏奴才嘴臉的法院吸血差役瀕臨瘋癲的寂寞心靈、雷鳴和草地交織成在克隆塔夫村落的結婚交響曲、寄送左靴不滿意包退、在上帝聖土以小黃瓜阻擾樂園交易的滋事份子、吃到走不動的標準愛爾蘭嗝屁男、鐵公爵好想阿姨用麥芒來騷癢騷到呵呵大笑、英國傻蛋兵痞子湯米·費朗的寵物傳染病、皇太子和副主教對裁縫師的憤怒、通過終點線的最後一匹、狼頭不會告訴你離男希的禮服遠一點、[071] 速衝往正前內野的方向趕著去覆蓋上、自肥薪資、安迪·麥克駑恩在安妮的閨房就醬別再問了、錐子一現身不是全部出局就是請假離職、小屁孩的蛋蛋被耳夾蟲螫到發出他拉中提琴時那種啷啷歪歪的抽搐聲、爆破朗伯德街的機巧偽詐之徒、鄂圖曼帝國宮殿高門的大閹、對異教徒勃艮第國王來說是愛爾蘭總督從極頂高峰下達的對女人永遠的詛咒、而對登山界沙皇拉特利奇及其他攀岳攻頂探險家來說是發出爆炸聲響卻如流浪漢一般無害的澎澎蛇、歐菲莉亞在快樂墮落驅策下一時興起準備狠撈一筆的跳樓大殺價、住在充斥著上

萬種幻象的 111 號房、他對克斯提洛城堡幹的那種事、睡在羽毛和繩索上面、大家都知道是誰把捲尾龍賣給打鬼嗑的響尾蛇霍勒斯、封姦之前隨性附上金髮老外芬戈眾子嗣、墮落越深權勢越大、想要 1 個老婆再外加 40 個、隨他去把個俏妞給做了、頭下腳上哎呦喂噗通噗通掉落水裡拋摔輪、啪他那一沱落了咻他的鼬鼠溜了、小本生意人的頹敗、他呀他——、從報業大亨比岳布魯克的新聞擠出牛奶與蜜的鬍鬚男、比出勝利手勢 V 把酒喝光的釀酒小販、那含酸葡萄撒種的必煩呼收割葡萄渣、亞美尼亞慘絕人寰的暴行、病魚翻白肚、菊花以東人、——、缺乏約翰·德沃伊那種愛爾蘭平民本土個性的男人、我呸戴著破洪堡帽泡溫泉滿口謊言騙痞 ê、——、呱刮呱刮亂叫一通的老鴰、咕姑咕姑專幹齷齪交易的鴿販、渾濁、猥猥瑣瑣的老爹地、出生時先暴露出兩條小腿、伍爾沃斯廉價商店的最爛貨色、居閣樓安樂窩喜男根龍涎汁以訓道為己任的亞細亞倫理學輕鬆哲學家、心懷深達一唪罪惡感的天竺鼠私生子、跑籠內競競競速酒桶內禁禁禁食、在髒亂如牛棚馬廄的臥鋪上狂喝痛飲、肥肉先生胖伴侶、城管屢屢眷顧的對象、面諭群眾如嗯-嗯-喔-喔-撒蜘蜘大條的貝爾正統演說術演講專家、真是壞胚子下台啦：可是，為了對無侵犯他人意圖的個人自由表達應有的尊重，即使已經趨近無政府的混亂狀態，他端坐不動如山，連個冷僻的楔形文字都沒哼一聲，連個單品的威基伍德骨磁都沒摔一只，雖然對這位身在卡座內的消極抵抗人士來說，伸手去抓聽筒，接著哈囉哈囉轉撥金彌基警局，外縣市，17-67，根本跟要親哪兒就親哪兒一樣簡單，因為呀，如同這個基本教義派信徒終於在震驚之餘被迫開口解釋，提到了他貓咪般的情感給那老狐狸搞得遍體吊鐘花那般暗紅瘀紫，很傷人的，道明會在當時已頗盛行，肩負對社會黨尿屎盆內撒福種的教化使命，他認為鑼羅添堵教虔誠的奉獻禱告，也就是大家熟知的喔啊咿嗚不絕於耳的神聖《玫瑰經》，或許可以讓那傢伙改過自新變成有用的礦脈。可是。砰。繼續啊。

那個粗魯莽撞滿口髒話不只是讓人極度不悅的牛[臺]笨牛箍呆，在他掛掉電話之前，由於酸葡萄的緣故，透過最後幾句類似模擬皮戈特(Piggot)的嘲諷言詞，醉醺醺地拾起一小把圓滑如玻璃珠大小差不多的石頭，看哪個來此燉炸一鍋端(Gladstone)，瞄準著那扇小小的狹門(wicket)為他的我沒有罪我不是歸爾甫派(Guelph)之類的論點助陣，可是在他安心上路倒轉去[臺]回去連珠砲狂罵之後，透過他那半昏半醒的潛意識，偵察到假如他早先真的草草了事順利完成他的可怕意圖，那後果可嚴重了，幾經思索，終於導致他調整尖聲咆哮的戰略，任由一小堆狗拉乾屎塊的溪石一顆顆乒乓球般磕磕磅磅從手中滑落下去；而他呢，腦袋清醒些[臺]你老子我剛剛好，在都柏林恁爸拄拄仔好踱來踱去，試試這片古老土地對滾地球速度的影響(the pace of the ground)，然後這惡魔居然像獅崽子那般，漩下一灘鬱卒如膽汁墨黑如烈啤的小水潭，接著硬生生把一坨濃痰從口裡咳剝下來筆直吐向潭心，緩緩流動的漂浮冰，洪水過後的清涼劑（皮包、皮包、皮包荊豆花金雀，我就是要把水花像普利希(Plisch)和普魯姆(Plum)那兩條即將滅頂的小狗一樣搞到泡沫四濺滿天飛！），這個黑不溜秋的褐蠻子，來自飛鳥不生蛋灰狗不拉屎的廢荒內地，粗暴地捻熄 [072] 他的火氣話頭，打住他的木楔舌頭，敗暫停末代王朝的拜占庭(Byzantium)帕萊奧洛格家族(Paleologues)終究難逃歷史的命運，從此古生物學的場域全身而退，提起如何將他制訂的自我否定條例(self-denying ordinance)當成火器大砲，才把救世主、愛爾蘭[德]Heiland和歡樂劇院(Gaiety Theatre)經理海蘭德(Hyland)通通留在異議的解剖枱上，在苦口婆心地勸誡伊耳維克(Earwicker)之後，或許該用微調的措辭這麼說，勸誡伊耳維克先生們、或伊耳維克女士們、或他以群現身時使用的陰性稱號(legion)，髴，出-出-出來，出來出恭，要就到外面嘩水蘆來(Waterloo)，來好好解決一番，你這副慫樣對得起克拉姆林路監獄(Crumlin Road Gaol)和克里姆林宮(Kremlin)的赫赫威名嗎，以及它們那群陰鬱寡歡繁殖迅速的魚神和閃電神，全身披掛血肉之軀的血淋淋內臟，願哥格(Gog)詛咒他們的他他他的他們，那麼，有布萊恩‧博魯(Brian Ború)的先例，就可以衝著他的腦袋瓜子狠狠飽以老拳，沒日沒夜爆打到昏頭轉向，你，你，欸，你，說的就是你們，都來擔保，就像三踝骨折波特(Pott)對付卯扁鼻老小子那樣(kiddo)，炒鍋還敢嫌棄水壺黑駿駿，用無名小卒梅仁(Nobody)對付全然神聖威名赫赫的獨眼

巨人波利菲莫斯[Polyphemus]那一招,也行,在他全身上下堆滿石塊,不然咧,假如他不埋了他的話,以湯瑪士[Thomas]·砍-侃-坎貝爾[Campbell]之名起誓[臺]說不定,伊無定著會做出更加543極端的事情來,他真不知對他還有啥物[臺]甚麼做不出來的,他不知道,別人更不會知道;走到這一步之後,喚爹叫娘都沒用了,只能跟鬥狠好戰只會破壞啊毀壞啊撕壞啊砸壞啊掄起棒棍猛揮濫擊哐啷鏗鏘啊的鐵錘查理[Charles Martel the Hammer]說理去吧,所以說嘛,難怪馬爾博羅公爵[Marlborough]會憤怨不平,是這麼個理,他於是在最小程度內微調自己曼徹斯特的腔調,以主子的聲音,高貴似國王,戲謔如弄臣,有如第一首從HMV留聲機流洩出來的英雄雙韻詩歌、自行填詞翻唱的賦格曲、作品11編號32的《短趾小精靈》,夢遊虛幻如喪葬儀典,激昂轟隆如熱帶風情:

本來打算這次訓他話

看來還是非常難馴化

他咬著拇指吸吮智慧,難掩內心的焦慮和恚恨,對著朝他下豎的拇指說再見,他帶領他們將子彈帶挎過肩膀,匆忙間還把一些阿兵哥的金屬榮譽物件(或心靈的貪婪[德]Gier)胡亂扔呀塞呀到包袱裡,沿路滴滴答答淅淅颯颯或落在小水塘或掉在堤圍澤地,敬祝這位自認屬於上流社會的人物,以及他芬尼亞天命勇士團[愛]Fianna Fáil那些貴腐的兄弟姊妹們[臘]adelphos,有個今天的早上很費城[Philadelphia];他們向前推進,並從具有潛在攻擊性的防守位置,調整哈伯望遠鏡般的目光對準柳橋淺溪的方向,然後一跛一拐地佝僂著背,回罵了一聲[拉]Et tu, Brute?(吾兒,亦有汝焉?蚋腐沉,瀅謝您吶[瑞福杭],為何朝陽?),朝著一棟棟酷似枯枝敗葉的腐植層堆積起來、烏漆麻黑的聲啞專門機構的建物方向倒退著走過去,白天有雲柱引導,黑夜有火柱照耀,恐需10年或1100年跋涉潛行,才能到達遠在巴哈[Bach]溪流旁的月光峽谷[Moonshine Gorge]。他輕輕拍了拍自個兒的背,我們把你托付給上帝了,掰囉[沃]adyö!

因此,隨著這個散發墓園死亡氣息霸凌農耕土地的惡徒潰敗遁逃之後,我們旗艦堡壘所遭受到類似拉羅歇爾之圍[The Siege of Rochelle]的險境,也接近這階段的最後尾聲,

假如睿智如耆老玻璃、俊秀如嫩小鮮肉的老好人涅斯托耳·亞歷克西斯可以幫個忙，簡簡單單眨個眼睛跟我們透露通關密語，好讓咱們回顧一下事情始末的話，那我們會想把該城堡重新命名為重鑰門城門（巴爾公爵酒吧大老在巴勒迪克鎮自釀醋栗果醬）喝酒倚家門（狗狗和桃樂絲來杯惜別酒祝一路順風）暨乒乓捶房門（佐姆河口貝亨小鎮的居民一代一代恐懼相傳）。

然而他憑空遁地就不見蹤影了，有歌謠說他曾到高原丘陵地的牧牛東人村落，親自挨家挨戶到門口一一道別，還有人見證他眾多耳房石室一應俱全的古墓塚，在沈寂時光中靜靜地啃齧嫩草青原，上達崢峻山嶺，下至滸河縱谷，遍及埋藏有新石器時代銳枘燧石工具的石鋪地面，一路滾滾直下，有若昔日威士忌水淹庫姆街之勢，瀚漫霍斯山脈，覆蓋都柏林近郊庫拉格，甚至累世累代堆積到素有崎嶇淺溪之稱的恩尼斯凱里村：有這麼個說法，不應太採用避迂取直的評估方式作為人類社會進化的標準，也應多看重死者諸眾遺贈給部分生者鐫刻囑咐和叮嚀的巖石。奧立佛的小綿羊，大夥兒都是這麼稱呼他們的，從一顆石頭裂解出來成為無數到處流蕩的散勇游擊，顆顆頭顱聚攏到他身邊，他們的羊群他的帕拉丁，一如少女思春的煙靄之於層巒疊嶂的雲鬢，那天在玩鬼抓人的遊戲「綠人起身喔」（往生領袖永長存！英雄好漢必歸來！），吸呼一口長氣，萬福瑪利亞啊，既是阿耳法也是敖默加的哈娃啊，他依然是那個亞瑟國王親自授勛、雷霆閃爍的持戟武士 [073]（真好玩，接著玩！芬，向前衝！咱，咱家己！），在他墜落的涕泣之谷野玫瑰荊棘叢生處，他將從塵世的睡眠中轉醒，那顆撼天動地的富貴頭顱冠以蓁葳榆木頭盔，橫空越過陰沉的碉堡和暗褐的山谷，霸主掃六合，狼視何雄哉（護持吾等！），他強而有力的號角將發出歐蘭朵瘋狂暴烈的怒吼，羅蘭之歌隆隆滾雷的巨響，大地為之震動，海洋奮起洶湧。翻騰，約旦河，翻騰吧。

因為在那些日子裏，他的神憑藉機器之力從天而降，處身在那些農場擠奶女工之中，試探全心顧家的亞巴郎，似乎從天空之高之遙呼叫他說：顧家亞巴郎！

顧家啞口人！他答說：到。我在這裏。再多來一點！起床沒有眨眼，睜目忘櫓槍枝。魂兒統統叫魔鬼給掏光了！料定我死翹翹了嗎？你那歡慶濫飲、浮世嘚嗦的大廳頓時如遭鐵拳，陷入一片沈寂，啊，死因，特洛伊的崩毀，你們的翠綠森林已經枯萎柴乾，不過呢，當我們這位以君士坦丁堡普世牧首自居、進城找貴人騙吃騙喝的婚宴配膳室老大，像穿套頭衫那般把他的雙腳順利套進皮靴裡時，夜晚的窗籠終將再度盈滿耳環叮噹歡樂的清脆笑聲。

　　肝臟，力無補？加減一丁點兒，酒鬼嘛，咱管好自個兒的事！他的腦袋平靜的像碗已涼下來的燕麥粥，咳叫如雛駒，騷動似幼鮭，他的皮囊黏濕邋遢，他的心臟開始嗡嗡低鳴，他的血液開始在體內緩緩蠕流，他的呼咻呼咻淺慢中偶而傳來啵-啵輕響，他所有的末稍都如此極端努力地那般極盡所能地伸展其端：無牙照樣關風，西北，芬格拉斯；破產典當度日，東南，彭布羅克；監獄解決凍瘡，西南，基爾曼哈姆；禿猛鴉黑老外，東北，巴爾多伊爾。呃嗯，杭駝子老總督還瞇矇著，話語對他沒啥意義，還不如遠遠躲到拉斯法奈姆從那兒為他灑點小露珠，讓他轉醒過來。我們都很喜歡的。下雨。就在我們睡下時。滴滴答答。不過我們醒來前可不要。腦袋枯竭。嗒-雨。濕-嗒-濕。⊘。[074]

第四章

就如同萊昂斯喫茶館(Lyons' Tea Room)附近淚珠花園內,那頭會想起牠的尼羅河白睡蓮(nenuphar)的動物園區獅子(獅子會忘記熱辣鮮血的滋味嗎?亞略(ariudz)[亞]會忘記阿里昂(aryun)[亞]的酒神贊歌(Arius...Arion Dionysiac dithyramb)嗎?跨飛馬挽強弩擁有一片沼澤地的保羅(Bôghos)[亞]會忘記那對來自阿爾芒蒂耶爾鎮(Armentières)[法]的亞美尼亞肉彈俏女僕那兩雙光潔滑亮如雕刻白(Statuvario)的大腿嗎?),或許這個受困無援、紋風不動、臥夢在床的他——損精耗神糟心事何其多,木瓢舀起琴酒,把滿腹辛酸嘮嘮叨叨地注滿一口杯(tot)、木量杯(noggin)、高腳杯(full)、還有那兩只孿生三柄杯(tyg),醉吧,珍重再見,貼足郵票、蓋著郵政總局魔法紋章般的郵戳(Sihlpost)[瑞德]、總計有9加20封的信件,正躺在我們滿懷哀愁的郵筒裡——念茲在茲的仍是貌如石蓮花朵、心如鬼怪妖精、就算揭開面紗也無法一窺本來面目的田間百合(Lily)和樂園莉莉絲(Lilith),生生世世吹毀他繃解他的紅顏或水,至於那起子在他守靈夜裡賊眼溜溜好為人師的叛徒和騙子,他壓根兒不想知道他們啥,換言之,想待著就由著他們杵在那兒吧。給,小費,小費,羞羞臉喔,這些個服務小美眉,好了,快走啦!這啥湯來著,洗澡水嘛,搶錢啊,鞋子,小伙子,在鞋櫃!叮咚叮咚!欸,得咧您!也許,我們得趕緊跟大家說,他又模模糊糊地瞥見了累世輪轉的跌宕起伏?從過去預見未來?田野的熱溫和小麥的產量,穀穗浪波依稀是一片起伏迤娑的金黃秀髮,真像啊?閃閃發光像碩恩(Shaun),有辱家風像楂姆(Shem)。也許,我們得去城裡的報紙找點鹹濕多汁(courant)的材料,碧蒂杜蘭啦(Biddy Doran)、開小門啦、哪怕葡萄乾(currant)都行,因為我們早就心知肚明,就憑他那點汪洋大道的破見識(希望,不就是那種常常把大好時光搞到海乾涸哭的玩意兒嗎),居然在大族長天篷內,逕行施展薩滿(shamiana[印英]...shaman)巫術,將他的元老箴言(seamanna)[蓋]銘刻在石碑上,並置於都柏林琢石火車站(Broadstone)數尺之遙、俯視整座

城市雄霸一方的維京長石柱的正前方（絕妙搭配！崔珥碧！珥碧帽¹！），他腦
海裡恍惚浮起雷死人的寇讎，把他一個鄉巴佬單獨困在芬格拉斯監獄裡整天價
踩磨坊，以比利國王跨騎白馬的雄姿，坐在焦慮座上，心懷毫無矯情的博愛，默
默祈禱（媽了個屄咧，除了剛剛那些無足輕重的精巧禮物之外，還有一隻蹄膀、
一杯梨汁和兩份嫩煮鮮蛋，妳就不能再給我，拜託啦，一雙柔情的眼眸，和一曲
〈珀爾斯歐萊里之歌〉嗎！），在那長達 3 小時 30 分鐘的煉獄裡，寂靜的苦難從
邪惡的深淵源源不斷地湧冒上來，那個壯碩如牛販、長相如天使的恩格斯鐵齒粉
絲、以沈默、流放和精明全副武裝捍衛自己、以傷害英國文字為己任、人稱古蛇
的警衛納許，願意用他花斑的肚腹在這個嗚咽的世界四處爬行（豬儸農奴，曲膝
行走！不斷有需求，繼續揉泥糰！），就是為了奶水、音樂、或是被濫用的已婚
婦女——願悲憫情懷降臨到天賦良善仁愛、對於謹小慎微的機巧圓滑卻頗為厭憎
之人身上——也許會對他開創顯赫朝代的後裔子孫，[075] 不是那些非屬我主羊
圈裡面目黧黑如康尼馬拉羊的異教徒，而是他家族內年長的孩兒們，慢慢地透露
他逐漸成形的思緒中最受侵擾最被纏縛的部分（抱歉，冒昧得很，實在無意冒犯
他那 12 種在亞當被造之前耶穌誕生之後的強勢主導激情），就像在宜人的氣候
裡，蜂蜜草原招蜂喚蝶，克朗梅爾監獄迎賓好客，歡樂山嶽笑納了含之城堡一
批隸屬於真正犯罪階層、打家劫舍搶火腿搞得碎蛋砸滿地的竊賊和搶匪，憑此移
轉囚犯的政策，終於可以把各個階層各類群眾各種駭怖耳目的不法行徑，從歐匹
達姆這座簡直是垃圾山的凱爾特土堤城堡內掃蕩出去，也趁機推動由此連帶產生
的穩定就業法案，全世界已經做出正確無誤的判決：雪茄刺客（有病啊，還是得
原文照錄！）解放恐怖之城（千真萬確，但越來越病態了！）：所以啊，長故事
簡短說，就是她所追尋的那座高聳修長的里程碑上面的金句：市民順服於搞怪、

---

¹ 崔珥碧（Trilby）是法國作家喬治·杜穆里埃（George du Maurier, 1834-1896）同名小說的女主角。她是洗衣女工兼藝術模特兒，所有男人都想親近的對象。小說出版後立即大為流行。崔珥碧戴的軟呢帽也因此被稱為珥碧帽。同理，維京長石柱也會因為他的元老箴言而得名。

搗蛋和惡作劇之下,乃是整座千瘡百孔的城邦恢復健康還原完滿的盲止。

　　呃嗯,很好。讓我們把理論留在那兒,然後轉身回到這裡的這兒。現在聽我說。這樣也很好,又要去做仙了。柚木棺材,頂部鑲嵌<u>皮休工坊</u>(Pugh)的玻璃面板,兩腳擺放的方位要朝東,待會兒交貨手勁才會利索,劈啪劈啪地走近目標物的大體,可憐哪大家,他的質料因[2](material cause)在重重影響下,十分具體地呈現出來物質層面的效果。不過,我的心肝寶貝呀,更棒的重點要來囉,咱們座落在散佈古冢的豪威(Howe)山丘上那間維京自治議事庭(Thingmote)。大量保守的公共機構,不論原本數目多寡,在他們和他本人親自投票,一勞永逸地表決完全退出這個機變巧詐的存在狀態之前,得透過以選舉或其他方式產生的委員會所達成的適當決議,然後經過地面水漬未乾腦殼高燒不退的憲法法院做出的匆促裁定,認定只要先前文件曾經提及的條款,都有權將任何城鎮、通商港阜和軍事要塞納入他們的會員團體,所以你或許有機會可以逃離你的團體,逃離你那群水手伙伴,逃離日神之女瑪亞特(Ma'at)來秤你心臟的斤兩,連跑帶跳溜得遠遠的,換上一套嶄新的衣服,重新洗牌;趁他的身體還在,把他弄成他們在摩伊耶達厝基(Moyelta)的禮品,墳墓的形狀是巨人麥克庫爾(MacCool)用巨靈手掌刨起土壤留在地面的龐大坑洞尚未注滿水變成今日內伊湖(Lough Neagh)之前的最佳狀態,那時痛恨島嶼者對於墳墓的需求量之大,實不亞於今日懼怕湖泊者對於曼島(Man)的依賴。再等一下!拿不準會醒來。那是瀰漫著魚腥和咖喱的一大片地域,在芬尼亞勇士團(Fianna)的團長伸出手掌刨走了一把以後,更是亂七八糟的,四處都顯得蹊蹺可疑;那一把泥塊上長有古木參天的森林,座落著親愛的髒髒都柏林和德國啦荷蘭啦之類的旅館和一灘灘的黑水池,其中還有老笨蛋[3](Old Nol)圓丘(knoll)和一條滿是鱒魚的溪流,好驕傲好驕傲喔有一整片的紫皮柳樹,溪邊悄立一株垂柳,跟威爾特(Wilt)或華爾特(Walt),隨便,都可以唧唧咯咯地聊個不停,他

---

[2] 亞里士多德將推動世界的成因歸為四大類,分別為質料因(material cause)、形式因(formal cause)、動力因(efficient cause)和目的因(final cause)。

[3] 「老笨蛋」(Old Nol)是克倫威爾(Cromwell)的政敵給他取的綽號。

們頻頻對她放長線送秋波，就像依撒格[Isaac]被人呵癢癢那般瞅著騷動的釣竿癡癡發笑，瞧著她的流水，她的唏哩憨啦的流水，然後，就是這當兒，棕褐泥炭噗通噗通激起波波漣漪（願他們的被褥像層薄薄的金箔輕輕地覆蓋在他處身於泥濘之中困頓渴眠的形體！），「全心為了妳[Whoforyou]」終於躺了下來，附近是煙霧繚繞鬼氣森森的沼澤，憑著上帝的憤怒起誓，還真像第一個被詛咒的匈奴，在懷著對藍的堅貞信仰而竭盡所能顯現藍色多瑙河[德] Donau 畔，他躺在歐唐諾休[O'Donoghue]家族的巨大墓塚之內「不知是誰」的床上。

太好了。這個當時早就應該如此的地底天堂，或是鼴鼠樂園，很有可能是一座仿照法老[Pharaoh]擎天巨根、倒插入地的亞歷山大燈塔[Lighthouse of Alexandria]，計畫用來繁殖小麥產量，同時刺激觀光貿易的發展（以追獵小男生為樂的建築師，與**拉雪茲神父公墓**[法] Cimetière du Père-Lachaise 幾乎同名的普爾拉雪茲閣下[Mgr Peurelachasse]，雙眸早就已經被弄瞎了，[076] 以免他日後會如此這般贗造本大塊石物的山寨版，而承包商，T. A. 貝克特斯先生[Birketts]和 L. O. 圖奧多斯先生[Tuohalls]，被迫成聖，當了神仙，再也沒有悲傷，沒有哀號，沒有苦楚），我們**惡棍古堡**[Castle Villainous]建築大師[Master Builder]和自衛大人[Cassivellaunus]，卡西維拉努斯先生，乃是出面公開譴責該建物的西方世界第一人，運用薩溫[Samhain]和貝爾騰[Bealtaine]公司研發的水力開採礦井系統，進行壓裂和爆破，一座再度搭建起來的 TNT 炸藥投彈哨站，儲存飛彈量高達嘿-呦— 1132 枚（估摸），敵翅佇憩的括焉，神壓嚴謹的工包[peto]，他的空對地天生威猛爆破魚雷[德] auto dynamikon 從右舷連番投射，身如翅榆通體瘤，響如索爾震天雷[Thor]，裝載成噸強化阿摩尼亞的錫鐵巨鳥，直接命中預期的轟炸雷區，如萬千颼颼響鞭剎那間猛烈抽打盾牌護衛的船舷，炙熱高溫下熔化的金屬滲入四處絆足的粗索和電纜，大股尿腺的濃液滑入櫸柱栓孔洞內，沖開封鎖的大門，流竄在市政議事廳、法院、監獄、市場管理所、海關、同業工會會所、稽徵所，從駕駛指揮塔台蕩漾泛耍地緩緩降下到散置地面的蓄電池保險絲盒的高度，盒面電線雜纏戟張全都走了樣，如同所有老爺鐘全錯上了發條鑰匙，根根指針儘皆朝向歪七扭八的不同方位，因為似乎沒有人的鬍鬚是同一時間長出來的，所以有些人根據他們相戰[臺] 互相打仗時以耳記錄的日誌，說是

還有 16 分才到 9 點,那是以絲髯公西崔格國王之名聚會的夜晚,說不是的話,可要打六下喔,但是更多人站在愛爾蘭的瑞恩法警這邊,高唱〈守望萊茵〉,聲明丹麥人吹響笛子時,是差 10 分到 5 點。之後,就在他喋喋不休胡說八道的舌頭即將如枯葉從他嘴裡掉落之際,他那粗糙的樹幹皮膚嘎呲嘎呲一大片一大片皸裂開來,腰桿兒漸漸蝦彎了下去,他靠近那兒(斧下留樹!乞恩饒命!),小心翼翼地用防腐磚塊填塞夯實,再用泥漿灌注進這已成一堆扭曲走形的鋼筋磚塊之中,面對護城河,拋擲下一只小桶,然後在七頭政治之塔樓,畢強塔、守衛塔、鐘塔、獅塔、白塔、衣櫃塔和血腥塔,隆重威儀的注目之下,強自鎮定,盡可能從容不迫地自我引退,此舉大大激勵了(都進來,請上座。全部的全部帽子都留下來)那些額外的專業部門公共委員會委員,除了擅長推諉和拖延之外,倒是很樂意在租賃的床上處理些仕女啦妓女啦媽個屄啦之類的相關問題,方便告訴我現在幾點了嗎,就像是繁殖者協會、大宗貿易商人協會,以及羅馬城建立以後你所能看到在各個貿易城鎮成立的協會,在比殯葬儀典還要更華麗壯觀的排場中,呈獻給他一方鐫刻著浮套的瑪革培拉告別辭的墓碑,家族淵源謬溯亞當,用字遣詞優美典雅,此一例也:吾人顯耀汝一生,無病無痛下煉獄,伊耳揮鞭老先生,上帝之鞭阿提拉,離世揚鞭赴深淵,紲!

好了,回家了,進屋拾掇一下,全員登船購物去!通通擺出來,奢華大棺槨和精品裏屍布,掰掰囉,廉價啤酒、骨灰甕、漫聲大謊的留念牌匾、嗅鹽盒、桶裝佳釀酒、泪瓶、囊毯狀帽盒香水杯、小心會變臭喔、讓你吐到對半折催吐藥、但存種之饗 提升胃口的食鹽,以及饜足口慾的各類香腸和肉品,還包括,喝啦,祝身體健康,你們這些敲竹槓的白嘴烏鴉,爛透了的騙子,被剁肉的屠夫劈成大八叉的賤屄,滋補強身的德國煙燻臘腸和豬蹄膀,我就說嘛,也對啦,都是些遊民廢柴,那還需要漂白劑和消毒水,還有隨便一些土葬需要的小擺設玩意兒,都拿來裝飾他那堪比格萊斯頓富可敵國的家產打造出來的玻璃鑲頂巨石帝陵,沿著這一連串彎韁御馬的思路想下去,自然而然尾隨而來的下

一步驟，唉，在一般正常的程序下，讓那位徒步環繞世界的變形者，假使鞋子
大小合適的話，[077] 可以在他富裕豐饒的生命轉變成安度早發性老年失智的日
　　　　　　　　　　　　　　　　　　　　　　presenile dementia
子裡，過上安全舒適的生活，即使在老朽不堪任事之前，就已經是跟不上潮流
　　　　　　　　　Lent
的舊派作風，晚春時節嚴齋期步入尾聲，遲來的貸款是可以延長寬厚為懷的形
象，但阻止不了受難階段來臨之後被剝製成標本的宿命，像鯨魚那般悠悠閒閒
消磨掉一輩子，忘川淙淙惹人入眠（闔眼一覺千萬年！），介於爆炸和再爆炸之
間靜謐和安歇（雷霆霹靂！多瑙之河天上來，**轟轟連響似百擊！**），從蚱蜢翻跳
青草披覆的巨大頭顱，到屹立朝天如龐大酒瓶的巨靈腳掌，防腐保存，高壽老
喜，享胙可期。

　　然而，等等，時間會來召喚你去扮演你該扮演的角色，墜落之後終究會再起
來：從西伯利亞某鐵礦場的上空，滿天星斗中劈出一道藍胤胤的閃電雷光，埋
　Gehinnom
在革赫拿永罰地獄裡頭，不停地挖掘，那兒啊，居處無人氣，絞鏈是白蛆，陰
闐為印記，洞窟當棺木，四處挖洞鑽孔，穴口隧道遍佈他的地下世界，地底財
　　　　　　　　　　　　　　　　seam　　　　　　　　[希] She'ol
富的累積如細胞分裂繁衍生殖，一層泥縫鑽過一層泥縫，一座陰府越過一座陰
府，破土而出再度造訪崇尚功利的上層地殼，這位超凡入聖者，這位隱匿財寶
　　　　　　　　　　　　　　　　　　　　　　　　Pluto
在地下的囤積者，無論在國內或海外，滋養生息他那群極受冥王普魯托歡迎的
子子孫孫，他當成寶貝後裔悉心照料的湯鍋、炒鍋、火鉗和雙關語，有道是：
僅容持戟騎士通過的羊腸小道，竟是沿途撒下濃厚體味的火車鐵道之前身。
　　　Abraham Heights　　　　Spring Offensive　　　　　　accidence
　　在亞巴朗高地發動的另一波春季攻勢，很可能就只是個由於字形變化所導
　accident　　　　　　　　　　　　　　　　Breedabrooda
致的意外結果。我們四處征戰的父親（因為生有一窩崽子的布列達布萊達弟
　　　　[荷] brood　　[古臘] bleda　　　　　　　　　　　　Cain
兄，作為他的精神麵包和智慧導師，最終勸服他相信，他一定會如同殺加音的
　　　　　　　　　　　　　Cian　　　　Finntown
人，要受七倍的罰，也會如同被殺的基恩，需得在芬城有七次的埋葬），待在
　　　　　　　　　　　　monad　　　　　　　　　　　　vigilante
他淹水的墳墓內還沒超過 3 個單子月份（當時，風光歲月，飛車正義俠，馳騁
　Three Ridings
約克郡，晶瑩閃亮的氣泡甜酒，乾杯，喝啦，配些乾巴巴的皺摺馬鈴薯皮，和
硬梆梆的油炸蘋果餡餅！），部分已經腐化分解，部分卻是硬如化石，然而，

由於另一起德雷福斯事件的翻版,男孩子們心熱如焚,如紋章猛獅暴起人立之
     The Dreyfus Affair
姿,再度發動引擎,燃啊 m—噗,燃啊 m—噗,燃啊 m—噗,邁開雄健的步伐,
                                              [歌] 英勇的戰士
                                  Rip van Winkle
前進大步前進,前進大步前進。某個在李伯大夢帽飾店工作的騙子發出訊號,
一紙命令,滿載祝福,釋放出洶湧如洪水的士兵。為何顯貴如他者會心生害怕
                              legion   grapeshot
而發出嚯嚯豬叫聲?因為這群被驅趕到這兒的軍旅正從滑膛槍以葡萄彈射向他
         Celtiberian
的門扉。這兩大凱爾特伊比利亞軍人擺出的陣營(為了便於說明,讓我們先假
             New South Ireland   [愛] Vetera Uladh
定,雙方男子,分別來自新興南愛爾蘭和古老阿爾斯特省,有穿著藍制服的,
                                 Pope
有臉色蒼白的,在此動盪暴亂急速發酵之際,擁護教皇的或是攻訐教皇的,跟
    John Pope   Moors   Latvian
隨約翰波普的或是對抗約翰波普的,不管是摩爾人或是拉脫維亞人,帶著盾牌
                              Ulysses   Grant
走過來或是躺在盾牌抬回去,或多或少,兩大陣營皆認同尤利西斯‧格蘭特宏
偉的想法;大夥兒嘟噥一聲,准了),所有正反雙方的情況,沒錢又可憐的膣
屄反方和有錢又腐爛的雄偉正方,當然,任何一邊都是採取防衛就是攻擊、攻
擊就是防衛的單純雙重戰略,因為擁有貓頭鷹智慧、自有永有的神,每一次總
                                  Bellona   black bottom
是會站在他們這一邊,兩造雙方也同時被他們的女戰神貝羅娜所跳的黑臀舞深
               Woolwhite   Waltz
深吸引,原來大家都是看白棉花兀兒懷特跳華爾滋的(我呸,引人犯罪的小維
維,詛咒之吻,活活把人給吻到掛,笨死了!),有些是因為年輕時缺乏適當
的餬口機制,其他則已沈溺在為自己和家族雕塑高尚事業的美景之中:對任何
               garotte
有意施捨他一點火腿的人來說,這個遭受螺環絞殺的可憐蟲,應該已經是饑饉
柔弱到皮包骨了吧,[078] 實際上呢,這頭包裹在圓窟黑暗中的平凡生物,胡鬧
     Low Church Whig
享樂的低教會派輝格黨員,非也,我們甚至可以稱這個烏漆麻黑的老外,是史
上第一個基佬,有血有肉活生生的本人,最輝格的輝格黨員之肉體化身,一層
薄薄的血色覆抹在乳清蒼白的肌膚上,被那個他居然是那款人霸凌惡棍在山丘
                           Tory
上撞見,一場深具前瞻性的錯誤邂逅,他是托利黨中最托利的,因為早已有種對
                                 Earwicker
他的觀感,在他的反對者陣營當中,相當通暢無阻地流傳周轉,說是咿啊哇咔主
人,那一位永恆的覺醒者,在半脫離生命狀態進入冬眠之前,以過著波斯王子

　　　　　Barmecide
巴賽米德天天盛宴的日子遠近馳名，某個廚師說，在第一道湯品和最後一道佳餚
　　　　　　tarn　　　　　　　　rainbow trout　　taert
之間，山中冰斗湖所產的不管是彩虹鱒還是幼鮭魚，他總可以外其身而身先，整
　　　　　　　　　　　　　　　　　　　　　　　　　great crested grebe
尾一口就吞下肚，沒有哪個從女人而出的男人，絕對沒有，就像冠鸊鷉一樣，能
　　　　　　　　　　　　　　　　　　roach
夠一輩子每天吞嚥3個20加上10尾的斜齒鯿，沒錯，而且同時每分鐘還可以吃
　　　minnow　　　　　　　　　　　　　　　　　Halifax Gibbet Law
下同等數量的小鰷魚（所有食物混雜相合，讓我們引述《哈利法克斯絞刑法》，
　Gibbet
願絞架的人形鐵籠扼住他的脖子，噎死他！），他師法魚梯上的鮭魚，在此無垠
　　　　　　　　　　　　　　　　[拉] noctu semenipsum manducare
無限的整體時間之內，回去吃自己囉，夜晚獨自進食，秘密地吸吮他錯置的體脂
肪⁴維持苟延殘喘的生命。

　　女士們沒有瞧不起第一城市（以最醜陋的沙丘城堡丹娜之名為名）過去被
異教徒鐵拳捶擊熨平的時代，當時，在酒館內，一片複葉⁵就是你隨身攜帶的至
交好友，就像耳夾蟲會背負牠們伙伴的屍身，他們也會攜帶土壤去掩埋自己製
　earthball
造的泥巴球，在那深沉的死亡氛圍裡，面臨衰頹和墮落，我們必將平靜從容以
　　　　　　　　　　　　　　　　　　　　　　　　　　　　Venus
對，縱然無人知曉我們遭愛世間為何物。所有的維納斯咯咯咯癡癡發笑，一波
　　　　　　　　　　　　　　　Vulcan
波進擊的甜言蜜語，極盡誘惑之能事，全部的伏爾甘猛然爆射出一蓬開懷的狂
笑，笑到全身搖晃，站都站不穩，已婚婦女整個寬廣的世界裡，擁塞滿滿的蠼
螋剪刀手，這邊修修，那邊剪剪，把世界搞得跟流行女裝一樣反覆無常。事實
就是，人類陰陽交合所生的小兒女，無論午前或午後，不管你喜不喜歡，都會
撇開神性，釵墮無聲長髮流洩，嘩啦啦裸露出她的肌膚來，或許會上來一對維
　　　　　　　　　　　　　　Lug
妙維肖的哥兒倆（看哪！太陽神魯格！兩個魯格！一個是黑的），然後漂漂亮亮
地與他（或甚至是與他們）一同禱告，每一個他都是她的品味，渴望好運，有
兔兒，有寵兒，就選裡頭最受疼愛的當禁臠吧。叩！她會展開熱烈的追求，而
　　　　　　　　　　　　　Wells　　Wills
且她鐵定會贏得勝利，把威爾斯變成威廉斯而已，差別不大啦，可是，親愛的

---

⁴ 指駝峰。鮭魚溯溪回鄉時，不進食，靠體內儲存的脂肪維持各種身體機能。此處駝背的伊耳
　維克是駱駝和鮭魚的綜合體。

⁵ 衛生紙當時尚未普遍使用，人們選擇的代用品中，樹葉佔了蠻高的比例。

鹿兒，又哪兒去知道她想在哪兒結婚呢！藤架涼亭、水桶儲藏室、布篷馬車、壕溝？公共馬車、私家馬車、單輪手推車、水肥車？

凱特・史壯（Kate Strong）（叩！），寡婦（叩叩！）——她播放透景畫（diorama）讓我們觀賞一幅修雷恩（Hugh Lane）的收藏品，背景沉鬱陰森，給難敵[6]下了惡夢魔咒似的（梵 Duryodhana），在灼熱燈光下過於亮晃晃的畫面，呈現出淒冷孀居的視覺效果，主題是舊都柏林城，那座蠢蠢的大垃圾場，她的鼻子早就知道了，那是一棟白色英斑岩（elvan）石搭蓋的農舍，還算有點家的樣子，石壁沾黏著雞屎貓尿還有狗啊牛啊的糞便，腥噁難聞就像爛屍瀰散的魚腥臭味，再加上腐敗的蔬菜，膿瘡靡爛的包心菜雜在一堆垃圾當中，以及那些死要飯的人渣，把石頭當子彈丟得滿地都是，好像這還不夠糟，還興高采烈地從破碎的玻璃窗戶，丟出來各式各樣爬滿病菌的鮭魚和鱒魚——史壯這寡婦，當時，她贏弱的另一半早已溘然安逝（叩叩叩！），自從人民使用丹麥好國王哈姆雷笑（Hamlaugh）發行的盾幣來繳稅以後，她包下了大部分打掃街道剔除城市腐肉的工作，這貧乳老貨清掃時都頗捨不得用她那根樹枝掃把，她毫無修飾的證詞是這麼寫的，[079] 其實，在那些破舊豐都城的夜晚裡，根本看不到啥碎石小路，除了，只能用那個神話學家布萊恩特（Bryant）說的巨人堤道（Giant's Causeway）來打個比方，除了用雙腳硬是踩踏出來的路徑之外，兩旁長滿婆婆納（speedwell）、白三葉草（white clover），走好喔，酢漿草（sorrel）、巴天酸模（spinach dock），和天曉得是啥，歹勢，森林可清楚得很，她身為清潔人員就作了清潔人員該做的事，把她自己肚子裡污穢骯髒的垃圾就拉在野合賣淫頂極狷獗的鳳凰公園（Phoenix Park）九曲湖（Serpentine Lake）裡，原告就是在我那個的附近被毆打的，現在地面上只殘留東倒西歪碎爛不堪的枯枝敗葉了（在她的年代，那公園叫做清水平原[蓋] Pairc an Fionnuisce，離開以後大家都會思念的一片土地，後來又改成聖博德的煉獄（St. Patrick's Purgatory），可供受-受洗之用，朝裡頭尿尿的可也不少），靠近九曲湖邊的蜿蜒小路上，那是環繞屠夫森林（Butcher's Wood）的危險所在，搞煙火的砲兵，喔，光明統治者ê囝孫（[蓋] O'Flaithbheartaigh），和野鴨城堡（Castle Mallards）裡那個阿達阿達的堅果採

---

[6] 難敵，印度史詩《摩訶婆羅多》的負面人物。為了爭奪繼承權，他多次使用奸計迫害堂兄弟般度五子，引發俱盧大戰，導致自己戰敗身亡。

　　　　　Nutter　　　　　　　Charles Archer　　Sturk
收工納特，就在那兒幹了一架，啊，還有弓箭手阿徹，把史圖克當野豬、小牛
　Turk
或突厥人一樣，打到直挺挺地昏死過去，到處都是腳印、皮靴踩痕、指紋、肘
形凹痕、膝形窟窿、碗碎狀臀部印跡等等之類的，通通一五一十地在情感最為
投入的描述中，顯現它們清晰的蹤跡。在這遼闊的森林世界裡，除了飢餓如狼
　　　　　　　　　wolfberry
腹、卵蛋如枸杞的閹人軍營之外，哪來更難以察覺的時間去藏匿一本書冊，以
　　　　Thor
免遭到雷神索爾右手持雷火炬、左手擎白蘭地的馬隊騎士的毒手；在這遼闊的
森林世界裡，除了動亂結束的那裡和競賽開始的這裡之外，哪來更隱蔽幽微的
　　　　　　　　　　　　　　　　　　　　　　　　　ma　MA
時空來珍藏一封情書，愛慾炙熱迷失忘我，不就只為那媽-麻省：憑藉先見之明
　　　　　　　　　　　　　　　　　David　　Hume
的四大手腕，和解後的第一個嬰兒被安置在大衛‧休謨肯定會質疑的「家，我
們甜蜜的家」之中最後僅存的一個搖籃裡。就這樣啦，不想再說了！那麼，為
了孩子的緣故，把十字鎬遞過來吧！唉，男人就這德行！亞孟！
　　　因為就在此處，聽啊，至高無上的天主以雷鳴爆裂的聲響，對著黝黑如
Krishna　　　　　　[拉] Sacra Congregatio de Propaganda Fide　　Papageno
奎師那的基督徒，對著傳布信仰聖部裡那些個天真的巴巴基諾，如是說：在祂的
天國婚筵上，鷲鷹磨利牠們食肉猛禽特有的尖喙：而每個凡人馬鈴薯的軀體，
如同樹上的蘋果，一顆接著一顆掉落陶泥肉盆裡：以前如此，今日隨之，他如
　　　　　　　　　　　　　　[梵] Agni
是說！彷彿是這樣的，祭壇上的阿耆尼高舉一面法蘭西血紅王旗，在風中翻騰有
Araf　　　　　　　　　　　　　　　　Mithra
如一團穆斯林阿拉弗煉獄金燦燦的蒸騰火焰，密特拉以充滿摩尼精義的教誨激勵
　　　　　Shiva　　　　　　　　　　　　　　　　　　　　Brahma-sutra
全體將士，濕婆施展大能在紅沼澤血泥巴中，來回盤旋恣意砍殺屠戮，梵經記載
　　　　　Maya　　　　　　[梵] maya　　　　　　　　　　　[梵] mudra
的大戰事，如瑪雅消亡，如摩耶幻影，如露亦如電，盡納十指結印之中；同樣
　　　　　　　　　　　Noah
地，我們對於水師大元帥諾厄原初的記憶，有點像是忘川發洪汛，在怒波狂濤氾
濫消退後，遺留在沖積平原上的小小溪流，柔順婉約地嗅聞著稀迷的蹤跡，尋著
原路曲折蜿蜒地撤軍回到某個高擎火把的頭號神父身旁，滿腔激昂的熱情任他瀟
　　　　　　　　　　　　　　　　　　　　Jove
灑揮霍，他是個伐木工、木匠、祭司，也是朱威擊出雷霆閃電，栓進木柴點燃之
　　　　　　　　　　　　　　　Posidonius　　O'Flaherty
火焰的煽風助勢守護人，用他粗魯的話喊著：波希多尼‧歐福拉赫迪！你以為自
　　Poseidon
己是波賽頓啊，跳上跳下海浪似的。別再玩那該死的石頭了，沒看到上頭斑斑血

跡呢，把它洗乾淨！妳又在幹嘛，妳啊，犯溅的小浪蹄子，他的大樹樁塞爆妳的陰窄道徑了，是嗎？到處亂睡，睡得滴溜溜任人轉，菊花啦，傳教士啦，什麼都來！還有你，酒桶，哪兒拿的，就還回那兒去，麥克楨恩家的頑童，哈克貝利一模子印出來的，跟你那老媽子一路好走吧，黑茨伯里路，是吧，可沒什麼惡意！天老爺喔，就這樣狂奔出去，一大群圍兜兜的奶娃子，要記得1便士的車費，整間學校都是小流氓，瞎蹦亂跳橫衝直撞的，腰間絲條在他們身後飆飆飛舞，個個都是漂漂亮亮的小女生，都是小寵物！[080] 教會學校的伊曦！查珀爾利佐德到了，有人要在盧肯下車嗎？是ALP嗎？

　　是沒錯，即使表面毫無異狀，但支幹道的通行能力，卻隱隱然散發出至矣、見矣、克矣的無敵霸氣。我們沒敢擅闖他的金黃包穀田，侵踏他的雞眼腳掌塚，冒犯他的悍虎銳威。放眼望去這一大片綠葳芽苗的田畦！——噗通！噗通！——依傍在一條有如弗拉米尼亞大道那般的河流旁。假如漢尼拔有此路可攀越阿爾卑斯山，那可得歸功於海克力斯歷經艱難的諸般苦力。成千上萬尚未解放的瘦弱百姓，給當成奴隸操持勞役鋪設毫無用處的飢荒馬路[7]。皇陵座落在我們後面（啊，巨靈大神阿格狄斯提斯，萬民之父！），由**布拉姆梵天-安東赫耳墨斯工程公司**所承建的電車鐵軌，如兩股緯紗般穿梭於地面，沿著鐵軌兩旁慫立著千奇百怪搖搖欲墜的里程紀念碑，十萬分歡迎您，表達降臨世間**或是大驚黑界**的好客之意。電車上所有俗世乘客，都在尋尋覓覓中奔赴那個最終的警訊，永生永王，世世代代恆常不變，確然如此，加速前進，阿們。然而，在四輪馬車來去的路面上，過去已為我們鋪了一層皮革當成禮物送給我們的現在。快到歐康奈爾街了！霪雨霏霏飄雰蔽目，仍掩不住藏匿在犀牛鐵厚皮內的你們這些乘客。假如他不是羅密歐那等人物的話，你可就得把扇貝帽丟進平底鍋內煮來

---

[7] 愛爾蘭大飢荒（1845-1852）期間，接受英國政府賑濟的災民，需得修築各式各樣的馬路，事後證明那些馬路除了消耗災民的勞力之外，毫無實質的功用。

　　　　　　　　　Saint Fiacre
一口吞掉。以聖菲亞格拉[8]的名穢起誓，我們可是上下顛簸得挺厲害的！上次上顛下簸得這麼厲害，是在他的聖殿之內，還沒習慣嗎！

　　　停車！
　　　　　　　　Howth　　　　Howe
就在靠近霍斯塚丘旁作為自治議會庭、看似荒蕪淒清骨子裡荒淫浪蕩的房
　　　　　　　　　　　　　cold Buchan spells　　　　　Brenner
舍站住-口令-誰的附近，那時正值冷巴肯期，就在盜賊出沒的布倫納（現稱
Malpas
瑪爾帕斯高地？連綿無盡的泥巴地，或是邪惡的烏有鄉？）隘口的鞍部，討厭的昆蟲在鄉野岩壁裂縫的花草上、在山毛櫸樹叢間，四處攀爬所形成的史前藝術
　　　　　　　　　　Luttrell Psalter
景觀，時空嬗遞之下現今以《勒特雷爾聖詠集》的面貌又浮現在眾人眼前，在此
cold spot　　　　　　　　　　　　　　　　Henry　Luttrell　lout
冷點區域，假如喧囂嘈雜若小溪、粗蠢鄙陋如大兵亨利．勒特雷爾那種不良少
　　　　　　　　　　　　　　　　　　　　　　verst
年之流者，隨口喊個價，該詩篇泥金裝飾手抄本肯定一股腦全都給賣了，遠芳
　　　　　　　　　　　　　　　　　　　　　　　　　　　　　　　verst
侵古道，晴翠接荒城，多少俄里遙，淒淒離文明，那地方，不是在他的夢想高
　　　　　manifest　latent　　　　　　　　　　　　　　　　　　　Edar
高蓋過他們的顯夢和隱夢之處，不是他要他們的電車停下來的那一站（艾達山站！艾達山站到了！就在下面那兒！**去過了啦！**），而是遠在低窪地帶那邊，充滿生命潮流和含鹽洪汛的牧野，不斷此增彼減尚未全面戎合的交界區域，
Livland　　　　　　tackle　　　　　　　　　　　　　　　attacker
利夫蘭，那個擅長擒抱、通曉交涉、臉面陰晴不定、身材中等壯碩的攻擊者，
　　　　　[蓋] Cruach Phadraig　　　　　　　　Kropotkin
現身於克羅帕特里克聖山，說實在的，他還真要有克魯泡特金搞革命的膽識，
　　　Fred Atkins　　　　　　　　　　　Adversary
和阿特金斯扯後腿的本事，才足以當得上與他交鋒的仇敵，他眼中的樑木比起攻擊者的那條短腿還要來得長一些，不過，有鑑於昔日掠奪的經驗，他在大雨
　　　　　　　　　　　Oglethorpe　　　　　　　　　　Genghis Khan
滂沱中，誤判他是喬治亞殖民地的創建者歐格爾索普，或是類似成吉斯汗等級
　　　　　　　　　　　　　　　　　　　　　　　　Thomas　　　Parr
的天才大人物，很明顯是年過百歲還能結婚生子鮮猛如幼鮭像湯瑪斯．帕爾那
　　　　　　　　　　　　　　　　　　　　Michelangelo
類的傢伙，這個看似沒頭沒腦圓滾如巢中雞蛋、還跟米開朗基羅的天使長得有點像的怪咖，他會利用褻瀆神明的言語製造某種缺憾的效果，他將會挑戰他們
　　　　　　　　福　　　　　　　　杭　　　　　　　　　瑞
富慾大腦左右半球充血相頑的極限，直到把它們搞到爆漿累斃為止，他同時也會從這個兔兒身體內轟出他媽個了▢的操▢眼的靈魂，直接冊封他當個聖人，

---

[8] 中世紀稱痔瘡為「聖菲亞格拉的詛咒」（Saint Fiacre's Curse）。

也就是說，一等到這個操□眼的兔兒爺說完他媽了個□的晚禱和悔罪經[contrition]，三遍簡直是拳打聖博德[Patrick]哀嚎不斷的主禱文[Paternoster]，和兩遍地獄鱘鰻[Moray eel]扭繞不絕的萬福瑪利亞[Hail Mary]（對獻身天主的聖徒，鬍鬚女[9]，或男奶娘來說，所有一切皆屬神聖），就會立馬痛痛快快把他打趴在地成最終懺悔狀，在此同時，趁著他哇哇啼哭滿臉鼻涕滿臉淚，真他媽的好到不行，順手就可以拔掉這頭淫羊的靈魂，攫起一根隨身攜帶、看起來像聖誕樹枝、通常用來擊碎傢俱的圓頭長柄木棍，他對著他高高舉起這根棒子來。這起類似邊陲區域因牛隻偷竊問題引發的馬背對決長矛比武事件，在上演之前，早就已經一再發生了。這對冤家（不管先前是不是拿破崙與威靈頓的戰爭，或是日本與中國的戰爭，或是在波蘭男高音德雷什克[Jean de Reszke]的高亢歌聲中，俄國發動特殊軍事行動，企圖偵察巴克利[Buckley]・博布里科夫[Bobrikoff]伏擊駝子將軍的事件，誰都說不準）很明顯地彼此搏鬥有好長一段時間了（搖籃擺動無分軒輊，只要遵循握住和再握住的規律，[081] 推送過去到另一邊，總會從反方向擺盪回來），在保存文物典籍的保險庫附近，進行自由式摔跤[all-in wrestling]的生死決鬥，紫頭蘿蔔決戰瑞典蕪菁，雙方打得難分難捨，就像死困在教堂風琴音管裏的貓咪和老鼠（那位沉鬱的雲彩女孩，隱約如海市蜃景的形象，長長髮辮蝴蝶結，輕柔稚幼俏身姿，會打從他們頭頂漂浮而過嗎？），就在他們扭纏糾扯之中，高個兒男子，恐怕有約翰托勒[John Toller][10]那麼高，極力掩藏魔神仔的本性，咧開那張盆足乞丐比利[11]的盆子那般大的嘴巴，滿臉堆出求饒的神情，對這個黑黝如礦工，還隨身揣著迴蟲[worm]（攜帶式烈酒蒸餾器蛇管的俗稱，包括有三個桶子、兩個罐子和數個瓶子的一整組家私[臺]器具，雖然我們有意避開寫借條、搬磚頭、變僵硬等敏感話題，但

---

[9] 流行於 1930 年代的法國歌曲〈大鬍子女人〉（"La femme à barbe"）。

[10] 對於托勒的身高說法不一，大約介於 210 公分到 240 公分之間。他於 1819 年過世。

[11] 十八世紀都柏林的街頭巷尾，充斥大量的乞丐，天生無腿的比利・戴衛斯（Billy Davis）是其中之一。他坐在裝有輪子的大碗盆內，以盆代步，固有「盆足比利」的綽號。據說他長相十分俊美，加上長期以手臂滑動碗盆，鍛鍊出強壯的體魄。他會躲在暗巷，趁婦女經過時呼喊求救，他的外貌和殘障大大降低婦女對他的防範，等她們靠近身邊，他會立刻抓住受害人，用強有力的兩臂扼殺她們，然後洗劫她們的財物。他於 1786 年被捕入獄。

兩造雙方對提振精和神的液體，倒是興趣頗為濃厚）從不離身的後生說：放我
一馬吧，帕特老弟！你這是釀私酒喔！我們沒見過面吧！我認不太出你來。稍
　　　　　　　solstice　　　　　　　　　　　　　　　　　　　[歌] I Hardly Knew Ye
後，暫停，在夏至的這天，吃完肉喝完茶中場休息之後，同樣是那個男人（或
是說，還是他這個人，不過臀肉較有青春活力的彈性，所以算是略有不同），蛋
　　　　　　　　Chu Chin Chow
型的臉龐掛著朱清周[12]好像忘了什麼事而咧著嘴自我解嘲的傻笑，醜不拉嘰的下
巴挺來勁的嚼個啥的，用古蛇般的當地土話說道：6 個維多利亞金幣和 15 個印
　　　　　　　　　　　　　　　　　　　　The Act against the African Slave Trade
有鴿子圖案的便士硬幣，從您那兒拿的，怪就要怪廢除非洲奴隸貿易法案，他
跟我說的，你這個又長又壯的傢伙，是不是在十到四個月前，附耳過來讓我悄
悄跟你說，從你屁股後面口袋給扒走了？

　　　　另外還加上一些以戲謔逗趣和嚴肅誠摯為包裝，來從事更進一步的試探和
挑釁，相互企圖在一小時內爭取到像踢自由球那樣的絕佳機會，而就在這時
　　　　　　　　　　Webley　　　　　　　　　　　Woden
候，形狀頗像一把韋伯利轉輪手槍、氣勢不亞於奧丁大帝的木質物件（我們
[拉] in illo tempore
那時候立刻就認出來，是那位生病時酗飲有度，寫信時暴怒多產的老朋友，
　　　　　Ned of the Hill
綠林奈德）從侵心門踏內戶的侵入者身上掉落下來，他（熱心株人、充蠻神性
　　Servius
的塞爾維烏斯，密秘的宣誓，私下的聖餐，天主的僕人，世人的救主）立刻換
上一副友善的嘴臉，發話道，絕對無意撕破他的襯衫，只是想知道，先把鬧著
玩和圓頭棍一邊擺著，假如他這位巧遇的伙伴，仍然隨身攜帶他發明的旅行用
　　　　　　　　　　Strongbow
堅固保險箱，以便在強弓史特朗博的侵略中，藉由他們承租戶之間對於自己土
地根深柢固的權利，從中撈點油水，這會兒是不是剛好有搜刮過來的散錢，一
　　　　[臺] 嶄新
張新點點 10 鎊的噼啪噼啪鈔票可以給他，接著又說了些讓人更加困惑的話，假
若如此這般可行的話，他會樂意還他 6 維多利亞金幣，加上那些個零星的，你
懂吧，就是去年六月或基夜，那個帶著各式樣品四處兜售貨物的推銷員，真是

---

[12] 《朱清周》（*Chu Chin Chow*）是艾骨（Oscar Asche）編導的一部音樂歌舞舞台劇，故事取材
　　於《阿里巴巴和四十大盜》，於 1916 年 8 月 3 日在倫敦首演，立即造成轟動。接下來兩年
　　共演出 208 場。

苦人[13] 一個，從他那兒ㄅㄧㄤ來的，你知道我在說啥吧，頭兒？聽到這話，另外那個傢伙，盆腹氣概比櫟，到現在為止除了「嗯」「嗯」之外始終都繃著一張臭臉（因為他頗為猶豫，擔心情緒會暴升到至高無上的程度），擠出十分愉悅的聲音回答說：逑-求你了，我要這麼說，也許他媽的你會覺得很吃驚，實情就是這樣，我連間像樣的茅房都沒有，哪來狗屎運有啥 10 鎊紙鈔，看把我嚇得，耳膜裡敲擊白鐵罐頭一樣，霹靂啪啦震天價響，更甭說在此時此刻我身上會有 10 鎊啦，莫喊，默得，不過我相信我總還有路可走，就像你建議的，基夜嘛，基督聖誕之夜，猶太人的節慶，禮拜日，一堆空癲狂歡的瘋子，孩子，對你們來說，[082] 瘋帽裡掏出來的一窩三月兔，就巴望著昏天暗地搞搞搞到星期一，所以對我來說，可以先借給你，怎麼說呢，4 先令 7 便士，夠讓你蹦個三兩下子，還不至於多到讓人腳步浮浮摔一大垺，掉落到陷阱裡去，小子啊，淙淙流淌的酒水，巴哈天籟的樂音，這些夠你去詹姆斯父子啤酒廠買醉啦。

在記憶火苗重新燃起「然後呢」之前，有那麼一分鐘之久的沈默。然後活轉了過來，這心思！颼颼騷動，隨風傳送過來基基威士忌翻湧流動的颼颼聲響，他原本耷拉的雙耳此時直挺挺豎了起來，這槍手還真是饑渴難耐，驚喜之餘臉色掙出些許嫩紅，老燧石居然還能迸出薄木片來，反倒變得異常冷靜，立馬毫不遲疑地對他個人供奉的，也是拉斯・波希納國王敬拜的，瓷體白皙如光滑凝脂的眾神像發下毒誓，就算蘇奧爾陰府中長滿荊棘的欖梏樹會開枝散葉，就算它往上直竄如破城槌撞開他豐饒的天堂，就算它直接鑽進鬆垮垮的孔洞逼出嗚嗚吹響的肖法號角，他在太陽底下總有一天會好好回報他的，記住我說的話，說道就會做道，不像馬克斯，相信文字是碉堡，卻不信道能成肉身（愛爾蘭文專家倪雅克廷撰寫的字典彙編，以尼采的話來說，提供先驗的字根涵養和後天的舌頭，根本就是一部失敗的著作，從一字一世界的任何一種意義來看，那壓根兒就不是語言；黑夜語言，承載著道成肉身的世界形形色色的罪孽，為了嗜

---

[13] 耶穌基督的稱號。

舔屁眼的舌頭提供渾然天成的肉根,你大可以去親吻他像一大筐布羅克鞋那般
                                                                brogue
愚蠢無知的語言,就像多少早已不知所終的生命贏得的戰爭獎盃,有人認為長
得像水瓶,或是適合烹調的法國母雞,或是暗含什麼什麼之類的典故,或是在
匆忙和悠閒交錯中搭建的大型鳥籠,各種說法莫衷一是,注定是個失敗的嘗試,
                langue d'oïl
所以,再說吧),他更以奧依語那般油嘴滑舌的慵懶腔調下評論,對於這個一
生中難得的開缺機會,他的神情似乎顯得比舌頭所能表達的語言還要來得更加喜
      Red Bank
悅,想想,紅岸餐館的褐牡蠣,拿不準還會發現珍珠母,光想起那個滋味就讓
        Tallaght   Red Cow
人忕期待,然後他會在塔拉特鎮的紅牛餐廳把自己餵到饜飽,喝口纖潤香檳配
                              Ringsend   The Good Woman
上小男生的鮮嫩咕嚕咕嚕滑溜直下喉嚨,然後光顧林森德區的好女人,然後到
Blackrock   Conway
黑岩鎮的康威小酒館續攤,而且,要先沉淪墮落,受盡詛咒冷落,才可能把食
                                              Tailte
慾磨到最俐落最敏銳,最佳的場合,憑著競賽皇后塔爾特的恩典、意志和遺愛
起誓,莫過於喪禮後的饎宴,或是政教合一的體制下充滿虛假歡樂的園遊會,
            Quality
不然就是高尚街重量不重質的亞當和厄娃酒館:你喔,真是一隻頂級的小小
South Downs Declaney
南崗羊!迪克蘭尼,讓我跟你說真格的,無論你是身在活潑潑文字的生命辭典
裡,或是處在死沉沉語言的滅絕彙編中,到哪裡我都認得出你來,不是你還會有
            [臺] 癟陰囊/Bonaparte
誰,瞧瞧你那脯卵葩的腦骨殼上白花花的一圈禿頂!射門,得分!瞎貓碰上死耗
子,天啊,直接命中眾夜之夜,居然還迸出日光,好開心,看來是死不成囉!我
的小帽帽啊,你還真他媽的糞坑的石頭,要有點條頓硬骨頭好不好,辱沒南崗
                          sundowners
羊,我看是那些個日落後才出現的流浪漢過夜工,假惺惺討雜活兒幹,根本就
是騙吃騙喝騙個白睡一晚!

他鬆開馬鈴薯般捏緊的拳頭,握手前,往掌心吐了一口涎沫,拉開浮士德簽
           [臺] 開口
約的架勢(開喙懇求):他挺直腰桿,盡量讓自己看起來比那頭粗魯的野獸(一
頭獵豹)要來得高大,一口就可以把最好的純酒咕嚕灌下肚(不好意思):他把
            [臺] 剔牙齒的
那根萬中選一戳喙齒ê伸過來,點點他朋友的肩膀(輕輕一拍就是小小打賞),
還拉了拉衣袖:然後他一言不發準備要掰掰離開了。在此氛圍裡,這兩個打成

一片的基形怪咖，在擁別中領受並交換彼此的和平吻禮，或者該這麼說，捏緊拳頭、貼胸擁抱、貼到直如連胸連體雙胞兄弟那般密不可分幾乎足以順利進行對嘴親吻交換情報的任務，阿肋路亞，讚美全能天主，阿肋戮亞，讚美艾倫高山，啊勒戮壓，讚美律法殺伐，在白晝之神面前，祂批准他們暫訂雙槍休戰協議，有輕浮小人者，抱持施馬爾卡爾登聯盟之於科尼亞克條約類似的態度，對此表示鄙夷不屑，並謔稱為干邑白蘭地大請客，他腰桿打得筆直，頭戴土耳其菲斯毯帽，臉上堆出奴顏和媚容，眼光橫越梅耐海峽，投向 [083] 蒼蠅紛飛的麥加和莫斯科的方向，他首先丟掉一些石磨坊主的嚼子、馬蹄鐵，和口頭禪奉安拉之名、好的沒問題，然後以牛奔的速度如躲債務如捲公款般逃離現場，直往東邊黎凡特方位狂犇而去，衝過以銅匠鐵匠的祖師突巴耳加音的技術打造出來的不列顛箱管橋，顛簸如驢背的橋面下，滾滾亂流在長長的箱梁下飛濺狂竄，發出猶巴耳彈琴吹簫激昂澎湃之巨大迴響，他在路上把牙齒屑碎從嘴巴裡呸出來，把足夠繳納丹麥金的 7 先令 4 便士，和沾有雙方體液的曲棍球棒，或是其他用途不明的癒創木武器（自始自終都會讓人想起平底雪橇的前端，或是煙斗的斗缽）都給拿起來，為了跟某個房地產競爭對手在介於豌豆嶺和小大角之間的任何地方見面，解決一些跟拔烏鴉毛一樣不愉快的問題，而這個可憐的迪蘭尼，一定會被他們留在後頭，跟聯盟國的檔泥板在一起，雖然卵蛋紅腫浮脹如隆起的波爾高地灌木叢，他承受著，很了不起，把傷痛都當成奇蹟，一大堆李子大小的挫傷，還加上唉呦呦真主啊尾椎部位嚴重瘀血，如假包換，遍體鱗傷，他盡量以最佳的方式把事件的經過，報告給滿滿檢驗室聽得瞠目結舌的傢伙，向這些老是禁這個禁那個滿口帕地雞尾酒張嘴詛咒雞巴毬的愛爾蘭人警察啦巡佐啦行了一個軍人舉手禮，恭敬如對歐羅肥歐達菲將軍閣下，希望法律能站在他這邊，以羅馬人高貴的情操進行審查和協商，在滿足他們巨大如陵墓的乾渴之後，得出讓人十分滿意的結果，同時參酌諸位紳士明理行使同意權所衍生出來的附帶決議，就像叢林野猴胡亂空中隨拋隨接耍把戲，然後如同阿格里帕變魔

法那般往空氣裡隨手一抓，就定了案，至於那些部位，還望艾德華詹納醫師大
發慈悲，厚厚塗上一層乳液或是熱熱敷上幾顆罌粟頭，他人給安置在離維克巷
　　　　　　　　　　　　　　　　　　　　　　　　　　　　　　　　　Edward Jenner
　　　　　　　　　　　　　　　　　　　　　　　　　　　　　　　poppy heads　　　Vicar
最近的拘留所內，臉上煞白區塊滿滿印著哺乳動物紅十字型斜角交叉的斑斑血
漬，死不了的，倒顯示出來他為人也有嚴肅的一面，流血嘛，也顯示他是自我
防衛，呸，還自我手慰咧（來，止一下血！），鼻孔、嘴唇、耳廓和上顎都還在
　　　　　　　　　　　　　　　　　　　　　　　　　　　Colt
滲血，有好幾撮頭髮從他那顆粉面油頭上給攻擊他的歹徒那隻柯爾特惡犬硬生
生扯下來，除此之外，他的整體健康看起來總算履險如夷，因為事實證明，運
氣還算挺好的，他的軀體內整個兒還四通八達，260 根骨頭和 401 條筋肉，連一
根一條也沒折斷，儘管被這娘泡先生當成馬子啦娼妓啦之類的，又是痛毆又是
鞭打。這先生，她叫啥來著？

　　這會兒呢，就讓鏗鏘交鳴的梣木槍矛、體魄和肌力、還有銅製兵器去淘汰那
些土生土長土埋，讓晶瑩剔透的石英去滅絕雲母薄片肌膚內魚膠似的存有，而
他老兄緩緩地蠕動爬行，為了我們沒有蟲蛀的財寶，循來路回到我們偉大母親
　　　　　　　　　　　　　　　　　　　　　steyne
的泥濘水域，距離河岸寶庫和都柏林長石柱有數多英里之遙（四年一次的奧林
匹克運動會，即使辦到了第 11 個朝代，還是得啪嗒啪嗒邁開雙腳一路跑到那個
　　　　hamlet
病懨懨的小村落，想到有 32 條哈姆等著，就笑開了），回到那個骨楞楞的傢伙
非法取得的磕磕洞洞的擋火板和重看不重用的壁爐護欄這個問題上，由此冒出
來更惹人注意的一點，就是前頭腆個啤酒肚、渾號「脂粉堆最心愛的禮物」、
　　　　　　Don Dunelli
我們的祖輩之一唐納利老爺，他的政治傾向，和力求把握任何到大城鎮機會的
企圖心（願他壅塞為患的舟船，擱杵在 [084] 河底毋通飼金魚，願他所有的巡洋
艦，連同所有的船員和所有的槍托加上所有的保險栓加上所有的槍管，通通都
鎖進大海的墳墓裡！），掩身四周黑濁如您腳指甲縫的污垢，爺啊，也算老天還
　　　　　　　　　　　　　　　　　　　　　　　　　　　　　　　　Vedda
有眼，就在那兒陰錯陽差地遭遇當地土著伏擊，那是屬於另一夥的，維達人，
該部族之古老可追溯到佛陀之前的吠陀時代，毫無預兆一拳就被擊倒在地，
　　　　　　　　　　　　　　　Maamtrasna
嘿，差點兒就折了自己的草料，也好，莫姆特拉納鎮不用再添上一筆謀殺案。而

在此同時，還有個胡格諾派的滋事份子，**好膽莫走**，擎著一管俗稱油漆匠彼得
(Huguenot)　　　　　　　　　　　　　　　　[臺] 有種別跑　　　　　　　　　(Peter the Painter)
的盒子炮，想在他身上蹦出個窟窿來；而他呢，倒是始終如一、奉行海洋思維的
　　　　　　　　　　　　　　　　　　　　　　　　　　　　　　　　　　(Pacific)
太平主張之中、最為頭等重要且不因時效而喪失的，第一，上小號的自由，聽他
　　　　　　　　　　　　　　　　　　　　　　　　　　　　　　　(fly fishing)
咧放狗臭屁，沿著（眾家男孩們，臍下一根骨，硬是不趨顛，甩出你們的飛蠅鉤
(wet fly)
和濕毛鉤，看看多少移民好友會上鉤）我們並無禁止對外開放的墓園大道繞行迴
　　　　　　　　　　　　　　　(Quaker)　　　　　　　　　　[臺] 紅彤彤
轉，迎面湧來兩輪輕便馬車和腳踏車、漫步的行人、威靈頓公園路，他胳臂挾著
　　　　　　　　　　　(alpenstock)
硬瘤般的小包裹，貴格庸醫口中藥到病除呱呱叫的祖傳秘方，紅絳絳的手掌緊握
著一根石膏白的鐵頭登山杖，一種高度值得推薦的操練，不然呢，第二，大號的
　　　[拉] acta legitima plebeia
自由，我們的「庶民於公共場合從事合法事務之日程紀錄」，懷有佔著公共恭桶
　　　　　　　　　　　　　　　　　　　　　　(John Gabriel Borkman)
座盼望該事件即將就要發生（要抑制博克曼家族男人的強烈意志，可得謹慎小
　　　　　　　　　　　　(Butt)　　　　(Blackpool)
心）的心情，不過是露出兩片屁股，在巴特橋附近吧，所有黑水潭的橋墩中已經
是最靠東邊的了（還是都會飄往西方去啦，臭死人了！），就算是公開形式的抗
議，當然囉，邪惡只是自然天性的產物，也不是真想有惹翻什麼的意圖，他心存
感恩，環鴿的憤恚已遭剷除，他讚美天主，巨蚺的恐懼[14]已遭螫斃，良善當受讚
美，而最讓他高興快活的事，莫過於他擁有了別人的氣候。

不過還是回到大西洋、腓尼基、鳳凰公園，以及順利下臺一鞠躬本身的問題
上吧。彷彿任何人都認為做得還不太夠，來破解這個當時就不認為會有條件構
　　　　　　　　　　　　　　　　　　　　　　　　　　　　(Festy) (King)
成犯罪的謎團，假如有什麼進展的話，也是微乎其微；歡樂王費斯帝・金恩是
(Maamtrasna)
莫姆特拉納鎮的小孩，他的家族歷史淵源流長，有幸與柏油瀝青和羽絨翎毛等產
業團體往來十分密切，曾在惡名遠播唉呦喂臭氣燻天的私酒釀造區之心臟地帶、
(Romansch)　(Mayo of the Saxons)　　　　　　　　　　　　　　(Romulus calendar)
說羅曼什語的**撒克遜人的梅奧郡修道院**，做過一場演講，隨後卻在羅慕路斯曆
　　　　　　　　　　　　　　　(Old Bailey)
3月1日被逮捕，羈押在**老貝利**，都是與事實不符的誣陷栽贓之起訴，罪名有
　　　　　　　(equinox)　　　　　　　　　　　　　　　　　　　(fetch)
二（兩項指控，猶如分居二分點左右，搞死人的本事不相上下；某人的元神是
　　　(person)
跟隨彼人的肉身，如同彼人的肉棒是某人的毒藥，其理相同），看來該這麼說

---

[14] 根據喬伊斯的筆記，此處應是指蛇類只有在恐懼的情況下才會攻擊和噬咬人類。

的，如白鴿過隙好大一漩，從他的連身工作服內飆飛噴灑出來，以及用盡他全身的利器，在有如四瓣屁股合成的田野古戰場盾牌上大刺刺地就撇出好粗一條
fess
橫條記來，哦耶！哦耶！天吶，開庭啦！該名羈押犯，一身甲醇浸泡過似得濕
dry dock
淋淋，在酒醉拘留所晾乾後給提到被告席上，顯而易見，饜飲神祇獨享的瓊漿黃金液之後，貌似長期失業或是久病住院的那種神態，盡皆寫在委靡不振的臉
Ambrosius Aurelianus　　　　　　　Kersse
上，這位仍然醺醺然的安布羅休斯，看起來就像裁縫科西縫補過、三K黨凌虐過、醜不垃圾的燈芯絨布娃娃一樣，身穿剛剛戰鬥完的襯衫（請忽略污漬、裂縫和補丁），肩披脫線如稻草的吊帶，頭戴水手防水帽，搭配警員那種制式螺旋斜紋呢長褲，也不知都是從哪兒變出來的，卻是件件如假包換（因為在此期間，
[拉] Carcere Mamertino
他早就故意撕爛在**馬梅爾定監獄**時，那個威爾斯人為他量身訂做的整套壽衣），
Royal Irish Constabulary
[085] 他以稀稀落落的皇家愛爾蘭警隊口頭禪，適時鑲嵌入所有可資運用的、華麗奢靡的演說辭藻裡，嘩啦嘩啦拉稀腹瀉那般的流利順暢，為他遭受天主摒棄而墮落、從而解脫、從而剝除他人衣物做宣誓證明，當時啊，他嘗試在身上點把火然後順便把那間教堂的牢房一起也給燒了，就在那時，彼得、傑克和馬丁那仨條子，都肥到三層板油了還照樣猛吃猛灌噁心巴拉的老嘔得滿地水綠礬塊渣的啥，那仨是如何用墊子拍打、是咋樣用雙手撕扯、又是怎麼用錫罐澆水，
piezo-electricity
搞得他高空盪鞦韆似的，那套殘留硝、碳、硫的三件式西裝服在壓電效應下又是如何全然不負責任地像石英碎片紛紛從他身上掉落下來，整個過程也恰似亞當趴在厄娃身上之後基督教如同明礬結晶那般形塑和發展（其實，他是怕透了寒冷的雨水，直如鐫有老皇后的銅板那般冰涼透肌，所以點火燒片羊齒蕨來
pipkin
著，而且是在剝下衣服以便換取那具盛有麥酒的帶柄三足陶鬲之後，才發現自己全身上下早已滴滴答答），辯護刑事律師（機器條子P. C. 羅伯特）陳述道，
[希] mlk
王，別號鐵撬赤掌，昔日曾以奶霸王著稱於世，喬裝成一名煙囪清潔工，隨手
[臺] 臉龐 [臺] 嘴頰 [臺] 和嘴唇
抓了一把臀積在高原沼地的泥炭，胡亂塗抹在面皮、喙頓佮喙唇，東一塊西一
Moor　　　　　　　　Clontarf
塊瀝青似的污穢泥巴，搞得還真像個摩爾人，從克隆塔夫平原這片氏族部落的

地盤上，抓取乾淨的草皮作為掩護身分的手段，沒有比這更棒的主意了，那是某個星期四，在馬德福村(Mudford)舉辦的中白豬(Middle White)[15]展售市集上，爛泥巴淺灘(Mudford)的那座高塔上方隱隱傳來陣陣轟雷般的聲響，慶祝伯多祿(Peter)和保祿(Paul)的佳節，那些個剝人皮的死胖子警察就是喜歡看桿管[16]舞女剝衣服；他和聖安東尼和東尼小崽豬三個參考令人發噱的電話簿，取了糟糕透頂的假名，其他兩個化名為王樂翻和鐵紅手，據說隨侍在側的還有一頭血統純正的嗜血種豬（尚未認證），以及一位風信子般的美少年。他們在離愛爾平原不遠處的海面上，共計有 999 年的光陰，規律地踩著明輪(paddle wheel)，從不懈怠，或是玩起甩巴掌打屁股的遊戲，也不曾消停，直到他們把自個兒倆和三葉草那般雞毛蒜皮的本性卸到岸上，雜在駱駝和驢子、灰白鬍子和吸奶嘴子、神父和乞丐、還有視端容寂的姆媽和嘻皮笑臉的少女之間，以及熙熙攘攘來窮攪和的、管閒事的、胡瞎摻的全都不分青紅皂白捲進這泥巴漩渦的風暴之中。這次的集會，由（深具憤怒文化的）愛爾蘭農業和（狂暴無理的）前田園時期督導組織協會所召集，用意是協助那頭在糞泥巴中打滾的愛爾蘭豬仔，可以跟牠的丹麥兄弟碰個面，彼此惦量對方的斤兩，雖說大雨帶來了洪水，由於賴瑞(Larry)的大力幫忙，有為數眾多的基督教和猶太教圖騰動物洶湧而至，這次市集顯然是屬於來源散亂備受冷落的類型，真他媽的，害他什麼油水都撈不到，他那頭乏人問津的巴里布里肯豬(Ballybricken)，像一隻八面威風的公雞，昂首闊步逛了幾處職業拳擊水準的鬥雞賭賽，啃掉了部分門廊，豬就是豬，難怪那個懶不拉嘰的吉普賽流浪女，還是把這頭總會幫她付租金白吃白喝血統高貴的女紳士[17]給賣了，因為她呀，聖方濟各(Francis)口中的小妹妹，是這麼著，啃掉了一整牆面，她自己的（這頭動物的）豬舍，真不愧是隻特洛伊的破貓仔豬母，不管是嘶嘶叫，

---

[15] 中白豬是 19 世紀末到 20 世紀早期最流行的珍稀品種之一。

[16] 1920 年代的「鋼管舞」是繞著一根木桿起舞，而非今日的鋼管。

[17] 「付房租的紳士」(the gentleman who pays the rent) 是 19 世紀愛爾蘭對豬的暱稱。窮人家除了種植馬鈴薯養家活口之外，還會養豬貼補租金，和其它費用。

或是嘖嘖舔，無不讓人想起希沙利克^(Hissarlik)[18]，值 6 枚達布隆金幣^(doubloon)加上 15 枚小額硬幣，為了要付清他（是說那個慵癩的佃農，不是大嗓門那個）拖欠的租金尾款。

一位兼具耳、鼻、喉專長的目擊者，不用一會兒的功夫，立刻就提出非凡的驚人證據，而那些時常光顧衛理堂^(Wesleyan)衛生間的信徒，一向懷疑 W — P — 是個派駐在梅瑞恩^(Merrion)醫學廣場洞洞教區的便衣神父。他放下手上的白米和綠豌豆，起身，為表示和平起見，還摘下頭上的額戴反光鏡^(cover-disk)，人家早就嚴重告誡過他，盤問時切忌打哈欠，[086] 露出了微笑（早上從茉蘿^(Molroe)太太的紅頭目酒館道別之前還喝了滿滿一杯），只見他海象般的髭鬍蠕蠕抖動，然後帶著想當然耳的北歐口音（天主保佑那副狗嘴！），對審問他的人說道，他是個如假包換的旅客，禮拜日投宿在旅店內喝酒過夜，一向隨身都帶著相關證明文件，他頗為得意地聯想起了 11 月污日那天，各式各樣的帽子拋到了空中，爆出長長一聲粗俗的喔，然後稀哩嘩啦的，煞似 4 月的傾盆大雨^([法] giboulées d'avril)，啊，那些日子，婚姻女神朱諾^(Juno)的祝福、50 週年金婚紀念、還有舉杯痛飲、同聲歌頌、友誼萬歲的那些個日子，而也就是在那天，他把帽子甩進畫成圓圈的場子裡，表明參賽競選的決心，在俗世歷史^(profane history)的天文年曆系統中，12 月紆尊降貴兜轉回去成了^([拉] December) 10 月，正中造雨者^(Rainmaker)朱庇特^(Jupiter)的下懷，把今日、昨日、明日、圖爾奈^(Tournay)、塔拉山、馬背比武大賽、**現在開始殺戮、登基高王寶座**，通通混而為一，還有件事兒，假如有人具備閃姆^(Sam)、他那個誰，以及莫斐特^(Moffatt)幾經痛苦試煉雖然無能解釋緣由、卻仍培養出來的細微觀察能力，那麼這個人所遭受到的震撼程度，實不亞於野豬身處騎士槍矛之下的驚怖駭慄，震撼何來呢？那晚他正好掙扎上街，卻被所見、所聽、所嚐、所聞驚嚇到連聖博德^(Patrick)也會呆若化石的地步，就是那個擁有學士頭銜、號稱世界霸王之子、風信子美少男的雅辛托斯^(Hyacinthus)‧歐唐奈爾^(O'Donnell)，根據某名冊的記載，登錄的是調酒師（或任何跟混合調配有關的職業）和文字潤飾工作者，部分是基於市民（專事耙糞施肥、愛爾蘭語區^(Gaeltacht)稱為賤老百姓的下等階層）那種突發的「要和平，

---

[18] 希沙利克位於土耳其，是特洛伊城的遺址。

先備戰」的痙攣性情緒，在翠綠的草皮上，時值正點24刻鐘，居然滋事尋釁（屢
　　　　Ballycassidy
戰皆捷的賽馬巴里卡西迪，好戰成性，誓言把那些捲髮粗鄙老是爛醉如泥的農
　　　　　　　　　　　　　　　　　　　　　　Bully Acre
田泥腿子、法院狗腿子、墾殖地肉腳子，全都送進**布利墓園**的霸凌畝地）單挑
　　　　　　　　　　　　　　　　　　Gash　　MacGale
獨鬥另兩個老賊王，颶風之子無敵戰力裂凡體蓋胥・麥克蓋爾，和怒吼震天敵
Roaring O'Crian, Jr
衰竭小羅蘭歐圭，把他們套上麻袋、拳打腳踢、捅幾個透明窟窿、殺他個屍骨
無存，這兩個醜陋冒牌貨，換走太子的狸貓，非盧肯鎮人氏，居無定所，查無
　　　　　　　　　　　　　　　　　　Mise of Lewes
住址，也沒有聯絡的方式，他和那些個只要在《劉易斯協議》簽訂前就在泥灣
　　　　　　　　　　　　　　　　Boer　　　　　　　　　　　John Bull
打滾的畜生之間，存在著頭破血流的宿怨，因為布爾熊擅自闖入約翰牛的圈養
地，或是因為他率先中分北極熊毛色的灰白頭髮，或是因為像灌了冰涼極地啤
酒的 BBC 播報員所採取截然不同的兩極報導立場，或是因為他們用餐的時候，
反正就是狐狸吃不到葡萄，螞蟻看不慣蟋蟀之類的原因，為了某短篇小說裡
　　　　　　　　　Noveletta
一個伶俐能幹的小女侍露沃蕾塔，相互咆哮對幹了起來，也或者是他們抓不準
　/miːs/　　　　　　　　　　　　　　　　　　　　　　　　　　/mæθ/
meace 的音（啞口兼臭耳聾？別鬧了吧！），老是唸成 meathe。這些訴訟當事人
哪，他說道，通通都是些地方正直人士和有力人士、國王的心腹和國王陛下御
　　　　　　　　　　　　Aran　　　　　　　　　　　　　　Dalkey　　Mud　　Tory
用的劇團團員，高階紋章官和阿倫群島的眾王和歷任多基國王、泥島和托里島
　　　　　Killorglin Fair
的眾王，甚至還有基洛格林園遊會當選一日國王的那頭山羊，被他們的擁護者
丟擲雞蛋催促著向前行，個個都具有那個滿頭純正胡蘿蔔紅髮、根根強韌到勒
　　　　　　　　Carthage
得死人、條條堪比迦太基遭圍城時滿拉強弩下繃緊的弓弦、走起路來晃盪晃盪
　　　　　　　　　　　Isolde
著的酒館女侍腥紅小襯裙，以及伊索德在塔頂發出受困山獅般狂聲尖叫的刻薄
苦毒女人的身形。

　　　還有從法庭裡摩肩擦踵密密麻麻的人群裡傳來的吶喊聲，也有從
Bohernabreena　　　townland　　　　　　　　　　　　　　　　　Banagher
柏黑納布里納城鎮土地上那條「老爺子，刀刃得當心藏披著點，巴納格禁令，
　　　　　　　　　　Mick　　　　　　　　　　　　　　O'Donnell
爺，事情頗有貓膩，那夥米克啥的愛巴子！搞個歐唐奈爾出來，『咻─嗚，咻
　　　　　　　　[歌] O'Donnell Abú
─嗚』裝神弄鬼嚇唬人的傢伙！〈歐唐奈爾，必勝〉！是喔，曬他媽的死人剩骨
頭！要吹響喇叭，多用點舌頭！別老靠嘴唇！」的莊園路旁那兒的都柏林兒子

們傳來的吵雜聲。

　　在法庭上透過交叉詢問這些情感粗礪如老繭的毯囊證人，簡直是和他們一起玩躲貓貓鬼抓人，恐怖氛圍中慢慢兒剝掉他們層層的精神意志，真相就會一點一滴滲淌出來；在那個長刀之夜[19]，三重埋伏三刃合一的地點（哇啦哇啦口水亂濺，在日頭將升未升將落未落之際，呸了大約有半小時之久，[087] 在走時誤差都快變成歐洲中部時間的水屋大鐘附近，靠近停下來想想酒館，適合大族長長期定居，氛圍恆馥蕤，環境常翠綠，遍土僅得一株蘋果樹，禁果墜落滿地不啻垃圾堆肥），孤孀昏月黯然微光，無力照亮稚兒祭壇。於是呢，這個無酒不可混的調酒師，在毫無遮掩的最佳可能禮貌之下，就被問到他該不會也是那種福星高照的超屌公雞吧，整個聽得到-看得到-聞得道-吃得到的世界，都是為他們而存在的。反正他就是在認知、意動和大量的我思上，都確信此事斷然無疑，因為這具以絕妙音樂技巧渾然形塑而成的、會活、會愛、會呼吸、會睡覺、肉肉如胰臟的肉身，不管何時，只要他認為他聽到看到感覺到他讓某個鈴鐺發出剪頭髮剪指甲咻咻咔咔咻咻咔咔咻咔咻咔咻咔咻咔的聲音，他就會毫不保留地盡情發揮該肉身全知全能的感官能力。有關爛人裁縫王那些個事兒的真相，他是否可以確實把握到他耳朵聽到的那頭蠢母豬跟他說的話？是，他確實可以像搔到陰虱癢處那般有絕對的把握。以上所言盡皆屬實？盡其所能。盡到潑皮說真話的最大可能。不會說謊吧？主在上，我哪敢胡扯；要不，叫我孤單一世人。是叫摩布斯·歐啥的嗎？啊虧了您啦，完全正確。是星期三還是星期四生的小子？星期六，婚姻的賭注，生下了這個森林羊男。這位青光綠眼妖模樣的先生，是怎麼利用身魂取得學士學位的？沒附帶啥榮譽獎狀的學位，很一般，看起來就像他那顆頭顱。看起來像是設陷阱抓野味的那種獵戶，脾氣稀奇

---

[19] 1934年德國總理希特勒清算黨內勢力而發動的政治追殺和處決。希特勒察覺納粹衝鋒隊成員在市井街頭肆無忌憚的暴力行為已經威脅到他在國內的地位和威信，因此策劃「長刀之夜」的秘密行動，擊斃衝鋒隊首領羅姆，大肆逮捕相關要員，藉此鞏固國防軍的支持。

古怪，內心年輪紋理凌亂，一雙渾濁蒼老的👁️👁️，近似香桃木那種墨綠色，兩隻花椰菜耳朵(cauliflowered ear)，戰績拙劣的阿瑞斯(Ares)，鞋錐捅屁眼的本事，羅馬鼻樑，寄食白吃，和一張時不時發出抽搐音素的扭曲嘴巴(morph)？專搞出賣和背叛那種勾當的變色龍。他是那樣，沒錯。在桌上大啖腐肉受到襲擊時，他會用巨靈大掌攫住你，用馬嚼子掰開你的嘴巴，用大柄酒杯死死猛灌你，然後把你拋到10碼之外？往左甩往右甩，打零工慣了嘛。也是個無聊的懶墮鬼吧？沒錯，您真是行家，的確如此，不過，喝了匈牙利葡萄酒([匈]magyar bor)或是健力士的話，我可就沒那麼有把握了。他那頭顱啊，像酒瓶軟木塞，肩膀斜削似酒瓶頸肩，寬背巨身腰粗如釀酒木桶，兩腿看似廣口平底酒杯，走起路來東歪西倒，眼看都踏進古墳入口了，卻在重新除名重新受洗重新命名之後，叫做海明翰(Helminghan)・額秦溫(Erchenwyne)・發春路特(Rutter)・埃格伯特(Egbert)・麵包屑牆克倫威爾(Cromwell)・奧丁(Odin)・馬克西穆斯(Maximus)・埃斯米(Esmé)・撒克遜(Saxon)・阿撒(Asa)・維欽托利(Vercingetorix)・高貴之狼艾瑟爾伍爾夫(Ethelwulf)・魯普雷希特(Rupprecht)・伊德瓦洛(Ydwallo)・賓利(Bentley)・奧斯蒙德(Osmund)・戴薩特(Dysart)・世界之樹目擊蕩婦者尤格德拉希爾曼(Yggdrasilmann)？神聖之聖艾菲爾鐵塔，獨一無二浴火鳳凰鳥，冬青與常春藤！發生在那叢水仙花和那堆垃圾山之間的那檔事，當然是石弩工匠查德里(Chudley)・曼革諾幹(Magnall)的好事，不然咧，難到要賴給查理曼大帝(Charlemagne)不成？後有妖魔鬼怪，前有斷崖深海，還可以裝聾作啞嗎？有兩個小丫頭片子，媽個巴羔小刺探，從隱身的樹葉後估摸著他的意向，同時一蓬古龍水如大牛牲般迎頭撞向他的門面，他的圍裙從上到下分裂為二，眾神的黃昏，崩裂的岩石，可得歸咎於樹叢間的三個密探。喬治(George)・溫哥華(Vancouver)的勘測活動，出土三款邪惡的寶物，可以為不列顛的侵略帶來勝利。那些小姑娘有彎下那麼點兒腰，連整座森林都有那麼點兒低垂下樹頭，你確定嗎？打包票，就像願你的國降臨那麼確定！耳朵裡頭爆開哐啷一聲鐃鈸！是那些個養牛棟人(Ostmen)的頭子，主持維京議事庭(Thing)那個叫啥來著，凸起一大坨的，對吧？確實如此，確實像個成功的漂亮人物，實際上呢，蠕爬的懶蟲，反覆無常的閹牛，還自詡為亞歷山大的座騎、暱稱牛頭的駿馬(Bucephalus)。恩賜的噴泉，好一首流水淙淙的歌曲啊，有一片──快樂──綠地([歌]There Is a Happy Land)，在長又(Long)

長酒館充滿大麥顆粒咯嚕咯嚕咋響的橡木桶裡，濺得他滿身斑斑駁駁濕繪壁畫 [法] fresque
似的，他的精神有沒有給提振起來？嘴巴迸出一大堆不帶有愛德華勳爵費茲傑羅 Lord Edward Fitzgerald
叛逆的言詞，也沒有西德尼爵士捨水袍澤的義氣，倒是有一大串濃濃情緒性的煽 Sir Philip Sidney
動字眼，這個幹中士的，在菲利普‧克蘭普頓准爵噴泉雕像紀念碑那兒，沖淋 Philip Crampton
了一陣那具有幸沾染煙花柳絮的身體，然後在波特蘭坊的酒館內，在看門的、 Portland Place
搬貨的、打雜的和吧台小弟齊聲讚美中，從排成環狀五燈路標的五個酒杯裡，
吸舐更多更多咕嚕咕嚕直冒泡泡的晶瑩泡沫。亞麻色頭髮，不過，胸部下垂？說
的好像沒人會似的，好像他可以在黑水池裡枝葉簇擁中舒舒服服度過一輩子。不 Tim Tem
過當然囉，他愛怎麼叫自己提姆或是田姆的，是他的事，假如他有時間去……？ bott Tom Dick Harry
蛆啦，馬蠅蛆啦。您說得沒錯，他隨時可以去頂替個湯姆、迪克、還是哈利什 win and place
麼的。您想要頂他也可以啊。他何時有興致一起玩玩？預祝贏位[20]。訂個時間 Bram Stoker
和地點就行。[088] 還有個史托克筆下那種暗地尾隨女人的變態司爐工，迷戀女 angel to drive
子滴水簷般的滴滴答答，性喜聽壁腳舉反證，他咋想扮演驅逐的天神，反對同
樣也是見證人的蒸汽火車司機？靈魂轉世神靈顯聖呵，活見鬼了，你們怎麼猜 Dromio
得出來！兩隻夢幻渴求、任人役使的孿生千里馬同在一場冠軍爭奪賽？是的， The Comedy of Errors lentil
而且絕不會上演錯中錯。牠們就像「本是同莢生，相鬩何太急」的兩顆扁豆？ pea
沒錯，不過精確來說，應該是豌豆啦。所以他在連續不斷的抨擊之下，被當著 The Coram
群眾面前給扒光衣服逐出公共場合了，是嗎？本來就是**育嬰堂**救養的棄嬰嘛！
他是被在上有權柄的趕出去的。原則上，君王不應該現身在公開場合吧？你還 Machiavelli Roscommon Roosky
能期望馬基維利說些什麼其它的嗎！來自羅斯康芒郡魯斯基村的投誠俄國佬， Galway Galloway
是嗎？他很快就會改口，說是來自愛爾蘭的高爾威，或是蘇格蘭的蓋洛威，或
是威爾斯人，不然就是挪威人。沒有醉茫茫了吧，公正的見證人？還是醉到像
一條打撈上來的魚。嘻-嗝—！他抽那種鬼霧繚繞的香煙前，會不會先徵得她

---

[20] 賽馬術語。獨贏及位置（win and place）的簡稱。獨贏（win），表示買中頭馬；位置（place），
表示買中頭、二或三馬。贏位（win and place），表示兩者皆買。

的同意？只要他不會在盛怒下突然咳─嗯-吭-吠出濃痰來。關於他在捷徑小巷內激動地大唱〈滿滿小酒壺〉，[愛] cruiscín lán 好像狂怒的大埃阿斯在自殺前高潮射精那樣尖聲嚎叫，Ajax 孤淒絕望的科西嘉島，Corsica 世人遺棄的阿雅克肖，Ajaccio 彷彿一切都被剝奪掉了，是怎麼回事，跟腿啊腳的有關嗎？[蓋] kuse 他就是那副下流胚的走狗行徑，目空一切，趾高氣揚，就像又回到科爾索大道邁開雙腿披紅遊行，the Corso 不然就是像一頭奔馳在環形賽馬跑道上的獵犬，邊罵粗話邊濕一個濕一個，[歌] 醉彌勒 勇健你敢知。[蓋] slàinte 那位高貴的仕女，可以毫無疑問地察覺到，他如何更動〈黃水灘和狐狸〉的歌詞，[歌] Yellow Wat and the Fox 讓阿兵哥在黃淺灘戰役都給去了勢嗎？Battle of Yellow Ford 輕而易舉，喔，請不要懷疑我瘋了，但她會在河口等著她的歐多德回鄉的。O'Dowd 他有什麼宗教信仰嗎？咱們禮拜天再見囉的那一種。酸民哈利口中所說的油頭粉面不可一世的變童純種豬，Sour Harry 到底是什麼意思？耶穌基督在上，我以雅各伯的山羊發誓，Jacob 沒事，不過是一頭在逾越節做點禱告和幫他繳納房租的紳士豬仔。the gentleman who pays the rent 這隻啃掉人家的門框、中產階級豢養的豬，是不是一頭有用的畜牲？就像對被剝奪到一無所有的郵差來說，收到夜間信件而大吐一場那般有用。在擺出眾神黃昏排場的軍事法庭裡，Ragnarök 他有認出來那個狀似朗納爾身著粗毛長褲的法警是誰嗎？Ragnar Lodbrok 有的，就在那麼多天的那一天。椵樹山谷、沼澤、或是暗礁，請告訴我，什麼花園沒有門？向陽性香紫草，heliotrope 幾乎滴水不入滴酒不進。放牧權（種植白巴貝拉葡萄的馬丁內塔市長夫人）的有效期限，grazing rights [義] martinetta　Martinette 隨著山羊老大人的仙逝業已屆滿，他們沒弄錯吧？他確實無法回答列位尊貴大人的問題，不過他那穿著過膝高筒涉水靴、人稱海媽媽的岳母手頭是握有那副[西] Mae d'Agua 棺材價格的收據，**去給我拿來**，[拉] recipis 而他呢，可以在此跟他們談談他那個岳母，她本身根本就是那種前大輪後小輪圓轉自如的腳踏車，還有，假如他們有意想買那幅手肘以上半身肖像的油畫，他也可以跟他們說說。深思熟慮的下巴，嘮叨嘟噥的舌頭，就像龐德對我們講中文，太沒誠意了吧？Ezra Pound 父親大人對於發音一事，曾吩咐再三，對於當母親的總會發出割草機般隆隆噪音，預先搶得先機，也早有因應對策。分流之後的終點會在何處？會由我們推薦。為什麼是山羊？

沒有回答。你到底是趕著要去……？喏，呃，沒回。莫非你是被伏爾甘(Vulcan)的時代搞到眼花繚亂不知所措，居然想在火山口邊跳恰恰？大人，退後些[蓋]siar，我死也要有所作為。好啦，他年紀那麼大了，很古怪吧？不管是當總督或是幹酒保，他都潛心研究巴利文(Pali)、普拉爾文(Pular)、馬球(polo)和鴿子[芬]pulu lán。這些個語言之神歐格瑪之子(MacOgma)編撰的歐甘文(Ogham)書寫指導密碼，兩件女汗衫共用一件男襯衫、三頭毒蛇爬上芬恩的三帽梯，都是什麼意思呢？頭在兩腿間，腿在樹叢下，樹在日頭中，可以把蛇從石南荒野一路誘捕到水車引水的木圳裡。或許，這些就是分別代表手臂、飛鳥、顏色、聾啞、種族和堡壘的 A, B, C, D, E, F，尚未流失的豎琴知音？當然，還有 G, H, I, J 呢，巧手補鍋匠，金光閃亮亮，順手愛牽羊，傑森(Jason)從此變成伊阿宋(Jason)的怪模樣。天吶，我主耶穌基督在上，那麼，容我補充說明，也還有 P 和 G 等豬啦鵝啦之類的囉，胡猜瞎猜矇對了嗎？如同大主教的飭令，精確無比，就像一隻貓咪只有一條尾巴，正確無誤，好比又蠢又胖的莽漢，非得斜遷著身體才過得了門。就如同榮耀必歸於天主？尊是這樣，逐見虔誠吶。然而，為什麼是這條手工拙劣的漢口(Hankou)山寨手帕，[089] 還有這個奔赴日頭、說著四聲腔調有如孫亦仙的二號人物又是打哪兒來的呢？他褲檔裡塞有兩粒硬如彈石的牛卵葩，真是丟盡顏面，那些義和團的拳民(Boxers)倒是對他叩頭如搗蒜，難怪個個叩成平板臉。所以說，這兩個心靈姊妹，像埃及太陽神女祭司一樣，輕搖叉鈴(sistra)，說了些毫無邏輯沒有語法文理狗屁不通的咒語，消弭了差異，免除了懷疑，將可能的勝算均分到抗爭之中，也從准許英軍征服愛爾蘭的褒揚(Laudabiliter)令中剔除掉宗教和法律的元素，卻奪走了人民對於工黨黨員、勞動作家和解放者的讚美嗎？托比(Tob)、迪爾克(Dilke)和哈雷(Halley)這三個都無跑入位置(unplaced)[21]，大為不悅，對於這次賽事就沒有投入極大的熱愛了。另外呢，移送管轄事宜，從御前會議轉移到共和軍法庭，那些叫賣小販也從國王御首酒館(King's Head)轉聚到懸掛有紋章的酒吧，至於從揮下旗子到賽前下注這段期間，時光老人(Father Time)（手持長柄大鐮刀要割我的父親）以磨損的後臀揭

---

[21] 賽馬術語。表示沒有買中任何一隻賽馬，全部槓龜。

示了那個充滿驚恐和鬥爭的環境、暴露出來好勇鬥狠的現象,在攝政王所在地的公園裡竟有母豬在密佈的樹林間恣意漩雨,破曉的寒風把幽暗天空的殘星吹得濕淋淋滑溜溜的,想必這些在當時蠻合他的意吧?那是個適合野地高燒篝火的夜晚,月光下的凱蒂蓋勒格山丘（Katty Gollagher）,滿佈米克（Mick）這些愛爾佬,個個手舉聖彌額爾（St. Michael）的寶劍,發出恐怖儡人震耳欲聾的歡聲尖叫,絕斷浮雲上達穹蒼,尼克（Nick）拿著聖尼古拉（St. Nicholas）恩賜的麵包烤叉,銳利的齒尖刺入金槍魚肚腹的膀胱,一路往上直直戳進魚膘內。說要有戰,就有了戰嗎?就有了戰。戰後,煙霧飄騰,滿地淋漓。你說的是,在天使安琪兒這一邊嗎?在介於眾口鑠貓和咪咪喵喵之間,類似（他們是這麼說的）女人的縫細、枷鎖健力士的金倫加鴻溝（Ginnunga-gap）裡。那麼,是在園子當中腰帶以下兩胯之間嗎?他們必不可觸摸。這兩位把失望掛在素顏臉龐上、彼此深愛對方的女子,是屬於在薩圖恩（Saturn）山丘堡壘附近,從事專門推銷自己那種職業的不幸階層嗎?是的,差不多就是那樣!當時,山茶花卡麥勒斯（Camellus）跟雙子座傑麥勒斯（Gemellus）說:我該當撩解你嗎?絕對沒錯。然後雙子座傑麥勒斯當時就對山茶花卡麥勒斯說:對,當妳的兄弟?絕對行得通的老掉牙招數。風雅騙騙的先生,假如您的行徑都是跟那個有關呢?跟那個和另一個有關。他難道不是想牽拖在窮鄉僻壤的那家牆之洞酒館（The Hole in the Wall）的整面牆壁嗎?只要他不是東躲西藏忙著遠離女人那整個兒的洞洞,他是那樣想的沒錯。簡言之,這種「生命是琴酒,四處苦哀求,全部都重修」的策略最終是怎麼擊垮他的?就像導致穆提法蘭村銀行（Multyfarnham）霹靂噼啪崩盤破產的那道財政裂痕。那麼他是否同意他們的看法呢?他想他自己拈花惹柳總會沾惹上花柳的。索爾（Thor）是主格,索爾的是所有格,索爾的愛爾蘭語是托姆哈爾（[愛] Tomhar）,托姆哈爾的蓋爾語是托瑪爾（[蓋] Thómar）,托瑪爾就是撰寫《托姆氏都柏林指南》（Thom's Dublin Directory）的托姆（Tom）嗎?鹿特丹（Rotterdam）最麕魯最嗜血的地痞流氓,乘雄麕號征服大海、老是把 s 唸成 r 的彪悍壯鹿（Roebuck）。提個次要話題,他來自亞熱帶嗎?次等痞陋人種,說的一口嘰哩呱啦吵死人的日本話,あ /a/、は /ha/、か /ka/,那就是我們的 A, B, K 嗎,唉呦呦,真像爛透了的菜花,痛起來簡直是去予雷唸到（[臺] 遭雷吻）,或是?喔—喔!啊—啊!眼痛、耳鳴、霧茫茫中哪裡知

道是啥髒東西？令人震驚！殺千刀的呸呸呸噁心腐爛惡臭陰暗的梅克倫堡街紅燈戶夜歡城青樓娼妓綠茶婊子煙花浪蹄賣笑貨腰花癡奶娘援交馬子野雞流鶯群屄加卵葩吸汁汁吮液液又擠又壓又熨又榨轟轟雷霆隆隆霹靂又幹又肏脫了再幹全是破麻爛鞋通通放到屁股後面啦，咦？啊！這檔事還切切實實地穿刺進我們驚呼「真的嗎」的歐萊里耳朵裏去？他可能，他可能絕不會，他可能永遠絕對不會，在那個夜晚，在荒郊野外的樹叢裡，千真萬確果真如此！所有目擊證人和耳聞證人，再加上犀牛鼻萊恩、大喉嚨歐凱利，一言以斃之，整整搞了三天三夜頭殼捫咧燒，我們搞錯了嗎？您做得很對。

屎破麻，死柴耙！牛屎巴摻老蔥頭！

　　不過呢，面對困惑不已的列位在座法官（上頭坐的是不講信義反覆無常的法官大人，努力爭取動用刑法的契機），實在不忍再加以譴責，就讓該事件換上一副嶄新的面貌吧，擔任國王一職中堪稱資深者，[090]死酒鬼窮叫花，終年當豬儸、節慶當君王的歡樂擲石人佩格·費士別，在少數幾位看起來還算活著的陪審團員要求下，等他身上這層拉毛水泥般髒兮兮的豬糞污土被剝除滌淨之後，馬上透過他的布立吞語口譯員，以詩歌的口吻、洪亮的口氣和豪雨的口水，用上佳美賀辭公開來祝福陪審團員，向望過位老爺有一果灰常快落ê乀誕節，與此同時，記得也要對著聖博德那本書中提到的聖骸起誓，就是被珂麗歐派翠娀（老豬母，圈養食用肥豬中的埃及豔后）啃嚙到剩下一把骨頭的小男孩[22]，以及在我們的天主之前、在祂們的榮耀之前、在國王的子民之前，他要對鄧多克郡長大人，或是所有其他的大人宣誓，不過請注意，假如活生生的火雞和傻呼呼的海鷗跟著他這個索吉爾斯四處閒逛，那當然不算偷竊，話說回來，鹵莽賊膽的眼球、蠼螋藏匿的大耳、流涕滂沱的鼻管、貪吃割喉的嘴巴，對於他出生前或落地後，往上

---

[22] 根據成書於約九世紀的《聖博德的三重生命》（*The Tripartite Life of Saint Patrick*）記載，有婦女跟聖人哭訴，豬群吃掉了她的小男孩。博德要人把小男孩的骸骨撿拾回來，施展大法，肉白骨而活死人，讓小男孩復活過來。

回溯或往下追尋的那個時間點，無論儲存有多少相關的訊息，絕對都找不到他曾投擲石塊的證據。他們或許會在有意無意間提到麥爾卡特啦(Melkarth)、馬克卡錫啦(Markarthy)、馬克‧安東尼啦(Mark Anthony)等等之類的，好像這一切純粹只是偶然的巧合，或者他們可能走往巴力(Baal)和阿斯塔蒂(臘)(Astártē)那兒去膜拜交際，或者他們可能會加入工黨，然後在鄰居舉辦的派對上，性趣昂揚地議論這個門房啦那個行李小弟啦諸如此類可以下酒鬥嘴的話題，這廝們，心與耳未受割禮的毬囊，閒來沒事吃吃伐木工啥鳥的，也就算了，居然拿來當成蓋棺論定的證據，頸項剛硬地簽名背書；他壓低頭顱迎向狂吹的東北風，防雨大衣的衣領往外翻飛騰躍，劈啪乍響，洗滌潔淨的臉龐上厚顏無恥地公然掛著一副剛剛被刷清冤屈的表情，傳達對這群唇語讀者的抗議，散發日光皂香(Sunlight soap)的身體，沐浴在一束希望的月光之中。雖然蒙受喬納森‧崔勞尼爵士(Jonathan Trelawny)那般的冤情，假如庭上恩准的話，他願意與我主耶穌、主席大人、陪審團的紳士，以及四大師尊，共同分享他們多年以來一直都渴望聽聞的、關於他為什麼離開都柏林的各種八卦傳說離奇故事中、極盡繪聲繪影的最佳版本，有道是：長生不老酒，廣口尊爵杯，文火細慢熬，寵溺厄運時，ABC 就是會狗咬 D(臺)漸亮之前 的啦，假如他的結局是在月亮初升之前，或是在天色漸漸光進前，或是那副剛睡醒的鬼樣臉龐張開嘴巴打哈欠打到快要像已掀開的柳籃蓋子之前，被押解到教區的菜市場、綁在火刑柱炙烤成牛排的話，那麼身為一個伊尼什曼島人(Inishman)，幾乎和任何一個歐洲人、南非的納塔利亞共和國人(南非)(Natalia Republiek)、中國的廣州人，或是什麼鄉區小鎮的土包子，其實沒啥兩樣，想想欠拖的債務，加上內心的罪疚，在他所有苦難結束之後，無論身在這個世界、或是另一個世界、或是其它的世界，他絕對不會妄想，也不敢要求，可以見到歐羅巴公主(Europa)的左爾岩城(Tzor)、或是青春永駐之地提爾納諾(愛)(Tír na nÓg)，就如他待在那個彷彿傑克玩具盒子的證人席上那會兒功夫一樣的誠心真摯，或揮舞著喝都喝不完的祝酒角杯，或吹響著停都停不住的召集角笛（謝啦，你家的事，跟我無關！），天空掛著一團熱氣球，地上立著一間臭毛坑(outhouse)，燠熱高溫有如身居蛇麻子烘烤房(oast)，生命活水威士忌任你喝到死，高舉萬福酒杯祝健康祝

發財,呼應著盤旋在我們恐怖的戰爭中,渾身上下插滿箭簇的瓦爾哈拉(Valhalla)英雄們上方天空鷹隼的悲嚎,以及砲火隆隆聲中大限臨頭方知曉的上!近衛軍的怒吼命令,無可度量無可知的天主在上啊,就算他曾有過,呃嗝,用他那隻精擅謄寫商業交易書寫體(Chancery hand)的手掌染指國庫財政夯實自己的蚜蝸事業(杭福瑞),他可不曾對哪個人、哪隻小羊羔,或任何救世軍,做出甚至只是拿起棍棒或投擲石頭要人命的象徵動作,不管是在他接受洗禮(baptism)變身小奶崽(pup)之前或之後,他決不會做那種事情,他始終如此,一直到那永保福祐的至聖時刻來臨為止。咳呵嗯。阿們。

說得真好,這位單膝下跪、敲擊城堡大門的傢伙,口中輕快哼著亂七八糟的彌撒聖樂,既笨拙又粗野地企圖(有次在他激動之餘,竟然以宗座權威的口吻[拉]ex cathedra,在正式場合脫口爆出卡斯蒂利亞語(Castellano),所有原本追隨的信眾死命追趕在他後面,硬是把他凌虐成一鍋腐爛大雜燴)用他的左手爪子模擬教皇在胸前劃出羅馬天主教信仰的十字記號,唉呦喂,隱約帶有希臘太陽神的符號和蓋爾信仰的手勢(一級棒,lokah su ga[泰]你好嗎²³,身體唄兒壯!),[091] 猛然一陣狂笑,從城堡的所有權人之中爆發開來,盤旋迴盪在地獄般的會堂中(哈!),這位急躁易怒的鬥士型見證人,在香料蜂蜜酒緩和情緒的作用下,心不甘情不願,以一種特意矯揉造作有失端莊淑女風範的神態,也跟著笑了起來。(哈!哈!)

佩格(Pegger)哈-哈-哈開心的笑聲以喘息唬-嗚——作為收尾,靈巧麻利地又推又擠又碰又揉地槓上了那個文字潤飾者濕答答油漆未乾那般的哀傷口吻,因為他們,就是這傢伙跟那傢伙(伊曦的他與他),是平等的敵體,都是源自於同一自然界或精神界的力量,體現他下她上唯一的條件,就是必須進化出一種與自身對立的樣態。透過髓合(symphysis)雙方的互憎和互惡彼此共同成長,在兩極激化的情況下,再度完成相互的聚合。截然不同造就他們雙重互補的命運。

有鑑於這些狀似酒吧女侍的法庭女陪審員(個個頗有參加舉世無雙的特倫托會議(The Council of Trent)的架勢,以月亮之升降計算的話,共有 30 位少一對),在這個被

---

²³ 第一個字,lokah,意思是「氣力、力量、健康」。

揉來擠去的溫馴年輕人身邊小鳥兒般飛來飛去,時值春暖花開,隱隱散發沒藥芳澤的菟葵和桃金孃在沼澤旁喃喃低語,郵差碩恩,擺個 pose 給她們瞧瞧,芳心卜卜顫跳,芳唇嘰喳取媚,一致推舉他當冠軍豬的候選人,人肉派理髮師綏尼・陶德(Sweeney Todd)對這位年紀輕輕的萬人迷讚不絕口,褒獎他全身的感覺器官異常靈敏,還把爛臭的風信子插在他的捲髮上(啊,芬恩,傳呼美酒!啊,吾愛,苦澀淚珠!),一記記的熱吻搞得他兩頰嫣然酡紅,真不愧是她們的愛爾蘭雄風玫瑰(他那身姣好的膚色!他那些姪女的暗示!),為他那美好新穎的脖子環繞上圓滑奏(legato)般綿密不絕的花朵,她們香呼呼甜蜜蜜的糖果小手兒,好像肉鋪屠夫摸羊羔一樣,這兒掐掐那兒捏捏他那顆酷似黑面布娃娃(golliwog)左搖右晃狗顛尾巴的絲絲絨毛爆炸頭,親親小信使,我的心肝、我的寶貝、我的金髮孩子,相信她們通通都是他心目中從不疲倦青春永駐的少女,在她們需要的時刻扮演好聖崔斯坦(St. Tristan)的角色,為她們送上殷切的款待,婚姻之神海嫚(Hymen)啊,阿們,現場崇拜她們的官員中,並非無人注意到,她們當中有一位,受冰輪玉潔姊妹俱樂部(The Lunar Sisters' Celibacy Club)之委任,來揭露他外頭的名聲,弱化他內在的陰性氣質,她是一位渴望愛情、容貌憐人、生性活潑蹦跳的閨年女孩,卻是形單影隻孤伶伶一人,來自以惡臭治療暈眩著稱的麥吉利卡迪山脈(MacGillycuddy's Reeks)地區,名叫珍瑪・珍西亞(Gemma Gentia),兼取但丁夫人的芳名和龍膽花苞之意,而他呢,愁容憔悴面無血色,雖然他的傾慕之情發自純然的天性,似乎在愛戀上頭卻又瞎又聾又啞,既缺乏品味,也毫無技巧可言,在那兒、在這兒、隨便在哪兒,她都高高在他之上,天地無用[日]禁止倒置,在煥發容光中給予不帶任何糾葛的無私包容,他的羞慚他的形穢他的嗯嗯嗯轉移到她的流光閃爍之中(年輕,俊美,接到球,就是她的小伙子,然後等到她把他掰成彎仔[24],她就會回家告訴媽咪,大功告成),直到她的她和他所共有的狂野願望,我是—我是—,和他羞慚的暗黑極深更深處,在濕汪汪樂音般浸潤中,消融兩忘。

鑑於一時失神(因為,就實際效果而言,難道不就是為了這個嗎?剛剛已

---

[24]「掰彎」,是指把異性戀者轉變為同性戀者。

經引起該事件的成效了,不是嗎?),四位主持正義的法官把他們戴著假髮的
　　　　　　　　　　　　　Ulster　　　　　　　　Untius　　　Munster
聰慧頭顱湊在一塊,阿爾斯特省的油滑光溜聖膏多安修斯、芒斯特省的城堡要
　Muncius　　　　Punch　　　　　Punchus　　　　　Pylax
塞尿水多曼修斯、潘趣木偶比拉多潘切斯、碎嘴喜鵲滲屎多派拉克斯,商量出
　　　　　　　　　　　　　　　　　　　　　　　　　　Giordano
來對於歡樂王的判決,[092] 應該還不至於比他們對堅決撥霧見日的焦爾達諾‧
Bruno
布魯諾的永久裁決,要來得更糟糕。該王用他所有知道的破英語講完之後,
那些英語算是都給糟蹋謀殺了,他把所有口袋從內往外翻出來,雙手一攤,
兩肩一聳,沒受到一點懲罰,毫髮無損地離開了審判庭,匆忙中只見他口袋
空空的過膝大衣沿路拖在地面上,當場就在那兒,驕傲地跟那些個愚蠢的英
　　　Bridget
國彼利其特聖女們,眨巴著眼睛,炫耀巴在他臀圍上那道漆黑瀝青的橫條記,
以茲證明他自己(假如您容許我這麼說的話!)是一位貨真價實的仕紳。面
　　　　　　Pontifical Swiss Guard
對立場中立的宗座瑞士近衛隊隊員,以極具羅馬教廷威儀但帶有宮廷禮儀的問
候:今日身體康健否,高貴的紳士?多毛谷地的指揮官,您夠慷慨大方吧?那
　　Guinness　　Jenny　Rosy　　　　　[日]火和水
裡有健力士、珍妮和蘿曦嗎?這個火與水酒的愛好者,滑鐵盧戰火後的洪水
　　　　　　　　　　　　　　　　　　　　　　　　　　　Thomas
倖存者,把褲頭褪到大腿以下,露出皮開肉綻的兩團紅咚咚屁股,多馬斯‧
Aquinas
阿奎那那些笨驢肥馬的鐵腸銅胃都會為之纏攪翻騰(我們原本準備好,利用
他的沒毒小帽帽啦、奇異口音啦來糗糗這傢伙,好好賺些掌聲來對付他,但
還是被他將了一軍,這會兒我們正納悶著,哪兒出了錯,七嘴八舌就像從
Gas from a Burner
煤油燈嘴爆噴的瓦斯烈火!),因此所有那些位於回音範圍之內的30拿掉2個
女性鼓吹者,在戰嚎傳來的呼聲快閃,**雙關筆者楦姆來了!**——之中,急急忙
忙曳高她們的小內褲,攫起她們的訴訟摘要,大家就立刻上路,事先都沒先說
好,就即興把那個裝腔作勢(他還真敢咧!)的娘泡教區職事直接當成足球,
大家沿途輪流運球一路安全穩當地傳回烏煙瘴氣的住家,他也相當感激,引用
聖博德的話,對所有錯愛的女性慈善捐贈者,表達深深的謝意(因為就像你那
　Esau　　　　　　　　　　　　　　　　　　Aineías
個厄撒烏呀,才是真正被獵的野味鹿肉,如維納斯之子埃涅阿斯,膽小羞怯的
　　　　　　　　　　　　　　　tome　　　　　　bot
小鴿子,溫柔良善的小馴鹿,好像多莫乳酪的淚珠小蛆蛆那麼可愛),到達小小

的酒瓶的髒髒住宅（入門暗語，腳趾幫）之後，他把自己關進大大的空間（動物園），就像他本來就是一隻在囚籠裡泥濘滿身的小小小小鳥（關上，行啦），這些腰配貞操帶的貞潔靚妹，以胸乳調情誘捕眼球的美女獵人，七嘴八舌地高聲鼓噪：你，和你說譶的天賦，說啥我們的爹地，說啥我們的肌膚，通通都是垃圾！然後是一聲高過一聲的叫囂：親愛的，真不怕牙磣吔！無恥！雞巴！噁心！不要臉！臭死人！卸世卸眾！無地自容！羞羞臉！羞煞你個鳥！[臺]丟人現眼

那麼，到此一切就終了了。利、欲、法、釋[25]。吟誦梵讚優美詩之前，得懇求凱曦先定個 key。然後，大家都引吭聆聽她們的撫胸悲嘆和銳利控訴，每人都蒞臨傾聽她們的違心逢迎和壓倒性的熱烈鼓掌。手紙！字母！一窩崽子！雜碎垃圾！用煤煙塗抹她，用嚼子勒住她！越快越好！用炭筆描繪蛾眉，用口紅點畫朱唇。借個外國字，夾纏不清以問答問，剽竊別人靈感的火絨，入手滑不溜秋如香胰。從黑暗的羅莎巷弄裡，一聲嘆息，一把淚水，〈我的黑髮羅莎琳〉；從拉拉亂倫浪蕩女萊斯比亞‧露曦的明眸一瞥，一道樑木般的光束；從踽踽獨行的戰爭獵犬凱文貝瑞口中，他歌聲激射而出的箭矢；從碩恩‧凱利重組字母打一字的遊戲中，強悍嚴肅的安娜聽到自己閨名時閃過的一抹羞赧紅暈；從〈我是吹喇叭的流浪漢沙利文〉；從佇伏伶姐芙琳夫人詩歌煥發出來跨坐梯凳的英姿風采；從民歌〈我親愛的凱薩琳〉中，她也許嘗試過的努力；從斟滿的酒壺中菲爾波特‧柯倫對蘇格蘭威士忌的深情愛戀，我可憐的心肝；從聖詩第二號作品〈兄弟情誼：阿道夫之愛〉，疲憊的啊警戒之人；從薩繆爾‧拉夫爾的〈你也會開溜的，吾愛〉或〈無礙，你開會也溜的〉，快樂老茉莉的小橋段，或是百無聊賴的悠閒步伐；從提姆‧芬尼根以降代代越守越失靈，如同他的母豬腳後跟一樣，每況愈下欲振乏力的部族；從綠原上的婚禮、[093] 半裸女孩舞脫衣、出櫃男孩野扮鴨，以及私奔男女結婚的好去處，格雷特納格林小鎮；從帕特‧馬爾稜、湯姆‧馬爾龍、丹恩‧梅爾鄧、唐恩‧馬爾登他們那兒，在莫亞特村

---

[25] 印度《慾經》（*Kama Sutra*）揭示的人生四大目標。

　　　　　Muldoon
由馬爾敦家族舉辦的一場粗俗打鬧搞笑樂歪歪的超屌野餐。被他那個愚蠢不潔的女人所拯救的結實可靠的漢子。所謂一流高手，開起玩笑來技藝驚人，有如單手打蛋兩指一剝蛋黃從破殼之間滑落那般自然俐落，交起親舊來異常迅捷，　　　　　　　　　　　　　　　　　　　　　　　　[韓] 朋友
恰似靈柩馬車著火之勢猛不可擋，一拍即合。泣不成聲的榆樹從樹顛之頂如此這般叮囑遭受磨難而呻吟不已的石頭。山風訴說之。海浪承載之。蘆葦書寫之。馬伕共奔之。素手拆緘封，奔赴野沙場。母雞偶尋獲，婚約求和平。折疊以機巧，封緘以罪惡，由娼妓所束紮，由童子所解套。此生命也，然公平耶？此自由也，然藝術耶？山丘上的耆耇老貨一字不漏地從頭唸到偉，抑揚頓挫完美無比。母親為之感到愉悅，阿妹聞之羞人答答，楂姆的碩彥形象因而落漆，
　　丁凵ㄢˋ　　　　　　　　　　[愛] Úna　　　　　[愛] Íde
碩恩的楂燿人格些許蒙羞。然而，飢荒媽媽烏娜和乾旱媽媽伊塔合力撰寫災難
　　　　　　　　　Agrippa
的魔咒，荒誕不經的司牧阿格里帕，在寶座上吟唱輓歌傾洩三重的禍害。啊，
　　　　　　　　Danaïdes　　　　　[臺] 點呀點叮噹
要畏懼樹上的果子，膽小怯懦的達納伊德絲！點仔點叮噹，一顆蘋果，我的蘋果，無拘無束弱者是女人，白吃白喝甜食無法忍，兩人共享甜食甜又傻，自由求愛雙人竟成仨，豐饒安娜惡蘋果，倒楣受苦是咱們！兩件無花果葉小內褲，
　　　　　　　　　　　　　Mary Magdalene
數份巴結阿諛小密報，一雙瑪利亞瑪達肋納的杏桃眼，一個身材圓滾如南瓜、
　　　　　　　　　　　　　　　　　　　　　　　　　medlar
弓腰彎曲如龍蝦的夜郎自大老蠢貨，以及三個偷雞摸狗摘歐楂的好事之徒。那
　　　　　　　　　　　Sin　sin
就是羅馬城市如何從月神辛[26]之罪、代罪之羊、虔誠之子的基礎上拔地而起的，芬啊芬，樂啊樂，連簇簇飛箭都在空中靜止不動啊[27]。那麼，現在就告訴我，告訴我，告訴我！

　　那是啥呀？

　　ㅅ．．．．．．．．．．！[28]

　　？．．．．．．．．．口！

---

[26] 辛（Sin）是蘇美爾文化中的月神。

[27] 古希臘數學家芝諾（Zeno）的飛矢不動悖論。

[28] 以模仿漢字結構的方式書寫英文字母 A 和 O，保留 Alpha（元始）和 Omega（終末）的聖經典故，參閱聖經《若望默示錄》22章13節：「我是『阿耳法』和『敖默加』，最初的和最末的，元始和終末。」也參閱第一章註釋 9。

所以你現在的處境就是往昔他們的處境,當所有這一切再度結束時,跟她
們在一起的這四位,環坐在法官室內,在他們自嘲的馬夏爾西債務人監獄裡的
                              Marshalsea Prison
                  Lally
市府檔案室內,在錫克教徒拉里鳥占吉兆的加持之下,圍繞著他們外表老舊、
極具傳統的法律之桌,《十二銅表法》和《梅瑟律法》攤在其上,個個就像
        The Law of the Twelve Tables Tablets of the Law
Solon   Solomon
梭倫啦撒羅滿啦那樣湊在一起,再一次把同樣的東西又拿了出來,嘎嘎嘎藍
腳鰹鳥般相互徵詢意見,也是啦,離開酒吧前,只要是喝過的酒,同樣的都
會來上最後一杯。毫無摻兌雜質的純酒,就像不帶私人因素、完全秉公處理的
                                                king's evidence
態度。忍受強加在身的法律,如同忍受酒後的宿醉。根據王室的證據,以及為
了討王室歡心的眾家女子。余謹懇求山羊保佑她,此誓,然後俯身親吻山羊如
                                              Festy
同親吻聖經。歡樂嘉年華,嬉鬧窮瞎搞,滑稽無厘頭,歡樂王費士剔、風信子
Hyacinthus   Gentia   Beatrice   Betsy Ross
雅辛托斯、龍膽花珍西亞、和她那伙子貝緹麗彩啦貝特西羅斯之類的,有道是:
豆蔻花繁早熟爛,玫瑰赤紅上酡顏,潑膽辣妹繡花針,甜菜紅赤染襯裙,而且
   O'Donnell
可別忘了還有多瑙毒麥歐唐奈爾。他們四位,這會兒對庭上表示了感謝之意,
                                         Sinbad
然後就不見蹤影了。所以囉,看在耶穌的份兒上,把魚給傳過來。喔,用點力
把酒推過來,快點兒!唉呀,喵喔!你記不記得那叫什麼辛巴達的,又唱又跳
上下亂蹦子兒的,告解神父還得找人告解,爛死了那些神父,都一樣啦,那個
                                                  Pantalone
頗了不起的你說叫啥來著,配上老掉牙的綽號,腌髒爹爹褲管窿窿潘達龍,專
           Michael   Victory
門搬演戰爭主題,卻老是躲在戰來戰去的兩朵玫瑰的屁股後面,摻進來攪和的
還有必定勝利麥可‧維多利,飾演水手們的神父,海軍鮮肉癡男,[094] 那是
      papal dispensation
在他接獲教皇豁免令那張足以把他整個人蒸餾殆盡的一紙狀令之前,是那個
              York Minster   York   Minos
游手好閒的傢伙,**約克大教堂**的約克先生老惡頭邁諾斯交給他的嗎?我還記
得嗎?我記得的是,在颳著貿易風的天氣裡,從他身上噴濺出來的惡臭,跟
Ballybough   O'Moyly
巴里柏克區汙水處理廠的肥料味兒差不多。氣質優雅的歐萊伊莉,對渾身海鹹
    O'Brien
味的歐布萊恩又是感謝又是陪罪的,臉皮還真夠厚,盡跟他開些小玩笑,還搗
                                   [太] 你好嗎?
弄些淘氣的惡作劇,搞得他一張黑膛臉紫漲到通紅。Embiyax su hug? 您今兒個

都好嗎，北邊來的大人諾斯先生？怎老是擋著人家嘛！喔，不好意思，您剛是說？啊，好可怕呦，畢竟是水手她！出海灣起帆去外頭！想想，當琴酒浮浪身碰見蜜酒浪浮體！煩ㄋㄟ，她幹嘛要在乎那個老不死的，天然氣的人體儲存槽，臃腫不堪的捆圈紡錘棒，喝酒喝到咳起嗽來呀，有夠蝦姑，真像那個迪翁‧布西科在舞台上表演的索人命百日咳，而所有南邊的鳳述凰都簇擁在她後面，尿尿女孩瘋丫頭蜜妮‧康寧翰，他倆親愛的甜甜小棄婦，還有那些個吉米和強尼，都是她的心肝寶貝吧？別忙！科克，等一等！讓別人也說說話，我們島嶼還有其他三個角落也可以下軟木浮標的。是呀，我遠遠的就可以聞出他的味道來，H_2CE_3，硫化氫，下水道沼氣那種壞蛋的惡臭，搞得全村上下誰也不敢呼吸！天哪，咳吪，就像我的體味貼近我的鼻子那般清晰可聞，在北牆碼頭的KW牆根下，穢物吐到堆成一大坨，那時差 32 分就 11 點了，還帶著蠢到爆的綠秣囊，滿滿的芝麻種子，就是掛在馬鼻子下餵那畜牲的，不枉人家稱他 WK 白眼卡非爾，還有他身上那股水手的體臭，跟陰道口流出來的精液味兒硬是不相上下，他的聲音，飽含聖博德的韻味，夾雜在那根粗蠢棕褐大雪茄噗呼噗呼的雷價響之中！罷！算了吧！我還是感到欣慰，還是有笨女孩會喜歡上他那頭金髮的，教堂總鐸的手爪，芬恩逗趣的個性。天哪，真是讚，他說，日安，去掘穴喔，長手長腳的蘭開夏膽小鬼！去掘你的小穴啦，我說。咋污辱人哪！沒人比我先的，我早在微風中就嗅出那少年家是啥貨色了。我當時遠在西邊，住在祖父家，她和我，那紅髮女孩，就在詩歌舞巷內，兩人初嚐第一夜。我們享受了美好的肌膚之親，在涼爽的薄暮紫霞下，我們打啵，我們嬉戲，我們跳舞，青翠綠茵間醉臥溫柔鄉比翼床。我的南美大草原香水，她說（指的是我），灌溉她兩跨間那團熊熊火燄，在我跟那個大塊頭釀的爛啤酒套上醇厚的交情之前，我會先一步啜飲珍貴的一口妳那純淨無瑕的高山露水。

現在的情況呢，喝上一口比說個故事要來得快多了。因此他們這四位，一旦坐下來再起身之前就可以幹掉四瓶烈酒的男人、編年屎鑽家，就如此有-沒

有-有-沒有那般繼續爭辯糾纏下去,然後乾杯見底,然後喝光舔淨,然後重新開始,他們相互之間的合併連橫[德] Anschluss,有關於她的「之前是誰的」、他的「後面是哪兒」、她是怎麼深深地迷失在蕨類叢堆裡,而他又是如何在欲仙欲始之中,在深而又深的耳朵之內,嚐到死亡的滋味,然後,窸窸窣窣嘰嘰喳喳嘎嘎嚓啪喀啪喀唉矣唉矣呵呵吁吁嘀嘀嗶嗶布谷布谷,然後,(噓!)彈簧爆彈開來,(快!)掰掰腳步雜沓,聯合抵制行動,扒糞醜聞散播八卦的雞婆,還有那些純潔無垢的喉嚨,那段時間(上啊)曾在修女肚皮廣場Nunsbelly Square附近過活、挺屍、講白賊[臺]說謊話、讀文加批注、寫字加騎車的那幫子**貧窮嘉勒女修道會**Poor Clares的姆姆們。還有所有從陰蔭叢密處的花苞中探出頭來的雄蕊。還有鳴叫似蠢驢的笑翠鳥laughing jackass。[095]哈哈哈-咕咕咕harik!聽啊聽darik!玫瑰看來總是白,若是長在黑暗廳!那個偷採路邊的野花的陽光小子parik,就在公園汀,頂著腫脹成犀牛大角的紅鼻子red nose,四處鬼魅般獵捕白晰的小狍子roes!所以舞文弄墨皆可熨rogue,個個痞子都能押腳韻rhyme,條條馬路都往羅馬運Rome。

他們彼此拼酒,打哎酩酊[喃]杯酒酩酊,拼到你出矛來我拿盾擋,譬如說吧,小小崔勒Trille,山崗躺平了,莉莉啼囀Lilly,顫音rr轉轉轉,擁有九件馬甲的奈歐夫人Mrs Niall和擁有九位人質的奈歐高王Niall of the Nine Hostages,以及他們賢伉儷那位比最好還要好的祖父,吻痕馬克老侯爵Marquis Mark,而且,唉呀!艾菈?以吻傳訊的艾菈Arrah-na-Pogue²⁹?當然囉,在陽剛漢子裡頭,曾幾何時出現過瑪爾庫斯Marcus那種人物,都沒有,門都沒有,還好,還有性好武器軍械的愛默里‧Armoury崔斯川姆爵士Tristram,雅好古怪八卦的辱沒你Rumoury‧崔斯川姆爵士Tristram,還有還有,那間房子,在查珀爾利佐德區Chapelizod,到處是鳥叫的教堂墓園旁邊The House by the Churchyard,很久很久遠古時期他們要去退省會retreat之前,現在發生的所有事情當時就已經錯得相當離譜了,守舊頑固的老朽獵犬,就是那四頭,在愉悅的竊語告密者Whisperer惠施普磊神父主持的專門訓練耶穌會士的米爾敦學院Milltown Institute裡,米爾頓Milton失樂院啦,強迫她愛上他那些懶散花語堆砌出來的破

---

²⁹ 鮑西考特(Dion Boucicault)1864年的劇作《親吻的艾菈》(*Arrah-na-Pogue*)中,艾菈前往監獄探視她寄養家庭裡的兄長時,在嘴裡含著越獄的小訊息,在親吻時偷傳到他口中,讓他得以成功逃離監獄。

玩意兒，來洗澎澎來受洗喔洗澎澎，摸摸看呀摸摸探她那柔嫩莫洗呀莫洗，她倆那樣子是不是有點太那個呀，這對邊吃香腸邊賣弄風情的賊屄姊妹花，喔，我的心肝寶貝小兄弟啊！（尿尿，偷看喔！）只要涓滴可成流，何顧禮數和風流（P-p-t，屁啪屁啪滴，噗答噗答滴管滴！），環繞園子澆全境，翩翩起舞弄清飲，淌下來呦滑一流，流下來呦髮一溜，拜託嘛，姆姆，跟妳學的，就玩玩而已嘛，讓我去嘛？種田大老粗還有跟班馬車伕，猜猜他們怎麼用她來著，光是傻傻瞪著她發呆，還是舔她、親她、抱她、睡睡她。我跟你想的不一樣！你這會兒倒是說真格的囉？歹勢，你就是白賊！拍你個褻頭啦，你才是被採！癩痢掩鼻，居
[臺] 抱歉　　　[臺] 說謊　　　　　　　　　　　　[歌] Auld Lang Syne
中斡旋，免得和平虛懸。拉癩痢扯！有合有吵！算了，過去就……哎呦，幹！是誰！操！都忘了吧！唉呀嗨喔！真慘，吵成這樣，就怕失寵，就怕掉出，紅猩猩
　　　　　　　　　　　　　　　　　　　　　　Lelly
的時間 O-o-o-o-o-o-o-o- 嘀。呃嗯，雷利，好吧。握個手。大家握握手。就按
[愛] An Seanchas Mor　　　　　　　　　　　James　　Craig
《大法鑑》說的來決定吧。看在耶穌基督的份上，看在詹姆士·克雷格爵士的面子上，給咱們再多倒點來。爛歸爛，就這麼著。

　　然後怎麼著？

　　然後呢，就算呈堂供辭中不該含有瞎掰構陷的成分，難道實際的真相就不會因此而攤到陽光下了嗎，就像視力模糊的觀星人，瞎貓碰到死耗子，放錯張天文星圖，倒可能（天老爺作美喔！）揭露浩瀚藍天中某個未知天體赤裸裸的實相，或者，大家應該都聽說過，所有人類的亞種話語，萬流歸一，都來自於某個突梯滑稽的傢伙那只結結巴巴的舌根，我們社會的支柱，如樹木生長岔枝開葉（大地牢牢抓住它們！），我們崇尚心靈和精神力量的專家提出數量龐大面面
　　　　　　　　　　　　　　　　　　[拉] Securus iudicat orbis terrarum
俱到的解讀意義，現在我們是這麼認為的（世界的裁決已經確立），我們集怪異、好奇、亂倫於一身的神聖祖先，靈活運用那頭野獸模仿負鼠裝死的策略，把
　　　　　　　　　　　　　　　　　　　　　　　　　　coparcener
毛茸茸的狐狸尾巴留給了他的後裔子孫，你們，風度翩翩的連帶共同繼承人，我
　　　　tailzie　　　　　　　　gundog　　beagle
們，他的限嗣繼承的繼承人。所有品種的槍獵犬跟隨在米格魯小獵犬大隊之後，
　　　　　　[拉] urbi et orbi
號角響了起來，向城市和世界怖達狩獵季的開始，[096] 群犬熱血沸騰地嗅聞他

的體氣，一旦味道漫淹胸口，強烈到熟悉可聞，即刻下令把他驅趕出洞穴，狐狸在前頭跑，狗狗在後面焱，渴望可以搶先一口咬住獵物的脖子，然後猛烈地左右搖晃。足跡！從他被搗毀的獸穴竄逐而出，有如變節叛逃的落荒鼠輩，從茉莉娜哈博莊園（Mullinahob）、穿過孔雀鎮（Peacockstown）、橫越蒼蠅嗡嗡滿天飛、但環境還算宜人舒適、僅在聖誕季節開放的杭福瑞斯狩獵場（Humfries Chase）（前身為教區領土），然後折往右方，死命逃向大酒杯鎮（Tankardstown），那隻生於白色聖誕的巴吉度獵犬（basset）、獅尾熊子勒闉思台（Loewensteil）·費滋烏瑟（FitzUrse）先生的毛小孩，一馬當先把他驅趕出洞穴，一時間竟誤判為棕熊或黑獾，領著大群猙獰猛吠的狗仔子捨命狂奔，穿越陽光普照鎮（Raystown）和青樓鎖心鎮（Harlockstown），一路磕碰跌撞翻跟斗，沿途狼狽萬狀圓圈兜，轉著竄著又回轉到大酒杯鎮來。就是這裡，聽到了嗎？銳利機靈的耳朵復返催促他們迅如脫兔地折返來路，他們追著他貫穿領頭母羊鎮（Cheeverstown），在牛群圈養區附近從風中嗅聞他的蹤跡，然後橫掃冰峽灣民鎮（Loughlinstown）和咕咕瘋癲鎮（Nutstown）。就在起鷸之丘（Ye Hill of Rut）中，牠最後消失於山間轉角之前，群犬早已追丟了嗅跡而忙茫然團團呆站著，某位善心人士，全身裹在跳蚤築窩的厚厚內墊暖暖襯裹的寒冬大衣裡，抬起他的皇家赫斯長筒靴（Hessian boots），像指示犬（pointer）那般指出他的寄宿公寓的方向，其實他是個既耳聾又小氣的老狐狸，仿效班強生（Ben Johnson）劇作《狐狸》（Volpone）裡頭的伎倆，把他藏匿在隱密的樹叢裡，烏鴉奇蹟地為他帶來食物，確保他的瘤胃、蜂巢胃、重瓣胃和皺胃可以反芻如常（願亞巴郎（Abraham）命定有恩典，願林肯麾下有米德（Meade），願釀蜜酒（Ham）的含有犒賞！）肉桂、凝脂奶油、葡萄酒、雪莉酒和謠言謬語等等混雜的精華。米克咆哮狂醮，尼克施恩拯救，都是為了那頭列那狐（Reynard the Fox）。因此，眾家獵犬來得快去得也快急急打道回府。對於他的胃腸的再教育，乃是預備訓練出堅忍不拔的體魄，同時也提出反證，跟那一狗票在街道尚未開發的墾殖聚居地裡的酒精中毒傢伙比較起來，整天價泡在療養溫泉中，不敢吃稠黏的阿膠，不敢淋濃厚的肉汁，他可是佔盡優勢的。他們曾以暴力、病毒和毀謗謾罵，不啻發動一場全面性的攻擊，反稅制、反剝削、搗毀鐵軌、炸掉橋樑、破壞行市、侵擾民生、以棒戳、用棍刺，企圖將這個乘船逃亡、雖輕裝便服仍不掩其雄霸天下蒙兀兒（Mogul）皇帝

本質的英雄，硬生生從地底下給挖出來。所有詭計皆未得逞。

然而，破壞來自於猶豫之人士，毒咒根源於誤植的猷豫。他之所以垮台，就只為了她，所有的攫掠盡數化為塵埃，憨癡竊笑凌遲著鞭打著遍體襤褸的那一根，猷豫、催促、緊繃、拱背、趴在姑娘的酒窩上笑笑，憨痞地晃屁地嘿呦嘿呦嘿呦嘿呦呦，身著棉毛絨布衣，瑟縮羞人美少女，一雙動人大眼睛，眨巴眨巴渣爸爸。
<small>Humpty Dumpty</small>

組裝各種消息的議員喃喃低語。列那這老狐狸，忒慢！

有人害怕他的日子即將降臨，也有人擔心他就快要死了。那是啥哈欠聲？是他的胃。噯氣？肝臟的關係。噴出啥味道？從他的內臟。刺鼻的臭鱈魚嗎？天主啊，求您拯救他，我們的耳朵，我們的礦脈！他用那雙粗暴的手掌加諸在自己身上，據《富格爾報》的〈時事通訊〉所披露，他癱軟在地，精疲耗竭，體力盡失，散發一股等同憂鬱的死亡氣息。為了預備農神節期間的三日敬禮，他那個侍奉天主服伺山羊的僕人，早已帶領兩位聽話的孿生公子，穿著威靈頓長筒靴，在會議廣場上夸街示眾，而同時金妮產下個小女生，也要在冬青和長春藤簇擁下，在粗俗吵雜聲中接受歡呼，而且（倫敦警察廳表示）從百戶男丁的雄偉行列和大批娘子的喜極而泣之中，[097] 即將有大量會在空中炸成槲寄生狀煙霧的砲彈穿行而過。有夠大的大爆炸：然後，整個狂野遼闊的世界安靜了下來；一聲炸響：糟老頭咔啦咔啦再普通不過的貨色就只會亂放屁：一份報告：寂靜無聲：最後，傳聞女神法瑪把整個事件散播到乙太下方的空中。淤泥塞鼻的噪音和寧靜催眠的嘶吼把他逼到幾近發瘋的邊緣，瘋到眼瞎，瘋到耳聾，瘋到石頭也瘋狂。星火飛躍，電報速傳。他再次逃離出（閃避碩恩和楦姆的陰謀伎倆，芝麻開門！）原先流亡的國度，蛻脫下一層舊皮，小心翼翼地貼著以床板支撐內壁的東北走向地下通道，往家的方向趑趑趄趄側身慢行，像個偷渡客躲躲藏藏地溜進一艘荷蘭籍鐵錨號的艙底，之後躲到近東的大屁股阿珥莎號的壓載水艙內，爾後藏匿在 S. S. 芬蘭頌號的船艙中，即使到了現在，在他輪迴轉世的第七

<small>[德] Fugger Zeitung　　Newsletter</small>
<small>Saturnalia　　Triduum</small>
<small>Jenny</small>
<small>big bang</small>
<small>Fama</small>
<small>Anchor　　Arsa</small>
<small>Finlandia</small>

世裡，還取了個新的回回名字，佔據了一副原來屬於愛爾蘭巨人科內利烏斯·^{Cornelius}
馬格拉斯的身軀，在大亞細亞時，他可是光顧劇院的土耳其富豪（調號，通通^{Magrath　　Asia Major}
降半音：主音調，跟國王同等重要，11 和弦升半音），從奢華享樂的合用大包
廂中，他會朝著肚皮舞孃往空中撒出一大把皮阿斯特幣，不過，假如他當時是^{piastre}
個蹲在人家門口的阿拉伯乞兒，他會去糾纏那些個芝麻綠豆的小吏，帕夏帕夏^{bashaw}
可憐可憐亂喊一通，討上一枚跟聖彼得節奉金等值的 1 便士，不然 1 帕拉也行。^{para}
電報嗡嗡鳴叫。在感激和悔恨交相推波助瀾下，駭異的大眾總算平和地將他的
存在畫出疆界之外：他見了家庭神父，接受了這一切，處理了剩餘地產，然後^{reminders}
就被造物主召回，跟一堆零碎殘渣擺在一起了。唧唧啾啾，交雜的電報聲。罹
患傷風敗俗的隱疾（多變性流行疳瘡），正義贏得最後的勝利，終結了他邪惡
循環的社交圈，啪，斷了。嘎嘎軋軋，干擾的電波。他走向一池觀賞用的百荷
水塘，酩酊酣醉間渾不知已身在其中，都高到吊帶長袖襯衫塞進燈籠長褲的交
界地帶，如同魚王挑戰浮力特強的海水，那時一雙握著釣竿的手掌在第一時間
將他從或許有數呎之深、半鹹半淡的水中拉了出來。黏糊糊的抹醬，浩蕩蕩的
散播。在雨傘街，沒錯，他是從手壓汲水幫浦喝了些水，有個好心的工人，叫^{Umbrella}
惠拉克先生的，頭上有一撮白髮，給了他一個柴頭物仔。在他們之間，是具備^{Whitlock　　　　　　　　　　[臺] 木製物件}
什麼力量，讓綽號和別名，以及連神祇都管不動的姓氏，在有效程度內，都變
成相互間可能的稱呼？那，喔，那玩意兒啊，《漢薩德英國議會議事錄》不是^{Hansard}
跟我們說過嗎，那玩意兒是會讓整座城市裡每一間酒吧所有笨蛋耳朵裡的耳夾
蟲都翹起牠們的尾巴開始搖晃喔！咱們瘋瘋癲癲的巴塔國王深信那是一根指揮^{Batta}
棒，住在泥巴木板屋的納瓦霍霍根聽說的是磚泥斗，貴公子皮爾寧願相信是削^{hogan　　Navajo Hogan　　　　　　　　　Peer}
鉛筆器，專門削短懸在半空中書寫孽畜仔話的那款鉛筆的削鉛筆器，然後是罩^{[臺] 雙關語}
袍寇普和公牛布爾，他們一致認定是童玩日月球。卡西迪和夸達克這對活寶，^{Cope　　Bull　　　　　　　　cup and ball　Cassidy　　　Craddock}
就像羅穆盧斯的羅馬槓上了雷穆斯的雷馬，一旦養在同一笴，記得嗎，搖來搖^{Romulus　　　　Remus}
去總是搖不成兩邊持穩的天平，就像下賭注，越下越大把，越搖越用力，那是

裝滿關心憐愛的搖搖籃，或是躺平不動被人家從屁股給猛踹直直摔進去的薄板棺材。投訴有多少，見證就有多少。世界大戰訴諸於字詞，木林森蔌就是大千世界。我是楓來咱是柳，山核桃木就是他，短葉紫杉不是你們還有誰。每隻鳥兒都為了他，引吭扶蕊鳴囀不已！[098] 從金黃黎明的榮光到螢火小蟲的明滅。我們^{杭福瑞}　　　　　　　　　　　　　　　　　the Golden Dawn
壓低呱聒雄辯的音量，沒有嗎，算是心照不宣默認了。那兒、這兒或其它的地方跟創世健力士一丁點關係都沒有。嚦嚦啪啪嗶啵滴答。一個害人精在這個花園城市裡雪橇來來往往的泥濘街道上騎著腳踏車（噗嗤噗嗤！）兜圈子（擦身而過！），這會兒他（氣喘噓噓！）又拐了回來！他無拘無束逍遙法外，而且（喔，寶貝！）鬧起肚子來那可是任何地方任何地點都一視同仁的，不過聲聲入耳的只會是毀天滅地直直落的大雨。好討人厭喔，摩斯電報滴滴嘟嘟的噪音，那時，有個喬裝成修女的婦人，有如一尊巨大的雕像，舉手投足間散發濃厚的陽剛氣息，
　　　　　　　　　　　　　　Carpulenta　　Jocasta
40多歲還算合理的肥胖身材、墩厚福泰的卡普蓮塔・喬卡絲塔，跟一個公交車
　　　　　　　　　　　hat trick　　　　　　　　American Broadcasting Company
司機站在一塊嗡嗡竊語，隨意戲耍著帽子，引人側目。美國廣播公司的天線嗶滋嗶滋對著沿岸聽眾響個不停，某某礦產稅收員的束口小皮包、特大號的蘇格蘭基爾特裙、小毛皮袋、領帶、帽穗、無袖罩袍，以及縫有裁縫師傅（你絕對找不到
　　　　　　　　　　　Victoria Palace Hotel
更好的）品牌織標繡著維多利亞廣場酒店縮寫 V. P. H. 的沾染血漬的防寒斗篷
　　　　Scaldbrother's Hole
大衣，都在史嘉布拉德嚴洞附近被發現，許多民眾稍加想想都會不寒而慄，是
　　Cain
哪種加音屬的野獸，大野狼、小平頭，或是4便士就能打發走的遊方托缽僧把他給啃噬精光了。C.W. 廣佈天羅地網傳播消息。近乎純白的金髮，皮膚黝黑的
Finn
芬恩，嗡嗡威嚇的雄蜂，閃爍利刃的微芒，托缽苦僧的胸膛，項鍊垂掛的金盒，
Valkyrie　　　　　　　　　　　　[荷] Pinkster
瓦爾姬麗的玉像，迷散誘惑的氣息。時值聖靈降臨週，在他後庭中閉鎖如蟄蟄的角門上，粉紅色的耶，老爺，幾個小男生都照指示幹了該幹的活，就在那個神聖的週末，把墨漬淋漓的姓名和頭銜都釘了上去，以國家標準的草寫字體順性揮灑，起筆迅疾如閃電之詛咒，收筆凝重如萬斤之無奈，纖細如絲線，頓點如塔
　　　　　　　　　　　　　　　　　　　　　　　　Pigott
樓，把淫邪毒液封緘入剛愎自大之中，也只有蠢豬如皮戈特者，才會試著那麼

第一部 ■ 第四章 ■ 191

幹：往上移一點，麥克，你個啥屁底鬼食泥！騰出空位給蛋癟底大屁股吧！此乃奉五分鎳幣塞滿滿秘書長尼古拉斯·普饒德之命令！這次可是玩真的，不是什麼五旬節的整人把戲，隨口嗷嘮一聲，或是在可能想像到的所有情況之下，他的族人吆喝聲中彷彿個個頭上聖神降臨般七嘴八舌呼啦啦就會群聚起來；無論歐萊里家族有多靈巧、博學、睿智、狡詐、多聞，腦袋有多清晰，思考有多深奧，即使他的話語充滿堅忍意志，洞見卓識，就算他是首領、公爵、將軍、元帥、王子、國王，或是布雷夫尼帝國中歷經大動盪大悲慟、擁有大莊園的金戈戰將公子爺邁爾斯他本人，即使他在塔利蒙根山主持過諸部首領冊封大典，還是擋不住玫瑰十字會的不同門派針對他們採取類似十字架酷刑的實際謀殺行動：麥克馬洪家族的小伙子們，沒錯，就把他給做了。在凡爾登綠油油的草原上，那群張牙舞爪的士兵留下他這頭倒趴蒙塵的戰獅，身體右側的盾牌，攥在五指緊握的鮮紅右手掌裡，勉強豎立在蘋果爛泥般什麼血淋淋的糊渣渣上。的確，是有為數不少心懷良善的瞎眼死腦筋，大多是來自關切克隆塔夫的社會階層（譬如說，狂野好戰拼光榮的約翰·鮑爾·奧魯厄克上校），他們甚至冒著風險，苦苦去商借幾份狗仔隊長布萊尼以三種語言印行、每週發行三次的報紙《週六晚間郵報》，一大堆時髦亮麗的漿糊腦袋放屁噴糞狗戴嚼子胡咧咧，如此可以一次就確認無誤，可以一次就心滿意足，知道他們這個崇尚極權專制、身邊彷彿總是跟著三位同志的兄弟會會員，已經老老實實穩穩當當 [099] 跟頭畜牲一樣，挺狗腿子翹毛啦，反正就是躺在一灘紅不啦嘰的甜菜根汁裡的一坨糞金龜，管他是死在陸地還是在水中。震天撼地的鼎沸叫喊，橫跨海洋直直朝他迎面撲來：再見！再見！大海啊，大海啊！他們的希望會不會就此消聲匿跡呢？或者，對於佇立萊芒湖畔、身裏麥克法蘭厚呢大衣的子嗣而言，悲悼之情早已消磨殆盡？他平躺在好幾里格之下深之又深的巴薩羅繆海溝裡。

號外！哎呀，狗屎！號外！有夠丟臉！號外！小心閃開！維京總督視察光鮮兩粒的中學女生！三个愛爾蘭查某囝仔佮一个挪威巨人佇鳳凰公園 ê 冒險。當爐

賣酒女芭安娜菈安娜[盆愛] Bannalanna從她的臥房內口操富豪泥腿佬慣用的粗口霸詈獢厲Ballyhooly，用力幹醮某個布拉沃格Bullavogue的粗蠢神父。

　　然而，他們當代的伶俐同行，儘管規模不大，還是把整個勇於挑戰的美麗新聞世界帶來城鎮裡，報導一宗在清晨天光之際，那個沒人搶救的外國人疑似自殺傾向的謀殺suicidal murder案件，他嘶滑如蛇施施然從那棵櫟樹上一嘶溜兒潤了下來，滑落在水獺公爵的堰堤上（你也許早就見過的，馥鬱的琥珀汁液從香脂白楊的樹幹上汨汨流淌，好有異國情調喔，就在灰石路的雅莉薇鮭魚小港那兒，你會驚呼：真是宏偉壯麗的冷杉樹啊！不是喔，那麼，是尊貴堂皇的高麗冷杉嗎？），9 點某刻，痛哭流涕悔改認錯，懇求他的理解和原諒時，竟目睹一縷絕無錯誤不infallible容置疑的長釘狀煙霧，分秒不差地從我們第五代高王百戰康恩矗立在紫紅斑岩[拉] Quintus Centimachus上奶油塔的第七角樓Butter Tower　House of the Seventh Gable孤挺挺地直上雲霄，晚上 10 點 30 分，口乾舌燥渴上來了，他以恆久忍耐的誓言（傾盆大酒四處下，烈啤黑啤永不朽），護持亡者之燈，一盞接一盞如篝火般綿延照亮整片原野，建於高地的金字形神塔內部ziggurat，這個來自鷹爪飛龍家族wyvern、日漸瘦厔的軍官，獲頒榮譽晉升的頭銜brevet，他的鬃毛，黃褐色澤，輝映左擺右旋從天而降的藍爪兄弟們，以及這位卓越超群的男子，還有這位口含棒棒糖慵懶閒散洋娃娃般的貴婦，為了生命中漫長的（啊，讚美我主，何其長也！）夜晚，全都一一點亮了，燭光映在氣窗的優質玻璃和花窗的彩繪玻璃上，朦朧渲暈瀰漫開來。瑞福杭，當心眇目內臟占卜師！莉薇雅，長年忍受捨我還有誰！

　　因此，讓任何有能力思考的存有之物，幾乎都不要如是說，也不要如是想，揣測這個囚在龐大神聖建築物內的俘虜，是否為無骨者伊瓦爾之流Ivar the Boneless，或是白膚王歐拉夫之徒Olaf the White King，頂多只配當相對論的寓言中一顆唉吟石彈罷了Einstein，一口粗魯的氣息在生命未來的空虛混沌上運行，一個看似懷胎十月的小販聽著自己前後顛倒發音拙劣的腹語，或者，更嚴格來說，僅僅不過是姓名首字母兜來轉去位置連換三趟，那是超越死人漩渦，開啟斡旋人世的關鍵之鑰；因為與他共處一室的那

12 個渾身不是運河惡臭、腥噁鱈肝、就是中人欲嘔月桂醛味道的傢伙，幾乎沒人，或是說，只有可悲的一小撮人，才會當真去關心他一下，但要不了多久，就會跟著庫爾特・福爾德・范・迪耶克開始瞎懷疑（譬如說，某些常駐教士體驗到的萬有引力，和偶然流逝過我們天體被拍攝記錄下來、但不確定叫什麼的彗星，這些都可以透露出他本身些許除不盡數的特質，以及該特質的本真性），他擁有四維超正方體的存在，具備等同聖經的正典性。別動，好，快點！說他笨，靜默罷了！噓，長在榆樹的闊葉，來自烏姆的朋友，都給我安靜！[100]

　　離散各地的婦女們都頗為好奇，她水性揚華嗎？

　　快跟我們講全部有關的內幕，因為我們好想知道全部有關的內幕。所以跟我們講，快跟我們講俗女啦、素女啦、還宿你咧。跟咱們差不多。還有，他為什麼揚帆而去，是不是一路好走。像他們說的那樣，《泰晤士報》唄。閉嘴？筆記和詢問、新聞花絮和聚屎回覆、小道消息和下注投標，笑聲和吶喊，不管事情長短通通說出來，凡事總有高低和起伏。

　　讓我們匆耳捕聞他們都說些什麼，依臆記錄下來，然後撫平你們的玫瑰葉瓣。戰爭結束了。勝莉！勝莉！聖利！聖莉！是主張更多聯合的女明星尤妮蒂・摩爾，或是總鐸禁鑾愛絲特拉・綏夫特，或是倡議戰爭即真理的瓦瑞娜・費伊，或是荸塔・逵魽姆那第四個賤浪蹄子來著？肥腫趾湯米，別擔心，給你的馬克叔叔讓出位置來！姊妹們，別再鬼扯蛋啦，豬眼溜溜的，甭打混了，抬高妳們的大腿兒吧！誰呀，到底是誰（問第二次囉），在人口稠密富足優渥的盧肯伊索德撿破爛收垃圾，清理「公園之鞭」留下的爛渣滓呢？人家常會來問，像是說，在直立猿人撼天呼地揚起那顆睿智頭顱好多世紀之後，喬治・皮博迪需要為了付出什麼金錢代價，或是這麼著，說得直白一點，夯貨赫靈頓的縛頸白領巾會是起源於餿氣加音那個比新生代還要像新生代的世紀嗎？到底是誰擊殺了巴克利，雖然直到今日還是和那時一樣，無人知，不過她的私密呢，至少成長 10 倍以上，每個 140 個月大的在學小女生都知道，靠一支嘴胡瑞瑞，我的親親寶貝金髮女，每

一個都破口大罵，都快震碎屋瓦了，每一個都站上都柏林牆頭，鼓舌如簧，揮舞豔紅內褲的戰地老婆和只盼著和平的玻璃心寡婦，都心知肚明，是就是是，蛋就是蛋，清楚的很，就是巴克利自己（我們不需要拭血的嗜血報紙來胡亂報導）擊殺俄國大將軍（噠！噠！），而不是柔情鐵漢巴克利像個猥瑣兵痞子被他所擊殺。全面監視三城堡為大英帝國效力的叛徒保羅・普賴，需要具備哪種訐人之短發人陰私的毒-毒藥性格？或者，是哪種臉上堆滿微笑的生意人會有滿腔翻騰的仇恨？如此辛辣腐蝕的虺蛇毒液，塗抹在英國女王側面頭像的郵票反面上，倒有自由解放的抒發感，可以舒緩寂靜無聲中默默貼著創可貼的熱忱。先貼郵票再遞送，或是先遞送後再付款，都行！那些穿著時髦高雅、在水泵房大廳中四處蜥行招蜂引蝶的登徒子，嘻笑怒罵一陣子也就膩了，黑心肝的洗衣婦一雙爪子在木桶內，一邊忙得水花四濺，一邊嘴裡嘩啦啦的也沒閒著，久了居然也累了，聳立在旁的是老百姓的波蘭大教堂，聖誕節噗滋噗滋真快樂，過去吧，過去吧，撒一泡尿，噗滋報紙噗滋新聞噗滋文稿都流過去吧，這些個婆婆媽媽，跟那些個愚蠢笨拙的小丑一樣荒唐可笑，居然還在相信她那面歐文斯梳妝鏡，點點星光在蔚藍的穹蒼中成雙變對閃爍不定，看不到河口的上游區域，和她倏乎即逝的波紋，是她姣好的一面，偎近他多一點，比誰都要親近，是他清晨裡第一個暖呼呼的小女人，一家之主的小女奴，也是悲慟喪子喃喃私語的瑪喀比母親，她以她的床鋪回贈他的眼神，用一根牙齒換來一個小嬰兒[30]，如此1加1加1加到10，然後再接再勵10家1家100，啊，我和妳，喔耶，幼子和頭生，飢餓的和生氣的，灰髮的杭和翠綠的安（假如現在她比她的牙齒年紀要來得大一些，她的頭髮[101]可比你要來得年輕許多，親愛的，也比你大腿內側還要來得光滑許多！），在他墜落之後，她為破碎不堪的他安置棲身之處，毫無節制地為他守靈守寡，為他嚎啕大哭尖聲哀悼外加音高拔八度，讓他還有能力發芽播兒，如亞大和洗拉這兩位當妻子的，把南美的埃達蘭花、埃及的灌木十字花和杜鵑花，擺置在他拱如虹橋的

---

[30] 民間傳說，婦女每生下一個孩子，就得付出掉一顆牙齒的代價。

鼻翼兩側，諾厄的方舟，人類的始元，她有如急行軍那般馬不停蹄四處奔走就是要尋回他的全部，還好有大洋的海藻幫忙，那些日子那些時代啊，在她藏匿安頓好從他的瀚浩無朋裂解出來有如麵包麩的零碎磊塊之後，她必然陷入沉思，妳在尋找適合珍珠母所全力相挺唯一押寶的父之海（海水、雨水、尿水、古銅色澤黃金液！），她也會站出來，想乾脆放一把火，燒掉老丹塔克這個沾滿血腥恐怖的該死舊世界，她會以珊瑚紅髮果珥艮的名義，為了嘎嘎喉嚨石像鬼的緣故，把整個鄉下農村拖拽在她的裙擺後面，她的柴耙土腔，她的路易十五風格皮鞋，她的形狀像洗菜漏盆、屁眼足以在裡頭呼呼通氣的巨大裙撐，她的令人困惑的日曆行程表，她的小號波萊羅短版上衣，圓筒形皮毛圍巾以及那些個之類的，和2乘以20種老掉牙的花體卷髮，眼睛裏有斑點，炒蛋上有培根，耳朵上有耳罩，羊肚菌拌有馬鈴薯，夾鼻眼鏡在她發出巴黎鼻音倫敦腔的鼻樑上好像馬戲團表演一樣上下滑動，似乎舔不知齒地誇示她如何叉開著雙腿離開馬廄總管伊耿的身體，那是個聖誕佳節的日子，附近的教堂突然響起叮叮噹噹的鐘聲，四旬齋前的第三個星期日，暖冬，越野障礙賽的好日子，女人，行事低調的爵士樂媽媽，獨來獨往，拎著裝零碼碎布的手提袋，帶著士兵、主教、城堡、騎士和噗卡馬，為了那位太陽底下喝著濃稠的蔬菜肉湯、嚼起東西來吧滋吧滋像隻印度葉猴的巨掌巧手常勝冠軍巴斯克人哈奴曼鄉紳，她腦袋裡打迴力球，來來回回自我激烈辯爭詰抗，用和平方式加以懇求，用雙腳踏碎詆毀者的毒蛇頭顱。

　　小小特小的小女人，對母親的禱求是越求越多！我們鄉鎮的聖母哦，祈求您的慈悲心腸，用香膏來塗抹這顆火燙的心靈！這位努力耕耘不亞於尤金‧歐格羅尼神父的園丁，已經不需再喝花草茶了，藥劑師說的，改成麥芽汁吧。也不用餵他小圓餅，徒增他的體重，真要吃啊，即使賽百女王[31]巴爾基斯也擋不

---

[31] 巴爾基斯（Balkis）是阿拉伯世界對與撒羅滿王同時代的"Queen of Sheba"的稱呼。聖經思高本將"Queen of Sheba"翻譯為「舍巴女王」，和合本為「示巴女王」，馬堅中譯的《古蘭經》，則是「賽百女王」。

了他。安靜，啊，快一點！跟他說說話，啞巴啊你！噓，你們這些榆樹葉子！元氣都變成石頭了！傾倒液體進入史坦園陶瓷啤酒杯的聲響！讓他休息吧，你啊四處漂泊的徒步旅人，不准搬動他墳墓的泥土！也不准破壞他的塚丘！上面有阿圖種下的詛咒禍根。戒慎！戒慎！不過，會有個伴侍在側的小婦人，隨時等候差遣，她的名字就叫 ALP。您會恩准的。她，一定就得是她。因為她的金黃長髮流瀉披肩，背上還扛著一堆家什般的子孫後裔。他呢，把精氣神都揮霍在一幫浮浪潑皮和幾乎是整座後宮的小娘皮身上，瞎搞胡搞，肆無忌憚嚇唬她們：紅罌粟帕琵、橙橘囡娜蘭惜、黃樺花札莉雅、綠仙人掌克蘿拉、藍吊鐘花瑪琳卡、靛茴香安妮琳、紫羅蘭帕爾瑪。就如同每一位少女都有她專屬的彩虹心情和性運體液，這些傻丫頭們整日價綺思幻夢的，除了他這個會憑空捏造出坐領乾薪的閒差事的傢伙，還會有誰呢。今日高興拌拌嘴，夜晚拒絕親親嘴，明天有望也有苦，漆黑綿延無止境。那麼，除了「為子女累到跛腳」之外，還有誰會為了「汗流滿面而墜落不起」大聲辯護呢？

   她簽約年限999[32] 有夠9 全部賣給他，
   蓬鬆卷髮，輕解羅衫，優雅美味真會搭，
   滑溜溜閣黏黐黐，突吻鮈老大鉤，胡亂魚餌都會吞下鉤。
   鱈魚好吃嗎？貨到要付款？
   砰磅！轟隆！[102]
   在島橋上她碰到她的潮汐漲落
   啊啪澎，啊啪澎，啊啪澎澎啊啪澎！
   水面魚鰭攀上高潮來了來了，趴下退潮去嘍去嘍。
   啊啪澎，啊啪澎，啊啪澎澎啊啪澎！
   我們終年忙著在搖籃內，大哭大鬧官兵抓強盜。

---

[32] 999 年租約（999-year lease）是英國普通法的慣用詞彙，表示永久性的財產租賃。

她也忙著把屎又把尿，干焦為著咱![臺] 只為了我們

命，有夠爛！

　　游牧民大可跟隨拿布高（Nabuch）四處遊蕩，但是，就讓患癩病的納阿曼（Naaman）在約旦河開懷大笑吧！因為我們，我們已經將我們的裹屍布晾在她的石頭上，我們已經把我們的心都懸吊在她的樹林裡；然後我們側耳傾聽，如同她哺育我們囑咐我們的，在有爸爸那麼長的巴比倫河畔。[103]

第五章

　　奉至仁至聖亙古同在永存不朽大能大力不可思議繁複多樣提攜者真主母阿娜‧阿爾阿基芙之名（Annah [阿] Al Azif），我等願爾萬聖厄娃（Eve）頭冠光環，爾頌時光之歌，眾相詠唱，爾溪承行於地，無邊無岸，無均無衡，如於天焉！

　　她那份紀念至高無上者、尚未有標題的歡樂姆媽宣言，在斷簡殘篇的破碎時間中曾經有過不少稱呼。所以呢，我們聽過的就有：無上大愛奧古斯塔（Augusta）‧安古師蒂斯姆斯特恩施至尊者（Angustissimost）老海怪西巴斯特斯（Seabeastius）的救贖、傻寶寶乖乖睡落去深海槽、向家道中落之仕紳獻上昔日顯赫的遺跡、安娜塔西亞（Anastasia）的復活引起安娜（Anna）本人的注意、加把勁褲褪盡單膝下跪受勳禮[義] stessa：空氣槍崗恩（Gunne）爸爸死透透大火砲坎南（Connon）勳爵立起身、我的黃金救主（Golden One）哈嬌珥（Hathor）和我的白銀婚禮森林浴、濃情蜜意全副武裝的壯樹崔斯坦（Tristan）和冷若冰霜行止受限的菟絲‧伊索德（Iseult），索耶（Sawyer）對河面的樹樁如是說，我說我受洗沾水親像搵白粉[荷] stam你也是哎呀我也是我也是[臺] 好像沾白粉[拉] et tu、買入長子名分給他吃上一份、哪個昨日的艾斯德爾（Esther）們會是你明日共生同死的新嫁娘？、真慘吶鋤耙當槍把希伯來釀酒販侯筆鋼把威迪文水人（Hoebegunne）（Waterman）鋼筆商家禁酒者瓦特曼（Waterman）打到腦水腫、上有滿載嬉戲鳥鳴的虹弓下有艙頂破洞的方舟以及佈滿裂縫甲板上跳蚤般四散逃逸的支那人、《關於海伯尼亞人事物》（De Rebus in Hibernia）的畫謎（rebus）、比《布商崔皮耶之書簡》（The Drapier's Letters）更加瘋狂的信件、一位不列顛女子的呻吟、頗多孳的伯多祿（Peter）挑塊薄地挑起帛網強銷給他的子民、為某個大個兒做辯護（一些類似像夫君或是當家的或是老公等嗔稱呼大多可以瞭解啦因為我們也有罄竹難書的我的丈夫我的爺乘船旅行去了葡萄牙喝了葡萄酒就完全忘了時間囉）、某某人是不是該去看看某某人？、因為阿耳法號（alpha）

方舟入海前沒錯就已經變成敖默加動物園了、篤愛父親的埃及豔后以
_{Cleopatra's Needle} _{omega} _{Aldborough House}
克麗奧佩脫拉之繡花針完成一幅有奧爾德勃勒邸第那般的金字塔有客廳
_{Ægypt} _{Abram} _{Sarah}
女僕模樣的古埃及宮女有亞巴郎壓在撒辣上面還有僕人給三匹 ⁿⁿ 駱駝刷
毛的撒哈拉沙漠風情刺繡畫、專為父親準備燉在鍋裡的公雞雞、希望能
_{Papa Westray}
夠討得帕帕韋斯特雷老大爺的歡心、治癒頑強花柳的嶄新療法、馬鈴薯顯
兇惡原來他們養雄鵝我真希望我還真是一隻老母鵝、[104] 高雅淑女勿信
_{The Merchant of Venice}
他、當維納斯的桃金孃配合搬演威尼斯商人極力阻撓的酒神台詞、乾杯
祝健康拋我半空如糟糠他拋棄妻子孩子給朋友辭退下議院的官職去掌管
_{Chiltern Hundreds} _{Ormond Quay} _{Amen Mart}
齊爾滕百戶的皇室領地、那些在奧蒙德碼頭附近大排長龍造訪亞孟商場
_{[拉] oremus}
滿嘴都是讓我們祈禱的金口人們、雖然我都快變成老太婆了他還會像熱戀
_{Graunya} _{Finn} _{MacCool}
格勞妮雅的芬恩・麥克庫爾那般緊緊摟著我、20間寢室80加10張重量級
_{Boxer} _{Box}
的大床還有1間附有洗手間的客廳、我活出生命、以拳民起義的精神伯克
_{Cox} _{House of the Golden Stairs}
斯-考克斯的模式輪流入出金階萬花樓、下一條岔路、他是我的哦耶路撒冷
_{Zigzag Hill} _{Zemzem}
而我是他的黃黃之水天上來、西方顛峰之作、曲阜山丘下滲滲泉水旁、穿
_{Marlborough} _{Marlboro} _{Hollow Mulberry Tree}
行在瑪博樂街頭貼有萬寶路廣告的電車上那個讓他的母親在空桑變成人妻
_{A Tale of a Tub}
的男人、試試看用我們的語言在施洗時跟聾子說說《一個木桶的故事》、
_{base} _{Annie} _{logarithm} _{Napper} _{Tandy}
以所有的a為底之任一安妮的對數函數、納珀・譚迪不喝白蘭地不給小費
_{[德] Stadt Danzig}
眨巴眨巴暗示他那尚未開始調皮搗蛋的小小蝴蝶來自但澤市的浪蕩小舞
_{Persse} _{O'Reilly} _{[波] orła białego} _{[俄] orël}
女、珀爾斯・歐萊里白鷹白鷹眾鷹之王引吭一啼破撕長空、外表焦枯厭憎
_{monolith}
自我的孤挺巨大石碑在回憶宮廷愛情時發出的臭奶呆內心獨白、為他乾了
_{Jacky}
這一杯、我幸運的鴨鴨小傑基啊那應該是我的你那張用來揚糠的粗帆布、
_杭 _福 _瑞 _{Victoria}
我懇求你相信我曾是他的情婦、他是可以用喊用撫用芮來解釋的、從維多
_{Albert} _{Victrola}
利亞湖到阿爾伯特湖居然變成從勝利牌留聲機精細入微的神韻到大夥兒狂
_{Handsel}
吼濫吠的「沒有答案，沒有祖先」、我把阿爹的小雛菊送給你所以漢賽爾
你要送我1畿尼、在一堆形同破布雜碎的底層截尾老百姓和瀰漫惡臭的坦

克和爛尾炸彈之前芭芭拉少校以武器彈藥主保聖女白芭蕾之名對風琴排管
槍砲所做之情事；壯碩如愛斯基摩犬的海軍上將思及凡人必死感到
憂悶得要死、強寶逼著嘉麗斯是的就是跳蚤那回事讓愛麗絲醋勁大發以及
喝著大茴香酒的安妮對他說過的那些話、快樂的墮落盡在歐菲莉亞的屁股
印痕、聽一聽老公跳動的輪軸心靈親親髒髒都柏林、我的丹麥老崽崽、我
年紀是較大卻失足於噓安靜老北路的地痞流氓而他管我叫他的亞洲珠寶他
的阿伊莎他的阿耶莎、支持酒精入肚的腹語術者要取悅屍體的話就要與其締
結婚姻關係、大腿當魚鰭拉普當芬蘭就在這個逗趣歡樂的黑臉黑鬼子週、
巴克利如何在一月的拉什圈圍射殺奔馳的麗鹿、快點照顧夫人、從
荷蘭共和國的興起到巴斯底獄的傾落、從放任酒館的興起到祈禱書和壺型蒸
餾器的共同崩毀、有關張開嘴巴的兩種方式、我從不阻擋水該怎麼流而且我
知曉29種吸睛的稱謂、托里島的鞭靶劊子手把奶白銀河般的加拉蒂亞當成
他的乳牛一樣對待、從艾比劇院的大門到烏鴉劇院的巷弄要經過克勞利和
阿彼蓋耳彼此戲耍聲量不斷提高的噪音真是一粒老鼠屎壞了一鍋粥啊、婦女
適合穿罩衫就如同那些泥腿子偏愛我姨妹兒的厚重笨大鞋、該如何抽到一張
荷魯斯致命一擊的占星牌卡即使爛醉如泥的老大爺早已睡死在床上、微光
中阿赫爾羅峽谷的小酒館映照在哇啊喔她的淺水窪、父親不敢瞞您他原來
就是我計畫的一部份而現在不僅達到目標而且唉還超越了我早已過期的盼
望、你往前進三步再往後退兩步、我的肌膚能夠吸引三種感官而我嘟成圓
圈的雙唇足以要求教會之鴿聖高隆的啄吻、結志街的生意都仰賴腦殼有
裂縫的夥記積攢的儲蓄、他們幾個小夥子湊成刷洗酒瓶大熊星座三人
組邊洗邊看人打架而她們兩個小騷包則湊成坐檯親親小鹿雙人組、在
我老爺的床上某某賺食嫲的身旁就把那檔事兒給辦了、媽都結束了、
牛仔馳騁在美利堅共和國和墨西哥合眾國之間對著作所有權的歧見裂
開有12英畝的臺地上、他對我說雖然妳所以我 [105] 回敬給他請喫茶、

關於在所有野谷中所有軀幹壯碩的馬匹、哦不要哆嗦懦夫歐多諾夫乳白
的甜甜圈哦不要、他群起抓賊般大吼壓制我的大叫、我是在他身體享受暖
陽那一側的縫合線、沒有娘你啥都不是、不要讓哈士奇靠近競選講壇而且
上相的寵物要遠離扒手猖獗的商店、捕鱈魚捕到圖斯卡岩的維京人、尋找
波多河、他用一噸重磚頭的熱情和坦能堡會戰的戰鬥力擠壓得我幾近窒
息迫爾死、一顆乳房正在流淚、他的割草機正在割草、來自湖泊之國的
歐洛格林、從我肚子的凹窩爬起來我唰唰兩下子甩回給你大清早大震
慟之後的乳白、湯瑪斯・摩爾把盎格魯人愛斯基摩人印地安人安地斯
人還有太多太多其他種族的歌曲都收編在他那本有如高牆內的山丘堡壘的
《愛爾蘭民謠》大雜燴裡頭、偉大的多重國籍波利尼西亞入門訓練師兼演
藝明星用適合當情人節禮物的百齡罈威士忌為小新娘展示如何填補大自然
失去的環節、鄉野女孩梅格負面女孩涅格和凱特男孩麥基們的擬態模仿
笑談默劇、最新出版也是最後一份的豬仔插畫新聞報還有在倫敦出版業工
會禮堂上我那本可憐到形同白癡的期刊、齊格飛富麗秀搞笑歌舞團成功之
道以及／或是一位紳士絕對不可失足之處、瞅瞅太初之書中關於最糟的嫉
妒和耶穌的受難的所有記載、懸而中斷的句子、專門為兒童量身訂做的英
雄恰爾德・哈洛爾德所寫的有磚頭那麼厚的美麗故事、如同我們的船兒那
麼緩慢好像我們的睡眠那麼耐看、我早知道我有本事所以一抱還一暴算是
擺平了、火雷冰毒大老粗約翰史密斯上尉和野人美女小恥丘寶嘉康蒂、為
我們都喜歡的天空巨人之女瑪麗安娜籌劃療癒沖澡那般足以使一週氣候潮
濕的辦法、芬尼亞勇士團最後一個騎士、是我逼他上證券交易所以蛋易鸛
然後我會把我盡責的臉面借給他去繳關稅、一大羣曚豬細瞇眼的朱清周替
他們的中國傳教任務歡呼歡呼歡呼同時也為他們向中國撒潑漩尿而打顫
顫打顫、匹克威克外傳匹夫威夫歪鑽劈得我性奮團團轉、酣痞帝咚咚咚咚
盪鼻涕棺衣當披肩身體如巨蛋、姘姘惡魔姘姘小惡魔、兩隻痴蟲的微

鄙冒險帶來一場愛麗斯夢遊仙境(Alice in Wonderland)的橫禍以及果子的墜落、老狐狸福克斯(Vokes)一家子的內部蜜辛、假如我呈大字型有如展翼老鷹(spread eagle)的四肢不是被綁得那麼叁的話我倒真想沖著那一狗票縛網瑪寂抽打瑪妓(Maggie)(Maggie)的執法酷吏解開我的胸衣張口幹醃讓狗官見識老娘唧唧歪歪的本事、邪惡肥臀屜歲壓艾廖沙(莉薇雅Alyosha)·波波維奇(Popovich 杭福瑞)是如何吸引我驚鷹般悍婦銳利的眼光、朝視阿爾卑斯山夕死可矣如同見過素顏ALP瞧過蘋果者看的日子必定死、請容許小人懇求大人您要相信需得保持距離的母和愛、芬恩(Finn)有綽也不是啥大錯、呆耳聞戴爾文(Delvin)潛下場活力莉菲(Liffey)冒上場墓塚消失生命再現、從他那晶簇般的眼神飛炫出來的電光(vug)讓我的秀髮燃起熊熊火焰、他的呢是一間麥芽屋、從後背到前胸盡是天賜美景、啞巴郎(Abram)對看老撒辣(Sarah)相敬如冰疑啥個鬼還好梵天啟巴郎(Isaac)又教又說房事不(Braham)過是房帷常識、每晚一口厄娃蘋果每天通體舒泰解胃腸、一切都是為了幾尼金幣和健力士啤酒、聲音和發自吾人欲力(libido)的讚美、七ê七辣某目瞤瞤[臺]七個辣妻睜眼過一週過一週、輕盈空靈亞莉安(Aryan)和蠻族血統美髮師藍大鬍、愛人艾咪喝波特(Amy)(Porter)有如舔嚐搬運工喝吠赫費切雞蛋好像砍剁頭頂蓋、雨傘兩把成一對繖形花序共(Huffy)花梗亞伯(Abel)盼望擁抱爾手杖三根成一組加音即將出遠門哪出遠門、臀好奶油(Cain)臀更好有奶又有臀最好、從莊園男領主的霍斯岬頭(Howth Head)到歐瑪利(O'Malley)小姐的茉莉花叢、從仕女貴婦們到她們千篇一律的山姆男人、色彩繽紛的緞帶花彩是為了公開表揚學院綠地(College Green)的同僚、稍微撥撩擁有超屄上背肌和絕美肚臍下的銳(瑞)悍斧中前衛(杭福center-half)、因為樹木是活的石頭是[106]白的所以我都是在晚上洗刷自訒是華盛頓(Washington)的威靈頓(Wellington)有關名譽法學博士伊耳維克(Earwicker)先生開設的有限公司(金鎊先令和便士!)第一次也是最後一次僅有的全部真實帳目以及那條蛇(天然塊金少根筋!)旁邊那位唯一能夠揭露赤裸裸真相老練世故的女人講述關於心愛的男人和他的同路人還有還有他們全都把焦點放在盧肯伊索德(Lucalizod)發生的那件事上頭拉他下台還落井下石啥玩意嘛說來說去老是二等兵口中伊耳維克那話兒和那一雙淫賤遢遢爛破鞋走來走去把所有羞於見人的都走光

光還敢不明不白地指控那些個穿大紅外套的和戴小雨衣的。
外形變幻無方有如波提爾斯的字素(Proteus grapheme)，其本身就是組成聖典最小的多面體單位。曾經有過一段時期，真淳樸拙的字母創造者應該是以摹寫筆法記錄下來某少年慣犯潮解之後滯留下來的那灘液化遺跡(delinquent recidivist deliquesce)，很可能需是特別靈巧的雙手，也許是嗅覺靈敏的朝天蒜頭鼻，方能描繪出他（或她）那裝有雨水的深廣後腦杓子裡沉伏於枕骨(occipt)深淵的詭異彩虹。對於這位憨戀授粉蟲媒(杭nymph)、富有花癡天性的獵奇(瑞nymphosis)寶寶昆蟲學家兼字源學家來說，從這灘遺澤中可見該若蟲在蛹化過程已經發展出多重性別鑲嵌(sex mosaic)而成的生命樣態，乃瑞(瑞)祥之物、福(福)恆不朽、含火銜尾(杭 oroboros)、號稱雌雄同體喀魅拉(chimera)的頂級獵食者天狼獵人歐瑞歐羅普斯(Oriolopos)是也，它今兒個喜歡蕨葉甜糖好滋味，昨日偏好樹葉清香透鹹鹽，腹筍便便，感官薈萃的集散好所在，慧眼獨具，用來辨識對象的優劣和口器的利鈍，老實說，那像是給雷筒(blunderbuss)把困惑和恩寵轟上身的經驗，深受她們在夜晚釋放出來無形無色的氣味所影響，槍桿發出咚咚誘惑的鼓聲，尾鋏帶動微微觸電的愛撫，它藉著孱弱的星光，從地板到花叢，從花叢到地板，孜孜不倦地追捕小紅蛺蝶，為什麼珀爾斯(Persse)那麼緙而不捨地要扣押史黛拉(sequester Stella)和凡妮莎(Vanessa)呢，搞啥呀，聽起來不就是最單純的科學知識嘛，怎麼搞成小毛頭抬花轎胡扯亂叫的[亞] kidout'iun，新聞傳播和小道八卦有如籠罩大地的陰鬱雲層，瘋狂堆疊不斷增長的文獻和書目形成現代十分豐富可觀的龐大天空沖積層(accretion)[亞] madenakrout'iun，把原本就可憐兮兮的變色龍都嚇壞了。沒錯，是很有英雄氣慨，不過卻離我們遠在天邊近在眼前夜晚裡那間黑沉沉的小廚房有一千零一卷任意擺放、觸球入袋、殘破爛舊、積欠債務那樣死拖著都還沒讀的直立卷軸那般的遙遠(hazard)，我們就跟全身上下都長滿蝨子的可憐嘻嘻的小熊維尼(Winnie the Pooh)、暗光鳥貓頭鷹(Owl)、小驢依唷(Eeyore)和不信真主的瞎眼邪教基督徒(giaour)一樣，假如想要稍加減輕眼睛苦楚的時間，還是得繼續摸索下去，直到凌晨新的一天那個預定開始行動的關鍵時刻(zero hour)來臨。這老公還真風趣，雖然沒有，不過呢。假如我們進一步仔細檢驗這份清單的話，就會發現這份或數份文件上都被強加上多重人格(multiple personality)的字眼，在任何足以醞釀潛在的單

一或頻繁犯罪事件之適當場合之前，任何人只要夠粗心大意都可以預料到會發生什麼事。事實上，在檢驗者闔上雙眼的注視之下，更能看出明暗對比(chiaroscuro)的特殊筆法彼此之間的相互融通，有如在某一個穩定的生理系統裡，尋隙抵巇，種種矛盾和牴觸漸次調和泯滅，這種情況就類似撼動心靈的人和慣闖空門的賊，啜飲蘭姆的酒徒和自由思想的人士，他們以上天旨意為名所展開的激烈爭戰，我們社會的某種機制顛簸滾動照舊往前行駛，經歷了一連竄讓人驚嚇跳腳卻是事先安排好的失望和挫折，繼續沿著那些世代（永世永代，跟 ABC 一樣簡單，跟看管牛屋的峰駝子[1]一樣樸質！），繼續沿著這些世代，沿著這條長長的巷衢世世代代一路走下去。

喂，賜光使者(lousadour)[亞]石門男爵拉斯(Lasse)·魯西鐸(Lucidor)先生，到底是哪個賊廝鳥寫這啥玩意兒，就像毫無來由下起一陣天昏地黑革爾(Hegel)命的殺千刀冰雹(Hagel)[德]，豈不是涮著大夥兒耍嗎？[107]會勃起、有屁股、跨騎馬背、倚靠界牆(party wall)、低於攝氏零度用鵝毛筆或鑄鐵筆塗鴉、靠渾濁或清朗的心思討活、用臼齒咀嚼或根本不吃、被打斷是因為靈視者(seer)來拜訪寫手或是因為寫手頹敗荒唐幾近零視的眼睛、介於兩次淋浴之間或從三輪腳踏車摔下來之後，淋了雨或吹了風，是泥腿愛巴子很一般的比賽駑馬，或是扛著擄獲的知識和削金斷玉的智慧人稱四眼田雞的苦痛窮學究？

這麼著，要有耐心。要記得，耐心，了不得啊。睽諸萬事萬物，舉其犖犖大者，乃避免失去耐心，或是避免漸失耐心。終日憂勞的商賈或許不曾有過太多零碎的功夫和精力去熟悉孔老夫子的中庸之道(Doctrine of the Mean)，要我亦步亦趨只會增添惡靈，或是去讀讀頭生子孔鯉(Carp)關於典章儀禮的經典大作，羅列有各種符合社會規範的繁文縟節，面對香味傳百里的鯉魚，還有水果和包穀，還是把家法規定擱一邊吧，對商人而言，這麼說吧，耐心就是高利潤企劃案的償債基金(sinking fund)，看看那兩位共享名號的布魯斯(Bruce)兄弟吧[2]，耐心程度足以和他們相提並論的就是那隻蘇格

---

[1] 希伯來文的前三個字母 Aleph, Beth, Gimmel 的字面意義分別是牛、房舍和駱駝。

[2] 蘇格蘭國王布魯斯（Bruce）一生顛沛流離，領軍抵抗英王愛德華一世（Edward the First）的

蘭蜘蛛，和艾爾伯費爾德鎮主人不餒護航的算術神馬聰明漢斯了。假如年復一年皓首窮經地待在內心的暗黑壕溝裡不斷挖掘自我的時光中，正好有個演講起來激烈煽動大吹法螺勇冠群雄的傢伙，或許是光顧酒館粗暴如匈奴的齊尼杭，或是虔誠向主文明似漢朝的卡安納，可能是個憲兵、園丁、或者僅僅只是用手指頭掂量小朋友身體的肉販子經理，站起身來，為了達到那一模一樣不斷重複通通該死的目標，以鹿角菜膠驛馬車站裡頭那些野蠻人缺舌結巴叭啦叭啦說話的方式，向我們保證，我們偉大的祖先，享有新教優勢的權貴階級、飲酒作樂之王迪恩・伊耳維克，適度合宜地開口吐出少於他的姓氏長度的三個重複音節（是啦，沒錯，少了很多！），伊耳[3]是某家廣播電台早期的註冊商標，而維克則是土音柔韌如楊柳、當地莫名其妙的方言（聽啊！喊叫聲！附和聲啊！擺聲貫耳的廣播頻道！），那麼，關於這份發出廣播振盪頻率，混揉棉帛、絲絹或織錦為材質，取用眉墨、五倍子或磚粉為墨汁，直如震央的霽-信函，我們總是要不斷折返回去，尋尋覓覓此時此刻的信函，是在暹邏、在地獄，還是在托斐特[4]呢？太陽的榮光穿透日環的洋蔥圈，照耀在我們大有能力大有智慧的城市外阿拉丁海灣中咱們避難聖所的巖洞內，跟我們玩轉圈圈、大野狼之旅、拜拜待會兒見等遊戲，那團如此這般的燦爛爛是想把純金醇油的真理透露給我們嗎？

侵略卻屢遇慘敗而不得不出海避難，在窩居中他看到一隻蜘蛛在風雨中結網，屢結屢破，屢破屢結，沒有絲毫氣餒的跡象，最終結成完整的一張蛛網。布魯斯大受感動和啟發，於是決心東山再起，重回戰場。

[3] 暗指 RCA - 勝利公司（RCA-Victor）的註冊商標，一隻豎起右耳專注聽著留聲機的小狗。當年以此形象宣傳的海報，還寫有「牠主人的聲音」的標題。

[4] 托斐特位於耶路撒冷城外郊區山谷內，叛離天主的以色列人在那裡把兒女作為祭物投入火中獻給假神摩洛（Molech），相關記載散見於《耶肋米亞》和《列王紀下》。以思高本《耶肋米亞》（7:30-31）為例，天主藉耶肋米亞之口，轉達祂對猶太子民的訓誡，「的確，猶大子民作了我視為邪惡的事──上主的斷語──將他們可惡之物，安置在歸我名下的殿宇裏，使殿宇遭受玷污；/又在本希農山谷的托斐特建築了丘壇，為火焚自己的子女；這是我從沒有吩咐，也從沒有想到的事。」

老愛嗆聲的槓精，他們會怎麼想，我們都知道。純粹以消極態度來看待政治宿怨和金錢需求這兩方面都缺席所代表的積極意義，然後就妄下結論，認為那個時代無論是男是女都不可能拿起筆來在那張信紙上寫字，這不是又多了一種大夥兒正眼瞧都不瞧就貿然遽下的結論嗎，那種看法，就像是說，任何書頁都找不到倒置逗點（有時稱為引用符號），就逕自推斷該作者天生無能，老是沒辦法只能私自挪用他人的話語，道理是一樣的。[108]

對於此項追問，我們有幸還能藉用康德(Kant)的哲學術語從另一方面來進行質疑或抱怨。有沒有誰，1角錢一打的那類貨色，總會有的，在某個無聊的傍晚，悄悄暗示他有利可圖——有沒有啥平凡普通的蠢貨，脾氣不好又沒家傳本事，扁平胸，40出頭，腸胃有點脹氣，說話有點膨風，慣以中略(syncopation)的推理來闡明繁複的問題，鳳陽縣 [中]Fung Yang 洪武大帝習於歌舞昇平的嫡傳子孫，為人子者毋以有己[5]啊，當真有沒有這樣的人，會花上夠長一段時間去仔細看看這個貼有郵票寫有地址看起來頗為一般的信封呢？無可否認，它就是個外殼：信封正面，以眾多不完美所組成、獨具自我特色的完美，這就是它本身的資產：內容無論是赤裸裸的慘白熱情，或是光溜溜的紫黑瘟疫，只要能全身塞進封口內就好，反正從外表只能看得出來，不是民間就是軍方的封套。然而，任何文件，僅只集中在其字面的意義，甚至只把焦點放在內容的心理層面上，真讓人痛心吶，卻忽略圍繞在信封內容外那些包裝型態的事實，對聲音與意義(sound and sense)（而且，容我們補充，也是對最真實品味）整體呈現的健全性是會造成傷害的，就如同某甲，剛好聽著或許日後會變成患難之交的某乙滔滔談到，打個比方吧，某位他認識的女士，當時她正進行著祖宗家法繁文縟節的登梯儀式，盛容飾，繁登降之禮，趨詳之節，卻立刻用他的眼睛把她全身上下都扒個精光，完全不在乎到底她穿什麼衣服，滿目幻視就是一具毫不起眼的肉肉天體，職是之故，寧可閉上老是眨巴的雙眼，無

---

[5] 孔子問禮於老子時，老子所言，意思是「做人子女的應該心存父母，不該只想到自己」。原文摘自《孔子世家》。

視於倫常儀禮之下無可迴避的以下事實：在這段時間內，她畢竟得搭配在服飾進化過程中彷彿是定冠詞般必不可少的配件，咱們品頭論足的評論家會把這些配件描繪成毫不搭嘎的創意產品，或說並非真的有其需要，或說全是些怎麼擺都很糟心的沒用小玩意兒，不過儘管如此，那些小玩意兒也會突然之間充滿本土色彩和個人品味，還會影射一大堆有的沒的，可以任人胡亂東拉西扯，任意添油加醋，假如有需要或就是想要的話，專家那雙靈巧的手掌還可以拆散它們酷似巧合的驚人組合單位，他們現在不就是這樣搞嗎，只為了好好調查一番，誰還會有心思去懷疑呀，要嘛，事實就是那個女的一直都在那兒縫縫補補做門面，不然，就是比事實還要詭異的陰性虛構小小說，同時也一直都在那兒，是稍稍跟在她後面當個跟屁蟲罷了？或是說，這兩個也許可以拆散開來？或是說，那樣的話，就可以兩者同時體驗？或是說，這個就可以從另一個身邊拿走以便輪流加以省視？[109]

　　針對這點，就讓少數幾個手工藝品為它們自己說些好話吧。這條河流覺得她需要鹽分嗎？那剛好就是鹹濕布萊恩登場之所在。全國上下要求晚上飯飯要吃熊熊的手手。嘩啦啦滿撐河道，澎湃湃漫淹兩岸，大聲鼓噪大啖雄掌而後快。吾人居處天之下，吾人華夏之邦苢蓓之國，盤據眾海中心，由此烏泱泱大國，吾國吾民屢屢仰觀穹蒼盆覆大地。我們突然之間有有了。我們的島嶼是泣血旺盛的聖賢之島。說起這個地方啊，那位老是咯咯輕笑表情嚴肅技藝拙劣的教書匠，興許快樂恐怕不樂的約翰・潘特蘭德・馬赫非，用路德教派保守音樂學院訓練出來那種一再重複講到讓人耳朵壓飽的方式，曾說盧肯伊索德（是有一間伊索德教堂嗎？大家去那兒都呆呆望著她瞧嗎？）就是這麼個大起大落、近乎不存在地表的破地方，位居於大瘋狂極重要的涕泣之谷（當太陽之子法厄同輝騰太陽馬車停駐河邊，遍野嫩綠頓成一片焦黃，而泰米爾奶茶般焦糖化的河水是活潑潑的歐菲莉亞精氣枯竭後一幕甍幻劇的場景），在此谷中，可能發生之事件往往絕無機率發生，而絕無機率發生之事件卻又無可避免總是發生。咱們這

位出身神聖不可分割三一學院家戶喻曉的主教，腦中老是糾纏著，是啊，那個
　　　　　　　　　　　　　　　　　　　　　　　　　　　　Quiztunes
猥褻愚蠢的神，我認識祂還是我不認識祂，還真是個好問題，真是個益智頻道
廣播節目的好問題啊，行事說話就像掄起大榔頭敲釘轉腳，力道之大，足以把
他兩根倒楣的腳趾頭砸成燕麥爛泥粥，假如他說得沒錯，那麼我們鐵定會碰上
絕無機率發生的可能事物，就會一件一件排隊接連而來，雖然他口中的話題，
　　Aristotle　　　Harry's total lies　　　　　the Bible
與壓厲士躲德哈利全部的謊話或是瘆經或許高度相關，有如一把枯萎的玉米敗
穗，在陣陣噓聲中，從它老朽冰冷的黃金王冠中拔除丟棄，雖然很可能不會有
人刻意為他的言論鼓掌打氣，猶如不帶任何偏見的劊子手辦得再利索漂亮，也
不會有人在活兒幹完之後去拍拍他的肩膀吧，完全不可能嘛，就好像所有在這
兒的事件，以機率而言，就如同任何其他事件一樣，或許都有可能發生，但卻
有可能絕不會和任何人發生任何關係。啊哈，和母雞有關。呣嗯，亞孟！

　　關於身帶原罪、史稱開天闢地第一因的那隻母雞。隆冬（來得太早了嗎，
或者僅僅是寒霜而已？）即將降臨，開啟春天運行的先驅，應許四月可怕的災
　　　　　　　　　　Christy Minstrels
難，雨中的教堂傳來黑臉綜藝歌舞團那般的詩歌吟唱，生命中古老哀傷的歌
聲，鐘塔敲擊著時辰，一個好勇鬥狠的矮腳雞小屁孩，全身覆蓋冰霜，瑟縮顫
抖著，凝神觀注一隻行為古怪冰涼透體的禽鳥[6]，從那個足以讓人致命的廢棄物
　　　　　　　　　　　　　　　　　　　　　　　　　　　　Jute
爛糞堆裡直起身來，那裡或可稱為廢物生產工廠，抑或朱特人可笑的屁股製造
的大型圓錐糞便（簡言之，垃圾堆是也），其後被改建成栽培柳橙的園子，仍
　　Bushman　　　　　　busman's holiday
然像布須曼人那樣沒日沒夜沒有休假繼續照常作工，某次在深層內部的崩解過
程中，出乎意料地從泥巴中噴嘔出來一些柳橙自發綻裂開來的破皮碎片，那是
某位或逐陽光而居、或尋匿身之所、非法潛回卻被神父全程監控、無法逃脫那
段迷霧般昔日狗屎歲月的不知名人士，在戶外用餐最後留下來的殘渣餘屑。啥
　　　　　　Strandloper
小孩呀，像個史特蘭特盧珀人一樣，居然在海灘兜圈子胡轉亂繞，不就是那個

---

[6] 培根（Francis Bacon）以冰雪填塞在雞體內，實驗肉類保鮮的可能性，卻因過度頻繁接觸冰
　　雪，不幸感染肺炎離世。

什麼都據為己有的小凱文嗎，在如此寒冷到讓人直打噴嚏讓人意志消沈的環境中，他才會在那條叫做直接的直街上，找到他未來想要被冊封為聖的動機，他憑著玩尤克牌出老千的把戲，騙取了號稱神聖純潔的另一個海灘行者所發現的阿爾達聖餐杯，同時還以虔誠喧喊的禱告花招，[110] 哄騙蒂珀雷里嘞哩嘞哩瑞拉斯塔鎮粗野喧鬧給小費的歡鬧酒徒，訛詐他們從如今早已成為海邊沙地挖掘出來的生-生-生土豆，儘管放眼望去，一畦一畦觸目所極盡如大屠殺過後斑斑紫黑，為大地披上一層華麗不實的彩衣，捉雙決鬥至死方休，今日活計活口不留，棒棍與腥臭齊飛，幹醮共詛咒亂射，絕大多數遭殃的都是貪吃雅各伯[7]餅乾的詹姆士黨人。

現下談的這隻母雞，是流亡者杜蘭氏家族的貝琳達，年過半百的五城居民（在查珀爾利佐德沙啞嘎叫尖銳刺耳依稀罹患遺傳性血管神經性水腫病狀的富夯瑞旅館舉辦的雞禽博覽會上，勇奪裁縫大賽季軍，獲頒狀若三明治的白銀獎牌），她在咯咯咯敲鐘十二下的時刻所抓刨出土的，在這個滿腦花花雞腸子走路歪七又扭八的世界看來，倒像是大小剛好的一紙信箋，從波士頓（麻省）用海運寄送過來，內容是用手寫的，日期是首月的末日，親愛的然後接著就提到瑪姬，呃嗯，然後一家大小都健康呃嗯只是很討厭溫度那麼高把撒在牛奶上的范霍頓可可粉都變成以及將軍的提拔全民的選舉要有一張天生討喜的紳士臉孔和吸睛的伴手禮結婚蛋糕要送給親愛的謝謝你克莉絲蒂還有給可憐的麥可神父辦的盛大喪禮大夥兒可樂著了勿忘直到生命的然後是媽姬嗯呃你都好嗎麻吉然後是希望很快可以收到呃嗯接著是現在得收筆了以最熱切的向雙肥胎那兩間旅館附上四個XXXX[8]的親吻彼此問候為了聖保羅為了鬼鬼鼠鼠千瘡百孔神聖街角為了神聖的人民、城市和墅座島嶼PS真夠囉哩八唆的不一次尿完（蝗蟲也許會把所有的東西都啃光，但遇

---

[7] 正式商品名稱應該稱為「積及餅乾」（*Jacob's Club Biscuit*）。

[8] 一般不識字的愛爾蘭人會以X來代替簽名。諾拉（Nora Barnacle）的父親在他的結婚證書的簽名欄上，就打了一個大X。

上這符號牠們就絕不敢）深愛你的好大一片暈開來的噴噴噴。一坨污點，敢情是
　　　　　　　　　　　　　　　　　　　　　Cautels of the Mass
茶漬（這剽竊文字的詐欺老手，這次卯足了勁，戒慎恐懼如操持彌撒大典，卻
跟之前一樣又賊精過了頭，還想用這當做簽名，反而露了餡），想必從壺嘴一滴
下來當場就把輪廓描了出來，標明這是來自古愛爾蘭快樂農民的窯燒陶器，名
　　　　hurry-me-o'er-the-hazy　　　　　Lydia
聞遐邇的「催我橫越大片朦朧」，屬於呂底亞仕女憂楚動人的真品遺物。
　　　　　　　　　　　　　　　　　　　　how
　　那麼，為了什麼？怎麼滴的？幹嘛又埋在垃圾土堆裡？
　　這個嘛，幾乎任何一個對得起自己身上穿的化學實驗袍子的微型攝影家，
要是誰丟來燙手山芋，都會把這個撇步教給他，假如一張馬的底片在晾乾的時
候剛好就糊掉了，呃嗯，你會看到的，呃嗯，鐵定會變成形形色色的馬隻在快
　　　value
樂跳躍的明度高低變化組合下，呈現出極其怪誕極其扭曲的巨型糰塊，還有爛
　　　　　　　　　　　　[臺]垃圾堆
糜糜糊融融一坨一坨的乳白馬匹。尖尖的糞掃堆喔。呃嗯，這種搶轤的狀況必
定是我們那封書信的遭遇（那兒就是草皮上的一塊泥巴屎！難不成要你把整片
　　　　　　　　　　　　　　　　　　　　　　　　　　　　　[日]信件
草皮都給剷掉！）。憑著那隻看我一眼愛我萬年的母雞的睿智，這封手紙倖免於
被那些個屠夫、殺手和稅吏所污穢。棲身在橙花[9]味道的芬芳泥巴內核心的溫熱
處，一開始就抹掉了部分的顯影，以致於很容易就看得出來靠近你鼻頭附近某
些腫脹噁心的形狀，[111] 我們越試著遠遠近近來回盯著瞧，我們越需要借副鏡
片才有辦法跟那隻母雞看得一樣千真萬確。尖尖的糞掃堆。叩。
　　孩子，你覺得自己好像已經迷失在矮樹叢中了吧？你說：那純粹就是一團團
亂七八糟的字詞，樹木叢林齊聲嗚咽的展示範本。你很想大聲吼出來：假如我有
　　　　　　　　　　　　　　　　Beckett
一丁點明白他想表達什麼鳥森林什麼悲剋忑那般密密層層的文字灌木叢的話，
　　　　beech
那麼，視我如山毛舉殘幹，叫我狗娘養的龜兒子，都行。挺起屄來往前走，你
　　　　　　　　　　　　　Targum
個小娘皮！那四個四腳仔福音師也許擁有塔爾古木聖經譯釋本，不過任何一個
　　　Zigari Cricket Club　　　　　　　　　　[義] zingari　　　　[蘇] Auld Lang Syne
參加吉普賽板球俱樂部的學者，或是流浪的吉普賽小女生，驚惜韶光匆促，都
可以從耆老母雞裝滿罪的袋囊中，挑選一堆火絨刨花還有符碼和仁慈。

---

[9] 在喬伊斯的時代，檸檬酸（citric acid）有時會被用來沖洗負片。

領路吧，慈祥的母雞！他們老是這樣：問問過往的年代。昨日禽鳥所為，來年人類或許就跟著照做，不論是飛翔、換毛、孵蛋、或是在鳥巢內共同的協定。因為，先生，她社會科學的觀點完美無缺若暮鼓晨鐘：她雙翅目的自發性突變，剛好進化成恰到好處的狀態：她知道的，她只是覺得她是那種生下來就是
_{normalcy}
要產卵要愛蛋蛋的（相信她會繁衍她的物種，呵噓呵噓她那些絨毛小球球，翼護牠們安全渡過喧鬧和危險！）：最後也是最常見的，在她的基因場域裡，全是遊戲玩耍，沒有坑蒙拐騙：待人接物無不流露閨秀名媛的高雅氣質，每每展現豪門仕紳的胸襟氣度，讓我們來起個鳥占卦吧！吉卦，在這一切時間結束之前，黃金之蛋必會挾報復性搞笑基因以回歸。男人將會變得如飛船一般易於操控，每個時代將會像瘧疾一樣層出翻新，女人腆著白鼓鼓的荒謬負擔，將會一步到位直接進入磅礴壯麗的孵卵階段，這隻不長鬃毛通達人性的母獅，會攜同追隨她的去角公羊，在公開場合相互偎倚在絨絨羊毛上。凶卦，以上理由皆難
_{grouse}
以成立，那些四處傾吐鬱悶的松雞滿腹牢騷，還是會抱怨，自從淒涼慘白有如
_{Guinevere}
格妮薇兒臉色的正月裡那個詭異的工作天（是個吉日，荒漠綠洲中的海棗！）之
_{Biddy}
後，文字就不太像他們原來的自己了，就在他們兩位大為震驚的當下，碧蒂‧
_{Doran}
杜蘭看到的讀到的卻是純然的文學。

而且呢。別瞧她頂著一頭波浪捲髮，身上穿的只是凸紋布衣服，這小不
[梵] Artha　　　　Mithra
點可是擁有藝術碩士學位的家庭女教師，利字當頭的密特拉信徒，天生流露
_{Marcella the Midget Queen}
侏儒皇后瑪賽拉的氣質。不過呢。那一封啊，可不是我們常道聽或途說那種異
　　　　　　　　　　　　　　　　Toga　　Girilis
於常情的戀慕信函，信尾署名「少女弱冠袍之托嘎‧吉睿里斯」（這小可愛還真
　　　T.C.D.
逗，想穿都柏林三一學士袍呢）。我們手頭有一份她為了抗議我們這兩個好管閒事的頭家，用粉拳寫就的個人權利書。我們注意到她用的紙張上面，有她匆促
　　　　　　　　　　　　　　　　　　　Le Bon Marché
間滴下來稚嫩的浮水淚印：我們的小聖母真會做交易，該去樂蓬馬歇百貨上班
　　Erin
的。她有一顆愛琳之心，堅貞似鐵，高貴如金，可擬獅熊亦如蛇蠍！她說起話來吐音婉轉如唱歌，旋律輕快如小溪，時而對著她的親朋摯交從謝謝您呦到早

安您哪,頷首傳情顛倒眾生,時而垂洇谷底如激流,強勢專擅猶如巫仙差遣手
　　　　familiar
下的精靈動物。綠草葉尖終將會焦乾枯萎,所以這陣來風必然帶有瘟疫,所以
　　　　　　　　　　　Bernard Shaw
黑斑斑的土豆芽露出一頭地,如同蕭伯納即將要大賣,那麼贏得成功就得鼓風箱
吹法螺滿口胡柴亂放屁,說大話,想要顯得粗蠻狂野力量強大,呼喊之聲盤曲迴
繞,一如她捲曲秀髮之波紋蕩漾,正映照出這位年輕女性勞動者的綺思幻想。
可是有多少她的讀者 [112] 可以了解,她並不是拿拉丁文和希臘文胡亂拼湊出
　　　　　　　　　　　　　　　　　　　Tuam
一堆讀起來如喪鐘齊鳴的語彙來炫耀才藝,好像隨便找個蒂厄姆的郵差替兔子
和短腿雞做完大體解剖之後,再把牠們的皮毛胡亂縫成一件巨大怪誕如上彩釉
　　Mantua
的曼圖亞宮廷大蓬裙長禮服,然後在數面哈哈鏡之前展示那身幽靈般的華美服
飾,難道只為了把大家搞到昏頭轉向如中烈酒的地步嗎?絕對沒這回事兒!那
　　　　　　　　　　　　　　　　　Nut
些詞彙都是她取法產下黃金蛋的埃及天空女神努特,在她機巧多端的生命中,
　　　　　　　　　　　Grabar
汲汲營營四處收集來的各類堅果。對於老邁的古亞美尼亞語源學家來說,就像
　　　　　　Darius　Marius
來自愛琴海沿岸的達理爾斯‧馬留烏斯,以及在他過世以後扯髮辟踴嚎咷大哭
　　　　　Mérovingiens
的墨洛溫,都主張亞當的語言乃是所有語言的意義萬流歸宗之源頭,面對陵墓
皇塚,午安!假如現今的文字算是鋁製品的話,古代亞美尼亞文就猶如大批黃
金器具埋藏其中,自然非得掘墓發墳而後快;(操!);她是這樣覺得的,事物
是怎樣就怎樣,直截了當說清楚,如同盤子就是扁平之類的事實,而且,從最
後的先開始處理好了,最重要的呢,男人獨處啊,身邊沒人,沒有有子宮和乳
房的人,也不該跟另外的爺兒們去偷覷著什麼勁兒,啥 2 加 2 等於 4,奶加奶
好奶奶,爺爺安全擠羊奶,從另一面來說,厚-後臀兩糰肉,換手摸摸鞋墊厚皮
肉,問他看看前後是否一般肉,腦袋瓜子被狠狠踢打了一頓,痛吧。每片田園
都有一根邪侫曲柄杖每間酒館都需一張六日販酒證每群女孩都有一個負花如他
者唯獨瑪姬心頭鬱結冷眼旁觀這群公狗撒尿抬大腿母狗屙屎張開腿的康康康舞
孃。各位女士小姐和先生們!拜託!活跳跳-狗票獐麂馬鹿猴!他沒去森林啦!
她唯一想要的(她寫道)就是以超屌天鵝的口吻操糾糾雄雞的粗口來講述關於

他天主在上鐵證如山的事實和真相。一點一點廢柴生命慢慢滴。不會翻白眼使眼色，有話就直說。他非得把生命都看得骯髒齷齪，不是死黑枯朽就是渾濁猥褻（她寫道）。他體內有三個男人（她寫道）。跳舞（她寫道）是他唯一的雙面鈍刃小瑕疵。老跟那起子蘋果夏洛特甜點婊廝混。其中還有那麼個幼齒女模小雛雞。這些蜜桃賤屄打起小報告來（她寫道）忒快忒急，宣洩八卦就像漩上一大泡尿尿。這些蜜糖甜心臉上塗得白是純白，紅是豔紅，和山茶花小內褲相映成漆。心懷邪念者蒙羞喔，<small>[古諾法] Honi soit qui mal y pense</small>**妳最誠摯的**。花斑累累的蘋果也加進都柏林小旅館的點點滴滴吧。話說回來，不就是個老掉牙的故事，關於一顆樹狀石<small>tree stone</small>及其被賣掉的前因後果，關於伊索德<small>Isolde</small>和為伊消得人憔悴的崔斯坦<small>Tristan</small>，關於人山<small>man mountain</small>先生被帳棚木樁[10]牢牢釘死於地面以及他的伴侶矮仔莉<small>薇雅莉</small>在滑鐵盧戰場大肆劫掠一番之後逃逸無蹤，兵痞子凱德曼<small>Cadman</small>會去幹壞胚子巴德曼<small>Badman</small>不願幹的活計，熱內亞<small>Genoa</small>的拓荒者對抗維也納<small>Venice</small>的維納斯<small>Venus</small>，以及凱特<small>Kate</small>為什麼負起蠟製作品的責任來。

我們這會兒就來吧，氣候、健康、危險、公共秩序和其他條件都能相互配合，一切都如此完美如此便利，假如警察先生您可以，請您笑納點，拜託拜託，警察先生，您先請，不好意思，但我覺得容光煥發，好自由，好新鮮喔，對吧？少來這些故弄玄虛的把戲，讓我們像爺們一樣，胸膛貼胸膛，男人對男人，有話只說談正事，因為耳朵呀，不管我們是四處演講的彌額爾<small>Michael</small>，或是虛無主義的尼古拉<small>Nicholas</small>，也許有時候還是會落人虎口的，而眼睛呢，不論是戴布儒烙廠<small>[韓] 受騙</small>牌的棕褐鏡片或是戴鏡片挪拿下來<small>Nola</small>的眼鏡<small>Bruno</small>，老是感覺夭壽困難去相信看到的東西<small>[臺] 相當</small>。你有耳朵卻看不到？你有眼睛卻感覺不到？叩！靠近一點瞇著眼好好瞧上一瞧（畢竟這封信歹命啊一直都待在地底下），讓我們看看還有留下什麼可看的。

我是個工人，搞石頭墓碑的，渴望能學會西賽羅<small>Cicero</small>取悅每一個人，把他們都安置在艾夫伯里<small>Averbury</small>巨石圈裡永享安息，很高興每年聖誕節，聖誕快樂啊，都會來他這

---

[10] 馬堅譯，《古蘭經》78章6-7節：「難道我沒有使大地如搖籃，使山巒如木樁嗎？」

兒拜訪一次。你喔，就是個可憐兮兮的中產階級托樑木匠，看似膏油滑舌的，就是不願討好條子或任何人，抱歉之至，時間也差不多了，啤酒肚 [113] 還有點力氣，得再回家接辦些事務，琴酒吉姆，咱們後會有歧。對同一件事，我們沒辦法彼此都說「好」，沒有辦法眼睛對眼睛彼此看法一致，我們也沒有辦法鼻尖對鼻尖說「不好」同時還能思考一下彼此是否該微笑以對。不過我們畢竟是。沒轍，有人就是會注意到，有過半的行數均呈北-南縱貫走向，排列方式就像從復仇女神下種培植的德意志帝國和奧匈帝國到美麗寧靜的布加勒斯特和布哈拉，
noesis
Bucharest　　Bukhara
而其它的行數呈西-東橫貫走向，從邪惡伊曦充塞的馬來西亞和滿是持棍警察的
Issy　　Malaysia
保加利亞和貝爾格勒一路尋找過去，雖然它看起來就那麼丁點大，咻一喙就無
Bulgaria　Belgrade　　　　　　　　　　　　　　　　　　　　[臺] 吸一口就沒了
去，卻像片魚鱗般和其它搖籃本古代典籍偎依在一起，伴隨阿爾巴尼亞共同成
incunabula　　　　　　　　　　　　　[阿爾] shqupni
長，小歸小，它還是有俱足完備的方位基點。沿著這些中規中矩劃出來的柵欄，
cardinal points
筆畫若斷若續的文字在那兒奔跑、行軍、駐紮、走路、在拿不準處停下筆來磕磕碰碰地亂點，在比較安全之處又叒叒叕再度碰碰磕磕起來，好像一開始的時候是壓在一方工整的棋盤上，然後用黑刺李的荊棘尖兒沾燈黑炭劃出來的。這種
　　　　　　　　　　　　　blackthorn　　　lampblack
反基督的十字交叉方式，沒啥說的，準是屬於前基督時代，但是，自家生產的
shillelagh
襲雷屙[11] 手杖還能對書法有所貢獻，顯示寫字本身從未開化的原始本能過渡到文明前的野蠻行為，是有顯著的進步和發展。有些人真把書寫當做一回事來看，
　　　　　　　　　　　　　　　　　[臺] 精明能幹
相信此動機或許跟大地測量有關，或者呢，那些比較嘮跤的，則認為跟家庭經濟之類的事務有關。可是，朝此方向從此端寫到彼端，然後180度轉彎，再從這端寫到那端，一行一行垃圾般的字母往上碎裂開來，一列一列添加的長梯往下
　　　　　　　　　　　　　　　Shem
呼喊墜落，直接摔進我的老家你的墓穴裡，閃躲不掉的，那兒見囉，然後呢，
　　　　　　　　Japhet
如同先前一樣，你又爬了起來，耶，飛弋迅疾地又跳了回來，從發酵母麵團那
　　Ham　　　　　　　　　　　　　　Hum　　　　　　　Hamlet
般的含，變成爛醉臥床酣睡不起的杭，從挺身而起的哈姆雷，變成醉心文學和

---

[11] 襲雷屙（shillelagh）手杖取材自貌如其名的黑刺李（blackthorn），成品通體保留原本的尖銳突刺，是愛爾蘭人鬥毆、打架、鞭笞時常用的工具。

人文、長眠不起的鼾姆雷,在堆滿垃圾滿目荒原的西方世界,何處可尋智慧? ^(The Waste Land)

　　提供另一種觀點。除了原本就有的吸墨沙、吸墨粉、吸墨如酒鬼的吸墨紙,或是軟質抹布之外(在我們這個舞文弄墨的酒鬼社交圈內,任何資深老手,或是力戰不懈死巴著吊車尾不放手的寫手,都可以在以下這一幕被觀看的場景中看到自己類似的情境,一間 50 年的寒冷老舊斗室 ^([阿爾] ftoftë),小不隆咚四壁通風 ^([阿爾] odë),噓噓噓噓 ^([阿爾] qiri),立著蠟燭、冰若硬岩的座椅上有一灘歡樂綻放潑灑出來的雪利酒漬 ^([阿爾] karrigë),晚餐是一盤炒蛋和 10 根加兩小根黑乎乎的都柏林羊血腸 ^(drisheen),可容納神級海量的帶柄大酒杯盛著屋內四處壓榨出來的阿爾巴尼亞殘酒 ^([阿爾] portogal),一顆葡萄牙柳橙,麵包夾雜在層層疊疊堆在沙發 ^([阿爾] sofër) 和餐桌上的無數書冊 ^([阿爾] bukë) 中,我啊,阿母常常告訴咱們的,你記得吧,小貝比穿著尿布拉一泡那時候,不管是兒子、女兒、姪兒、姪女,以後當里昂茶鋪女店員 ^(nippy) 也好,當操刀屠戶也罷,當彌撒神父也行,就是別當打懶毬的查某體那種人 ^([臺] 娘娘腔)),過去四界迌迌 ^([臺] 四處遊蕩),歲月在信紙上沖積出一層近似泰瑞西亞斯 ^(Tiresias) 那般雌雄共體的大地材質。最後那行句子結尾處,沾染了下午茶的茶漬(嘟囔啥呀,你們這些戲子,不要說出收場白 ^(tag) [12],不然我們的演出注定會失敗的!),一小點褐色,應和親切溫馨的茶壺暖罩,讓人深思凝神到忘我的境地,何況,不論那是拇指捺痕、個人標記,或只是一抹青澀藝術家 ^(a poor trait of the artless) 的拙劣畫痕,它的重要性乃是在信函作者繁複如神經叢 ^(plexus) 的心理情結中,創建出我們所有的身分(假如僅只一隻寫作之手,要知道,活躍激動的心靈可是數不勝數的),體會其重要性最好的方式就是永遠不要忘記在博因河 ^(Boyne) 戰役前後那段期間,大家慣常不在信尾落款。[114] 叩。何況寫個字,比起增添太多子音,省略些許子音當然只是輕微的疏忽。怎麼結尾呢?以餽贈禮物的慷慨大氣去轟炸讀者,所以囉,整頁信紙滿佈阿拉伯式 ^(arabesque) 的蔓藤花紋。你備好一壺滾燙的正山小種 ^(Souchong) 紅茶,羊脂小蠟燭的燭淚托盤,可供寫作挪借的資料,你在字斟句酌時咬嚙或咀嚼的丁香或菸葉,香菸抽一根,棺材釘一根,你在寫下文字的無窮樂趣,猶如雲雀在晴朗天空中自由

---

[12] 在彩排時說出收場白是舞台禁忌,會招致不祥結果。

自在地遨翔。所以請告訴我,為什麼要簽這個簽那個,假如每個單詞、字母、筆畫、空格都是它們自己完美無缺的簽名?有這麼一說來著,辨別一個真正的朋友,而且可以深入瞭解他的為人,比較簡單的作法,就是觀察他個人的風度和氣質、正式的服裝和平時的便服、行為和舉止,以及對慈善訴求的回應,遠比光看他腳上穿什麼要來得精確很多。

　　好吧,既然提到泰比里亞斯（Tiberias）,以及其他瀰漫嗜耄性僻好（gerontophilia）充塞淫穢準亂倫的城市,有關狂戀柔韌腰身的弦外之音,在此對這個世界有一言相告。某柔鼻彈（soft-nosed）型的細膩讀者在瀏覽全文之後,或許大概呃嗯這駭亥足以構成重傷罪（mayhem）會持性敏感帶（erogenous zone）為論點,認定那種匙羹式體位法（spooning）是普通到不能再普通的案例,以為不過是青草地上的小花癡,漂亮可愛的粉紅小內褲走光光,設計好的,在終身職堂區助理神父（perpetual curate）的門口轉悠,等確定那個老穿著散發地下儲藏室味道的法衣的男人在看她以後,默數她的一、二、三,跳!一個翻筋斗從她那輛男女兩用皆性感的腳踏車上摔將下來,就像任何一個捧香膏輔祭會做的那樣,他小心翼翼地把她扶起來,然後在這個處子身上摸一摸,看哪兒受了傷,並和藹可親地問道:這陣子都跑哪兒去了,葛瑞絲・歐瑪莉（Grace O'Malley）?憑主恩典哪,怎麼把自己傷成這副德行?我的孩子,有沒有乖乖的呢?沒跟啥壞男生有可能進一步怎樣吧?還能跟誰怎樣呢,我的準乾爹呦?然後就張得更開了點,等等之類的,不過我們都是些心靈齷齪的老傢伙、醜陋的大灰熊、爛熟的無花果、精神變態的心理分析師,反正就是對著這個愛麗絲（Alice）那個哀力嘶擠出算不上蒙娜麗莎（Mona Lisa）微笑的微笑,她們年紀小容易受到驚嚇,隨便騙一騙,大家就成了快樂的好朋友,橫豎都是榮格（Jung）和佛洛伊德（Freud）那一套,待在買笑房間的陰暗處（我們長期以來一直在她們身上,私密,當然囉,相當私密地,施加這套具有神諭威權的附耳告解術（auricular confession）!）可以（我們若無其事在秘密暗室中販賣沈默寡語）告訴這個鼻管內濕答答的女孩,父親這個角色,在現下那麼多枝條往上竄生那麼多色彩爭奇鬥豔的情境下,不見得非得是那個不顯山不顯水毫無表現的血親（常常阻

撓我們蓄意違令），只會支付我們廉價餐廳的帳單，脅迫我們要乖乖聽話，而且，副詞何辜啊，卻給他用得離題千萬里，搞得大家一頭霧水，諸如**看起來相當麥可神父地**，之類的，可能用來修飾在**女性外生殖器官的視鏡之下**，最後，還真是個如假包換精神耗弱的小花癡，瘋想當寧芙水仙子^{nymph}瘋到近乎宗教狂熱的地步，內分泌-松果體那一類的問題，性別錯亂的家庭血統，加上以現在的成見搬演她過去的創傷，以及某種類似陰莖持續勃起^{priapism}的原始衝動，從臀部油然而生，在與母系血親聚集交合之前，迫切渴望能跟父系血親先挨拶^{[日]招呼}一下，在她滑膩溼潤的減數分裂^{meiosis}作用下，會滿心歡喜地提到某個傢伙迷人的臉蛋和有如觸鬚的手指。然後。嗯嗯。我們可以。對呀。需要說什麼呢？就是薄紙一張盡可能承載最有人味的小故事，以實際情感層面而言，[115] 就如同撒羅滿王的雅歌^{Song of Solomom}那般唱呀唱，汗珠晶瑩的鮭魚如此述啊述，豐美的食物和儲艙的糧草，然而，卻又如同艾茲拉^{Ezra}寫的那些無意嚇唬人但不經大腦就脫口而出的、又短促、又草率、又魯鈍、又直白、糊搭拉成一團類似爛菊花的東西：貓，貓的媽咪，貓的老婆的媽咪，貓的老婆的另一半的媽咪，貓的老婆的另一半的媽咪的媽咪，所以還是回到我們的主題，因為我們精讀過《我擔任將軍的紅寶石日子》所有頁數之後，大家也都知道，充分顯示巴克利^{Buckley}高舉的布爾什維主義^{Bolshevism}已迅速擴張，**射擊砰砰砰代表重大成就**，麥可神父口中**白色恐怖的紅色時代**等同於舊政權，**瑪格麗特**^{Margaret}**象徵社會革命**，**蛋糕是影射黨產**，而**親愛的謝謝您**表達國家的感激。總而言之，事情就是這樣，我們可是風聞過斯巴達克斯^{Spartacus}在那些囚室之間進行的串連。死手^{Dead Hand}，你這陰魂不散的舊勢力，我們還沒給逼到像科克郡^{Cork}那種的破旮旯！我們還會思想起那個清晨^{[歌] The Foggy Dew}，霧露濃重，所有噙著淚水的志願者，不如蛙命的法國猶太人，以及遠處更為甜美的另一個世界，現在我們得思考^{[歌] Ere One More Year Is O'er}，在一年又結束之前，這些革命的墨跡發生在西方的都柏林這座美麗的^{[歌] In Dublin's Fair City}城市，那又如何。我們反穿大衣把自己變成叛徒，把海岸變成瀰漫快樂曲調的良善地方，下邊南方那兒，從大海與老霍斯岬角融合之處，刀劍與槍枝也都放

了下來,然後魯莽好膽的歐德懷爾[13](O'Dwyer) 做出了回應。可是呢,話語有其極限,語氣仍須謙和[拉](Est modest in verbos)。不管是誰,只要站在門前使目尾[臺](以眼角傳情),或是駐足靠近鳳凰公園(Phoenix Park)那堵讓我們罪臥酒香的彈藥庫圍牆(Magazine Wall)(罪呀!醉醉都是罪!)闊邊那座穹頂(ㄒㄧ)拱門旁,就算是落翅仔了[臺](流鶯),就好像無論是誰端來清清如水的蒸餾酒(清酒!清清都是酒!),即使是酒保,也當他是神父啦,不過還有還有,蒂娜(Dinah),甭忘了,在自個家園裡不少嘗試的第一次和流落異鄉後更多力挽的最後一次之間,居然有那麼多咱們上床後睡覺前功敗垂成的憾事,還有呢,滿心期待的凱特們(Kate)、結婚禮物(wedding cake)、結婚蛋糕(cate)、珍饈佳餚,將永遠直到生命的(!)她們一個個啊,口中塞滿點心甜塔,舌尖說著妓術戀語,整得連麥克(Mike),他的皮膚像牛奶那般純白滑潤,都會揮起拳頭把地獄的恨意狠狠搖進他那個煤渣渣的孿生兄弟小尼克(Nicky)的身體內,而且,瑪姬(Maggy)的茶實在泡得,或該稱呼女王陛下嗎,假如聽到的就像紳二代所吹的牛皮一樣(?)。假如把前後兩次踢被子之間張口喘氣時喃喃說出的,即使基本上都是英文,卻讓人捉摸不定到虹膜發腫發炎的惱人黑話(lingo),塞進柳條人偶模樣(wicker man)的聖公會教會執事、超越肉體的形上學專家、以及訴訟律師這幫智人的嘴巴裡,他們肯定滔滔不絕口沫橫飛哇啦啦演連續劇那樣一個接著一個排排站輪流傳起教來,這起子地痞流氓,強調什麼全母音、半母音、舌音、唇音、齒音、喉音、強音吧啦吧啦的,還說啥,舌頭立誓堅,雙唇蕾絲邊,喉頭吼轟隆,音強下氣通,簡直狗屁不通,那麼,他們會運用到哪些實務上頭?或者該這麼問,假如師法畢達哥拉斯學派(Pythagoras)研讀的《賽克思特斯格言錄》(The Sentences of Sextus)風格,把整體知識濃縮到一英尺半長的多音節單詞,即使從具備帕克精靈[14](Puck)說話特色的沃拉普克語(Volapuk)的標準論之,此單詞已如史詩般登峰

---

[13] 民謠〈歐德懷爾主教和麥斯威爾〉(Bishop O'Dwyer and Maxwell)中,英國屠夫麥斯威爾利誘歐德懷爾主教供出反教會的叛亂份子,但後者回答說,我們的法律和你們的不同。你們在匆促中妄下刑罰,我們得先掌握指控的時間、地點,還得有人證和物證。在我們進行定罪之前,必須先證明被指控之人的確有犯罪事實。

[14] 莎翁《仲夏夜之夢》(A Mid-Summer Night's Dream)中調皮搗蛋的小精靈的名字。

造極，但從他們的口中噴漿出來，卻變成豚聲嚯嚯，雷聲隆隆，充滿克倫威爾^(Cromwell)那般的嘷呼咆哮，入耳盡是些：以迦博^(Ichabod)營罷離開以色列了、哈巴谷^(Habakkuk)擁抱咱們骨屄、敞開上揚與下垂、思之極噁睜臭灌注巨蛋之內的卵式生殖^(oogamy)，一次性罕用詞[臘] hapax legomenon 命運的輪軸、希兒們、上，幹掉本體^(noumenon)，噗噗噗噗咈咈咈，在鄉下的跨牆蹬梯上面，在住家的石板屋後面，在死巷深不見底的暗處，假如蜜桃都掉光了，退而求其次，某輛簡陋的馬車上給壓在粗麻布袋下面的山楂也行，那麼，世風如此，當置人性於何地？

　　所以，你都經歷過了，愛情啊：那是-那是睪丸和奶泡：而且永遠都是如此：啊，眼淚和傷口，直到消磨破爛，直到淚流滿面，[116] 直到世世代代。把深夜從我們這兒偷走，把空氣從我們身邊竊走^(15)，用披肩裹覆日漸纖弱的情愛，我的！這兒，喔，在這兒呢，橫遭羞辱的美少女伊索德^(Iseult)！以及耳力不濟的英勇叛徒！觸電的一瞥、生育的嚎哭、墳塋的肅穆、時代嬗替的川流不息。火和風，土和水；既然天主的公子有如太陽神那般、在工作天隨意選取隨意照耀在人的女兒身上；一聲滿足的炸雷，一段沒好的婚姻，一場糟糕的守靈，要糟，醒過來啦，健康好的很，據說，地獄可是好地域啊；如此這般，那就是停經人妻失去又贏回的命運，就像他那把令人不寒而慄的綠色絡腮鬍子在那是誰啊的下巴上，她全拔除乾淨了，卻又都長了回來。所以，你還能怎麼辦呢？唉呀呀，哦，親愛的，能怎麼辦哪！

　　假如她在少女時期就懂得好好把握六月的時光！啊，該有多好！假如他可以就只與她一人歡宴聖誕！老掉牙的故事，有如一件古羅馬女人的灰舊斯托拉^(stolo)衣袍。從基內^(Quinet)到米什萊^(Michelet)，從同名的施洗約翰^(John the Baptist)和詹巴蒂斯塔^(Giambattista)到布魯諾^(Bruno)，從小腿往上燒到細麻布衣，都是同樣的故事！用聲音來表達，用符碼來輔助，因此世界增添了通用語^(Universal)、萬有的多喉音語^(Polyglutural)、輔助性的中立成型語^(Neutral Idiom)、聾啞人的手語、愛情

---

^(15) 聖經・思高本《伯多祿後書》3章10節：「可是，主的日子必要如盜賊一樣來到；在那一日，天要轟然過去，所有的原質都要因烈火而溶化，大地及其中所有的工程，也都要被焚毀。」

的花語、僅限於少數地區的雪爾塔語、剝皮製標本業的飛翔語、反對納妾的屍言毒語、贊成娼妓的「你，就你啊」、阿拉伯流浪兒的街頭語、變成珀爾斯‧歐萊里之前的歐萊里語、任何在大廳公然舌頭溜屁眼的跪舔語，以及其他任何一種語言。自從嚮往結婚的包打聽、調皮搗蛋的**不行不行娜奈特**和總是呼喝嗨嗬嗨嗬的挖金礦工哈利開始共踩輕快步伐漫遊棕櫚大道後，彷彿就有小股火焰時不時從腳下的草皮倏忽冒了上來，好像呼出熱呼呼的鼻息，輕輕揚起她沾染泥炭的小襯裙，陶壺為君煮茶水，我的良人哪，汗滴菽粟為奴忙，對吧，早就跟你說了嘛，然後說這個說那個，說個沒完沒了，怕得說到蒂波夜[16]才說得完：喝那麼點茶沒差啦（當贏得的權力和美酒抬起後腿，踢飛光榮不再的可憐男人的提桶時，那般狂歡作樂和人神共厭的人生，總會再次證實，那些個蘭羅們都是活活渴死的[17]），過去長達上百萬個千禧年以來，累積高達上億讓人脾氣暴怒的膽汁性痼疾，*該辦的事還是得辦啊*，我們性好混合競賽的混血民族始終在高喊綠樹-、白葡萄-、金黃好酒—，三聲謹呼之後，再加碼吼出兩聲唬-嗚—，在新阿姆斯特丹**彼得酒館**海灌阿姆斯特爾啤酒，在老鴇羅網滿佈的聖保利區流連往返，騾馬馱蘭姆替他送了終，讓他在南美吃下最後一餐（即便你只是嗜舔鮑魚的正常天主教徒，那地方還是會為你準備一個小母雞般的修士弟兄），這封舊世界的宗徒書信，關乎他們的風雨奮鬥、他們的結婚狀況、他們的喪葬禮儀，以及他們的物競天擇，從最頂層幾經翻滾跌落到我們腳跟前，以化外的風采傳達坦率的感觸，寫於深夜或凌晨，有如一杯女雜工泡的茶水，熟悉的味道，雋永的餘韻。我正把托碟放到熱水裡燙著。哈哈！你也正在你的破荷蘭屋內把火燙的荷蘭烤鍋放涼。呵呵！她說她城鎮故事的時候，腳趾頭還露出襪子來呢。呼呼！

---

[16] 俗語，表示永遠不會來到的日子。

[17] 法國諺語，英譯為 died the death of Roland，表示「口渴致死」。原文 Roland 的 n 和 l 位置互換，變成 Ronald。

是這麼著，茶煙占卜和泡茶算命有可能會像靈魂投胎那般精準密合到如同鉚釘和螺栓的接榫嗎？在這個微不足道的自由邦中，我們卻仍舊堅守憲章訂定的法躪跪則，然而，我們對於命運的整體意義或許會有難以撼動的疑慮吧，要詮釋文本中的任何一個片語，[117] 要破解每個片語中每個字詞的意義，不論我們的《愛爾蘭獨立報》每天能夠多麼毫無羈絆地鼓吹愛爾蘭獨立，面對該信簡作者的真實身分，以及全盤一貫的權威本質，我們必須以極盡誇張之能事加以質疑和詰問，不容有怠惰懶散的空間。讓我們就此打住吧，沃蒙德酒店，服務生，把酒端上來，讓我舉杯祝你健康，鬥嘴和紛爭就在叮噹叮噹中消聲匿跡！表面上，我是在千軍萬馬中以電光石火的速度從奔騰的馬背上跳躍回到我們關於雜亂失序的馬匹話題，我說水牛比爾啊，你還真是頭困惑迷失的公牛，對於你套上防滑鐵蹄的那顆心靈來說，這整件事就是只此一次徹底完成的玩意兒，不過呢，看吧，在某某地方的某某特定時間內，就是這樣完成的，不管是一天或是一年，有人甚至還猜測，這封信終究會變成一連串編有系列碼的，哎呀天可憐見的，誰會知道到底是多少日子或多少歲月呢。不管怎樣，無論是何故，無論在某處，或許是書中記載的大洪水之前，或是在她退潮之後，某人的名字給登錄在他的電話聯絡簿中，朱紅屠夫白羊毛柯可雷倪爾斯或是高盧莽牛怨毒雞迦羅陶瑞斯，就是他寫的，都是他寫的，都是他寫下來的，哪，就這樣，成了，標下句點。毫無疑問就是那樣，很有可能就是如此，足以浮一大白，不過想得越深的人總像巴克斯隨身會拎著的一袋酒囊，心裡下意識地老是覺得，這種老掛在嘴上的「哪，就是這樣」和「嗯，確是如此」，只表示他眼中只看到他想看的。為什麼呢？

因為，權威的寫手、受苦的心靈，我們的巴貝耳經師啊，假如事情到了那樣的地步（各個屋頂的老虎窗內，嚼舌八婆的流言蜚語會像眾人扯開喉嚨大吼大叫喊抓賊那般湧向街頭巷尾，對真相更加篤定、塗鴉在牆面的文字，則會提高更大的聲量，把狗仔八卦穿雲裂石般傳向大街上蟻聚麇集有如塵埃粉屑的騷

動男子們），在這看似混亂無序實則混沌未鑿、主客不斷交叉互換的所有大千宇宙中，不管如何，萬事萬物芸芸眾生總是跟那隻吃得狼吞虎嚥叫得咯咯響亮走得步履蹣跚還會一跤砰磅摔倒在垃圾堆上的天殺的火雞都扯上點關係，每一個人、每一處地方，每一件事物總是無時無刻不在移轉和改變：出遊時攜帶的盛墨獸角（可能該稱為添尿加屎的壺吧）^(inkhorn)，龜兔那般賽跑的筆和紙，那些反對共同創作的聲浪彼此之間或多或少相互誤解的心思，還有隨著時間的流逝會產生各式各樣的屈折變化^(inflection)、發音不同、拼字有異、意義變動的聲詞書寫符號^(vocable)。非也，非也，願佩羅^(Perrault)屁佑我，那並非一大堆的墨漬、污痕、刪除槓、細毛球、呼拉圈、扭爬蠕動、和並置疊加的塗鴉符號，以短跑衝刺的速度夯不隆冬銜接成串之後，因效果偏離原訂目標所造成的，啥罪罪滲滲滲鬼扯蛋、灑下紫玉血斑^(yacinth)的暴動行為：那只是看起來像詛咒它一樣地去喜歡它；而且，當然囉，我們真的應該心懷感恩好好歇息，在這個糞蠅飛舞天色漸亮的歡愉時刻，我們甚至還有墨汁已乾、尚可書寫的碎紙片，為著咱家己^([臺]為了我們自己)，還是可以拿出來秀一秀，撕碎丟到草叢裡、留下來放一邊、或翻一翻瀏覽看看，隨你（我們搶風犇駛衝向自己，就如同那個靈魂釣魚翁^(kingfisher)，當他拎著貓咪步出舟船時，所揭露的秘密[18]），在一切都沒了，在一切都被掠奪殆盡之後，甚至那些藏匿於地球最隱密角落、距離人煙最罕見的山崖海角的新造字詞，都無法倖免於難，[118] 然而，我們窮盡所有可能的方法，虔誠地親吻腳下的土壤，同時為了在造化乖舛的戰爭中乞求點運氣，抓把塵土，站穩本壘，以左撇子投球的技術，往後拋擲過我們本壘形狀的肩胛骨，以彷彿溺水的雙手緊緊摳住這份書信，絕望地死抱著僅存的一絲絲希望，期盼憑藉愛智愛明的哲學之光（願她這位睿智的弄臣^([法]sage-fol)永遠不會離棄我們！），無論是這樣或那樣，所有事物都會在下一刻爭執中開始變得稍加清晰明朗一些，而且假如豬天神明真會保佑一切順順當當的話，十之八九那些殺千

---

[18] 雖然說「放貓出袋子」（let the cat out of the bag）有「無意間洩漏秘密」的意思，但法國迪耶普（Dieppe）的漁夫在船上是從來不可在言談中提起教士或貓的，更遑論帶貓上船。

刀的是會成的,好像絕對必定就是如此,好像,我只跟你說,這話,法不傳六耳,因為萬事萬物都有其極限,所以絕不可傳喔。

因為呀,那隻母雞跟農婦一個樣,性喜腐爛的味道,尤好從狐狸身上剝下來散發出濃烈惡臭令人噁心嘔吐的皮毛(蘆木的安全防衛召喚磁場強大的災難)^{calamite [拉] incolumitas [義] calamita calamity},她方能審慎檢驗那些非凡物件上,激於義憤填膺以致揮筆如抽而寫成宛如鞭痕的弧形筆跡[19]:那些在精密策劃審慎執行下,被扃鎖或阻絕的圓圈圈:讓人盪氣迴腸、誘發無盡擬吏、像嗅跡一樣拉得老長卻還是沒有寫完的句子,或是結尾省略子音的字詞:線軸抽絲越抽越長的八卦謠言,上千個外形酷似金玉鳥蛋^{[日]睪丸}旋轉有如馬車輪幅的聖像光環,如今(悲哉!)早已模糊難辨稀薄如空氣的絨毛煙霧四處飄散的聖像面容,全部都以提比里亞^{Tiberias}的風格無分陰陽地修飾伊耳維克^{Earwicker}起首的大寫字母:模仿故意引起困惑、代表基督押花字母的凱樂符號^{Chrismon}而設計出狀似三石坊^{trilithon}的符號m,並在一陣結結巴巴又-有-猶豫-有夠幹^{heck}的之後,就以逆時針方向,ᴇᴴc代表他的頭銜,其縮寫標誌^{siglum}就是小型的△,以字型而言,經過恩典在自然狀態中的某種變化而孑然一身時,可暱稱為 ALP,也就是縮寫的阿爾卑斯山,或是意義為河口三角洲的希臘第四個字母,站在牽手身旁,手牽著手,掰伙兒[20]歪穩腳跟相互撐持(雖然說是這麼說啦,因為呢我們從契丹人^{Cathay}的圈子裡聽過,那隻母雞,會像鐘面的指針一樣,在走過第 2 大格第 8 大格和第 12 大格的第 1 小格第 5 小格和第 4 小格之後,都會有如陷足泥濘中的蹣跚趑趄,可不僅僅是痙攣個滴嗒一兩響而已——香江是香港,甚麼是 32 ——若以愛爾的年份來看的話,20 減 9 那個月份的第 30 日,以及我們自己蒙昧無知的通俗紀元^{Vulgar Era} 432 年和 1132 年,不用去管對應的是哪一年,為什麼不把前者m當成是一間村落旅館,後者△當成是上下顛倒的拱橋,一個乘法符號x標示前方有交叉道路,而身軀佝僂的你呀像支 S 型掛勾,就當成家裏壁爐的吊勾彎架⊏,他們▢形的老舊四輪馬

---

[19] 以下是敘述者對於《凱爾經》(*The Book of Kells*)的描述。

[20] 山東龍口用語,「掰伙」指非婚同居,外人稱其對象為「掰伙兒」。

車當成是野性未馴的烈馬奔馳的草原；茶，荼也，⊥型樑柱撐起的茅草屋頂，不管啦，就把它當成是未來某日和伊凵會泡的一道茶，而他那位失落半邊的 ⊣，
[F] Champ-de-Mars
就當成是通往生產死亡的戰神廣場內那片愛爾蘭墓園的一條死巷，沒錯吧？）：宅居室內心中獨白的傢伙：至於這場尚可原宥的混亂，有些人怪罪那根短棒，更多人怪罪煤煙，不過，甭客氣，反正撒尿的 p 斜戴小圓帽倒是常常被誤認為是把尾巴含在嘴巴裡含糊吐出謝囉的 q，[119] 因此，才會有你們的 P 里斯多福·
Pristopher
Polumbos   Kat
P 倫布，因此，才會有我們的老 K 長老教徒 K 特：那些簡潔機靈又機車的橫線，在修剪齊整一成不變的真理字母中，向來沒有從正確的角度完全把 T 和 t 劃對過：在字裡行間的工中央陡然噴濺出來小兒鬧彆扭亂發脾氣那般大寫的工整字母：好像五顏六色彩帶編織而成的窩巢內那隻田鼠那樣將自己狡獪地藏匿在層層綢緞幔帷所構成的困惑迷宮裡的一個字詞內：長有 B 字型荒謬牛蹄的蜜蜂，以一齣比聾啞演員的表演甚至還要更為普通單調的愚蠢啞劇，向大家披露，生而為比紳士更紳士的男人，是多麼艱難的一件事：瞧瞧這個被代名詞替代之前
funeral
的名詞，喜喪 [21]，鐫刻表面、修描輪廓、磨潤邊角、鋪置軟墊、活脫脫就像一顆
pemmican   whale's egg
填塞印地安人乾肉餅的鯨魚蛋，笑鬧旨趣盡在其中，注定要被鼻頭永遠頂啊頂的頂上整整一兆次以上之餘，再加一個夜晚，直頂到他的腦袋瓜子，要嘛疲累到任其沈溺黑甜水鄉，要嘛緊跟在那個苦於理想失眠的理想讀者身邊，奮力繼
obelus
續游下去：那些紅赭色的劍標 † 有如辣番椒粉般撒落在紙頁上，喚起大家對於
misalignments
筆誤、疏漏、重複和中心線校準誤差等等不必要的注意：即使（也許是因為地域性或是個人的緣故）以轉訛的發音「鄙下」來取代一般較能接受的「陛下」，
[臺] 靜靜地
也沒什麼大不了，恬恬歡喜一下倒還不錯：那些個看起來纏繞交錯眉高於頂的希臘字母 ε，笨拙的小丑，那兒這兒四處亂躺平，如遭鷹隼追逐、勉力逃回雅典的一群過時的疲病貓頭鷹：還有那對 g 和 g 也不惶多讓，原本跟我一樣，耶穌會精心雕琢的理想範型，但後來呢，兩膝跪地，爪趾朝西，心含慍怒，姿態

---

[21] 取其表面字義，無涉相關文化內涵。

醜陋：東哥德人撇大條的鬼畫符文字影響伊特拉斯坎人在馬廄裡某些說話的用辭，簡言之，幾乎在每一行的最後總得顯擺點學識淵博的味道：駱駝穿過針孔和希伯來字母ב穿過眼睛，兩者持續苦幹合起來硬頸兼鐵齒的力量（至少是 11 個男人相當於 32 馬力的雜技演出水準）：像這樣子，譬如說，完全毫無預警轉個圈再繞往左側朝向過去的痛處：那些朝上掀開張大嘴巴的馬桶寶座，正看成桶側成 U，一個你來一個 U，兩兩湊成 ⊂⊃（關於某遍佈泥濘的地中海文明的發源地，是否因為男人解手時以黏著語出聲詛咒的嚕-嗚-嗚—吐-嗚-嗚—太過—青-枯-枯—面色—好痛啊——，或是，破曉時分透過木門的窺孔隱約模糊地瞅見他那個巫毒般的馬眼一時心頭火熱之際打翻馬桶時發出短短一聲的驚呼），以噗通直落完全達陣的決心端坐其上，無可避免地提醒我們和你倆，她那再自然不過的天生野性，而那讓人坐立難安，吹皺一池春水的淘氣小精靈 F（妳那個野蠻兄弟使用的長有犄角的古希臘字母 [22]，除了從某些男女皆宜的高檔小名妓那雙褪色的嘴唇還會口吐 F —之外，已經很少聽到有人那麼說了，倒是還常用於兩種印刷粗體字上——其中一種跟他那個與克勞狄烏斯同等死腦筋的弟兄沒啥兩樣，[120] 話被打斷然後花時間來談這，值得嗎？——我們的寫手在莎草紙上謄抄時，就拿來當成修改的標示符號），在這面扉頁之上躡手躡腳，潛蹤匿行，靜默沈思，ꟻ，以感覺尋找想法，在茂密文字的冗枝雜葉中，憔悴瘦弱，神態萎靡，佇立菱花窗櫺邊沿旁，月桂樹葉如連身馬甲覆裏半身，微微顫動間，可見枝枒交錯裡忽隱忽現的青蛙，來回踱步，皺上眉頭，瞻之在前，猛然在後，拋擲語句，四處亂丟，不然就是迴轉過來，傳達半減卻 [23] 的指令，稍加抑制些，ꟻ，拖拽著一條鬆開的鞋帶：在我們原初父母開口說話之前的奇特警告符號（就是完全不知該怎麼說才好的東西，順便一提，像水獺或是毒蛇好了，該長尾巴的地方，有時是一根手掌，更多時候是一大把連紅果帶綠葉的莓實漿果鵑），古

---

[22] F 源自於古代腓尼基字母 ᛦ。

[23]「半減卻」是英式馴馬術的口令，目的是讓馬集中注意力，好配合騎手接下來的動作指令。

體文學者稱之為茅草屋頂漏水之裂縫或阿倫島人透過他帽子的破洞語耳聲低，
                                           Aranman
顯示接下來的文字可以依任何想要的順序來理解，阿倫島人的洞帽子透過低聲
耳語他的破（就在這兒，再度敏銳再度開始，讓聲音的意義和意義的聲音再度
成為一家子）：那些取代黑點、字形扭曲的 H，音調尖銳目空一切，稀有中最稀
有的搞笑演員，很容易啊這裡癢啊那裡癢，有如 i 上面小黑點的兩顆眼珠子滴溜
溜轉，在我們撐著 J 形傘亂過馬路時，一下給犁到左邊看看，一下給犁到右邊
看看，起頭、中間或收尾，毫無關係可言，總似有一堆患有酒毒性譫妄的 j 呀 i
                           sahib
呦 i 呦 j 呀的，硬是醬糊糊地擠在裡頭，各位先生哪，擠成沒眼沒珠的，就跟絲
                       underline
線蟲沒啥兩樣：那些坦白無欺卻難以捉摸的下橫線像天真無邪的暴露狂閃現搖
擺不盯的小內褲：那條獨具異國風味、狀似蛇廐的 S，自從我們依循禮法將彼驅
逐出神聖文稿之後（大概如同目睹一位全身純白經常使用右腦的小淑女跨坐在
cockhorse
玩具木馬上，前擺後搖到幾乎頭下腳上空中翻跟斗那麼來勁兒，不啻一陣怪風
胡吹風標亂轉，會把人搞到淋淋濕手的），變得更加冗長更加陰鷙，在抄手運筆
的力道之下，似乎把它驕恣傲慢凜然無敵有如上實發條的緊盤身軀，軟化成鬆
鬆垮垮的螺旋彈簧，攤在我們的眼前，活像一隻懶洋洋的蜥蜴：摹繪母音的雕
工詭拙粗蠢，毫無音樂的律動可言，啊哈，有如被施了黑魔法似的，喔哦，歌
      podatus   arioso   canon   fugue   cannon
劇，波達圖斯、詠歎、卡農、賦格全都化成恍若十座加農巨砲轟隆下驚慌逃難
的呼喊聲：小心翼翼地省略了紀元和年份，惟獨留下完稿的日期，這似乎是作
者僅有的一次，至少把握住何謂克制之美：尾端與開頭之間表裏不一卻溫潤滑
   conjugation
溜的接合與變位：備有次好的小圓麵包、以新潮華麗的挖墳活動為主題所舉辦
                          Munch
的吉普賽婚禮（增補文獻：那些類似孟克吶喊的大嘴巴用力吧滋吧滋咀嚼的食
       Bootherbrowth
物僅僅出現在手稿編號 Bb 的布胡瑟布霍斯家族中，該家族出身奶油麵包師，是
                                                    [中] Lun
故──鱈魚 [第四冊]，乳品 [第二卷莎草紙]，蛙鳴早餐 [第一十一篇]，蔡倫
午餐 [第三篇]，呱噪正餐 [第一十七篇]，啜飲晚餐 [第三十篇]，吃飽喝足，
圓滿總結 [1690]：該評注者曾餓到誤把糕餅師傅的喪鐘聽成賣鬆餅的鈴鐺）：在

四個縮寫的 & 下面，[121] 我們自己可以在經歷那些匆匆流逝的歲月之後，以銳利如刻刀的一瞥，以溫柔似撫摸的情感，接觸到那個字跡凌亂的寫手量筆如飛時溫暖短促的輕柔喘息：信函起於錯誤的呼格^(vocative)，終於戳有孔洞的賓格^(accusative)：回想起那個一度鍾愛的數字，充溢胸懷卻苦於無法言宣的英雄式苦悶失語症^(aphasia)，一步比一步滑溜難行，逐漸導致連自己姓名都會叫錯的失憶症^(amnesia)：接下來是那些在喉頭低沉咆哮的 r--rrrr！那些 r 呀，篤信聖經、好鬥成性、深諳戰爭藝術，在定音鼓、筒鼓和雙簧管樂聲中，個個看起來像極了海盜旗的骷顱交叉死人骨標誌，乃高級教士的圖像文字，從休戰協議確是真，掠奪財物方是美，真中有美美中有真的那本紅字神聖公禱書^(The Book of Common Prayer)中，硬是把雙手搞到血淋淋才拽出來的字母，喔，[拉] oremus pro pontifice 讓我們為教皇禱告，喔，讓雷穆斯^(Remus)為羅穆盧斯^(Romulus)禱告，酒保從高高的聖殿尖塔發出 rrrr 的粗聲惡氣，瞄準相當靠近兩個么點的方位丟下烈黑啤，那四個沒有教堂可去的酒鬼，以《魯拜集》^(Rubaiyat)的四行詩高聲歌詠，伸手接來液體煤玉^(ruby jet)，自從洛舞釀酒廠^(Roe's Distillery)一把火燒得精光後，再也沒有大口暢飲「夜晚烈焰之杯」，只能喝裝在戰戰哆嗦酒壺罐內的「白畫甩骰盅」，咣噹，我手上一把臭牌，出你的紅心吧，就可以帶走你心愛的婊子了，六鳴節鐘響^([瑞德] Sechseläuten)，炸得你渾身藍血糊糊，好啦，好啦，她是您的了，大爺，好好兒咣噹咣噹她，喔-喔—好女人哪這個，大紅頭髮，卷得像紅龍蝦的鉗子，呃，見過鑰匙扣環吧，瞧那兩片玫瑰豔紅的胭脂嘴唇，賊忒大膽的小妖精，咣噹，老天爺啊，歐瑪拉^(O'Mara)也有過啊，他就是搭上那個臉頰紅咚咚頭髮咚咚紅的鄉巴老惡棍，等等，再給我一點，咣噹，天老爺啊，你跟他一模樣，他可沒這麼看本大爺的搶五墩大殺技黑桃王牌鏟^(spoil five)、鏟、鏟^(spade)、鏟，全家死光^([粵])，咣噹，替他在他的豬玀國王那張到處親人的嘴巴上，用力搧上一記響亮的耳光，馬爾他騎士團的國王信使^(King's Messenger) K. M. 歐瑪拉^(O'Mara)，你死哪兒去了！：那時（過來到左手邊走道，然後順著角落往下走）原有三片如四唇咂嘴的熱情吻痕，或是三抹較為短促輕吻的貼頰印跡，早已在極度謹慎過分小心的處理手法下，從 𠬠ㄋ²⁴ 縱橫的信末附註箋頁上抹除剔淨，顯而易

---

²⁴ 小篆字體，意思是「交叉」

見，就是這封信賦予《凱爾經》(The Book of Kells)靈感而設計出晦暗的「爾時頁」(Tunc)²⁵來（而且連瞎子都看得出來，不多不少就剛好有三組申請加入玫瑰十字會(Rosicrucian)的候選人馬，在破壞《聖高隆之書》(The Book of Colum Cille)完整欄框的邊緣四方格內，等待輪到他們的時辰，嘎嘎擠擠塞在他們悶死人的三個投票亭內，然後分別開來供策展委員會(hanging committee)逐個審查，大家常說兩人成伴就夠了，委員會也不例外，就先從老相識瑪竇(Matthew)本人開始好了，因為獲頒優異學位的他曾經說過，「爾時」其實跟「自從那時」沒有不同，大家說話總已掉入因循習慣當中，當對某人說話時，提到的兩人成伴，其實就是暗示沒說到的那一個是三人成行的第三者，然後，最後那個吻痕唇語可能被解讀成喇舌熱吻，不管那時這個跟人擁抱的傢伙姓啥名誰，假如他邊下筆邊把舌頭頂著他的——或許是她的——腮幫子，隨便塗鴉開開玩笑罷了，當時說不定事情就是如此）：在這份備受指摘字跡潦草的塗鴉上面，顯示一行頹萎疲垂微微傾斜的字跡，逐漸越縮越細越細越淡終至洇漫模糊消逸無蹤，這是明確無誤的標記，說明未臻完善的道德盲點：太多了，那些四腳仔 M，多到不可勝數，不計其數——[122]為什麼要把咱們親愛的天主，祂的第一個拉丁字母拼成既大且粗的 D(YHWH)（呀，喂？爺(Jehovah)，何話？我是我所是？為什麼，喔為什麼，喔為什麼？）——不成不變的 X 提出老掉牙的問題，和倒數第二章的 Y 回以睿智的答案：無論是第 18 章，或是第 24 章，反正都算是 Z，最後一章，不過要感謝莫里斯(Maurice)‧達蘭季埃(Darantière)²⁶，至少終究是把該說的都說了，該做的都做了，最後一段算是簽名的花押，彰顯潘妮洛碧(Penelope)那般的恆久耐心，其作用實不亞於 732 筆畫的書末版權頁緊緊尾拴著那條跳躍的活結繩索 P——因此呢，都是些什麼人吶，既驚愕於所有這一切，仍會熱血奔騰奮力挺進，慾求一窺在枝枒交錯肢體纏繞之間，一隻陽性拳頭伸出的食指 ☞，印刷的參見符號(printer's fist)，規格一致樣態淡定，是如何以嚴明的

---

²⁵ 《凱爾經》這一頁的開頭，是《瑪竇福音》27 章 38 節：「當時與他[耶穌]一起被釘在十字架上的，還有兩個強盜：一個在右邊，一個在左邊。」句首「當時」的拉丁文是 tunc，聖經學者據此稱呼這一頁為 Tung page。本書譯為「爾時頁」。

²⁶ 知名印刷師，1922 年出版的《尤利西斯》就是他的手筆。

紀律耕犁後庭,如何以流暢的規律掃蕩洞穴,以及如何隨之引爆遽然飆向半空撐竿跳般攀佇於圓弧頂峰的陰性原始慾力?

聾啞黑屁蚊達夫-慕格立(Duff Muggli),他說的話經過相當友善的調整之後,現在可以引用了(在超高音速光控系統的操作下,透過光敏性(photosensitivity)極佳的斯科風尼(Scophony)電視機顯像管,他的形象預期在不久的將來,很快就可以如航海日誌般記錄下來,一切就等好色有限公司(Chromophilomos Limited)開發出十萬分之一微安培的音調值),是他在充分掌握相關消息並細心觀察之後,首先把這種凡事慢慢來樂天認命的愛巴子師徒傳授教育理念,稱為意外不斷的游溺徒廝(Ulysses),或是四足當手掌四分相關高度協調(tetrachoric)的靈長猿猴,或是公鴨母鴨飛踏水面那般打水漂兒亂撒幣,或是無止無盡的債務⋯⋯和越堆越高的餐盤⚒之間的意義糾葛(系列之五:《薩克斯風性音域語音研究學者在實踐中獲取道德智慧而頻發精神分裂病症的預防措施之探討》,第24冊,頁2-555),跟孔、榮、佛三位大師讓人讀起來舌頭打劫的皇皇巨著還差著好幾哩遠呢(請參閱《在新慕格頓(Muggleton)主義有關於半無良心半無意識學說風行之後的後期挫折感》,散見全文),就拿那些擅長述說鮮為人知的航海故事(幾乎都會聯想到那幾個不幸的舟子:頭戴針織帽,狀似熟甜李,伶俐脫帽禮,訓練三合一,口吮李子聾又啞,店家身形若猢猻)遨遊四海的水手來說好了,呈給古迦太基海事法庭的報告,《從人子麥克皮爾森(MacPerson)之環海史詩重駛傑森(Jason)尋找金羊毛暨耶穌基督傳播福音的航線》,早就給機巧地搞成翻船般石沉大海,然後厚顏無恥地重新再版,當成是貝德克爾(Baedeker)十二群島(Dodecanese)旅遊指南出書,就是「有故事才有趣事」之旅那一類的,心滿意足地冀望像桌上遊戲賽鵝圖(Game of the Goose)一樣,可以搔著我的公鵝和你的母鵝的癢處,要玩大家一起完。

住在提比里亞(Tiberias)雙拼房舍的文士,他們確實無誤的身分是以一種最為迂迴曲折的方式被攤在陽光下供人檢視的。這份原始文稿以漢諾(Hanno)‧歐諾漢諾(O'Nonhanno)滔滔不絕到令人難以忍受的書寫風格著稱於世,也就是說,通篇毫無任何類似標點的符號可言。然而,攤開左頁(verso)朝向灯心草的火光,這本以新式摩斯密碼撰寫的手

稿,可不讓梅瑟五書專美於前,對於我們世界最古老的光源那份沈默的質疑,
其顯示的反應令人嘆為觀止;右頁的狀況則捅出一個辛辣刺激的 [123] 事實,文
稿被一根尖叉狀器具扎刺但尚未戳破(根據大學對該字詞的定義),在頁面上
留下為數不少的利口裂縫和狹葉狀刮痕。在大家逐漸瞭解這些紙面傷口的正確
意義之後,將它們分成四大類型,分別為:停下來,請停下來,求求你─請停
下來,喔求求你─請停下來,假如深入追探它們唯一的可靠線索,也就是那一
堵心思單純的男人用以避難、表層留有抑揚符痕跡的曲面牆,牆內一大堆石皮
王皮璃禾口石卒次瓦哭叩白勺殘片粉渣,更加證實該線索十分靠譜──蘇格蘭場
方面調查指出 → 它們全部都被隸屬某位教授的一 叉子戳出 个个孔洞來;
在他吃早餐的桌上; ;以專業手法進行強烈誘引,去＝介紹某種 在空間打洞(原
文如此)?!的時間觀念(在一個平面[?]表層的「 」面上)•伊其本性和立場而言,
濃烈的宗教情懷,對人那份溫馨的真誠,溶於茶水、裹入外餡三明治、連同奶
油塗抹在火腿夾心麵包裡、依附在端給甫臥病在床的人兒那份現撿溫熱雞蛋做
成的料理中,所以呀,這麼猜想應該沒錯,空氣中那股火藥味兒,鐵定牽扯不
上我們的客人普倫德格斯特教授,甚至笨到自己都毫無察覺的地步,也不會有
絲毫關係,他呀,賺飽麵包寧折腰,什麼東西都想要,至於這一位呢,呼吸如
風行祖靈,疼疾痛風一整年,每星期,真是有夠貽笑見笑,至少去一次雞距民眾
活動中心,還把自己當成她第一個男孩的最好的朋友,而且拿她當成眼中的蘋
果、掌上的明珠來加以崇拜憐惜,雖然對她這麼個已婚婦女來說,這些都是淺
顯易懂的英文,一路讀來還是誤導了一大堆人,不過,假如水準相當,無分男
女,緊緊盯著瞧上一會兒,就能看出來,不論在哪兒,只要筆跡清晰而且用
詞簡潔之處,就會更加頻繁出現四葉酢漿草或是葉尖狀四戳孔,同時也看得出
來,它們所在之處,正是牝雞司晨的鴉嬰夫人從糞堆挖出信函後,順著本性隨
機在信函上打孔穿洞的天擇之處,完全重疊,所有思考此一現象的人,把沒頂
家園的水淹馬鈴薯、一隻生性嬉鬧的禽鳥和精通音韻的我,無論如何沒有你

啦，兩兩成對擺在一塊，身後蜂聚浪徒逐香群眾，為含羞帶怯的我發出一聲聲憐息（喔，小紅帽下美艷無方的朱唇！）夾雜在發自端莊嫻熟的嘴巴一陣陣不要臉的吶喊中。就這樣吧。事就這樣成了。遙想當年，統帥毛髮濃密金光閃閃的虎賁將士、身處年邁枯槁的老婦國度、圖謀篡奪字母的創生大業，號稱冰灣駱駝之子的粉恩・麥寇酷兒。對於事件發生後第一個月內我們所表現出來的瞬間熱誠，他致上謝忱，並表示始終是你最誠摯的朋友。至於信末附蛀，詳見掠奪戰利品即可知曉。雖然說，當時尚未讓那個水手得逞，他連一小口都沒喝到，那個駝子也還沒有到心滿意足嘴角冒泡的程度。因此呢，在亞當爹爹酒館
<small>Finn MacCool</small>
<small>Fox and Geese</small>
那兒，大夥下起狐鵝棋，仍能保持和平共處的關係。

　　經此之後，就沒太多提問的需求了，從羅馬到耶路撒冷定居、凡事一絲不苟的老鬼頭熱羅尼莫，稍受犯顏瞬間暴怒的老嗅鹽哈夫嘶納夫，神氣愛現勇氣十足來自安提約基雅的老機歪安德肋，預言精準沒人相信、蘭姆酒之家的老主顧亞歷卡珊卓，這四個老頭子，不太需要對你那些在這兒 [124] 交換體內酒精濃度、相互比賽呼吸商的週末來客問東問西了：他嘶地一聲箭一般衝了出去，糊里糊塗間撞翻了一大堆亂七八糟的雜物，然後他的一生就被剝得精光，成了大中午喝到醺醺然把自己剝到赤條條酣然入睡的酒鬼的兒子。
<small>Jerome　　　　　Huffsnuff
Antioch　Andrew
Alex-Cassandra
R.Q.</small>

　　儘管如此，我們曾聽過一首雅歌，歌中說到在他年老時，經由他准許進入海洋社交圈的眾多兒子中，沒有一個不具備嫡傳的愚昧和無知，尤其是漏風口之子塔寇・麥克唬罥。職是之故，他在這個時間點和那個時間點，變得無時不在，那個兒子，那個哪一天、今兒早晨、明天、後天，天天都瞧得見。憂懼心迪爾梅德的名號就是那樣給加在撰寫詩篇小伙子身上的，可說是：同輜共軛真愛侶，騁慾大漠千萬里，眾家女兒大出走，循蹤覓跡覓情旅，個個都是拓兒芭[27]扶養長大頸線優雅精擅追捕的嬌嬌女。緝捕歸案後，會交由嘮哩嘮叨像個街頭拉客落翅仔的英國軍方代表湯米・阿特金斯來處置發落，先前老是把他跟另一
<small>[歌] Song of Songs
Tulko　MacHolley
Diarmaid
Torba
Tommy　Atkins</small>

---

[27] 麥克庫爾的父親有眾多妻子，拓兒芭是其中之一。

個人，某個媽媽桑吧，弄混在一起，會勸他服刑兵役上千年，專門用來奉伺老年人。也許蓄把鬍鬚，你剛剛是這麼說的吧，再配上一副水泥定型的愉悅可愛表情？然後拿把梯子架在難分等級一層高於一層的撞球大廈上，輪不到德國佬
Hans   [臺]信
漢斯驛使啦（咱愛爾蘭叫做送批 ê 碩恩），他以前或許有過，現在假如可以多
    [臺] 囂張
點笑聲，少點囂俳，或許還有機會，而且，假如不是那麼憂急攻心，以戰爭的
bulb of percussion
態勢揮舞著燧石片的打擊點端來施加迫害的話，早就可能，對，早就會讓大家
Essex
相信他的話跟艾塞克斯橋墩那般一樣的堅實可靠。我在散播謠言?! 我可以對人賭咒，對神立誓都行！不是就是不是！有人不是半信半疑嗎，那個嘰哩呱啦的
            Brasenose
猴崽子，還躲在牛津大學人稱烏青破銅鼻的布雷齊諾斯學院內，在爆吐花蕊抽白絲的栗樹下，跟一群小丑和瘋子鬼混在一起，不過，現在大家可以鬆口氣，把那想法像燙手山栗般甩到一旁，邊去，他的工作室已經挪做它用，對，就是
                                        Shem
那個令人深惡痛絕，直到今日對其如潮負評仍嫌不足的小抄綁架手，楦姆（我
        [阿美] 你好嗎   [臺] 說啥咧
的黑髮先生，nga'ay ho kiso？您今兒個都安好？好個屎，我呸，講啥潲，卯死
Augustine
噢，古斯，酊酩終日還在屎釀個啥呀？那可是你說的喔！）你這搖筆桿的。[125]

第六章

所以咧?

各位慵嬾女士,各位溫雅先生,大家好嗎?今晚我們邀請到的是哪位跪磕嘉賓呢?

語音剛落,在一片有如榛莽林地的空曠地立刻激起回響;請他出來罷[1](come forth)!

(碩恩(Shaun),怒鼗灯芯燚爾惟苛(Earwicker)之子,拽著公事包的郵便配達員,參賽目的是出於對約翰詹姆森父子公司(John Jameson and Son)的關心,以及對尊美醇威士忌(Jameson)、蜂蜜、火腿和歌曲的嗜好,答對率高達一百二十分之一百一十,此夜間益智問答節目,是由昨日遜腳依爾猥客(Earwicker)之子、賽馬騎士擼管手傑基(Jackey)負責提問,全部共三回合,每一回合有四個誰是誰、啥是啥那等瑣碎的提問,總共十二道直面問答的題目,每累積百點就可獲贈一瓶亨利爵士琴酒(Hendrick's Gin)。在第三個問題上,他把左右鳴誤聽成座右銘,有四個回答倒是深得縝密精緻藝術特有那般失序無常的真知精髓,展現自在灑脫的回懟(riposte)功力。)

第一問:他是辛勤豎立神話傳統、絕不屈居第二的教區長,憑著大力宣傳他的魔豆藤莖那類腐臭的故事,成為搭蓋橋樑直通至高至大天主殿堂的大建築師,其身量天下第一,比大蟒蛇團團纏繞的藍桉胡(bluegum)-糊-猢猻麵包樹(baobab),或是巍峨如紅木巨衫世界爺(Sequoia)的威靈頓(Wellington)紀念碑,還要來得更加高大更加粗壯;當時的她,乳寶幾乎還沒開始夜涓滴,就已經穿著長管褲光著腳丫丫,跟著一堆鱒魚釣客,涉足應有盡有如拉法葉百貨公司(Galeries Lafayette)的莉菲河(Liffey);眾所周知,她笨手笨腳地在他佈滿蛇形丘(esker)的霍斯(Howth)額頭上,罩覆一頂宏偉如調停大廳(Conciliation Hall)、棉白若空中浮雲的毛線帽;

---

[1] 《若望福音》11 章 43 節:耶穌「說完這話,便大聲喊說:『拉匝祿!出來罷!』」。

一個人形單影隻神情肅穆地耍弄著小背心上粗如囚犯鐵索的阿爾伯特錶鏈(Albert chain)，一只瑞士名錶在他豐饒富庶的荷蘭肚皮上如湍流中的獨木舟猛一下地猛一下上下彈跳(ender)；第一顆禁果掉入衣兜時，他覺得重若引力1牛頓(newton)[2]，但托特(Thoth)會記錄輕如鴻毛[3]可通關；賜予每位武士每晚在昨日群屁尿和明日兩瑪利之間，可以對他們或她們耍狠使壞的選擇權；有若干群神情憔悴髮色銀白的塞爾維亞(Serbia)少女，每群七人，衣分七彩，騎在繞圈漫遊的馬兒上，全部景色都織入他的客廳火爐前的一大張薩拉班德(Saraband)短絨頭波斯地毯上；一直到此時此刻，都如在石南荒地一樣，始終效法威伯福斯(Wilberforce)[4]的意志即力量，願他的倡議承行於地，施於家中；從供應全市的河水之中，用幫浦打出大約天主教洗禮，或是貓咪舔身體所需的水量，然後瞅瞅那夥素稱勇敢的新教男孩彷彿猛然間被針刺棒戳一樣嚇成那副德性，淺碟怎是盛放清水的福器，博因(Boyne)哪堪瓦爾特里(Vartry)水泵的抽送；在盛怒中殺死他飢餓的匈牙利(Hungary)兇牙利自我；馬克貶值導致通貨膨脹如高漲洪水漫淹原野遠達邊境直衝高水位線(high water mark)之時，替五個人找到充飢的食糧；聘用愛爾蘭的夯家教，容易學好繁複睿智的杭(杭)福瑞[粵]的歌(Cornish)和老語；確保[126]車輛輪輪轉，收取路費路路坦；飼養旺頭攢動的繼子就只為了那個來不及親自教導就躍你而過的閨閨女；太過滑稽搞笑當不成魚類，太多外表特徵更不像昆蟲；像一具為了大家而把真假閃爍如燐光的撒旦和大驚小怪的浮士德(Faust)都囚禁在其中的七角水晶稜鏡；在毫不合身的衣衫下，有一具不斷腫脹鼓凸的身體；他曾被鐵鏟掘起，曾被縱火紋身，曾被大水淹沒，之後她邊哼著〈比爾貝利，你怎麼還不回家？〉([歌] Bill Bailey, Won't You Please Come Home?)，邊把他掛在外頭晾乾，任由他在風中翻江倒海般劈啪飛騰；他戴著飾有象限儀(quadrant)的

---

[2] 「牛頓」，以發現萬有引力的艾薩克・牛頓（Isaac Newton）命名，是力的公制單位。1牛頓等於使質量1公斤物體的加速度為$1 m/s^2$時所需要的力。

[3] 根據埃及神話，人在過世之後，他的心臟會被擺放在天平的一端，阿努比斯（Anubis）會在另一端放上一根羽毛，托特（Thoth）在旁記錄測量結果。假如心臟和羽毛等重，逝者可進入下一世。假如不等重，會被鱷魚-獅子-河馬三獸合體的阿米特（Ammit）當場吞噬掉。

[4] 威廉・威伯福斯（William Wilberforce, 1759-1833），英國國會下議院議員、慈善家、英格蘭廢除奴隸運動的領袖之一，領導國會內的廢除奴隸行動，對抗英帝國的奴隸貿易，並於1807年主導《廢除奴隸貿易法案》（Slave Trade Act）的通過。

帽子，跟個兒比他高一點點的痞子說，那是用來測量鐘聲敲出幾點鐘的扇形齒
　　　　　　　 long on　　　　　　　　　　　　leg before wicket
輪；玩板球，提供給背前外野手接殺的機會，而且擅長以腿截球；在他釘耙的
末端可以發現殘留的煤渣，在他縫縫補補的舞台帷幕之後可以聞到盤繞不去的
 moss rose　　　　　　　　　　　　　　　　　　　　　　　　　　F.E.R.T.
松葉牡丹；從他的碉堡後庭轟出巨大的響屁，在他的小圓盾上刻下「他的力量
　　　　　　　　　　　　　　　　　　　　　　　瑞福杭
征服羅得島」；在獵犬遍佈四處嗅聞的天羅地網下，從繁複龐雜的藏匿地點完
　　　　　　　　　Houdini　　　　　　　　　　　　　　　　　　　　Harrods
勝逃脫的脫逃術大師胡敵你；假如他掣出棍棒來對付猖猖狂吠，會比哈洛德百
　　Barker
貨對付巴克爾百貨要來的更加兇悍狠毒，他對待受過教育的人倒是中規中矩，
 Whitely　　　　Shoolbred
類似懷特利百貨對待希爾布里百貨一樣；有一次僅僅是因為三個狀似匈奴的德國
人在附近現身而立刻被強制撤離現場，有兩次是被大聲吆喝不斷責問的瑞典惡
棍團團圍住；從動物形態學到總體動物主義，一致認為他的肖像被銘刻於獸首
　　　　　　　　　　　　　Eddystone　　　Edison
胸針之上是投擲硬幣的結果；渦石燈塔，配備愛迪生電燈的眾塔之塔，聳立在
　　　　　　　　　　　　　　　　　　Swann
黑魆魆的暗夜，以數道白熾史旺光柱橫掃深不見底的大海；滲滲，滲滲；威脅那
些混蛋再這麼作奸犯科會被雷公劈死，然後對著「小姐！小姐！」窸窸窣窣的華
　　　　　　　　　　　　　　Hookbackcrook
麗服飾用德文送上低聲悄語；胡克巴克庫魯克公爵，背上隆起彎如鉤，不管魚鉤
　　　　　　　　　　　　　Bosworth Field
或鍋鉤，反正能鉤是好鉤，在博斯沃思原野戰役慘敗後，居然又一屁股坐直了起
來，贏得滿堂嬉笑嘲弄設宴歡慶值得好好喝上一杯，可是當他看起來像厚厚一
　　　　　　　 Luke　Plunkett
礓肉的路加‧普朗克特⁵那樣猛然砰啪摔倒在地時，他們卻張口噓他，張眼瞪
　　　　　　　　　　　　　　　　　　　　　　　　　　　　　Susanna
他，還對他的「啊-啊-啊！」大吼「去死吧！」；那個誰叫什麼蘇撒納的傳來
「S.O.S.，安，S.O.S.」，他組成搜救小組派往某個派對中尋找這位城市淑女；
事業很忙的，讀報、抽雪茄、整理桌面的酒杯、用餐、娛樂、等等、等等，娛
樂、用餐、整理桌面的酒杯、抽雪茄、讀報、事業忙的很；礦泉水、洗滌和清
　　　　　　　　　　　　　　　 juju
掃，瞄瞄當地消息，聽聽在地觀點，祖祖護身咒符啦，大麻煙草啦，太妃糖
啦，喝杯咖啡，都是漫畫和生日賀卡；以前那才真叫過日子，他是他們的英雄

5　普朗克特是都柏林演員。扮演查理三世的死亡場景太過逼真，觀眾群起要求再演一次。只見
　　查理三世的屍身站起來，對觀眾鞠躬致意，又倒了下來，又死了一遍。

嘛；驟雨陣來夕陽紅，雲霞滿天撐出累累赤摶土，棕褐哀愁撒哈拉，滿島翠綠
　　　　　　　　　　　　[歌] The Exile of Erin
盡成牛革氧化鐵，愛琳的流亡啊；被傳喚聽訊，然後被褫奪公權，被登錄在案，
　　　　　　　　　　　　　　　　　　　　　Bank of England
然後報顏進入訴訟，請願抗辯，然後宣判有罪；在英格蘭銀行後門要回支票，在
　　　　　　　　　　　　　　　　　　Frank
教堂前門出口處忍氣吞聲為自己的歹命背書；法蘭克人的頭，直白坦誠，
Hans Christian
基督徒的手，童話天真，北方部族的舌，維京口音；強邀對方共進晚餐，然後
　　　　　　　　　　Joseph Morgan
直面公開攤牌；某天早上在約瑟夫摩根帽店被自己專屬的帽槌狠敲了一記爆栗，
腫起一大包，中午用餐後，頭戴上帽，就是個疼；態度認真時，就扮演私人諮
詢顧問，以建議當頸軛引人就範的賊鼠輩，可是一旦心情愉悅到性欲高昂的地
　　　　　　　　　　　　　　　　　　　[盎愛] mausey
步，就會放肆地岔開話頭開始大談米妮的大肥臀；向前邁步直達山峰之巔，然
　　　　　　　　　　　Rump Parliament　　　　　　　Early English
後屁股著地以王者之姿坐席於殘缺議會[6]之上；展示早期英式哥德建築殘存的
transom　　　marigold window　　　[敘] Mānī
楣窗，一扇金盞菊彩繪花窗，摩尼鍍金光芒萬丈千變萬化的萬花筒，洗禮石池
　　　　　　　　　　　　ambry　　　　　　　　　　　　　portcullis
中兩條超凡的魚兒，以及聖油櫃中三顆值得觀賞的胚胎；他的拱門都裝有吊閘，
　　nave
他的中殿屹立不搖直到今日已經長達點點點之久；[127] 他是一座停也停不下來
　　　Big Ben
的古老大笨鐘，眾鐘之中最大也最笨笨笨笨；過去、現在和未來，飢不擇食地
　　　　　　　　　　　　　　　　　　　　　　　　　　　mildew
跟她那個，子嗣傳承嘛，雖說他早就爛到連卵蛋都起一層絨毛白霉，但即使酩
　　　　　　　mold
醉如泥，依然是一顆覆滿黴菌色彩斑斕的臭石頭；在森林中，是一棵幹他媽的
畸瘤怪櫟樹，在大都會地區內，是屬於國會議員等級的法國梧桐；攀爬到頂會
　　　　　　　　　　　　　　　　　　　　　　　　　　　　faun
讓人落得筋骨散架的巍峨峻嶺；奔行迅捷有利於驅趕動物上艦隊的快腿牧神——
foot　　platform　plank
開船囉！；咱們黨政綱領下的一小目，猶如構成講臺的一小塊木板，斥候護身長
　　　　　　　　　　　[西] hidalgo　　carucate
盾牌上的一抹白痕；地方鄉紳，名下擁有以卡魯凱特[7]計數的良田農地，舉止優雅
宛若英國老伯爵，私心盼望本人是位歐洲大爵爺；一串酷似昆蟲的字眼彷彿船艙
堆排的貨物那樣組成齊整劃一的語句，外表看起來像極了草食動物舒緩解放的

---

[6] 殘缺議會（Rump Parliament），指 1648 年 12 月 6 日托馬斯·普萊德（Thomas Pride）率領軍隊將反對審判查理一世的議員驅逐以後的英國議會。

[7] 舊時英格蘭的土地面積單位，大約 120 英畝，但無固定數目，較精確說法是一張犁按照農作慣例一年所能耕種的土地面積。

那些美好時光；為我們悲慘的家園，他帶來《末日審判書》作為法律的依據，
　　　　　　　　　　　　　　　　　　　　　　　　Doomsday Book

　　　　　vill
他以劃分行政區域的堅邪意志將我們的庄園宅院變成他的領地別墅；對火燒喉
嚨的酒鬼而言，他是碾埋過深卻源源不斷輸送生命活水的地下管道；他掀揭剛
放完屁而飽含一氧化碳的牛皮圍裙，逗得那些棉襪小男生大呼小叫，個個像得
了百日咳，而當他褪下長褲掣出水管對著她噴水時，濕淋淋的褲襪把她的曲線
襯托得淋漓盡致；為了篤信三一的人民，儲存火藥需保持乾燥，為了我要我要
　　　　　　　　　　　　　　　　　　　　The Pale
的病態刁民，備好足枷可以逼出他們的羞恥感，為了英格蘭特轄區所有蒼白的
　　　　　　　　　　　　　　　　　　　　　Miserius
愛爾蘭人民，還備有粉紅小藥丸；把他的泥巴腳丫丫伸給悲慘的彌賽莉烏斯去
　　[拉] Maundy   *Anna Livia*
履行濯足禮的義務，把她原來揉捏擠壓的那些活計就讓給安娜・莉薇雅去幹，
　　　　　　　　　　　　　　Cerisia   *Cerosia*
那條梳好看的長辮子就留給櫻桃玫瑰紅瑟莉西亞・瑟蘿西亞來梳理齊整上蜜
　　　　　　　　　　　　　　　　　　　　　　　Titus *Caius*
蠟，然後快馬加鞭把這些金幣，妳們在笑個啥屁啊，送給泰特斯、凱阿斯和
Sempronius   8
散朋尼阿斯；讓一個不知如何擔任店老闆也不知莎翁為何物的男人覺得，他應
該要扮演公爵而不是扮演鄉紳；他贏得小小人西洋棋大賽，因為他搞死兩個盪
　　　　　　　　　　　　　　　　　　　　　　　Stromboli
婦皇后，還有崩垮三座棺木城堡；心火悶燒，不啻是史特龍伯利島的活火山，
搞到他兩頭濃煙直直冒；塵屑男人，你們要敬畏他、相信他、以他這位猛獁漢
　　　　　　　　　　Pietà
子為榮，婦道人家，妳們要以聖母慟子的柔情悲憫這嘰哩呱啦的小把戲；秀出
　　　　　　　　　　　　　　　　　　　drift　　　　　　　　*chaperon*
他簇擁著套頭冠冕的金黃荊豆叢中那一抹風堆雪，以及深自痛悔的女伴護那管
chaperon   *Triple Bill*
夏普倫兜帽上的腥紅污漬；暫停和間歇，平心和靜氣，休息和安眠，三合一芭
蕾舞劇，p和q大有差距；搭乘大都會地鐵前往首善之城，卻錯過了站；對尋覓
之人，獾呼蟲舞！對追求之人，舞呼愛哉！；凡大便塞滿肚者，必為貧乏所吞
　杭 [粵] hock   　　　　　　　　　　　福
噬；只見夯殼酒翻飛的大腿肘子在前遙遙領先，胡晃亂搖那一根的可可亞暫時
　　　　　　　　　瑞 *emery*　　　　　　　　　*flag*　　　*Nolan* *Mullah*
屈居第二，銳勵追趕的快樂瑪麗金剛砂為了冠軍旗幟緊咬在後；在諾拉的**穆拉**
　　 O'Bruin   *pole dance*
酒館裡，那隻布倫熊隨著專屬樂團的伴奏，偏偏跳起竿管舞來，瞧瞧疝帶下的
一根加兩粒，幹，活脫脫是頭北極熊；在全體天主教穩婆國際年會舉辦之前，而

8　《泰特斯・安德洛尼克斯》（*Titus Andronicus*）為莎士比亞早期劇作，此三人為劇中角色。

且還要趕在國內的國際災難研討會開始之前，先死死卡到座位；做了一道吃起來會有罪惡感的小巧佳餚，然後在小姑娘甜膩膩的點心和阿兵哥辛辣辣的配菜之間，把主餐一掃而光；把蔑視留給天氣預報，把天賦留待識馬伯樂，把打鬧吵鬥的樂趣盡數留給露天遊樂園；清空365個四體不勤的偶像就是為了替禱求弄璋的養雞農婦豎立起屌大無倫的岩石克爾白；在安息日招待群眾瑕疵白麵包的父王，
[阿]al-Ka'bah　　　　　　　　　　　　　　　hallah
貪婪搶奪的子民，點燃復活節蠟燭的靈巧司燭；因為我們對他關閉門戶，這個非
　　　　　paschal
法入侵者對我們廣設禁令；以火鳳凰做為他的火葬柴堆，以殘灰燼做為他的祖
　　　　　　　　　　　Pelion　　　　　　Ossa　　　　　　Hercules
輩君爺！；把大號的皮立翁山疊在小號的奧薩山上頭，橫看是海格力斯擎天巨
　　　　　　　　　　　　　　　　　　　　Oedipus complex
柱，側看是領頭山羊毬蛋兩顆；罹患要把我們生吞活吃的伊底帕斯情結，[128]
　　　　　　　　　　　　　　　　　　　　　　　Westmeath
那個連酒帶渣喝光舔淨的乖僻國王；極品劣質香腸是給韋斯特米斯郡的呆瓜去
　　　　　　　Carlow
嚐鮮的，雞叫牛鳴車馬喧是給卡洛郡的廚房雜工受聽的；當他來回奔走趕搭電
　　　　　　　　　　　　　very truly yours
車辛勤工作討我們歡心時，還真是一位您十分誠摯的；兩款靈性婚約，三種蓄
　　　　　　　　　　　　　　　　　　　　　　　　　　Magda
意離棄；也許現在都是一副不就醬嗎的淡定模樣，當時為了當小雛屄瑪格達的
爸爸，幹得可來勁呢；堰堤旁隆起一堆鼴鼠小泥堆，在昔日可是嶽鎮雄偉的肉
山，受壓力而凸起，施拉力而凹陷；來，把油箱滿滿加上，謝啦，對著裁縫要他
　　　　　　　　　　　　　　　　　　　　　　　　　[法]en-tout-cas
傳話給兜售賽馬情報的線人，喝到滿嘴滿唇酒汁淋漓；男人適用的晴雨兩用小小
　　　　　　　　　　　　　　　　　　　　　　　　　　　　Sybil
傘，絕對容得下小丫鬟的小頂針那點兒量；跛腳老頑固，肥甸甸，防空大氣球，
胖乎乎；一封沾染桑椹的死信，每個音節，每個詞齠，每個鋸子，都是西碧爾和
Circe　　　　　　　　surcease
瑟曦共譜同吟的一首樂章，停下來，爺，停下來；只要他的「你們可以看得到他
　　Colosseum　　　　　　　　　　　　　　　　　　　Celbridge
嗎？」矗立如羅馬競技場，手挽燈心草蔞的弱女子就會失足打跌；在塞爾布里奇
　　cellbridge
市透過細胞間橋的通訊連結悄悄孵育成形，在國外那可是自由自在炸喊射精生了
　　　　genesis　　　　Guinness
一大窩；因為起初如何始於健力士，今日亦然，所以直到永遠都會終結於猛灌
Bass　　　　　　　　　Ross　　　Roderick
巴斯啤酒大火拼，戰況慘烈，直追當年羅斯戰役；羅德里克，羅德里克，啊，羅
德里克，你對付丹麥人和對付女人，都一樣，硬是要得；目錄不同，分類必異，
　　　　　　　　　　Bushman
重新編組，定期規律；一個布希曼男孩在假期中還得待在叢林裏進行無聊的狩

獵，一隻野鴨在交配時需得保持靜默有如參加貴格教徒的禮拜，一個小婊子在女巫暗夜的安息日崇拜上接受以沙為水的洗禮；依舊是當時莎莉帶著難過的眼神快活為你吹喇叭的光景，你呦一成不變，仍然是，羅士托寄於石南荒野的造世蛋，仍舊還是一顆乙太科、人屬、原雞種[9]的無明穀；真實的爆炸，卻是不實的巨響；溫泉使人喜於暴怒，酒館讓人瘋癲安心；在奧斯曼男爵和建築師阿爾方聯手改建下，媲美艾米利亞大道、具備輻射狀街衢網絡的那座百萬人口城市裡，他雖然擁有捏造半數以上普查統計數字的能力，卻不過是個在 ALP 和安的羽翼下無須在街道過夜的房客；巧手安迪手最巧，安第斯山無匹敵，憂鬱壓背駝峰峭，棄置美地好訣竅，阿勒格尼山脈廣，最為便利人氣旺；雙手奉上他的和平撤離權，獻給剛剛崛起的新貴帕特里克，卻噗通跳進有如死死巴在皇族口內壓根就吐不出來的濃痰那般頑強決絕的殺千刀百人隊的陷阱裡；吃飯敞闔，發情閉門；有人暱稱他為羅斯柴爾德家族的赤紅盾牌，更多人視他為巍峨如洛磯山脈的洛克菲勒家族中那個醉到東倒西歪的傢伙；褲頭拉鍊沒拉好，對著兩個窈窕淑女敞開門襟，願化成蒼蠅振翅飛向東西兩半球，但飛航途中卻得接連三次試著隱蹤匿跡以求甩脫三個追獵者；七座鴿籠咕嚕咕嚕同時宣稱，這裡的確是返家信鴿荷馬的鴿舍，計有士麥拿-梅瑞恩、羅得-羅巴克、克洛封-克羅斯基、希波音特-薩拉米斯、霍斯-希俄斯、阿什頓-阿爾戈斯、雷赫尼；獨立於管家張伯倫的權勢管轄之外，承認羅馬的統治；我們在好處多多的聖櫟樹叢中影影綽綽地看到您大有能力世界超強的農莊；渾身惡臭如義大利家園牌起司，外貌體形似冰島上凍僵多時的耳朵；寄宿過到底多少地方，苟活過不少死亡政權；週六力行日光療浴，週日塗鴉濕壁畫技，水盆泡澡兼打盹；在某回合凳球較勁後，好好享受了一場輕歌劇《吉羅弗萊與吉羅費拉》，滿舞台逃來逃去還哇啦啦厲聲尖叫的孿生兩姊妹；烏鴉不復矣所錯失的，鴿子哥倫布給找回來；相信自己可以是自己的牧師，也可以是自己的守門員，也相信

---

[9] 此處的「原雞」，可以是生物學上的 Gallus gallus，也可以指《守靈》的 "original hen"（FW 110.22）。

「非洲支持全黑」政策；他揮棒擊球的弧線是仰角 40 度，他的球賽在 80 歲正式結束；青筋暴露地自己吹噓說他是在愛爾蘭的亞利安人種中，最像古老的火山口那般久遠的生物，最瞧不起瑞士的山丘羅賓遜[10]家族，也就是他口中的新興岩石暴發戶；雖然他的心魂靈，全都轉向遠古的法老時代，但是他的愛信望，卻依附在上妳才有未來的將來；[129] 佻蕩的康樂團女郎列成一排，跳起大腿舞來有如輔祭神父上下前後搖晃不止的提爐，真是粉香鬢影酬神祇，官人咫尺笑倒起，而廉價座位那等粗魯鄙陋之輩，深鎖著低垂的雙眉，眼睛瞠一瞠，鼻子聞一聞，嘴巴咬一咬，下巴嚼一嚼，有道是咕噥抱怨誹是非，詛咒沖他肥臀飛；艾文憂傷的眼神游移在妳們這些《尤利西斯》的少女和你們這群《伊里亞德》的少男之間，最後一瞥天堂樂園般的愛琳；太陽神魯格照耀在他有如耳孔的峰頂凹洞，搗蛋神洛基化身老鼠在他的大塊隆坨四處攀爬；為了治療發起病來跟淺間火山差不多的哮喘，喝上了焦油水[11]，摻兌索爾和沃坦兩款伏加酒，還有吃那條不是教區飼養的不死母豬[12]鐵塊般硬邦邦的老柴肉，另外，為了避開諸神滅絕的厄運，還得窩在石砌豬舍裡頭躲上一躲；一群乞丐圍繞著他雕像的蘑菇型底座，或倚或靠或歪或躺，彷彿為他披上一件蓬鬆大氅，人行道上的娼妓走過他們身邊時，還會對著他擠眉弄眼打招呼；我們敬愛的神父伊斯特陵先生，因久病封齋，加上腹膜炎、肋骨炎等併發症，慟於女基督的聖誕節新年期間，在紐西蘭的將臨會眾聚會處蒙主寵召，願他在聖神降臨節會以卵的型態再次復活，婉謝花卉，遺囑交待不需公開送葬，在喪禮私下守靈時，可敲鑼打鼓好好樂上一樂；已經動身

---

[10] 指瑞士小說家強納‧大衛‧懷斯（Johann David Wyss）1812 年出版的小說《海角一樂園》（*Der Schweizerische Robinson*），書名直譯應為「瑞士的羅賓遜一家」。

[11] 焦油水由松焦油和水調和而成，是起源於中世紀的飲用藥水。哲學家喬治‧柏克萊（George Berkeley, 1685-1753）認為焦油水可補充身體營養，也可做為烈酒的替代飲品。他的主張並未獲得醫學界的支持。

[12] 薩赫里姆尼爾（Sæhrímnir）是北歐神話中的一頭神豬，具備神奇的復活能力。她今日被宰殺，餵飽亞薩神族和英靈戰士，隔天仍是完整無缺活蹦蹦的一頭豬，隨時準備再被宰殺端上餐桌，如此年復一年。

前往榮耀等候他的所在（公報更新者，包爾^(Ball)），不過尚未抵達（值班，克拉克·馬克士威爾^(Clark)）；根據合約的條款，起初會以學徒的身分捲入浪蹄子嘘嘘事件來揭開序幕，最終在鳳凰公園^(Phoenix Park)受頒議員頭銜，並與波吉亞^(Borgia)家族同等興旺；從棺木上的啤酒桶，以及黑暗裡傳來嘎嘎嚇嚇濃濁的 rrrr 彈舌聲，直到管家瓶瓶上酒，大伙都在家，在城堡的圍牆內庭院^(bawn)開懷暢飲，不知東方之既白；最高級的層次，神祇是 El，牛排醬則是 A1；最基本的層級，所有生肉中就屬他的命根子 lll^([德] Roh)，所有音素中，就屬他的詞根子 rrr；喜歡哈克貝利^(Huckleberry)，愛其名及其所指，故喜歡剁成碎粒的酸越橘^(huckleberry)，老是狼吞虎嚥地把肚子塞得滿到卡死，以致於到了足以運用理智的年紀時，就已經揣度出葡萄的好處，他這個萎弌煩惱的少年總會快手快腳把飯菜準備好，以便大杯大杯地瘋灌霍赫海姆^(Hochheim)；一方面進用滋補食品，捐贈財物給慈善事業，敲擊石器做粗工，內心卻是騷擾不安，另一方面病症越來越多，吸食替某些粗漢幹活換來的毒品當做麻醉聖品，整晚反而變成譚姆·歐山特^(Tam O'Shanter) [13] 驚魂夜，蕩然失序一切都亂了套；種子足夠播撒半壁江山，暗地追逐滿屋少女雜工；從手勢到嘴巴學著溝通講話，直到他閉目耳聞就能跟著說出愛爾蘭語才算數；一路像闖出牢房一樣又砍又劈，活力十足唸出拉丁文詞形變化，hic，嗝，他媽的，haec，嗝，hoc，接下來就嘎然而止，舌頭好像在橫樑上頭自個兒打了死結，靜悄悄地懸吊半空中等人來解套；里亞爾托^(Rialto)橋，嗯，升起^([義] rialto)，安斯利橋^(Annesley)，安妮的大腿，賓斯橋^(Binns)和鮑爾士橋^(Balls)，尖柱和毬蛋，更甯提紐科門^(Newcomen)橋了，居然是，又快來了；太陽的閃耀的灼熱的光芒透過缺乏生氣的灰塵照射在死氣沈沈的地球上博恩霍爾姆^(Bornholm)島的簡陋的村落的小男孩休姆的住家兼穀倉的磚頭的腓紅的表面上，已經讓塵土轉成棕褐色；用以下染劑讓他變成穿格子花呢服飾的蘇格蘭高地人，芸香根、紅皮藻、歐洲蕨、起絨草、翼薊、茅膏菜和香堇花；崗恩^(Gunn)，舞台上耍長槍的，雖然不容易親近，但走那麼久了，還是沒被忘

---

[13] 〈譚姆·歐山特〉（"Tam o' Shanter"）是蘇格蘭詩人羅伯特·伯恩斯（Robert Burns）的作品，描述譚姆醉醺醺離開酒館半夜回家途中遭遇群鬼追擊的故事。

掉；屹立不搖抗拒飢荒的尖銳攻擊，卻變得越來越寬厚、深廣、宏大；他大約有 24 個第一代表親在美利堅合眾國落地生根發芽開花，在一度曾是王朝的波蘭，有一座除了起首字母不同之外、其他字母完全一樣的城市；他的第一個是稚嫩的
_{bud}
玫瑰花苞，他的第二個是用法語拼成的尼羅河，而他所有則是在 **佳士得**
_{Nil} _{Christie's}
拍賣行咕咚一聲猛然癱坐下來；夢中，女人從他被刺透的傷口翩然現身，立時濃血和稀水流了出來，海外最後一宗買賣[14]；本店最晶瑩耀眼的貨色，格倫達洛的
_{Glendalough}
主教、霍斯的伯爵和武士、扛磚泥木斗的泥水匠；你和我都被包在他裡面，而他
_{earl} _{eorl}
被包裹在都柏林層層骯髒棕色的建物內；愛偶蘭的住由通商口盎，也徒吧，口
_{[中] Hwang Chang}
素，每促都想悃中國的皇城來往；他這一個啊曾是你那種的眼高於頂、聲尖似笛的男孩，要發揮一下想像力，在他生命的歲月裡他抽著劣等煙蒂頭的模樣；[130]
_{Slemish}
幼年當童奴，在塞拉米什放牧豬仔，離世成聖徒，在蜂蜜的原野歡享天堂的福
_{capital sin}
祉[15]；兩個基本的首要美德促發樞機主教歷盡冒險犯難，三個重大的罪過導致國
_{packet boat}
會大廈眾神的聖店沈淪崩傾；袖珍筆記挖有窺孔，定期郵船由他管理維護；都柏
_{Bartholomew Van Homrigh Benjamin Lee Guinness Peter Paul}
林歷屆市長：巴多羅買・范・荷姆瑞、便雅憫・李・吉尼斯、伯鐸・保祿・
_{McSwiney Timothy Daniel Sullivan Valentine Blake Dillon Timothy}
麥斯維尼、弟茂德・達尼爾・沙利文・瓦倫泰・布雷克・狄龍・弟茂德・
_{Charles Harrington Laurence O'Neill}
查爾斯・哈靈頓・勞倫斯・歐尼爾；早餐，志氣昂揚要打破命運的束縛，午餐，肺部出了毛病老咳嗽，正餐，服侍人家的奴僕命，和便餐，棄天主教改當新教
_{Tipperary}
徒，就有清湯填肚皮；來自街道鋪有冰冷黃金的蒂珀雷里鎮，他趾高氣揚地碰碰他那頂毛氈高禮帽的帽沿；自學溜冰，學會如何摔跤；賤到沒話可說，逗到無
_{Howth}
人不愛；派出霍斯特種部隊大小隊長，四處執行謀殺命令；身著斜紋嗶嘰軍服、
_{[土] Padishah} _{[土] Effendi} _{Paddy Shaw}
如帕迪沙作威作福的斯堪地裔東人老公祖，愛爾蘭籍帕蒂-蕭中士；貼臉呲嘴兩

---

[14] 結合亞當被取肋骨和耶穌被士兵槍刺的兩個場景。參照《創世紀》2 章 21 節：「上主天主遂使人熟睡，當他睡着了，就取出了他的一根肋骨，再用肉補滿原處。」；《若望福音》19 章 34 節：「但是，有一個士兵用槍刺透了他[耶穌]的肋膀，立時流出了血和水。」耶穌在人世（即「海外」）完成天父的使命之後，就返回天家了。

[15] 聖博德一生的概述。

第一部 ■ 第六章 ■ 245

下都嫌多，足以拖垮特洛伊國王普里阿摩斯，以及像帕里斯那樣寄生蟲一般的
　　　　　　　　　ᵀʳᵒʸ　　　　［臘］Priamos　　　　　　　　ᴾᵃʳⁱˢ
王子們；芬尼亞兄弟會頭號人物，居高位而無為，師法懶人國王¹⁶的作為；他頭
　　　Fenian　　　　　　　　　　　　　　　　　　　［法］roi des fainéants
戴狀若司康鬆糕層層疊疊加的三重冠冕，端坐塔拉斯昆石寶座，始終無有謬誤，永
　　　scone　　　　tiara　　　　　Tara Scone　　　　　infallible
遠無法取代，直到在西敏寺出現了叫啥廉樂石的妖獸，將他從命運之石上頭硬是
　　　　　　　　Westminster　　Liam Gladstone　　　　Lia Fáil
扯落下來；當他以掃祿的身分趕到大馬士革來，像殿堂石柱般杵在我們面前，大聲
　　　　　　　Saul　　　　　Damascus　　　［德］Säule
地申斥譴責要揭露我們的面具，而且要從佛陀異端肆虐的布達佩斯給我們帶來溫
　　　　　　　　　　　　　　　　　Budha　　　　　Budapest
疫，意欲將我們置於進退兩難的可怖困境時，突然被擊落跌倒在地，他的囐音語
　　　　　　　　　　　　　　　　　　　　　　　　　　　　　　Satem
言盡皆如糠殼給剝除殆盡；他就是有種，高高擎起一根柄頭熊熊燃燒著橙色牛肝菌
　　　　　　　　　　　　　　　　　　　　　　set the Liffey on fire
菇形狀火焰的白楊木登山杖，放一把烈火焚燒生命活水莉菲河¹⁷；放下棒棍，寵壞
　　　　　　　　　　　　　　　　　　　　　　　　　　　　　　［臺］閃電
囝仔，舉高棒棍，寵倖爍爁；新婚燕爾嚐蛋糕，重操舊業性致高；直到他被下葬時，
　　　　　　　　　　　　　　　　　　　　　　Wilkins　　Micawber
他都還是多麼快樂啊，他讓天際間隆隆迴盪著威爾金斯·米考伯的名言，**我必爬**
　　　　　　　　　［法］Danse Macabre
將上來，再跳骷髏之舞！；神衹在階梯頂端，腐肉在草墊之上；邊說故事邊用
紡錘編織成蜘蛛網，像兜帽般罩住他藏身的山穴洞口，把他那些見不得人的事端
盡皆窒扼其中，然而窩裡雛鳥關關啾啾，唱活他用來掩體的枯葉，揭露他這個躲
　　　　　　arbuties
在裡頭畸戀莓實漿果鵑的宅男；我們在他血跡斑斑的戰爭床單之上相互擊掌達成
協議，然而仍舊會對他的綠色披風宣誓矢志效忠；我們維京的好友和合法的副
　　　　　　　　　　　　　　　　　Swaran
王，我們不共戴天的死敵和北歐入侵者史瓦蘭；在河邊四大巨石墓碑之下，他在
　　　　　　　　wassail bowl
狂灌中以海螺當酒皿，讓聖誕飲宴杯於歡暢中消亡匿跡；在丘陵山區度過熱鬧非
　　　Mora　　Lora
凡精彩時光的莫菈和蘿菈從上俯瞰下來，他的表情從迷惘困惑轉成準備就緒的那
　　　　　　　　　　　　　　currach
種堅定不移，向前投射出去的槍矛、柳編小圓舟的殘骸、愛爾蘭勇士疾如風的腳
　　　　　　　　　　　　　　　　　　　　　　　　　　　　　　Lego
丫子，四處遍撒在他最後的戰場，入夜後瀰漫幽靈濃霧的雷果湖濱邊；我們為您

---

¹⁶ 公元五世紀中葉開國的墨洛溫（Merovingian）王朝，後期幾位國王都倦於朝政，政務均委由
　宮相（Maire du Palais）處理，史稱「懶王時代」。

¹⁷ 諺語 "He will never set the Liffey on fire."（Liffey 可以用任何著名河川替代，如 Thames），意
　思是「他天生沒種，成不了大事」。

黯然無色，反出教會的罪人之父，在此悲慟之年[18] 為您哀悼，崇山峻嶺溪澗沄沄，
傳呼驕陽潛波潾潾，我們這些卑微的吟遊歌手，在莫爾文畔撥動琴弦應和朦朧曙
光微亮的一閃一爍；他有一件潘達龍[19]的條紋長褲，他有一種古怪詭異的走路姿態；
杭福瑞，歸偉石柱傳家寶，夯富睿，神聖羔皮披戰袍；這會兒先點頭打小盹，等
到他們省吃儉用召開大公會議，他就老鴰亂啼哇哇四處告別辭行討賞酒；若以
觀察求積法而言，$\frac{3}{1}$是個異常積分，而他同時扮演增刪之間不可或缺的平分
赤道，只能使用聯立積分消減方程式試以解答；儒家學者中被捧為英雄人物，剷
令智昏一浪人，引人困惑的頭髮糾結成一團圓錐，頭顱頂上的磚泥木斗，最具喜
感的巨大疣贅。他那曲阜鄉下的佬粗下-下巴嚅囁請啊請時，蒸氣小火車頭
ㄑㄧㄥˊㄑㄧㄥˊㄑㄧㄤˋㄑㄧㄤˋ、整把長髯活脫是隻歡樂的袋鼠，在泰山殘敗的荒
原上，活蹦亂跳地繞著那間隱隱傳來如雷善蒂一善蒂一善蒂一的吵雜陋室小酒
館直打轉，不啻那個齷齪的一日節慶王，老想伸長腿用腳指頭在桌下摩挲人家；
他口若懸河伶牙俐齒，看起來呢，跟那些暗沉紅的金屬鋰巨型圓筒瓦斯儲氣槽
一般圓滾滾的，[131] 在襤褸破落的攝政圓環打混討生活之前，這位金光燦爛的
盤然大物就已經在過去每十年繞轉運行當中，度過三次日環蝕了；印有忠犬
卡巴爾足跡的鵝卵石壓頂於他石冢之上，只有一位不可思議的美國人能夠像突
如其來的陣發性疾病那般鶩然趨近他那不斷延長擴展、不斷校準定位、幾乎是
精雕細琢到過分吹毛求疵的最終版環輿全覽圖的精髓；他窮究光之神巴德爾致
死[20]的赤裸真相，誓言把那些壞胚子拉下馬，他在貝塔斯敦鎮獵捕魔法野豬
綽赫綽威，往往困頓於往左往右的猶豫之中，卻在劍欄之戰中被嗜殺成性的惡犬
莫德雷德結果擷捒；他是深陷疲憊抗爭的凶奴漢尼拔，他是重返前人榮夭寶座的

---

[18] 公元619年，穆罕默德的妻子和他的叔叔相繼去世。穆罕默德稱呼該年為「悲慟之年」。

[19] 古代義大利喜劇中的丑角。

[20] 洛基使計教唆巴德爾目盲的孿生兄弟霍德爾（Hoder）以檞寄生殺死自己的親兄弟。

羅馬皇帝奧托[21]（Otho）；灼熱的身體迎向冷冽的湧潮氣流（tidal bore），在融雪的山脈間投入頻頻示愛的波浪，我們走進他的懷抱，睏倦的子女，我們走出他的桎梏，殘破的身心，努力掙扎為了活下去；他脫下衣衫，從常淹死人的布郎寧太太河（Mrs Browning）救起一對明爭暗鬥的后級尤物（The Rival Queens），而兌水灌烈酒蕭瓜啦（Grogshaw）、法螺吹牛皮蕭卜啦（Bragshaw），和下雨先逃命蕭瑞恩（Renshaw），卻趁機捲起他從店裡偷來的衣物匆匆溜之大吉；依據稅率上繳稅金，通過評估審核，取得營業執照，遭受高聲指謫和惡言相向；他的三面石首像在優芬頓白馬山丘（the Uffington White Horse）被發現，他那阿薩神族（Æsir）的雜踏腳印，在山羊啃囓的沃草圓圈內，匯聚成一群群閃亮的星座；招魂手召集瞎眼的，鳴喪鐘通知耳聾的，並且叫喚瘖啞的、殘廢的和瘸腿的，都領到這裡來；瞧，奇異神蹟大屁眼，妖壽惡兆小占鳥；在創天造地服裝秀（Creation）上，帶領觀眾熱烈鼓掌全場沸騰滾滾，在舞台上出聲嘶嘶嚕趕一個染指她馬甲的耍蛇賣藝人；獵犬追捕獵物，獵物變成獵手，獵手變成狐狸，陰魂不散的纏繞力道；叫聲如轟雷的哈利犬，一再婚媾真快活的大小狗，刨土如掘墳的狻犬，寂靜永夜伴安眠；他是維京牧牛人歐拉夫（Olaf），他也是巡迴演出的恐怖轟雷蘇丹王土耳剋（Turko the Terrible）；你會覺得他是維斯帕先（Vespasian）設立的巴黎街頭公共小便亭（[法] Vespasienne），不過卻得把他當成奧里略（[拉] Aurelius）統治下黃金時代的羅馬帝國；吆喝牲畜擁抱大眾的鄉巴佬輝格黨員（Whig），亡命之徒改行經商的托利黨員（Tory），信仰蘇西尼教派的社會主義者（Socianism），吝嗇凍霜毫不起眼（[臺]小氣）的共產主義者；在夏天襲擊我們的海岸，打得我們滿地翻筋斗頭昏又眼花，而老天爺啊，他卻在我們的沙岸上得意洋洋地折騰到疼不出手來；首先他封閉拉格倫路（Raglan Road）的對外聯繫，撕裂瑪博樂廣場（Marlborough Place），揭開眾神滅亡（[古北] Ragnarøkr）的厄運；一腳穩踏在克羅姆里奇高地的環列巨石柱群（Cromleach）上，另一腳踩定在克羅摩爾丘陵（Crommal）的蜿蜒溪流中，兩處遠近馳名的踏腳墊，然後我們這個渾球猛然前傾，一陣嘩啦啦自由自在地噴漩射入他所鍾愛的露巴河（Lubar）渦流中；以元帥的身分，操闖伶歌手莫雷斯基（Moreschi）的嗓音，召開坊民會議（wardmote），界定主要武裝部隊的佈署區域；網中海魚那般咬囓食物之前

---

[21] 馬爾庫斯・撒爾維烏斯・奧托（Marcus Salvius Otho, 32-69），在成為羅馬皇帝後不久，即因內戰戰敗而自殺。

的淨重，用餐後幾乎塞進整整一個城鎮，無法扭轉天平顯示的命運，秤起來足足
                                                Banba
有一噸毛重；愛爾蘭的圖爾特德南女王班芭苦苦哀禱期盼他能改信天主教，口操
   Beurla   Grand Old Man
英語的貝爾菈思念那位偉大老人雄渾蒼勁的聲音；所有的甘藍菜中堪稱龐然巨
球，所有的水果中堪與蘋果、柳橙和檸檬分佔鰲頭；比生命更有活力，比死亡更
                                      [西] El Gran Turco
加頑強；玉蜀黍、大麥和小麥，啊，也是眾人的土耳其蘇丹王；盧森堡人，望之
似肥腫的大馬哈魚，就之如瘦脊的瘋癲病患；他天才異想的火花，他沉穩睿智的
底蘊，他皎潔榮譽的晰亮，他無邊慈愛的流轉；我們家族的老祖宗，毛茸茸的巨
                                            The Invincibles
熊，我們部落的過路費稅收員，冰斗湖的梭魚；他是如何被歸為無敵隊 [22] 的？探
                                       Partition of Ireland
查詢問收集情資，那他為何被扼殺？狗腿子亂吠的下場；隔離分治的愛爾蘭島，
  United Irishmen   methyl
同心聯合的愛爾蘭人；他咕嚕漱了一大口自釀的木精酒漿，怎麼搞的竟然帶著些
                                         Gorky
許軟木塞的苦味兒，當下對已經當了媽媽的老婆飽以老拳，而她儼然是高爾基筆
下的那位母親，默默承受所有的一切，至於那條鮭魚，似乎一直在他體內游啊游
                                   Tom   Dick
地往上溯溪回鄉，卻游了一輩子也還到不了家；來，快點，湯姆、狄克和
 Huckleberry   Sawyer
哈克貝利，快點幫他梳理一番就趕緊拉去埋了，然後索耶，你得留下來監看著
他；[132] 靜謐如蜜中蜂，鼓惑似霍斯風，強勁豐厚的氣息帶來大混亂大破壞的
        Costello   Kinsella Mahony   Moran
大老鷹；科斯特洛、金索拉、馬霍尼、莫蘭，即使你們四大家族力足以結交歐美
          [法] Amérique   Europa   Home Ruler
大陸，誘惑雅梅莉佳如同當初以繩索牢牢套住歐羅巴，你們家鄉的自治領主依舊
     Dan
還是那個丹；右圖，毛髮濃密但呈敗血跡象的後頸皮肉，被緊緊攫住拎在半空
中，左圖，他被平均切割後等量分配到相同大氣壓力下烘烤出來的一張張小餡餅
皮上，供全體伙伴享用；有人追問，他被投毒的嗎，有人審度，他留下多少呢；
                   [德] Riesengebirger
前任園丁（嶽鎮淵渟如龐大無朋的克爾科諾謝山），配給廣戀的墾殖農莊，會替
        Rosie   O'Grady
貪欲小玫瑰蘿曦‧歐格雷迪（小不隆咚的塵蟎）──她圓睜大眼瞅著那些小短
襪、小褲襪和小小的小內褲──蓋間迷你可愛的房舍；大船帆劈啪啪滿風飄漲，

---

[22] 1882 年，愛爾蘭無敵隊（Irish National Invincibles）成員暗殺英國任命的愛爾蘭秘書長卡文迪許勳爵（Lord Cavendish）。

排水孔咕嚕嚕行將淹斃，油綢雨衣、龍蝦捕籠，還有雅格獅丹高檔服飾全都組成
他的臨時防水護盾，愛情和死亡[23]啊，可得保全親愛的小寵物；他從碼頭姑娘那
兒獲得的快活兒，他要便衣警探所幹的絕活兒；資助一組腰懸刺棍的條子，盟交
一群菜鳥兵痞子；投保各類意外險，計有閃電雷擊、爆炸、火災、地震、水災、
龍捲風、竊盜、第三方、腐爛、財物損失、信用破產、車輛撞擊；會扯開喉嚨高
聲咆哮像一頭高高豎起尾巴、殺氣騰騰的公牛，不就是碗牛尾湯嘛，也會唧唧呱
呱散漫聊天像兩扇開開闔闔的搖擺門那樣欣喜快活，不就是杯香料波特酒嘛；在
統一的主張上毫不猶豫，在國族立場上和皮戈特一般冥頑不靈；含羞帶怯的森林
精靈希薇亞對他有點兒戒心，水手們都聽聞過關於那件褲子鬧出來的笑話；驅使
和平的筋肉原動力盡在塞滿他胸膛的大小戰役，和同樣擠爆櫥櫃抽屜的婦人內
褲；昔日家園今日采邑，分-否-反，公簿保有地產權可達玖佰參拾玖年；每天敞
開大門，都是為了市民可以在酒酣耳熱間爭論老掉牙的戰爭和政體二元對立之緣
故，除了因為臥床安息表達支持兩面神雅努斯呵護和平的緣故，有時會在大白天
緊閉大門；吸吮那個猶太女騷包襯裙內的醃醬味作為延續生命的妙藥仙丹，假如
有哪個舔教皇屁股的溜溝子貨，把那些賣府綢的胡格諾教徒直往死裡炮製，身著
絲緞的拉烏爾可就會鬱悶寡歡滿地打爬滾了；隆隆砲聲襲擊港口的拿破崙・
波拿巴，以山為牆部署軍力於避風處的威靈頓公爵亞瑟・威爾斯利，嗚嗚吹喇叭
迴響橫越海面的馮・布呂歇爾元帥，和衝鋒陷陣的超級戰馬，黑鴉杜克羅先生；
泥巴之子馬德森先生，伽德納街的園藝大師；對有些人來說，他就是潘趣和珠蒂
那等級的笑鬧丑角，妄加評論，碗大粗的拳頭就往肚皮直招呼，對另一些人呢，
他就是一頭只要餵飽大豆就會精神旺盛情緒高昂的馬匹，就會自以為可以擔當
布萊恩法律[24]的口述人；幻覺妄想症、夢魘馬車伕、靈媒外溢質；老是被誤以為
是一頭咩咩黑羊，直到他長出一身絨絨白毛；麥克米莉根的女兒敲著玩具鼓咚咚

---

[23] 華格納歌劇《崔斯坦與伊索德》（*Tristan and Isolde*）中的詠嘆調〈愛情和死亡〉。

[24] 指亨利二世征服愛爾蘭時期古代愛爾蘭的法律制度，基本上一直保留口頭傳播的傳統形式。

咚的家庭劇碼,讓祖先幹過鞋匠的舒伯特改編成知名樂曲;他曾以埃米爾[阿] amir [25] 尊銜統治酋長國,所有菲茲帕特里克Fitzpatrick氏族都對他懷念有加,韋克斯福德郡的眾家男孩[歌] The Boys of Wexford在濕答答的淺灘上齊聲頌讚尊他為先生;親丹麥,認同布萊恩·博魯BrianBorú的字面原義是「牲畜貢品」,在酒館中滿斟酒杯的公開餞別會上,他被當成禮物關進碧仙桃Bristol軍事監獄去敲鐘;呱呱墜入大光明,靜臥松鼠樹上巢drey [26],抑或牛馬秸稈槽[27],反正誕生在三地[28],下葬自然三墓地;他搏赤褐陶土照自己的肖像燒製而成人,其它的就不再多想了,全任彩虹各色澤相互隨性搭配;爛醉如泥的自由、互吹泡沫的博愛、酒質保證的平等;兩個崽子,一個是他的反面,訴諸眾人需求necessity倒是賺了不少好名聲,而另一個是他的正面,家己[臺]自己亂發明invention,把老母氣[臺]氣到臉色發黑甲面皮黑嗦嗦;巧手絲綢覆舷緣,帝國屬他第二大,解開蕾絲帶,拔除拉幅鉤,板條灰泥牆吻他最強;只要他無法吸引到每顆卵每粒蛋時,就會呼籲召開國民大會Althing[丹],把所有的事情攤開討論;皇帝、高王、偽王、萬王之主;筆直航進迪河Dee入海口,[133]然後側過船舷,對準戴著巴拉克拉瓦Balaclava頭套撕心怒吼的都柏林將士Baile Átha Cliath[愛],揮舞赤裸的臂膀,下達排砲齊發的命令;不是故老傳說的黃金國度El Dorado[西],就是北冥極地的圖勒島嶼Ultima Thule[臘],欲登峰造極,需用忍戒急;又髒又亂又吵又雜、四角火把高舉的柵欄防護村落kraal,連灌五間酒館的美酒之旅;拉佛雷夫推出好多捲1鎊的賞金獵捕他家族祖先的人頭,卻陷身**麻煩比原來多一倍,不然就拉倒**之類的禮貌性抱怨,只得再三央求拜託他們別再跳腳,主動加倍付款,反正一個蹦子兒也收不回來;從泡水腫脹的肩頭往後丟擲小鵝卵石碰碰運氣,誰知從田野間橫裡冒出血腥鎮壓的龍牙騎兵團,個個年輕男子全副武裝,手中握的武器和他們胯間的棒槌一樣,全然趴軟乏力;促進消化有如高迪歐Gaudio·甘布里努斯Gambrinus的啤酒,陰森恐怖有如埋葬貧民的波特墓園Potter's Field,堅忍不拔媲

---

[25] 埃米爾是阿拉伯國家的貴族頭銜,突厥也曾經使用過該封號。

[26] 「松鼠巢」(Squirrel's Drey)是英國諾福克(Norfolk)郡一家酒館的名字。

[27] 威靈頓的名言:「生於馬廄的,不見得都是馬。」

[28] 根據不同史籍的記載,威靈頓的出生地共有三處。

美沉著穩重的彼得大帝；紅心么，藝術的頂尖成就，方塊二，妓女的兩兩成雙，梅花三，短棒的惹禍鬧事，黑桃四，暴洪的致命恐怖；咚咚砍怖亂，咚咚砍怖亂，康布羅納去屎啦！青樓前頭有面咚得隆咚大花鼓，花鼓前面有對唔不唔兒小姑娘，他的前頭有佇呼嘎嚇嘎攔路虎，整個兒天平頓時歪起挫啊歪起挫；榮登《大銀幕》男主角，和擁有安·布拉斯吉德爾的姿色、緊緊裹著馬甲內衣的一對女星演對手戲，可是卻在〈駝背〉那一場景的角色重新安排中，被更有來頭更加駝的理查德·伯爾巴格、戴維·蓋瑞克和斯普蘭格·貝瑞取代，直接掉到第四順位；復活節，他可以接受的最早日期是3月22日，不過偶而，只要在4月25之前，他都不會轉而採用其它日期；他的原住民名字是哈拔扑席歐戩布威，意思是到處都有印地安小寶寶，以算術神智學推演，他的幸運數字應是星犁旗上面的北斗七星之數；在梭魚悠游長矛橫行的省份，隨身攜帶武器，本事之大，可以甩出魚線直鉤燈芯大小的鰻魚；維柯的歷史循環，惡性的輪轉迴旋，即使脫毛換骨，一切依舊如故；陰溝老鼠受惠於他的殘羹爛肉碎屑內臟，而公園的小鳥詛咒他洪水般的強光探照燈；波爾圖貝洛戰役，牝馬識途，沿著引水渠道，走過遍地赤紅，就在那兒起灶吧，來點貝果雷洛白葡萄酒；上有天堂華爾街，下有布行渥林街，所有掙得鏗鏘有聲的金幣，他全都灌溉給都柏林舒爾本萬麗酒店那個誕生於貝殼內、身披薄綢緞、芳名喚做阿芙蘿黛蒂的小娘皮；他的出生證實是個意外，越發顯示他的死亡是個嚴重的錯誤；從青春永駐之地為我們帶上巨型常春之藤，借他的苦膽引來暴風雷雨，歷練信使大臣之子阿波斯托羅波羅斯，亂其知識，惑其心性，以增益其智慧；心滿意足，因為青春燦爛無與倫比無須販賣火柴的稚嫩少女居然就這麼搖身一變長成胸脯鼓漲漲穿絲披綢笑顏如花綻的窈窕淑女，些許不悅，因為笨重嘴臭體味濃身材扭曲又變形的男人總是處心積慮要除掉那些活躍颯爽體格棒眼神炯炯情意真的屁男孩；金髮國王哈拉爾的金髮多毛傳令官，白膚國王歐拉夫的古銅皮膚小換孩；擔任你姨娘的丈夫，卻把你的天賦遺傳給自己的姪兒；側耳傾慕，靜默以待，他上銀幕，但看如何；時間若在當

                    archbishopic
下，總主教管轄的教省總教區，時間調回過去，商賈進出貨物的後庭小鋼門；山溪奔急流，遇著淺灘需緩行，萬般無奈，碼頭登岸梯，橫遭駁船頻撞擊，傷痕累累；他的降雨量就差不多膝蓋的高度，而他所處草叢的溫度顯示還有三人躲在陰暗處；白粉的熔點，酒精的沸點，都是酒類起沫冒泡之要點；和痴肥粗蠢的小浪
                     Humphreys   The Justice of the Peace in Ireland
屄近身肉搏，充分發揮既有能力；在杭福瑞斯的專著《愛爾蘭的和平正義：冠藍鴉除了撒尿之外就是吃吃吃》關於末世糞便學的專門章節中，有隱約被提到，從
                                                                    Book of the Dead
而被書刊審查員四處追捕，因為他們嗅到這隻聾聵人的害蟲在《埃及亡靈書》[29]：
Theban Recension   Cornwall   Mark
底比斯校訂本》裡不知搞了啥貓膩；國王正在 [134] 康瓦耳的牆角下幫馬克擠奶，樂擠而生悲，皇后高高端坐在枝條棚架中思念盔甲柔情，深深陷入既歡愉享樂又汗毛直豎的情緒裡，侍女們在山楂叢中，高抬穿著鞋子的雙腳，露出她們的長筒襪，淫眼兮兮的侍衛在後方探頭探腦（好一幅華美壯麗的景觀！），隨後高高扛著滑動式步槍嘿咻嘿咻去放一泡尿，獻給所有預言他會怎樣又怎樣的祖先，他豎立石塊，為了所有從他和她而出的「哞哞這邊兒來咩咩這邊兒來」栽種一棵樹木；
40 acres and a mule
40 英畝 1 頭驢[30]，60 英里酣之旅，長條帶狀一排排，白是白葡萄，紅是紅葡萄，
Anakreon   Anna
艾納克里雍的滄浪酒水，清兮如安娜，可以濯他的雙足，濁兮如沼澤，可以濯他的軍艦；馭！是誰難耐思念火熱的波特太太而直想澆上一杯烈黑啤；他巴望可以
  Pimlico
在皮姆利科政壇享有一席之地，當個大家拿他沒皮條的地方政客，但他們抓住他
       Eugène Sue
的把柄，逼他為歐仁・蘇站台，他該怎麼辦哪？；德意志，德意志，高於一切，
                                  St Edmund, King and Martyr
荷蘭王，荷蘭王，使人畏怯；位於群山之顛的聖愛德蒙殉教王教堂，飄散濃臭
                Saint Dunstan-in-the-East   [捷] Petřín
難聞卻又誘人期待的酵母噲味兒的東區聖鄧斯坦教堂，可憐兮兮地像佩特任山
       Saint Peter-le-Poer   Royal Exchange
上丑怪石頭的聖伯多祿清貧教堂，熟稔政治交易和血腥婚姻的皇家交易所鄰近
  Saint Bartholomew the Great   King Billy   the prince of Orange-Nassau
的偉聖巴爾多祿茂教堂；他急急如爾後被稱為賢明王比利的奧蘭治-拿騷親王，
                          Dame Street   Trinity College
驅馬趕往「婚誓手」和「婚戒手」兩女士等待的街口，同時把潛藏在三一學院那

---

[29] 在第一章翻譯成《逝者之書》。不同中譯，表示不同版本。

[30] 1865 年美國內戰期間宣布的一項戰時命令，被解放的黑人家庭可獲得四十英畝和一頭騾子。

三位形影不離若一體的傢伙遠遠拋在腦後，滾滾沙塵中，依稀僅見他那有如
Billy in the Bowl   Hazelwood Ridge   Black Pool
盆足乞丐比利的半身胸像的背影；榛莽莽陡脊，黑沉沉水池；把煦風吹拂的
[古北] blá-vík   Bullock   [臺] 吸爸的卵蛋
墨綠海灣改成卵硬通吃的英倫小牛犢，幹，還欸恁爸屄脬咧，好好一口清澈的
[法] Artois   face wall
阿爾圖瓦自流井變成一頭天方夜譚的火鳳凰；他的外牆牆面除了字跡外，還有一
      Prussian   ostomata   conchoid
幅先前他還是普魯士人的時候，用開闢似造口[31]的虹吸嘴巴，做出蚌線形狀的詭
              Hellespont   Hero
密表情；他的出生地遠在赫勒斯滂海峽的彼岸，愛人赫洛每天在那兒等著他，他
                              Saint Scholarland
埋身處是小小怡人田野中的方寸立錐地；是聖賢文士島最古老的雜誌書報攤，號
              Yildiz Kiosk
稱是這個完整半島的伊爾迪茲宮亭，也是最新開張最為狹小而且乏人光顧的青年
旅舍；走過成百英里無數刻符的街道，點過一千零一盞的夜燈，刷亮成甲成頃的
玻璃窗面；他那件敞篷大衣佔地15英畝，他的小白馬每12匹為一組裝飾咱們的
家門；憂傷啊風帆，悲痛啊船舵，全都定航駛向美利堅的碼頭，搭上火車，直奔
當地市政廳！；他燦爛如太陽的匈奴兒子們，他危險似羊癬的韃靼女兒們，今日
在此已然開枝散葉；是誰，以其出生的驚天裂地擊退東邊隆隆轟炸的霹靂雷響，
                                  [粵] 閃電
是誰，掄起闊刃彎刀殺得一道道雪爧伏低趴地鴨竄沉海；一種個體的麻煩，一團
                                [臺] 說謊者
位格的啞謎；正直之人，專業領域中奧秘之學的輸送載具，白賊七仔，疏通衢弄
導水退洪，再引發大汛的始作俑者；部分之於整體，如同避風港之於大海鯨；眾
                Hewitt Castello   Equerry
所尊敬的霍斯城堡休伊特‧科斯特洛侍從官閣下，曩昔白日外出同遊，
思之頗感慰藉，回首往年暮夏杜鵑花叢中，期盼今年夏日早臨，悟念，
          Dundrum
寡歡的玫瑰，萃於鄧德拉姆；高於海平面上帶種果樹的高度，處於陽光充足豆
莢植物生長地帶之外；當舊日牽絆拴緊漸老之心，少年夫妻就有老來之臉；可以
用膠水和剪報拼貼，可以在扶壁上隨意塗鴉任意留白；夜快車吟唱他的故事，麻
雀般的音符跳躍在一條條電線般的五線樂譜上，齊鳴合奏的歌曲；他和朽屎臭蟲
一起爬騷，他和深腐群蛆共同蠕動；[135]安靜如清真寺的老鼠，喧鬧如猶太會堂
     Gog   Dilmun
巨人歌革之子；曾是迪爾穆恩花園天堂，庭中椰棗樹，綠葉發華滋，果實累累不

---

[31] 即人工肛門。

勝數，也曾是潸然垂淚的都柏林，硬如椰子的腦袋殼，暴捶屢屢家常事；一口吸盡江洋水，一躍跨過大洋洲，下唇抵他大腿上，上唇暖柔似軟枕，還有一顆緊縮的縐摺心靈；喝烈啤的搬運工，揉麵團的麵包師，上賽場的拳擊手，那雙強而有力的巧手，已婚女黑奴的無上至福；只要風可以持續吹乾萬物，只要雨可以持續滋潤大地，日就可以持續運轉周天，水就可以持續湯湯湧動界接疆土，他的鬥志也會為之昂揚，為之氣餒，為之凝聚，為之裂解；走開，我們受了欺騙，回來，我們心生自厭，魔障消弭真相自現；鑿穿歐斯托夫島嶼[俄] Ostrov，跳越煉獄托斯坎海[Tuscan]，游過滅世洪水[希] Mubbel，然後飛越摩伊耳海峽[Moyle]；像油脂，像油脂般的凝脂，光滑柔白優雅脫俗，然也，肥滋滋油膩膩滴淌流涎；不會稱呼老頭為老頭，不會稱呼壞血病患為壞血病患；他建立屋魯家族[蘇美] Uru，取蘇美爾語「城市」之意，他所建立的家族，他所帶給家族的命運；黑色冰蝕高原某處，絳紅烏鴉薨壓雪白馴鴿之上，雙翅箕張哇哇聒叫；塗抹掉他侍從的光環，在掌夯司晨的母公雞面前，表現的像是草梨的雄牝雞、小螻蟻[emmet]、大笨熊、蠢公牛、奧地利鴕鳥、癲癇獴和臭鼬鼠；從初生之犢常患蕁麻疹的苦惱中，硬是催出成熟的鬍鬚和足以喝啤酒的年紀；為會堂鋪蓋屋頂，方能吟唱詩篇讚美祂，為溫飽每個肚腹，繳納公雞入他鍋爐；幹過上菜的店小二，加入馬戲團演雜耍，擔任地位等同古羅馬大祭司[拉] Pontifex Maximus的首席園藝長；各式各樣的烈酒杯碗都曾打翻在他身上，各種各類的大小什物都會從他身上掉落；還是把我們嚇到驚猿脫兔般毛髮直豎，然後會安撫我們沸沸羊羊的怒氣；口袋記事本，郵件包裹船，鐵血男子漢，軍火走私商；昔日那些光明磊落的日子啊，憂懼、驚怖、黑夜暗波粼粼；我們那個有夠恐怖令人顫慄的爹爹，動不動就**大刑伺候**的東方韃靼；困惑，震驚，非也，心猿意馬耳；氣喘吁吁地從國王的宮殿塔樓趕往未曾去過、由湯瑪斯·布治[Thomas Burgh]承建、訂有新鮮規矩的海關大樓，經過嘆息橋[Bridge of Sighs]時[32]，都會摘

---

[32] 嘆息橋是位於義大利威尼斯、介於法院和監獄之間的密封式拱橋。死囚行刑前必定會行經此橋，嘆息唉聲不絕於耳，故名。

下駝趴在頭頂的歌劇帽[33]，向形形色色觸犯法律的罪人表達問候之意；緊緊嵌在帕的新握把和帕爸的新斧柄之間，他是一截我們的帕爸的爸爸傳承自帕爸的爸爸的爸爸的老舊水手彎刀的刃身；差不多在他還是老頭子的肩膀、中年人的脖子、頂著一顆年輕人的頭顱那光景；來訪的紳士，白天各個都是鮮肉小鯡魚，過了一夜通通變成臃腫大海鱺；我的天哪，瞧遠遠那邊兒，歐里昂、科馬爾、還是里昂，活像變色龍一樣，反正呢，他的雄獅生命與40位戴軟帽的女子在愛中一同發酵，共計出爐40份燕麥烤餅，徹底改變了人體內分泌的歷史；她把他逼到都臭耳聾了，只好聽命趕緊拉開百葉窗；某天他佇立巴賽爾橋上，野鴿家鴿都飛來停滿在他的身上，烏鴉在隔天晚上從金斯頓碼頭附近的國王石花園後方朝他瀰天蓋地籠罩過來一大片黑壓壓的羅網；國家之凱旋，劇碼之膨風，便所之舒適，大眾之富足，酒館之興隆；假如他的雙足還真他媽的是都柏林泥巴捏塑出來的話，那他的木刻頭顱應該會很理想的搭配；他遨翔穹蒼，誤闖鳳凰領空，被當成遊民轟然擊落，直直墜到公園的谷地，方圓數里壓得樹木叢林盡皆摧撕坦夷，震得大小石頭個個挺豎直立；看起來像融化奶油的高山巨岩，聽起來既粗魯又原始的語言詞根；取山林露水私釀威士忌，此起彼落的碎糖晶塊和檸檬刨花在沸水中上下翻滾，天空中冰清的玉盤[136]倒映在博因河面上，好似足球燈泡通體隱隱瀰散粼粼微顫的蒼白薄暈；三杯帕蒂威士忌，衝鋒陷陣上馬鞍；戀慕麥卡錫之女麥考梅克女士，她卻偷偷跟著風流倜儻膚色黝黑的達力・德摩兩人一塊跑了；昔日以鑽石琢磨紅榴石，今日以髒話啄摩風流侍，迪爾梅德捉摸格蘿妮婭，強中更有強中手唄；你可能在佛羅倫斯（或該城市發行的金幣上）見過他，不過在永利酒店的話，對他可要特別上點心眼；那兒是搭-他的大海碗，搭的脫水架子哪兒去了，這裡是搭那團白白大大的屁股，攤在搭的，**安靜不要**

---

[33] 十九世紀男士上劇院習慣戴高頂禮帽，但放置太佔空間，造成許多不便。1823年吉巴斯（Antoine Gibus）將禮帽內部裝上伸縮彈簧，高頂部分即可壓平和拉高，解決收藏的問題。亦稱吉巴斯帽。

吵，他的棺材裡，很沉，叩；口操瑞典鄉鄙土音、酣醉討喜的阿爾比昂(Albion)，本地公認最有可能最受歡迎的大壞蛋；亨利(Henry)-坎特雷爾(Cantrell)-科克倫(Cochrane)礦泉水與蛋品有限公司，肉瘤母雞小跑步，自戀公雞撒腿歡，號稱已限制他模仿她下蛋；在薩圖恩(Saturn)山丘腳下，我們那些斯萊特里(Slattery)的騎馬步兵爺兒們，高高翹起二郎腿，四周散置一甕甕的悲傷骨灰，邊烹開水喝茶，邊抓跳蚤放生；搭蓋隆德市(Lund)大教堂，摧毀教會諸田產；誰猜得出來他標題上的小變音符號(tittle)是什麼，就足以掌握他的行為模式；吃肉配土豆，炸魚配薯條，飾羽增文采，年少瘋時尚；狡猾奸詐的韋爾斯利(Wellesley)犯罪家族中的老屁股朱克(Juke)³⁴，路邊小茶室老光顧，投幣點唱機鬧笑話；哈克貝利(Huckleberry)·芬恩(Finn)的喪禮，搞笑黑人抱肚直打跌；卡-卡-卡利卡克(Kallikak)，怖-怖-布穀怖鳥；被照相機傷到，被隔牆耳聽到，痛苦萬般的酷刑；借宿民宅有長板凳有俏女郎，幸福軍老爺，獵鹿鉛彈轟脊樑骨轟臭皮囊，衰淆阿兵哥[臺]倒楣；受孕於天庭，成胎於混沌，降世於人間；依理論推測，他的父親應該是超時勞動勤奮深耕，如證據顯示，他的母親一定有努力扶犁增產繁殖；中新世(the Miocene Era)的足印，美食雜誌的公子，在凌森德(Ringsend)海灘被膣紅滾燙的沙礫掀翻落馬的哥薩克騎兵頭子(hetman)；據聞跟條子走得很近的臨時編組救火隊榮譽隊長，門還開著喔；舊款的護脖高領又開始流行了；忘不了你嘲弄加多森會的司鐸查特豪斯[拉] Ordo Cartusiensis Elder Charterhouse身穿鴨白褲子的那段時光，還有你提到整座城鎮都看得到他那雙茸茸毛腿時說話的模樣；她暗地裡搞了他一聲[臺]罾之後，把她的紅褐長髮垂瀑下來，像隻信天翁³⁵繾綣在他的後頸上；當他的水壺變成火爐，當他的冷嘲變成熱諷，當我們的心給丟入翻騰滾燙，我們的邰西帖斯(Thersites)會從他的豬圈裡頭如索爾(Thor)轟雷般也扯開喉嚨破口回罵，熊熊熱燄獵獵烽火遼遍莉菲(Liffey)河面，他們那具雙耳陶壺內的一泓清泉頓時也蒸騰滾沸起來；經過細部比對之後，咸信他的書簡年復一年都是從聖雄(Mahatma)[梵]的大塊文章中東拼西湊出來的手筆，他金銀純度的

---

³⁴ 見第 2 章註釋 6。

³⁵ 英國浪漫主義詩人柯勒律治（Samuel Taylor Coleridge, 1772-1834）的長詩《古舟子詠》（*The Rime of the Ancient Mariner*）裡的信天翁。

正字標記驗證印戳，是依據破銅爛鐵的砝碼訂定的檢測標準；兩層寶石胸牌，一對十字胸飾，三重會幕門簾，讓人憂心風雲是否即將再起；用松香樹點燃他的煙斗，僱重挽馬拖拽他的鞋子；觸癒女雜工的壞血病，擠爆男爵爺的膿瘡；來電說是推銷亮光漆，之後被爆當時是在某某閨房裡；坐堂正義之席，主持仁慈之家，擁有豐醪之角，酢享裸麥之垛；採礦登高雄圖遠大之人，他一只帆布背
cornucopia
包，走過多少渺渺輕煙，回首前塵反恭自省之人，他一根登山手杖，得到海量扶
Yugoslavia
持幫忙；為了南斯拉夫人民和我家那口子美國南方奴隸的心靈，甫贏得自由解放
New York   Gordon Selfridge
的紐約負上嶄新的軛；口說手畫表現很積極，高登・塞爾福里奇的那一套，自詡
                                                              Gorgon
鐵血正義的化身，推銷兜售無一不被動，消極主義胡亂掰，不啻戈耳工的化石；在傳達訊息之前，他先行對著那根發出驚恐警報、僅值數滴淚珠的鹽柱，在其上
                                            la Belle
頭澆灌一漩扭曲的笑聲；有一句沒一句地聽著那位佳麗在她處女秀的演說中談及
Mount Saint Jean
聖讓山的種種，卻足以讓他待在火爐旁思考自己空空洞洞的一輩子，[137] 到底耳朵內迴盪不止的天籟，是由於他自釀的美酒滋滋吐出希伯來的音韻，或是水
       quaternion   quartertone
銀[36] 在四元數的空間中歡唱四分音的潺潺歌曲；他的三大麻煩也許結束了，但是他的兩小分身仍然會聯袂而至；箝咬我們龍骨的柳編龍蝦簍，糟蹋我們裂莢甜豆的花園寵物耳夾蟲；他站在某座可愛的公園裡，不遠處是捨此無她的汪洋，而那三個苦苦糾纏的小鎮 X、Y 和 Z，近在咫尺，稍不小心就會越過去了；文明人性的肉瘤，歐洲大陸的贅疣；以前想要讓歌唱的音符變成美聲和意義，然而如今他念茲在茲的，是他所有新鑄造的字詞可以成為少女魅惑鮮活的青春肉體，瞧上一眼，包你馬上性致勃勃，一切都成可能，真正地繁複多樣，確實地孳乳增補；擁
                                                            Themis
有需要上繳驚人貨物稅的巨大戒指，全身超乎尋常地灑滿香水；傾聽泰米絲連身襯裙窸窸窣窣的呢喃低語，清晰透徹如柳條橋面下淺灘的流水淙淙，令人蝕骨

---

[36] 水銀可用來治療性病，副作用其中之一就是會引起每四天一次的高燒，高燒則會誘發耳鳴。此處主要的意思，是不確定造成耳鳴（天籟，或潺潺流水聲）的原因，到底是酗酒的關係，還是水銀治療的關係。

銷魂陶陶然；在充滿聖人賢士和狂歡派對的愛爾蘭，擔任神話傳說中芬尼亞勇士團(the Fianna)的團主；有英國佬霍吉(Hodge)那個泥腿子為他擔憂替他擺渡，有法國佬法蘭奇(Franky)那個馬屁精哄他高興替他煮咖哩，有比利時佬布拉班特(Brabant)那個嚴禁兒子戴胸罩的糟心老爹可以邊鞭笞他邊為他禱告，還有個笨手笨腳的德國佬弗里茨(Fritz)為他控制電閘開關；被一個叫理・帕克(Parker)的公園管理員伏擊，被一個叫巴克利(Buckley)的狐媚牧童打槍；當他酣飲耳熱之際，口吐酒嗝，腳踢門楣，拒喝扁豆羹，雅各伯(Jacob)搞砸勾芡的濃湯一次又一次每次一角錢，賣給教區裡瀕臨滅亡的貧窮遊民和流浪兒；在傍晚脆弱時分，週週閱讀 H. C. 安徒生(Andersen)迷人的童話，在晨清氣爽時刻，日日瀏覽俄國沙皇恐怖伊凡(Ivan the Terrible)屠殺外鄉人以獻祭的軼聞；當他泡澡時，會拍拍打打自己的身體，會輕輕替你臉上敷抹香皂，對你說著你好棒喔之類好聽的話；擁有最寬最廣肚圍的釀酒桶，經常會有輕輕敲扣拍打的聲響，從闐無旁人的**穆林加爾客棧**(Mullingar Inn)傳送出來；含著金湯匙出生，伶牙俐舌，對著大海高高舉起銀光閃閃的左手臂，依順時鐘方向，遍巡愛琳(Erin)鐵島的海岸；只伸出兩根指頭測試風向，卻還是整天都聞得到，快死了吧；他在退潮的都柏林要蓋一座海洋那麼大的大教堂，比我或你在阿姆斯特丹(Amsterdam)潮濕冒煙的大型垃圾箱內找到一枚 10 分荷蘭硬幣，或在那個城市碰到一個禁酒主義者，還要輕鬆容易得多；跟這個終身市長住在一起過日子簡直是個夢魘，但試著去了解他的話，你將會見識博雅教育(liberal education)為何物；在**聖奧拉弗教堂**(Olave)，頭蘸橄欖油，在**聖老楞佐奧多教堂**(Laurence O'Toole)，受傳抹香膏；聽蟋蟀的大地鳴唱，惹惱螞蟻命的講道神父(predicant)；還是把波斯王達理阿(Darius)重聽的耳朵轉向現在已經全然被激怒的神的代耳人；造了一個身體有猛烈抽搐突起物的男人，鑄了許多彌那(maneh)硬幣當作流通貨幣；當他在家呀甜蜜的家之時，是誰甜蜜蜜呀是誰呢？就喜歡在六點鐘來上一杯小甜點；歷經過人生奇遇的所有冒險階段，從月光下(Moonshine)釀私酒和用假錢買香檳，到發揮影響力販賣堆疊如積雲的黑啤酒和半加侖瓶裝的波特酒；威廉一世，為那些光腚放屁的宮廷鬧劇擦脂抹粉披蓋羊毛皮，亨利八世，富有牡雞帝國的老邁真命天子，查理二世，對著麻布袋小村落發動衝鋒攻擊，直搗後庭，理查三世，英姿勃

發下場悲慘的轟雷戰神；假使一隻身體抽搐的小公鴨，對著空中盤旋的兀鷹，厲聲嘎嘎如出土風茄（mandrake），總算能夠逃過初生的險關，那麼這頭母鴨還得為這壞胚子日後的復活，像頭麻鷺那般悲嚎啼哭；月夜下，體重減輕，可是在夕陽西下和晨曦微亮來到之前，腰身漸廣大樑見粗；[138] 自然流露的天性逗得薄紗後的世界再度莞爾微笑，差一張衛生紙那麼厚的距離就會給下到三選一的牢房了；有誰可以在眨眼之間，看盡長矛刺身的鮭魚、追捕母鹿的獵隊、在弟兄姊妹鼓足風帆全速吃喝喜樂無垠的團契聚餐中高舉聖餅過頭的光潔白袍；面對初懂人事、前來奉承巴結的姑娘，表現得像年老的克努特大帝（[古北] Knútr inn ríki），以辛辛納圖斯（Cincinnatus）婉拒權位的身姿，轉背以對；是個來自很遠很遠還要更遠的地方、屬於阿公爺爺那一輩、光著身子拎著桶子遊逛街坊鄰里，就好像閒步在自己似舊如新的別墅中、人稱紐約燈籠褲的銀髮老爹（Father Knickerbocker）；蹲下拉一坨，喝上一夸脫，找個老相好，嚐個新鮮貨，破個瓜來開個苞，船入港，旗幟飄，城鎮上方狂瘋飆；輕風拂過他顏面上沾有威士忌的毛髮鬍鬚，啤酒堆跌在他失去知覺的雙腳邊；在他摔落之前說起話來結結巴巴，在他轉醒之後罵起人來幹天幹地幹你娘機掰；在珍珠白的清晨是林場，在嗚沉黑的夜晚是墳場；假如可以運用大無畏的巴比倫古國（Babylon）那種高水準出爐小圓麵包的燒烤技術，來製作同等完美無瑕的日曬泥磚，塗抹瀝青可用於修橋補路之上，那麼誰會只因缺了一堵搖搖欲墜年久失修的都柏林圍牆，以致於茫然失措呢？

答：芬恩（Finn）・麥克庫爾（MacCool）！

第二問：你的雜種母狗老媽子，知道你那個麥克嗎？

答：當我從城市郊區的春光，調整鏡片收回近視的目光，我身為人子的孝思，以及孺慕的情懷，上仰那位替天主搭橋樑，替人世建城牆的棟樑，他的夫人爿君臥身側，夜夜為他潺潺唸禱求。安娜莉薇活潑潑，說起話來臭乳呆，彌高萬仞喜洋洋，低語回應狀頗萌，冰島瞪瞪雪凍山，融入漫漫火燄波，她的旋律

揚揚格,^(spondee) 湯匙側臥^(spooning) 37 相依偎,膝蓋以上二合一,為人母者溫蒂妮^(Undine) 38,狂熱海洋伏貼聽,酣飲樂音聲聲揚!假如丹麥丹是 10 歲,那麼髒髒安就是 30 歲,假如他是一架平凡的飛機,那麼她就是一隻唿嚕唿嚕的俏貓咪,假如他是一座羅馬萬神廟,那麼她就是一個賣弄風情的花魁女,紅褐秀髮豔麗如火,一匹水瀑流洩而下,她那羞人答答的連哄帶騙,她這滑稽可愛的小丫頭片,他的尾舵升得忒高,他的夢境濕得真糟,假如火熱的漢摩拉比^(Hammurabi),或是淡定的母牛哈娑爾^(Hathor),可以看到她蹦蹦跳跳調皮搗蛋的話,就會知道他們將會再度裂解疆界,然後棄絕毀滅的作為,然後譴責以往的誤謬,然後一切重新開始,川流不息,直到永遠,加一晚。再加上一份愛。阿們!^([荷]min)

　　第三問:哪個店名可以像人生銘言那樣完全忠實地適用於那間掛有喪徽、跳蚤肆虐、外面是刷白漆大門裡面是黑漆漆一片的茅舍,屋旁三葉草叢下有條光裸無遮的古蛇,附近煙花柳巷中有群四處覓食的猛禽,有個在猴園修道院讀書的少女瑪達肋納^(Magdalen),還有一個皮膚斑斑若花豹身材肥碩似河馬的掌櫃,店名不是叫做坑蒙拐騙樣樣來的**妖術小農場恐怖腐爛男**,也不是發生非我族裔、趕出家園、三位一罪、叛國重罪那樁德雷福斯事件^(Dreyfus affair)的**東畔低地三城堡**,也不是打著來自芬蘭的哈拉爾蕊比雜貨店^(Haraldsby),也不是影射梵蒂岡^(Vatican)的**華坦肯酒桶和酒罐葡萄酒鋪**^(Vatandcan),也不是標榜夫妻二人檔的**船屋和蜂窩**,也不是諾克斯^(Knox)在抑鬱夜晚^([拉]nox atrabilis)的圓丘上辦完美女小貝兒之後光顧的**敲門兼按鈴**,也不是擁有摩根勒菲的魔法^(Morgan le Fay)、提供大家享受啊快樂的墮落^([拉] O felix culpa)的**煤炭王歐菲尼克斯**^(O'Faynix),也不是座落於霍比雅克廣場^(Sq. Robbiac)的寬敞嘎嘎四方旮旯,也不是像埃普索姆丘陵^(Epsom Downs)在大水消褪後那般泥濘草原光景的**埃布拉納的沉淪**^(Eblana),也不是好棒棒的約翰・勒德克爾^(John le Decer)那等最佳市長大人,[139] 也不是本傑明^(Benjamin)・吉尼斯^(Guinness)專屬的**健力士牧場**^(Guinness),也不是巴多羅買和惠廷頓兩位市長大人^(Bartholomew Van Homrigh　Dick Whittington)

---

37 所謂「湯匙」,是指男女側臥前後相擁的躺姿,或親暱、或做愛的姿勢。

38 溫蒂妮(Ondine、Undine 或 Undina),歐洲神話中居於水邊的美麗女精靈。溫蒂妮本身沒有靈魂,但能透過與男性結合及孕育子女的方式獲取靈魂。

負擔得起的聖巴爾多祿茂節之婚宴大酒桶,也不是被蚊蚋螞蟻搞到市容扭曲走形的安特衛普,也不是蒼蠅之城莫斯科,也不是威爾酒罈,也不是拱門酒廊,也不是小而美的自命不凡,也不是荷蘭和蘇格蘭兩蘭合璧的威士卡之家,也不是欖葡萄圓蘋果,也不是沒啥壯麗沒啥景觀(壯旅或景館),也不是昔在今在以後永在,更不是不是我幹的路西法如是說?

答:市民啊,汝之順服依從是吾人世界的福祉,汝之腦滿腸肥直面命中我們眼球的憂慮!

第四問:哪個愛爾蘭的神聖殿堂首要之都(哦,天哪,親愛的女神!)有兩個音節,六個字母,D開頭,起源上溯古希臘、凱爾特和阿波羅聖殿德爾菲神諭,終點直抵滅絕的末世(合[39],塵歸塵,呂!),適足以提升形象,大加宣傳,說是:(a) 世界上最廣袤無垠的公園, (b) 世界上最昂貴奢華的造酒工業, (c) 世界上最人潮人海的林蔭大道, (d) 世界上最愛痛批時政最愛馬,最愛痛飲茶品最愛嘔,最敬畏我們天上的父,也是最能暢飲葡萄美酒咕嚕咕嚕若孔雀啁啾的人民:還有,在擠膿包般擠出 a, b, c, d 這四題的答案時,可以幫忙河蟹一下嗎?

答:(a) 戴爾法斯,出海灣口倒三角,婢兒發誓特傳情。妳將會聽到我在心中揮動荷馬的黃金榔頭,我迷惘的小姑娘、我亞麻毛皮的小狐狸啊,鏗-噹噹鏗-噹噹,我會一遍又一遍錘打在妳抗拒的肋骨上,轟隆隆的雷聲,我是釘來妳是鉚,柔言細語慢慢幹活來,若無意亂情迷,何來山崩地裂,妳將會全身顫慄不能自己,妳將會因為罪在妳心中吶喊而嗚咽啜泣,我倆飆騎馳騁顛倒神魂,妳戴著從一而終的橙橘花環,我懷著穩健推進的不二之心,歡鬧嬉戲中順著滑不溜丟的甬道就這麼的滑入呴濕濡沫的婚姻生活中湮邈浩深的大海。(b) 科克,暗黑沼澤。當然囉,妳到哪裡可以享受如此美好宛若管風鈴清脆樂音的舊時

---

[39] 以模仿漢字結構的書寫方式組成的英文 AH,後面的是 OH。用意在保留 A (lpha) 到 O (mega) 的隱含旨趣。設計靈感來自中國藝術家徐冰創作的西文書法,即以中國的書法書寫西方的文字。

光,怎能留下妳一人,得像在馬許鎮那樣共同步上紅地毯,而我又是如何用鴿鳥般輕柔的音調對著妳海誓山盟,妳瀑布般的秀髮纏綿綢繆著恣意無拘的蔓藤綠葉,戀慕的眼光仰望上方的我,雄渾的歌聲,正以男高音吟唱對位旋律,漸次拔高越過底下的風光,兩隻玉鐲手臂搭在妳那纖細的足踝上,妳櫻唇間玫瑰般的舌蕊頻頻往上探了又探,我在一番滑潤如皂石、動人如白銀的衷曲訴情之中,醺然俯身沈入奼紫嫣紅花叢中。(c) 都柏林,丑給您,婉約新碗待嫁身。伊莎,我的女人,有了石磨坊賺的大把鈔票,我們為什麼不快樂點,親愛的甜心,一旦人在布魯克萊恩鎮,我自己可以擁有喬治亞風格的市長勛爵官邸外面那種經過准許才能種植的草皮,可以好好靜修療養恢復健康,他就會馬上離開妳的,當然,還要服用禮義廉醫師特別調理的處方,瞧,我的大銅鍋爐滿滿都是黃豆,我手持一杯愛爾蘭威士忌,朝東禮敬,另一隻手握著一杯聖詹姆士門釀酒廠的健力士,朝西禮敬,鬥志昂揚的酒吧中,酒國兩軍對壘,盱衡敵我佈陣,拼鬥殺伐四起,在這些我的錯誤咬合他的誤錯之後,回顧來時路,那是一條起於買醉終於賒帳首尾相銜的古蛇啊,而良善的那個妳,拼命攪拌牛奶中剛剛生成的黃油,以示翻開人生嶄新的一頁(灌注於妳更多的優力!),從亞特蘭大城到奧科尼河,從阿耳法到敖默加,妳是物超所值堪稱首選,我呢,去後院花園裡好好打個盹兒吧。(d) 高威,山谷石溪富饒之路。[140] 我在那兒西班牙大街附近釣上生平第一尾活蹦亂跳的鱒魚,在梅奧郡我打出美乃滋,在圖爾姆鎮我編織夢想喜多滋,斯萊戈絲滑高規格,高威確是高尚有聲威。神聖的鰻魚和成聖的鮭魚,釣竿甩出拋必沉,啪啦啦甩尾彈跳的白鰱,倏忽忽沉潛河床的白鰷,無一倖免通通都上鉤,鐵竿神釣也無法與你匹敵!她這麼說著,一蹦跳過半個巷弄寬。(a)(b)(c)(d)。一個古鐘接著一個古鐘垂掛在山頂鐘樓尖塔上,迴盪在空中的鐘聲,呼應著洋娃娃女孩一聲聲的我願意,噹——咃當會去望彌撒,噹——,聖誕節神父彌于 當——信徒,噹——,祈求,噹——力士我們首批渡洋來自北,噹——人民,我們首要深自悔罪,花5便士買回好名聲,我的

不，勢不可噹—噹—噹—噹—噹—噹—噹—噹——！

　　第五問：哪一種來自斯堪的納維亞海灣的人渣，會收拾黑膩膩的豬肉，髒兮兮的酒瓶，回收殘酒黑啤沫，重新上桌再賺它一筆，手擠惡屁兇脾氣的羝羊的乳漿，直把塞在吉兒裡頭的傑克嚇得小小末稍尿流又屁滾，剷淨教皇老祖宗的教區草皮、那片內心充斥凡人慾望、外表那般墮落天使的荒原上，那些食物渣滓和垃圾碎屑，漩灑髒水於塵土之上，扛著八卦小報、煙草、**真討厭吔**，把weed
葉子[40]包好嘛、糖果和甜酒在村莊四處叫賣兜售，悲嘆每天受人氣使頤指的打雜
bona fide travellers
日子，大聲怒罵一腳踢滾連連哀嚎、佯裝主日旅人的酒客，敲響洪鐘聲聲召來
Kriek
虔誠信徒、雙腳使勁琴音碾壓倒嗓走音，唬唬狂嘯**來人哪來人哪有人偷櫻桃啤酒啊**，他那些個犬子居然沒有一個出來追趕逃往荒谷大澤的小偷們，有可能拿
Barnet Fair　　　　　　　　　　　　[歌] The Croppy Boy
三個小鬼頭的款子去資助了三次巴尼特馬展，擦亮踐踏過平頭男孩、沾有糞土
[法] La Couleuvre Noire
的長筒靴子，在夜幕覆蓋大地後實施宵禁如龐大無朋的黑蛇吞沒燭火、篝火、烽火和其他任何光源，在畜舍隔欄內服侍主人直到嚥下最後一口氣，用磨刀石
methodist
磨利他各式各樣的刀具，幫某位手腕高明無知無識的衛理公會平信徒把吃住都照顧得好好的，基督教女**反正不是青什麼的年會**，基督教婦女剛好**不禁酒啥的**
Walther
聯盟，台階有限公司，或是凸窗兄弟吧，徵才，以有清潔工經驗為佳，**瓦爾特．**
Clausetter　　　　　　　　　Chimney
克勞賽特抽水馬桶父子有限公司，以及 H. E. **煙囪公司**，省點功夫甭申請了，在好言相勸之後，同意待在花園和廄棚供使喚，必須完全掌握愛爾蘭人那種跌倒
Jutlander
後再爬起來充滿憤怒和渴望的漩渦語言，天性達觀的日德蘭半島人，或是寒冷北方的挪威人，體格高大點，為佳，需負起全部的責任，可享有耕牛的權利，人口簡約的封建家庭，每五天可出外一次，可以預支薪水，不能收取小費，酒國霸主者，請先戒酒，無誠勿試，店家是父執輩的人物，音質低沉，對聲音頗
aleconner
有心得，閒暇適意時喜植歐芹，正職是酒品檢測員，不會吧，不可能是他吧？
[歌] Poor Ole Joe
　　答：給我仔細瞧！可憐的老喬！

---

[40] 大麻的黑話。

第六問：這間沙龍的口號，召見女管家黛娜(Dinah)，是什麼意思？

答：滴嗒滴嗒。榮耀歸給天主的聖人。希望能多給點髒抹布，不是魔杖揮一揮就能解決的，還得上些石蠟，瞧，從公園一路帶回來，屋子裡到處踩的都是他的豬蹄泥印子，我在想什麼，想到整個身體都暖呼呼的搞懂了終於，我認得出來，鋪在充氣睡墊上亞麻油氈印花布面上那粗魯的污漬，是他的親筆簽名，啊，假如你的垃圾投入的我的桶可以開口問，他說起話來，像極了威大的惠靈頓(Whittington)，他都叫我的閨名耶。滴答。我是你的蜂蜜，吮蜜之蜂咕嚕嚕，入海之口嘩啦啦，是誰要人家屁股坐在他的大腿上還把我當小嬰兒用雙腳一個勁兒上下折騰，都把蠟燭給折斷了，有誰看到明兒個盛大野宴要用的黑醋栗果醬，紀念考倫斯伍德(Cullenswood)和哈摩辣(Gomorrah)掉腦袋瓜子那些事，我真希望下個傾盆大雨，讚美全愛爾蘭的天氣呵，讚美全愛爾蘭大主教(Primate of all Ireland)呵，也讚美全愛爾蘭的靈長動物呵，[141] 我聽到擬八哥發出劈啪爆裂的叫聲，我從瓦罐內片些奶油薄膜，然後均勻塗抹在你所有的紅粉鴨肉三明治上，公鴨腿每根 5 便士。嗒。是誰吃了最後那 8 粒鵝莓，荒年採收的，都放到發霉了還吃，剩下的鵝肚片呢都哪兒去了，真敢吃，麻疹吧，從耳孔以下羽毛全禿光光，是誰把那個留在那裡，又是誰把這個放在這兒，是誰讓那隻好勇鬥狠至死方休的基爾肯尼(Kilkenny)貓偷吃了爛掉的肉排。嘟。是誰呀，是你嗎，在院子裡架起了鍋子，而且奉聖路加(Luke)之名喔，你到底是拿啥勞什子去擦大廳地板來著。呿，屎你個頭啦！要不要來一盤？謝囉。滴答。

第七問：這些組成我們國家和社會的搭檔，瞻前顧後的門房(Janus)、打掃滌淨的清潔員(Februarius)、威武如戰神(Mars)的士兵、執曲拐頭(crook)手杖的牧羊人、不管可以不可以把人擁抱到喘不過氣來的抱抱痴(May)、尊崇茱諾(Juno)的慵懶躺平族、暴烈如七月(July)火球的捕狗隊員、尊貴威儀的四方旅人(august)、蘑菇季節的臭臭松露獵者、臉色蒼白全身黑青的踩葡萄流浪短工、製造趣味薑粉滿口胡柴的火藥陰謀者(Gunpowder Plot)、聖誕節隔日包裹節禮盒子的基督信徒，從他們預售出去的鹽鹼灘([法] prés salés)、唐尼布魯克(Donnybrook)區內大吵大鬧的會議場所、雄獐堆肥的羅巴克(Roebuck)草原，老人滿城趴趴走的特倫訥區(Terenure)、麵包碎屑點綴峽

谷綠地的克拉姆林區，馬兒吧滋吧滋嚼著草料的基美奇原野，灰燼燎原般的阿什頓原野，牧放山羊的卡布拉原野，喪鐘迴響的芬格拉斯原野，設有軍事崗哨的桑特里原野，瀰漫感傷挫敗的拉赫尼原野，狀似圓頂雪屋的巴爾多伊爾原野，年復一年從年頭到年尾，他們總是遲到打烊之後才來擂門，都是肩扛熱情如負十架的搬貨郎，以反向推理的邏輯思維，在他們犄角猛撞歧異分化的爭辯論戰中，貢獻雙方達到毗連接壤的契機，他們各自的呼聲統一在梵蒂岡神諭的預言之下，然而除卻信仰，他們相互掠奪彼此碾壓舒適的脆弱外殼，他們為了苦難的環境不惜幹光蜂蜜甜酒以便投入醺醺然陶陶然，以實際的因信稱液來赦免所有的邪惡乖戾，以繾責永耐來刑罰任何為了獲得酬勞的良善行為，他們被規則治理、被繩索捆綁、被愚弄、被驅役，全都是那幫宣稱經歷神聖經驗、足以左右命運、攘災趨吉、轉禍改運、倡導忠貞不貳恆常不變的醜八怪操控的把戲，那些給妖精調包留下的調換孩，倚仗自訂的法律，堂而皇之成為餵養他們管理他們的人員（尋覓拉斯・波希納治下克盧修姆迷宮的四大元老），每夜一次的驚惶大怖懼，兩週一次的偷吃禁果，每月一次的寬容赦免，和全年通行的消遣娛樂，他們深思審議時是道爾家族，一旦需要劍拔弩張，他們就會變成沙利文家族，好伙伴瑪弟亞、泰迪熊達陡、後來改叫伯多祿的西滿、雅各伯的弟弟若望、小販伯多祿、雄赳赳的安德肋、酒吧小弟巴爾多祿茂、小母駒斐理伯、了不起的雅各伯、三個柯蒂之子多默、瑪竇和茅坑傑克斯？

答：那些在夢魘莫菲斯催眠下沉沉酣睡的愛爾蘭人！

第八問：那麼，你那些咱們的瑪姬啦、瑪吉啦、瑪字輩的小公主啦，都好好的還在鬥來逗趣嗎？

答：還鬥來逗趣咧，她們超極可愛的，她們很愛大笑，她們笑到哭泣，她們泣到嗅聞，她們聞到微哂，她們哂到生恨，她們恨到暗算，她們算到情想，她們想到惑誘，她們誘到好勇，她們勇到苦等，她們等到接收，她們收到感謝，她們謝著謝著又得開始四處尋覓，如同天生就得在王子公主那般愛情的口語相

傳中伶仃過活，以算計哄騙調和點美色嫁為人妻，以繁複如編織玫瑰花環、神秘如盧恩文字的策略治理家務，[142] 以甜言蜜語維持家庭，可是一旦到了潤年[41]，若有私奔機緣，只需駟馬驛車一輛，甜蜜的**輕輕親吻我的心**，就會立馬再挑個男人。

　　第九問：好吧，重新開始，再問一遍，這次讓我們沐浴在陽光下，在花語馥鬱的芳香全景之中，假如說某人或某種非人生物，在此煤煙瘴氣的城市，過了盡責歡愉也頗疲憊的一天，用他痛風的手指彈奏普蘭克斯蒂三連音豎琴曲好一^{Planxty}晌，用他刺麻麻的雙腳在週末逛了許多地方，然後就跟喧鬧陰暗的卡美洛城堡^{Camelot}中任何一個丹麥王子沒有兩樣，身不由己地躲入的確是相當不幸的夢境裡，在這個豐饒充實卻毫無實際效用且未蒙神所揀選的、不斷變成過去未來式的非存^{preterite}有瞬間，在這個啟動生命靈魂之前，在懸而未決的全然無意識狀態之中，透過那個麵糊腦袋上針孔大小的近視眼睛，以耳代目，觀聽大家寄予希望的古老天堂避難港，新哥本哈根，所有的元素，各類的人種（即使是發揮格鬥蠻力、精^{Copenhagen}　　　　　　　　　　　　　　　　　　　　　^{Whig}奇鬼怪的鄉巴佬），多樣的方式，熙來攘往出入期間，那是在他持續不懈脫力詛^{Tory}咒的歷史軌跡中，即將從過去到未來所賴以維生的想念，也就是以核桃箝夾擊^{The Nutcracker}壓碎那些神經病有媾硬梆梆的小頭腦殼、以翻雲覆雨的轟雷迴響錯亂街燈明滅不定，大敬畏，眼神交會纏繞，情感紐帶糾結，在菌體接合中體驗自身有如動^{conjugation}詞般不斷變化的再生過程，好樣的，黴菌覆蓋的心靈，崩毀腐爛分解消融的安適舒緩，大自在，爾後水到渠成，自然可以心領神會纖纖素手伊索德之父赫爾^{Hoel}國王，他那掌控全部擁有無物的一生故事，然而，像這種啥也不是的屄貨，偶爾甚至在傍晚會領著一群**這邊來**。**各位爺們**。**安靜點，把他們一一分配到這邊****來**。**您就跟她躺一塊**，諾克絲，這不合時宜的浪逼，還真會挑時間，在黎明前^{Nox}最黑暗的時刻，就專挑雄雞報曉前喊口號般 high 得海動山搖，說什麼非得去看盧肯耀眼的曙光，可以同時看清所謂二合一，何者為主，為何二分，如何甫見^{Lucan}

---

[41] 愛爾蘭習俗，婦女在閏年可以主動對心儀的男子求婚。

面就能將肌肉鎔入想要鑄造硬幣的對方之內,端賴波伊寧斯法(Poynings' law),樹液往上升,樹葉往下落,雲朵像是一囊懸掛在穹蒼上虛空的膀胱,周邊隱隱瀰散一層薄暈的光芒,彷彿是環繞在聖杯騎士加拉哈德(Galahad)那一頭少女般的捲曲秀髮,也像是子宮內悶騷躁動的摔跤搏鬥,所有競爭對抗的江河都流入共同的古老大海,再搖一搖,唉呀,災難又返!搖散開來,啊,星光如環!可是種馬亨吉斯特(Hengist)啃了一口公馬霍薩(Horsa)的鼻頭,耶斐(Japhet)的嘴角殘留有火腿渣滓和幾抹含(Ham)的斑斑咬痕,七彩虹霓曾經像個衣冠楚楚的美男子,編織出多少浪漫的愛情故事,舞旋成多少美麗的純潔雪白(Snow White),一旦崩解殞落殮布覆棺,從蠻野赤紅的玫瑰(Rose Red)和暴風雨來襲前的天空那般橘濛濛的玫瑰中,滋長爆出慘淡淡的黃玫瑰和陰鬱鬱的綠玫瑰,猝然間,藍餕餕的玫瑰從靛湛湛的根部怒放炸裂開來!滿目羅蘭花卉染成一整片大紫!紫羅蘭之死啊!那麼,那個眺望遠方的觀星人,相對於他那恍恍惚惚的自我來說,彷彿霧裏看花看到了似乎什麼,媽的,直接跟我說吧?

答:萬花筒,對撞之後離散之前所形成的「或此或彼的景觀」(or-scape)!

第十問:除了對於甕中尿水的渴求之外,還有什麼稱得上是苦澀之愛?除了短觸的火柴頭啪喳燃燒之外,我們因愛締結卻早已發餿的婚姻,還算什麼?難道非得等到精靈古怪又善吸吮如她者,開始再次拿起煙來抽嗎?

答:我知道,親愛的 Ppt,當然囉,不過聽我說,寶貝兒,謝謝啦,親愛的小屁屁,那些個都很可愛,小男生嘛,好吃!不過,小心點風向,甜心!妳這雙手還真是細緻優雅,妳喔小天使,可不要再咬指甲了!很難想像吔,妳竟然不會覺得我這樣很丟臉,妳這小豬豬,妳喔十全十美的小豬仔仔。我待會兒會替妳揉一揉的。我敢跟妳賭,妳呀,八成塗了她梳妝台裡最好的巴黎面霜,[143] 整個兒看起來超級有玫瑰味兒的超級有光澤的別鼻尖上別不要這樣嘛。她呀,我可懂咧。看不起我。她會嗎?我根本一撇子都不在乎!會費,我也付得起,就她行!每天三次乳霜,第一次就淋浴那會兒唄,還用棉紙擦乾身體。然後,打掃整理家裡之後,然後,當然囉,上床睡覺前。我用我的靈魂還有我的

包頭圍巾賭咒，每次我一想到她那個肥仔老公，啥克蘭卡蒂伯爵來著，那個只
關心氏族和汽車的傢伙，社會改革黨的，有吃有喝鬧烘烘的派對動物，他那副
黑黝黝鉛塊般噓-噓-噓咋響的胸膛，專門用來跟人鬥嘴吵架胡鬧滋事，哈囉，
普倫德蓋斯特，這順手牽羊的老鬼常客，什麼風把您吹來了！酒老板，是你
啊，你這老醃鮭，家裡籬笆紮緊了吧？他那起子手執梛槌、虎背熊腰的 14 個
摔跤擒抱好手，或是板棍球名將，或是，哎呀，管他們是什麼義裔西裔還是蜥
蝎碗膏義，反正個個魁武壯碩，在我家大爺低俗的酒館裡，喔，那是一座像是
幾百年前剛剛做出來的簡陋太陽系儀，他們又是甜言蜜語又是打來打趣的，不
過是在巴爾多伊爾贏了一面區錦標罷了，就是那個湯匙捧蛋接力競賽，搞得煞
有介事的，我還以為是白宮橢圓形辦公室在普羅旺斯舉辦的活動呢，一壞球，
失業的庄跤土包子等著領救濟金沒事幹辦的玩意兒。他說啊，我的愛爾蘭腔跟
《婿噹噹ê查某囡仔》的艾莉一樣吔，聽得他思慕到不能自己，我就說好啊要做
就來呀。他左衝右撞郎奔豕突的，拼命放盡磅，找空找縫就是想欲一舉達陣，
感覺是真心誠意想要奪第一，我可是他的佳麗聯盟呢。而且嗯喔不可以嗯嗯就
一下火起來吃醋喔！無聊嗎，好啦好啦我們都是這麼做的呀。這才是西班牙做
派。彎下來靠近一點兒，好嗎，你好假掰喔！笑一下，來點水嫩嫩的 QQ 軟糖！
嚐起來就像巴西那個甜點叫什麼羅蜜歐與朱莉葉的，像果凍，紅心芭樂軟糕配
起司。我有好幾個世紀都沒吃過土耳其軟糖囉！土耳其，圖樂期啦！我的，我
的！讓我想到呀好好吃喔，捏起來還咕唧咕唧超有彈性，有靈魂的巧克力。簡
直棒到快受不了！哎唷，這都是些啥玩意啊，很髒耶？爛死了！噓！要我
花三塊半便士，連三根髮夾我都不幹。Ppt，好了，踢屁屁喔！這樣就對了，
抓穩點！讓我把腳拔出來。拉——，噗！有夠巨大，都撲到伊朗去了。噗！你
幹嘛拐肘子？沒事，我只是以為妳要……。聽你說的，好可愛喔！先生，你是
個大大的好人，那是不用說了，雖然小氣了些，還是會記得在我擔驚嘆氣的時
候送上尺寸正確的褲襪，還有你流連在我內褲那當兒，也算記得吧我經常掛在

嘴邊那套新娘禮服的願望，還有趁我還記得，你可別忘了，就在你把手伸進我衣服內，那時，我的記憶有點打結，呃，要記得領巾和皮鞋，服裝秀的那星期很快嘩嘩嘩又要來了，加上月底的紅色高跟鞋，可是看看那呆子買了什麼來著，空心菜死腦筋，而且，因為我呀，天地良心，是我要穿在身上的，總是要再三提醒我呦，要記得穿新潮時髦劈啪劈啪響的束帶褲襪，總是我負責去迷死那幫男的，就算他的年紀比我還要大上好幾百萬倍，即使他要活到我的熱血青春還有幾百萬里遠，我還是挺得意的，用上我最好的功夫，像手套那樣，套得他服服貼貼的，那個說起話來帶有波蘭國王口氣、每次都會戴上橡膠套套、十分可敬的神父皮爾京頓先生(Pilkington)，以前幹過肉販子那個，是肉礅礅的布朗媽媽桑(Mother Brawne)央求我去跟他私底下聊聊天，他的小腿脛骨頂著膝蓋殼，膝蓋殼上面放著一只馬克杯，裡面是她在十月份釀的酒（盡量喝，我沒遭瘟[臺]我無著災啦！），杯盤碰得嘎啷嘎啷響，活像一隻凍壞的長腳老秧雞。飛上天、水中搖、狗趴土、火裡燒！都不用，謝囉！哈，我了！喂，麻煩掏快一點！我要含進唔唔嘴巴嗎？嗯呣嗯呣！好好玩喔，手指頭在這兒！對不起，真的很不好意思，我對您發誓，我真的很抱歉！好希望您永遠不會再看到我的身體 [144] 我是多麼優雅地像個小嬰兒光裸著身子在床上睡覺覺那張獸皮是我的生日禮物像芭蕾舞裙攔腰蓋在我身上希望她得麻瘋病然後那雙奶酪白的手喔爛到從她身上掉下來我才不管她們那些個什麼瑪姬妖姬膣屄[臺]屄雞的一個個都是擠眉弄眼的破爛鞋我敢打賭還不就是因為妳那身好剪裁那副狐媚身段子到處去拈花惹草她呦全身上下一大堆亮晶晶的俗氣玻璃說不準兒還瑞有快克咧(crack)不然就是早早吞到肚子裡去了妳以為那臭逼哪兒來那份騎瘋了上下蹦跳的浪勁兒！對嘴！早就懷疑她啦！溺死她，由[臺]隨便她沉下去在她沉落去！她給炒了魷魚換上妳這隻爐生的豚母[臺]石女！那麼，她接著說，妳要來點茶嗎？唬得我全身癱軟剛剛演的是哪一齣焦慮[德]Angst啊，呃嗯，我回說，多謝，勞您駕了！然後啊，假如我覺得她的屁股長得很詭異的話，希望她不會想歪了。就算我在草皮上跌了個吃狗屎，我可不是個腦袋瓜子漿糊糊的小

姑娘。我當然知道，水靈靈的小乖乖，妳學習能力這麼強，而且還體貼入微，又對蔬果那麼友善那麼貼體，妳喔，就是一隻外表冰山身材修長的小貓咪啊！大家心知肚明，想要點什麼，就請過來見見我那些囊中羞澀做人毫不羞澀的老相識吧！青澀小蘋果、毛頭小尾蛇、還有自行車騎士冰柱子！我的尿片子都比他要來得更有活力！是誰把妳淹溺在悲戚的淚水中，還這麼年輕，唉，男人，還是說，消瘦憔悴蒼白如斯只為了那文墨？以前這麼哭著，哪進得了妳的傲嬌之門呢？我踩在三葉草上行走，親愛的，妳剛是說？對呀，每一朵金鳳花都是那麼跟我說的。抱我，去他們的，我要把妳的好生氣息給吻回來，我最最蜜桃的小蜜桃兒。我是想讓妳吃點苦頭，四處胡兜售又愛亂攪和，那些雞毛蒜皮無花果葉之類的瑣事我才無所謂，我最瞧不起的就是那種宮廷求愛的方式。親親我的爺啊，就只為了我騙了你還怪罪給你嗎？說真格的，我看我自己還挺溫柔的呢。妳難道從我亮晶晶的眼珠子裡看不到真實的我嗎？咬碎我的嘲笑，喝盡我的淚水。鑽注讀我，破萬卷，直灌內心，無怠倦，提高妳的聲量，拼出來，拼出妳的魔魅大法把我磨得死去活來，吼出來，吼出妳的噴泉汁液把我漬得癱軟昏厥。神魂出了竅，姓名跨出界，叫我賞心，叫我悅目，當下的我，此處的我，就是我，永永遠遠！我才不care那些老是反對我的人是怎麼想的！跟妳這樣搞，我可是冒著極大風險的，路過的警察，馬格拉斯，或者甚至是那個郵局附近只穿一只靴子的叫花子。要火嗎？喔，不好意思，呃，抱歉，用完了！妳剛說啥？啊，妳剛是說，什麼什麼來著？多一點莎士比亞那妞兒寫的詩歌，還是從美妹合縴人那兒多買點糕餅，還是要播放葛利果聖樂，咱倆高興高興來跳一段聖維特斯舞，或者是啥心靈花園飆射出來的拋物線劃向半空中的什麼什麼來著？至於我相不相信，在妳不朽的腐朽道德裡面，可否孕育肉體那回事？喔，妳的意思是說，我死你活的強者競爭、適者生存、老母豬啃小牛肉那一套嗎，不都是勒到窒息小死總是為了愛，以及沈魚落雁人盡可夫就是大贏家，那一類的說法嗎？是呀，我們就常常在屋裡叉開著大腿根，一邊縫縫補補

一邊七嘴八婆討論這些話題。每星期,我都找機會讓自己進步,我好渴望讀點
　　　　New Free Woman　　　　　　　　the lady who pays the rates
《新自由女性》連載的小說。像繳稅豬女士寫的〈穿祭披的渣男〉,每每都能
搔到我的癢處。我是這麼著,可以虔誠就盡量虔誠,但不能總是看得到而吃不
　　　　　　　　　　　　　　　　Bram　Stoker
到吧。讓我們用鼻子連根帶莖把伯蘭・史托克的硫黃火湖給拱出土來,讓我們
　　　　　　　　　　　　　　　　Dracula
心甘情願把我們的生命交給他來奴役。今晚是德古拉外出的夜晚吧。天哪,耶
穌基督在上,怎就嚇到起雞皮疙瘩啦,滿臉紅咚咚,別這麼大驚小怪嘛!快把
窗簾拉上,妳小心點,宵禁熄燈了,我會狠狠揍那些狗娘養的頭上一圈光
輪就自以為是所羅門王的僧侶,揍到他們知道什麼叫做愛。聖甲蟲啊,我
的王子殿下只要稍稍接妳一下電,就會讓人全身炙熱難耐,夠把任何一根
香蕉截成兩段,假如有魔法的話,我的火炬必會散出熊熊烈焰的光芒,奔
竄在吉格舞步跳躍中如中魔法神采飛揚的秀髮之間!(當初在那兒,[145]
朝聞陰道,夕死可以,是嗎?到底是為了什麼,就只為了綻開苞花?)我有跟
著你忍不住一起笑出來嗎?沒那回事,我的最愛,他們會羨慕你的,我不會太
快起身讓你變成別人的笑柄。真的絕對不會的呦。真到就像天主會讓我媽媽的
大衣蓋過她那謙虛的屁股,就是那麼地真!只是因為呢,有點好笑啦,理由就
是我就只是一個平凡的女孩,而你卻是一直出現在我所有的夢中那個漂亮的男
生,還有呢,還不是因為那個老不死的蠢貨,他可不會跟你拐彎抹角的,添人
　　　　　　　　　　　　　　　　　　　Tristan　　　　　Isolde
思愁鬱金香,嬌豔雙唇瓣蕊沾,花叢幽會崔斯坦,狂蜂浪荳伊所得,就像
　　　　　　　　　　　　　　　　　　　Daveran
那個好吹大法螺喜歡捅屁眼的戴福瑞恩神父一樣,在帷幕前赦免我們的罪過,
在帷幕後卻偷襲人家的屁股。他認為太陽下山後的那段晚禱時間,正是祭衣房
發揮功用的時候。

　　　　　　　有夠虛榮啊,教士心底藏著大願望,
　　　　　　　努力追求喔,偷摘紅杏勇器日益旺,
　　　　　　　自信勝雄雞,破爛祭衣不會有人嫌,
　　　　　　　美女蘇佩姬,保證心動忘掉醜人臉!

時間就在「安撫酒癮時，多喝舒味思，通寧氣泡水，劈啪喊嘶嘶」中一溜
煙不見了。萬福童貞聖女馬加利大‧梅瑟！祝福瑪格麗特雞尾酒和摩西紅
葡萄酒！我希望祂們丟掉那個模子，我們已經很完美了，不然香檳一瓶瓶又
是 12 公升的，又是 9 公升的，照這樣喝下去，我們會增加很多很多兩膝互
相碰擊兩腿夾擊卵葩的貝耳沙匝，還有對該死的酸蘋果充耳不聞照吃不誤的
薩丹納帕路斯，然後專門從事暗殺的醫學協會就會充斥在各個角落了。不過，
脫了韁不好收拾，忍著點，就忍到我 21 歲，等我有自己的房間，有自己的鑰
匙，有投票權利，我也得教教他羅馬領是什麼，還有女人口中的「我們的」
是指什麼東西。因為教會之子都以金玉其外的華美辭藻粉飾虛假的敗絮內
裡。噓噓別吵小寶貝，我是玉女妳金童，漢摩拉比，怖嗎怖嗎裝鬼嚇人，天
大錯誤，風雅蜜蜂暴起螫人，伊莎鮑曼伊莎貝兒優白甜婧小錯多，乖乖交
出半個便士免哆嗦。我很討厭自己討厭妳這種想法，更何況因為，親愛的，好
啦，好啦，我最愛慕的，人家一直都認為我會嫁給一個從法蘭西中學，後來改
叫黑石的那個學校，從那裡畢業學工程的，用法文寫的畢業證書呢，假如我們
他願意我願意，再用銳利勝過刀劍的雞毛筆，沾上墨水簽上一紙證書就可以把
事情解決了，我赦免妳的罪，妳是嫁給整天只知讀書和寫稿的書呆子拜託
現在不要這樣嘛這筆買賣不會太久的因為他瘋狂愛著我而我也雀躍到不行就
是那一天他把我從船上，我那個熱情如火的恩人慾火高漲的英雄，帶上岸邊之
後我在他的肩膀上留下一根金黃的頭髮這樣就可以引導他的手和他的心回到溫
柔鄉。真不好意思！對不起喔，我剛剛在聽我嘴巴複述我親愛的德蒙特舌尖吐
出來一顆顆圓潤珍珠般的字眼，聽到忘神了，不然，我怎麼會知道你是怎麼想
你家那個祖媽級的老太婆格蘿妮婭？我只是想不太出來，我的刮毛水是倒掉了
沒。沒事，來，小雞兒，把脖子枕在我胳臂這兒。我可是妳優雅的。把你的嘴
唇貼近我薄荷的芳唇，再靠近點，最最珍貴的寶貝，佩齊奧索，近一點再近一
點！取悅我，寶貝兒。不要像個，我才沒有要！噓！沒什麼！哪兒有隻蟋蟀

在叫：來買喔來買喔！我可要飛走囉！拜拜喔拜拜喔！注意聽，就在萊姆
樹下，啄啄同時。妳是知道的，所有的參天巨樹跟格萊斯頓那方墓地石碑一向
                                         Gladstone
合不來的。它們簌簌噓他租賃不還，颯颯糗他猷豫不決。偉大的老人，血腥的佞
蟻！來，嘿-嘿-嘿咻，唧唧打起啾啾精神，知了知了小小蟬，拜託，這邊來嘛！
就那扇小小的防火門，直接從後台通向觀眾席，我走在妳前面，可以吧，妳看，
                                   apron stage
妳都到了 [146] 我替妳搭建的臺唇了。小鴿兒，他很醃臜嗎？一定得先忘了那
兒有觀眾席呢。我曾迷惘過，小天使。來，抱抱，妳喔小魔鬼！這是我們之
間的叭噠對叭噠，法不傳六耳喔！注意聽，就這兒！超感動人的！隨他們吧，
整組四合一宮廷求愛的套路！就隨他們吧！大吼大叫的大混蛋和他的 11 酒友剛
                                The Old Sots' Hole
好組成英國陸軍預備役部隊的 12 人小隊！老醉鬼窟窿想要拓寬街道路面，那些
          Mitchells   Nicholls
喧嘩荒唐的胡鬧，彌契爾們和尼古爾們之間的控訴，才有發洩的去處。林中有
飛鳥，谷中湧澗水，祝福常康健，一杯道永別！我那 8 加 20 個社會地位平等
的侍女，小鳥一樣排排坐在梯磴上！讓我搬著指頭數一數，她們和諧一致像表
演韻律體操那樣地輕微抽搐著。然後妳就會知道，是不是我自己在胡思亂想。
她們來這兒，就是要討大家的歡心。等著瞧！用──啥名義起誓呢。呃，以及
                                    St. Yves
所有神聖的聖誕紅。加上槲寄生，也許還要再加上聖伊華和所有其他的聖人。
               Ada   Bett Celia Delia Ena
咳咳咳！阿們！嗯哼！依序排列，計有：A 妲、B 特、C 莉雅、D 莉雅、E 娜、
 Fretta Gilda Hilda Ita Jess Katty Lou
F 蕊塔、G 爾達、H 爾達、I 塔、J 絲、K 蒂、L 舞（她們絕對會把我搞得咳嗽連
                          Mina Nippa Ospy   Poll Queenie
連，就像我唸得出她們的名字那麼確定），M 娜、N 帕、O 曦琵、P 兒、Q 妮、
 Ruth Saucy Trix Una   Vela Wanda Xenia Yva Zulma Phoebe
R 德兒、S 曦、T 克絲、U 娜、V 菈、W 妲、X 妮雅、Y 娃、Z 兒瑪、Φ 碧、
 Thelma
Θ 妲。還有我喔！嚷嚷改革改革的男生，野到像從感化院學校放風一樣，
達陣那般一股腦直向教堂衝過去，所以囉，我們也都來告解順便吃個飯，
一群快樂蹦跳的草蜢滿心踴躍同領聖餐，然後開始為偷摘桃金孃或是拿了
             mortal sin
誰什麼錢之類的大罪進行懺悔聖事，痛悔並定改，那個代表天主眷顧矯正
          Andy
畸形心靈的安迪神父，真理正義的化身，勤勉作工的螞蟻，一個大男人家

卻像個老虔婆,嘴唇動個不停忙著赦免我們的罪。噹男孩子們紛紛都娶了新娘,敲響了所有的塔鐘,一聲聲像細針直直扎進我那些婊妹子的心窩裡。兜圈啊兜圈,念珠啊兜了一圈又一圈,玫瑰啊繞了一遍又一遍!然後[歌] Ring a Ring o Roses
每個人都會聽到的。誰的願望會成為我思想之父,誰的願望離我的思想最The wish is the father to the thought
遙遠。不過我會在她們心裡栽種一份跟命名有關的難解謎題,看誰敢再喊
喊喳喳地胡嗲嚷老婆舌。那些日子,她們上查爾蒙特購物中心都得有值日班的Charlemont Mall
年長婦女在旁監陪的。聰穎璀璨的鴿子盤旋飛舞在呼呼旋轉的世界上,會把
我那份沾有一味味蛋糕渣的訊息像槲寄生那般環繞在她們愛情緞帶似的脖Casta Diva   Norma
子上,展翅飛往每一位崇拜貞潔女神的諾瑪們。我們把完整和零碎的紙片全
都保留下來。在白馬盔甲映照的黯淡微光中幽通款曲,喔,我的達令啊!絕Phibsborough
對不會,我對妳發誓,對著菲布斯博柔大教堂發誓,給小謊言蛀空的教會,Saint Andrew Undershaft   Sainte Andrée's Undershift
對著聖安德魯柱下教堂發誓,穿聖安德莉貼身褻衣的那幫人,對著我還沒洩
露給這個世界知道的所有秘密發誓,還有對著我穿上睡衣之後淘氣漫遊的內衣Wonderland
褲仙境發誓!閉上妳那怎麼可以的眼神,現在,小可愛,張開妳的嘴唇,Ppt,
就像在慈善義賣便裝舞會之後,憑著以前頑皮搗蛋的記憶,我微微張開甜蜜的Don Holohan   Smock Alley Theatre
雙唇跟霍洛罕閣下玩親親,當然也有愛的成分囉,就在罩衣巷劇院那兒,襯裙
給撩了上來,第一個晚上,他就聞到了羞羞臉喔脂粉味兒,總算有親歷沙場
的實戰經驗了吧,我的小達令,我的小煙斗,你教我怎麼把那些外國字眼融化
在嘴裡說出來,我都羞紅了臉,還好有手扇可以遮著。誰啊,霍洛罕嗎?他Prezioso
會有像我們一樣的耳朵?都是些黑頭髮的惡棍!妳喜歡那個佩齊奧索嗎?
怎麼不說話啦,小寶貝?我的生命我的愛,妳喜歡跟這個始終如此的小小
我在一起嗎?妳為什麼會喜歡我的臭奶呆? [147] 靠著我的耳朵小聲說。神級
般甜美的滋味和幻想,對吧?妳覺得不好嗎?小姑娘啊小姑娘,是我耶,
我耶!那跟我說一直說說到我的我來了來了!我的嘴巴會封得死死的。現在這
樣我覺得很舒服啊,真的,我發誓!妳為什麼比較喜歡在暗呼呼的紗帳裡這

樣，為甚嘛，我們可是靈肉相連的，可以問一下嗎，我的蜜糖？嘘——！長長的耳朵到處飛來飛去。沒關係啦，最最甜的小甜甜，我幹嘛為了那個無聊的想法自尋煩惱？呃嗯，不要這樣嘛！妳不就是想要我為了那個，咱倆好好來搞一頓。我的愛，妳那雙綻開笑意的櫻唇，要小心喔！要特別小心的，是我那一件絲絨洋裝！金黃鑲銀白，最潮的性感款式，簡直有 6 噸那麼重，穿上去就是個不折不扣的小公主。之前拉特蘭(Rutland)那種藍早已退流行了。是啊，是啊，我的小寶貝！喔，小閨蜜，我看得出來是很貴的！別，別跟我說，不會吧！哎呦，少來了，綿羊巷子內的男孩兒都知道的。假如我把那誰的賣給，親愛的，太貴了嗎？先前我是在這兒賣出伊索德(Isolde)的，親愛的，幹嘛掉眼淚呢？妳說的是那些印著甜言蜜語的小餅乾(conversation lozenge)嗎？真是蠢爆了！冒冒失失的，我覺得好丟臉喔！我才不會咧，妳喔，看把妳唬得，就算是給我銀河裡所有閃亮的珠寶，我都不幹！我躺在床上看它們對我眨巴著眼睛，一閃一閃亮晶晶，我大可啪嗒一下把它們掐下來的。沒幹過，我的未婚夫，也許曾準備那麼做過，或是想著要那麼做過。嘘-嘘-嘘——！別這樣挑荏兒嘛，妳很壞耶！我想妳什麼都知道，而且懂得又比我多，妳是作家又是演員，用妳那根雪雲色澤的新式白鉛筆，來跟大夥兒解釋一下嘛，就是她們賴以生存、對貓咪貝有重大意義的那套體系啊。那只不過是在至高王布萊恩‧博魯(Brian Boru)管轄下，那條呱噪喧鬧的鮭魚出沒的反覆無常殺千刀古老河流中，另一種特立獨行的生活方式，總會有稀奇古怪的什麼魚啦，或是水獺來著，而我的老天爺啊，他居然跟西哥德(Visigoth)的女人跑了，願天主保佑我們，與我們同在，同時也饒了她的小命吧！賜福我們得以遠離駝背老闆讓我們得以好好休息！不好意思，我又在賭咒幹醮了，我的愛，我以這個阿爾卑斯山的小臂環對著鐵寶座上手持雷霆閃電的六翼天使發誓，我不是故意要那麼說的！妳以前真的從來沒有過啊，在哥德人(Goths)的土地上，在康塔爾(Cantal)山脈那些久遠悲傷的歲月中，妳真的都沒有跟哪個姑娘親密地聊過那種衣物嗎？沒有！甚至連跟那些美人魚狐媚女僕都沒？真真不可

思議，我嘴巴都合不攏了！妳這麼說，我當然會相信妳囉，我最親愛的最寵愛的小滑嘴。說得就像我活著就是要，喔，我是很愛，怎樣！好啦，好啦，聽我說，高興點兒！又把妳弄得淅淅簌簌的，我總是得知道嘛！千萬不要再這樣了喔，不然，好好一張甜甜的臉龐，淚流滾滾的又要哭成小溪溪了，看，我都記得一清二楚的，妳大可跟我聊聊嘛！在我白晃晃亮光光的生命裡，絕對找不到足以和妳匹敵的對手，不會再有了。否則此時此刻彼此交心所結之果就會讓妳苦澀一輩子！以我的純白，我思戀妳的愛，以我絲綢的呼吸，以我滑緞的乳房，我疊疊包覆著妳！始終如一，艾茉莉啊，愛莫離，^{Amory}衿結縭！直到永遠，我的摯愛！噓-噓-噓-噓——！再強的鎖匠，也打不開我倆的。相視微笑。

　　第十一問：假如你在狂歡酒會上碰到一位久患眼疾的哀憐流亡人，^{Ailing}當時他顫抖的聲調晃得小腿肚子都跳起了西迷舞，^{shimmy}他的死對頭在他嚶嚶哭訴時，憤恨難忍暴跳如雷，像英武剛正的布萊恩‧歐林如熱血雄獅般巋然人立咆哮舞爪作勢^{Brian}　^{O'Lynn}撲擊，

假如他說話嘟噥走路咕咚，滿嘴埋怨他那悲慘的命運，[148]
或是玩狐鵝遊戲，站站坐坐撓完了蝨子又掉了牙齒，^{Fox and Geese}

或是絞絞互銬的雙手，定定紊亂的心神，這瞎了狗眼的病癆鬼還真惹人惱，

半聾半啞剛好裝神弄鬼賣萬靈丹討東西吃，我呸，祈求天主和諾查丹瑪斯^{Nostradamus}

　　那也太容易太無恥；

假如他雀躍時暗自流淚，狂笑時低聲嗚咽，

假如他冷血粗口幹醮憂鬱星期一，跳蚤貪婪無骨不帶肉，

Ka 咂 Ka 滋 Ka 嚓，接吻吃糕兩腿蹬，無非吸吮、嘆息或是僵死的笑靨，

他是哭哭啼啼的魔鬼，學教互補兩相宜，他是挖穴栽種的魔鬼，塞滿洞口

　　一點不遺漏；

假如這個樂天的新芬黨員，按住你的四肢，乞求你刮掉他畏戰的寒毛，

拯救他這個整天收集小技巧、怎麼說好您好嗎的語言教師的不朽靈魂,

毫不諱言偏愛詭計、罪惡和傷心欲絕的女僕,滿口臭屁一臉欠卯,
Jones
瓊斯啊,我們的關心頂多撐到今日天黑前,你是否願意

跟他一起混?

答:少來這一套,謝啦!你個王八羔子!所以你認定我就是個盲目支持
Bolshevism
布爾什維克主義的衝動老鐵?他們跟你說過我是第 46 步兵團的嗎?我想你也聽說過,我耳朵裡頭有團毛茸茸搖頭擺尾的小把戲吧?我想他們也跟你提過,我的生命好像卷軸那般一路滾將過來,並非總是理所當然的嗎?不過呢,在你準
begging the question
備斷然駁斥這種以問答問之前,你要趕緊考慮盡情猶豫那個所謂「時間就是金錢,硬幣就是現錢」的難題,這樣對你會比較有利,我曾根據一位相當傑出的空間專家的觀點,在其他地方早就處理過你必然也會企圖拆解的那個完全相同
Schott
的難題,你最好去參考一下(就看你敢不敢!)。在我第一次講了你之後,修特
Bergson
啊,你就要注意到,柏格森,那狗娘養的傢伙,對於智慧的研究,雖有些似是
demiurge
而非的詭辯,但在巨匠造物主純粹時間和錙銖必較的催促下,即使整個兒都給驅役到分崩離析每況愈下的境地,倒也不脫他那矮屋藏金捉迷藏、一角半分找不著的特色,截至目前為止,為了其本身荒誕不經的目的,他的點子都是從髮
Fairy Godmother
紅如火的仙女教母好運道女士那兒挪借來的(上一次我們很榮幸跟她有點短暫的微妙接觸,似水年華流逸無蹤,難以追憶啊,修特,你說是吧?),更何況
Dublin Bread Co.
我本該進一步跟你說明,利利索索地就像你們那間都柏林麵包店一樣,敷上一
behaviorism
層甜到要命的家庭自製糖霜,晶瑩剔透閃亮亮如金幣,行為主義學派是怎麼說
Who's Who
來著,還真的口腔生津,然而,不是忽悠你,不過就是《名人錄》那些誰呀誰,
Einstein
還加上一點愛因斯坦那啥「這是哪兒」的理論,不就是「有個女孩毛很多,根
Theorica
根鋼絲把命奪」那種俏皮話的翻版,就像花了公家大把資金舉辦的大型節慶活動、最後剩下的那灘酒漬,靠著僥倖運氣搞出來的荒謬什物。用一種較為笨拙
Bergson
但更為直接的方式來說,柏格森的言說方式,不過就是用不同的辭令來談那扇

同樣開往傷心的門扉,其內在的品質特性和外顯的如此這般(我將會以四拼格局的方式,在後續判決的文句中,用適當的何時、何地、為何和如何,來解釋你原本應該想要表達的意思),就其心智程度而言,輪番交替地呈現出另類的鄉下見識和奇葩的井蛙自大,都是通往恐怖和誤謬的大門。

「如此這般」是在書中隨處可見常被濫用的字眼(我目前正在發展一套關於該字眼的量子理論,因為那整個態勢真是相當誘人,其量之大,無可測度)。或許某個悲觀的人會常來找你問:[149] 那些個日子以來,你在《塔列森之書》中有看到海量的「如此這般」和「這般如此」吧?容我以最高貴的態度來理解他的意思:你願不願意花 3 便士的小錢請我喝愛爾蘭威士忌配冰開水呢?或者,某位用餐的女士,就在你躡手躡腳地接近她的沙丁魚,偷偷摸摸地想撩她一下時,也許會以不經意的口吻問你:想來點嗎?不麻煩的話,順便請教您,今兒個在**標準劇院**有個吞劍大師的表演,叫甚麼泰利斯・德・泰利斯如此這般的名字來著,跟那個替《每日郵報》執春秋之筆爬格子的(甭怕!**不用,謝謝!**),還會適量地去跑跑步,叫什麼泰利斯・馮・泰利斯如此那般的名字,他們倆是同一個人嗎?或者,再舉個或許比較乾淨點的例子。在最近一個警方進行屍體解剖的調查中,發現一宗受史賓諾沙決定論左右的案例,死者罹患慢性脾組織異位症,疑似遭棒棍擊斃,似乎和一幅後漩渦主義派的波絲弗爾塔畫作有關,一位來自海牙專攻瘧疾的外聘講師,出於形式上的需要,借用他人的問題來試試他手下那群擁有碩士學位[42]、擎著手術大剪刀、整天價**麻煩您吶勞駕您吶**的工讀生:為什麼在這種人口中,如此這般的啥某某先生,和如此那般的啥某某先生,沒有兩樣呢?來自斯圖加特滿口**謝謝您的想法**的葛丹企耶博士,一個腰圍粗大,權重位高的霸氣耆老,抿了一小口酒,拭了一下發出口哨聲音的嘴巴,嘎啞著粗嗓子,簡潔地駁斥他:因為啊,你這頭野獸,就是娼妓破婊的爛兒子,

---

[42] Drs 是 doctorandus 的縮寫,字面意思是「有資格繼續攻讀博士學位的人」。由於過去荷蘭大學並無學士制,僅有碩士制(doctoraal),畢業的學位頭銜(Drs)即相當於現在的碩士學位。

就是這個漩渦世界的邊緣人！（如此這般和這般如此本來就是同一回事，正中
「這是」的真諦：因為如此這般，所以品質這般如此。）

震耳雄獅列維-布留爾教授（雖然，如同我待會兒就會證明，他對於
散乃黑黎布和沙耳瑪乃色兩位亞述王在公共衛生，尤其是在公廁設施不同的改革
政策，以及謝克爾斯先生和海德斯博士之間的雙重人格問題，以上他所有的相關
論述，跟我自己的調查結果，在重疊相關處，居然呈現天差地遠之不同——雖然
我遠赴耶里哥之行，為了某些政治體由，必須維持其秘密的屬性，尤其是近期內
我會被遣往科芬特里那個蠻荒洞穴般的城市，但是為了與先前同樣的理由以及
其它的理由，我恭喜我自己——對於他的評論，我再度下定決心稱之為「硬幣和
現金在時間中對沖碰撞所產生鑽石等級的誤謬」，必須不帶感情地加以摧毀殆
盡），在告解似的談話中，他的話語一旦逃逸出監禁的牢籠就遭到獅吼般的鼓噪
騷嚷，為何我不是生下來就像個非猶太人的紳士，為何我現在對於我可以吃
的東西如數家珍（無花果樹葉和天父，猶太滿患的布達佩斯，世界紀元[43]5688
年），嘴巴唠哩唠叨的，雙手忙著卸下他的軋別丁外套和假髮，讓自己透透氣
的誠實傢伙，因其一貫熱心公益的原則，根據「萬事萬物皆朝向同一目標的信
念」，讓我們一睹他口中，「假使人類的發端、繁衍和結尾都好的話，那一切
都好」這種說法，是如何暫時被包裹在污言穢語當中的。透過電視機的遠視設
備，彷彿從時間中打開一扇火災逃生門，觀看種種意外事件（該夜生活的裝置
還需要多加改善，弄得簡便一些，重新調整到更大的折射度，方能在外面的錫
板上反映出他表達前提假設時，發出的尖聲大叫），我毫不費力就能打從心底
相信，我所處的無窮無盡的空間，[150] 人類的至高宇宙，可以變成最偉大細菌
的最渺小微觀世界，盡皆收納到我的住宅內，收音機不也是個比例問題嗎，這
讓我更加確立自己的信念，譬如本人拙作所佔有的立體空間之於它們的要旨所

---

[43] 世界紀元是根據舊約聖經對於世界創造觀點的紀年方式。世界紀元5688年約是西元1927
年。路易斯的《時間與西方人》（*Time and Western Man*）於1927年出版。

鋪展的平面空間，就如同這些球體的球度（我在本任期中正積極推動一份國會提案，在我的指導之下，該提案將會強調深受溫軟爾雅那般毒瘤思想影響的現代男性，受制於擁有闊巴物兒的女人所提出來的變態要求[44]，而呈現出來的各種類型）之於美聲閹伶法里內利浪蕩真空的積累果實。我就算不拿人類學研究作為正當理由，也沒有必要為了刻意（我必須在此更正那些新義大利學派或是那些古巴黎學派中，死抱史前人類思想卻以補鍋匠伎倆把外表搞得金玉其外的史賓格勒信徒們，他們說我錯了，除了因為我深切厭惡浪漫主義之外，更主要的原因是我想要成為抗爭羅馬的沃爾西人[45]）踐踏我敵人的腳指頭而道歉，薩克-魏瑪-艾森納赫大公國的信仰捍衛者、不拘酒色、裸露虛榮的列維-布留爾教授，從他和他那個小母雞的共同實驗中發現了，喔，說到那實驗啊，他那雙手，又是拿紐倫堡蛋錶又是拿雞蛋，然後眼睛盯著蛋，把錶放進火爐上那口女巫大湯鍋裡，他還真以為那是平底鍋呢！雖然顯而易見，再三煮沸茶壺的開水卻妄想涼快老爺的背部，和剴特帶領農民叛亂倡議迎回教皇之舉，都是龜笑鱉無尾的無稽案例，因為這些數量有限的詭異信仰不過就是虛軟無力地流通在幾平方英尺大小的面積上，在我的旋轉砲塔集中發射土塊、猛烈攻擊其下層結構的情況下，絕無可能有一點兒喘息增強的機會。那個衣衫襤褸面容憔悴的浪漫主義者朝朝暮暮的渴望，就像陰魂不散的鐘錶匠湯姆湯皮昂，老在罅隙裂縫中尋找安置不晃擒縱器的理想空間一樣，用康瓦爾語胡咧咧啥亞瑟王之死啦、啥遵循塔拉山傳統啦、啥我們要寄予憐憫心之類的鬼話，本來還以為要乞討摩德代拉香腸咧，可憐啊，最為尋常不過的一頭熱，浪費時間罷了。他那些永遠在場的腳趾頭，總是從那雙別人不要的靴子前頭開口處探出來，一再吟唱《塔列森》之曲，伺機等待報復的機會。聽聽他嘰嘰尖叫！買票看戲，要特別注意那個扮演

---

[44] 在史金納（Burrhus Frederic Skinner）1957年出版的《言語行為》（*Verbal Behavior*）中，主張所有的語言操作最核心的部分是：要求（Mand）、觸發（Tact）和互動語言（Intraverbal）。

[45] 沃爾西人是古代驍勇善戰的民族，力足以抗衡當時的羅馬帝國，但於公元前四世紀左右被羅馬人征服。

撒旦的，叫路易斯·沃勒是吧，散漫貪吃、狼吞虎嚥的浪蕩潑皮，連說個台詞都說成那副怪腔怪調的德行！《新手》[46]藝評，一槍就給他斃命！真神槍手也！喝銳！當死廢柴瑪拉基亞贏得金項圈染上重感冒時，當我們在3號房脫卸衣衫時，我會想要在無法意識何時發生的情況下，有一小滴純麥芽酒在我口中溶解開來。（面對那麼明顯的誤謬，我此時正努力壓制內心那股要去說明清楚的衝動，就是那兩個被含沙射影說啥可吞嚥什物之間的比重，還有談及皇家喬治號船上顯貴饜飽灌足酒酣耳熱之際的口誤，雖然我知道，以耽溺杯中物勝任雙主修流體靜力學和呼吸動力學的同學們，在一番艱困掙扎之後，總會掌握我的深意。）去他媽的狗屎梅林，拉倒吧！就像咱們的老朋友坎布羅-諾曼教區的大司祭和編年史大家威爾斯的傑拉德提出的。不過呢，在呼嘯目鏡布里拉斯之子、信仰捍衛者準博士路易里斯教授提出主張之後，他的這項答辯，假如他願意答辯的話，聽起來，以風琴旋律的等級而言，算是既優雅又時髦，但說到底，根本是毫無意義的胡說八道，一顆乳齒象那般龐大的腐爛包心菜，因為他這個人的什麼時候絕對不是其他人口中的何時用過的小雨傘（我的，濕濕的U，謝你喔！），然而（即使反過來，你以為我會在意嗎？）持有愛情如戰場、目的勝手段的想法，[151] 立足我那提供藝術展翅高飛的平面，你很容易就可以掀起雷動歡聲，我會確定地點，並從那兒往上爬到樹梢，只要是無垢無邪教皇依諾增爵看起來最好的地點（請挑選！），在祂的蜂窩裡，就會有蜂蜜，在祂的長春藤裡，就會有綠油油的冬青葉和赤豔豔的小紅果，在祂的眼裡，萬物均完整，一切皆神聖。在祂的紅豆杉樹上，滿眼盈乳加手癢啊。

由於我在此的解釋或許超出你的理解範圍，你們這些小不列顛的崽子們，耶穌基督內的小弟兄們，雖然如同卡德萬、卡德瓦隆、卡德瓦隆納三位國王一樣擁有無與倫比的增能力量，但為了比較清楚地呈現我的論點，我會恢復先前補充說明的方式；當我必須跟中產階級學校那些觀念混亂腦袋愚蠢的學童上課

---

[46]《新手》（*The Tyro*）是溫德姆·路易斯（Wyndham Lewis, 1891-1969）主編的文藝雜誌。

時，我常常採用這種教法。為了達到教學目的，我得把你們想像成一群頑皮的小鬼，伸著長長的笨鵝脖子，頂著滿滿的糨糊腦袋，咻一聲就能把鼻涕倒吸回去，鞋帶胡亂綁，功課隨便做，尿騷濃濃的褲檔裡頭倒是既活潑又躁動，等等等等諸如此類，即使口條如西賽羅者，怎麼說也說不完。那個，說的就是你，布魯諾‧諾拉，不要把舌頭伸進墨水瓶裡！因為你們沒人懂爪哇文，我就把這個古代寓言家所講的故事隨性翻譯給你們聽聽看，很簡單啦，不花你半毛錢。那個男生，小諾拉是吧，把頭從書包裡面給我掏出來！注意聽，喬‧彼得斯！朱比特啊，眾神之神，垂允俯聽諸般事實真相！

麋狐鹿和拐葡萄

　　各位先生和女士，各位外邦人和信徒，在此標上句點，不然分號也行，各位為斗米折腰的人和行半套殖民的人，各位高貴的人和底層的人，還有各位混血兒和愚昧人！

　　很久很久以前，有一個很大很大的地方，那個很大很大的地方〈是不是呼〉叫做無何有之鄉，那裡住著一隻麋狐鹿。孤苦、零丁、落寞、寂寥，一陣龐大的遺世孑立之感遽然席捲這位德槁旺重、隱逼塵囂的方面大員，他端坐在寬大橢圓的馬桶座上，一副倒盡血楣糟糕透頂的模樣，滿門心思想著，該出去和哪隻俏麗的麋狐鹿走上一走（我的地盤！我的蹄！安東尼‧羅蜜歐發自內心的吶喊），因此夏日某個《神學大全》那般瑰麗堂皇的傍晚，度過了美美的早晨和享用了煙燻火腿拌菠菜的豐盛晚餐，那一頓啊，可是吃得沫星四濺慾望全開，兩位執事持聖扇分侍兩側，把蚊蚋蠅蠆從他眼前驅趕開來，頭戴圓錐小帽的司祭為他修剪鼻毛，梵蒂岡主教為他掏清耳垢，身披羊毛肩帶的總主教為他按摩喉嚨；然後，他穿上那件密不透風油水不侵的雨衣，擎起那把人人非難的寶劍，一蹦兒跳到豎琴下方捧起寶冠戴在頭上，邁開腳步跨出端凝穩重的奧爾本皎白農莊（如此稱呼，因為在天氣嚴寒中，雪花如粉毬白毧飄零四野八荒，覆滿這

座以石灰泥為主結構的鄉村房舍。此處花園廣莫遼闊美不勝收,有波格賽別墅[47]（Borghese）的造林景觀,有仿真梵蒂岡美術館（Pinacoteca Vaticana）,有激凌飛泉沖瀉瀑布,有縱橫水路氤氳夾道溪流兩岸,更有堂皇正統的地下墓窟如一排排的馬櫛梳齒向兩邊延伸開來）,從今日之倫敦古稱洛德（Lud's Town）的小鎮閒庭信步踱將出來（[義] a spasso）,想就事論事地看看這個離經叛道的世界裡,所有可能想得到的可能摸得著的最詭譎最荒誕的事物,到底能頹廢墮落到什麼程度。

他出發了,攜帶父親那把素有君王禁衛軍美譽、謙稱為破槍矛（[義] lancia spezzata）的尺許寶劍,繫在腰脅之上,懸於兩胯之間,劍身直直垂向瀝青地面上兩只穩重腳跟的正中央。小名法螺矛、俗名布雷克斯皮爾（Nicholas Breakspear）,我們這位獨一無二的摯愛,坦忐然面對甚囂樹顛之上的否決權（vetoes）,他全身鏗鏗鏘鏘,撲朔趑趄就像我口袋的叮叮噹噹,從開叉如 V 的勝利蹄趾（toes）到教皇權威的三重冠冕,渾身上下每吋肌膚,非真神人無能擁有也。

他從避難的至福樂土艾麗希昂（Elysian）竊以為阿齊爾（Azilian）洞穴比較名符其意走出來,都還沒有超過左右腿各五步,若每步以一秒差距（parsec）來算的話,共計已跨出 5x2x3.26 光年的距離,下一秒人就已經來到宛如天空煊赫碩大巨燈籠的拉特朗聖若望大殿（Archbasilica of Saint John Lateran）的轉角處,[152] 靠近聖包厘無圍牆教堂（Saint Bowery's-without-his-Walls）處,他邂（根據私心附議睿智之識 教會先知第 111 則預言所揭示,那是名號為 ALP,永永遠遠介於始和終之間喘流不息的滾滾長河）逅那條他曾經目不轉睛盯著直瞧的競豔群沼當中、最常在無意識之間流露出渾濁沼澤那般邪靈樣態的溪流。小姑娘濫觴於群山之間,老是把河面搞得像是京城名妓濃妝厚抹的臉龐,還替自己取了泥儂（Ninon）的小名。身量纖小細長,通體散發棕色艾爾（brown ale）的芬芳氣息,在狹仄處,涓涓如寂靜默思,在淺灘處,淙淙如呢噥細語。河水流淌潺湲,波紋起伏纏漩（purl）,好一幅瀰漫布拉酒香、活潑輕佻的反面針織波瀾圖（purl）：唉啊,天哪,我的,我的,都是我的!我,還是我!

---

[47] 波格賽別墅又名波格賽公園（Villa Borghese）,是義大利羅馬第三大公園（占地 80 公頃）。在英式園林中,有波格賽美術館,收藏提香、拉斐爾和卡拉瓦喬等經典藝術品。

小小夢幻溪，灰褐葉稿往下滑滴滴，怎能不把妳樂意唔唔！

　　同時，我在此公開宣佈，在這條以後必將變成大河的小溪對岸，公然直楞楞地栓掛在榆樹枝幹上一動也不動的那玩意兒，不就是很久很久以來，經久日曬皺癟成一坨、又貪婪又小氣的拐葡萄嗎？如此乾巴，何等枯槁，也怪不得他腦袋秀逗，脾氣爆燥，難不成是，還沒嚐夠他那個時代濃稠多汁的甜頭嗎？

　　他的每一顆種籽原本都井然有序地浸泡在身體裡頭；遙想當年，通體柔韌如章魚的果肉，隨著每一分鐘的流逝，色澤不斷轉深，風味持續增厚；沒多久，就有造型師幫他設計了書本插圖頁空白處那種枝蔓藤繞般的桂冠，戴到了他的額頭上，不過，也用不了多久，他就得努力忘記那位造型師開始對他的鄙夷和不屑；他默默地原諒法警把財產扣押通知書貼在門口懸飾吊燈的底部[法] cul de lampe，同時以豐肥碩大的屁股悄無聲息地回敬法警的輕蔑和藐視。反觀麋狐鹿呢，經過所有累積的努力，他在**至尊至偉者朱庇特神殿**The Temple of Jupiter Optimus Maximus旁，憑空起了一座金玉其外佔地遼闊的人間天堂，竟然從來沒有見過他這位身分卑微、處境艱辛、鬱結憂思、腦袋裡不知在孕育著啥，任人舉手之勞就可摘下來泡製成醃漬瓜果的都柏村連襟兄弟Dubville。

　　亞德里安Adrian（那是麋狐鹿準備在他肉體升天後所採用的聖名the Assumption）趨前幾步，然後就像一堵塗抹灰泥stucco的牆壁那般紋風不動地佇立著，這位意欲憑藉繼加票[48]登基[拉] accessus亞維農Avignon教宗寶座的候選人，與僅有舊石器奧瑞納Aurignacian文化水平的拐葡萄，雙方隔著極近的距離和極遠的光陰，面面相覷。然而，全知全能的麋狐鹿，無論是走東方嚴苛苦修的路線，或是取西方奢靡揮霍的途徑，都得像指揮全潰全敗的軍隊，絲毫不為情緒所動，不管在哪個空間漫無目的地遊蕩閒逛，條條道路還是會直通羅馬的。嗝-呃，就在這兒，他看到了一顆石頭，卓然超群非凡物The Extraordinary Thing，聖伯多祿Peter就曾於此坐在這塊石頭上，身滿意足地享用逾越節筵席Passover Seder，此時它卻卡進咱們教皇的

---

[48] 在選舉教宗時，紅衣主教可以改變他們上一輪的投票，選擇支持另一位候選人，試圖達到必要的三分之二門檻，以便順利選出教宗，這種投票方式稱為「繼加票」（accessus）。

臀肉之中，顯得頗為突梯兼且荒謬，還好當選的一致歡呼[49]讓他適應（acclamation）了這種緊急（acclimatize）懸置法律的例外狀態[拉]justitium，聽起來還蠻像《原來是這麼一回事啊》（Just-So Stories）的故事情節，那就無法無度放量大吃大嚼一頓，塞到滿塞到爆，於是呢，他那份藏掖在懷裡、不可墮、不能錯（infallible）、預備傳播四方的通諭（encyclical），貼著他遍體油膏的身軀，是越貼越緊實囉。這位西方教會的先祖，長久以來荒原的盤石，手執那根時常與他結伴同行的德吾手杖（Deusdedit），賞賜的是耶和華[拉]Deus dedit，沾滿塵土的筆直雙腿如罩一層稀薄的霧茫，嘴邊的肥肉緊蹭著頸邊垂肉，手指戴有漁人權戒（ring of the fisherman），像個剛入學的大一新鮮人四處炫耀吹牛胡扯蛋，活脫脫一隻光彩耀目勇奪勝利的野獸[拉]Bēllua Triumphans，他每日的一言一行都會變成藝術極品，加入華勒斯典藏館（Wallace Collection）的珍藏之列，增益活包的內涵和份量，因為，的確如此，他活得越久，完全沒錯，人家教他的越廣博，他思考的越浩繁，自然越來越厚肥滋滋，越來越數量多多，跋涉海跨總得付出代價，那把全燔祭的毒火（Holocaust），勝負，省淬，剩零啊！他看起來像首先的和最後的先知彌迦（Micah），也像肆圖斯五世（Quartus V）和伍圖斯六世（Quintus VI）和陸圖斯七世（Sixtus VII）這任教皇一起給雞蛋挑骨頭的里歐四十五世（Leo XLV）伴宿坐夜時，拼湊起來的俗家綜合版。

—— 胃口真好啊，麋狐鹿大人，願好運都降臨在我們身上！您是怎麼做到的？細聲細氣地，拐葡萄的聲音，帶有濃厚酣醺感傷的馬格德林史前嘟嚷腔調（Magdalenian），些許透露著輝格黨隆重客套過了頭的做派，附近那些蠢得可以的[153]公驢，扯開喉嚨放聲大笑，鬧烘烘中還嘶鳴著要為他心中的盤算，好，就算是意向（intention）吧，多多祈禱，因為他們早就太清楚那隻狡猾低賤的癩蛤蟆了。我能遇見您真是意外之喜，無上榮寵，半點不祥戾氣都沒有，尊敬可畏的大人，你個莫斯特蠻荒怪物（Mousterian）（monster）。或許教皇陛下[義]Santità，您老不會不依照鄙下的希望把所有事情都攤開來跟小的明說吧，趁你心智還健全？就是關於檀木和石頭，還有一切所有的所

---

[49] 宗座憲令《主的普世羊群》（*Universi Dominici Gregis*, 1996）認可三種有效的教宗選舉：秘密投票、妥協與一致歡呼。一致歡呼的方式是要求全體在場選舉人一致同意某位候選人成為教宗，而不需要正式的投票過程。

有一切，總之，就是關於愆娑嗯嗯的絨毛細芒，以及那費盡心剖析仍難以索解的？不可行乎？
　　　　　　　　　　　　　　　Shaun　　　　　　　　　　　　　　　　　　　　　　Isot

　　　　　　　　　　Miserendissimus Retemptor
想都甭想！哦，至慈救主救救朕吧！超級悲催的誘惑者！這串孤拐爛葡萄。
　　　　　[拉] Telesphorus　concionator
──鼠輩！福祿雙全的傳道士麋狐鹿像公牛般厲聲咆哮，無論是體質孱弱
　　Sisinnius　　　　　　　　　　　　　　　Zosimus
如教皇西西諾的娘泡麋鹿，或是性好訟閱如教皇左西的戰狼麋鹿，即使遠在他
　　　　　　　Robenhausian　　　　　　　　　　　　　　　Tardenoisian
們雜亂不堪的羅本豪森房舍裡，光是聽到那怒吼彷彿迴盪於塔德努瓦洞穴中凝
緩悠遠的尾音，就已股簌顫慄心膽俱喪，爛泥扶不上牆面，小孬孬一群，還真
　　　　　　　　　　　　　　　　　　　　　　　Blast
無法期望粗嗓門的水手會有絲綢般的纖細心智。轟[50]掉你自個兒吧，連帶你那副
爛透的咘-嗚皮包骨散架子，撕爛你那要命的髒嘴！不，還是把你這鄉巴畜牲吊
　　　　　supreme pontiff　　　　　Pope
死算了！爺，可是在最高教長裡頭最至高無上的教化王！卑汙低賤之輩，學著
　　　　　　　　　　　　baldaquin　　　satraps
謙卑點，你們這等光頭娘們，預備好宗座華蓋！總督們，退到我後面去[51]，扶好
stirrup
馬鐙！鼠輩！腐爛！

　　──小人對您永遠心存感激，拐葡萄哈腰鞠躬，唉聲怨氣頓時化成老酒直衝腦門，整顆憋縮到很可笑的小腦袋滿滿泛起層層紫醬污黑。對於還可以死死攀附在枝頭上的四肢，我還是蠻有信心的。順便幫忙看一下，勞煩您了，現在幾點鐘了？

　　難以相信！這日漸憔悴滿腹牢騷的賤東西！居然膽敢如此跟麋狐鹿說話！
　　　　　[拉] Index Librorum Prohibitorum　　　　　index
──詢問《禁書目錄》，要先問問我仙人指鹿的食指；親吻我的腳跟，要懂
　　　　　　　　　　　obolus　　　　　　　oboe
得避開致命的病根；堆砌我的歐帛勒斯[52]，鼓漲我的雙簧銅管，綻放我蓬鬆慵懶
　　　　　　　　　　　　　　　　Nazarene
的花朵！洗滌我尊貴的鼻子，敬拜我如納匝肋人耶穌，麋狐鹿回答著，轉眼間
　　　　Gregory　　　　　　　　　　　　　　　　　　　　　　　　grog
變了一個樣，端出好教皇葛利果和藹可親的態度，摻上狂飲腥紅血色格羅格酒

---

[50] 《轟》（*Blast*）是溫德姆·路易斯（Wyndham Lewis, 1891-1969）主編的文藝雜誌。
[51] 參見《瑪竇福音》16 章 23 節：「耶穌轉身對伯多祿說：『撒殫，退到我後面去！你是我的絆腳石，因為你所體會的，不是天主的事，而是人的事。』」
[52] 中世紀歐洲各國通用之各種小硬幣。

後表現的幽默情緒，端出他最福慕美好、最福爾摩沙的一面，有克肋孟的仁慈[Formosus][Formosa][Clemens]寬厚，有烏爾班的文明達禮，有恩仁的機巧靈動，有雷定的神聖超凡。啥？我[Urbanus][Eugenius][Celestine]手錶幾點鐘了？㖊你個衰鐘啦。那正是我身揣〈褒揚令〉[53]、秉持聖騎士的信[Laudabiliter][Paladin]念，此行要與你這個野蠻紅鬍子巴巴羅薩解決的任務。讓索爾爺成為鐘老爺，[Barbarossa][Thor]大雷神之鎚變成老爺鐘之錘，就有戰爭。讓保祿遺緒成為伯多祿傳統，愛琳[Paul][Peter][Paulin]變成䕺琳，如何，就有和平。[Erin]

讓你去當苦刑之鄉必疼鎮，由我來當天使之都洛杉磯。現在，現在，趴下，[Beeton][Los Angeles]掂量你伸展的長度。現在，秤秤我權能的容量。怎樣，先生，葡萄發酸了嗎？在我們這幾個小時的空檔內，你總是拖拖拉拉的，二度空間對你來說還是太大了嗎？你要放棄你了嗎？咋啦？他早就在將來幹過了！放你娘的狗臭屁！

聖涵忍啊！您應該已經聽到回答他的聲音了！纖弱細微的聲音。去你娘[Patientia]的屁眼，望奶油的尻川！

── 我也正想著那一泹事呢，親愛的麋狐鹿兒，可是，光陰的律動哪，早就把我掏光光了，成了這副葡萄乾的瘓模樣，即使我現在稱臣，也沒啥可納貢的，更別期望會發生卡諾莎之行[54]那種事，但我不能，如你說的，放棄你，拐[Walk to Canossa]葡萄從他氣管的最底端發出絕望的嗚咽之聲。我會緊緊守住我的底盤，你是那麼說過的，可是，唉，那不也是你想要攫取的嗎？我的殿堂，即使被教宗詔書[Papal Bull]那種亂竄惹禍的閹牛力道撞爛衝垮，以每秒兩英尺的速度轟轟倒塌下來，我的殿堂，還是我的。我的至福，豈是區區一副足枷銬得牢？長筒襪套牢這雙腳丫子，那才是我的福祉。我這根殊勝的食指，會像砲彈穿越空間直抵天堂[felicity]榮歸主頌最高處，鉤住那些創世之初從蛋殼孵出來哇啦哇啦大呼小叫的東西，[拉] Gloria in Excelsis Deo直接從上面拽到下界來。我再也無能對您，尊敬的大審判官、再世和諾理閣[拉] in excelsis[Honorius]

---

[53] 1155年，教宗阿德里安四世，頒發〈褒揚令〉給英王亨利二世，授予英王「愛爾蘭領主」（Dominus Hibernae）的稱謂，為英軍征服愛爾蘭建立宗教上的口實。

[54] 1077年，神聖羅馬帝國皇帝亨利四世，赤腳在雪地裡等待了三天，懇求教皇萬利果七世饒恕他，史稱「卡諾莎之行」。

下,說的更清楚了(此時,他差點撐丟了[154]胳臂),雖然我那喝酒如喝蘇打
　　　Cork
水的苛刻人醉鬼老爹,只不過是個把絕對禁酒掛在嘴上、四處到酒館蹭吃蹭喝
的冒牌吧臺服務生,你現在穿的就是他的外套啊。到底是幾刻鐘了?

　　　難以置信!也罷,來聽聽難以避免的必然吧。
　　　　　　　[拉] sus in cribro　　　excommunication　　　　　Sumer
　　——你的殿堂,篩盤上面一頭豬!永遠絕罰開除教籍,孿生蘇美交替循
環!東南歐的土耳其,破落茅舍初穿新袍,或,西南亞的土耳其,羅馬教廷
　　　　　　　　　　Nova
堆灰成墳。超級新星重生羅馬,我們堅信,我的子民啊,唯一信仰會終結所有
　　　　　　　Leonine City
信仰的。我在利奧城搭建的空間,只租賃給雄獅般的男人,麋狐鹿以慣常在
　consistory　　　　　　　　　　　　　　　　　　Constantine
宗教法庭面諭群眾最懾人的教皇聲音,神氣活現地以康斯坦丁大帝的口吻下達
立即生效的旨令,永不改變的最後判決(對於好像船難落海如飄盪蕪菁的拐葡
　　　　　　　　　　　　Thomas Cranmer
萄來說,不啻是位苦口婆心的克蘭默!臨時編派謊言的嘵爛嘴!)。基於俗
世的權柄,我深感遺憾地鄭重宣佈,我可助你免於被一吋一吋凌遲致死(好珍
貴的信任啊!好厲害的筆刀啊!),不過,看在我們第一次碰面、空氣流暢
無處可比的那地方。(拐葡萄這小可憐,被倒扣過來的豬篩子直接打趴壓扁!我
　　　　　　　　　　　　　　　　　　　　　con-temp
開始感到某個啥引誘著我瞧他不起!那叫做吞時旺!)我所處的這一邊,感謝
decretals
教皇教令集的律例,跟我們母親出租的住屋爻乞啦一樣安全,他繼續說著,從
我千窗百孔的神聖大教堂往外眺望,我可以看出什麼叫做完美無缺靈臺清明。讓
　　　　Union Jack　　　　　　　　　　[臺] 笑話
咱們聯合在米字旗下,讓咱們同負一軛!臺灣笑詼,是說你們收錨替你們
　　　　　[法] tu sais　　　　[拉] Crux de cruce
負軛!讚美巴黎,你是知道的,如同源自十字架的十字架,專屬於讚美自己是
　　paralysis
巴黎人的人。麻痺癱瘓,專屬於手持四把枴杖、心靈走扭、自取滅亡的騙
徒。眼下我必須把你留在這話題上,看可以再摧點什麼葡萄酒汁出來。我
可以提出反駁,稍待,我的親密戰敵,讓我加重點動能力道,否則,我的天主
　　Constantinople Our Star
哦,君士坦丁堡我們的明星恐無法再指引福音的傳播了。我用這一打,再多一
點,跟你打賭。就是這排體積厚實充滿雷霆批判共十二卷之多的大部頭著作。
[拉] quas primas
伊始之初——不過最好還是先組織一下我豐碩的知識苦果,那是有關於,記得

還要備些甜點。阿奎納(Aquinas)一摞摞的大部頭書冊。

　　為了加深自己的觀點，他舉高筆直如腿、鑲滿珠寶的手杖，指向全能上蒼美好天堂的頂篷，真是無愧於他的龍陽癖好，看得我霧茫茫一片摸瑚，連旺巴眼兒都發疼，他在點點屑碎火星閃爍中，幸運地劃出紅藍火燄，鴻運香菸(Lucky Strike)頭忽明忽滅，映照聚集在**楓葉大飯店**(Maple's)上空、有如修道院的迴廊花叢、又似燕麥粥內粒粒分明的八方群星，那是光明節的德瑞莎街上(Festival of Light Teresa)，少女頭上戴著的火金姑般明暗搖曳的聖路濟亞(Lucia)蠟燭花冠，那是佇立在沙斐亞(Sophy)·巴拉(Barratt)創辦的**聖心女子寄宿小學**(Sacred Heart)前、紅框黃底頗像汽車方向盤的禁止通行標誌；這悠閒度日蒙神召寵的傢伙湊攏他那精品羔皮紙裁製、以希臘文、拉丁文或俄羅斯文書寫的教誨書，審慎寫下最後的序言，因為只要有點小小失誤，都會有洩漏玫瑰十字會(Rosicrucian)秘密的潛在危險，全部共計零零散散十二多冊，都放在他有如腹足的大腿上，終於是一個羊群一個牧人了。呃，飽滿完整，足以一舉擊潰之。他也沒再做什麼了不起的事，就只是穿上防水雨衣，免於激烈舌戰時被骯髒口水波及。他提出更加廣泛的證據，證實到底是誰常常口乾舌燥，而且還有人口乾舌燥到病懨懨高達133次之多，說實在的，你也知道，你就停下來吧，別把所有的尼閣(Nicholas)都搞得團滅了（尼閣(Nicholas)·磊思(Alopysius)這魔鬼老狐狸，過去還曾經是拐葡萄頭頂上霹啪作響的意志光輪，現在倒像是胡亂堆積的雷雨雲團，或是醉鬼遊民髒兮兮的光蛋屁股），他引用了歐基里德(Euclid)，提到了核酸，還有不是那麼宗教正確的阿那克薩戈拉(Anaxagoras)，與當局不合的史學巨擘蒙森(Mommsen)，重擊傳統挑戰權威的朗福德伯爵(Rumford)，也引述了喜歡邀大家一同禱告的伊拉斯謨(Erasmus)，滔滔抗辯的阿米尼烏斯(Arminius)，猶太裔偽教宗阿納克萊圖斯二世(Anacletus II)，占卜預言師瑪拉基亞(Malachy)，閹雞卡波尼(Capponi)的教會史彙編，然後呢，還加上厚顏無恥的歷山七世(Alexander VII)，和燒活人不手軟的克勉八世(Clement VIII)，麋狐鹿兩頰塞滿吉利丁果凍，每天必喝的白蘭地像福馬林一樣，把他浸泡得連平日慣用的套詞都說得咕嚕嘰哩如唸符咒，他完完全全地，呃，誠實無欺地再次證明了，[155]假如不想依照那樣的順序，那就拉倒，打散，總會有不同的順序出現，他更動了3加30再追加

290 ■芬尼根守靈 ■ Finnegans Wake

100次之多，總共動用了二項式定理、實景立體模型、一面畫有舉槍如屏林的
　　　　Punic Wars　　　　　　　　　　　　　The Ingoldsby Legend
布匿戰爭的筆墨塗鴉牆壁、浪費墨水的《英戈斯比傳奇》、集眾人經驗累積之大
成的詆人腐敗鬼-龜-規定條例、蒙受福報的人生教訓、傷害他人的權宜之計、相
　　　　　　　　　　　　　Pontius Pilate
關法律及其連帶甜頭、般雀比拉多虛應情勢含糊其詞外人都聽不懂的偽善叛-判
決、具備連結匯集堆疊等空間功能的儲藏室內在病患登錄追蹤簿冊那項分類之下
那些早就化成木乃伊碎片的手抄原稿、引人噁心作嘔的病態笑話，以及，研究關
　　　　　　　　　　　　　　　　　　　　　　　　　　　　Mooksius
於用尾巴欺騙狐狸的所有專文中處理狡滑議題的專文。貢高我慢的麋狐鹿西斯，
　　　Procession of　　　　　　　　　　　precession
　　　the Holy Spirit
先於聖神發生的源頭，秉持天體旋進的主張，表裡不一兩面討好，雙重欺騙誠
　　　　　　　　　　　　　　　　　　　　　　Sadko
不虛假，正在頒佈人盡皆知的事實，然而事與願違，徒留薩德科美夢成空的遺
　　　　　　　　　　　　　　　　　　　　　　　　　　　[臘] gripos
憾，在如此對立議論造成的難過對比之下，他幾乎可以狠狠打擊有如網中之魚的
拐葡萄這分裂宗教的異端毯囊，幾乎可以大權在握專斷獨行，成功治好這迷團般
　　　monophysitism
的傢伙迷信基督一性論的毛病。可是啊，糟透了，就像先前，他常常逮到那些居
　　ecclesial hierarchy　　　　　　　　　　　　　　　　　[臘] sarx
於聖統制最高階層以下的各級人員，像動物一樣赤裸著肉身和鄙陋的水手們廝
　　　　　　　　[臘] semeion
混在一起，通體東一抹西一坨在他們宣誓入教後就毫無用處、卻是天主在此藉以
　　　　　　　　　　　　　　　　　　　　　　　　　　　　　　[臺] 單挑
洩漏某種神蹟看似紋身符碼的精液，龍蛇混雜稠濁，各家攪融瑛華，噴灑在此
　　　　　　　　　　　　　　　　　　　　　　　　　　　　　　　　挑雙
等笨蛋屁股上綻放如純潔無瑕的雪白百合花，滑膩溜秋的雙唇，釘孤枝、挑雙
　syllepsis　　　[臘] syllêpsis　[臺] 不用怕
肩、共一軛，污玷屎胎毋咧驚，以及某張醜媼般的老臉氣喘吁吁地對著異常驚恐
　　　　　　　　　　　　　　　　　　　　　　　　　　[臘] ekporeusis
特別興奮泌泌滲出痛和快的毛孔噴著一波快過一波潮濕熱浪的鼻息，聖神靈氣
　[臘] pneuma hagion　　　　　　　　　buccina
的發生，林林家家混攪成人人歡欣鼓舞狂吹布契那圓號的交響大曲；或者呢，
　　　　　　　　　　　　　　[俄] prechastie
也碰過在主教教區內聖餐儀式的二重唱，甜蜜的汗滴，細密的水珠，聲聲呼喚
[俄] svyatogo dukha
聖神降臨到小圓餅上，在相互挑逗刺激之中合為一體，到現在都做得完完滿
　　　　　　　　　　　　　　　　　　　　logothetes
滿，可怕的是拜占廷帝國裡他那起子財政官吏，雖然腦袋瓜子少有靈光的，吵
起架來可是喧騰不休靈光乍現，此起彼落宛如伐樹倒木盈耳貫腦的轟然巨響，
　　　　　　　　　　　　　　　symboulion
雞蛋挑骨頭，老喜歡刁難他的公議會啦、教區宗教會議啦等等的決議，什麼他
幹的都是些集資放債的合夥勾當，甚至連獻給巡臨主教的視察費也有意見，連

[俄] nepogreshimost
教皇無錯誤性也拿來做文章，說什麼教宗爸爸親吻的油膏裹身滑膩渾身的姪子
　　　　　　　　　　　　　　　　Filioque
都是他的私生子，甚至「和聖子」也在劫難逃，通通被他愛馬成癖的蹄爪子踢
飛老遠，一一晾到鉤子上去了。

　　——搖搖晃晃千年一瞬，離當時偏航的日子越來越遠囉，哦，拐葡萄，我
以我的羊皮起誓，即使你一向都是筆直地朝著這個世界走過去，你也是茫茫醉
　　　　　　　　　　　　　　　　　　　　　　　　　　　Pius
到看不見這個世界的存在，虔誠的麋狐鹿試圖談論空間對人類的庇護。
　　　　　　　　　　　　　　　　　　　　　　　　　　Achmed
　　——經過漫長的一千年，螞蟻般毫不起眼的拐葡萄回答道，我以阿赫邁德
Hammūd
王子的山羊和哈穆德之子的神賭咒，你的日子仍然還是，哦，麋狐鹿啊，為耳
所困哪。
　　　　　　　　　　　Valhalla
　　——服侍於死蔭空谷的瓦爾哈拉英靈神殿的女性選民，必定會揀選我們成
為墊後的裡面為首的，麋狐鹿高貴中自帶富豪之氣，睥睨天下地說道，在平等
　　Elijah　　　　　　　　　　　　　　　　　　　　[拉] unicum
的基礎之上，憑藉先知以利亞的大能，非凡之物始得聯合統一，讓我們的精
　Union　　　　　　　　　　　　　　　　　　　　　tabularium
義在光光旗下聯合一樽，阿肋路亞，我倆一體共同進入我們的國家檔案館，
　　[義] stabulari　　　constabulary　　　　　　　[拉] Urbo et Orbi
役員警當成流浪犬丟進狗牢籠吧，而那正就是所有城市和世界嚮往之所在，
　　　　　　　　　　　　　　　　　Ruby　　　　Robe
奴睇就應比跪落下去祈求紅宝戒指和教宗皇袍，願天主賜福於他們。
　　　　　　　　　Yardley　　　　　　　　　　Army Man Cut
　　藥丸、鼻腔洗滌劑（香皂香水雅德莉，庭園芳香最得力）、陸軍好漢板菸，
　　Bond
真是一派邦德街時髦的英國作風，真是緊密相連的情感紐帶，當那個來自紐西
蘭、頭戴缺口拱型帽、兩腳酸疼疲憊不堪的旅人登上陸地時，那模樣就如同利
刃般直挺挺地切進……。

　　——是的，微弱如嘘嘘的我們，困惑的拐葡萄疲軟地坦承混合精義的
後果，甚至連為首裡面墊後的都不是，稀望啦，當臉蒙薄紗陰森恐怖的女神
Valkyrie
瓦爾姬麗涖臨教區訪問視察時，我們早就被趕出去了。然後，他補充說：我完
　　　　　　　forty-third statute of Elizabeth
全仰賴著，看懂了吧，伊莉莎白第 43 條法令，濟貧那回事兒，她的拿手絕活就
是以為躺在床上就可以屙金拉銀，根本是一陀大便，僅僅只會倚賴喘息的重量
罷了。噗噗-呼呼-幹！

形貌醜陋，避人眼光，隱身埋伏在河口，冷血無情的寇讎，滋擾經濟危害社會！（伊斯蘭天堂美女海倫娜的喘息）那晚應該會很快活的，只不過……[156]

　　接下來，他們惡言相向辱罵對方，犬和蛇啊，自從塔利斯提努斯，就是那個只要我們稍微狐疑不決就威脅要把我們做成罐頭的傢伙，暴雷咆哮破口大罵在柏油馬路隨地撒尿的丕薩斯法提姆之後，還沒見過吵架可以如此口如刀劈如此舌若斧砍如此揮舞口舌到如此瘋狂野蠻的地步。

　　──你，獨角妖獸，太監的號角！

　　──你，蹄爪畜生，摧花的英雄！

　　──你，卵蛋小吊鐘。

　　──你，爛醉綠王八。

　　就這模樣潑漢罵接，粗蠢牛皮球應答答應砲彈揎排球。

　　小彩雲露沃蕾塔身穿她那套輕盈亮麗、以十六道西斯汀教堂天頂之微光縫織而成的睡衣，斜倚在小星光綴爍的迴梯扶欄上俯瞰著他們，好一個嬌憨可掬的小女孩，伸長耳朵努力聆聽他們的互動。她顯得多麼光彩奪目啊，看到麋狐鹿滿懷信仰戴著忠貞之戒，肩膀高聳舉起手杖指向高高的天穹，啊，婚姻，再看看膝蓋如圓球門把、淌著汁液、轉著兜圈、一副醜態畢露窮保祿模樣的拐葡萄，她又是變得多麼灰陰沈鬱啊！她形單影隻，就剩下自個兒一人了。所有的雲彩姊妹淘，全都到了可以嫁人的年紀，全都和大獻殷勤松鼠模樣的騎士啦隨扈啦通通睡過了。她們的娘親，月楠太太那個老虔婆，出門去了第一區，在朔月銀光之下，正刷洗某個王公貴族24號宅第的後門臺階。那個斯堪的臭貂老爹呢，他上行到諾伍德的啤酒吧，饕餮大吃大嚼沃金鎮的佛蘭德料理，還邊指摘維京人這兒不好那兒不對。露沃蕾塔邊聽邊想著自己的心事，雖然那個天堂般的人物與她之間橫互著對他欽崇有加的閃閃星群和他身上源源不斷流溢而出的神智精華，她還是把該試的都努力試過了，盼望可以讓麋狐鹿抬頭看看她（但是他呢，即使疝痛難當，始終精準無誤毫不犯錯地拿他那雙遠視的

眼睛死死盯著前方瞧），讓拐葡萄可以聽聽她（不過呢，他太像那隻裂解教廷的分立之鴉了[拉] Corvus Schismaticus，太過分關注他那把聖羅蘭之劍[拉] Ensis Laurentii，太專注於有條不紊地拆解聽到的關於他個人物質性存在[拉] ens的事，壓根兒就不會注意到她本質上的存有[拉] esse）能要多麼羞怯就可以那麼靦腆，不過到頭來都頂多只是癡心少女濕潤的蒸氣罷了。甚至她的幻像倒影露沃露琪亞Nuvoluccia臥地昏厥，也無法讓沉迷真知[臘] gnosis如飛葉子的他倆，向她多瞧上一眼，他們的心思啊，一個專注於大無畏的信仰所庇護的命運[拉] Fides Intrepida，一個是對羅馬教廷Curia神職人員用酒瓶塞子堵塞肛門那種事，感到無比的好奇，他們都在教皇選舉的秘密會議conclave裡頭耶，其他還有一些羅馬皇帝，像是說，活吃蟻民的赫利奧加巴盧斯Heliogabalus、心神不寧的康茂德Commodus、野蠻兇殘的伊諾巴柏斯Enobarbus，還有還有，哎呀不管啦，反正只要是執事級樞機Cardinales Diaconi跟他那個什麼鬼玩意兒協商出來有個頭銜的就是啦，他們幹個事都要遵循燃燒紙莎草產生的潮濕煙霧和斷簡殘篇的老舊古抄本的指示。彷彿那就是他們靈感之所在，那口吹入他們鼻孔的氣息！彷彿二巨頭duumvirate光憑著他們的靈氣就可以平均瓜分她的幽暗大陸各自下種她的妞逼王國！彷彿聰明伶俐如她者還真會三人行必有我濕那樣，去尋找該如此尋找如此這般進行的某某步驟！她試遍四方來風教導她惹人憐愛愛憐憐的所有小撇步。要學小不列塔尼公主[法] Petite Bretagne那樣，甩動一頭烏黑如教宗選舉煙霧[義] sfumata的秀髮，要把小巧玲瓏的手臂養成晶圓潤白的克敵殺器，就像貴夫人康沃利斯-魏斯特Cornwallis-West一樣，她要練習對自己微笑，要笑到酷似愛爾蘭皇帝的皇后的女兒為油畫肖像擺出來的雍容風采，她順著自己嘆的氣嘆著氣，好像她生下來就註定要 [157] 嫁給素有愁風愁雨愁煞人之稱的悴思提思Tristis・翠思提歐爾Tristior・摧思提西姆斯Tristissimus。可是，甜美的小聖母[義] la Madonnina，她可能早就該趁著雛菊年華走一趟花團錦簇的佛羅里達Florida。因為麋狐鹿，這個客罕納Canaanite狂熱信徒，不過是一隻遵守清規教條的瘋狗（犬科）而已，居然狗嘴吐不出象牙，說啥**未曾取悅於罌**，而拐葡萄呢，很疑他還算個天主教徒，讓貓咪舔舔就算洗過澡嗎，只是把天主教義當成探索世界的觸媒，老是醉醺醺的都柏林酒鬼，從過去到現在，憔悴如老松，痛苦、羞愧、逐漸萎縮obsolescent、逐步淹沒於遺忘之中。

──懂了,她嘆了口氣。他們比男人還要男人。不是有個東西叫禮儀的嗎!

一株高挑的綠玫瑰俏立在耳語窸窣**你不能跟別人講喔**蘆葦之間,咻咻咻尖銳風聲呼嘯而過一片青青草原,軟儂按捺騷擾化作一聲輕嘆,低低切切幾無可聞,瞬息間又旋起颼颼狂風,如揚鞭亂揮颯颯咋響,卻又倏然而止消逸無蹤,徒留殘絲一縷裊裊幽情:大片陰影沿著河岸兩邊漫煙鋪展而來,在點點星光閃爍不定下,蠕蠕緩爬行,緊緊絞肚腸,塵歸塵,土歸土,薄暮歸晚霞,朦朧天色就好像可以窺視到的、努力維持和平的所有世界裡,最糟糕透頂的垃圾堆,要多陰鬱就有多憂沉。兩岸的土地,顏色和外貌,很快就會統合成難分彼此灰灰褐褐一大片,這麼說吧,那是種注射氯仿陷於麻醉的恍恍惚惚,漫溢出了記憶,我丟失了我;[拉] citherior 此處,平原遼闊,水鄉澤地,樹木扶疏,所缺者,情愛而已。禁止出聲、招子放亮、聽令行事。麋狐鹿是有健全的視力,沒錯,不過無法聽得很清爽。拐葡萄所有零件就剩下耳朵最靈巧,他再怎麼勉強也是看不明朗。他停了下來,他也停下來了,沈重,疲憊,他們倆從來就不曾如此暗淡這般陰沈過。不過麋狐鹿仍然哼哼地想著,他會繼續探究靈魂深淵的最底層,明日就可以宣佈不死之奧秘,而拐葡萄依舊習慣地撫摸著旅行袋裡頭的紙片,憑著恩典,他可以逃離此處,假如他運氣夠好,加上那副幸運愛耳環的話。[臘] enopê

[拉] Ave Maria [拉] gratia plena
唉咿,怎麼這麼暗哪!從萬福瑪利亞山谷到恩典滿溢大草原,「主與你同在」的頌詞反覆迴響在我們的安眠中。啊,露水!啊,別了!如此之幽暗,夜晚的淚珠開始掉落下來,剛開始是一滴滴兩滴滴,然後是三滴滴四滴滴,最後是五滴滴六七滴數不清的滴滴,因為疲憊,逐漸轉醒,由於如今我們與他們一同飲泣。哦!哦!哦!一切都靠雨水了!言盡於此,備傘!
[拉] Ulterior
然後彼岸那邊從遠方走了過來一個面目模糊五官難辨的婦女(我確信,她是個雙腳冰冷長有凍瘡兒女繞膝的黑人婦女),她從石頭上撿拾起攤在上面的神聖教皇陛下,那位因著文字之愛而已完全變態的麋狐鹿,都睩到全褪白了,
[拉] Aquila Rapax
拾到被她譽為**貪婪之鷹**的隱形住處,因為他全然神聖全然莊重,是她那位屠夫

主教擁有的另外一條完全一模一樣的圍裙。所以你瞅瞅鸒狐鹿，他本來就有我知、你知、他知的種種理由，可以據葡萄乾為己有。然後，此處岸邊走來一位面目清晰五官顯著的婦女（他們說她秀麗討喜，即便她腦袋冷靜為人謹慎），由於他看起來像極了小販的毛線球，或是擤到手帕上的那坨玩意兒，她從粗大樹枝揭下憤怒的拐葡萄時，瞧那自割、離斷、恐慌，痛到不由自主哀叫出聲的單音腔調擴散開來，大驚小怪的，有夠土的土著，同時也拾掇起他那些美麗而且有福了的、排排立著有如神廟女像柱的實驗室試管，帶到她那間人家看不到的、[158] 人稱**人間露水天堂來**的羊棚茅屋。然後，可憐的拐葡萄給扭擰得乾巴巴的，反正他這貨本來就擰巴；因為拐葡萄一向以來總是如此，過去如此，未來也是如此。他們倆，不論是哪一個，從來沒有動過這麼多心思。現在待在現場的是一棵榆樹和一顆石頭。樹頭雜枝被修剪乾淨的保祿，憐憫為懷堅如盤石的伯多祿；奚耶爾難道不是太陽城；皮耶爾難道就不能是撒烏耳。哦耶！確是如此！畢竟，還有位少女，露沃蕾塔。

露沃蕾塔在她漫長的歲月中短短的生命裡，最後一次把所有事情都梳理了一遍，無數個漂蕩紊亂的思緒終於凝聚在一塊了。她取消所有的私定婚約，褪去所有的薄霧羅紗。她攀越過蔓延如欄杆的群星；她發出烏雲密佈的哭喊囡聲：不要！不要！雲雨！重來！一縷輕紗薄衣翩翩飄起。她不見了。掉進原本是小溪的河流（因為無數歲月以來，一千顆的水珠早就坌坌湧湧進入她逐漸成熟的身體，她體態矯健，熱愛舞蹈，才會灘上霓緋小姐姐的爛泥汙名）是一滴淚珠，一滴為了罪與惡的嗚咽淚珠，眾淚之中最為可愛（我的意思是說，對那些喜歡看愛情飆淚寓言故事的粉絲來說，都是那麼形容的，就是那些你暗自希望在哈洛德百貨可以偶遇模樣俊俏臉蛋標致那類常見的普通貨色，她們對這種事可是超級敏感的），因為這顆淚珠是潤年女孩的淚珠。河流從她身上流啊流地流過去，被絆了一下又一下，淅沛沛嘩啦啦，彷彿她的心都碎成了小溪流：為什麼，為什麼，為什麼！痛，啊，好痛啊！我真得好笨喔，啥都不懂，就這麼一直奔

　　　　　　　　　　　[臺] 不可以這樣
流著，可是我知道，袂使安妮，我不能待著不動啊！

　　　　　　　　　　　　　　　　　　　Bastet
　　不用鼓掌，拜託！拜託！甭搞得跟芭絲特慶典一樣，夠了！好啦！待會兒等
適當的時候，會有人搖晃蓽麻作為訊號，發出響尾蛇沙沙唰唰的聲音，在你們
　　　　　　　　Peter's Pence　　　　　　　[拉] diu durus
當中繞行兜圈，收取聖座獻金，這活兒既冗長又辛苦哪。

　　那個啥的男生，年紀大的那個，上完作文課後，我會另擇地點來看看你有啥
　　　　　　　　Nola　　Browne　　　　　　　　　　　Joe　Peters　　　Fox
要反映的。諾蘭-布朗恩，你現在可以離開教室了。喬·彼得斯，福克斯，楞那
　　　　　　　　　　　　　Jupiter
兒幹嘛，你倆也一樣。我的朱比特啊！

　　如同我到現在為止呈現給你的完滿說明一樣，我天生賦予後天配給的
理智，甚至滿溢出我這顆穹窿形頭顱內有裂縫嗯腦袋的容量，得多繳不少
excise
貨物稅呢，有拉保險的跟我掛保證，我這張嘴巴就是天賦異稟的最佳例證。
　　　　　　　　　　　　　　　　[臺] 退而求其次
對於我永遠忠實的朋友，也是好兄弟無魚蝦嘛好的那種好，洗一半總比都不
　　　　　　　　　　　　　　　　　　　　　　　　　　　　　Gracchus
洗要好，這種態度，我抱以深深的同情，餓魚的眼淚，你說是嗎，格拉古·
Gnoccovitch　　[義] gnocco　　[塞] ović
格諾柯維奇，白癡叫驢之子，別以為我聽不出來。親愛的吉姆森姆啊！親愛
　　　　　　　　[塞] njakus　　Dublin Horse Show
的小狐狸小天花啊！看過都柏林馬術賽的精彩表演吧，噠噠噠的馬蹄鐵聲，
　　　　　　　　　　　　　　　　　　　　　　　　　　　Methodius
好樣的！雖然說啊，他徹頭徹尾自絕於天主，就是不要不要不要皈依天主，對
　　　　　Cyrillic
於西里爾字母倒是頂認真的，雖然我也是為了主保聖人美多德的斯拉夫語，像
奴隸那般吃盡苦頭，我必須想辦法解決這事兒，我還是可以愛那男人的，就像
　　　　　　　　　　　　　　　　　　　　　　　　　　　　　[韓] 幹你娘
我愛我的講經台，那是與我合體的另一片，他有都柏林那種西八小聰明，戴著
Balaclava
巴拉克拉瓦頭套的抗暴警察，也沒辦法把他丟進捕龍蝦籠子那般的監獄裡頭。
　　　　　　　　　　Tristan　　　da Cunha
我想讓他遠離這兒去崔斯坦-達庫尼亞群島，那是全世界最偏遠的人居離島，這
　　　　　　　　　　　　　　　　　　　　　　　　　Theobald
兒一座那兒一座活像浮在海面上的跳船水手，然後過著聖戴伯如茶如畫般的隱
士生活，夜晚進入夢鄉，就去領導輕騎兵衝鋒陷陣，他可以成為第 106 位島民，
定居在無法企及的群島附近。

　　（在波浪起伏的海角濱邊，枝葉相接的桃花心木，讓我再度想起，如許
暴露於眾目睽睽之下的景色，即便多麼渴望擁有自己傘狀的樹冠層，而且亟

需真正可以發揮作用的防護林維護 [159] 樹幹的乾淨和整潔——有兩株野生的
垂枝山毛櫸，琶珂亞和堤里亞，對此提議頗為激動，淚珠流滿全身枝葉——我
　　　　　　　　　　　　　　　　　weeping beech　Picea　　Tillia
們浮光掠影觀賞過的灰胡桃樹、膠皮糖香樹、榉樹和紅柏等等的樹幹上，都會
分泌出淡淡口香糖味道、有如瑪納又似膿包般的汁液，有鑑與此，就如同刁著
　　　　　　　　　　　　manna
煙屁股的柳木板球棒威廉和他那兩個北歐的苗圃養育顧問所提供的建議，應該
　　　　　　　　　　William
置於無窮不竭屬之下，並用種再加以分類，讓我們這麼說吧，庫拉切斯森林公
　　genus Inexhaustible　　　species　　　　　　　　　　　　　Curraghchase
園內的山楂樹，對任何人來說，看起來就是和懸鈴木或扭葉松那樣一般，可是
我們一旦認識到韋爾內和魯本斯展覽在康普頓弗尼美術館關於松樹栽培園的畫
　　　　　　Vernet　　Rubens　　Compton Verney
作，想想那棵攖天主霹靂雷殛的喜馬拉雅山雪松，滿樹赤褐槁葉，獨自矗立於其
它各種各樣的松樹之外，卓然不群，我們從來沒有懷疑過，他雖然缺乏天然下種
　　　　　　　　　　　　　　　　　　　　　　　　　　　　　　　瑞福杭
的機制，仍擁有培育實生苗的棲地，不過該樹種也足以證明，譬如蕊富涵碧的
　East Conna Hillock
東康納山丘那種海拔高度生長的橄欖樹，在稚嫩幼苗時就擠在一大群刺槐、黃
　　　　　　　　　　　　　　　Acacius
花柳和密葉杉之間，有如與愚蠢不堪的亞加休信徒和姿色平庸的莎莉誰誰的共
　　　　　　　　　　　　　　　　　　　　　Mount Olivet　　　　[拉] vox populi
處一室，居然還有可能拔高成巨大的單株樹體，聚成一座橄欖之山。人民的聲
　　　　　　Hickory Dickory Dock　　　　hickory　　　　　　　　　hocker
音吶，就像童謠〈滴答滴答滴〉唱的，山核桃杖打一撐，張口喀呸吐一痰，
　　　　　　　　　[拉] arbor vitae　　　　　　　　[愛] Uisce beatha
真希望我倆可以在生命之樹側柏木杯裡，倒上生命活水，再給它喝上幾回啊！
為什麼把它們扎根在大馬路旁，或是栽種在雨篷下的鋁盆裡？市政官河狸大人
　　　　　　　　　　　　　　　　　　　　　　　　　　　　　　Whitebeaver
懷特比威閣下都說 OK 啦。）

　　他應該離開一陣子，可以改變點觀念。然後回頭看一看，就會有
[臺] 世界之多的事情　　　　　　　　　　　　　Daniel　　Jones
四界濟的代誌可看了。就這麼幹吧，親愛的活字典，達尼爾‧瓊斯！假如我不
　　　Jones
是出生在瓊斯家族、注定會被吞到肚子內的話，我自願去當那隻驚濤駭浪中的
海豚，因為他是個厚顏無恥的小賊啊，光著腳丫板沒鞋穿的土匪，頭臉罩著我
的超級大絲襪，我還特意在後花園最佳地點招待他，欣賞沿著天際鐵軌奔馳的
彗星，感受它們劃過穹蒼的喜悅和興奮，涵吧、詠詄、絕品後庭花，致化、
夌子、豐饒流星雨，星盤也推算不出來有此等際遇，夠反諷的吧，本座可成了

Enemy of the Stars
群星之敵囉！而且，吃飽喝足後，他還想拿走我準備太多的食物，肉、麵包、
奶油、肉汁、蛋、茶和包心菜，再加上一整條門階吐司！我實在不應該在這講
                                      Doorstep
臺上放任自己談這些，不過我覺得他裡裡外外實在有夠愛爾蘭的！你會說，那
實在很不像英國作風，希望日後可以得知你的看法沒有錯。不過，進一步來
說，我還有些許猶豫，感覺喉嚨沙沙的，我說的真相，是有那麼點意思，要提
醒大家……

請你們靠過來一點，讓我們壓低聲音，用喃喃私語的音量，互相來點
Confessions of a Young Man   Moore and Burgess
年輕人的告解吧。摩爾和伯吉斯以黑臉綜藝歌舞團的低俗搞笑，突凸顯每
                                                  Belfast
人的也者對於彼此罪孽惡行的怒吼和吶喊。貝爾法斯特夠遠，遠到聽不太
                          [德] Faust
到我的聲音。遠到帳單都往我這兒奇的浮士德大爺沒射徵召你入納粹
[德] Heer   Cork   Walsh   coal skuttle
德國陸軍服役。科克郡的沃爾什忙著拔酒塞鬥粗口，黝黑如煤桶的都柏林愛
   Philip   skittle   Wist
馬人菲利普沉迷於盛行的九柱戲，睿智聰穎的威思特先生人遠在西邊那個沒人
要的古董架後方。沃爾什和威思特兩人是握有對方秘密的小偷之間那種愛恨交
           Faust   [德] Faust
枷猶如夜半時分浮士德和魔鬼幹強加諸都柏林之隙，還嫌壘乳房怎麼又瘦又
扁的親密關係。轟，在小地毯的另一端響起似乎是槍枝射擊、卻從沒聽過
的爆炸聲，他在斗室書房內唸咒給自己聽。有時還真會起些作用的，有
                              [臺] 蜂窩炭
時呢，也只能兩手一攤聳聳肩。親愛的黑煉炭先生，您今兒個放的屁，還
順利嗎？手握一品脫，談論本觀點，一大樂趣也。這也是我想對你們大聲疾呼
                                              forte
的觀點，他們四肢趴伏在地，達到完全協調心意一致的狀態，伺機以強劍身出
擊，你可以感覺到，他們心靈之弱智絕不亞於那童話中吹噓的強悍體魄，其實
[臺] 整枝全是   foible
規枝攏總是弱劍身啦。[160]

我那些細心留意的讀者，會從容不迫地捲縮不前，慶幸他們想了起來，在我
                                              Michelangelo
以〈容許我佔用您的空間〉為社論標題而引爆全面討論之前，甚至連米開朗基羅
   Michael
的總領天使彌額爾也笨到害怕涉足其中，為了向我自己的心靈證明，同時滿足
你們所以這一切糟污都是虛構的囉的反應，讓我來揭露他那些骯髒污穢卑鄙齷

齷、早該被棄卻的騙人玩意（悠哉成性的席翁鐸羅涅教授，老是提出「較佳人類」的理論假設，次數實在太過頻繁，簡直就是當成抵押品循環使用，反正是要飯的，隨便啦，快丟個1鎊給他了事），也沒啥了不起，不過就是1角現銀、什一稅和時間之類的問題罷了，他可真是拼命，想用外邦人的優雅手法騙取我們的金錢和時間，勞駕各位（我採用第二人稱的口氣對我們說話），煩請去感受一下這個情況，因為對這一批在評比分類制度下，缺乏學術素養的知識份子而言，時間就是金錢，1角也是錢，而此金錢制度（你絕對不准忘記，這些都早已包含在，我是說此制度，俄利根論虛偽的教義裡了以及《謠物種起源》），其意義就在於，現在，在同一時間點上，要嘛，我不能擁有，不然，就是不能不擁有，一片你口袋裡面的乳酪洋芋片，而同樣的道理，就如同我心目中的小妞，或是手頭上的奧國奇克硬幣，你也不能厚顏無恥要分一半，或者不分一半吧，除非布魯圖斯奶油和卡西烏斯乳酪，曾經於不久的美好未來，在那些乳酪製品賤買貴賣的日子中，同時一起置於嘴巴裡，不是好像尚未開始，就是彷彿完全沒有，分分又合合，摩肩又擦踵。

　　布魯圖斯奶油，我們情願如此想像，渾然純粹如數學質數，菁英中的極佳級菁英，真正的特選級上品，優雅風味自然流露，通體油亮脂肪醇厚，奶酪製品中最是溫順爽口，一整塊還不用搗成泥，連國王吃了都會開心笑到死，當然囉，絕對沒有攪混任何雜質，完全不會胡亂私通箋札，陳腐守舊跟不上時代，哪像卡西烏斯乳酪，跟這個揉，和那個豁，毫無潔身自好可言，假如有正面這回事的話，很明顯是布魯圖斯奶油調整過的反面，事實上，不會是任何用餐時，會想選擇的理想乳酪，雖然說，兩個裡面比較好的那個，曖死了野心勃勃的競爭對手性格較為隨和的那一面，曖到快把自己給融化了，容我直接挑明，面對他還算過得去的表現，那份不遺餘力幫襯他的熱心程度，實不亞於竭盡所能排擠他的嫉妒指數。羅馬史，其實和家族史差若相仿，都是關於男人玩6先令8便士啦、捉迷藏啦老一套的花樣，從來沒變過，我們以前為了升上高

級中學,那段煉獄的日子常常就那麼死死地啃哪啃(修特^(Schott),熱的,法文是chaud嗎?)、直啃到老古董怪咖爹爹擱上護窗板子,把來客都擋在外頭,而姆媽呢,可憐的姆媽!給我們端來可憐稀稀,喝幾口就見底的稀零零^([粵]稀薄)的湯(唉,天哪,誰來救救我們!欸,該怎麼辦才好呢!!),醋、橄欖油、芹菜末、撒點鹽屑,再加上結成小小晶塊的辣辣紅椒粉。我們的老伙伴^(Our Old Party)通通給擺到飯廳的餐桌上,團團圍繞著讓瘦瘠的胃腸遽然咕嚕作響的沙拉盆:醃漬鮭魚薩臘摩斯司鐸本^(Salamoss)尊,端坐在苔蘚般的沙拉之中,玩菊基佬手勃多露的小輔妓^(Peter),青芫荽細梗、百里香幼莖,分伺兩側,切成12片有如隱形壁床^(Murphy bed)那般前後排列齊整還維持原狀的馬鈴薯^(murphy),還有20多顆又辣又嫩如草原跑馬子的續隨子花芽^(capers),和穿著水綠袖衫的萵苣蕾圖西亞^(Lettucia),再來還有你,三來還有我,乖乖倆都繫著一模一樣的可愛口水兜,莎士比亞和培根^(Shakespeare   Bacon),不過,內心漂亮才算真正漂亮,真正漂亮才可以喝才可以吃喔,像搖一搖就會胡亂噴灑的沙士^(Shakespeare)避呀,還有荷包蛋和香煎培根^(bacon)!可是在碗和顎之間,還是有許多足以分離兩者的藉口;而且(修特,不要再撐酒瓶塞了,假道學,就是要把你撐成卯到欠軒的雞巴樣!),要盡你所能好好了解,好好感受一下你坐在課堂長板凳上學的東西有多麼落伍過時,我已經做好下列的安排提供給學校上課之用,廁所還是很原始很簡陋耶。[161]

年長的凱撒^(Caesar)(獨裁者,弒君^(regicide)之說算是太過抬舉你了,即使我沒能把你廢了,也算超越「要麼就當凱撒,不然甚麼都不要」^([拉] aut Caesar aut nihil)的格局!)隨著歲月的流逝變得讓奶油和乳酪越來越難以忍受(推動塵歸塵土歸土那股命運的力量^([義] La Forza del destino)卻變成搞笑鬧劇的諧諷對象,只因為排字工人犯了一個擂鼓咚咚霹靂震響的錯誤,把劇作家為第一幕設計的輕柔對比的古鋼琴^(pianoforte)強烈音效,誤植成施放聲量洪大的響屁,致使舞台上的表演都成了格格不入的假動作,頓時惹來轟堂笑話),就算命有九條,同時身中九刀,也逃不出命運的安排,給蠶食鯨吞咀嚼殆盡^([法] sort)(這個軍人-作家-勤務兵,對於他類似托利黨^(Toryism)的保守立場和親筆撰寫的《高盧戰記》^([拉] Commentarii de Bello Gallico),儘管評價褒

貶不一，但都是一些被吹噓成飽含病菌的柔滑泡沫罷了，南海泡沫^(South Sea Bubble)[55]，從來沒有真正把桑德赫斯特皇家軍事學院^(Sandhurst)遮蔽其雙眸的夢幻星塵完全滌除濾淨，以致於他為了我們平原戰役預備的香檳，開瓶後居然波瀾不驚，毫無泡沫可言，就連煎餅也是命運多舛，啪嗒一聲墜落地面，摔得扁塌塌的），一式兩款兄弟檔的孿生乳製品一推出來，立即打開更廣銷路，訂單讓他們重新上場，屁股翹得老高，邁步齊頭並進，奶乳交融無分軒輊，算是這片酒瓶亂丟已被遺棄的戰場上，所推出的嶄新稀巴物兒，全身上下沒有刀刃橫加的割痕，也沒有磕碰磨撞的挫傷。

我們若以閱讀童謠珀爾斯^(Persse)·歐萊里^(O'Reilly)那般大而化之的心態來探索波斯^(Persia)-烏拉爾^(Ural)的語族歷史，以及**你們本來就是異邦人客棧**的種種傳聞軼事，就可以得知，貪吃暴食的巨人豐魯瑪哥格古拉^(Magog Fonnumagogula)如何從弁言全集那類書籍中，經歷瀏覽均一價格菜單^([法] prix fixe)上琳瑯滿目的餐點那般內心糾結、掙扎、衝突、對抗、讓人難以決定的情緒波動之後，挑選深具神性的專有名詞^(numen)來做為自己最為恰當的名字，如同擇持酒質的軟木塞子，對於口說彼爾米語^(Permian)的二疊紀權威人士^(Permian)來說，這個准許那個呢高不確定的那種專家，這位承繼太陽王的高加索白種人^(Caucasian)後代戴綠帽的傻逼王八蛋那個哪兒蹦出來的醜八怪調換孩^(oaf)，就像托波斯克必有木桶^(Tobolsk)，撒殫必定柔膩^(Satan)油猾若絲綢，都是證據確鑿的。海鷗盤旋、奧斯蒂亞克語^(Ostyak)不絕於耳的沃古爾^(Vogul)港灣必有出入口，聖母瑪利亞的聖餅必有細窄縫！不過，我根本不知道上了西點軍校^(West Point)會分呆，煩不煩哪，我鄭重否認浪擲光陰荒淫無行等情事，我就可以幫你上色薄塗^(wash)，畫成像一塊奶油（芝士體大，閃人囉！），假如你手邊有水彩顏料的話。啥莫爾德溫語^(Mordvin)，還有啥立窩尼亞語^(Livonian)，真把我的命給搞死了^([法] mort de ma vie)！動作快，這兒還有人活著！我啊，絕不做荒謬的事！沒有哪一個我，是活在夢裡的！為什麼整件事情，無論從真實^([拉] in esse)或潛能^([拉] in posse)而言，都不可能像親親我的手^([匈] kezem)那般容易，竟

---

[55] 南海泡沫事件（South Sea Bubble）是英國在 1720 年春天到秋天之間發生的經濟泡沫，與同年的密西西比泡沫事件及 1637 年的鬱金香狂熱並稱歐洲早期「三大經濟泡沫」。

易,乳酪在手中,那叫內格,乳酪在手中漠不關心,那不就叫所有格!他們
藉位置格空間毗鄰之便聯合起來既挑釁又挑逗這個臭屄,情況正像野兔子那種
騷貨,在她的私處內,出現昔日老公今日毒草的傢伙,每每讓人揪心。

卡西烏斯乳酪也許可以靠意念把自己想成授勳騎士,而布魯圖斯奶油則有一
顆越刮越趨球體的頭顱,用來盛載和維護托特神那類柔性信仰,最適合不過。
在他上顎牙齒間的每個凹洞之下,在他每顆牙齒的震槳笑聲之中,都展現其宛如
湖泊之大、有若樹脂之濃的牛奶智慧,尖聲又漏風,本就無所懼,何必費賜
力,而另一個傢伙呢,還真是個跟著幸福水神薇曦的奶水、走哪跟哪的媽寶。
戲卜朱頂雀,可笑痴呆人;剝洋蔥淚水滴,悲哭泣為統一。他視而不敢見,
聽而不忍聞,哭嚎涕泣代替了語言談話。每個夜晚苦思他曾經眨眼示意過的男
男女女,一邊自慰一邊希望這次產出不要少於上次,同樣份量的再來一杯。
一種妥當、正確而且事後易於矯正的說法(而且也真的,毫無必要,在一葉知
秋一爪辨獅的情況下,堂而皇之去挑明說的是誰) 就是,他的視覺技能,即使
兩眼血般如浸泡在波爾多乾紅葡萄酒裡,就算聖彼得堡被一大根橫槳撬倒,整
座城市如獨輪手推車內滿裝的瀝青轟轟雪崩般傾洩滑落下來,火熱熱黑淋淋覆
蓋他全身上下,就算如此,他還是可以把他遠看像愛爾蘭眼睛島有如米粒細沙
的綠色湖泊、近看像鴕鳥圓睜的大眼,瞇成一直線,照看不誤。你花點小錢,
算我把誓言賣給你,讓我告訴你布魯斯奶油年輕時,還是個土豪土二代的所有
真相吧。嗆,這兒,他這人哪,就跟攪拌牛乳一樣有趣,亂七六糟的沒啥秩序
可言!他是皇族嫡傳的純正血脈,我以眾神之名起誓!望之儼然是個退朝的國
王,加上一張喋喋不休的大嘴巴!他呢,很難說得上是美好的事物,更非永遠
的喜悅!他有一張成熟櫻桃的歡樂臉龐,前途一片大好,余謹懇請良善天主保
佑吾等,神人對抗人神,看誰得到最後勝利![162]假如我將滿口畫語對黑暗之
神阿里曼直說的話,那你就該稱呼我為光明之神瑪智達,你在遍地飢荒中呼喊
「我要食物」時,我會成為你的營養補給品。某位叫所羅門的王在鮭魚詩篇中

如是吟唱：請你吃飽喝足，讓你發光發熱！到他曉得棄惡擇善的時候，他必吃奶油與蜂蜜。當然，這也說明了為什麼在小時候人家要教我們玩遊戲：小漢斯^(Hans)吃奶油麵包，精緻的奶油麵包，我的奶油麵包！小雅各伯^(Jacob)吃你的火腿麵包，臭烘烘的大便！好喔！好喔！好喔！

接下來，事實上是想讓你們開開眼界的，就是卡西烏斯乳酪，算是那種鹹奶油硬糖果經過一次次敲擊捶打後分離出來的兄弟產品，或者呢，純粹就是一塊可憐兮兮的乳酪新手上路的獨裁暴君^([臘] tyros)：一兩個孔洞，還沒嗅聞就可以先感覺到強烈濃郁歡欣躍動的陣陣臭味，還有四處攢動的該死蠕蟲。耶穌喔，乳酪還真是嗯啊！你們就是會抱怨。嗨，嗨，我-我-我還真不能說，你們全錯了！

因此，我們無法迴避自己的好惡和錯愛，無論我們是流亡者、埋伏者、乞丐、或是以鄰為壑^(beggar thy neighbor)的街坊隔壁，因此呢——那些宣傳時間就是金錢的殺千刀傢伙，就是抓緊這點更進一步提出具有時效性的救濟援助之請求——就讓我們先容忍這些相互衝突而引起的厭憎之感。不是任何奶油都能提煉出純乳酪嗎？並非隨便哪種木頭都可以雕刻成信息之神墨丘利^([拉] Mercurius)的，殺頭驢恐怕還簡單些。我並非以此來替庫薩的尼古拉^(Nicolaus Cusanus)提倡的啥「博學的無知人^(learned ignorants)」做最終決定的背書，這老尼克^(Nike)啊，就在他的詭辯偽哲學裡敲釘轉角地寫道，陀螺的頂端越是尖細，底盤的寬幅越是穩當，另有一說，飾針越是尖銳，別起一對鈕釦來就越加牢靠。（這位可敬的紅酒醬鼻旅館老板的原意本該是這樣：底盤在空間中越是遲鈍呆滯難以轉動，以我的理解來說，似乎越能夠被第一動因拿來當成劍號在時間內^(primum mobile †)使用，等等之類的），而且人家也會誤解我，認為我對於諾拉^(Nola)的焦爾達諾·^(Giordano)布魯諾^(Bruno)關於陣發性英雄狂熱症^(The Heroic Frenzies)的理論，會毫無條件地給予絕對必要的支持，或者說，無論如何，也會支持從過往歷史中，他對於她的理論中所分離出來部分的底層語言^(substratum)，而愛神信徒特奧菲爾^(Teofil)就是運用這種底層語言，對著他掌權的天父^(Father Familiaritas)和忍辱的聖母^(Mother Contumelia)，以及他西裝內的靈魂和靈魂內的阿尼姆斯和阿尼姆斯內的心智^(animus)和心智內的良善，在恍惚出神之際立下誓言，在起初開始的時候，兩相比較

之下，原則上他是他那臭名遠播、徒勞無功、恍如奧德賽(Odyssey)般飄泊旅程的起點，也是指示的明星，就在賤價雞蛋會砸滿圍牆內的世界之際，塗在布利(Brie)乳酪上的奶油可就貴了。就是這麼著，我現在呢，也不是瞎攪和，好像有意無意在推薦錫爾克堡(Silkeborg)的乳酪攪拌機器，馬力超強，完全不輸給絲髯公西崔格(Sigtrygg)國王的專制權柄，要這麼做的話，還得先等我找到適當空間，讓我親自更加好好仔細瞧瞧之後，才能定論，反正都是為了讓這兩個腦滿和肥腸的對蹠體(antipodes)，在大鐵鎚般猛烈擊打的電解作用(electrolysis)下，如螺旋線(helix)相互地纏繞交疊，製造出喜感的趣味性，會更加具有經濟效益，我就會繼續著手執行我的決議，不過在那之前，容我擇此吉時，讓各位看看我們社會的兩種胃產物（優秀的巴羅曼(Burroman)博士，私底下大伙兒叫他奶油豐臀男，我偶然讀到他修正過的食物理論，注意到他一直以來，從敵人那本啟迪乳臭未乾的入門新手、內容包羅萬象、[163]討論健全完備的評論著作的初版當中(editio princeps[拉])，多次咀嚼、一再反芻，受到極大的影響）如何在早期階段相互作用下，分化成又聾又啞的對峙兩極，任何癡心妄想欲求「無需飽脹，不必相容」的行為，以及他強力主導、固著不變(fixation)、關於轉圓樞軸的主張，我們尚持觀望的態度。如同以上的假設命題，普爾斯(Pooles)巡迴展覽的萬景畫(myriorama)中，有兩根雄赳赳的五月柱子(Maypole)，這一根是另一根的畫家畫的，另一根的陰影是這一根的「你，我欠你，是吧？」畫的，我們熱切地在這兩根力柱攪動的強力漩渦當中，尋求苦無證據的中詞不周延(undistributed middle)，我們覺得，我們必須，即使不願意，即使太浪費，必須好好靜默沉思，把發想專注集中在女性腰圍上，而就這個階段而言，有個配戴瑪瑙貝飾的擠奶女工 M 就這麼活潑快樂的登場了（以下我們會常碰到她），在某精確的時刻，主動介紹了自己給我們認識，我們會再度一致同意，稱呼這個歷史時間點為相當於白金沸點的絕對零年，或者，我們會叫她，那支嘩啦啦響不停口齒流利地大談柏拉圖主義(Platonism)的幫浦。所以，就像克士(Kish)那個卸任的兒子，去尋找他的農夫那些化成灰的母驢一樣，讓我們騎在自己調轉回頭的驢子上，輕鬆上路回家，去見瑪琪林(Margareen)小姐小瑪姬囉。

這會兒我們在嘻吵打鬧中聆聽一段讓人羞羞臉的室內樂曲（就科技觀點而言，容我分說，如此美滋美味地直接進入白嗤級弦樂重奏曲和豐滿胸部發聲等話題，是有點馬車放在駄馬前，直接把事情弄得前後擰巴了，就像先上肉食再上前菜，然後是肥敦敦的李子蛋糕、鯉魚，最後是開胃小菜，簡直狗屁不通）滿滿都是沮喪悲傷的字眼，像我夢迴縈繞總是妳，擠搾乳液總為妳，甜美可人小瑪姬！以及聽起來比較充滿希望的，啊，瑪戈莉娜！啊，瑪戈莉娜！靜臥盆底，燦爛黃金！（順道一提，通訊友人一直在詢問我，羊血香腸上桌時，要用什麼擺盤配料才對。艾菊醬啦。真是夠了。）這些長彈毛般重編再生的音樂作品中，第一首傳達典當給聽眾傷心欲絕之情感哀婉淒楚之使佪，流露出來卡西烏斯乳酪的努力成果。布魯斯奶油的小品通常是用來祝酒用的。毛髮增長的藝術的確能夠很精準地告訴我們，這麼特殊的一撮銀黃色澤首度出現在碗狀表面上（而非裡面），也就是說，假如多看一眼的話，人類的腦袋瓜子，禿的、黑的、古銅的、棕褐的、皺紋羅列如溝渠、顏色通紅似甜菜，或許，也像滿佈疥癬霜白般的一坨牛奶凍，打個比喻吧，就是那個頂著一頭長可及肩法官假髮的大屁股耳夾蟲喔。我以此為祝禮，獻給護膚藥皂女士甘地加，我還打算藉此轉移護毛增髮先生賀林的注意力，將我的意見和想法，趁機置於他的鼻頭之下。當然，毫無演唱技巧可言的歌手仍然以奴隸主心態役使空間元素，繼續玷污我們聰穎的耳朵，換句話說，就是演唱詠嘆調時，屈居於時間係數之下所致，還有什麼好商議的，就在那時間點上，當場砍殺不給唱。睜氣有夠嗆。時常注意我的動態的讀者當中，假如尚有未經歷嶄露頭腳的歌手，我要勸她一言，在家裡練習，千萬要忘掉用時間來計量橫隔膜的移動也要記得戴好醫用的子宮帽 [164]（那還算是最好的情況！），開口高唱華彩經過句，就要像搶吞牛肉捲那樣迅猛快捷，耳中所聞就是沖擊聲帶猛烈爆發出喉塞音的沖之唱法（我堅決認為，嗓音有辦法如釘頭錘一下下擊打在耳膜上的男高音馬斯，就是不太願意太過運用這項技巧，才導致他的恢復期越拖越久）而且然後呢，喔！對了，就在第三

拍上，對！要她閉上眼睛，要她捂住耳朵，然後張大嘴巴，啊-啊，以畫寫之筆堵住軒轅之口，然後看看我會用什麼香噴噴醬料送進她口腔。

汁味如何？妳停會兒，小歌唱家，先別發聲，好一大泡啊！我想要單獨來場個人秀。來，降B大調。把你喚醒起來，我的虎賁猛士！為了我忠誠的遊唱詩人，為了我真正的骨肉兄弟，蓄積我那純正的奶油，永生永世！

有關於市政府的音樂廳，如何在這類大型金玉建築結構中，從管理管絃樂團的角度來營造更好的音響效果，我倒想說上幾句話，其實每一句都可以拉上好幾碼長，真要說的話，都可以說上好幾個年頭，總而言之呢，由於我們的
[德] Tonhalle
音樂廳頗像一座生機蓬勃的生態植物園區，綠葉植物呼吸的空氣乃是肺癆病患
　　　　　　Planner
者和長期規劃者混雜而成尖酸刺鼻的雙重氣息，何況，你也不會太在意空氣中
　　　　　　　　　　　　　　　Argos
的氬含量，或是園中那隻慵懶的獵犬亞哥斯，或是金光閃爍的百眼翎羽孔雀
Argus
阿爾戈斯，在此時刻，對我來說就很方便，從他們這個左右擺動的等腰二角形
　　　　　　　　　　　　　　　　　　　　　isosceles biangle
往上再攀登一到二個梯階，繼續談論卡西烏斯乳酪和布魯圖斯奶油。每一個欣
　　　　　blank manner
賞我「留白風格」的仰慕者，都會用那雙飽含淚水的眼睛，注視我那幅瑪姬的
[法] gouache
樹膠水彩畫（你可真不知道她有多像個修女，她們穿著和打扮還真是一木莫一
木羕！），我稱之為〈針黹剩女的一幅畫像〉，現今展示於我們暱稱為調味罐
　　　National Gallery
的 國家美術館。為了要精簡捕捉這一類日常風俗畫中肖像人物真實的心情轉
　　　　　　　　　　　　　　　　　　　　　　　　　　torse
變，以及精確重現那條螺旋紋家徽花環，應該要召喚出女性的叢林之魂，所以
　　　　　　　　　　　　　　　　　　　　　　　　　　　　bush soul
我就留給經驗豐富的美術館受害者，根據畫作中一般性的暗示，用他們的智力
　　　　　　　　　　　　　　　　　　　　　　　　　Zulu
增添一隻跳躍的小袋鼠來，或者，假如狂戀祖魯文化的動物學家喜歡的話，也
　　　　　　　　　　　the Swamps of the Congaree　　　　conger eel
可以看成是一截袋鼠的尾巴、康加里沼澤的小水鴨、或是繁星糯鰻。再看看另
　　　　　　　　　　　　　　　　　　Trebizond　　　　　　Rhomba
外這張畫，這些帽盒子以菱形的構圖風格組成特拉比松夫人大跳倫巴舞的妙姿
身影（正值瑪姬處於最佳狀況），這些帽盒子同時也架構出步步高升的台階，
想像阿油和小酪拾級攀爬迎向高潮，強烈影射兩位紳士濃厚的春天氣息，大家
　　　　　　　　　　　　　　　　　　　　　　　Eocene　　　　Pleistocene
不免會心莞爾，這兩股交縷的氣息帶著我們回到覆蓋在始新世地層和更新世地

層真高興總算有人注意到了上面的黏土層（claylayer），以及在我們的政體上（body politic）逐漸發生的型態變化，來自伊利諾州費城（[臘]Philadespoinis）、性好花花草草（Ebahi）、綽號配給券（Ahuri）[56]的埃巴伊-阿烏里教授，目瞪口呆驚嚇駭異之餘——我剛剛才在他那敷有水銀藥膏從好變得更好而現在是最好狀態的瘀青藍紫胸膛上，狠狠搥上足以致命的一擊——把這幅畫叫做《整人玩具驚喜禮盒》。這些盒子爛歸爛，容我溫柔為您破解謎題，每只大約值4便士，不過我正著手發明一種更加便利的購買程序，鐵定可拿專利，十分安全，連白癡都會操作，而且完-完沒誤缺（我應該要請教古典刑事學派的家宅解鎖專家福爾摩斯（Holmes），他老兄一向饒有興致掀開我們經典罪犯的屋頂，直接監看屋內的一舉一動[57]，其實，他還是希望藉由實際接觸來進行偵察活動的，除非好死不死，他自己剛好踩落一片屋瓦），如此一來，那些帽盒子以後都可以縮減到[165]原來實體外殼的碎片那般大小，製造成本也可以壓低到零星小錢，連那些個瑪姬當中最小的那個都負擔得起，假如她可以乖乖坐好，然後在我要她微笑時就保持微笑。

現在沒什麼問題了，都做那麼多了，我已經蠻能把握住那個渾身爪牙不三不四的年輕女性（我們還是繼續叫她瑪姬好了）的尺寸，她那一型的在哪個公園都碰得著，好像要去參加什麼什麼的，穿著打扮很趕時髦，用的是名牌貨艾瑟兒（Ethel），腳上穿的是量過腳背圍的皮鞋，肩上披的是真毛皮草，減價後是3先令9便士，搭配瑪芬帽（muffin cap）（秋裝款式，布料為號稱柔滑光潔如「天使肌膚」的海島棉），一邊瀏覽甜美服飾系列的襯衫樣式，磨唧半天還是拿不定主意，一邊又帶著歉意嗯嗯哼哼清著細細嗓子，深怕別人沒注意到自己，假如她不是坐在公共的免費長條椅[58]上，飢渴地閱讀雜誌中類似在奧維德（Ovid）《愛的藝術》（[拉]Ars Amatoria）裡提到的

---

[56] 配給券通常發行於戰爭時期，持券人可用來購買民生日用品。

[57] 在柯南・道爾的短篇小說〈身分之謎〉（"A Case of Identity"）中，福爾摩斯曾表示，假如他可以飛出窗戶，輕輕掀開點屋頂，偷窺裡頭的動靜，那他所看到的事情會讓所有的小說黯然失色。

[58] 倫敦和巴黎曾有段時期，某些地段的公共長條椅是需要收費的。

「那個」，不然就是毫不掩飾地眼波隨時都在尋尋覓覓，注意「他」出現了沒，不然就是呆呆看著最最一級棒最最漂亮的嬰兒車，以及超級美感的胳臂掄起來比賽腕力，或是看著電影裡那個小孩和茶里‧卓別林的「最新力作」，時而抽噎飲泣，時而笑到把綜餅合乾噴得滿地都是，或是或是在陰溝邊附近有某個剪著瀏海穿短短蓬蓬裙娃娃臉媽咪的學步小嬰兒（要-不要-要-不要-要，史密斯-史密斯那一家現在有**兩個**女用人，還想著再雇**三個**男幫傭，一個有力氣推進推出的「司機」，一個會釀私酒的「管家」，還有一個在幫的「秘書」），像人質一樣給撐在半空中保持手臂長短的安全距離，教教小寶貝兒娃娃陛下怎麼把陰溝的水弄得更加渾濁，在這些個時候，她就會「激動到有一股電流在身體內亂竄」。

我很仔細瞧著呱呱抽噎的普爾斯小少爺，因為從我身體所在的位置和我身體某些部位的反應，我有理由懷疑，她這個「小男人」是教育委員會管理的公立中等學校教師，從小男嬰學派中投票被推舉出來的學徒，卻讓狐媚小女嬰在公眾場合如此招搖如此囂俳，把那件輕佻俗麗的破衣服蓋在男人的內衣褲上，用來遮掩她自己更為雄壯威武的男人婆個性。因為那個完整女體內的小小女嬰孩，總是缺乏雄糾糾的真正男人那一毬勃鼓如鼠的肌肉。對於掌權的雄母親如何適當的進行分娩和小不點嬰孩如何施予尿尿教育，我個人解決的辦法，就是必須要從這一刻開始好好監管，直到處理完這個佔據本人腦袋非注意力區域、卻很難搞定的鬼丫頭為止。

瑪戈莉娜呀，她愛死了布魯圖斯奶油，不過呢（舔舔甜唇，唉唉哀嘆！），她就是粉喜歡粉喜歡散發菸絲香氣的小酪啦。（此項從東亞進口對於所有事物均有重大影響的產品，時至今日才充分熟成，瀰散濃郁的風味來，不過，在這種情況下，我們倒是可以放心舒適地品嚐一番。我會回到這話題再多談一點。）她憑自己的努力，擁有女身稱王掌君父大權的克麗奧佩托拉所擁有的一切，她隨即把情況弄得異常複雜，而布魯圖斯奶油和卡西烏斯乳酪，為了贏得

她足以懾死人的神秘控制權，相互爭奪不休，竟然暗示她 [166] 去跟一個叫啥
Antonius   wop
安東尼烏斯的小滑頭來一腿，那個義大利移民佬就是會表現出一副對於各樣款
                                    [蘇] chate
式精緻的煙絲奶酪、各種膚色的她和編織藝術的她和她本人，個人都擁抱有
                                       Art of Being Ruled
濃厚的興趣，與此同時呢，他也可以取法《受馭之藝術》，扮演啞劇裡那種粗魯
無文、違逆常規的熊樣莽漢。這個安東尼烏斯-布魯圖斯奶油-卡西烏斯乳酪的三
                                  [拉] qualis   [拉] talis
角嶺立局面，或許可以這麼說，相當於「諸如此類」也就等同於所謂「如此這
                    quantum mechanics
般」的老派說法，我們置身在量子力學的世界，如同身處具有引爆超級化學反
     杭 福 economic man 瑞   iconoclastic
應、瀚乎經濟人睿乎大管家的掌權之下、以古老過時的方式進行的破壞偶像運
                                        [拉] Tantum Ergo Sacramentum
動之中，熟悉的陌生感透露出非比尋常的吸引魅力，皇皇聖體尊高無比，啟明
內心迫切渴求，拒絕反身(何必沉思)，以此推知，雞蛋之於乳清，就如同乾
草之於種籽，就像你們的教子教女，學習英語唸的 ABC 狗咬豬豬無尾 XYZ，
其理相同。這就是為什麼你總像個傻蛋，喜歡穿那種 T 恤衫，在鼓起的大肚
                                        [臘] philadelphus
皮部位一定印著大草莓，大草莓上面一定寫著兄弟我愛你，外表看起來嘛，瘡
瘢紫黑的皮膚，隱隱罩著一層黯淡的紫水晶色澤，口操俚俗之音，高翹二郎之
腿，一副無法無天弒父殺兄戮弟的兇狠模樣，無疑就是社會寄生蟲，他也許有
一面是極度嫩綠無知勤儉樸實，而另一面是貪婪無厭縱情淫穢，還是沒能躲過
雕花隔板後面我那逡巡過濾的雙眸，兩道挖鋤耙鏟找真相的眼光，透過我肩上
Acropolis of Athens
雅典衛城般堅強牢固的腦袋，直接看得出來，就是個咩咩亂叫、瘋牛膨風、鞭
舌攻訐、蔑瀆神明、滅泯人性的白癡，去哪兒偷了一顆過來，卻搞不清楚到底
是鳳梨還是手榴彈，心清楚知道如何追蹤惹禍蘋果造成的痛苦呼喊，不
               King Kong   Psalms   Solomon   Song of Songs
願意在望彌撒時，跟金剛歌詠團一同吟唱《詩篇》和撒羅滿的《雅歌》，想要

和罪犯和流浪漢用叉子吃鯰魚！
                              Tarpeia   Westminster   Abby
　　糟啦！劊子手，往你的塔爾佩亞那兒去了！西敏寺的艾比主教，這事還真
是讓人羞於啟齒啊。(而且，拿掉酸性原料和鹼性物質以及類似氧的東西，我希
望我們可以消磨些時間來提煉鹽，殺時間來搶奪靈魂，因為在白鑞容器中，

頂級的硝酸、醋酸和硝石也已起反應而漸呈苦味，在聖伯多祿祂家鼎鼎有名的聖
　　　　neutral assets　　　　　forcing glass　　　　　　　St. Peter
訓中，中性資產仍歸任你吹的吹製玻璃，你可以一起加進你的濃湯，味道會更
　　　　　　　　　　　　　　　　　　　　　　　　　　　Olymp
加飽滿豐厚。）羅馬第十二軍團挾雷霆之勢猛襲歐林匹山，迄今整整發動十二次
　　　　　　　　　　　　　　　　　　　　　[拉] Duodecim Tabulae
之多，吾意欲阻攔，並頒佈敕令親自編排入《十二銅表法》條文之中。然，天縱
　　　　　　　　　　Marcus　　　　　Julius　　　　　Brutus
英才神靈呵護的奶油小生馬爾庫斯・尤利烏斯・布魯圖斯卻倒向濃霧乾巴齒牙漏
　　　　　　　　Gaius　　　Cassius　　　　Longinus　[拉] Moriture　　　　[拉] te salutat
風的乳酪老鳥蓋烏斯・卡西烏斯・朗基努斯！汝將奔赴黃泉，吾人謹獻最高敬
　 　　　　　　　　　　　　　　　　　　　　　　　　　　　　Themis
意[59]！這場好仗，我已打完，這場賽跑，我已跑到終點，正義女神泰米絡巴下
　Thames horse race　　　　　　　　　　　democracy　　　　　　　　　　demon
臺，泰晤士河跑馬賭賽已落幕，所以就讓德先生贏得最高榮譽吧！也讓魔鬼
　　　　　　　　　　　　　　Abraham　Tripier
禮住跑在最後面的！（亞巴郎・崔皮爾，都柏林首位登記在冊的絲綢織工。那
　　　　　　　　　　diligence
些要勤勉要努力的老作派，跟四輪公共馬車一樣，都已經相當落伍了。答案見
下一題。）現在我得跟你們道聲再見了。得琢磨點辦法對付相關法律，看
　　　　　　　　　　　　　　Solon
來是想把賭注押在梭倫上囉。（豪情壞脾氣。何不直接採取行動？見前述
　　　　　Word　　　　　　　　　　　　　　　　　　　Wife
回覆）。我的聖言恆久不變，凜然神聖。此聖言即在下的夫人，謹守婚耦遠離
配偶，闡明立場牽腳暗藏，同時充分溝通叫賣苟司，相敬如賓毆打飲病，
誠願枸鶘為我們的婚約加冕！直到呼吸止息將我們分開！亞孟。聖你個處敢
女人夢！小心，你會隨著我的年歲而改變！盡量和你的祖母一樣年輕！真命天
　　　　　　　　　　　　　　　　　　Rong
子可以走錯購物商店，拜戒信相誤聞絨巴鋪子的下場，儀式用語凜遵熟稔
　　　　　　　　　　　　　　　　　　　　　　　[拉] ubi lingua nuncupavit　[拉] ibi fas
於心的固有道統，正確的字眼擺在錯誤的次序！其所用的語言，即為當事
　　　　　　[拉] ubi lingua nuncupassit　　[拉] ibi fas　　　　[拉] Adversus hostem semper sac
人的法律！舌強混亂之處，言人正確之點！永遠要犧牲敵人！假如滿月
之時，她沒有感受到我的雷霆威力，讓她在你面前，有如粗野鄙陋無視禮法的
　　　　　　　　　　　　　Moses
女人那樣，褪盡衣衫！靈魂沒有梅瑟的人，腳底沒有鞋昏的人，對於頒佈成
文法律的征服者，口強豹定的心儀對象，亦無任何敬畏之心，[157]假如他
從來沒有餵飽自己的肚皮，也不曾離開自己所生長的土壤到外面去洗洗腦，他
的願望塞在腳上穿的皮鞋裡，隨著威士忌沖刷高低起伏的憂傷，假如這個荷包

---

[59] 競技場的角鬥士在比賽之前都會對羅馬皇帝高呼：「皇帝萬歲，將死之人向您致敬。」

羞澀腦袋高傲的游擊兵，在天空怒氣勃發蓄勢凝聚翻江覆海之暴雨的時候，聆聽我的訓誨，並乞求我們的諾厄方舟酒吧給點什麼吃的，虛張聲勢，拒絕的話，那就免啦囉，我本人和耶斐·耶斐特(Jaffe)(Jaffet)會不會兩人四手，一腳就把他踢出去？──會喔！──那麼，假如他是我的自家兄弟，我的愛，腰圍是我的兩倍粗，我的恨，偏見是我的獨門活，假如我們吃的是同一把火烘烤、同一撮鹽調味的麵包，假如我們偷喝同一個老闆的酒，偷拿同一個抽屜的錢，假如我們睡在同一張床，而且被同一隻跳蚤咬過，那麼咱倆，同是護花使者，同是牛奶工人，一根煙一人抽一半，他是我帽子裡面揮揮不去的難處，流浪懶漢和雜種野狗，吝嗇莽夫和豌豆傑克，雖然如此願望實在傷透我的心，但恐怕我還是得說……！

第十二問：誰是祭神的牲品？[拉] sacer esto

答：我們喃喃自語，我們思考自己，你一片我一片，同根同源同一體，我們是楂姆！[168]

第七章

楦姆是楦姆斯的簡稱，就如同傑姆是雅各伯的謔稱。各桌間來回走走，還是可以找得出一些硬著頸項的人，他們從原始之初就裝作他是個受人尊重的原民根苗（或法外雜種，集倒鉤狼牙棒朗納爾（Ragnar）、情慾彩畫筆福拉歌那（Fragonard）、奢靡縱慾狂藍鬍子（[德] Blaubart）、和恐怖鋼絲頭金髮哈拉爾（Harald Fair Hair）的性格於一身，也是我們尊敬的上尉閣下，亂開玩笑毫無節制的貝爾伍德·德陀普布羅格（Birdwood de Trop Blogg）先生一門最為遠房的姻親），但今日在這片土地上的每個空間裡，任何一位真正誠實良善的人都知道，他人生的另一面，實不堪載入白紙黑字之中。假如我們嘗試把真相和非真相擺在一起，或許就可以看得出來這樣的混揉體性（hybrid），到底真正像個什麼。

楦姆的外表似乎包含以下幾項構件：狀似扁斧（adze）的頭顱，大小僅雲雀眼珠八分之一的目睭（[臺] 眼睛），好大孔洞的整管鼻樑，搞不懂寫得啥把手臂從指尖到肩膀都給寫麻了，無冕的腦袋上亡了 42 根頭髮，倒有 18 根長在他裝模作樣的嘴唇上，他的咩咩咩下巴長有三絡鯰魚鬍鬚（播種者鮭魚之子！），左肩高右肩低錯位又離譜，四處伸長的小耳朵，自然捲舌音、後天勤學藝的舌頭，兩條無立錐之地的腿，一雙笨手，一個瞽胃（blind stomach）[1]，一顆聾心，一副鬆垮垮的肝臟，常人五分之二大小的兩片屁股，常衡 116 磅的體重，內加一粒因慢性淋病性尿道炎而積蓄的結石，一管萬惡之源的男根，一層產後鮭魚那般稀薄的皮膚，十根鰻血竄流的冰冷腳指頭，真是悲哀啊，膀胱漲到平常三倍大——如此這般以致於我們這位年紀輕輕的楦姆小少爺，在原史時期（protohistory）萌芽之初，從狹窄如出海口的產道順著水流掙洩出來，就瞧見自己長得如此這般的模樣，爾後，他在愛爾蘭的都柏林，舊荷蘭鋤頭

---

[1] 閉起眼睛，甚麼都塞進嘴巴，進入胃部。

                    fig   pig   [義] brefotrofio
鐵鍬農墾區,無花果豬仔街 111 號,一所陰沉悶鬱的孤兒院內的苗圃園,跟著其他小朋友初學人語牙牙說話,邊在滿園薊草之中玩耍嬉戲(現在,為了聲和音,為了掠奪生命財產活剝人皮的感覺,為了那種感覺產生的意和義,也為了英磅
                                                                              anna
先令和便士,我們要回到那兒去嗎? [169] 我們這會兒是為了印度安那那種小
              Anna
錢,或是囊昔的光陰,還是我們的安娜呢?我們這麼做,是為了價值 8 加 1 個
lira   full score
里拉的大總譜,還是為了 28 加 1 個浪蹄子?為了讓 12 個條子分贓 1 先令?為
      testis   groat   dinar   joe
了讓 4 個搞完測試的老傢伙均分一枚格羅特?一枚第納爾也甭想要!連 4 便士
    [歌] Not for Joseph
都絕對不可行,你啥都撈不著的!),就對他所有喝肉湯的兄弟們和最甜美的姊妹們口述傳達宇宙第一道謎面:詢問他們,「人什麼時候不是人?」還跟他們這些童貞男和童貞女說,不用趕時間慢慢兒想,想到天荒地老時光與潮汐都止息,也沒關係(因為從一開始,他的一天就等於常人的兩週),還提供一顆苦甜參半的酸蘋果、一份懷古的小禮物,當作獎品(因為到他們那時候為止,
                                              [希] shamayim   Quaker
銅器時代還沒開始鑄造錢幣)贈與贏家。有人說,當天堂還嗶嗶啵啵貴貴咯咯
                        Bohemian Protestants
又響又晃的時候,第二個說,波希米亞新教徒起來抗暴之時,也我知誰誰唾
                                          henotheist
嘴搭套打啵的時候,第三個說,當他是單一主神論者,不對,當他得在瞬間
                                   Gnostics
懸崖勒馬時,當他是個啃枯乾骨頭啃到肚子痛的諾斯底主義者卻痛下決心當個
Arminian
阿民念教派的信徒時,旁邊那個說,當死亡天使踢翻腳下鉛桶上吊嗝屁時,還
         Whitsun
有一個說,聖靈降臨節的葡萄酒喝光光卻還是莫宰羊時,更有又有另一個說,
[歌] When Lovely Woman Stoops to Folly
當可愛的女人被死皮涎臉的男人糾纏不清,屈尊就卑朝他鼻頭卯上老拳時,個頭
                  [法] Sem [歌] When Papa Papered the Parlour
最小組的一個喊著,叫我啦,我啦,楂姆,當爸爸準備把客廳貼上碼頭壁紙的時
                              [西] diablo [德] Apfelkuchen
候,最聰明最懂事組的一個接著說,當他吃了喔耶邪惡的蘋果塔,然後他的那
                                                When You Are Old
條蛇蛇把他搖得晃得弄得搞得髒兮兮的連連稱奇時,又一個說,當妳老了我髮
                    When We Dead Awaken
白了,睡意昏沉,之時,還有一個說,當我們從死裡甦醒,行屍走肉漫步在大地時,然後另一個開口了,就在他行完割禮剛剛發現尺寸少了一半的時候,另一
                           manna   [歌] Yes, We Have No Bananas
個說,當他沒有禮貌,所以啊,就沒有瑪納,沒錯,是沒香蕉,也沒有明日之

時，然後這一個發話了，當豬仔已經開始飛向樹葉叢然後消失在空中的那個時候。全錯，大獨裁者楂姆博士如是宣布，拿起了獎品佔為己有，解決該問題的終極正確答案是——都棄權了嗎？——**當他是一個**——永遠屬於你，直到巖石崩裂，直到酢漿草從上到下分裂為二，直到今世的終結——**厚顏可恥罪孽深重的冒牌貨。**

楂姆是個炫玉其外的冒牌貨，一個低俗下流的冒牌貨，說起他的下流低俗，首先登場的是形形色色的各類食品，瞧它們慢慢蠕動爬上舞台。有夠低俗有夠下流，難怪他會偏愛<ruby>吉卜生餐館<rt>Gibsen</rt></ruby>下午茶的錫鐵罐頭鮭魚，而沒那麼喜歡肥碩到不行飽含魚卵、口感討喜而且價錢也同樣低廉的生鮭魚肚醃漬切片<rt>lax</rt>，不然也還有活蹦鮮跳的鮭苗<rt>parr</rt>，或是甫入海的仔鮭<rt>smolt</rt>和幼鱒<rt>troutlet</rt>，都是在萊克斯利普市<rt>Leixlip</rt>和島橋<rt>Island Bridge</rt>之間用魚鉤釣上來的，而且他罐頭腐肉吃多了，卻屢屢在中了肉毒桿菌時，還一直說了又說，任何森林自然生長的鳳梨，從來就比不上像你從阿納尼雅<rt>Ananias</rt>罐頭用力搖晃才會掉出來的霸王圈那麼來得好吃爽口，那可是英國**轉角屋大飯店**<rt>Corner House</rt>委託**芬拉特與格萊斯頓食品工廠**<rt>Findlater Gladstone</rt>精心製造的。你那塊散發出綁死在木樁上的殉道烈士被頭戴巴拉克拉瓦<rt>Balaclava</rt>面罩的壯漢放火焚燒時那種陣陣焦香的一英寸厚炙烤牛排，或是入口即化鮮美多汁、油脂滴淌如眾人之罪的希臘肉凍羊腿排，或者是油光晶亮、活像摔跤手打鬥時渾身滑不溜秋的帶軟骨豬腿肉，或是來上一片甘甜香醇的厚實鵝胸，配上一大塊李子蛋糕填塞入腹，所有美食全都悠遊倘洋在 [170] 黝黑如泥炭櫟木<rt>bog oak</rt>、濃稠如泥潭沼澤的沾醬肉汁中，連一點小屑屑都不能給那個希臘油頭粉面膽小如鼠的猶太黃口小兒！丹麥西蘭島<rt>Zealand</rt>上的英國烤牛肉呢？他碰都不准碰。你那個浪白條吃屍塊的水中人魚，竟然會對咱們天鵝般吃菜的處子詩人動了凡心，看看後來發生什麼好事了？他就那樣，也沒打聲招呼，連是個匈奴啥的都無從知曉，就跟人家跑了，後來居然還當了赦人罪愆的神父，到處叫人孩子孩子的，甚至還揚言，他寧願在歐洲曳尾於扁豆羹泥塗中過日子，也不要跟神經錯亂的愛爾蘭被掰開的小豌豆扯上任何關係。有一回，這吃魚啖肉

的傢伙混在一狗票叛逆人渣裡，窮喝猛灌醉茫茫醉到既無望又無助的地步，他還勉力拿起一片沾著柑橘味道的鮭魚皮，湊到兩翼鼻孔各嗅了嗅，打著嗝，顯然是喉塞音壞習慣使然，心裡也沒打個草稿，就結結巴巴的開講起來，這王八烏龜兒子，說什麼他可-可-可以靠著這香味永永遠遠枝葉繁盛，長春綠茂，威儀如同俄國沙皇的香柏，高聳如同大教堂的香柏，滋味比擬蘋果酒的香柏，或倚石泉澗籟旁，或居崇山峻嶺間，累累檸檬滿山遍野黎巴嫩。啊，他呀，之低俗之下流，完全取決於萬事萬物芸芸眾生所能沈淪的最底端，而後他必自居其下！燒刀子水酒，人家說好就好好喝嘛，他偏不要，或是急著把家裡自產的威士卡初釀液拿出來招待，他也不要，或是會燒壞喉嚨的傑彼斯琴酒（Gilbey's Gin），或是純正釀造的巴福爾與巴雷特維也納啤酒（Balfour & Barrett Vienna Beer）。唉，老天爺，通通都不喝！這苦旦丑角，無病呻吟，反而又是抽噎又是哽咽把自己搞到一把鼻涕一把眼淚的，從哪兒搞來類似乳清藥草啥的飲料，噁心巴拉就想吐，好像某種啥酸葡萄柚擠出來的汁液，然後加了紅豔豔的大黃、橙亮亮的椪柑，攪拌成黃黃綠綠藍藍靛靛，瀰散著一股溫迪戈（Windigo）食人魔的胃腸消化排放出來滿滿黴臭的下氣通味道，足以把神祇燻到臉色紫醬的瀕死邊緣的蘋果傑克白蘭地（Applejack），聽聽他介於酒杯的殘渣和濫情的嘴唇之間發出的聲音，他已經一口一口咕嚕嚕吞嚥下嗯嗯嗯太多太多嗯嗯嗯嗯數都數不盡的酒壺，還把幾乎跟他一樣低俗下流喝得唏哩嘩啦酒汁淋漓的酒友們吐了一身，儘管如此，他們早就知道一旦吃飽喝足繼續灌，就會發生這種事，當他們驚駭地發現竟然連一滴都再也喝不下時，每一個都對這可憐蟲的熱情款待表達應有的義憤填膺，抗議之聲大剌剌地發自那個白白胖胖的高貴女肥仔，那個誰來著，坐著，雙腿叉得老開，好，好得很，她呀幹嘛偷偷藏著披著，對，是啦，是啦，跨坐在搾葡萄酒的空大木桶上，就是那個很淡定很沉穩的匈牙利皇室公主（假如她是個女爵爺的話，她會是一具超級強力灌水器，假如她是隻母鴨的話，她就會是一隻鴨界女大公，她想跟俊美的情人來點白酒，喝到皮膚發燙心頭火熱，錯也不在她，是吧？），用藝術潤飾過的皇室公主，

你呀,一副古怪滑稽的表情,咧開嘴巴露出牙齒笑嘻嘻瞅著,幻想你在她裡面
喔,一大泡芬妮‧尤芮妮雅黃澄澄的古怪水水。
_{Fanny Urinia} _{Fanny urine}

　　那不是爽死了嗎,對吧?酒鬼一個!要說下流低俗,用肉眼就看得到,直接
從這個骯髒汙穢、鞋油黑亮的細小偷油婆身上滲出來厚膩膩的一層,其量之多,
^{[成] 蟑螂}
與任何一隻狗都不相上下,因為在第四次按下快門之後,這個托勒克-圖恩布爾
^{Tulloch Turnbull}
家的女孩,以及她那台冷血的科達照相機,捕捉到了這位到現在為止都還未領
取到任何攝影酬庸、背教變節的國家級叛徒,在槍管和鏡頭前面居然羞怯到像
個膽小鬼,一廂情願地選擇了他認為可以直達狂喝濫飲的南美洲袍澤堡做為逃
^{Caer Fere}
脫捷徑,在埋了小柄戰斧跟昔日冤家宣告休戰不久之後,借蒸氣船傲骨必勝號
^{Pridewin}
的蒸氣之便,趁上貨出錯全體退場的混亂場面溜之大吉,[171] 門牌號碼 13,
^{[拉] exeunt}
貓入帕塔塔帕帕維瑞馬鈴薯和罌粟花店鋪,蔬果和花卉供應商,老闆愛好音樂,
^{Patatapapaveri}
大家都叫他真理爸爸;他用幾種語言隨便混著對她說,哈囉,小姑娘!妳好,
^{[義] ciao} ^{[吉] chavi} ^{[吉] sar shin}
放過我們吧,覺得冷嗎?她知道這個待過布萊德威爾勞役場、滿身邪氣的傢
^{[蓋] saor sinn} ^{[吉] shillipen} ^{Bridewell}
伙,是個揮霍無度生活隨便的貝爾法斯特壞人,光看他在這兒走路那副德性就了
^{Belfast}
然於心了。

　　〔約翰斯肉鋪就是不一樣。下次你進城,就去瞧瞧。不如這麼著更好,今天
^{Johns}
就來買吧。你會愛上畜牧人家春季彈牙的肉質。約翰斯現在已經停止烘烤部門的
生意。養肥、宰殺、剝皮、吊掛、放血、淨體、肢解和片薄。摸摸看他這些羔
羊!一個 X!可以走啦!摸摸看這羊,高貴不貴!兩個 X!走啦!這頭,肝臟
也可以賣到好價錢,特殊珍品,佔一席之地!3 個 X!通訊完畢。好啦,通通
都出去啦。〕

　　更何況,在宰殺的那段期間,大家一般都會希望,錢嘛,誰不愛,反正,
不管如何,在禮儀社同業之間,都懷疑他遲早很快就會垮掉,染上家族遺傳的
肺結核,然後在一個光鮮俏麗的日子自己給自己做個了結。不對,應該是在一
個傾盆大雨的夜晚,天地震怒,裹著被單的債主,會聽到一首猥褻下流的小曲

兒，還有從伊甸碼頭水花四濺的一聲噗通，他們會嘆口氣，翻個身，思緒滿腦打轉，當然，甚麼都沒啦，不過，雖然他跌得很重，栽得很慘，而且當地到處都欠著帳面登錄的債款，就算在那當兒，這反律法的夯貨，竟然還是我行我素。他不會把自己搞到頭殼捯咧燒；他不會把自己拋進莉菲河；他不會在觀眾強烈擊掌惡言鼓噪激動空氣轟他下臺一鞠躬的氛圍下轟掉自己的腦袋瓜子；他拒絕人家送他的番紅花[2]糕餅，也不願用綠草皮把自己悶死。洋鬼子老早都走了，這個一生下來就膽小孱弱的天生騙子，還拿著他們的咬人貓，雞毛當令箭，甚至連死亡都妄想欺騙。可是另一方面呢，又渾不是那麼回事，有份電報（讓我先把他想說的說出來，發揮他口中麥芽酒該有的功效：看的是甚麼摺頁花名冊？多少錢？100克勒澤幣！我的耶穌基督啊！）從他充斥幾近共和主張的小酒館附近某個避難所發出去，寄往「有問題請找強納森」，這回又開始認兄弟了：**今死撐，明告罄，你我筋骨相連，行個方便，莫待火成灰**。我看他鐵定是：今日在此品嚐貴腐酒，明日趕去熱跳莫利斯，之後收到回覆：**不方便，大衛**。

各位看倌，是這麼著，他那鄙陋啊總會流淌出來，當然，很噁心，總之，湯姆和短腿那一對貓鼠活寶不也說了嗎：他深深陷在自己詩人的回憶中。他長期以來一直懷著某種活該受罰的滿足感，持續蒐集別人用餐閒聊的旅遊經歷，啥垃圾雜碎都當成珍稀寶藏，貪戀他鄰居的隻字和片語。假如所言不虛，事情的始末是這樣的：在某週一關於國家利益「潔淨吾心」的某文藝聚會上，大概是談論蒙達族尋釁滋事之類的議題，與會人士正輕鬆愉快地閒話家常，精緻化的敏感訊息和有趣八卦在七嘴八舌間遞來傳去，這邊一點點那邊一滴滴，被甩入他的耳朵裡，觸發他邪惡的行徑，他們都是些逢人就你好你好希望你都很好之徒，以聖經記載的微言大義為由，明知毫無希望，仍抱著期望，懇求那個刻薄嘴臭的教皇至上信徒，你還是啊，可不可以試看看，為了小孩，為了榮耀名聲，好好振作一番，找份安定的工作，別再亂耍嘴皮子，要像個男人，要像匹種

---

[2] 在埃及的《逝者之書》（*The Book of the Dead*）中，蕃紅花代表死亡。

第一部 ■ 第七章 ■ 319

馬,而不是整天騎馬過海褻世褻症伸手靠別人養,都拉倒吧,像說:抹不丟地,
　　　　　　[粵]他媽的　[臺]丟盡臉面　　　　　　　　　　　　　　　　　　[京]不好意思
[172] 借問,在歐陸國家,假如您曾碰過有人用 sousy 這字眼的話,那是什麼
　　　　　　　　　　　　　　　　　　　　　　　　酒鬼
　　　　　[法] canaille
意思,我們覺得是像「狗群」那樣顯而易見的語詞呢?或者是:在您像軟耳根
Gulliver
格理弗四處遊歷的旅途中,或是舉辦過的行吟詩人鄉村演唱會的路上,是否,
譬如說在豢養一大群惡犬的地方,剛好碰過某個年輕貴族男同,只要聽到人
　　　Low Swine
家提起「低俗豬仔」,就會抽抽噎噎起來,他慣用嘴角跟女人獻殷勤,一身債
務,舉止鬼祟,差不多你這種33歲的年齡層,見過嗎?這小賊,從沒看過他
有啥行色匆匆的跡象,總是表現出來一副假正經的學者派頭,我也沒見過他的
表情曾帶有過一絲絲的愧疚,總擺著一張菜鳥水手那種空洞洞的面孔,一根鉛
筆夾在耳朵上,好像懸巢一樣輕輕搖來晃去,本人倒是銅澆鐵鑄生根不動,遠
遠站在竊聽之徒耳力之外,然後這個糨糊腦袋的臭奶呆,開始顛三倒四胡說八
　　　　　　　　　　　　　　　　　　　　Parnell　　　　prunella
道,啥倫敦的驕傲,啥聖博德的包心菜,啥帕內爾或是夏枯草之類的,夾雜在
一些難以辨識毫無意義的渾濁童音之間,就是在殺時間,猛然會迅速揮出一
掌,拍向跟他一樣靠吸人血為生的臭蟲,往死裡拍到死透透,一邊還思考著,
　　　Cornelius　　Jansen
在康內留斯・楊森所謂的耶穌基督的覆蓋之下,任何一位受過大學教育、身
　　Albigensian
為阿比爾教派的英格蘭紳士,那位家教良好的公子會怎麼思考,更甭提如何
思考借出去的錢用哪種暗示可以要回來,接著開開口告訴所有受邀參與那場
　Tamil　　　　　Santali
「坦米爾語,隨便啦,桑塔利語,都好啦,不就是姆指姑娘芝麻綠豆大小的事
而已」的聚會之後,一致歡呼鼓掌通過屏雀中選的菁英知識分子(即將就任、
現任和卸任的、強調總體美學的全身麻醉師、律師團雇用的商人、專搞民調注
　　　　[法] politique de clocher
重選票的地方小政客、特殊農耕地製造商、純淨河川株式會社的秘書兼教堂聖
器保管人、在這個吊兒郎當地混日子的半島上經過精挑細選後同時可以擔任越
來越多董事會委員的博愛主義社會名流),向他們全盤托出他在痟狗社會底層
　　　　　　　　Pierre　　Corneille
的低端生活,就像皮耶・高乃依筆下肉體困陷於高漲慾望的卑賤故事,污蔑他
那些只要躺在草皮下啥也不幹的過往祖先,在這一刻,為了他那遠近馳名的偉

大父親哼嗯先生，宛如塔拉山國王加冕的歡樂慶典，大家嗷嘮一嗓子高聲唱著「嗒—啦—啦—碰—疊」夾雜在雷筒亂七八糟對空鳴槍（轟！）聲中，就歷史的迆跡、思潮的伏起和娛樂的蕤戀三大面向而言，他都是氏族中第一人，即使負債累累卻仍走在時代的尖端，雖然天曉得他得面對多少罰款，但另一個時刻，情境逆轉之下遭遇還是差不多，還向他爸爸，希迷吁迷先生，也，我的面迴舞，纖薄渺小煞似佩珀爾幻象³的腐爛靈魂，連續吐了三下口水（呸！呸！呸！），在眾多賊人中他排行 37，面黃肌瘦、渾身惡臭、輕浮挑逗、天性好鬥、瞎扯神授、蠢到欠揍、骯髒污垢，幹個活也總是待在下方鋸鋸木材的料，給他搞得啊，沒人知道甜蜜的家可以甜蜜到什麼程度，也沒人知道我可以扮演我到什麼層次，他代表不在場的人提供不需要的證詞，珠潤滑溜如同聽壁腳時屋簷點滴在心頭，然後對在場的人（在此期間，對於他越來越高漲的語意學措辭越來越興趣缺缺，但潛意識裡還不忘掛著微笑、傻笑、癡笑的聽眾，終於容許口水緩緩爬過他們的臉皮頰，淌向他們的卷宗夾），無意識地解釋著，譬如說，鉅細靡遺龜毛求疵，將滿腹墨水發揮到淋漓盡致，把大家都搞到精神失常的邊緣，在他的發言中，充斥著胡拼亂湊外國所有不同的字根字首而滋長出來的煩多意義，在平日的講話裡，每個關於其他人士難以想像的謊言，都藏身在被烏賊噴到烏漆麻黑的語境裡，[173] 當然在前意識中，就忽略掉他們熟悉的簡單話語、地方和人物，其中經緯交織間，混編有各種時疫和各類毒藥的特色，終究把他逼到毫無退路的角落，直到在冗長失序喃喃背誦越拉越長的線軸終於到了尾聲時，聽眾之中所有打瞌睡的，沒有一個完完全全為他所騙。

　　他一聲不吭挪了屁股就走人，無庸置疑，還不就是因為這個人渣不喜歡以立技⁴或擊倒那種直來直往硬碰硬方式作為結束的口角爭鬥有任何瓜葛牽連，而

3　佩珀爾幻象是一種在舞台上產生幻覺的光學技術。這項技術利用玻璃與光源，可以使物體的影像在舞台上出現或消失。

4　柔道的技術可分成投技、固技和當身技。投技可再細分為立技和捨身技。立技指取方（主動方）在站立姿勢下將受方（對手）摔倒在地的技術，包括手技、腰技和足技。

且，即使他屢屢被叫去裁決相互叫囂辱罵毀謗的作家[5]之間呈八角形面面對峙的辯論，這個在任何場合無庸置疑都會被淘汰的貨色，總會和最後一個表達意見的人耳鬢廝磨地套近乎，不光是握個手，他還跟人家十指緊扣（手跟手的接觸是不需話語的交談），而且每個字，不過剛剛從人家口中發出半個音節來，就立刻深表贊同：容許讓我來！在此為您服務，是，小的一向對您敬重有加，高瞻遠矚啊，大爺，怎麼會呢？想到那個嘛，來，乾了這杯！您說的對極了，謝您吶，大家都是朋友嘛，我當然很確定，瞧您說的，我都聽到些什麼呢？這說得好，那也說得很好啊，拜託，我有把握嗎？倒滿！倒滿哪！為什麼呢？的的確確就是這樣，您剛自個兒說的，某個路人甲，一把碎綠草黏在他的屁股上，喔，太感謝您啦，我有火嗎？那是蓋爾語，您懂嗎？咦，您那杯裡面加了蒜頭啊？來來來，祝您健康，來點叮噹，我可是您的僕人喔；然後他會立刻把左搖右晃的全副精神，集中在八角論戰中下一位極力搜索有誰在聽他說話的辯士上，盯著這個令人同情的可憐蟲那隻對他猛眨的眼睛（睫毛環繞似皇冠，血痰渾濁染口沫），懇求他是否在這世界上有什麼事他可以做來取悅他，是否可以替他搞垮那具看得到喝不著的上鎖玻璃酒櫃，再一次使他的福杯滿溢。

　　大約在冬至前後兩星期，本應該是風平浪靜的時節，某個夜晚居然下起直如砲轟的冰雹，他吃著馬鈴薯捲心菜泥（colcannon）（由於在他動身出發之際那場傾盆大雨的加持），想到不久前才發生卻恍若幾千年前那些無可計量的暴雨，而聯想到他橫遭兩群敵對競爭的人馬，以教會之名行私怨之實的暴力對待，一群是手執石塊慢條斯理瞄準目標的窺視隱私之徒，另一群是滿握生石灰可以迅如揮鞭滿天散花的椴條惡棍，心中毫無一絲一毫的懷疑就趕著他窮追猛打，跟兩隊橄欖球員奮力爭奪那顆可憐的球沒啥兩樣，穿過整個敗葉覆蓋的莉菲河（Liffey）邊傾頹之都柏林那座廢棄的村落（The Deserted Village），從范霍姆瑞希（Vanhomrigh）先生位於81號的住宅，橫越過鮭魚潭（Salmon Pool）堤岸邊大片的紅磚燒製場（Green Patch），遠遠直逼避風綠塘那頭的馬博特林蔭大道（Mabbot Mall）；他們就如同歐拉希利（O'Rahilly）

---

[5] 指在酒館大發議論的酒客。

詩歌中那些在外頭滯留太久的山區野鼠,終於想到公事得公著辦,搞到最後卻是撞車對著幹,在這場桃花源村對抗烏托邦村的大戰之後,還不如一溜煙夾著尾巴快點滾回家,個個心中滿懷嫌惡之情,每人口中謝謝喔謝謝,真是個愉快的夜晚,在他清醒過來之後,沒有遵照英國人橄欖球賽後的老規矩,把他踢回去再玩他一趟,反而跟他進行調停和排解(雖然他們就像潑皮毬蛋一樣,對於給他帶來的麻煩是否像松露那般珍稀,溢於言表的嫉妒之情,說明了一切)希望達到某種程度的友誼,速度要夠快,情感要夠烈,只有從這個滿腦邪毒的猥瑣變態身上,方能喚起的那份完美低俗的情誼。[174] 大家先讓他在爛泥地打滾上幾圈,把他身上蝨子跳蚤臭蟲之類的清乾淨,雖然都帶著英國遠征軍老不齒[6]部隊阿兵哥常掛在臉上那種不齒的神情瞧著他,但總覺得還是得抱著希望可憐他並原諒他,平民賤老百姓嘛,生下來就是個會迅速沈淪的威克洛郡人,之後的人生就會這麼一路往下沈淪,直到消失在我們的視線內,徒留一股驅之不散的濃臭。

The Old Contemptibles (在「英國遠征軍老不齒」上方)
Wicklow (在「威克洛」上方)

萬聖人擊敗貝里雅耳!萬靈學院打垮貝里歐學院!彌凱爾隊射門完勝掛零的尼契爾隊!怎麼可能!這樣就結束啦?

All Saints　Belial　All Souls College　Balliol College　Mickil
Nichil

遍觀天下寰宇還沒有哪個男人為了妻子會取出

　　自己的肋骨;

眾察可憐父母還沒哪人被判處罪刑或變身長蛇或定期流血或終生

　　為雷聲所苦;

Corsica　　　　　　　　　　　　　Arthur Willington
出身科西嘉軍團的妖魔皇帝尚未把威靈頓從屁眼裡嚇出

　　熊樣屎屎來;

[德] Sachsen　　　　　Jutlanders　　　　Mound of a Word
撒克遜人和口吐顫音的日德蘭半島人尚未在文字山丘列陣開戰

　　比拼好能耐;

---

[6] 一戰期間,德皇威廉二世一向瞧不起英國遠征軍,在他 1914 年 8 月 19 日的軍事命令中,形容英軍為「令人不齒的卑微部隊」(contemptible little army)。之後,英國遠征軍以此自稱。

小妞兒古靈精怪的把戲尚未從霍斯山巔擊下火苗燒過他的
  石楠加荒貧；
他那頭好耍雜技躍迎彩虹的殺人鯨尚未宣誓保證
  和平又和平；
天庭黑水池的偶蹄大腳丫必定翻滾隕落，有錯都是別人太笨的罪人蠢園丁
  必定摔成糊爛醬；
凡以破碎的雞蛋開幕就會用啃過的蘋果落幕正所謂
  眾志築城牆；
沉穩山嶽對著磨坊溪流緊皺雙眉只因瘋狂石匠不肖兒輪流學那青蛙跳過
  他的棺材頂，
裝聾作啞的托利島四大海岸任由那 12 隻輝格黨錘哥潮諷和瀨罵！
唧！唧！豁吉！知了擦肩已錯過！哦！刺破枕頭跳芭蕾，哦！敞開喉嚨高聲唱
  珀爾斯歐萊里！

  啊，幸運的墮落，意外的因果！小左撇子拿了天使蛋糕，大右拐子劈了他的腳蹄。黑鬼子從來就沒拖得動那個抖機靈的小滑頭，到外面去玩非關排泄、反對性感、仇視外人、正統蓋爾、運動協會、純粹放屁、血肉對幹等等遊戲，有個叫啥尼蟋哞嘶·蜺蠓來的，天曉得那是啥鬼名字，那傢伙替所有遊戲譜詞又作曲，大家可以邊玩邊唱邊跳舞，跟黑鬼小屁孩整天耍的沒啥兩樣，從前那些（可不是你們那種官兵抓強盜，橡膠包管道之類的！）有趣又簡單的遊戲，我們常跟戴娜玩，然後那個老不死的喬就會踢她的屁股，還會釘她的前面喔，然後那黃女孩，都是畜牲，會去踢老不死的喬的屁股，[175] 就像這些遊戲：湯湯姆姆扮雷母、朝天排氣嚇警察、甩帽子進場子、褲檔撒尿玩蒸氣、拘留你的理查之子賭上你的馬肩隆團隊、彌克爾全押幸運豬、尼科爾鎳幣卡在投幣口、席拉·哈涅特和她的母牛、亞當和一尺高的天主、謙虛大熊蜂夯啵曼啵、瑪姬貓咪哞哞

上牆頭、三三兩兩、美國跳跳跳、狐狸給我從洞穴滾出來、碎瓶子、寫信給
潘趣、頂尖尖是間甜甜屋、票選結果是曲疴貪杯的異端軒尼詩‧克藍普
　　Punch　　　　　　　　　　　　　　　　　[臺]駝背　　　　Henessy　　Crump
出局、郵差敲門術、小精靈有替我們說句公平的話嗎？、撒羅滿默讀、
　　　　　　　　　　　　　　　　　　　　　　　　　Solomon
蘋果樹梨狀石、我認識一個洗衣婦、醫院、那時我正在走路、任何人在
夢中都有一棟彩色屋、滑鐵盧戰役、富麗繽紛、蕤草叢中夯蛋蛋、看似
　　　　　　　　　　　　　　　　　　福　瑞　　　　　　杭
零碼布料的針線小販、說說你的夢、幾點了？、才不要咧、閃躲黑姆姆
媽媽咪呀、看誰站到最後、犀利狗熊阿里巴巴和愛爾蘭舌頭分叉四十大
　　　　　　　　Healy
盜、無常之眼和無用之耳、這輩子就那麼一次以手試婚但我絕不會喝琴
酒再犯這種罪了、咻咻拉夾鏈糖糖永保鮮、麥桿堆裡的火雞、這是我們
　　　　　　　　　　　　　　　　　　　　[歌] Turkey in the Straw
在冗長和勃發的早晨撒種的方式、彌里根的身體蹦上蹦下真好玩芬尼根
　　　　　　　　　　　　　　　Miliken　　　　　　　　　　　　Finnegan
的守靈多歡多樂真有趣、我瞧見牙刷毛小鬍鬚蓄著帕特‧法雷爾、這油
　　　　　　　　　　　　　toothbrush　　　　　　Pat　　Farrell
脂是用來擦拭神父的皮靴擦到靴子油波波擦到手指皮破破、當他的怒氣
　　　　　Garvey　　　　　　　　　　Rembrandt
如同環繞在加維之子頭上彷彿出自林布朗之手的彩虹。

　　如今這事早已惡名昭彰，那是個突然颳起大風、人人身懷短棍參加團結大
　　　　　　　　Trinity Sunday　　　　The Grand Guignol
會的聖三一主日，巴黎大木偶劇院剛好推出血腥恐怖劇碼，由日耳曼人和高盧
人擔綱演出，誠可謂眾蘗雲集爭奇鬥燄，內容輕快逗趣，主要是關於兩要角
的故事，我們威靈頓公爵手下威靈赫赫的英國傳遞兵揮鞭手湯姆，和我們監押
　　　Marshalsea
在馬夏爾西監獄的大元帥手下短小肥胖可悲可鄙的狄克，在背景音樂《馬賽進
行曲》響起之際，這兩人之間暴然崛起的白熱爭戰，還有愛爾蘭人從微笑臉龐
上歡迎的眼神裡飆射他們背後的短刃匕首，在那段時期裡，身著紅白藍三色罩
衫的癬疥人渣都會碰上面無表情但臉色雜呈黑白紅的地痞流氓，還有一些身著
　　　　　　　　　　　　　　　　　　　　　　　　　　　　　　Black and Tans
綠色、白色和金黃色大衣、腳蹬戰鬥皮靴、神情冷峻臉色慘白的黑棕部隊，
　　　　　　　　　maxim guns　　　　categorical unimperative
在絕對權威的馬克沁重機槍、而非定言令式、強力驅動行為準則之下，進行了
一場生死豪賭，恐懼有如一股鼻內惡臭從他心裡油然而升，這冇膽匪類套著
　　　　　　　　　　　　　　　　　　　　　　　　bare lives
不合身的睡衣褲像一隻受驚的小兔子，為了他寶貝的裸命，逃到寒冬的國度，

祖輩的家鄉匈牙利,所有漂亮的村姑對他的詛咒,有如她們揮之不去的淋漓汗香,沿途緊緊猛追不捨,他倒是不需揮舞什麼拳頭(身上偷來的 6 便士在抖落灰塵時不知遺留何方,還不是想占卜看看那管噴子跑哪去了),就悄默噤聲地把自己栓塞進他那棟外型酷似墨水瓶的房子,供他文墨論戰的居所,再用芬蘭伏特加克斯肯可瓦(Koskenkorva)緊緊把繃緊的情緒灌壓下去,更糟的是喝了酒就臭屁連連無法遏抑,可為了活命又得待在那兒,由於分秒必爭不能有絲毫浪費,他在四方斗室推得鋼琴兜轉了一圈,叮叮咚咚的也不知是巴哈還是藍調的即興曲,直到磕磕碰碰的把自己撞得青一塊紫一塊,才好不容易堵住了大門,然後他小心翼翼地癱倒進**史威策百貨**(Switzer's)進口的瑞士床套之下,把整張臉埋入某個戰死勇士的軍用雨衣內,戴上睡覺軟帽,懷著滿肚子的大便,恍恍惚惚亂哼著搖籃曲催自己入眠,[176] 雙腳抵著熱水瓶,補充蟄伏時他所需要的能量,**瑪麗亞‧蒙克揭露的駭人真相**(The Awful Disclosures of Maria Monk)[7],滿腦袋子裡胡兜亂轉,他虛弱無力地呻吟著,像個僧侶一樣用單調平板的聲音,低低頌唱著專一主題的〈聖母經〉,一直唱一直唱好像永遠唱不完,不過在此同時,他還忙著從雙耳酒壺中大口灌酒,灌得越來越多,歌聲越來越響,幾乎響徹全國各地,然後又開始哀聲嘆氣,他的狗爪子肉墊乾槁龜裂,簡直就是走過一遭教父聖博德的煉獄(Saint Patrick's Purgatory),就憑他這個穿燈籠褲的荷蘭移民蠢豬的黑鬼貨色,當然扛不住,**我的罪罰太重,無法承擔**,打打殺殺的幫派堂口[中]tang搞得他半身癱瘓全身乏力,加上一大堆狗皮倒灶的鳥事(《**每日郵報**》(Daily Mail),滿滿都是花邊新聞!萬福瑪利亞,妳充滿聖寵!哎呦喂,渾身肌肉糾結的男神!神聖瑪利亞,天主聖母!),每次響起嘎嘎槍聲,他的臉面兩頰和長褲兩臀就會同時為之變色。

各位女士,各位先生,各位平信徒,各位修女姐妹,那樣夠低俗了吧?告

---

7 瑪麗亞‧蒙克(Maria Monk)於 1836 年出版《瑪麗亞‧蒙克揭露的駭人真相:修女在修道院的隱秘生活》(*Awful Disclosures of Maria Monk, or, The Hidden Secrets of a Nun's Life in a Convent Exposed*),暴露加拿大蒙特婁的修道院對修女的性虐待以及殺嬰行為。

訴我到底是怎麼回事,人家都罵你們是槍枝交叉橋上專吃豬肉的基督狗雜種了,整個地表所有大陸都繞著這個集開羅、哈剌和林和古蘭經之低俗下流於一身的東西直打轉,放開喉嚨狂吠不已,還真是猙猙嗥不已,百犬同吠聲啊!三三兩兩貌美如伊斯蘭天堂仙女的佳麗身著無袖貼身內衣裙,像一群在陰府裡靜止不動的鯡魚,或坐或臥於迎手靠背坐褥上(在她們當中是有些叛逆不馴的黃昏之星),而那個魚肉香娘的惡棍只要想到她們,就會赤裸裸地(喔!)大吼一聲:[臺]倒楣 衰梢啦!

不過,一般人都缺乏住精神病院的經驗,有誰會相信他呢?那些白白胖胖的純淨小天使,像是尼祿啦,或是誠實無出其右的那本書籍所記載的拿步高本人啦,從來就不曾像這個既腦殘又無品的智障一樣,心裡老孕育著自認天縱英才,實為腐敗夭壽的想法(譬如,藉招魂會召喚凡妮莎來共築愛巢,此處恐怕是他所能墮落的最下流最鄙陋的底限了),有一次據說喝得興致高昂,像他這起子不帶種無法打仗的料,根本就是頭喝著摻水烈酒的豬儸,對著只跟他禮貌性交換幾句話的教皇欽使暨私人秘書,拉近乎到可以拉到廁所品蕭的模樣,咕咕噥噥地東拉西扯,那是他以前時常泡咖啡館一起鬼混的朋友,叫戴維‧布朗諾蘭之類的,想當年,兩人感情彌密情同手足,不亞於那對上天孕育的孿生兄弟卡斯托爾和波呂克斯(這個不入流的業餘騷人,死啃著帶有碎肉的骨頭,居然冒名頂替一隻忠犬的功名,自稱為貝德格勒,還真不怕,人家隨便捏著罪名,就可以吊死他,跟那條狗埋在同一墳穴裡),在一間吉普賽酒吧的拱頂廊道裡(楂姆總在那兒滿口胡柴褻瀆神明,啥是鄙啊,我對著聖經發誓,他就是會想方設法,我說,啥死逼呀,他老兄到了該繳月租火燒屁股的時候,就會招待那個單身男聚一聚,喝上四盅黃湯,然後每次都會在下個月的月底,湊合著給他四枚蘇,啥死屄啊,我跟你打包票,他肯定就是那麼幹,就像貓肯定有尾巴,句點加上長長頭髮那樣的尾巴肯定就是掃帚星,老頭子的假牙肯定嚐不出啥滋味,斯多噶學派剛毅不拔的禁欲主張肯定扛不過《四十二條信綱》的試

煉 [8]，就是這個理，我們心知肚明，換句話說，注意聽來，頂多再 20 來分鐘，
啥是筆呀，他那本光在腦海裡想像的詩歌集，有個叫薛穆斯·德·拉·普呂姆(Sheames de la Plume)
少爺的，為他取了書名，叫啥《美酒、女人和水鐘》，還是《當他像蓋·福克斯(Guy Fawkes)
那般發瘋時，他是怎麼想事情的，他又是如何說話的》，鵝毛之筆，書寫羞辱可
恥的情事，索命之手，明鏡如鑑，掌握最為令人膽戰心寒的素材）他察覺，嗝
呃（幹，不好意思！），他察覺到，除了莎士比亞(Shakespeare)之外，沒有任何一個毛髮蓬鬆
搖頭晃腦的傢伙，假如不是完全與他對蹠、純屬於他個人的反襯面有明顯的不
同，那雙方就一定是精確無誤到差相可擬的彷彿層次，如同，嗝呃（幹，誠歹
勢！），他所幻想或猜測那樣，就如同他和他自己絲毫沒有兩樣，來，跟偉大的
作家打個招呼，他是視酒如命的司各特(Scott)，他是迴避公爵國王的狄更斯(Dickens)，他也是
揭發地痞惡棍的薩克萊(Thackeray)，話雖如此，在覿面對幹的情況下，他還是像巴納比·(Barnaby)
拉奇(Rudge)那般憨厚純潔，在單調無聊的倫敦城裡鄧德拉姆(Dundrum)區的茶室內，[177] 慘遭
惑主狐媚專捕雄獅的女獵人(lion huntress)像對付小野兔那樣輪番欺凌，她們個個英勇如撒克
遜英雄艾凡赫(Ivanhoe)，**嗨，伊凡，立馬掀起裙子，壓住他的身子，封住他的口子**，小
孩嘛，哪見過這陣仗，圓睜鬥牛般紅寶石的雙眼，脾氣越來越煩躁，一頭粗毛
敘利亞棕熊，還會脫口說出，**我要回家**，壞痞子、壞爹地、壞風氣、枯燥悲傷
的癲狂卵蛋、蒼老恐懼的浮華世界(Vanity Fair)，若有人泯除因果關係所結之果，預先想到
的困擾，就是玩填字遊戲時，手一拍頸背時爆出來位於後置詞(postposition)的粗口，頸背皮
肉齷齪、比較齷齪、橫遭牛瘟的那種最高級齷齪，以及類似那般的東西，假如
成摞成摞的詩作可以扛得住理智，他生命的絲線得以綿延嗣續，他要雜諸國語
言，混眾家發音，把逃竄巷弄間躲避債主、口說英語狀似幽靈的小巷子史落魄
那類人物，打個比喻來說，從號稱大地屁眼的愛爾蘭全部給嘩啦啦嘔吐出去。
　　聖史威遜節(St. Swithun's Day)德軍發動第二次馬恩河戰役(Second Battle of the Marne)的那個血腥禮拜日，在他徹頭徹尾受

8　《四十二條信綱》（*Forty-Two Articles*）確立教士可以結婚。後雖刪減為 39 條，但可結婚的
　　條款依然保留。

到驚嚇之後，雖然歷盡滄桑的盧肯伊索德區，每個門框和門楣上都塗有無私的頭生子慷慨奉獻的熱騰騰濃稠稠的膏血，每一條自由通行的鵝卵石街衢，還是因為沾潤眾家英雄的鮮血，而變得異常滑膩骨溜；英雄的鮮血由地上向維京天際喊冤，血債血還，無論是低嘆「不，啊！」的諾厄和他的家人、或是所有綠油油的
<small>No　Ah　Noah</small>
菊狀涵洞，都止不住泉湧般源源冒出的歡樂淚水，我們低賤的怠惰者，我們舔舐燕麥粥的小羊羔，沒來就不具備巴郎憑閃族神巴耳培敖爾之力，掏取牛羊內臟
<small>Balaam　Baal of Peor</small>
那種攪擾士氣煽動人心的膽量，至於其他那些人，手持火把蜂擁在部落聚居的村寨處，平常砍人的和平常被砍的，此時此地分不出有啥差別，時疫般的暴民對著擠成一體的人主發出連連噓聲，口水涎沫飛濺四周，澎湃洶湧足以載舟，潮聲怒吼殺伐震天，殺呀砍呀去死呀，由勞倫斯·爵盧利主教親自率領的唱詩班，
<small>Laurence　Gillooly</small>
女孩子們以葛利果聖歌頌唱的風格，田鳧般來來去去唱著幾句少得可憐的歌詞，
<small>Gregory Chant</small>
全摘自老腐畸怪有若培養皿惡臭、仿古雅典詩歌的芒斯特愛國精選歌曲，啊，
<small>Munster</small>
[義] pia e pura bella
虔誠純潔的神聖戰役，啊，純潔虔誠的金髮男子，從現在直到永遠，或倚舟楫或
[拉] et in secula seculorum
據舢舨，從千秋萬載直到無窮無盡，或在水位下沈、俗世警笛轟隆作響中，抬起頭來，注意天空，在他們真心誠意從事的兼差水手工作中（細微蟻民四肢著地小心翼翼地爬向大自然這所學校免費提供給他們的驚洗款待，卻不知哪來冒出個茫然走失的傢伙，像台脫水機那樣咻咻咋響，晃著身體甩脫水珠，也斷斷續續加入合唱，大夥兒都孩子氣得笑了開來）矢志達成女性快樂和幸福的人士，正戮
<small>Lady Smythe　MacJobber</small>
力探求平常她們想要的高等事物，跟史麥斯夫人爭先恐後要替麥克賈博報仇雪
<small>Ladysmith　Majuba Hill</small>
恨，就為了發生在雷迪史密斯和馬尤巴山丘那類的事兒，跟著那一群個個身懷
<small>Bickerstaff</small>
畢克史達夫好本事、一邊小心翼翼踩著良好閨訓的雙腳、一邊唧唧喳喳拌嘴鬥口
<small>plinkity plonk</small>
的女伴們走上石階，白酒拔木塞，啤哩嗶哩啵，越過終止戰爭的那場大戰之後某
[義] ponte dei color
慈善政府作為買方修建的七拃寬虹彩橋，橋下緩緩流著覆有一層稀泥垃圾和人畜排泄的泔糜河水，生平唯有那一次（天主下藥帖，芬恩順服貼：追思已亡日！）
<small>[日] 偷窺狂　Pip</small>
他還真當了一回出齒龜，擎著與皮普同款的一管口徑粗廣質地堅實耐用超屌 18

馬力三節伸縮自如的鷹眼單筒望遠鏡,輕輕鬆鬆地把蝙蝠、星星、和艾絲泰拉都 ^(Estella) 圈圍在視線內,不過,只有些許光線從左舷透進來,照明情況比納索街 ^(Nassau) 9 好不到哪兒去,他從最西邊的那個鑰匙孔望出去,對著瞎燈黑火的潮濕天氣狠狠啐上一口(像豬那麼骯髒,像鬼那麼恐怖,那個,咳呸,秋天),他顫抖戰慄的靈魂深處,帶著總能撈點啥的希望,當他對著號稱反覆無常的雲層祈禱,希冀可能為他自己找尋到,根據某個芬蘭老太婆的說法[芬]akka,或許是由於那兩隻皂墨如黑棕部隊、^(Black and Tans) 胸懷遠大目標的烏鴉[愛]Páirc an Chrócaigh,在悲情公園克羅克遍地撒下脫殼穀粒大小的冰雹,或許是由於在**義氏熟食自助餐館**[義]tavola calda中擺出來的、國族史詩般等待解碼狀似眼睛的鱈魚精[芬]Kalevala 卵,是否真正的調停奮力向前加速衝刺,是否天地不仁之故而不斷向後延宕,更何況還有上主、撒殫和鴿子[吉]Duvvel Devil dove,怎麼啦,不就是那麼回事兒,他呀,口中老嚷嚷著,看,我看看,他的,我的,看,有耳朵,有烏鴉耶,他的漁夫愚夫魚夫

[178] 縹渺的愛礙上了我呀,我看呀看的[歌]My Lagan Love,就在他這麼迷戀上視線光學的生活,他發現自己(**此處龜公出沒!列儂法官耍皮條,吏判勾當猛於獅!**)[拉]hic sunt lenones Lennon 處於超近距離射程內,眨巴著眼睛,視線順著一把不知名抗爭人士手持的非正規鬥牛犬轉輪手槍(完全依照目的本身精心打造的血腥攻擊型機種)的槍膛膛口直^(Bulldog)直瞅進去,該名人士,據稱,被指派秘密影隨羞怯到見人就躲的楦姆,而且可以直接射殺,試想,這屎廢材,在半打到一打的享樂酷男孩撕潰他的防線,操爆他的孔洞(上!上膛,往上頂,傑克,幹死他!)之前,居然露出亮閃閃的嘴臉,膽敢,就算是只是一下下,直視他們的臉。

聖保祿、杜卡利恩和琵菈、香煙繚繞的溷神、繚繞香火的膳神、戰無不克的^(Deucalion) ^(Pyrrha)安邦國柱朱庇特、大難臨頭斷纜啟航出倫湖的牝谷大母神,以及**聖老楞佐奧多**^(Jupiter) ^(Runn) ^(Laurence O'Toole)**教堂**召開的主教區會議中所有參加圓桌討論的與會嘉賓,我祈求以上神祇和聖[葡]convocação [葡]mesa redonda賢,這款低俗無趣的人類類型,這種只會收集牛溲屎尿毀人名節的陰溝專欄,這種只能點燃仙女棒充當警訊的煙花篝火,這種罪孽深重專事模仿抄襲的安南^(Annam)

---

9 都柏林的納索街的街道以往只有一邊有街燈。

狗熊，究竟心裡在盤算個啥，得好好精確地合計合計，因為他的處境似乎挺糟糕的？

如何在彷彿戴德勒斯迷宮的身體內，一次處理掉所有與爹地的合體，答案聽起來會像是這樣：將他自己從他的祖輩（那位獨一無二的_{Dædalus}黑舵、航線兜圈_{[葡] Popapreta}如維科歷史的水手和累代的臨時粗工）那幢他最喜歡最眾味紛陳的運河邊上、狀似棺材的巨大房屋，整個兒拔離出來，否則，他還是會經常喝到醉茫茫，喝到形銷骨毀支離散架，喝到變成吸毒嗑藥繼續喝爛酒的癮蟲，靠著毫不檢點的放蕩過去滋養唯我獨尊的狂妄今日。這也說明了為什麼用來書寫連禱文的_{Litany}七世紀安修爾字體、喇叭花飾、透體圓潤、體氣尊貴、吐音高昂、能涵百家經綸、具新古典文采，蘊藉著他愛之無法釋懷的古羅馬貴族遺風，難怪他會拿來簽名。假如有人見過的話，絕對會轉而注意到這個半瘋癲丑角那個蒙上一層薄薄淡灰綠有如青光眼翳的狗窩，到處隱隱披覆著悶熱一再聚散蒸騰厚甸甸毛絨絨的污垢，那景觀讓人見之不寒而慄，他還會裝模作樣唸他那本，據說是媲美《凱爾經》卻是人人有看沒有懂、只知道是關於艾克爾斯街的暗黑版本叫啥藍皮之書的，反正由你去撕逼啦（甚至連備受景仰的醫學博士、掌握局點[10]的權威人士、審查刪改不雅圖文出版品的欽定官員、波音德裘克先生，都太息道，此事不可再也！），下氣通一聲，書本翻三頁，還高高興興地自言自語，除此無鏡可顯容，或說，每次他在犢皮紙上盡情揮霍炫才，都得經歷一種比上次更為絢麗燦爛、更充滿詩境卻又煎熬難耐的靈視，譬如說，拉羅歇爾充滿玫瑰和鐘聲、可以永遠無條件入住的濱海別墅，可以自由參加倫敦利寶百貨公司、或是都柏林自由市集舉辦的獲獎淑女當場試穿針織襪那類抽獎活動，川流不息如陰溝水渠的琥珀葡萄酒漿，光芒閃耀如畿尼金幣的幾內亞黃金香菸，軟嫩ㄉㄨㄞㄉㄨㄞ如神父白肉的牛奶凍，肥厚不膩如僧侶胖臉的主廚派，金屬圓筒罐罐興旺、一口嚐鮮價值千萬的慵懶牡蠣，整座劇院裡（備有可供跺腳的站票觀眾區，不過得

---

[10] 每一局中，比賽雙方任一方只要再贏得一分，即可贏得該局的情況下，該分稱爲局點。

跟提詞席塞在同一個空間，[179] 只不過呢，他那排卻是越排隊伍越壯大）那麼多心腸火熱的貴婦把頭上紅絨結頂的回紋小冠冕，身上所有的小飾品和小配件，全都扯下來拋向他深深探入觀眾當中的鏡框式舞臺，一個接著一個根本停不下來，或聲東擊西或佯攻牽制，有如一大群被阿尼瑪驅趕的動物，迷戀渴慕愛慾大發到無法自拔的地步，搞不清到底是在卸下馬甲，脫下胸衣，或是扯下肩帶，在歡樂劇院的狂歡氛圍中，臺下的她們演起了萬神殿縱情恣意尖叫翻天的默劇劇碼，就在那時，我的老天我的爺啊，根據評論家充斥騙人話術的評論，為了維穩群眾激昂的情緒，他遽然情緒激昂地提高嗓門尖聲吼唱〈愛爾蘭的酢漿草〉（挨餓爛的咋醬吵？處理這個百合白娘泡抓去下監關起來喧呼咆哮個啥瘋勁來著！哎呦喂，猶太耳朵聽得倒遠！如此純粹的歌聲，咋聽得啊！拿廣口注水瓶來，用肥皂洗洗你的耳朵！萬軍之主麾下抹了滿身香胰的痛風小蠢蛋！猶太小鳥的果汁嚐起來還像小男生吧！），唱了整整 5 分鐘之久，比起那個憑著廉價運氣當上男高音的巴頓・麥古金要好上無限萬萬倍，頭戴兩端高翹的雙角帽，帥到真想咬上一口，高聳如孤挺花的金黃頭顱右側，別有三簇羽飾，每簇是修剪合宜的蘋果綠、起司白和柳橙黃三色一體，身著大方格厚呢麥克法蘭大衣（柯西俐落剪裁風格，你懂我啥意思吧？），肋骨部位紋有狀似匕首的西班牙挖掘工人（裁縫師傅的刺繡傑作），他的襯衫胸膛上有一方摺疊成花朵形狀可供擤鼻涕的蔚藍手帕，還有在親愛的髒髒都柏林舉辦的馬賽中，他從林敦達里樞機主教，和卡奇卡里樞機主教，和羅利歐圖里樞機主教，還有，姥姥的，那個沈默不語日薄西山的歐西丹達其亞樞機主教（啊哈！）贏來的一根總鐸牧杖，不過話說回來，各位女士，評評理嘛，他竟然會是頭一個給絆倒在跨欄上，身子都快折成兩半了，加上一堆類似狗皮倒灶的事：不就是因為陰鬱模糊的光線、拙劣草率的印刷、破爛不堪的封面、歪曲痙攣的排版、犬牙參差的切口、胡摸亂翻的手指、大跳狐步的跳蚤、懶起臥床的臭蟲、他的厚黏舌苔、他的淚糊眼球、他的酒醺赤目、他的骨鯁咽喉、他的黃湯酒瓶、他

的手掌癢搔、他的嗚咽屁風、他的災難鼻管、他的刺痛肋骨、他的老化動脈、他的沈重呼吸、他的案牘勞神、他的蜂鳴腦幹、他的抽搐良知、他的高漲怒氣、他的狂洩基底、他的灼燒喉管、他的發癢男根、他的蓄毒毯袋、他的開闊靈眼、他的腐爛膳食、他的耳內回音、他的顫動腳趾、他的濕疹肚皮、他的頭閣孽鼠、他的腦鐘蝙蝠，還有他那兩扇耳朵裡這一群那一夥吧嘎哩嘎嘶嘶嘶的虎皮鸚鵡、酩酊大醉澎啵唷噥的愛情小鳥、騷擾噪亂胡嘎瞎嘎的喧囂怒吼，以及那些無所不在的塵埃，他花了總共一整個月的時間，終於可以超前進度，培養出每星期至少記誦一個字的能力。隨便撈就是無鬚鱈魚！胡亂鉤就是深海鱒魚！你比得上嗎？啥？我是說，你有本事釣得來嗎？有聽過如此下賤低俗的無恥流氓行徑嗎？從積極面而言，就是這種事讓我們愛上思考的。

　　不過話又說回來，這種滿嘴酒氣唾液四濺口操濃厚土腔的傢伙，就擅長私底下獨處時，把自己誇上了天：那時我的父親是個農夫，也兼點酒保的差事，求食本能可比紅尾蚺，隻手單掌足以策動布爾戰爭，而我呢，唉，他學習法律鑽研詞匯，我用我的名譽擔保，他那時已經形成他個人的言語風格，後來當了刻黑板的教書匠 [180]（他努力表演英國人在舞臺上的刻板模樣，引來哄堂大笑，幾乎把屋頂掀翻了，他還在高聲嘶吼：幹的好，查爾斯爵士！明察秋毫，不要放過任何一個字母！路易斯．沃勒，偉大的成就啊！巨無霸屁股，鬆垮爛牆壁，或是！給我們說幾句話！滾出去！），他是怎麼被那些花天酒地的上流社會大家族一腳尖給踢了出來，計有來自瑞士皮烏皮烏國度定居美國的淘金克朗代克家族、荷德聳肩攤手脊瓦格國伊甸東邊諾得沉睡之地的粗魯史瓦施拜斯家族、奧匈**多瑙啤酒養老之家**達努比爾霍姆家族、野蠻城邦巴巴羅波立斯家族，此四大家族早已在首都定居、墾荒、建立完整的社會階層，那是在首都每週定期舉辦一次的城市化管理調節機制之後：日曜日，太陽炙水泡，喝到盡可拋；月曜日，月亮敷藥膏，喝到興致高；火曜日，鮮血滿地流，喝到魂不留；水曜日，甜言浸蜜語，喝到杯沒魚；木曜日，縱情恣歡謔，喝到起瘋癲；金曜日，淫欲助饘腥，

　　　　　　　[日]週六
喝到不願醒；土曜日，福酒溢滿杯，再續三百杯；他之所以被強制驅離豪華絢麗的工作場所，大部分的情況都跟他的體味有關，所有的廚娘爭先恐後站出來極力表達難以呼吸，全身上下就是一坨讓人厭憎唾棄，還會發出嗡嗡鳴響的膿包，瀰散糞坑便池的陣陣惡臭。他不但沒有好好教導那些模範家庭如何書寫簡
　　　　　　　　　　　　　　　　　　　Nigeria
樸健全的圓鉤筆法（此等藝術，絕對遠遠超出他那奈及利亞水平所能掌控的範疇），而且，你想都想不到，這文化暴發戶幹了啥事，憑著偷摘人家水果嚐到的甜頭，顯擺聰明來著，竟自臨摹他們各式各樣的簽名風格，準備哪天就可以為了他個人的私利，堂而皇之鑄造出史詩級的支票，還好叨天之幸，如前所述，
Dublin
蠢播囡幫廚女傭和家庭傭工婦聯會，另外的名稱大夥兒會比較熟悉，邋邋破鞋腐
　　　　　Slattery's Mounted Foot
爛果，或是，斯萊特里騎馬步兵的最愛，拒絕再接納這種貨色，而且為了確保辦事要自然的原則，穿上鞋子聯合起來噓噓驅趕這萬惡亂源，共同出腳將他掃地出門，而且打鐵趁熱，這幫絕對禁酒的茶友相互幫忙捏緊對方的鼻孔，摒住呼吸（因為沒有任何生物，不論是獵犬或是刷洗婦，甚至連突厥蠻子，能夠在
　　　　　Armenia
追蹤那股類似亞美尼亞人難聞氣味的同時，膽敢靠近可以聞到一絲絲這隻臭鼬
　　　　　　　　　　　　Sniffey
體味的範圍內）就在凡事都嗤之以鼻的史尼菲法官那間緊鄰莉菲河邊每到低水位就會聞到微微腐臭的辦公室內，她們採取實際行動，表達嚴正聲明，逐點譴責這頭渾身惡臭的狒狒何以如此低俗粗鄙的緣由。以上，先生明察。
　　Jymes
〔吉姆斯希望可以聽聽會拿人家丟棄不穿的女裝來穿的聽眾，對以下這種事情有甚麼想法，他個人是心懷感激的，就是說，收到一件粗毛套衫、一條頗為寬大完整無缺的女長裙褲，還有其它各式女用內褲，以備一起展開城市生活。他的吉姆斯沒有工作，時間全斷了樺，準備坐下來好好寫點東西。他最近承諾努力遵守當時稱為十誡的其中一誡，現在她願意協助他了。極佳體格，居家類型，定期下蛋。同樣失業。他心懷感激。會抄寫文件。廣告詞。作廢。〕
　　我們甚至在事後，都不知從哪裡開始去想像事前的真實狀況，我是說，這個
　　　　　　　　　　　　　hypochondriac　　　　　　　　　　　　Ham
被懲以絕罰逐出教會罹患臆恐症的王八蛇，出生時的乳名叫做含，在現實中真

的可以慢工出啥覥活。有誰可以說得準,多少本沒有親簽的頭版原創傑作,有多少頂 [181] 山寨版的莎彌押納節慶天篷,有多少件或是有多多件頗受推崇的公眾詐騙情事,有多少卷虔誠偽託一再塗抹重複書寫的羊皮紙,最初就是從他這桿追隨伯拉糾[11]、抄襲雄赳赳的筆尖,透過病態的過程,無聲無息悄悄流洩出來的?

好吧,就算事已至此,假如不是赤紅的幻奇光芒在他那顆諾斯底鼻頭上跳著輕快的舞蹈,然後像路西法晨星一樣滑入書頁方寸之間的話(他時不時會觸摸那道光線,悲傷和恐懼閃爍在通紅的眼睛裡,他採用貝立茲英語教學法,瘋狂地拿各種顏色教學生辨識各國旗幟,那些看起來像是修道院寄宿學校的女學生,個個嘰嘰喳喳興高采烈,頗有萬人空巷齊抓賊的浩大聲勢,大聲搶著喊:薑黃!琥珀!乾薑!墨瓶!生薑!凍僵!老薑!狠辣!嫩薑!肉桂棒!肉棒貴!貴腐,還有還有,杜松子!),鵝毛筆尖就絕無可能以襯線體書寫在羊皮紙卷上。藉由那顆大紅燈籠高高掛的小丑玫瑰鼻裡頭烈焰燜燒噴放惡臭的蒸騰酒氣,以及他的生花妙筆迸現淘金平底鍋內驟然耀目的日照炫光(1 幾尼,一哆嗦,他到那兒啦!)他胡寫亂畫隨筆塗鴉,又抹又搔又抓又刮又敲又打,文抄公那樣專寫些所有他曾遇過的人那些無以名狀的下流鄙陋之事,甚至包括躲在防雨牆後面,跟那些個懶惰的愛爾蘭鐵路碎石工,在撐開的雨傘下,共同分享驟然降雨的快感,牆面上下左右包括邊緣角落,無一不瀰散楂姆哈喇酸腐的氣味,這廝渾身死魚爛蝦臭螃蟹(矢志追隨蓄有科馬克大鬍子,保有老父威嚴的薩達那帕拉斯[12]國王)以往常常日以繼夜地以點刻筆法繪製他那幅毫無藝術品味的自畫像,同時一邊朗誦馬基維利的內在獨白「他們有時間,或者,他們沒有時間,那是個越吵越兇傷透腦筋的難題啊!」,尼克小帥哥獨一無二的那個直

---

[11] 伯拉糾(360-420 左右),英國基督宗教神學家。他的神學觀與奧古斯丁的恩典論幾乎完成相反,否認原罪,強調人的自由意志。因此被定為異端,遭判處絕罰,給逐出教會。

[12] 薩達那帕拉斯國王,亞述帝國最後一任君王,在攻打巴比倫失利之後,坐困皇宮,下令焚燒宮殿和所有金銀珠寶,上至皇后下至嬪妃盡皆賜死,最後自盡身亡。

接看進你的屁股裡，漢諾‧歐諾漢諾，快點，再快點，好，好，嗯嗯，自詡
          Hanno   O'Nonhanno
為尊貴如亞瑟公爵的作者，身分業經驗證完畢，浪漫如但丁邂逅的保祿，那位
    Sir Arthur   Paolo
秀朗俊美到令人為之陶然心碎的年輕人，他的雙眸總含著只為懷春少女吟唱的
抒情詩篇，擁有一副市值 6 便士申冤苦主的男高音嗓子，住在每隔一碼就有 132
            [臺] 泥牆茅屋   Broken Hill
瓶彌撒祭酒的公爵領主土角厝內，每年從布羅肯希爾破落丘採礦場、褲內都射
       drachma
過精的礦工那兒，盈收 132 枚德拉克馬金幣，渾身上下劍橋派頭，身著兩畿尼
金幣炫人眼目嶄新剪裁的華麗服飾，為了參加歡樂星期四的晚宴，為了在宴會
             Kay
上方便對穿皮裘大衣的凱伊毛爪毛腳，還租了一件穿起來豬頭豬腦的條紋牛津
    Anna
襯衫，還有兩條像安娜烤的吐司那樣既可人又綿長的義大利濃密墨染黑鬍鬚，
油亮光澤間瀰散出一股硼酸鹽凡士林和緬梔花香水混合的素馨幽香，星光閃閃
月色溶溶之下，足以讓她和她和她這群母牛顛癡發狂。我呸！讓人看了都羞於
咬耳朵了！

　　有道是：躊躇滿志，慢行陰騭。歐雪豪宅，或是烏穴好窄，就是眾人口中那
                  O'Shea
棟墨瓶鬼屋，有大門無番號，居硫磺大道區，號稱愛爾蘭的小亞洲，除了小鬼胡
亂敲門，還橫遭鼠害蔓延肆虐，於那一方戶主名剎上，烏賊墨汁酣暢淋漓地狂
書有他的筆名 *Shut*，黑帆布羅馬窗簾有如祝由毉術的一道符咒密密覆遮著慘白
的獨扇窗櫺，屋內有密室，密室有孽子，孽子有靈魂，皺縮乾癟，以犧牲納稅
                                        Jesuits' bark
人為代價來摸索他的人生，無暝無日就是個萎靡抑鬱，服耶穌會樹皮（後人稱
金雞納霜），吃苦口涼藥，可還是嚷嚷著，我是吠叫我是吶喊，凡持劍的，
必死在劍下，不過都是雷聲大，雨點小啦，[182] 用白色印花布包裹、以些許
                                              scopolamine
硫磺調味的碳水化合物，把人吃飲上吐下瀉的消防水龍頭，還那東莨菪鹼
眼藥水，只要一小滴就是眼球礦坑級的大爆炸，在鬧市中極具田園風光的護
      [義] qui si sana
理之家（在這兒健康就交給我們！），有整整 4 加 40 個專業醫師組成的團隊細
心照顧，精挑斯騰活人的一等高醫，每天每人以粗暴凌虐的方式加諸本身不
          The Playboy of the Western World
斷超越，即使從我們西方世界痞子英雄的標準來看，卻仍然是最糟糕的一個，

我們希望,至少能將他控制在老鼠農場那種骯髒污穢的等級。你自吹自擂你
那銅牆鐵壁的城堡,或是你那座落在貝蕾佛蒙特鋪設磁磚的房屋?不可能,不
可能,再說一遍,不可能!因為整棟房子就是一座臭氣薰天的大型墨水瓶架,
這死耗子爛作家,如此敝帚自珍這等臊里巴唧的私人味道,著實讓世人感到極
度的困惑。事實上,假如咱放聰明點,連時不時到伊甸園嚼嫩草啃綠芽的天使
們,即使觀點各異品味不同,也都不認為亞當那身艾登起司的惡臭會比他的要
來得濃烈。瘋話是連篇,但我說了算!這棟獸穴地板鼓凸翻翹極度變形,牆壁
傳導聲響效果極佳,更甭提那些波斯風格的樑柱和拱墩,全都塞爆亂七八糟的
垃圾:撕破的情書、穿孔的保險套、揭密故事的圖畫、背面粘糊糊的郵票、沾
有曖昧半透明蛋殼的蛋殼仿古紙、吊在屠夫掛鉤上的史前手斧、燧火石、鑽孔
石、乾河豚、杏仁果形狀的杏仁果、去皮葡萄乾、胡亂寫滿用 α 和 β 那種妓母
隨便亂拼的一堆冗詞贅語文漬樂坂,汙衊聖經的活力偏見,逐字口述逐音拼寫
的法官附帶意見書、全觀全知全質疑、嗯哼和啊哈、對於沒有音節的話語所做
無以名狀難以言說的嘗試、一大堆的你欠我、一大堆的我欠他、雜在古老讚美
詩歌裡的《小艾歐夫》、掩鼻腺烘烘煤灰滿煙囪、散落地板的路西法火柴盒、
已經服務完畢的女灶神薇絲塔蠟火柴棒、水漬斑斑的裝飾品、借來的雕花鞋、
兩面翻穿的大衣、烏仁鏡片、家用圓柱陶罐、仿馬毛襯衫、遭天主遺棄的聖衣
拿來當成做家務時穿的無袖工作服、從沒穿過的長褲、割喉領帶、偽造的郵戳
印章、人家的好意、咖哩漬筆記便箋、歪七扭八的鍍錫鐵釘和歪膏抑斜的古典
拉丁、沒用過的研磨罐和東倒西歪的碎石塊、扭折的鵝毛筆、容易消化忍痛
吸收的《讀者文摘》、酒瓶底厚的放大鏡、丟擲妖魔邪靈的寶物、時不我與的
過時雙關語、食不我娛的發霉葡萄乾麵包、被壓扁的馬鈴薯泥、被壓砭的精選
金句、一沱扁豆羹和紅豆湯的混合污漬、一大疊的貸款文件、不容置疑包裹有
萬千子息的揉皺衛生紙團、無精打采百發百中的噴射體驗、打諢插棄的詛咒詩
文、鱷魚眼淚的殘跡、潑地難收的墨汁、褻瀆神明的唾沫、發黴走味的栗子、

女學生的年輕女士的擠奶女工的洗衣婦的店鋪老闆娘的快樂寡婦的退職修女的女修道院副院長的職業處女的超級豔妓的緘默姊妹的守夜人查理的姨娘的恁祖媽的恁岳母的養母的教母的形形色色吊帶絲襪，從右從左從中間剪下來的秀髮和剪報、抬起腳後跟脊椎直挺根、天主的聖言、蠕蟲狀的鼻涕乾、牙縫剔下來的碎屑、瑞士膿縮奶粉罐頭、知識份子眉毛滋養霜、來自對蹠地的吻痕、三隻手饋贈的禮物、借來的羽毛當成寫字筆、輕鬆解壓握力器、公主之允諾、嗚咽獨對酒殘渣、缺氧的碳水化合物、破碎的華夫鬆餅（waffle）、無人可解的鞋帶、多用途硬領、鬼才知道要幹啥的落紗滾筒（doffer）、崎嶇不平的緊身夾克、來自黑暗地獄的新鮮恐懼、水銀小圓珠、濃稠黏膩的大瘡體液、數顆仿真玻璃眼珠、數顆亮澤白晰假牙、[183] 戰爭貸款的嗚呼殘喘、特別的嘆息、特殊的尺寸、長期以來的恒久苦楚、啊喔是對好行可以爽不要不要就醬融化了救命快死了、對，對，對，就醬，假如在此換聲點[13]（break）大家膽敢再聽我說上幾句，嗯，在他房間內私自演奏的室內樂，那可真是掀翻地殼的劇烈運動、完全的失真、扭曲、變形、徹底的倒置、翻轉、逆反，讓我們心存善念，我們就會有很好的機會真正可以看得出來，這個旋轉的德維席苦行僧（dervish），雷霆之子楦嚚，將自性（self）放逐到他的本我（ego）裡面，那是白色恐怖（White Terror）和紅色恐怖（Red Terror）之間充滿喋喋梟笑和雷達監視的漫漫長夜，驚人的顫慄、扭曲的賭注和甚小的贏面，橫遭避無可避的幽靈（願大造化以綾羅綢緞、以水銀、以慈悲，共同眷顧他！）於正午時分，刺穿他的肌膚，深入他的骨髓，那時，他正把關於自己神秘之種種，過去、現在和未來，全數書寫於家具之上。

當然，我們低俗的痞子英雄，出於需要的緣故，選擇擔任自己的貼身男僕，所以，一聲起，他就起身，先甭管那是什麼意思，於史陶爾布里奇（Stourbridge）某個耐火黏土小廚房的附近，腦袋兀自處於昏睡狀態，上面哪來一層薄薄的啥玩意兒方鉛礦浮渣（galena），喔，輸尿管排石劑（lithagogue），蓋倫醫師（Galen）開的，痛啊，又髒又臭的雞舍，

---

[13] 發生聲音轉換的音域，在那個點上發出的聲音，因人而異。也可以是爵士樂即興獨奏段的變聲。

為了雞蛋唄（蘋果落地，離樹不遠，憨痞帝落地，豈會離蛋披地太遠！），和樂的笑匠，伴著蠢斃的黑色旋律，蹦蹦跳跳跳起了吉格舞，公然藐視〈放任蓄養（野禽家禽）防治保護法〉，自己扮演起蒙兀兒公主喇娜茹珂的角色，在群鴉聚落的偏僻旮旯啦-啦-哩-啦-啦-嚕按著祕方煮個啥來著，旁邊火光搖曳，明暗消長，猶如當年狄奧根尼[14]打著燈籠尋覓誠實之人的光景，火焰嘶嘶吞吐間，又燒又烤又炙又煮又是熱一熱又是滾一滾，通通攬進一口煉金爐內，白仁和卵黃和仁卵和黃白，在春鳥啼囀比白白的美媚還白和黃澄澄好棒棒的輕聲哼唱中，一鍋燴入啪滋啪滋的打蛋節奏中，加點肉桂、蝗蟲、蜂蠟、甘草、海燕窩、鵝肝醬和杜巴利伯爵夫人石膏胸像炸裂滿地的小搓粉末和艾斯德爾的雙份穢物和哈嘶吐的混合回龍湯和人中黃奶奶的艾利曼萬用清涼油和皮爾金頓神父粉紅色調夜壺內的肉餅和星星的塵埃和罪人的眼淚，用牙籤翻閱謝里丹的《一魚雙關的烹扔藝術》，一邊哼唱讚美詩歌，以調理豐盛佳餚的專注，就像先前留給莉蒂，芳，勒芳，芬，勒芬的煙燻火腿，他創造出發酵的文字、巫婆的咒語、三角形符讖、新娘的面紗，古蛇的尾巴、啊咘啦咔噠咘喇-咔嚕咘喇-咔嚕嚨（他根據加俾額爾‧德雷莉茲夫人的手藝完成的法式蛋料理，他參照 B. 麥菲爾德斯的 B 夫人的擺盤技巧端出雷區眼球造型的蛋餐點，他取法地上土豆天上蘋果的雙重特性推出餐後甜點林檎蛋品，他挪用薩德侯爵的臆想拾掇出添加硫酸鈉和小蘇打的羊肉炒蛋、煮蛋和煎蛋，他凜遵某大人閣下的口述調理出膨鬆若舒芙蕾的嫩煎明太子，他抄錄可憐的普拉老嬤嬤的秘方整治出貓爪印痕的香烤土司夾火腿和濃汁滲淌的法式烘蛋，他觀察肩頭白晰的哇啦啦菲奈拉的親身示範模仿出來的口袋蛋，他翻爛三冊卡瑞蒙食譜研究出來的煎蛋），施展身手的地方，根據原來的設計，是盥洗衛浴的空間。（唉！當初他就該好好聆聽拉拔他長大的四位長老，帶翼天使瑪竇神父和帶翼雄獅尊貴的馬爾谷神父和帶翼公牛路加神父

---

[14] 狄奧根尼是古希臘哲學家，犬儒學派的代表人物。據說住在木桶裡，除了這個木桶之外，名下財產就是一件斗篷、一支棍子和一個麵包袋。他經常白天提著燈，聲稱要尋找誠實的人。

和帶翼雄鷹若望神父——不要忘記還有俗家師父驢子鮑德溫!唉呵!)他那種撒彈塞屁眼凍霜到什麼都省的便秘個性,省吃撿用餓肚皮,如鉛似銻,非鐵非錳,石蕊試紙辨真章,乃黏土泥巴之流,[184] 根本就不需要如此一間壁龕,所以啊,當搗紙成漿的出版社負責人,伸手搶錢財羅伯斯 Roberts 和悶聲做買賣蒙塞爾 Maunsell,就在他們的牧人,火爆獵鷹佛拉梅爾斯 Flammeus‧法科納 Falconer 神父正要以慈善名義施捨他一筆資助並為他祝禱時,**法典和基石法律事務** Codex and Podex 所那起子發顛的雞屎顧問們偷偷用手肘拐了拐,那兩個如高據講道聖壇的傳教士那般呼風喚雨的大老闆立即出面杯葛,反對以任何理由贈與羔羊板油蠟燭,和印有梵蒂岡自治區圖文的文具用品,他二話不說飛奔而去,飛越滌淨身心的大海,奔向一場無頭蒼蠅啥也沒撈著的胡亂追尋,在他走頭無路之際,適逢上吐下瀉那檔事,清空肚腸之餘逼出靈光乍現,讓他從身體的排泄物中,製造出合成墨汁和適用敏感肌膚的紙張。

[臺] 驚呼語
你會問,夭壽喔,咋整的啊?

就讓接下來要談的內容,無論是事情本身或是禮儀文明,都覆裹在讓人臉熱心跳妖紫嫣紅的語言中,大家當作打發時間嘛,跟看《運動週報》 Sporting Times 沒啥兩樣,這麼說吧,一位對於彌撒規則書 Ordinal 熟稔於心的英國國教樞機主教,雖然無法理解他自己暗褐色的丹麥舌頭說出的拉丁語言,也許會注意到淫婦大巴比倫 Babylon the Great 蛾眉上腥紅的烙印,而沒有感覺到在他該死的臉頰上逐漸綻開的薄薄暈紅。

首先,藝術家,也是享負盛名的作家,毫無羞愧和歉意,掀開他的雨衣並且褪下長褲,然後把自己貼近孕育生命盎然生機的土地,光裸的屁股跟出生時沒有兩樣。他在淚眼汪汪的呻吟中把自我釋放到自己的雙掌內(太抒情了,不就是他手中的屎塊嘛,歹勢!),卸下暗黑野獸的負擔,鼓出響亮的喇叭聲,然後,他把他稱為「陷落物」自家撒出的大條置入昔日用來紀念和哀悼的瓦甕中。在召喚孿生兄弟聖梅達 Médard 和聖基達 Gildard 的誦禱中,他把潺潺流水既順暢又愉悅地注入其中,同時提高聲量高聲吟唱讚美詩篇,開頭是這樣的:我舌好像抄手書寫流利的蘆葦筆(也真尿了,說是心情沮喪,懇求得到寬宥);

最終，將混有獵戶座漩落甘霖的惡臭糞便，如前所述，烘烤後置於陰涼處風乾。他如此這般為自己製造出了墨塊（冒牌頂替的獵戶座，永不褪色的水塊）。

爾時，虔誠負責的伊尼亞斯^Aeneas，和庇護我們的恩尼亞^Eneo，根據閃爍電光石火的隆隆穹蒼所頒佈下達的詔書，責成這隻渾身顫慄茫然失途於碎裂大地的狗崽子，一旦接獲大自然的召喚，他必須在一天一夜 24 小時之內，從他那具不容於美麗健天堂^America的夢魘軀體中，製造出慘量難以確定、且不為美利堅合眾國和尿尿維納斯眾星國的著作權法所保護的穢汙敗俗物質，否則，他就去勢去嗣去屎去死吧，行此屎屎雙重染色法，這罪孽深重的賊廝鳥得把墨水加熱到正常血液的溫度，然後在碎鐵礦上加入三烴苯甲酸，行經他苦難的胃腸，閃耀、信仰、齟齬、合宜，這個主張孟什維克^Menshevik主義的厄撒烏^Esau，好戰的鷹派走狗，絕無僅有的煉金術士閃姆^Shem，在唯一可資利用、大小差不多是小丑圓錐紙帽攤開成大裁那般的面積上，每平方英寸都寫上密密麻麻的文字，直到墨汁內的氯化汞^corrosive sublimate開始腐蝕肌膚表層，進而產生昇華作用，[185] 形成一片連綿不絕、完全以現在式書寫的文字覆蓋層，緩緩開展一段充滿我願意我願意的婚姻謳歌、發黴的情緒模組，和循環的歷史軌跡（因此，他說道，反思他個人之為人、卻無能賴以過活的生命，透過意識的文火慢慢地煨慢慢地燉，生命的附質^accidents會轉變成離散飄零的混沌樣態，危機四伏，滿溢能量，具備所有血肉之軀共有之特性，然而其中惟有人類，具足死亡），即使他所寫的每一個字詞永不滅絕，他的烏賊自我，雖然長期藏身於他從水晶世界噴射出來的濃厚墨汁之中，總是隨著那身老舊的慘綠驢皮囊[法] *La peau de chagrin*[15]，逐漸透薄皺縮蔫巴，如同魔法失敗後，那幅扭曲變形、灰灰撲撲的道林格雷^Dorian Gray畫像。在多次複誦「我們知道」之後，這個也存在了，那個也存有了。讓魔神仔

---

[15] 法國作家巴爾札克於 1831 年出版小說《驢皮記》(*La Peau de chagrin*)，描述一張可以為擁有者實現任何願望的驢皮，但是願望實現後，驢皮就會立刻縮小，持有者的壽命也會跟著縮短。

把都柏林都抓走吧！打魔打鬼我揮拳頭你搧巴掌輕輕拍敷敷藥啊啊很痛耶！所以也許吧，一嘎嘎拉渣渣啊咔咔黏答答堆疊疊加凝聚成坨，橫看成嶺側成峰，遠近高低各不同，畢竟，馬在後，犁在前，終於，他最後一次的公開亮醜相，是在反覆無常的群眾心目中，會被羅耀拉的聖依納爵[西] San Ignacio de Loyola視為大毒草放火燒之而後快的那位漢子的逝世紀念日（亦即十月六日的長春藤日Ivy Day，那些個酒醒的豬儸群交亂性的日子，屠殺了我們的國王，還把他的遺蛻棄置塵土之中！），他繞著四方廣場，兜著圓形圈子，揮舞著手中的鋼珠筆，如同一把入珠的匕首，這是個閃耀墨汁光澤、掌握未來鑰匙、一心改變的狂野男人，假如母鵝肉的沾醬只是公鵝肉的鹽水[立] zasis，假如𘅄𘅅伊𘅆的輕佻鹵莽[立] zasinas是埃及術士佐西莫斯煉金的智慧源頭Zosimos[古臘] thôth，那麼誤把鋼珠筆認為是墨水鋼筆的金髮員警，有如從深海被猛拽上岸，腦筋一下子全懵圈啦，不過，大體而言，他的想法還算是正確的。

那是效忠K字架K皇冠K圈欄靠著姊妹裙帶從事保安維穩的低階警官西特森Sistersen，這頭教區看家狗，實在有夠大啊這狗、這苟、這垢、這垢面塑膠袋叫花子、岣嶁乳垂的夭壽探子、苟不啦嘰的羊毛屎塊、勾纏不清的癉癢臭蟲，專門執行貪腐警局指派的各項任務，叫你救他，就去救他，管他是個啥，管它是為啥，反正他有難，人家要陰招，用小團雲朵A Little Cloud般的骯髒泥巴塊Clay砸得讓他話語糊粊哀嚎擰巴，強烈表達毀謗！造謠！中傷！抹黑！要負法律責任！的後果，另外還得應付手持長柄大鐵鎚在旁環視的暴民，還有一次，在類似伊芙琳Eveline拒絕登船那種夜景的傍晚，他人在梅奧郡Mayo聖母顯靈的諾克鎮Knock，啊，生命的意義就在於蘇尼恩岬角[拉] Sūnium的波賽頓神廟裡為他牽上的湯姆涵Poseidon，在此海陸交接的邊界，騎來騎去撞來撞去的，千不該萬不該，就在那兒的一間長春藤妓藝室內Encounter，邂逅了這菜鳥軟腳蝦，當時他蹣蹣跚跚、右晃打旋多於左搖頹倒，剛從一個看似雛妓那兒走出來（他到哪兒總會有個（打住！）至少在某一方面神似於他那原型archetype女孩的小乳鴿，拱門彩虹[葡] arco-íris，那是小瑪姬Maggie著罩衫睡衣時的綽號），歹時機，轉過個角落，剛好直直撞上來，酩酊大醉之際根本來不

　　　　　　　　　　　　The Boarding House
及躲閃，就在他的妓宿之家黴斑點點的窗戶下，神女殿堂左右對開春暖花也
　　　　　　　　　　　　　　　　　　　　　　　　　　　　[丹] min sorte herre
開的兩扇門之間，他以平日的神情說天氣的口吻優雅地打招呼：**我的黑膚先**
　　[客] 最近好嗎　　　[丹] Hvorledes har De det i dag
生，恁久好無？您今天都好嗎？女士們都是在哪兒用吃剩的鯡魚餵那頭
黑狗的，啊怎樣啦？員警阿舍，搜我啊，這無能的東西以一種不證自明的
巧妙伎倆，操弄顯而易見的閃爍言詞，耍弄嘴瓢子呼嚨人，而且在恩典塞車、
溝通不良之後，他的毛髮根根齊刷刷豎了起來，那時他的胳肢窩底下緊緊夾了
　　　　　　[臺] 凌亂沒有條理的
一大堆離離落落ê聖誕節用品，要送給器宇非凡的彌撒神父，姿色依舊的貴婦
媽媽，楚楚動人的小姐姑娘，和藏頭露尾的老爺大人，如同當場被逮個正著的
　　　　　　　　　　　　　　　　　　fandango
老千同夥人，他陡然挺直身子邁開方當戈大舞步，[186] 丟下一句**熱冷交加剛**
柔並激快來不及脫褲拉稀囉，所過之處，路人乒乓哐啷如九柱球戲的球柱紛
紛被撞得東倒西歪，他老兄一溜煙就不見了。啥玩意！騙子，給我站住！這個
[臺] 全身白晰的　　　　　　[臺] 可憐哪
規身軀白胖胖ê人民保母，**僥倖啊**，湧上一股看得見摸得著的波羅的海激昂的
　　　　　　　　　　　　　　　　　　　　　　　　　　stemming
情緒，直想抓顆球把那些亂七八糟的枝枝節節全都砸開來，直接提取詞幹，由
　　　A Painful Case　　　　　　　　　　　　　　funnel　 tundish
於這一樁憾事，說真格的，他之訝異呀還真不亞於發現漏斗和油漏仔居然是一
樣的東西，朝自己爆發脾氣，他溜到誰，他打啥主意他真想要，你想這樣是
不是，可是，下午反反覆負的整個過程中，**真他媽的這狗娘爛尻的賊廝鳥**，
　　　　　　　　　　　　　　　　　　[立] Lietuviškas
如此這般的搜尋行動催促著俺，因此，俺以立陶宛副中隊長的官派身分，帶著
　　　　　　　　Scotsman　　　　　Scotch
足以和蘇格蘭人力拼威士卡的能力，搖搖晃晃地走向那個渾身惡臭的鄉巴佬，
Counterparts
天呈敵體，走向那個身著土耳其束腰長袍、長袍內藏有酒皮囊、酒皮囊緊貼
同色肌膚的愛巴子，而在交談期間更有甚者，俺在看了一眼他臉上大很大最大
無限大的驚愕之後，他進一步被告知，啊—噠，謝謝，哈—啾，關於他寫的那
　　The Dead
些死人骨頭骯髒下流的垃圾，以及裡面有如腐屍堆肥的鳩字標祭乩靈丹藥等秘
　　　　　　　　　Araby
訣，版本越多，花費越凶，連阿拉比都可以扯進來，簡直滿紙胡言讜語，說是
　　Dominican Order
符合道明會的精神，可是又唾棄以耶穌為排序基準的紀年法，而且自以為是卸
任國王，還貴氣十足地要求這個許可那個權限，根本就是隻鬼靈精浣熊樣，他

說啊,一心一意就只想,換句話說吧,只想帶回家以皇家加侖為計價單位滿滿的兩加侖波特酒,像公子哥兒倆沿途兩側隨行,還有一整隻雞,孝敬母親用
[丹] kun at bringe hjem
royal gallon
Two Gallants
Mother

的,家己喝到死準煞。上,乾了,逮他去!
[臺] 自己喝到死算了

這喧鬧鬼搞得她又嘔又吐一副被古希臘重裝部隊雷轟電擊剝削踩躪的淒慘模
poltergeist

樣!蹬腿兒了嗎?啥,老媽子嗎?替誰幹的門房?哪一對寶呀?為啥管那黑黝黝
[粵] 黑漆漆

的傢伙叫浣熊?不過,我們的智商早就被罵到臭頭了,所以,夠啦,不說這個

黑啤下流種了,低俗之至,配不上印刷的墨水!讓咱們好好掂量一下這景象,

派翠克·歐普賽爾從冬日汪洋中撈起凍成煤黑的石塊,閃閃銀白的須德海鯡魚之
Patrick   O'Purcell
[荷] Zuider Zee

鄉為鯡魚國王齊聲高唱,九月、十月、十一月、十二月,約翰·菲力浦,起步向
John   Philip

前撲,一月、二月、三月!不是在慈悲或公正中間作抉擇,也非躺在床上如陷迷

宮睜眼直到天亮道早安,我們不能在剩餘的生存中就死守在這居所裡,整日價討

論丹斯特·阿姆大人渴起來一人抵十人的酒量。
Tamstar   Ham

公正(跟他的它者打招呼;嗨,媽媽):筋肉布朗恩是我的名字,寬厚是
Brown

我的本性,眉毛濃厚有光澤,五官外貌體態無一不到位,我要打碎這廝鳥的腦

殼,擠出腦漿,燒烤身體,不然,就讓木塞把我的棕貝絲燧石槍給塞到爆,我
Brown Bess

就是這麼個男孩,專門骨肉分離,剁肉成泥。去死吧!砰磅!

往前站,諾拉的餒曼,你這個無土無地老說不的男人,放開膽量秀出你的真
Nolan   Nayman

面目(因為我再也不會用第三人稱單數、語氣或時態讓人猶豫不決的異態動詞
depondent

來激發你的靈感,像個斜格那般歪七扭八跟在你屁股後,而是與你直面相對,
oblique case

直接對著你說,以累世家族血仇的直述語氣,採用帝國霸權的命令句法、善用
indicative mood   imperative

呼格、直陳話語),往前站,哎呦喂,真把我給笑死了,咱倆還是雙胞胎咧,
vocative   direct discourse

灌口酒,我看我會笑到好好臭罵你一頓,然後看你從哪來,就滾回那兒去吧!

楂姆,亞當兒子的兒子,天生補破馬路的命,你知道我的,我也知道你,還有

你那些搞得她笑吟吟見不得人的伎倆!你早上告解尿床那檔事以後,這兒不過

子宮大小,[187] 你到底都躲哪兒自個兒去耍了?我勸勸你,自己要遮掩點,我

的小朋友，就如同我片刻前所說的，把你的手放在我的掌心裡，你就會擁有一份美好悠遠、家庭溫暖般足以克服一切的小小撫慰——讓我們整晚在家裡吟誦《悔罪經》。
<small>Confiteor</small>

讓我們祈禱，窺探心靈隱私。我們所思、所欲和所行。為何，隨便都可以嗎，何處、何時、如何進行、有多頻繁、使用哪種輔助工具？讓我瞧瞧。看來黑氣罩頂，我們認為對你頗為不利，楦姆，我的孩子。等這邊結束，你會需要整條河流來洗滌你的污垢，還需要上繳40罰鍰，以及一份教宗詔書方能進我的 <small>[拉] Bulla apostolica</small> 告解室，違者處以褫奪公民權的罰則！
<small>bill of attainder</small>

自打從神聖的幼年時期以來，看把你一路到現在餵成這麼一副臕滿肉肥的模樣，要感恩處於歡樂天堂的道德訓誨和另個所在的咆哮嘶吼之間、這個擁有兩個復活節[16]的島嶼（掠奪者在你右邊，下愚者在你身邊，能賣弄就賣弄，能撈啥就撈啥吧），而現在呢，說真的，像你這種醉醺醺的黑鬼子，處在這個懦弱畏縮的世紀、混跡在白人惡棍的世界當中，你已經變成了一個雙心兩意自相齟齬、若隱似現的舶來神祇，不是，應該是一個殺千刀的小丑弄臣、無政府主義者、唯我獨尊主義者、泰瑞西亞斯異端主義者，在自己疑神弄鬼到極度緊繃的真空
<small>Tiresias</small>
心靈裡，你以屁股頂起你的哺嗚裂顛聯合王國。那麼，耶楦和姆華，你自認為
<small>disunited kingdom</small>
是鵲佔馬槽的神嗎？你不肯服侍，也不讓人服侍，你不願祈禱，也不讓人祈禱？不過，這麼著吧，算是為我的虔誠付出的代價，我也必須戒慎恐懼來裝備自己，為我即將斷喪的自尊好好做禱告，因為醜化汙衊本身雖然恐怖，卻有其必要性（親愛的姊妹們，妳們準備好了嗎？），我得褪剝我的希望和我的顫慄，記得我們一起在索多瑪的水塘裡游泳的日子嗎？還記得我摘下帽子，脫下褲子
<small>Sodom</small>
的模樣嗎？我的純潔鐵定會讓我瑟瑟顫抖，她們會為你的罪孽失身而嚎啕慟

---

[16] 在七世紀時，愛爾蘭和羅馬計算復活節的方式不同，教皇和諾理一世於630年威脅，假如愛爾蘭不採用羅馬的復活節日期，將把他們逐出教會。愛爾蘭南方教會遵從教皇的飭令，北方教會遲至716年才放棄原先愛爾蘭的計算方式。換言之，愛爾蘭本島在近100年間有兩個復活節。

哭。邊去，遮遮掩掩的文字。我要以撒羅滿王(King Solomon)莊嚴肅穆、全新盛大的排場取代巴特舍巴(Bathsheba)披在身上那件老舊檻褸的浴袍！那個格格不入的軍事部署，你指派新任務了嗎？冷酷的坦白，簡直是泡三溫暖，忽冷乍熱的！來點冰塊！總算贏得勝利！這下妥了，有關那些臭烘烘的下懸煙斗(underslung pipe)啊，一管管都有名字的，叫什麼若望(John)啦雅各伯(Jacob)之類的，那時節還是青少年（我該怎麼說呢？），十足孩子氣，上身是木桶般的西裝，搭配直筒及膝短褲，褲管側邊還有鈕釦的那種，你收到的禮物，一管美麗大方**要自己養喔**的針筒和**雙胞胎耶**兩個餵食器（你要知道，萬人迷先生，你在五指神功上面的藝術天賦，要付出代價的，連帶我也得賠進去〔別想隱瞞〕，跟我對刑法(penal law)指指戳戳的功力，不相上下），還有像那個啥俏皮話來著，你應該（假如你的膽量像幫你受洗的教區神父那般粗獷揮灑的話，那麼，我的孩子，把復活蠟燭(paschal candle)[17]插入水中吧！），藉著你的出生，重新讓這片土地滋養眾多，以一百顆飢餓交加的人頭和一千顆飢火中燒的人頭為單位，來計算你的子嗣後裔，[188]可是你卻極力阻撓你的天主和你的父母共同的希誠虔望，甭再詭辯，造成無以數計的失敗（是你自己說的，我可以交叉詢問並列表說明，**兔扯漢啊你**），這些行徑更添加你逾越本分的刻毒元素，沒錯，而且進而改變你的本質（你瞧，我為了你，可是讀了不少你的神學觀點），而且把我原來享受的感傷情懷——那是春藥誘發的媚蠱情愛、亂發脾氣的甜蜜幽會、潘馬克村(Penmark)的卑微和平、筆漬染暈的小寫 ps ——輪流替換成我笨拙的管家生活中，其他歹命的恐懼和歡愉，如同盧伯克爵爺(Sir Lubbock)所說，感性回答的能力、自由意志的能力、感受他者痛苦的能力，以及出賣自己靈肉的能力，甚至還得乜斜著大小眼，在毫無防禦能力、筆跡壓痕清晰可見的白紙上，硬是擠出為你辯護的說詞，也因此在我們這個卜派(Popeye)鼓眼、教皇(Pope)突目、原本就不快樂的世界上，再添加幾筆的潦草塗鴉！——還有那些以百戶為基本單位，難以計數「逮個小女孩來玩玩」「搞個

---

[17] 在聖洗聖事的儀式中，主祭祝福受洗之水後，以右手接觸水面，輔祭（altar boy）會將半人高的復活蠟燭插入水中一次或三次。

　　　　Countess Cathleen
「凱瑟琳伯爵夫人來耍耍」的把戲，多如雄獸鬃毛、滿溢姆媽之愛、的確受過完整而且充分恵氏的女修道院教育的高成就婦女，當皓齒靡曼於火熱戀情之際，完全不露龍鍾老態益顯青春活力，縱然風吹雨打也毫無滯礙難行之虞，在她們社
　　　　　　　　　　　　　　　　　　　　　　　　　　　　　　　rood
會新貴來來來來到我這兒的夢想背後是巨大無比的財富追逐，為了得到以盧畣
　　　　pole　　　　　perch
計、以畨珥計、或以畨畦計[18]的數英畝土地，那一整片星羅棋布插滿十字架、長木桿和鳥棲木的墓地，她們都可以把名譽丟在一旁，團團把你圍成水洩不通，
　　　　　　　　　　　　[波]chalwa　　Salvador
厚甸甸密匝匝，彷彿一整塊土耳其哈爾瓦酥糖的薩爾瓦多沙灘上，隨波搖盪的滾滾細沙，爭先恐後奮力搏攫，拼了老命把你的書籍、你的酒藏、你的樹叢，
　　　　　　　　　　　　　　Sorge　　　　　　　　Anguish
連同你胯下的草叢，通通佔為己有，鬱勃佐爾格有一子，迎娶悲慟安格韋斯國王所有的女兒，要嘛一男一女單獨相對，不然就大夥兒一起來（我本來要親自當你伴郎的），對著自然而然的連理之結，或是借來的靈堂花瓶，或是胡亂擺設的器皿，無聲地說聲「我願意」，因為那樣的話，根本不用花費你下死力拖拽
　　　　　　　　　　　　　　　　　　　　　　　　　　bolivar
輓具強拉馱馬把貨運上坡才賺到的 10 枚玻利瓦硬幣，或是一粒乒乓球的價錢，只不過是首輕快的小調，讓我們捲起舌頭唱出顫音，唱出這首來自這個好述好樹好寬廣的世界最古老的貓頭鷹之歌（吐唬！咱倆！吐唬！合一！），一旁伴奏的是樸實的黃金樂團！萬歲！萬睡！全然甜美，芳心眷戀，舉手投足之間自然
　　　　　　　　　　　　　　　　　Morna
而然流露出壁畫仕女款款風采的新嫁娘茉娜小姐，烏黑濃密的秀髮，上下起伏的高聳胸脯！她的雙眸神采悅揚，我們都要跟新郎分一杯羹！

　　嗅探腐肉的狗崽子、過度早熟的挖墳人、瘋癲亡屍的復活者、邪惡之巢的搜索者，都安穩在美好聖言的胸懷中，唯獨你，在我們的守夜裡安眠，在我們的
　　　　　　　　　　　　　　　　　　　　　　Japhet
歡宴中絕食，你和你那個脫臼的理由，在你本人缺席時，先知耶斐特透過你的身體，以可愛但精明的方式，藉由緊閉的雙眼來細心觀察你那麼多的燙傷、燒傷、水泡、黃水瘡和小膿皰，藉由洞察你那渡鴉雲團般的黑影所祈得的卜象，

---

[18] 英制長度單位 rood, pole 和 perch，中譯都是「桿」（rood 也有翻譯成「路得」或「魯得」），約合 5 公尺。此處以音譯來做區分。

藉由觀測國會大廈裡面飛翔的禿鼻鴉推算的鳥占，預言了各種災難和死亡，同事爆破炸藥的行為，公共檔案盡數化為灰燼，大火夷平所有的海關，[189] 眾多和藹可親的槍枝使用者都塵歸塵，土歸土，火藥歸塵土了，可是該預言卻從沒有過敲醒你自己糨糊腦袋的遲鈍和呆滯（地獄啊！我們的葬禮這就來了！害蟲啊！我會懷念站崗的哨位！），你蘿蔔剁得越多，你蕪菁切得越多，你土豆削得越多，你洋蔥哭得越多，你牛肉刴得越多，你羊肉越剮越精鍊就會越剮越多，你野菜越搗越多，你的火焰就會越來越旺，你的湯杓也會越來越長，然後你煮得更加賣力手肘敷上更多油膏，更多歡樂的炊煙就會繚繞在你創新的愛爾蘭燉餚。

啊，對喔！順便提一下，我又想到另一件事。你啊，容我以最有禮貌的態度來告訴你，被打造得實在頗為一般，是你身為長子的冥分和饗有的權痾，與天主的偉大計畫完全吻合，如同我們的同胞，和所有國族主義者也是一樣，應該要找個職務做做（至於是哪一種，我不會告訴你），在某間神聖的辦公室（我也不會說在哪裡），在某個煎熬苦楚的上班時段（要搞教權黨派，要開職員派對，隨便你），每一個年頭在某某事多到不行的某一星期的諸如此類的某一天從如此的一年到這般的一小時（健力士啤酒廠，容我提個醒，曾只為你敞開大門，準備給一口把你吞進去，可惜沒去成，不然，你就會和一些原本可以當夠克主教的工人一樣，或許就在鍋爐內刷洗漬垢了，也有可能一跤跌進去，煮成一顆幸臣的刻克或是博斯科普人那般的弱顱），然後你就可以掙個3便士的活計，就可以從國家那裡賺得真心的感謝，就在這兒我們出生之地，負擔之處，你艱困旅程的未知異域、眼淚之谷和莠子之鄉，在那裡，經歷上天恩賜的無盡揮霍享樂之後，你拼命在水口中深深吸了生命期的第一口氣，從一朝咬過你的小搖籃，到一輩子怕再被咬上一口的空墓穴，跟我們一樣怕，與我們一起怕，或獨自和那隻小木馬待在雜種狗的牆落，你在那兒倒是跟有信仰的亞美尼亞廉價勞工受到同等的歡迎，你還放火燒了我的燕尾服，我也不過是把冒煙的石蠟蠟燭放在你那件下面而已（我希望那管煙囪通暢無阻），不過，你倒是慢條斯

理地躲過朝你打來的子彈和發配給你的軍令,你還像布朗熱那樣反將了大家一
                                          Georges Boulanger
軍,從高威逃了出去(不過他違逆自己既定的步伐,到頭來失勢落馬聲草皮去
   Galway
了),走之前還給我們唱了首不在場之歌(波浪的悲鳴聲聲入耳,其下盡是灰茫
         song of alibi
茫跳躍著慢吞吞翻滾著廣漫漫起伏著無止無盡的變幻無方,淌水岩石如一排排
蹲坐的滴水嘴獸從他們逆反的孔洞發出荒謬的應和咕嚕咕嚕聲),游牧浪人、
破壞家庭的第三者、毛手毛腳的狗雜種、拿路燈當月圓的罪犯、不讓我們說不
         Antinous
的變童安提諾烏斯,在每一個人強忍笑聲之中還是揣著迷糊,像個只會亂剪亂
貼的詩歌韻律創作者,隨意讓同一份數字簡譜的陽性單音節字元野合般混雜組
構,全然不分酸甜苦辣攪成一大團麵糊,就為了遮掩你那迷戀糞便的怪癖,你
還是個流亡海外但跑錯地方的愛爾蘭移民,跨坐在你那歪七扭八的 [190] 6 便士
                                     Blackfriar
梯蹬上,看起來就像個沒穿僧袍的冒牌黑衣修士,你喔(你看莎劇都可以看到
兩片臉頰笑呵呵,可否幫幫忙,我實在想不出來,替你自個兒取個外號?),就
是個半閃族裔的幸運兒,你喔(謝啦,我想用來形容你還蠻貼切的),合體歐亞
非三大洲、外型酷似猿猴的洋基佬!

我們如此音聲相和、彼此前後相隨,匕首浴血者啊,就這樣再維持久一點,
好嗎?我們的君王,迄今還是個待在前院不得其門而入幸福殿堂的外國人,正
      Hitler
在享用(治療來幫忙的人!喜忒樂,吉祥!一個民族,大塊吃肉,一個帝國,
大開喉嚨,一個領袖,大口灌酒,全部吃光抹淨!)他的點心嗎?

在你的身旁茁壯長大,在我們無比迅捷上溯萬物起源的祈禱聲中,座落在
           Novara   Novena
父老遺澤的漫遊之地諾瓦拉林蔭大道的**九日敬禮教堂**,你這個低能弱智的醜八
     changeling
怪,妖魔調換孩狸貓精,沒份工作,和骯髒的低賤野人只有一步之遙,完全倚
賴他的照顧和看守(我猜你清楚的很,為什麼負鼠要裝死,就是沒膽子,爬橡
                                      Immaculatus
膠樹搞到不上不下,就躲進死亡裡面去),另外那一位,無塵無垢,從頭到腳,
各位先生,那個純粹潔淨之人,那個遠古時代全真無私全然利他之人,他,在
                                Celestine
他火速榮登上座之前早已名聞遐邇,上達九重凌霄天庭,下抵教宗聖雷定大小

教友圈，我們年輕俊美的靈性醫師材料，誘引每種感官諸般刺激臻於自發自願禁欲獨身之佳境，可說是樂透彩金收入最具贏面的票根，連極境的酸棗樹^(lotetree)[19]也無法與之比擬，小小天使中最值得交往的好朋友，那些記錄善惡的天使記者最特別想要一起玩耍的小孩子們，替這位最最親愛的大哥哥要求他的媽媽，讓他第起來上丟稚園，帶託嘛，然後還要第得帶著搭的搭板車，然後，他們就都在這個大小剛剛好的家裡成了真正的哥兒們，在那裡過活的死老爹，把他嚇得都走了魂呆若泰迪熊^(Teddy Bear)，他們一個個都過來安撫他，拍拍他，有如麝香從這手掌傳到下個手掌，還有那個把媽媽搞得喘不過氣來的小模特兒，毫無丁點瑕疵的漂亮臉蛋，半個城鎮都在談她的屬靈衣裳，概分為日落黃昏衣、夜幕良宵衫、破曉清晨裝、午後歇晌袍，以及專門為取笑逗樂、適合下午茶穿著的昳晡[20]服，不過對於他，一個美好五月天的清晨，在你氣不打一處來的情緒下，一隻手就把他摺倒在地了，你的頭號敵人，因為他弄皺了好啦燒掉就算燒掉你的拼寫本子，或是因為在你卷首插畫頁的正中剪出一個漂亮的身形，你當時那火冒萬丈，簡直就是穆斯貝爾海姆^(Muspelheim)烈焰火國的化身，喔，好吧，是在你鏡片上刻了一個漂亮的數字（你不是殺了一個人，非也，而是滅掉一整個大陸！），其實你只是想知道他的五臟六腑是怎麼運作的！

有沒有讀過關於我們曾祖父這些個遠見締造者的事蹟，叭噠老爹，祖國的象徵，布爾喬亞資產階級的市長，曾想要高舉那根直挺挺的手杖，用尖端同時去碰觸天空和天庭，然後又怎麼軟趴趴地 [191] 打消了那念頭？可曾想過那個共濟會的異端提倡者馬西昂^(Mason)^(Marcion)，還有那兩個足以挑起東西教會大分裂的柔弱女僕人，以及他是如何在花柳滋擾阻撓的情況下笨手笨腳地完成尿尿那回事，還得同時擊殺俄國大將軍的？有聽過那個狡猾似狐狸，兇殘似野狼，似人非人如猿猴的帶斧僧侶^(Morrison)，還有莫理生家族默默肚裡超會生的童貞嫡長女伊娃^(Eva)，你這懶蠻

---

[19] 參見《古蘭經》第 53 章〈星宿〉14-15 節：「在極境的酸棗樹旁，那裏有歸宿的樂園。」
[20] 即「傍晚」之意。

缺舌的猴崽子，嗯？

　　裝病卸責的夯貨，極盡奢華之能事，稅收總爺啊，叉爺閣下，您老在用餐
<small>collector-general</small>
時間都同時做了些什麼，那些個堆滿熟食蔬菜的運奶挽車，具有哈米爾卡·
<small>Hamilcar</small>
巴卡時代單轅兩輪戰車對壘那般壯大的陣容，一頂頂的帽子滿盛了煨燉的水
<small>Barca</small>
果，一只只的手提冰箱甕塞著惜命命的麥芽酒，以及與巴黎基金性質相同的教
<small>suitcase refrigerator　　　[臺] 珍惜如命　　　　　　Paris funds</small>
區專用款，我都為你這陰謀家感到丟臉吶，真是的，巨額頭錢就這麼服服貼貼
<small>kitty</small>
地像凱蒂·歐雪那般，讓你從慈善機構的膳食房和藏酒窖給哄騙出來，憑什
<small>Kitty　O'Shea</small>
麼，還不是靠你那顆可怕到極度空洞貧瘠的心靈發出聲淚俱下的嚎淘大哭，說
什麼你在特里爾教區的寶座荊棘茨冠當鋪去典押大衣，一枚克朗都不值，連投
<small>Trèves　　　Thorne's　　　　　　　　　　　crown</small>
入特萊維噴泉許個願都嫌寒磣，還說什麼你這人真是壞透了之類的，你的確是
<small>Trevi Fountain</small>
壞透了沒錯啊，你這跳樑小丑、嚼老婆舌頭的罪人，花花腸子裡盡打些什麼小
九九，別以為我不知道，願聖伯多祿和聖保祿護佑你這個臭硬如茅坑石、饒舌
<small>　　　　　　　　　　　　　Peter　　　　Paul</small>
如老雞母的罪人喔，還有雞張口絲蟲和世紀病帶給你的憂鬱與絕望，順便跟你
<small>[臺] 母雞　　　　　chicken gape worm　　　[法] mal du siècle</small>
說一聲，雷那爾度啊，pas mal de siècle，依照法文通俗的用法，其實是指「榴
<small>　　　　　Reynaldo　　　　　不算太糟的世紀</small>
彈手尋花問柳，血淋漓汁液淌流」，有夠噁心巴啦的，令人思之作嘔。就讓你
踏上你自己的跳板，就讓海水沖刷你的骨頭（啊，剛好解決你肚子的麻煩！剛
<small>　　　　　　　　　　Hasdrubal</small>
好別瞎惹你煩的哈斯德魯巴！），還你，你的1磅白金，外加每年一千皮
<small>　　　　　　　　　　　　　　　　　　　　　　　　　　fiction</small>
鞭（啊，你承受極大苦楚，光榮地被釘在自己殘酷虛構的十字木架上），隨你
在狂歡週末盡情施虐，隨你在節慶夜晚呼呼大睡（在長眠和守靈之間，在安睡
<small>　　　　　　　　　　　　　　　　　　　　　　　　J.H. Paasikivi</small>
和蘇醒之間，名聲總會降臨到你頭上），隨你躺到星期五受難日，或巴錫基維就
<small>　　　　　　　　　　　　　　　　　　　　　　　stomach</small>
職日，直到咯咯公雞啼醒沈睡的丹麥（啊，強納森，你那肚皮，還真讓人看得
<small>[法] estomaqué</small>
目瞪口呆！）。這潑猴是情緒零分泌，卻可以為了我的緣故而滂沱涕泣，你是名
符其實的苦痛之筆，薩滿覡師是也！通常他們會在腐臭如爛泥的夜晚中哼哼唧
唧地拱地翻滾，死命想要抓住餓乎般的手一親荒澤，依著我說啊，你僱傭的那
<small>Jezebel</small>
些依則貝耳鬍子美女，根本就是請來洗劫你的，而在你濕答答的草堆上，還很

不禮貌地安可安可直嚷嚷（神氣活現的。啥了不起。講愛爾蘭話！不要懷疑。不過水蛭大小。甭甩他！），要再嚐一次那些手工製造的美夢，有獸角門啦也有象牙門，你還夢到盧得（Ruth），稱她為你的婚姻友伴（companionate），聖經世界走出來的美人兒，**尤斯頓車站**（Euston）的肉鍋造型抽水馬桶，和**馬里波恩車站**（Marylebone）懸掛晾乾、有如巴比倫空中花園吊飾的衣衫[21]。不過，月光帶著靜謐的微笑，透過老虎窗灑在沈睡的語言教師身上，時而傳來投射出頭燈光柱的火車吃吃吃吃竊笑的聲音：是誰在笑
[印] moonshee
話我們？你檢點些，甭說謊，你這出爾反爾的東西！我們鎖在小鹽盒子的小蘋果都跑哪兒去了？那筆生活費呢，專門預備來過艱困日子的，跑哪兒去了？難道這不是事實？（反駁我啊，蛋糕都吃了，還想拿出來秀！）那時，尖銳淒厲如哨笛的狂風，捲起你那癲狂的哭喪調，盤旋舞繞於聖殿山壙穴巨石縫隙之間（Temple Mount）（讓他過去，勞駕，良善的耶穌撒冷（Jesusalem），在忙了老半天割稻曬草之後，渾身沾裹了一堆麥桿，愚蠢的乾草洗禮，連講話都變得結結巴巴的），[192] 你在小嘍囉之間揮霍無度遠遠超過你所能負荷的奢華浪費，光是你的麵包碎屑就足以讓落後如霍屯督土著（Hottentot）、文盲如鈍頭禿筆的都柏林人感到一陣陣口乾胃燥的宿醉？我這麼說，難道不對嗎？是吧？是吧？是吧？神聖蠟燭和更為神聖的復活節聖火啊！入了羊圈的野獅子，別跟我說你不是放高利貸的嗜血鯊！往上看，老黑鬼子，自己瞧瞧你鼻子流的是啥玩意兒，聽我勸，吃你的藥！好心的醫生磨的藥粉。每天兩次，餐前服用，每天抹粉三次。對你的牢騷有神奇的效果，對形單影隻的條蟲也挺有用的。

讓我說完！一點點來自猶大的滋補品，我的萬眾笑柄之精粹，讓你凝視水晶球的眼睛會變成綠色。天殺的你這哈姆贏（Hamlet），你有在聽我看到啥嗎？你要記得啊，觀膝者先生，沉默是金，也算是一種默認和同意！你應該洗滌，應該自潔，從我眼前革除你的俗世噁行，學會對作孽說不！安靜！到這兒來，靠過來點，近到我可以看你耳朵裡的耳夾蟲。動作快點，吟遊詩人，我說啊，酒囊給掏空囉！看一眼，書呆子先生，用你的放大鏡看得到電話的撥號盤嗎？看得很

---

[21] 滯留車站的街友或流浪漢晾曬的衣物。

清楚嘛！彎下點腰喔，有斑點散光[astigmatism]，等一下，這樣我才！這可是個秘密！我們要辦個惠斯特紙戲會[whist drive]，因為假如讓那些未婚女孩得知一點點隻字片語，她們會衝上屋頂互通消息，然後就會像坎特伯雷[Canterbury]那批無聊人士一樣，七嘴八舌地爆出吉百利[Cadbury]脆餅劈哩啪啦的聲響開始四處瘋狂杜撰故事了。我是從長路燈桿兒蕭爾[Shaw]那裡聽來的。他是從阿訇強尼[Johnny]·穆拉[Mullah]那裡聽來的。穆利根[Mulligan]是從穿藍外套[Blue Coat]制服的國王醫院中學[King's Hospital School]的學生那裡聽來的。穿紫襪的蓋伊[Guy]·福克斯[Fawkes]從燉牛肉普提法爾[Potiphar]的婆娘那裡匆匆抄來的。蘭蒂波[Rantipoll]那聒噪的婊子是從錫彈頭[Tinbullet]汀卜利夫人的眨眼中得到暗示的。至於那女人呢，她被包山包海的天主教撒科利可斯[Thacolicus]修士的告白搞得相當困惑迷惘，他不是該挺弟兄的嗎。而這位善心的修士卻認為說，他也需要替妳通一通滿肚的大便不可。反觀薄板佛列德[Flimsy Follette]那家子沒事亂嗨的鬼靈精怪，根本連自己在幹什麼都搞不清楚。K莉[Kelly]、K妮[Kenny]和K歐[Keogh]是忿青三K組，隨時準備挽臂奮起大幹一場。假如我拒絕相信的話，十字架可是會砸破我的腦袋瓜子的。假如我希望聽到的都不是真的的話，那我恐怕有好幾個世代都得當一塊定桿石錨[rock anchor]。假如我是你的鄰居而沒有附上我對你的慈善施捨，總有一天我會被聖餅噎死的！聽聽就好，都留在你耳朵裡。噓！楂姆，你啊。噓。你啊就是瘋了！

他指向死人骨頭，生者盡皆靜寂。失眠，眾夢之夢。亞孟。唵。

慈悲（只談他的自我）：天主與您同在！我的主人，倖存之單孑！我的錯，他的錯，透過錯，構成血親，構成王族！我，賤民，噬人加音[Cain]，早已賭咒，立下誓言，棄絕懷過你的子宮，及我以前吸吮過的乳房，你從此以後就成了一大團污漆麻黑果醬般的震顫和譫妄[convulsion]，被一種鬼魅的搖搊感所紛繞糾纏，老覺得從來就不曾、或現在也不是、我以前有可能會成為的那樣，或是你原來有意要變成的那樣，[193]為了那份我無法像女人那樣捍衛的純真，我像個男子漢痛哭哀悼，看吶，這是針對你的，卡斯莫[Cathmor]-凱巴[Cairbar]，要感謝從我下等痛悔[attrition]的心靈在平靜沉寂後，積澱於深淵極底之處[[拉] profundis]，所播放出來的電影，片中，你年輕的日子，和

我年輕的日子,以及那些模仿我的日子,全都混融交雜在一起,如今,獨自在睡前禱告的時辰獻上感恩之前,如此趁手如此方便,都交付在手中,然後在我
^(compline)
們把靈魂讓渡給四方來風之前,抽上幾口香菸,因為(雖然那位皇室貴族尚未從他人生極致的圓滿裡飲到一滴酒漿,還有頂在竹竿上的花盆,可卡獵犬隊群和
^(cocker)
牠們的獵物,家臣侍從和那位酒館負責人都尚未移動一毫米之距,但所有做過的一切還是會一再做了又做,週三出生的小孩一輩子有災有難有悲有痛,叵,看吶²²,你的命運早已注定,歡樂之日星期四隨即破曉降臨,啪叵,白天到了,你掌權啦)這是針對你,多災的頭生子和多難的初熟果,假如是我的話,烙印的黑羊,假如是你的話,紙屑垃圾桶中精挑細選的上乘之作,完全根據雷霆之顫慄和愛爾蘭上空大犬座的天狼星,只針對你一人,無盡罡風摧殘美惡之智慧樹,哀哉!我懼怕的流星和閃爍的微光如同衣裳披覆在瑟瑟發抖的地平面上,也披覆在觀星的穴居類人猿側耳傾聽的雷霆萬鈞的獨白中,位居唯吾獨尊的邏各斯
^(logos)
之上,一事無成尼耳菲特的老父之子、不可呼其名的蒼蠅王,對我而言,是那
　　　　　[拉] Nilfit
個不為人所待見的紅顏羞臉男,在猥瑣鄙陋的煤炭儲穴之中,恍若來自臀部的隱密嘆息聲的溫床,只有亡者的聲音才會造訪遠在最為落魄最為僻壤極地的窮困居民,因為你離我而去,因為你嘲弄我,因為,啊,孤獨的兒子,而你已逐漸把我忘了!我們煤棕膚色的媽咪 ALP 就要來了,阿耳法栓著貝塔栓著伽馬栓
　　　　　　　　　　　　　　　　　　　　　　^(alpha)　　　^(beta)　　　^(gamma)
著德耳塔,有 a 有 b 有 c 有 d,接二連仨伴隨著她的潮汐全數奔湧而來,啊,這
^(delta)
個偉大廣闊的世界所有的老舊新聞,小男孩們鬥嘴,小男孩們吵架,嘿!嘿!嘿!悲上加悲啊!爸鼻的 baby 娃兒學步七個月,走!走!走!越走越遠哪!在彭赤斯敦馬賽槍響那一剎那,新娘立馬就驍衝了出去佔住領先的地位,在財
　^(Punchestown)　　　　　　　　　　　　　^(Bride)
源滾滾的馬賽之前吸了毒品的帶罩雄駒、兩位時髦吸睛的美女共享一份大眾魅力,仨乾癟洋基佬會造訪故土、四層蛋糕裙高高飛天揚起、各位女士,沒注意

---

²² 保留「看吶」的英文拼法 lo,以模仿漢字結構的方式書寫,以下同樣方式,用 la 代替「啦」。A/O 是書中常見的對比,表示 Alpha 和 Omega。參閱第一章註釋 9。

到現在流行的是帕莉米克妮(Parimiknie)穿的及膝短褲嗎！12種調配微燻蛋糕(tipsy cake)的秘訣，還有12種混搭醉翁守靈的方式，庫尼小馬(colt Cooney)，聽到了沒？妳有沒有見過切成盾牌那麼大的鱗魡魚片，小騾福蒂絲秋(Fortescue)，嗯？點頭示意，淬湧而出，湍急溪，活源泉，她所有細小支流激起捲捲浪髮搖曳生姿，卵石若耳墜明月璫，隨著她的撫觸輕輕晃蕩在袋狀河谷中，又好像電車圓代幣，在她上下起伏的髮波之中，隨波阻流疑挹揚，含沙攝影語紛紛，剎時如怒濤排壑，風聞起，紜談湧，小小的保守媽咪，小小的奇妙媽咪，猛然間潛游橋墩之下，在河堰魚梁間像個旅館小弟那般辛勤勞頓，百忙中閃躲開一片沼澤地，火速繞了幾個彎改了幾次道，蜿蜒曲折穿過塔拉鎮(Tallaght)翠綠的山丘、噗啦呋咔瀑布(Poulaphuca)的噗咔水潭(phooka)、還有他們稱為布萊辛頓(Blessington)的地方，[194] 然後在薩利諾金(Sallynoggin)那兒機靈靈地滑脫了出去，快樂到濕聲尖叫，嘩啦啦，泡噗噗，咯咯嘰嘰對自己潺潺說個不停，她滑溜溜地側身，風情萬種地迴旋穿梭在連陌田野的肘彎之間，呢喃軟語蜜裡調油，淼淼漫淹好個水鄉澤國好個她，潑天迷糊泊漂四洋的婆婆媽媽，頗好東家長西家短的安娜(Anna)・莉薇雅(Livia)。

他，舉起生命之杖，啞子開口，說話。

── 呱呱呱啥呱啥呱啥呱呱啥呱呱呱！[195]

第八章

哦

跟我講跟我講

安娜‧莉薇雅所有的一切！我要聽聽所有關於

安娜‧莉薇雅的一切。呃，妳認得安娜‧莉薇雅？是啊，當然，我們都認得安娜‧莉薇雅。全都跟我說。現在就跟我說。妳聽了準會爽死的。呃，跟妳說喔，當初這大腕老兄像火苗浸入革巴爾河那般呼塌噗嘶-嘶熄滅，敗火囉，然後就搞了啥妳知道的。是啦，我知道，繼續說。要洗乾淨，不要只沾沾水。撸起妳的袖子，鬆開你的舌根。別頂我——席多普！——彎腰要小心點。不然管它是什麼就是在鬼迷心竅的鳳凰公園他們仨躲在樹叢裡想弄清楚他到底想對那倆幹什麼。他呀看一眼就會讓人害怕的火藥庫，壞透了。瞧他這件襯衫！瞧瞧髒成甚麼樣子！濺了我滿身黑水。用冷水浸用熱水泡，從上禮拜那次直到現在耶。我真想知道這件我總共洗了幾次？有哪幾個地方他特別喜歡弄得髒髒的，我心裡可是清楚的很，這個大鈍大偽的大髒魔！就算燙壞我的手，就算餓死我的家人，我也要把他私密的衫仔褲在公共場合秀給大家看一看。用妳的洗衣杵跟打戰一樣好好捶打一番，好好給它洗乾淨。我的手腕都鏽僵了，都嘛是刷洗那些魔惡搞的霉斑。這裡頭啊，濕氣之重，有涉水聶伯河淹到妳膝蓋骨那麼深，罪惡之廣，有充塞恆河腐敗瘴那麼臭，說到爛，岡掛會議是比不上的！他到底在動物主日崇拜那天，赴仙台去幹了甚麼欲仙欲啥的，說說這故事吧？他被關在內伊湖湖底城市的監獄有多久？他幹的那玩意兒滿新聞都是，什麼好人好蕾絲，祈禱乞隱私，什麼童貞瑪利亞，始於尼西亞，連國王都懼怕的紅臉

　　　　　Humphrey
杭福瑞，釀造私酒、非法牟利，以及其他類似《尤利西斯》被起訴的罪名，判
　　[拉] fieri facias　　　　　　　　　　　　　　Tom　　　　　　　Till
處債務人財產扣押令，時間會證明一切的。不過托木也有話要說，他會提耳面
命把一切翻犁出地面。我很了他。時間與潮汐從不等人的。無法馴服的誘惑也
　　　　　　　　　　　　　　　　　　　　　　　　　　　　　　Roughty
不會在歷史上留下任何見證。那含笑跳躍的人，必含淚受攔。o我，邋夫帝這
老眊嗓！異國婚姻，同床做愛，合爸無我，豈能不怒，孤身冷漠入廁來，單
　　　　　　　　　　　　　　　　　Gootch
掌解手兼解愁。[196] 左岸的地方官家釀谷德齊，圓滾滾一墩陶水罐，為人右
　　　　　　　　　　　　　Drughad
正直右良善，右岸的地方官藥頭祖哈得，瘦脊脊一桿土煙槍，做事佐邪門輔左
道。瞧他那身剪裁，配上那頭髮型！還有趾高氣揚的步伐！他以前常把頭抬得
　　　　　　　　　　　　　　　　　　　Deucalion
跟霍斯山一般高，這位遠近馳名的外國老公爵，杜卡利恩那般的創世人物，背
　　　　　　　　　　　Weser　　　　　　Wiese
上隆起一幢宏偉壯觀的駝峰，時而威攝群雄，時而唯唯喏喏，頗像一隻在草地
　　　　　　　　　　　　　　　　　　　　　Derry
上弓身行走的鼬鼠！他那一口把母音拉得長長的德里緩慢腔調，他那滿嘴土生
　　　Cork
土長的科克瞎扯亂聊，他那元音一再重複的都柏林磕巴，還有他那唬得人家一
　　　　　　　　　　　　　　　fasces　　　Lictor　　Hackett
愣一愣的虛張聲勢。問一問手持法西斯束棒的喝道差役里克特‧哈克特，或是
　Lector　　Reid　　　　　　　　　　Gard　Growley
教堂禮拜讀經人瑞克特‧瑞德，或是嗥叫咆哮的警察加爾‧葛羅理，或是那個
帶著一根警棍的男孩。不然他怎會是個，還有其他什麼稱呼嗎？叫啥？起早就
　　　　　　　　Hugo　Capet　Henry the Fowler　　　　　　Bourne
弄髒手的大頭呆，雨果‧卡佩‧羅雀者亨利一世。或者呢，這薄恩寡義的傢伙
　　　　　　　　　　　　　　　　Goths　　Götaland
是在哪兒出生的？或是怎麼被找著的？遠古歌德人的歌特蘭島，在航道比貓洞
　　　　　Kattegat　　　　　　　　　　　　　Tvistown
還要窄的卡特加特海峽上那座兩派人馬鬥牆血拼的提維斯城嗎？或是到處可見
　Hun　　New Hampshire　　　　　　Merrimack
兇駕德國佬的新罕布夏州，在製造歡樂的梅里馬克河畔上，那座標榜和睦同心
　Concord　　　　　　　　　　　　　　　　　　　　soft anvil
的康科德州府？是誰像鐵匠那樣上上下下鎚打她那滿溢甜汁的柔軟鐵砧，又是
　　　　　　　　　　　　　Adam and Eve's　　banns
誰大喊一聲跳進她的小水桶？她在亞當與夏娃教堂的結婚預告啟事是不是沒有
准許執照，因此她也無法鬆開髮髻？還是他和她的婚禮是由某某船長主持的？
　　　　　　　　　　　　　　　　　　　　　　　　　　　　Flowey
我接納妳為我另一半，我是妳狡猾如蛇的駕家，妳是我蒼穹如靈的鴛偶芙蘿；
　　　　　　　　　　　　　　　　　　　　　　　　　　水秀飄逸的
Flowey　　　Mount
芙蘿伊和山明巍峨的莽特，在時間的邊緣，許下彼此的宿願，雙魚戲水，魚梁

在側，真是讓人好擔心害怕啊，那個薩頓地頸^(isthmus of Sutton)，要到那兒去過聖誕節快樂。她可以滿懷情愛朗讀結婚誓言，那份進入婚姻遊戲的執照。假如他們不會再婚的話，鉤和鉤眼^(hook and eye)倒是家常便飯！。我，扒屎沫兒^(Pasmore)，多說一些，真是汙洗屎^(Oxus)耶，然後我們還有其它問題！眾所尊敬的鈍-頓-雷東布^(Don les Dombes)先生，噸重如山，和他的好呀好呀細水長流尿尿小憨嬌！那個幫他打理內外的另一半，有沒有在白鸛與鵜鶘保險公司買竊盜險、感冒險和風險第三者？我聽說啊，他跟那個水噹噹的老婆可還真是挖到寶了，先是德爾文河^(Delvin)，後來在都柏林又挖到一大堆，他強行攜著她回家，親親寶貝薩賓娜^(Sabrine)咱們準備上岸囉，像一隻長尾小鸚鵡^(parakeet)給關在高吊上桅^(perroquet)的籠子內，兩岸看似危機四伏的土地，盡是堆積一墳墳的河床淤泥，河面不乏荒蕪人跡的下流三角洲，那傢伙跟她的疊音分身[阿]^shadda、她閃現絲絲微光的鼓漲身影，大玩童話故事中貓捉老鼠的遊戲（真希望有個條子蓬的一聲突然出現，砸他滿臉的胡椒粉！），航經泯江^(Min)河畔郡長官邸、長老教會牧師住宅、俗稱老人之家^(Old Man's House)的克爾緬因哈姆皇家醫院^(Royal Hospital Kilmainham)¹、全都關著癲狂老爺[法]fou [中]fu的里奇蒙瘋人院^(The Richmond Lunatic Asylum)，以及其他那些無藥醫的，還有最後幾個是關人的所在，沿途磕磕碰碰的，簡直是走沼泥^(Quaggy)河道。是誰跟妳說那種傑克南瓜燈的鬼故事的？濃縮牛肉成條乾那般的摻味美麗謊言！連在蚱蜢亂蹦的草地上編只草戒指給她戴戴都沒有，連螞蟻那麼丁點大小的金屬屑粒也都沒有。在一艄三桅平底駁船上，他還劍入鞘詩性大發胡吼亂叫，什麼生命之舟，救生艇還差不多，從無港可泊的愛爾蘭海^(Ivernian Ocean)，直到他依稀瞭望得到地平線那端朦朧乍現可資落腳的陸地，我們赫赫龍威^(Hron)的腓尼基水手，從他的船篷底下釋放出兩隻老鴰。在船上瀰漫巨藻海草氣味最為濃郁的地方，他們搭蓋了一間鴿舍^(The Pigeon House)。他們幹得可快活了！可是，我們偉大的舵手，您(ㄊㄢ)本人何在？這位行軍蟻商賈，在嘩洗^(Wash)一番之後，立刻生起勃勃，他跟隨[法]suivre，故他有得幹^(swive)，奮起直脡在桅檣高聳如野兔短尾，圓形舷窗匿陰若現越來越淡的船隊後面，他跨坐在神聖如羅德鎮^(Roade)輪盤十字架^(wheel cross)戰亡尖塔紀念碑的船首斜桅^(bowsprit)上，該死的駝奴^(cameleer)那身阿拉

---

¹ 壯鹿馬利根稱之為顛狂園（Dottyville；依金隄所譯）。

伯連帽長罩袍在風力漸強下，時不時刮得他臉上生疼，更加激起他的意志，嘭
　　　　　　　　　　　　　Crossing the Bar
嘭嘭硬闖她牢固似鐵欄的河口三角沙洲，抬出威力超屌不下城門撞鎚的粗壯大樹
　　　　［西］Pilcomayo　　　　　　　　　　　　　Saskatchewan
幹。紅河！如此費力才抓到這一個，汗流湍急若浹背之密佈河道！鯨魚就這麼
　　　　　grayling　　　［臺］媽的，嚎個啥屄啦
跟定了鮭族茴魚！［197］哭枵，吼啥稍啦，清清妳的管子，哼點順耳的，妳喔，
　　　　　　　　　　　　　　　　　　　　［英愛］eejit
天生笨的跟埃及一個模樣，說到白癡愚蠢，妳可是從來就不缺的！好啦，別再
Ptolemy　　　　　　　　　　　　　　　　　　　［臺］別說的嘴角全是愛斯基摩的泡沫
拖勒密秘了，快點告訴我，不過拉緊馬嚼，甭講甲喙角攏總是愛斯基摩ê沫。
　　　　　　　　　　　　King Solomon
眾人但見他，如同智慧堪比撒羅滿王快樂恰如大馬哈魚的君主，速速朝上一股
swift　　　　　Queen Sheba
激流倏忽疾射那示巴女王的劍鞘，女王麾下陣前罵將同時昂首吼出公牛的鳴叫，
　　　　　　　　bull roarer
聲如急速旋轉的牛吼骨 [2]，乘風衝浪於嘩然暴飲狂歡喧鬧的驚濤聲波之上。示巴
boyar　　　　　　　［愛］buadh　　　　　　　　　　　　　Bath bun
波雅爾 [3] 貴夫人，勝利！方舟男孩安娜之子，成功！他努力想要賺些巴斯圓麵包，
我們只能拿到過期硬麵包，商人嘛，天天就惦著去傷人。他會的。瞧瞧這兒。他
不僅汗流滿面，還把船舢搞得濕到一塌糊塗。你不知道嗎，人家都叫他大海的孩
　　The Water Babies　　　　　　　［拉］Ave Maria
子，水崽子？海生和潮生，萬福聖母瑪利亞，那就是他！H.C.E. 他有一雙看起
來像ｅｅ的病懨懨鱈魚眼。當然，她其實也壞壞，沒比他好到那兒去。誰呀？安
娜·莉薇雅？是啊，安娜·莉薇雅！你知道嗎，她那時把鹹淑嬌嫩的女孩子們
從各地都叫了回來，要上一號的，屋內房間有，要上二號的，自己找地方遮掩
一下就好，記得潑一潑，弄好了，通通到他那兒去，她那個老犯錯的愛爾蘭頭
子，然後嬌滴滴地叫他教皇教皇的去逗他樂子，搔著他的癢處，輕鬆一下，聽
過吧？她有嗎？天老爺在上喔！那不會太超過了嗎？就等這老黑鬼一旦見到了
［西］Río de la Plata
白銀之河，瞧他那副畏縮慫樣。o我，我想聽的通通都說給我聽，從右邊抬高起
來，就看得出來她可以多麼靠向左邊，給她一把梯子，就看得出來她可以爬
得有多麼高！旗子揮下，比賽開始，兩腿開開闊闊如眨眼睛。裝得好像她都

---

[2] 牛吼是骨澳洲原住民在舉行宗教儀式時所使用的器具，由木頭或獸骨製成的菱形物體，以繩線繫綁菱形體的一端，手執繩線另一端，在頭頂揮動時，會發出莽牛般的鳴叫。

[3] 沙俄時期特權貴族的正式頭銜。

不在乎似的，我沒錢，就當我不在這兒，他男人，錢歸他管，這龜公！歸功[法] proxénète
個鬼啦，啥物碗膏嘛？呃嗯，那個字是妳那位優秀的俄國研究調查員常用的[臺] 甚麼玩意
印度術語吧！用現在的通用語，就是法蘭克人講的那種語言，跟我們講講！有Hindu/Honddu　　　　　　[拉] lingua franca
話直說，不用拐彎抹角嫌我廢話連篇。妳根本就是拒絕學 a, b, c, d, 沒知沒識的
八婆，在學校他們舉杯祝飲時，沒秀給妳看過希伯來文嗎？也沒跟妳分享過哪
個哥兒們，對吧？同樣的道理，舉個例子，譬如說，我現在用念力隔空移物來
達到水土保持的目標，也用它來把妳歸公，然後替妳拉皮條，看妳歸屬哪個臨
時老公。我的天主啊，就為了把人搞到腰酸背疼如落克塞特斯冥河的那一根，[拉] coccyx　　Cocytus
她就是那種貨色？我還真沒想到她可以低賤到如此程度，連羅阿羅阿線蟲之流loa loa
都能往來，真是人人可泊忒忒來忒來隨便來。妳沒注意到嗎，她會在窗戶下擱一Botlele
把柳編椅子，左搖右晃地爬上去站到窗戶後，然後眼前放上一份刻滿類似楔形
文字的樂譜，假裝演奏小提琴輓歌，拉出急流過石縫那般木笛高音階的尖銳聲
響。這種粗俗不堪的查某人，沒戴戒指，沒穿衣服，縱情奔放地毫不氣餒地拉[臺] 女人　　　　　　　　　　　　　　　　　[義] con abbandono
上好一陣子，然後還對著空無一人的樂隊猛個勁兒的鞠躬吧！胡扯，想當然
爾，她拉個瘖女白琴啦，有弓無弓都嘛一模不一樣！當然她哪會呀！爛透了，
啥潲嘛。我從來沒聽過那種事耶！跟她有關的還有甚麼跟我多講一點，要多到
跟莫赫懸崖上的安哥拉山羊毛一樣多喔。特別是跟我講講那道護城河。Moher

好吧，是這樣的，老亨伯脾氣陰鬱不定，活像一頭通體圓滾光滑、動不動就Humber　gloom
氣喘吁吁的殺人鯨，他的大門上他的石柱間到處長滿雜草和，稗莠，妳知道吧，tare
梗莖上頭累累掛著雷神索然無味爾的淚珠，還有長年罹患的淋巴腺紅腫，跟那些Thor　　　　　　　　　　　　　　　bubo
暗光鳥一樣，怎麼趕都趕不走，沒有弓弩手也沒有箭簇矢，洛磯山脈的頂峰不見[臺] 貓頭鷹　　　　　　　　　　　　　　　　　the Rocky Mountains
貝爾騰五朔節的熊熊篝火，廚房或教堂也不見燈火蠟燭的蹤跡和聶拿[4]的傳奇，Beltane　　　　　　　　　　　　　　　　　　　　　　　　Nera

---

[4] 聶拿（Nera）是愛爾蘭神話的康諾特（Connacht）戰士。在貝爾騰五朔節的夜裡，他在恍神炫迷之際，目睹山靈（sídhe）摧毀克魯亨城（Cruachan；康諾特當時的首都）的異象。他潛蹤跟隨這些山靈通過巖洞進入另一個世界。在那兒待了一年之後，他循原路返回故鄉，發現時間還是他離開的那個夜晚。

格拉夫頓堤道的巨人坑洞轟然消失無蹤，滿佈霉黑灰菌的芬戈墓窟四周生長的死帽蕈早已蕩然無存，我們偉大護民官的塚丘也不再有累世毒麥植披其上，他以賽特的姿勢蹲在座椅上，抑鬱沉悶，這位醉生悶死人生如戲的夢想家，面對鏡中赤褐的臉龐上難掩性壓抑的憂鬱容顏，反問自己前世生命中一籮筐惱人糟心的問題，那條童工編織的亞麻領巾應該足以給那起子舔溝巴結的奴才有話題去宣傳促銷他的葬禮吧，早晨讀讀當天的 [198]《泰晤士報》，自問自答，查一下葬禮的相關報導和葬禮的積欠債務，迷途的漢賽爾在回家的路上嚐到的甜頭和苦頭，單足、跨步、跳躍，三足跳遠老大一蹦，蹦進了海，沉到了底，《每日郵報》以他定錨之處作為題材，勞碌工作拼死命報導他的出生消息，他那吃四方的餓狼嘴巴往前張開12點鐘到4點鐘的弧度，陰溝的鷸鳥、流浪的棄兒和遊民，都在他的鱷魚牙縫中挑剔殘屑討生活，他獨自進行絕食抗議，獨自扛起末日審判，從她身上抱起受詛之子，忍受乖舛的命運和逐漸高漲的憤怨，花花頭皮碎屑的前額瀏海來回梳刷他的眼睛和眼蛋，夢想著嗡嗡嗡振翅高飛遨遊星際，牛奶與蜜的銀河，目睹黑色的褲襪和肥大的長褲晾在雜草溪水旁的污濁房舍前，某個傢伙的乳房，阿里布達，呸蝨滿滿攀爬的股溝，來瞧瞧，巴黎是否值得來一場麋撒⁵，嗯，查珀爾利佐德是否配得上一碗雜羹湯，爾後，仰頭繼續神遊滿天星光。妳會認為說，他口中那些死人啦、困惑啦、少女堅挺的乳房啦，都是陷眼老掉牙的現象，跟絕種的渡渡鳥一樣，不存在的，是他在長時間監禁中自己的胡思妄想。我跟妳說，他可是犯過七年之癢的，癢到他嗝嗝嗝直打嗝。然後呢，瞅瞅咱們的安娜·莉薇雅，你要她闔個眼打個盹，都不依，像個黃毛丫頭唧唧呱呱四處遊玩，髮梢渦捲在一指幅之間上下晃蕩晃蕩，滑溜溜水漾漾地，穿著小女生的夏季短裙，姑娘的臉龐呈現大馬士格李子那種色澤，流露出亞馬遜女戰士的彪悍之氣，

---

⁵ 法國亨利四世於1589年登基，因其新教徒的身分，不待見於教宗西斯篤五世和西班牙腓利普二世為首的歐洲反新教勢力，他們聯合歐洲各國不承認他的合法王位。四年之後，亨利四世改信天主教，據稱，他自我解嘲地解釋改宗的原因：「巴黎值得來場彌撒。」

帶上從他那些瑪姬們那兒拿到的幼發拉底河的新品種馬鈴薯,和連伊索德都會
　　　　　　　　　　　Euphrates　　　　neuphraties　　　　　　Iseult
濕潮起伏的嗅鹽,對著她親愛的丹恩,喜歡替人取名字的丹恩,願他有個美
好的一天。轉身就走啦。偶而啦,沒那麼忙得話,她會湊合著替他料理幾塊魚
　　　　　　　　　　　　　　　　madder
肉,小心在意地在他的雙腿上方擺上似乎沾染有茜草紅的雞蛋,喔,好耶,今
　　　　　　　　　　　　　　　　　　　　　　[丹] København
天有蛋喔,丹麥培根屑散撒在吐司麵包上,好像哥本哈根海邊沿岸星羅棋布的
　　　　　　　　Greenland's tea　　　　green island
烽火信號,加上一杯半的清淡格林蘭茶,或是咱綠色島嶼的茶,或是12小杯的
[德] Kaffee Mokka　　　　　[中] Sinkiang
土耳其黑咖啡,或是新疆甘醇奶酒,或是盛在頂級真正藝術精品、跟你是伯多
祿你是磐石一樣頂級一樣真、微呈蕨葉淡綠色的白鑞酒杯內的濃啤酒,還有一
　　　　　　　　　　　　　　　　　　　[日] 丈夫
份難以下嚥的火腿三明治(您沒有哪兒不舒服吧,主人?),就為了要取悅那頭
男人豬,像一片三角抹胸苦苦撐住他日漸茁壯的肚皮,忙到她的兩球膝蓋骨紅
　　　　　　　　　　　　Pyrenees
腫不堪,像長年肩負庇里牛斯山的重任下,萎縮成兩顆小小的肉豆蔻,那痛起
來呀簡直就是在研磨板上磨成薑粉的滋味。她的肘節因接合不良而摩擦出細細
溝槽,飽受痛風之苦,在煤煙瀰漫中,她汗水如溪流蜿蜒漫爬在衣衫上在袖口
上,她使出廚房密技,如出疹子般在促不及防之間,就在竹籃篩子上堆滿尖起
來的食物(我的憤怒鼓漲拔高如巨塔蠟燭,蠟淚縱橫切割塔身成溝渠!),什
　　　　　　　　　　　　Hekla
麼鬼玩意兒嘛,他就像海克拉火山想爆就爆,怒吼一聲把吃的喝的通通亂丟一
氣,用藐視的眼神死死瞪著人看,簡直就是說,妳這隻豬母,妳這個什麼那個
什麼的,只要他不把整個托盤對準她的腳尖砸過去的話,相信我,那她還算很
　　　　　　　　　　　　　　　　　　　　　　　　　The Heart Bow'd Down
安全。然後她會問看看,是不是用口哨為他吹一首讚美詩,〈謙躬之心〉,或
　　The Rakes of Mallow　　Chelli　　Michele　　[義] La Calumnia è un Vermicelli
是〈錦葵鎮的耙子〉,或是謝利·米歇爾的〈毀謗是一條義氏細麵〉,或是來點
　Michael Balfe　　　　　　Old Joe Robinson
巴爾夫的曲調,或是〈老喬羅賓森〉。像颳起一陣清亮的笛音,好聽到會把妳
　　　　　　　　　　　　　　Babel Tower
身心直接裁成兩半!她的樂音足以打敗在巴貝耳塔頂、屋頂、露台、階丘、梯
　　　　　[臺] 吼啥鬼
田各處啼叫但沒人聽得懂在嚎啥潲的那隻母雞。假如她知道如何把嘴唇皺成貝
　　　　　　　　　　　　　　　　Hum
殼波紋,又有啥大不了!他口中除了發出吭 m 之類渾無意義像手動擰衣器的聲
　　　　　　　　　　　　　　　　faith　　　　　[法] fait
音之外,不聞任何隻字片語。有那麼點忠貞信仰的味道了。事實真是那樣嗎?

那是事實。然後我們這位提供糧食的農業女神阿諾娜（Annona），家世豐饒身分顯赫，出生於皇室尼薇雅白雪家族（Nivia [拉] nivea），乃科學與藝術結合之閨秀，與那些大風起兮星火揚（spark）的時髦酷哥，逍遙遨遊於霹靂火烈容我爽[6]（Pyriphlegethon）的英吉利海峽之上，她內心燃起熊熊慾火，在螢火星蟲盤旋飛舞的漩渦中，她極力擺脫經年的冰霜雪凍，任由流洩的長髮四散飛濺揚空潑灑——[199] 那些畢業舞會上的美女，在她們負載者熊壯的肌膚下方高聲尖叫了 n 遍，宣洩那股嫉妒濁臭的惡氣！——她們戴著光影流幻絢爛無方的翡翠寶玉，穿著足以袍蓋兩整張紅衣主教寶座然後壓死可憐的庫倫大主教（Paul Cullen）然後悶死麥克卡比大主教（Edward MacCabe）的歷史古裝大禮服。o我說呀，長火舌凱特（Kate）呦，別胡說八道了！淨說些華而不實的東西。她們穿的可都是紫一塊紅一塊的大補丁呢！還有耶，好像梵天（Brahma）一樣，聲音從食物升降機的槽口對著下面的他傾訴哀怨，總計有 56 種愛撫的方式可以用來結束這場遊戲，香粉從她的鼻頭紛紛飄落下來：搖籃內的奶娃子，到處鑽洞的小騙子，維克，我的弱男子啊！哈囉，小鴨鴨，請不要死啊！妳知不知道，她後來開始嘰嘰喳喳了些什麼，用一種刻意小心的聲音，像水鐘那樣汩汩淺渠鳴細泉，或者像音域可跨越三個八[捷] dělba度音的梅爾巴女士（Nellie Melba），對著扮演羅密歐的德雷茲克（Jean de Reszke）唱出的聲音？妳永遠猜不到。跟我說。跟我說。最最親愛的菲比（Phoebe），說嘛，o我，跟我說啦，妳不知道我有多愛妳。就透露點這瘋女人迷上跨海那邊那個小島嶼的歌曲，都是些冬青啦聖誕啦那些要用顫音（warbling）唱的歌，我好愛她們這些年輕可愛的小女孩，高腰露背該死的連衣裙，瞧見淑女，瞧見燻雞人，瞧見掛在百合上的小豬仔，以共鳴的音調唱著如此這般的福斯灣（Firth of Forth），如此這般的往前進等等等，而人在下方，耳膜如佩里鼓（bheri）面受到唵梵音震盪衝擊的大叔（OM），聾了一般，像得了腳氣病（beriberi）行動不便的大將軍，身披沾有沙粒的大衣，渾身不動如山，滿心不甚願意，裝聾作啞打呵欠，這個做衫的呆子！邊去！這個可憐耳背的老可愛！妳就是喜歡泡茶唱歌逗著樂！

---

[6] 字面意義為「火焰河」，冥界五大河之一。

安娜‧莉薇?立危思天命?因為家可蹲[7]是我最後的審判!而且,她不是常常這樣嗎?穿著湧泉顏色的襪子,爬起身來,就匆匆小跑下去,站在陰暗的門口,噗呼噗呼抽著一根根老舊的短柄磁煙嘴(dudheen),走在南牛牆堤道上那些呆頭呆腦的小女僕,或是快活迷人的農村婦,索伊、樊妲麗、德兒莉或梅兒莉、米茹蔻、歐妮或格蘿,她以前不都把她當傻大姊,對她努努嘴或比個暗號啥的,然後從逃生口就偷偷溜進去?妳說真的呀,郵政總局那個蠢到不行的甬道口?隨便妳怎麼想,我是信的!叫她們一個個進來(在這兒跳一跳愚蠢的床第黑臀舞(black bottom)!在那兒當一當端著馬尿黃湯的小弟!),抖索著兩條大腿在窗台上秀一曲輕快的舞蹈,讓她們瞧瞧該怎麼搖晃她們的[黑]大腿棒子,該怎麼讓那些穿在裡面看不見的情趣衣物,自動浮上紈絝子弟的心頭,還有少女跟男人在一起時所有該知道的[臺]好方法撇步,她會發出一種母雞下蛋的咯咯咯,像是兩先令和1便士或是兩枚半皇冠硬幣相互碰撞的聲音,然後舉高一枚金光燦爛的銀幣。天主喔天主,她真會那麼幹?是啊,我聽過最精彩的!把世界上所有姣好的小浪屄,像隨手撿來片麻岩(gneiss)塊,通通一股腦兒丟給他!對於任何一個抓過來擺在屋裡你希望得到的姑娘,不管是想要哪種性歡愉的方式,兩個一起來,共2先令6便士,莉姿塔瑪爾(Lizzy Tamar)[8]和蘿西塔瑪爾(Lossie Tamar),都進入摟摟抱抱和有來有趣的避難港,也就是佝僂陋室內杭瑞瑞的圍裙兜!

那她押的那種令人厭煩的怪誕韻腳,是啥東西啊?會不會有啥陷阱(rima)呢?[非拉]啊,那玩意兒呀!喔,快說!告訴我接下來怎麼了,同時我還得拼老命捶打丹尼士(Denis)‧弗洛倫斯(Florence)‧馬卡錫(MacCarthy)這件連身內衣褲,打你屁屁,我打你屁屁。這玉簫

---

[7] 這位洗衣婦口中的 Chalk,應該是指公元 451 年舉辦的迦克墩公會議(Council of Chalcedon),拉丁文的 Chalcēdōn 是源自古希臘 Χαλκηδών,發音為 /Khalkēdón/,可能是口誤、無知、私下的暱稱,或其他可能的因素,而產生如此混淆的結果。Chalk 的首字母為大寫,為專有名詞,因此(至少第一層字義)應和「粉筆」、「白堊」無關。此處採「迦克墩」諧音,翻譯成「家可蹲」。

[8] 關於塔瑪爾,請參閱思高本聖經《創世紀》38 章 6-30 節。和合本翻譯為「他瑪」。

居然毫無動靜,來,舉高,用洪水沖死你,呦,熱帶莓疹,放輕動作放緩速度忒
溫柔地用洪水把你給悶死!我都快被妳搞死了,我的腳底板踩碘染料[iodine dye][9]都快踩死
人了,趕快教我學會安娜·莉薇雅雙唇間滔滔流洩的搖籃曲[10]〈聽啊小小耳朵〉[愛][Cusheen Loo],
[200] 就是在公園內,由一人以蘆葦謄寫,由兩人搶著要讀,由一隻母妓[法][poule]發現的
那首歌!那個我知道。我知道妳懂得。怎麼搞得一團亂的?現在要注意聽喔。妳
有在聽嗎?有,有啦!我真的有在聽啊!把妳的我們的耳朵往外轉出去!這是第
一課!往旅館那兒去,聆聽裡面的聲音!

厚土在下,雲霧在上,我好想好想要一側全新的河岸,好討涎喔,可我就
想,而且我也又胖了!

因為我身側那黃糊糊灰撲撲的東西用光了,沒啦,就閒閒坐著瞎嚷嚷,等著
那個扛著磚泥木斗說話囁嚅為人懦弱擅於耙耳朵的老丹麥仔[川][怕老婆],我的死中苟活終
生不渝的伴侶,我的咱倆那間肉類儲藏室之樽節鑰匙,我的改頭換面的駝峰[11],
我的咱倆共同溺愛的人,我的五月蜜糖[歌][The Young May Moon][12],我的比十二月還要更十二月的最後一
個傻瓜月,自己從冬眠打盹兒中叫醒自己然後把我壓服在下面就像他以前就常
那樣幹。

是不是在哪兒有個什麼領軍打仗的莊園領主,或是唇槍舌戰的郡選議員,我
還蠻想知道的,他大人願不願意賞我 2 便士或 4 便士的現錢,為他洗洗縫縫尊
貴的襪子,要知道,我們的馬肉湯和牛奶都已經沒了呢?

要不是我想把那張短短的布里塔斯[Brittas]床整理得跟它本身的氣味一樣舒適宜人,
我就會跳起來帶著我一個箭步衝出門,直直沖到淘卡河[Tolka]三角河口的爛泥灘,不

---

[9] 洗滌衣物時摻入碘染料,可以將衣物染成亮藍色。

[10] 搖籃曲的內容,主要是講述一位被魔法困在城堡的新婚少婦,藉著對自己小嬰兒唱搖籃曲,
希望歌聲能傳到她丈夫耳中,讓他可以持寶劍來破除魔咒,將她和嬰兒從城堡裡解救出來。

[11] 參閱吉卜林(Kipling)的故事〈駱駝怎麼會有駝峰的〉("How the Camel Got His Hump")。
吉卜林給的答案是因為駱駝懶惰。

[12] 在《尤利西斯》中,茉莉(Molly)和博伊蘭(Boylan)決定當愛侶時的定情歌。

然就是克隆塔夫[13]濱海邊兒，去領受領受那鹹濕惡水都柏林灣的快活空氣和貴族子弟，還有競相突襲的海風夠了立刻喊停猛灌上我的河口。

　　快點啦快點！跟我多講一點。跟我講每件大小事情每個跡象都不要放過。我要知道每一條每一點的蛛絲馬跡。甚至細到是什麼東西讓那些陶器小販像豬那般飛進傑克擣鼓出來的小洞穴那類的事兒。而且為什麼這些韋勒划槳都胖呼呼油膩膩的。那啥病啊又冷又熱搞得我直打擺子，身體還越來越胖，看來要把我贏回老家囉。真希望那個熊樣的一家之主騎馬打獵之餘可以聽聽我的聲音不要對我太凶！我們可以單純是一心想著麵包和野鴨的荷槍男孩，和只想要個皇族相伴的女孩戰士，倆人剛好碰在一塊兒，不打不相識嘛。好啦，現在得談到那個榛色的孵卵所在。克朗道金村後面國王法律學院的碼頭。順著流入大海的淡水，還有沿河這些網罟，我們很快就會到那裡了。她當時總共有多少 11 群像鯣鮭那麼幼嫩的小鯤鯤呢？我沒有辦法正確地為妳解讀。天曉得，或許克洛斯[14]知道吧。有人說，真要填的話，她可以填到 III 位數字，1 旺接著 1 萬接著 1 妄排排站，100 加 10 再加 1。我，有笑的，有哭的，還有其他的，1 群 30 群 80 群，使小心眼的腦筋敏銳的全都在雪水融化的火山泥漿裡和稀，湊合成這麼一大族，都是嗎？我們教堂的墓園可沒那麼多空間。多讀點齊克果，也不用去爭那點位置啦。憑藉著她那位喜歡關起門來捏緊拳頭抽自己的主教大人[15]腳上那一隻不可能有誤謬的拖鞋[16]的恩典，她一把奪過來就是一陣劈哩啪啦，把那些一大半都已叫不出搖籃乳名的孩子們，可打得啊，這根藤條是為獲取佳音知識的昆德所準備的，這些蘋果是為了雅博而俊美的鍾愛寶貝小艾歐夫所準備的，而，不是兩者取其一，就是什麼都沒有，是專門為雅各伯設下的條件，好耶。

---

[13] 1575 年大瘟疫流行，都柏林居民都逃往克朗塔夫避難。

[14] 麥克斯韋·亨利·克洛斯（Maxwell Henry Close, 1822-1903）是愛爾蘭神職人員，也是著名地質學家，以研究冰川著稱。

[15] "Boxing the bishop" 是俚語，意思是「自慰」。

[16] 拖鞋是體罰小孩子十分便利稱手的工具。

有一百個再加上多少呢？如何做到的？他們幹得好，重新替她取個受洗名字叫
　　　Plurabelle　　　Loreley
普辣婢兒。o我，羅蕾萊！真是豐沛有如礦脈的河流啊！過船，小心！不過撲克
牌卜出來的，她呀十之八九會越下越多多，[201] 越多越快樂，織塊斜紋布，唱
　　　　　　　　　　　　　　　　　　　　　　　　　　　　　　Spoil Five
首顫音曲，就來了兩胞胎和三胞胎，放下棍子生了四個，大家玩玩搶五墩牌，
　　　　　　　　　　　　　　　　　　　　　　　　　　　　Nausicaa
然後就有五個可寵壞的來報到，在北方養了六個迷人的外邦小美女瑙西卡，在
南方帶出七個憂鬱成性的北邊分離份子，然後是八個是的是的，然後是九個不
　　　　　　　　　　　　　　　　　　　　　　　Napoleon
要不要，然後就是一次下了一整窩的小崽仔。有些呢，像老祖父玩拿破崙牌打
瞌睡時放的響屁，聽似聲量巨大卻無足輕重，有些比起做彌撒來還要更糟糕更
　　　　　　　　　　　knave　　　　　　joker　heehaw
悲慘，另外就是眾家惡棍中的惡棍傑克，還有個小丑。ㄏㄧㄏㄛ！她年輕的時
　　　　[臺] 到處跑
候一定撒歡兒四界跑到處玩，絕對是那樣，比絕對還要絕對。真的耶，她在哪
兒都是一大鱻，天老爺喔！她有自己的御用馬車夫。就算死亡之海有什麼起
伏波折，也不會嚇著那小妞，所以啊，愛我，我的生命，起伏之間的縫隙，就
　　　　　　　　　　　　　　　　　　　　　　　　camlet
是希臘人所說的那種讓人目大瞪口大開的愛！那是怎麼回事，身著羽紗華服的
　　　　　　　　　　　　　　　　[蓋] koumlini
她，就是有辦法這等長袖善舞如此曲繞柔折穿梭周旋於這些傢伙之間，招之則
　　　　　　　　　[威] Cad Camlan
來，呼之則去，不虞挑起劍欄之戰那類的情事，又是摩挲又是安撫又是挑逗，
　　　　　　　Diveline
蜜汁甘露她不就是嗎，這都柏林小魔鬼，這魔鬼占卜師？把她的珠寶投在我們
　　　　　　　　[拉] fons in monte
的豬獾鄉勇前，從山泉鄉到潮汐鎮，從潮汐鎮入大海洋。跟這一個勾臂交歡，讓
身旁那個打翻醋罈，輕輕拍打誰的側身腰窩，湧湧沖垮誰的心防堤坡，一匹素練
棺衣漫天覆地鋪蓋而來，幽咽水流滑下灘，逕往東行，消匿蹤跡而去。那麼，誰
是第一個暴衝進去捷足先登的呢？他呀，某人呀，管他們是誰，反正是某次戰略
性的攻勢，或是個人挑起的單獨肉搏。補鍋匠、泥瓦匠、焊鐵工、裁縫師、行船
人、派餅販、教區神父，或是警察，或是郵差。那是我一直掛在嘴邊想問不敢
問的。推遠點，用力，再推遠一點，就可以來到上坡的源頭河流的總部了！是
　Garden　　　Flood　　　　　　Waterloo
花園事件和洪水事件之後，水位忒低滑貼如你意那一年，或是當女僕們都還在
　　Ark　　　arc
待在方舟公園看彩虹，或是那三個當家的宴客忙著招待客人那時候？懷疑升起之

地正是信仰尋覓之時，就像無人來自烏有鄉，尼羅豈會本無河，其理相同。把妳煩到直嘆息齁，小傻蛋，不難的啦，壓力避[德] niemand [德] nirgends Nile [拉] nihil開就沒事，喔，答案嗎？來，幫[法] Lac Albert這位幼齒紳士解開他手上的繩索[17]，☜[18]，哪，這兒；你到底在急個什麼鬼嘛，[拉] unde gentium festines要跟維多利亞女王和她的未婚夫多學學，動作是要迅速沒錯，手法可要靈巧點兒！她目前很難掌握住他。很長一段路，順著記憶走回去，頗累人的！這楞丫頭硬是要我倒著逆流划回去！她自己都說幾乎記不清爽，有編年史的記載就好了，擱淺在她的砂礫灘頭那個旅人，是誰呀，倫斯特國王、大野狼海盜，或是他Leinster幹了什麼，讓她玩得肆無忌憚到了極點，或是他如何、何時、為何、何處以及是誰時常把她的身軀搞得上下蹦跳，而她又是如何因此而給賣了。她當年就是個年輕、單薄、蒼白、柔嫩、羞怯、苗條、瘦弱、高挑的小東西，在月色掩映的森林湖畔漫步閒逛，他呢，是個身體粗笨腳步沈重走起路來顛撲蹣跚平躺下[愛] currach來兩側攤展搭乘柳條圓帽在沼澤來回遊蕩的傳教士，是誰，是誰把陽光灑進來了，來，抓緊時間堆好乾草，緊緊紮得跟櫟樹一樣結實（願平安和泥炭與他們Kildare同在！），那些獵狐季節的過往歲月裡，沿著殺戮成性的基爾代爾郡的堤堰兩旁曾經沙沙作響的櫟樹，有如森林的毛髮潑喇喇倒塌下來，搶先橫跨過她的身[丹] fossefald [拉] tigris軀，溪水流過樹幹形成一排大小不一的淙淙水瀑。他凝視著她，那雙老虎眼睛如Tigris映照在底格里斯河面上那般閃閃爍爍，把她看得真想要像個嬌羞的小水仙潛到水底下躲起來！啊，快樂的錯誤！我希望他就是入我夢的他！那妳就錯了，錯得太離譜了！不只在今晚吔，妳怎麼老是如此時間錯亂呢，妳可是擺渡眾人的Charon Wicklow凱倫啊！多少個世紀多久的遠古之前，在素有愛爾蘭花園之稱的威克洛郡，當

---

[17] 尼羅河的源頭，一般咸認為是維多利亞湖和亞厘畢湖。此處「壓力避」已強烈暗示「亞厘畢」，但對方沒聽出來，因此接下來才會直接提「維多利亞」的傳聞。Lac Albert 的中譯「亞厘畢湖」最早見於中國清朝的《大明一統志》。現代較常採用的譯名是更貼近原文發音的「阿爾伯特湖」。為配合本章的情節，此處採用「亞厘畢」。

[18] 衣服袖子糾結在一起。

[19] 參見符號，常用來引起讀者特別注意的手指形印刷符號。

時花楸樹纖弱低矮,烏有水道無處可尋,[202] 在她開始做白日夢之前,早就已
經潺潺揮別基爾布萊德那個崇拜彼利其特謀殺新婚少婦[20] 的小鎮,吐著泡泡兒流
　　　　Kilbride　　　　　　　Bridget
　　　Horsepass Bridge
經馬行橋下,來自大西南方的颶風暴把她流過的蹤跡吹刮得亂髮紛飛,大而無當
　　　　　　Midland Great Western Railway
的大西部中區鐵道沿線一路追蹤她的行跡,反正她繼續上她的路,開眼尿河床,
　　　　　　　　　　　Rebecca
閉眼順水流,明明都叫雷貝嘉[21],境遇好壞難馭駕,時而漩著水渦,時而磨著卵
　　　　　　　　　　　　　　　　　　　　　　　　　Liffey
石,那會兒梳抹兩岸,這會兒暴沖淹堤,這就是生命之河莉菲的黃金歲月,蜿蜒
　　　　　　　　Humphreystown
於大麥沃田和年稅1便士的杭福瑞鎮區,然後安安靜靜歇躺下來,安臥於側的是
　　　　　　　　　land leaper
一位四處漂泊的維京侵略者,一個呼風喚雨雷霆霹靂有如威靈頓公爵那般見遠的
　　　　　　　　　　　　　　　　Izod　　　　　　　　　　　　Finn
角色。唉咿,變得越來越少了,少女時代的湖水就這麼任其萎縮流失了!就為
　　　　　　　　　　　　Mourne　　Nore　　　Slieve Bloom
了愛上沙丘的白鴿!怎麼了?在伊佐德那兒嗎?妳確實有把握嗎?不是在芬恩
河匯入莫恩河的地方嗎?不是在諾爾河離開盛開心愛花朵的布盧姆山的出谷處
　　　　　　　　　　　　　　Bray
嗎?不是在軍事瞭望土堤旁的那條布雷河和徒步旅人分道揚鑣的地方嗎?不是
　　Moy　　　　　Conn　Cullin　　　　Cunn　Collin
在莫伊河一再回心轉意於康恩和庫林之間,以及康林和庫恩[22] 之間的那地方?
　　　　　Neptune　　　　Triton　　　　　　　　Leander
不然就是在海神涅普頓划短櫓,其子崔萊頓搖長槳,三個同名泳將勒安得耳追
　　　　Hero　　　　　　　　　[臺]不是 [客]不是 [粵]不是
撞兩個女英雄赫洛的地方嗎?非也,毋是,毋係,唔系,不對啦!那麼,是在
　Ow　　Ovoca　　　　　　　　　　　　　　　　　　　　　Lucan
坳嗚河和沃卡河谷附近?那以前呃現在啦是在東邊還是在西邊,還是盧肯的
Yukon
　　　　　　　　　　　　　　　　　　　　　　　Lake Luggelaw
育空大河區,或是人手尚未涉足的處女地?小女孩、小山谷、小洞穴,告訴我
在哪裡,美好的初體驗!妳好好聽,我就跟妳說。妳知道拉格羅湖旁邊那個
　　Spelt　　　　　[德] Dunkel
種植斯佩爾特小麥的暗黑山谷嗎?話說啊,以前在那兒住了一個當地的隱士,
　　　　　　Michael　Arklow
這兒有小蟲,麥可・艾克羅是他在教會使用的可敬名諱(他這條圍兜兜又沾滿

---

[20] 在易卜生的《羅斯莫莊園》(*Rosmersholm*) 中,莊主羅斯莫被控脅迫他的第一位妻子從橋上跳河自殺。

[21] 可能是指易卜生的《羅斯莫莊園》中的女主角 Rebekka West,以及英國作家和批評家 Rebecca West (1892-1983)。後者為文表達她不喜歡喬伊斯的《尤利西斯》,但肯定該作品的重要性。

[22] 康恩和庫林是兩頭獵犬。兩犬在追獵一頭四足踏地處都會冒出泉水的野豬,康恩始終鍥而不捨在後追趕,卻因泉水越冒越多形成一片湖泊而溺水身亡。人們命名該湖泊為康恩,以茲紀念。

了火山岩漿那般一坨坨的啥,再怎麼嘆氣都嘆不完哪,看來得灑上聖水再泡到
^{lavabo}　　　　　　　　　　　　　　　　　　　^{asperse}
　　　　　　　　　　　　　　　　　^{Juno}　　　　　　　^{Venus}
淨手盆裡嘍!),六、七月的某一天,朱諾當道,星期三吧,還是維納斯的那
^{[拉] dies Veneris}
個星期五呢,喔,她看起來是那麼的甜美那麼的冷靜那麼的輕柔,蒲柳之姿若
^{Nance the Nixie}　　　　　^{Manon Lescaut}
蘭溪水精靈,清新脫俗如瑪儂列斯果,四周的懸鈴木在專注聆聽下都悄然無
聲,嬌小的胴體,撩火的曲線,你就是忍不住會想到停都停不下來,猛然間他
把剛剛才突抹上聖膏的雙手,從他內心深處的勃然脈動直直插入她那迴波蕩漾
閃爍著橘黃光芒潺潺似頌唱聖母的飄逸秀髮,輕輕地往兩邊撥了開來,一面輕
柔撫慰她的不安,一面炙熱交融彼此的渴望,深黑,浩瀚,落日時分染紅一大
　　　　　^{Vaucluse}　　　　　^{lac Lucy}　　　^{Lycidas}
片沼澤地。在沃克呂茲山谷清澈的露西湖畔,以牧人黎西達斯[23]親密的誓言,有
如蒼穹覆蓋著大地,俊美的王子猿臂輕舒如彩虹般環抱著她的嬌軀,公主的臉
　　　　　　　　^{My Leopold}
頰暈開薄薄一層嫩橙橙,我的利奧波德[24]啊!就像服用妹要昏頭轉向的黃毛丫
頭,她那雙閃著搪瓷光芒的眼睛映著綠地藍天充滿無限愛戀情懷,在下方急呼
呼地催撞著趴伏的他,幾乎都把這個處女摧花老手撞出一大驢的靛紫淤傷喔。
　　　　　　　　　　^{Mavrodaphne}　　　　　　^{Daphne}
許個願吧!為啥問為啥?很棒!跟黑月桂[25]一樣棒!快樂幸運的小姑娘達芙妮
　　　　　　　　　　　　　　　　　　　　　　　　^{Laura}
如今眼眸中閃爍著笑意的光芒穿透層層蘿拉幻化的月桂樹葉,灑向這位為她如
^{Petrach}
癡如狂的十四行詩人佩脫拉克,這位口中吟唱可笑的歌曲正給她受洗受洗一番
^{Peter}　　^{Joseph Maas}
堅如磐石的伯多祿。男高音馬斯的彌撒曲!魔法水波匯成的樂音之網瞬息間幻
　　　　　　　　　　　　　　　　　　　　^{Sinbad}
化成1000加1個越縮越疊的精靈網眼。戰將水手辛巴達,有如一頭陷溺的猛
^{Siva}
獅,奮起濕婆毀滅之神力,狂暴屠戮那隻深藏內心四處流竄的怯懦食人魔,
要死了快要死了,幡然之間,轉化降臨。他不由自主地蜷抱起自己的身體,

---

[23] 彌爾頓的〈黎西達斯〉("Lycidas")是一首田園輓歌,紀念完詩前一年在愛爾蘭海不幸罹難的愛德華·金(Edward King)。他是彌爾頓在劍橋時的同學。在此,這個典故或許較偏重King(國王)的字義,而非姓氏。

[24] 《我的利奧波德》(1873)是德國劇作家阿道夫·拉洪格(Adolphe L'Arronge, 1838-1908)的喜劇作品。

[25] 黑月桂屬於紅葡萄酒品,出產於希臘伯羅奔尼撒(Peloponnese)的派特雷(Patras)。

喉嚨澀鎖乾渴灼熱，他必須把這男子裡頭的僧人棄之腦後，以便施展，摩娑
得她慾火再度高熾頻頻翻騰，上-上-上—，緩緩撫愛她消褪退潮暫臥輕喘，噓-
噓-噓，他抿了抿兩片桌呢般的嘴唇，心含微笑親親她蕩漾的春波，親了親，好
了，好啦，別，停下來，又再親了，親親（還警告她喔，千萬不要，絕對不要，
絕對千萬不要，下起雪來就對他冷若冰霜）安娜雀斑點點的 [203] 額頭上。而
就在妳還在為太乾啦不孕啦又是檢查又是分析的時候，她可是照樣唱歌哼曲吹
口哨，缺水兩分鐘算啥事。夏季三角洲出海口，波瀾澎湃大起大伏，估計她總
可以拔高兩英尺以上。時至今日，兩腿如踩高蹺奔流馳騁，心翠平野闊，越湧
大河流。嘩啦啦嘩啦啦，撫慰人心一如親吻的史瓦希利語，開開玩笑如敷膏藥
的班圖語！o我，難道他不是個蛋大妄為的傳道士嗎？難道她不是個調皮搗蛋
小莉薇嗎？淘汽活潑納阿瑪[26]是她現在的名字喔。在那之前，兩個穿著童軍褲的
小伙子早已涉足越溪穿她而過，光腳渡河伯恩和來滾爛泥維德，勒格納基利亞
山脈世家貴族中千挑萬選的皮克特族顛峰造極的子弟，在她至少有那麼一根毛
髮來遮蔽點這小芬尼滑稽的那個之前，或是至少有那麼一副前胸可以誘惑某個
划白樺獨木舟的來愛撫把玩之前，更甭提那艄載有背負滿身黑啤酒的駄馬和身
軀鼓脹的貝爾蓋搬運工的駁船入港之前。在那之前再有一次，領了過去，躺了
下來，恍若麗達和天鵝，但尚未發動攻勢，還沒準備齊全，太過嬌軟乏力，完
全浮不起那個最最俊美精靈男孩小乘客，太過細小纖弱連稚嫩天鵝的一根羽毛
都漂撩不起來，她是被一隻獵犬泘汭潑-池㳬洛舔了好幾口，那時她正在尿尿，
很單純的就是在尿尿，就在大家都很熟悉的基皮爾山脈橫嶺，就在鳥語花香修
剪樹木羊毛收割庄稼田穫的時節，不過，首先要說的，也是所有最糟糕的，這
青春活潑扭臀擺腰的小莉薇，從魔鬼幽谷側邊的豁口給滑溜了出來，那時她的
薩麗姆媽正窩在雨水沖刷而成的深溝裡呼呼大睡，咻咻羞羞臉，而就在她可以

---

[26] 參閱聖經《創世紀》4章22節：「同時漆拉也生了突巴耳加音，他是製造各種銅鐵器具的匠人。突巴耳加音有個姊妹名叫納阿瑪。」

跨出大步之前,卻一骨碌摔進了溢洪道裡,稍稍躺了一下緩口氣,然後在積滿雨水的污濁黑水潭裡扭動蠕爬,上頭有一隻淡棕鴿子咕咕叫著,她綻開茵夢湖[Innisfree]般天真無邪的笑容,無拘無束地把雙手雙腳都舉得高高的,一整叢含苞待放的山楂花[27]都羞紅了臉蛋兒,偷偷覷著她瞟了一眼又一眼。

跟我透點口風嘛,用來煙燻的鱈魚,名字咋發音哪。要不要來點啥人,不然啥樹的,總要有個啥來著當妳的見證吧。然後再一點一滴詳詳細細地跟我講講,為什麼她長有雀斑為什麼她喜怒無常。讓我慢慢地滴咖啡那般滴,好好品味一下,她那是馬賽爾波浪捲髮[Marcel wave],還是,她會戴假髮像頂個魚梁嗎,那還真是詭異到巫法想像的模樣呢。激情中,白鑠鑠地暴露在半褪脫的衣物外,是哪部位?匆忙中,脫掉的手套,是丟在身體的哪一側?在她們的花叢中,他們的光輝逐漸枯萎褪去色澤,是往後退一步去想像腰身,還是往前看清楚噴濺的嗨水?聽到親噢的又靠了過來,心中會不會發毛?或是饜求厭噁,卻厭噁饜求?妳是悠游其中,還是神游於外?o我,就給它進去,就讓它繼續,就待它一律,加油,安娜!我要表達的意思大致把握在妳可以懂得的範圍內。我完全懂得妳要表達的是甚麼意思。那是當然囉!我牛唄!頂級舵手[rother]!妳喔,就只會戴著白色夫人帽[coif][28],穿著長袖短襯衣,揚著鼻子不看人,真好嘴臉,看看我呢,都得搞定老不死的維羅妮卡[Veronica]這些鼻涕手帕啦骯髒抹布啦噁心毛巾啦這種油膩膩的粗活。我在這兒又沖又洗這些臭油垢,還得對您說真勞力嗎[臺]?咦,這是圍兜兜,還是長法衣?哎呦,沒長鼻子嗎?漿粉哪兒去了?祭衣房[vestry]或祝福儀式[benediction],可不是這味道。我從這兒都可以分辨得出來,那些個古龍水還有她的和她的他的汗臭體味,假如沒有的話,那麼就全都是馬革拉斯[Magrath]太太的。而且妳實在應該把它們晾出來透透氣的。那些個濕漉漉的,都是打她那兒滲出來的。絲綢就是一大堆的縐摺,跟起痙攣的細麻布[lawn],不能一樣處理的。請祝福我,神父,幫我受洗[baptise],

---

[27] 凱爾特神話中,山楂常常象徵少女、母親、老嫗的三合一女神。

[28] 蘇格蘭已婚婦女所戴的帽子。

幫我洗薄紗，因為她犯了罪！[204] 她任由他們穿越她的環形集水盆地自由自在順流離去，她的雙臀下氣通通通一陣通，如打氣如加油，嘿，嘿，吼銳，傳達咬合如齒的雙膝別到處亂嚼舌的警告。在這整片古老的平原中，她是唯一條紋加身的幼鮭。我公開宣稱，確實如此！好，好得很哪！假如明日天氣正常，會有誰來四處閒逛欣賞風景呢？會有誰呢？問問我那些個我還沒回答的！貝耳弗迪爾那些拿獎學金的和到處溜鳥炫耀的中學小鬼。戴著觀光遊艇的帽子，穿著划槳俱樂部的制服。真是唉呀呀，這一群那一夥的！而且哇嗚，還是一群壯鹿呢，超會撞進撞出的！瞧這兒，是她及笄那年繡上去的，她的姓名縮寫字母，都還在，有點大赦年賀函的意思。L 疊在 K 上面，一根朱紅線把兩個字母繫在一塊。無論這世界如何變化，都還是要連結在這一片熾熱的粉紅肌膚上。安娜在後面劃了個 X，顯示它們並不是代表蘿菈・柯溫。啊，真希望魔鬼能夠擰斷妳的扯鈴保險銷，你就可以胡扯亂扯，扯出一堆八卦肥皂泡泡來！妳喔，不折不扣瑪門的小孩，金賽拉[29] 口中的莉莉斯！那麼，是誰老是故意扯破她穿的底褲褲腳？是哪隻腳啊？有綁鈴鐺的那一隻啦，拉拉看，牛皮響叮噹。把泡沫沖乾淨，動作快一點啊妳！我剛說到哪兒咋停了？不要停，不要停下來嘛！繼續說！妳都還沒說到根兒上呢！還在等呢。接著說，接著說嘛！

嗯，是這樣的，在那件消息刊登在**仁慈善心行乞者聯盟**隨便湊合著發行、以怪力亂神著稱的《六日週刊》之後（有一次，他們嚼了又嚼反芻上來的晚餐，把自己戴的白色羊羔皮手套都弄得髒兮兮的，雞肉混著培根塞在兩頰內還催著要琴酒，有夠厚顏無恥的蠢男女，老嚷嚷著，在這兒秀給我們看，那個小心點，沒事，等妳看完那份報紙），甚至落到他蒼蒼白髮上的雪花，都對他頻頻發出鄙夷的冷笑。融吧，融吧，如此灌溉，越流越快！替她的村野老公卸任鄉紳 HCE 打個分數吧！妳所去過的每一個地方，妳所待過的每一個客棧，妳

---

[29] 金賽拉是稍前提到的馬革拉斯太太的閨名，她是第二章與 HCE 邂逅的那位痞子（Cad）的妻子。

碰到的每一個警長和每一個酒店老闆，無論是在城市、在郊區、或是在好蛋壞蛋龍蛇雜處的地方，妳所遇過的每一個居民，**玫瑰與酒瓶、火鳳凰酒館、鮑爾旅店**，或是那個挑筋子[30]開的**裘德旅館**，或是妳在鄉間四處進行地毯式搜索，從瓦特姆媽河到瓦特里村，或是從仿羅馬的小拉丁門到小巴黎的劫掠拉丁區，
<small>Nanny Water　　Vartry</small>

妳會發現到處都有 ECH 倒置的刻畫肖像，看了讓人頭昏腦脹；或是那些街角巷弄的潑皮，他們手持狀似高爾夫球杆的彎曲木棍，準備好好來嘲弄一番仿蓋·
<small>　　　　　　　　　　　　　　　　　　　　　　　　　　　　　　Guy</small>
福克斯造型的 HCE 稻草人像，現場還有莫理斯·貝漢本人，親自扮演尊貴如
<small>Fawkes　　　　　　　　　　　　　　Maurice　Behan</small>
勞斯萊斯的土耳其恐怖大王屠爾寇，然後再開始進行焚燒儀式（時髦新潮獨具歐
<small>Rolls-Royce　　Turko the Terrible</small>
洲風格的大屋，有孔雀在其中來回走動，白堊粉牆的套房裡有煤忽忽的腰板油
和發出酸乳酪體味的犴狪，哈，看我的，將軍！現在，來洗個土耳其浴吧，和
<small>　　　　　　　　　　　Yahoo</small>
平，來貼貼我的臉頰，阿當，我的好伙伴這邊走，法蒂瑪，向後轉！），在附近
<small>　　　　　　　　　Adam　　　　　　　　　Fatima</small>
酒館那兒跳起了侶爾舞，奇正互變，穿梭來回，一片嬉笑怒罵中，如白河響起
<small>　　　　　reel　　　　　　　　　　　　　　　　　　　　　　[中] Pei Ho</small>
尖銳高昂的菲菲笛音，貌如浣屍衣女妖口繃大唇盤的烏班吉女人彈起了弦音滂
<small>　　　　fife　　　　　banshee　　　　lip plate　　Ubangi</small>
沱的斑鳩琴，他們個個頭上戴著那頂零星兄弟會有如三重冠的熊皮鳥纓高頂
<small>　　banjo　　　　　　　　　　　Oldfellows</small>
帽，忙著像在圓形溜冰場一樣，繞著他的頭皮滴溜溜的轉呀轉。那頭顱啊，就
像涅瓦河畔的圓頂大頭，或是俯視大洋的聖彼得堡。這個鋪在路面上讓咱們用
<small>　　Neva</small>
雙腳踩用石頭丟的居家男人，把從來就不屬於他的國王墓室蓋成嬰兒搖籃，躲
在裡頭享樂子，有公雞抬高他的雙腿，有九柱神呵護的母雞專門照顧他的蛋。
<small>　　　　　　　　　　　　　　　　　　　　　　Ennead</small>
[205] 這些動不動就飆淚的玻璃心暴民把他團團圍住，充當街頭的亞略巴古斯[31]
<small>　　　　　　　　　　　　　　　　　　　　　　　　　　　Areopagus</small>
戰神山議事會，進行雅典高等上訴法院的審判，卻和圍觀的群眾爆發口角，喧

---

[30] 中國開封的猶太人，被當地居民稱為「挑筋子」，根據利瑪竇的說法，「因為他們 [猶太人] 不吃帶有大腿神經的那部份肉。這個習慣是 [……] 因為雅各就是在這個神經上被擊傷的」（122）。參見何高濟等譯，《利瑪竇中國札記》，利瑪竇和金尼閣著（北京：中華 1983）。

[31] 亞略巴古斯（Areopagus）原意為「阿瑞斯的岩石」，又稱戰神山議事會，是古希臘雅典刑事和民事案件的高等上訴法院。

囂怒罵你來我往雙方跳起了康康大腿舞，同時這邊的克魯特琴和定音鼓，和那邊的錫鍋錫盤同時相互鼓噪彼此唱喝，槍管火砲般轟隆炸響直擊耳膜。管好你自己的老爸，格林童話的陰驚狠角色！想想你的老媽，遠古神話的戰爭女神³²！吊死洪門，大金剛朱威殺遍天下贏得的勳名！吊死吳仁！狂跳輕佻的波蕾洛舞，嘲弄嚴肅的法律權威！你妳跛咧弱³³！她對著交叉的木棍，從口中緩緩吐出長長的母音，有如一條細小狹長的巷弄，從斯堤克斯開始蜿蜒串連全部九條冥河的名諱，然後立下惡毒的誓言，她要和這一群地上所有的地頭蛇，那一夥河底所有的河沉樹，平起平坐。以柔弱有身可敬者童貞聖母瑪利亞之名！因此，她對自己說，她要擬定引領風騷的計畫，佯裝可以造成轟動，其實骨子裡就是，咱家己，[愛] Sinn Féin Amháin 干焦咱家己，不是嗎，這淘氣鬼零精，要擬個妳從來絕對沒有聽過的。什麼計畫？快點告訴我，別這麼殘忍嘛！她到底在盤算什麼殺人不見血的陰招？這個嘛，她很快就萌生了缺德的好主意，她和互換之子碩恩郵差打商量，會想辦法貸款，來增強他掛在郵車邊彩色小油燈的亮度，如此討價還價地跟他借了一只仿麂皮郵務袋，然後她去翻閱那些小公羊崽子們看的通俗故事畫報、《老摩爾星象曆書》的俏皮格言、約翰・凱西的《歐幾里德》以及《時裝大秀》，把自己打扮得光鮮亮麗符合最新潮流，然後就去參加了一個洶湧嘈雜勢若河口潮水的化妝舞會。o我，擠在一群啼叫的雄雞當中，瞧她撒歡得呀眼珠亂轉，像那個掰陰女希拉納吉³⁴一個樣咯咯咯笑不停，我不會跟妳說，她是怎麼做到的！好想尖叫喔，哪兒就笑得出來，妳很討厭耶！聽聽印地安女孩兒明尼哈哈的笑聲，明尼嘻嘻，明尼呵呵，明尼齁齁！我是不行了！o我，可是妳一定要繼續說，妳真的一定要繼續說下去！讓我聽聽那流水輕快的咕咕-咕咕，像遙遠之

---

³² Ma 是卡帕多奇亞（Cappadocia）神話中的戰爭女神。

³³ "Lillibullero"（也拼成 Lillibulero、Lilliburlero 或 Lilli Bullero）是 1688 年光榮革命時期在英國流行、用來諷刺愛爾蘭天主教的進行曲。

³⁴ 希拉納吉是一個叉開雙腿以雙手掰開自己巨大外陰部的石雕裸女像，散見於歐洲各國的教堂、城堡或其它大型建築物，尤其以愛爾蘭境內數量最多。來源至今尚無定論。

外的漱漱-漱漱,在暮色漸深哭哭忽忽的達格爾河(Dargle)畔!我以莫哈德村(Mulhuddart)咕嘟咕嘟湧冒的聖井泉水發誓,就算要拿進入天堂的機會,抵押給含淚殺人的**泰利與凱利**(Tirry and Killy)[法]mont-de-piété / mount of impiety **當鋪**,去換一座大不敬山嶽,我還是要聽到這鳥園(aviary)[35]裡全部唧唧喳喳的鳥話,不能漏掉一字一句!o我,把屬於我的聰明才智留給我來運用,好嗎,妳這[臺]女人**查某人**,賣弄個啥死[粵]**臭屄**呀!不喜歡這故事的話,就給我滾出這艘同渡的撐船(punt)。好啦,就順著妳自己的方法嘛。這兒來,坐下,該做啥就做啥。跟著我撐篙,彎身朝向船頭。我懂這條船的。往前划,順勢拉回妳肥胖的身體,才能維持平衡!斜插杆子讓它沉入水,會有臭乳呆的響聲,撐篙,然後輕輕拉一下讓杆子自己浮出水面,不應該會有聲音的。慢一點,慢一點。好無聊喔還要多久。舌間還有很多,慢慢兒來。深深吸一口氣。對,就是這樣,保持在航道上,渡啊渡,渡到杜阿特(Duat)[36]。稍微快一點,再快一點,慢,慢一點,慾速則不達,看,這妳又快了。跟妳借點祝福過的聖灰,我好刷洗這傳教士的內褲。現在就給我漂浮起來。直到永永遠遠。然後就可以秘密地汩汩囉。

　　首先,她放下她的頭髮,倒掛河流傾洩而下,盤繞迴旋散逸在她的腳踝兩邊。赤身裸體如初出母胎,她用佳節慶典的牛奶乳水和皮斯塔尼(Piestany)的芳香浴泥,把自己上上下下從可戴后冠的頭頂到踏吻大地的腳板,都好好洗滌了一番。接著,龍骨曲柔的美人溝、鼓突像碼頭似魚梁的小肉疣、消波塊般的小黑痣、和癢癢發騷的小狹縫,她都細細用上了太妃硬糖香味的防臭肥皂和添加松節油的泥巴和浸泡過蛇根鹼的麝香草,還用腐葉土塗抹在承載眼眸的兩座小島、隆突的海岬和下方兩大巨團暗褐的島嶼,骰子五點[拉]quincunx,一路往下抹到木梨(quince)金黃色澤的三角洲,徹頭徹尾全都塗抹個遍,最後總結在她小小的肚肚上。蜜蠟工程竣工之後,剝除的黃金纖絲在她的果凍腹部上閃閃金黃,[206] 她的晶粒薰香有如鱔魚般盤旋繚繞在古銅的腳踝上。之後,她開始編織一頂適合秀髮的花冠。她編

---

[35] 影射喬瑟(Geoffrey Chaucer)詩作《眾鳥之會》(*Parlement of Foules*)。

[36] 杜阿特是埃及神話中的冥界。

了又編。她織了又織。有綠地青草梗和河邊鳶尾花,燈心草和水生草,再加上楊柳垂落下來的傷悲葉。然後她打造手環和踝鍊和臂釧,和一個煤玉亮澤的護身符包,掛在脖子當項鍊,裡面都是哦哦嘎嘎的鵝卵石、窸窸窣窣的細礫石、毛毛躁躁的毛碎石,數量繁多,總類珍稀,還有刻著盧恩字母的愛爾蘭萊茵石和貝殼花紋的大理石串成的手鐲和腳鐲。完成了以後,抹上煤炱眼影烘托清靈的雙眸,安娜露席卡·莉薇堤雅維奇·泡芙洛娃,在她細薄精緻如小人國的嘴
Annushka　　　　　Lutetiavitch　　　Puffovah　　　　　　　　　Lilliput
唇上敷上些許棒棒糖味道的潤蜜香脂,彩裝調色盒中,有專門為兩頰顴骨、從草莓紅到外線紫一應俱全精挑細選的粉底,然後她派遣侍婢去延請優渥的老爺移駕閨房,這兩個嘰嘰咕咕像小水溝的年輕女孩,大櫻桃和櫻桃醇,轉達了來自夫人的關愛,一個說得嘴角滲水,另一個說得陰溝咕嚕,她期望她們能代為傳達一份懇求,上邀他大爺恩澤甘霖,賞一根圓珠長針。回訪教堂,點上一根
　　　　　　　　　　　　　　　　　　　　　hatpin
小蠟燭,在林木小山丘那邊,灑個水珠,或噴射水柱,一剎那的時間就會回來了。時鐘敲了九下,雄雞叫著嘹亮,星光下售貨攤點點燈光,小便斗像新娘子的目光瑩瑩清亮。可是有人在等著我啊!她說她不會走太遠,不會比她身子一半還要遠。然後,然後呢,沒等到他那一大坨的背轉好了身,安娜·莉薇雅立
　　　　　　　　　　　　　　　　　　　　　　　　　　Anna　　Livia
刻把郵務袋一道水蛇般的曲線甩過頂頭背上肩頭,臉上還沾有像還沒刮乾淨的鬍渣渣泥巴吧,一溜煙就竄出了她的盆地。

　　說說她的模樣!多加把勁,很難嗎?妳這可真是口水吐熨斗[37],打鐵趁火熱。我不會為了在這地球上的任何東西而錯過多認識她的機會。就算是朗伯德街[38]油洗洗的財富也看不上!天主的五大海洋喔,不要遮我的嘴,我一定
Lombard
要聽妳說下去!o我,我們說快一點!免得,快啦,要在朱莉葉,呃,尤利烏斯
　　　　　　　　　　　　　　　　　　　　　Julia　　　　Julius
啦,見到她之前!她是真的很在意她親愛的神經病,還是戴個假面具而已?
　　　　　　　　　　　　　[臁] karatimania
算命撲克牌是怎麼說的,百分之一百的純種窈窕淑女嗎?有十二分之一黑人血
cartomancy

---

[37] 在蒸汽熨斗上市之前,愛爾蘭婦女習慣在燙衣物之前,先在鑄鐵熨斗上吐些口水。

[38] 自中世紀以來,朗伯德街就是倫敦市銀行和保險業中心的街道,與紐約市的華爾街齊名。

統？如品德完備的聖文都辣？辣臊臊的氣味嗎？馬達加斯加來的？這個矮小古怪的老女人，彈烏德琴都穿什麼搭配啊？她撿過多少海扇，有過多少權力，還有，體重多少？她就在這兒，安靈護民大赦天下，安娜之河瀰瀰，安娜之水浼浼是也！男人光是叫她一聲掃把星，全身就有觸電的小死快感咧。

壓根兒就不是啥選帝侯夫人，只是個日常抹桌掃地的老媽子，小女孩的老阿母，名叫需要的發明之母，也是印地安的古老源頭。來，考考妳。不過妳要乖乖坐好。妳現在可不可以稍安勿躁，好好聽一聽我要跟妳說的？本來很有可能是在大家都歇業休息的魂靈夜，不然就是五月六日，時間是 12 點 40 分或 12 點 50 分，污豵的圓頂冰屋門口有片獸皮叭嗒叭嗒翻飛拍擊，從裡面躡手躡腳走出來一個布希曼野人般的媽媽桑，妳所見過最最和氣的小小歐嘎桑，到處跟人都點頭，隨時對人都微笑，阮囊羞澀時會抿著嘴唇 hmm，看草地上的小鳥會看到張口 Oh，身居兩個世代之間，當過選美小皇后，高不過妳的手肘。[207] 快，看看她有多可愛，聽聽她的暗語，看能不能抓住話中有話在說甚麼，因為她長得越高駣，酒喝得越爽快海乾，就越發苗條滑溜。救救我們，引領我們吧！再屁嘛，沒了啦？聖母瑪利亞喔。什麼嘛唉啊，哇啦哇啦[39]的，把話說清楚，妳到底在哪裡搞到這麼一根破城槌那麼巨大的小羊排？欸，妳說得對。我老是忘記，就像我少活一點，愛我久一點。要我說啊，我的腳筋那麼長，就可以啦！她腳上穿的是庄稼漢那種沿邊扎滿圓頭鐵釘的木鞋，名符其實在庄稼幹活的一雙鞋子：一頂上端顫危危的俗麗圓頂糖塔帽，帽圍環有荊豆花當裝飾，一百條彩帶順著帽簷嘩啦啦流洩狂舞似火舌，還插有一根鍍金帽針，閃著荷蘭盾的銀白光芒：兩片眼鏡夾在鼻頭倒像掛著一輛雙輪腳踏車，搞得變身成為那個搞笑丑角叫啥暗光鳥鏡[40]的，連她的視線也變得一塌糊塗：戴漁網面紗來遮陽，就不致於暴露

---

[39] Wurra-Wurra 是聖博德消滅愛爾蘭異教神祇酷魯赫（Cromm Cruach）之後，少數殘存下來的本土小神，但還是難逃厄運，被博德弟子吉斯（Keth）所殺。

[40] Owlglass 是德文 Eulenspiegel 的英文直譯，意思是「貓頭鷹鏡」，他是德國民間傳說的一個丑角人物，不拘禮法，好惡作劇。

她好不容易掩藏起來的皺紋：耳環大如墊鉢銀圈，大到足以把陷捕各種讚美經文的耳朵下方那雙鬆弛的耳垂相互扣在一起：隱約透出她膚色的古巴絲襪上飾有如鮭魚斑點的細小亮片：她喜歡大跳西迷舞，說是鬧著玩嘛又像是炫耀一件上頭有濛濛煙霧般暈開來的淡紅葡萄酒漬、號稱永遠不褪色洗完果然絕不褪色的白布連身內衣：結實健壯的馬甲，有如分居河邊兩岸的敵對拉扯勢力，把她的身量拉得筆直修長：她的血橙內褲，樣式跟小男生的燈籠褲差不多，一種褲款兩種用途，可以看得到毫不扭捏作態類似黑鬼專屬的泥炭屁眼，綺思幻想浸在其中，解放起來開關自如：她的黑條棕底約瑟夫單排扣長版大衣，縫有閃閃發光的小圓亮片和襯有泰迪熊毛的內裡，燈心草綠的波浪肩帶，皇室天鵝白的輪狀縐領，全都有一縷縷的脫線：兩根廉價的香菸緊緊塞在彷彿捆紮乾草的歐洲襪帶束環上：她那件別上一堆圓形字母小徽章、隧道般的腰袢繫有水管皮帶的燈芯絨平民外套，兼具有鋪墊在乾草上的額外用途：每個側邊口袋都有一枚 4 便士硬幣，增加重量，確保安全，免得她被疾風吹走：她會在流鼻涕的鼻子上緊緊夾上一根曬衣夾，她會在她那張唾液太多的嘴巴裡嘎吱嘎吱地碾磨什麼古怪有趣的玩意兒：她那件鼻煙褐漬斑斑的乞丐婆禮服裙擺拖尾在她身後沿著馬路拖曳長達 10 多呼呼呼愛爾蘭哩[41]後散發出污水惡臭的味道。

　　煩ㄋㄟ，好難過，我竟然錯過她這一面！說不出來的香甜好汁味，沒人吃了有昏倒的呀！是她哪一張軟體動物的嘴巴在吃呢？她的岬角鼻頭沒事吧？沒燒起來吧？每個見過她的人，都說這小小三角洲，甜美怡樂如神女德里拉，靜肅沉穩似月女戴安娜，好像哪兒怪怪的。小小跑，慢慢跑，小心小水窪！小姐姐喔，要乖乖，可別笨到掉進海裡去！風趣又風騷，破落又破格，這謎樣如 X 的師婆，淨幹些打掃刷地兼幫炊的臨時雜役，把個皮膚燙得呀，紅點鮭見過吧。踢起哈姆大腿來呀這邋遢虔婆，妳可從來沒見過！用她那雙黃澄澄的鯔魚眼，含笑對著都柏林少男頻送棉花軟糖的流盼眼神。眾少女為她戴上后冠，這位慈

---

[41] 愛爾蘭的 1 哩相當於英制的 1.27 哩。

善恩典的五朔皇后。五月嗎？不會吧！她看自己都看不清爽，對她來說也算不錯啦。我猜得出來，為什麼我們親愛的達令會像條海鰻[42]（murray）攪渾她那面鏡子。她真那麼幹啦？救救我啊！有一群比唱詩班人數還多的年輕海軍阿兵哥，天乾地燥口乾舌燥萎靡枯燥，[208]一窩的非洲樹蛇（boomslang），一邊開講幹醮一邊吧滋吧滋猛嚼煙草塊，嘴巴看著樹上水果，眼睛吃著路邊野花，對著上下起伏的波浪發大頭呆，她的細絲水紋紛紜穿梭，時而藕斷絲連，時而若即若離，他們在銀鰻迴游深海的一整個星期之中，在約克（York）公爵唷-咿-唷-咿地喊著獵犬向前追趕狐狸的領地內，不是靠著癡瘋北牆懶懶散散的癱在那兒，就是隨隨便便撿拾些地面殘餘碎物，可是他們一看到她身披冬日薅草當喪服，一副曾經滄海的風流俏寡婦（The Merry Widow）模樣，蜿蜒曲折逕往東流，他們就了了，在她這位會吏長夫人（archdeaconess）的簡愛帽檐（bonnet）下是一個怎樣的女人，艾文戴爾（Avondale）山谷的柑橘，克拉倫斯（Clarence）流域的毒枳，有人氣喘吁吁地對另一個人說，拄腋下拐杖的聖人對著汁爺貝茲（Bates）少爺說：千萬不能說出去，只能留在我們兩片屁股和它們坐暖的大理石之間，她呀，不是拉了皮就是嗑了藥！

　　那只像老鼠窩一樣的大雜燴袋子裡，她都塞了些什麼獵品呢？像她肚皮裡的象牌啤酒（Tembo），或是她辣椒罐裡劈哩劈哩的薑薑仔[臺]辣椒？錶啦、燈啦、茶啦，和一些[臺]愛作怪狡怪的芳香料。她這天打雷劈的，打哪兒去偷拐搶騙來著？戰爭之前或是舞會之後？我要新鮮熱辣的原地直送。我賭上我的鬍子[43]，繼續偷偷我們的獵捕行動，值回票價啦！快點，就這麼幹，幹了啦！這才是臭水狗娘養的好樣的！我保證我值妳好處的。而且我的意思不是只有也許。而且也不是空頭支票。容我省略事實，我就可以用故事告訴妳真相。

　　看哪，河面一葦迴旋反復沿波順流，河裡一鯡逆水溯溪復返迴游，她呢，踢踢躂躂嘩啦啦，蕩漾凌波奔流不息，避險擺腰側身行，交步偷覷何輕盈，她的巨岩上覆蓋泥炭沼澤般的墨綠蘚苔，細狹水流蜿蜒於罅隙之間沉悶的

---

[42] Murray 是喬伊斯母親娘家的姓氏。

[43] 女巫有鬍子。

　　　　　　dilisk　　　　　　　　　　　　　　　　　　　　　　　vetch
食用紫紅藻漫生在我們較為枯乾的這邊，狂亂的西風把那邊噁心的大巢菜連
　　　　　　　　　　　　　curare
枝帶葉刮了過來，這裡有危險萬分的箭毒馬錢子，那裡有橫衝直撞的恐怖車流
輛，不知道有哪個中道之法，或是哪兒有巫覡之流足以為她擺平，再或許呢，
她就是對著自己的小雞仔嘰嘰喳喳說個不停，就像聖誕老公公呼喚那些臉色蒼
白的和體形弱小的，緊緊擁抱著，感覺他們細細的心跳，傾聽他們小小的心
　　　　　　　　　Isolabella　　　　　　　　　Romulus　　　Remus
聲，她的雙臂環抱伊索拉貝拉，然後和再度和好的羅穆盧斯與雷穆斯玩了一下
　　　　　　　　　　　　Dirty Han
追趕跑跳碰，然後用唾沫抹乾淨髒髒漢斯給噴得滿是髒髒的兩隻小手，黏巴像
　　　　　　　　　　　　　　　　　　　　Pandora
水蛭，消倏像標槍，攜帶聖誕節禮盒，她的每一個小孩都期盼多拿一些，每人
就是一盒，都是他們在做夢中給她的生日禮物，那些搶來的戰利品她飛快地堆
在門口。在踏腳墊上，在門廊邊，沿路堆疊一直氾濫淹沒地下室。孩子們笑溪
　　　　　　　　　　　　　[韓]禮物　[日]禮物
溪地全都洶湧奔跑過來看浩瀚如海的礼物、膳物、お土産和手伴，這些個快樂
嗨羞的小男生。淘氣搗蛋的小女生。從典當鋪跳出來，掉進熊熊熱情的柴火
　　　　　　　　　　　　　　　　　　　　　juvenile lead
堆。他們團團把她圍住，男的都是獨挑大樑的年輕主角，女的都是天真無邪的
ingénue　　　　　　　　　　　　　　　　artesian well
定型女角，從他們貧民窟的爛泥巴和飽含沙石的自流井湧冒而出瘋奔而來，擺
　　rickets　　　　　　　　　　　　　　　　　　　levee　　Smyly
首弄姿如患佝僂病，喧囂吵鬧似煽大暴動，簡直就是總督夫人接待史米利慈善
　　　　　　　　　　　　　　　　　　　　　　　　　　　　levee
之家那群小鬼一模一樣的場景，掌聲雷動，來點歡呼，洶湧聲浪拍擊防波堤：
萬歲，小安妮！老氣橫秋匆匆多少歲月，元氣十足！給我們吟唱一段古蘭經，
　　[拉] susurrus
啊，輕聲細語！甜美愉悅的義大利文！誰說她沒音質來著！[209] 每次她深潛
　　　　　　　Angus the Culdee　　　　　　　　　　　　[法] cul-de-sac
進入那口看似垃圾袋這可是神僕團安格斯的包囊裡，直探最深最深的底部，然
　　　　Maundy Thursday
後掏撈出來她在濯足節就該把泥汙洗掉的海泡石煙斗，骯髒的物品，卑微的紀
念，不堪的回憶，追想的載體，而所有的一切都是為了那份確然可然一再循環
　　　　　　　　Tinker Tailor　　[臺] 嬰兒週歲生日
如攀高梯之種種，點個兵數個將做做度睟抓抓週，看看抓到什麼老公什麼週，
臭臭補鍋匠和跟屁治療師，屈居第二游手好閒的警衛和遙遙領先舞文弄詩的少
年，她的孩子們，口含金雀花首先出世的男孩子和口角淌涎奶香支流傍母河的
女孩子，共有 1001 個，個個都像家庭聚餐時，賓客提來的柳條籃裡裝的一碟

菜。永永遠遠，邪惡不遠。然後親吻桌上的聖經(kiss the book)，然後踢翻腳下的水桶(kick the bucket)。補鍋匠滿嘴胡讒詛咒，不用管他，送給吉普賽脫衣舞孃李玫瑰(Gipsy Rose Lee)[44]一輛單輪手推車，當成為他煮罐頭牛肉(bully beef)的大鐵鍋：送給捍衛迦太基大公會(Synods of Carthage)的守衛人麻吉阿兵哥萬人迷帕米(Chummy)一份彈殼容量的韭蔥雄雞湯(cock-a-leeky soup)：送給臉色陰沉的盼奪爾(Pender)尖酸刻薄的姪兒一把三角錐水果軟糖，口味強烈絕非歐托滋特強薄荷糖(Altoids)所能比擬：送給可憐的小女孩琵珂莉娜(Piccolina)·玻蒂(Petite)·麥克法蘭(MacFarlane)一副嘎吱嘎吱價響的打顫牙齒和兩片野玫瑰紅的臉頰(Marriage)[45]：送給馬利亞吉家那m-m-m好想嫁人的仨姊妹，伊莎貝兒(Isabel)、依則貝耳(Jezebel)和盧愛琳(Llewelyn)原本一盒均分三堆，圖案為錘、別針、床單和小腿兒的拼圖碎片：送給乞丐約翰行者(Johnny Walker)一只掛有圓環的古銅鼻頭[46]和可以搬運私釀劣酒的生鐵牌連指手套：送給啊天主小基文(Kevineen)·歐迪亞(O'Dea)一面教宗祝福過、狀若聖人身體上創口和鞭傷的紙製星條旗：送給矮壯結實的石磙子帕吉(Pudge)·魁格(Craig)一輛ㄅㄨㄟㄟㄨㄟㄟㄨㄟㄟㄨ，同時送給大老虎提姆(Tiger Tim)，還是大蜜蜂湯姆(Tom Big Bee)，一隻夜行軍中惡夢般的瘋癲三月兔(March Hare)：送給海盜小霸凌布利(Bully)·海斯(Hayes)和猛暴小颶風哈利根(Hurricane)·哈帝根(Hartigan)各一隻水腫的戰壕腳(trench foot)和一雙印度膠鞋套(gumboots)：送給克隆里夫(Clonliffe)的驕傲，壯鹿巴克(Buck)·瓊斯(Jones)，一顆浪子回頭之心和一群肥滋滋的小牛犢：送給斯基勃林(Skibbereen)[47]出身的瓦爾(Val)一條麵包和一份父親早年的心願：送給都柏林的城市滑頭假英國佬賴利(jackeen Larry)·杜林(Doolin)一輛輕快的二輪馬車：送給愛爾佬隄格(Teague)·歐佛蘭納根(O'Flanagan)一趟政府公務船的海上暈船之旅：送給傑利(Jerry)·考伊耳(Coyle)一隻蝨子和一把除蝨梳子：送給安迪(Andy)·麥肯齊(MacKenzie)好幾份爛泥肉醬派：送給繳不出聖彼得節奉金(Peter's pence)1便士的兔唇(harelip)潘斯勒斯(Penceless)·彼得(Peter)一根髮夾(hairclip)，和一只蓋子

---

[44] 李玫瑰（1911-1970）雖然出道於脫衣舞界，但她將脫衣舞提升為藝術表演，同時還寫小說與戲劇，參與多項電影和電視節目的演出，她的自傳《星夢淚痕：回憶錄》(Gypsy: A Memoir) 不僅被改編成百老匯舞台音樂劇，也拍成電影，風靡一時。

[45] 肺結核的病徵。

[46] 鼻頭潰爛是淋病末期徵兆之一，病人常以各種人工替代物加以遮掩。

[47] 愛爾蘭民謠〈老斯基勃林〉("Old Skibbereen")是關於一位流亡海外的老父親跟他的兒子講述當年大飢荒時，為酷吏苛政所迫離鄉背井的故事。兒子聽完後，表示要回故鄉為父報仇雪恨，「我們將與愛琳（Erin）的孩子們一起站起來」。

咔嗒咔嗒作響的乞食木缽：送給舞台演員 G. V. 布魯克一副取法十二音技法、
值十二英磅的豐富表情：送給貞潔的修女安・莫提默爾一個臉面朝下溺斃於死
亡之海的洋娃娃：送給洗燙女工布蘭琪絲的床鋪一匹白練瀑布般的祭壇桌巾：
送給時而唧唧呱呱時而哭哭啼啼的女扮男裝優伶佩格・沃芬頓一條飾演哈利・
王爾德爾爵士的十八世紀宮廷禮褲：送給蘇・達特一隻大大的點漆媚眼，送給
山姆・達緒一滑失神踩錯的步伐：送給軟耳根子的長老教徒帕特曦・佩斯比斯大
使一窩從三葉草叢拽出來早已給打到半死的蛇虺，以及一份梵蒂岡印戳的捕蛇
人簽證：送給堅如礁岩的迪克每天清晨超屌的舉揚，送給絆石跌跤的達維每一
分鐘一滴的窮漿玉液：送給晉陞真福品位的雞母碧蒂一串矮櫟木玫瑰念珠：送
給與時並進反覆無常的伊娲・茉柏莉兩張讓她不知該坐哪一張的蘋果綠粗呢座
凳：送給細沙滿壺的莎拉・菲爾波特一只約旦河山谷的裝淚的茶甕[48]：送給黎明
女神艾琳・阿魯納一個藻飾牌潔牙粉的漂亮禮盒，用來潔白她的牙齒讓海倫・
阿虹妮相形失色：送給無法無天的艾迪・羅樂斯一顆拿鞭抽打就團團轉的干樂：
送給住在奶油販小巷的凱蒂・科爾雷因為了節省 1 便士而蠢到浪費掉一整罐酸
奶的小聰明：送給扮演《仲夏夜之夢》促狹鬼帕克的公羊泰瑞一柄油灰鐵鏟：
送給沙丘宣傳員鄧恩一副河流面具：送給俄羅斯副本堂神父保羅一顆蛋殼上標
了兩次日期的復活節彩蛋，和一份威力強大好比炸藥的權力：[210] 送給身著
大氅蹲在青樓便池的恚怒曼恩類似霍亂的急性腸胃炎：送給目瞪口呆看著在
星光與襪帶酒店廝混的劍橋大學格頓學院女寄宿生的布商德勒皮耶和總鐸
迪恩一枚嘉德之星勳章：送給威爾鬼火和犬吠巴尼[49]每人一座高貴的黃金小人

---

[48] 關於淚罐（tear jar），來源可能起於達味（David）王對天主的禱求：「我幾次流離，你都記數；求你把我眼淚裝在你的皮袋（bottle）裡。這不都記在你冊子上嗎？」（《詩篇》56：8）。

[49] 威爾鬼火（Will-of-the-Wisp）的 Will，是 William 的縮寫，暗指 William Butler Yeats（葉慈）。犬吠巴尼（Barny-the-Bark）的 Barney，是 Bernard 的暱稱，暗指 Bernard Shaw（蕭伯納）。兩位都是諾貝爾文學獎得主。

諾貝爾，瑞典皇家以莙蓬菜[50]之甜膩來調和他們略遜一籌的苦楚煎熬：送給被綁縛的奧利佛‧邦德趁他還是魚苗時指引他一條通往茵尼斯湖島的途徑：送給年紀還小的薛默斯一頂他覺得太大的冠冕：一窩擁擠不堪思想自由行爲放蕩的蒂波兒[51]小貓咪，隻隻石灰華毛背上都有一撮狀似科隆高威伍德中學視爲珍寶的康鎮十字架的花紋，送給陽光燦爛的孖仔吉姆：口頭禪頌讚歸吾主和多給幾天吧，送給性好喝采的刺客布萊恩：有如五旬節聖神滿盈的憐憫，摻雜有貪念淫慾不斷鞭抽下滋繁猛暴的綺思妄想，送給歐肋納‧肋納‧瑪達肋納：送給童貞女卡蜜拉、奔跑女卓蜜拉、聖潔女盧蜜拉、豐乳女瑪蜜拉，一只水桶、一裹郵包、一本書冊和一個枕頭：送給南西‧香儂一枚圖爾姆鎮手工胸飾：送給有盼望就受洗於溪河邊泡泡肥皂泡的朵拉‧芮葩莉亞‧霍泊安瓦特一次清涼的淋浴和一把長柄暖床扁鑪：一條肥大若鼓風牛皮囊的長褲送給思想貧乏的華仔瑪爾：一枝兼具魚叉和髮簪[52]雙重用途的滑石筆，送給滑舌婦艾耳曦‧歐蘭姆，去搔搔她的狹縫小屁屁，供她盡最大努力以常用分數來合理分配她那粗俗摩擦的上下比例：一份養老金送給美人兒貝蒂‧蓓蕾莎：一袋藍色洗衣粉送給搞笑的憂鬱兒費茲：一場舉辦於風中彌撒的豐收彌撒送給最最威爾斯的漢中之悍塔夫德塔夫：打情罵俏的一瓢女吉兒，送給人才出眾的弱水男傑克：一個適合魯賓遜‧克魯索的僕人

---

[50] 根莖類的農作物，大多由於酷似的外型，不易辨識，許多不同種類常被相互混淆。莙蓬菜（mangold，德國人稱爲mangel-wurzel）便是其中一個顯著的例子。莙蓬菜是餵養牲畜的飼料，常被誤認爲是人類食用的蕪菁甘藍（rutabaga）。蕪菁甘藍是美國對這種作物的稱呼，因爲其原產地是瑞典，英國直接稱之爲「瑞典」（Swede）。美國辭典編撰學者孟肯（H. L. Mencken）在1921年的著作《美國語言》（*The American Language*）中就曾犯下把這兩種根莖作物混淆的錯誤，聲稱英國人「仍然把蕪菁甘藍當成莙蓬菜」，一時譁然。英國人從來沒把蕪菁甘藍當成莙蓬菜來看待過。對英國人而言，莙蓬菜這個字詞在他們心裡勾勒出來的畫面，大約就是身著粗布罩衫、肩扛鐵耙叉子、口吐濃厚土音的「樸實」農莊工人。

[51] 中世紀寓言《列那狐傳奇》（*Le Roman de Renart*）以幾隻動物作爲鋪陳故事的要角，貓咪蒂波兒是其中之一。此後，只要提起蒂波兒這個稱呼，西方讀者立刻會聯想起的動物，除卻貓咪，無它。

[52] 婦女出門在外若受到歹徒突襲時，帽針和髮簪可拔下當成類似「魚叉」的防身工具。

星期五參加的週五小齋日送給摩挲石雕聖像的墮落天使卡督克斯・安捷勒斯・盧比孔史坦：366條織工經緯相錯、條條曲翹結丸讓人唏噓的毛綢領帶，送給胡格諾教徒、號稱勝利大打結的維克多・雨果諾特：一把挺硬穩當的釘耙和一頭身上長有維瑞安鋼刷般鬃毛、鬃毛上沾滿各種糞便的結實野豬，送給清潔婦凱特：一首掉漏字詞需要填空的歌謠送給主人哈士別：兩打嬰兒搖籃送給信仰堅貞的J.F.X.P.考平傑會吏長：10鎊10先令，在手抓5條爆筒狀腐爛槍烏賊繼承皇室海豚頭銜的維艾諾瓦王太子啵的一聲出生之後，送給王女茵芳姐：一紙可以讀上一輩子的信箋，送給壁爐灰坑旁正上方的瑪姬：這位從懶慢怠惰的拉斯克鎮到生活困苦的活水湧泉鎮工作、皮粗肉壯的冷凍肉販婦人，就送給遁世擺渡人菲利姆：充滿歡樂和希望、專治痙攣性麻痺病患的療癒溫泉，和辛普森醫院舉辦大型盛宴應急的藥用糖漿，送給腐朽、痛風和目瞽的臥烏古：更換名字，更換泊船，更換教堂中殿，更換罹苦得樂，送給阿莫里卡人氏、原名為拋錨爵士艾默里・崔斯傳姆的聖老楞佐：一件衣衫送給行將上斷頭臺的赤胸鄉巴佬魯本・瑞布列司特，數捆會讓人暫停吃食的絞首麻繩，送給石楠荒地布倫南：一根奧科尼櫟木連膝義肢送給鋸木鋸到鋸斷腿的都柏林鎮創鎮人強納生・索耶，蚊蟲叮咬送給套有防蚊長統靴的偉大熱帶史考特：一根C3[53]花序梗送給業障深重的加爾默羅會修士外號焦糖甘蔗的加音：一份本月最佳暗無天日的地圖，還有一把光之劍和數張切手，送給信差薛默斯・歐碩恩：一隻披著獸皮的胡狼，猶如藏匿在傑基爾博士體內的海德先生，送給布朗恩但不能給諾蘭恩：一個冷硬的石頭肩膀送給唐・喬凡尼：無馬空廄上鎖頭，花柳遍地滿身熟，送給我沒騙你啦快樂耍詐老實煙花女阿樂不賴[54]：媚你催客死：一面巨大戰鼓送給比利・鄧博因：一具鑲金邊鼓風箱，到我下面吹我下面，送給艾達艾達，一個噓噓小

---

[53] 一次大戰時英國對當兵適齡男子進行體檢，等級從A1到C3。C3等級表示該受檢人完全無法承擔任何作戰訓練，僅能擔任文書等非勞力任務，之後延伸出最劣等級的含義。此外，王爾德在獄中的牢房編號是C.3.3。

[54] Honor Bright是都柏林妓女，也是育有一嬰的單身母親，於1925年遭射殺身亡。

[臺] 睡覺
寶貝唔唔睏的搖籃椅,她什麼都找得到,送給誰-比較-金銀閃亮─他-哪兒-去了？:看是想要狂喝痛飲,或噴灑潑濺,或豬吃溲水那德行,[211] 健力士或是 Guinness 軒尼詩,大瓶一點還是要亮黑一點,都行,送給一日歡樂王和吼叫的伯多祿和 Hennessy　　　　　　　　　　　　　　　　Festy King　　Roaring Peter 短腿爽歪歪和糖漿湯姆和O.B.貝漢和暗殺團刺客薩利和靈猩麥格拉斯少爺和 Frisky Shorty　Treacle Tom　　　Behan　　Sully the Thug　　Master Magrath 彼得.克洛任和戰爭血玫瑰歐德拉瓦.羅薩和和平之子尼祿.馬克佩森姆和你 Peter　Cloran　　　　　O'Delawarr　　Rossa　　[拉] pācem　[義] Nerone MacPacem 四處漫遊剛好碰到的路人甲乙丙:然後是一顆豬膀胱[55]吹成的汽球送給瑟琳娜. Selina 薩斯格漢娜.史戴克倫姆。可是,她拿啥東西送給謹慎牢頭菩茹姐.沃德和肉 Susquehanna　Stakelum　　　　　　　　　　　　　　　Pruda　　Ward 桂運河凱蒂.卡內爾和罪惡床單珮姬.奎爾蒂和荊棘柴火布萊爾莉.布羅斯納 Katty　Kanel　　　　Peggy　Quilty　　　Briery　　Brosna 和戲弄鬼緹曦.奇爾蘭和啪啦啪啦舔一舔艾娜.拉蘋和邋邊彌撒慕瑞兒.瑪曦 Teasy　Kieran　　　　　　　　Ena　Lappin　　Muriel　Maassy 和渡船舟子祖珊.卡埋客和柳澄澄瑪莉莎.布拉道格和花花蕨蕨兒佛蘿菈 Zusan　Camac　　Melissa　Brandogue　　Flora 佛恩斯和動物寵兒狐狸良人佛娜.法克斯-古德曼私奔偷結婚格蕾特娜.格林倪 Ferns　　　　Fauna　Fox　Goodman　　Grettna　Greaney 和公然入英籍佩涅羅琵.英格森特和蔓藤舔舐蕾絲邊的萊莎.黎安和幸運女主 Penelope　Inglesante　　　　　　　Leytha　Liane 蘿珊娜.蘿涵和善良靚女欣芭緹卡.索涵和一二三烏娜.碧娜.拉特薩和三層 Roxana　Rohan　　Simpatica　　Sohan　Una　Bina　Laterza 相同蕾絲崔娜.麥絲瑪和愛月夜鶯菲洛梅娜.歐法羅和小河流娥瑪.伊莉和鈍 Trina　La Mesme　　　Philomena　　O'Farrell　　Irmak　Elly 頭劍約瑟芬.佛伊爾和蛇頭莉莉和嘈雜泉水芳登諾伊.羅拉和神的羔羊瑪利. Josephine　Foyle　Snakeshead Lily　Fountainoy　Laura　Marie 澤維爾.阿格尼斯.黛西.方濟各.德.沙雷斯.馬克利呢？她送給她們每一位 Xavier　Agnes　Daisy　Frances　de　Sales　Macleay 媽媽的好女兒一朵月之華和一條血之脈:可是卻把早於理智成熟的葡萄,送給瓜 Issy　　　　　　　　　　[拉] fundus 分葡萄壓榨器的他們。所以在伊曦的臉龐,她那個羞恥女生,淚珠的深處閃爍著 Shem 愛的光芒,而她那個筆耕棺姆,過去的陰影卻已玷污了他青春美好的歲月。

天啊,我的殖民老爺,還真是一大袋呢！不只是麵包師傅那樣一打算13個,還額外又多給了什一那麼一咪咪。那就是妳口中的《一個木桶的故事》！愛爾蘭菜市場的故事,也可以啦！所有那些個,還有更多更多,都好像藏在密封信封套那樣的馬鬃布裙撐底下,就看妳敢不敢揭開這個醃漬豬肉桶的封

---

[55] 十八世紀享譽歐洲的風流才子卡薩諾瓦（Giacomo Casanova）,據聞一生交往過132位女性,辦事時會拿豬膀胱當作保險套。在某些節慶的場合,充氣的豬膀胱也可當氣球飾物。

條，搶分一杯羹。也難怪他們走咁哪飛咧離她的瘟疫可以有多遠就有多遠。把
　　　　　　[臺] 走得飛快
　　　　　Hudson's soap
妳那塊哈德森肥皂丟過來，還是得顧一下咱沉衣婦的清潔名譽！這會兒洗衣
水都有股淡淡的尿臊味了。我明兒一早就把它順著筏子送回妳那兒。發點慈
　　　　　　　　　　　　　　　　　　　　　Reckitt
悲，可憐可憐我吧！好啦，可別忘了我借給妳的利潔時洗衣粉。妳都佔著溪流
漩渦兒的好地點。所以呢，就算有吧，怪我嗎？誰說妳有就要怪妳來著？妳說
　　　　　　　　　　　　　　　　　　　　snuffers' cornets
話有點尖銳喔。我可沒那麼笨，心胸寬大著呢。就是會有滅燭紙罩從我前面
　　　　　　　　　　　　　　　　　　　　　　　　　Esther
飄過去，從那個瘋子神父的法衣掉出來的吧，上面是她寫的，那個艾斯德爾
　　　marsh narcissus　　　　　　　Marsh
啊，還有一絲絲去年沼澤水仙花的味道，或是馬胥圖書館那種舊書味，反正
　　Vanity Fair　　　　　　　　　　　　　　　Vanessa
她要他公開撤銷浮華世界裡那個小不隆咚的狐媚子凡妮莎。下流碎紙條，從
　　　　　Chinook
他那本奇努克聖經撕下來的，我還真想通通讀一讀，鐵定很噁心，不過畫在
第一頁上面那些小符號倒是搔著本姑娘的癢處，看了就想笑。顛肚縮，要有
倫！就有倫！呵！呵！顛肚縮，要有椏擋！就有椏擋。哈！哈！還有，我也
　　　　　　Die Windermere Dichter　　　Le Fanu　　Sheridan
還想看《溫德米爾湖濱詩人》[212] 和勒法努（就是雪利登啦）那本老舊的
　House by the Coachyard　　　Mill　　On Woman　　On the Floss
《扛轎墓園旁的黃屋》和彌爾的《論女人》，以及《論牙線》（還是《弗若絲河畔》
呢？）。沒錯，沼澤就是適合老磨坊主，石頭就是適合他那些搔首妖嬈的小爛鞋！
我清楚的很吶，她們轉動他的石輪時，是有多麼得大方和活潑喔。看我這兩手掌
　　[蓋] uisce beatha
在生命活水裡搓揉蘇打粉，都凍成青紫色了，就像那邊河底那塊中國法藍瓷碎
　　　　　　　　　　　　　　　　　　[中] Hoang Ho
片。咦，肥皂呢？我剛看到是在那叢菅茅旁啊。會攪黃河水的，真夠悲催的，我
　　　　　　　　　　　　　　　turbary
居然把它搞丟了！真是歹命啊！這種採泥炭場的水，誰看得到啊？這麼近可又
　　　　　　　　　　　Gihon
那麼遠！而且滔滔激流，跟那條基紅河[56]差不多！o我，請繼續好嗎！我愛死了
劈哩啪啦講閒話的人。我可以聽更多更多一直重複聽下去。雨水下在河面上。
蚊蠅漂浮水面上。這就是我要的生命，厚實如大海的生命。

　　　　看吧，妳是知道的嘛，還是妳真不懂裝懂，或是說，我沒跟妳講過，每個敘
述都有故事蜿蜒尾隨其後，每個故事都有他和她纏繞其中。看哪，天色漸暗沉，

---

[56] 基紅河，字面原義是「噴湧」，伊甸園四大河流之一。

夜暮正厚濃！我的枝枒高高在上，正在河底往下扎根。我蹲坐的冰冷肌膚早已透著灰白。我的濃密秀髮早已金黃不再。我的愛人已是一把冰涼灰燼。啥時了？妳才灑屎咧！啥年代了？很快天就晚囉。我的眼睛，每個人的耳朵，從最後一次邂逅瓦特豪斯鐘[57]（Waterhouse's Clock）那時候起，就是無止無盡的現在了。他們把它大卸八塊，我很痛心吶，聽到他們邊說邊嘆息。它什麼時候會被組裝回去？被！唉呦，我的背，哪有啥被啦，只有我的悲，我的卑溪！巴哈[58]（Bach）潺潺流水的清唱劇。我好想去艾克斯溫泉度假村喔（Aix-les-Bains），快受不了這酸痛囉。乒乓！乒乓！六鳴節（Sechseläuten）的鐘聲響起，靚女和兵痞，歡好又和合！然後她因聖神領受身孕，我們因祈禱誕生思想！乒一陣劇痛！聲聲鐘聲鳴響裡，帶走舊衣衫！攜來新晨露！全能的天主喔，嘩啦啦滿地淋生綠油油，太多了，可以閃人了！懇祈天主，聖寵我等！一個男人，謙卑所述。亞孟。我們現在要在這兒把它們都晾開來嗎？對呀，沒錯。獵獵飛舞，上下鼓動，翻面！鋪在妳那一岸，我把我的鋪在我這一岸。啪啦啪啦，翻面！我是在翻啊。展開！開始變得濕冷了。起風了。那些旅館被單忒不聽話的，在上面壓幾塊石頭試試看。新郎和新娘依然在石頭之間抱來抱去。不然的話，我就灑點水，然後就把它們摺起來。我來把這件屠夫圍裙綁在這兒。還是油汗膩膩的。流浪漢走過去，連正眼都不會瞧上一眼的。6件查某內衫，10條頭巾，9條還需要用火烤一烤，這1條禦寒用的倒適合寫密碼，粗紡平紋餐巾，共有12條，1條寶寶的圍巾。好姆媽喬西芙（Jossiph）無所不知喔，她可是那麼說的，甭偷懶。誰偷的卵？她無睡不打呼的卵泡泡嗎？靜默女神塔西妲（Dea Tacita）[59]！打住，承神福佑（[拉] Deo gratias）！她所有那些小

---

[57] 瓦特豪斯鐘（Waterhouse's Clock）是瓦特豪斯珠寶店門口的招牌大鐘，都柏林地標之一，親朋好友情侶相約碰面的地方，該珠寶店於1904年歇業，瓦特豪斯鐘也被拆卸下來，成了那一代都柏林人共同的記憶。

[58] 巴哈的清唱劇206號是呈給四條河流的獻禮：維斯瓦河（Wisła）、易北河（Elbe）、普萊瑟河（Pleiße）和多瑙河（Danube）。

[59] 塔西妲（Tacita）是羅馬掌管亡者的女神。她私下警告寧芙仙子茱圖爾娜（nymph Juturna），朱庇特（Jupiter）意圖對她染指；朱庇特獲知此事，大怒，連根拔除塔西妲的舌頭，因此她也稱為靜默女神。

孩，現在都哪兒去了妳說？在教堂圓頂下的天上國度，或是在即將降臨的地上
　　　　　　　　　　　　　　　dome　　　　　kingdom
權柄中，或是在他們遙遠的父之榮耀裡？安娜莉薇雅，岸哪淤泥呀，亞肋路亞，
　power　　　　　　　　　glory
安拉路亞！有些在這兒，更多都不見了，還有更多迷失於某個陌生人的陌生國家
　　　　　　　　　Shannon
裡。我聽說的，香儂那家女兒，配上媽媽的手工胸飾，遠遠嫁到西班牙某望族去
　　　　　[愛] Naomh Breandán　　　Markland's Vineland　　　　Martha's Vineyard
了。遠在聖布倫丹島鯡魚水域之外的馬克蘭葡萄藤島上，不是瑪莎葡萄園島啦，
　　　　　　　　　　　　　　　　Agnes　　　　　　　　[中] Yang-tze
那兒沙丘上的傻蛋們哪，都戴著女帽師艾妮耶設計的，類似楊子江船夫斗笠的九
　　　　　　　Bachelor's Walk
號大帽子。在學士步道附近、許多男人都會衝去大水溝旁邊自然分流的小支流
　　　　　　　　　　　　　　　　　　　　　　　Biddy
那兒解放，那裡有一顆上下浮沉的孤單珠子，碧蒂用一朵金盞花，[213] 接著用
一根鞋匠的蠟燭，才把它撈上來串回念珠串子裡，總算把厄娃子宮昨日種種散
　　　　　　　　　　　　　　the Meaghers
逸流離的歷史，全都聚攏在一塊兒。留給瑪爾家族在歲月狼吞胡咽之下最後碩
果僅存的一位，就是一條膝蓋扣帶和兩只褲鉤。妳現在才跟我講有這回事？是
啊，我據實以告吔。為悲慘的世界和可憐的靈魂獻上祝禱！放輕鬆點，慢慢兒
來，我們全部的確通通都是無與倫比的幽暗陰影！哎呦，妳沒聽說過嗎，滔天洪
水，數度漫淹這岸和那岸，一而再地堆積，再而三地淤塞，河邊兩岸盡成水鄉澤
國？妳有聽過吧，不然乾脆去死算了！我當然有聽過，必須的！都是我塞在耳
　　　　　　　　　　　　　　　　　　　　　　　Lethe
孔裡頭的那團棉花球。封傷口那般封得嚴嚴實實的，無論忘川有何大小動靜，
　　　　　　　　　　　　　Oroonoko　　　the royal slave
厥暈多少人口，幾乎是一丁點兒都聽不到。歐魯諾寇啊妳這尊貴的奴隸。妳這
　　　　　　　　　　　　　　　　　Joachim da Fiora
又是咋啦？對面看似穿和服其實著長袍，散發菲奧拉的約阿希姆的神祕風采，
　　Horsa　　Hengist　　　　　　　　　　　　　　　　　　　　Fianna
挾帶霍薩和亨吉斯特的赫赫威勢，騎著高頭大馬的那尊雕像，是偉大的芬尼亞
　　　　　　Father of Otters
勇士團領袖嗎？水獺之父，就是他本人！上頭那兒嗎？是那個嗎？是在莉菲河
　　　　　[愛] falairín　　Fallarees Common　　　　　　Astley's Amphitheatre
岸常有馬隻漫步的法拉瑞斯公用地那兒嗎？妳心裏想的應該是**艾斯特利馬戲圓**
　　　　　　　　　　　　　　　　Pepper's ghost
形劇院，條子嚴禁你在那兒對著佩珀爾幻象般的蒼白馬匹[60]噘起塞滿棒棒糖的嘴
　　　　　[臺] 妳這個女人
巴。妳這个查某人，把妳眼睛裡的蜘蛛網清抹乾淨，好好鋪平，把妳洗完的衣

---

[60] 影射薩繆爾・洛弗（Samuel Lover）的劇作，《佩珀爾家族的白馬》（*The White Horse of the Peppers*）。

物好好給我鋪平！像妳這種垃圾貨色，我清楚得很。呼啦呼啦，攤平！沒喝到醉茫茫的愛爾蘭就是全死到硬梆梆的愛爾蘭。願天主恩助妳，萬福瑪利亞，妳充滿聖寵，而妳是充滿油膩啊妳，天詛的重擔[61]與我同在！我想，剛剛是妳的禱告吧，我的昂戈夫人[62]（Madame Angot）！耀佻君子，淑女好逑！跟咱們說說，啵亮玻璃腿，妳在康威（Conway）的卡瑞加庫拉（Carrigacurra）鎮福利社，有沒有喝到手腳亂擺呢？我有沒有什麼呀，噗抖顛屁股？啪啦啪啦，展開！妳個光腚啦，稀拉裸麻時代的風濕老屁股，吱吱嘎嘎的後庭門兒，就是敞得老開不服輸。聖瑪加利大（Margaret）・瑪利亞（Mary）・亞拉高（Alacoque）啊，我難道不是在濕答答的黎明就起來，犧牲奉獻又煮豆子又煮藤蔓的，我有水沖脈（pulse），腿上還爬滿醜死人的靜脈腫瘤（vine）（corrigan's pulse），我的娃娃車輪軸斷掉了，愛麗絲（Alice）・珍（Jane）[63]染了肺癆，看來是越來越不行了，我那隻獨眼龍雜種狗被車輾了兩次，鍋爐內的破抹布要浸泡要漂白，渾身冷汗冒不停，像我這麼個寡婦，而我那個洗衣工兒子，卻打扮得像個網球冠軍，混在一堆穿著淡紫熏衣草色澤法蘭絨襯衫的洗衣女工中間，這老天是咋啦？妳瘸了腿，還不是得拜那些結實的輕騎兵（hussar）所賜，就是那個王儲，大家管他叫硬領和袖扣（Collars and Cuffs）[64]的，也來城裡的那一次，妳那騙人的把戲怎對得起卡洛（Carlow）[65]啊。我的天哪，我又看到它了！靠近黃金瀑布（Golden Falls）那兒。冰冷透骨，伊曦絲（Isis），憐憫我們！光之聖徒！看那裡！吵死了，小聲點，妳這卑賤的東西！還有啥唧不唧的，不就是一簇黑莓叢，不然就是那四個老傢伙養的那隻頗像德懷爾（Dwyer）・格雷（Gray）座騎的灰驢子。妳的意思是說，塔皮（Tarpey）、里昂（Lyon）、里昂二號和額我略（Gregory）嗎？我是說現在，要感謝他

61　表示衣物的重量。

62　《昂戈夫人的女兒》（*La Fille de Madame Angot*）是法國作曲家夏爾・勒科克（Alexandre Charles Lecocq, 1832-1918年）創作的芭蕾音樂劇。昂戈夫人是一位洗衣婦。

63　愛麗絲・珍・唐金（Alice Jane Donkin）是路易斯・卡若爾（Lewis Carrol）友人的女兒，曾擔任卡若爾的攝影小模特兒。

64　指阿爾伯特・維克托王子（Albert Victor, 1864-1892），他在訂婚的六周後死於流感引發的肺炎。

65　〈跟我上卡洛去〉（"Follow Me Up to Carlow"）是愛爾蘭民謠，紀念1580年擊敗三千英軍的抗暴戰役（the Battle of Glenmalure）。

們四位,要感謝他們的呼喝和吶喊,把那頭迷蕩在黃昏霧氣的畜牲趕到他們中間,老強尼·麥克杜格還在一旁幫他們嚷嚷呢。[214] 遠遠在那邊閃來閃去的是普爾貝格燈塔吧,還是一艘在基士燈塔船附近沿岸巡曳的消防艇,還是瞧在那邊啊樹叢堆裡的熊熊火光,還是加里從印度群島回來了?等著月亮轉成蠟蜜色澤吧,我的愛!去吧,晚霞,喔,厄娃,我的小厄娃,死心吧!我們在妳的瞳孔裡還是可以看見期盼奇蹟的眼神。我們會再相見,我們會再離別。假如妳可以找到那個時刻的話,那我就會去尋出那個地點。我的心與全覽鋪陳天際閃閃發光,連乳白銀河都會為之懊惱不樂,氣到臉色發藍,變成脫脂奶河。原諒我,快一點,我就走了!拜拜!妳,撤掉妳的警戒吧,沒啥可看的了,勿忘我。妳的北極星。那麼,旅途將盡,一路好走!我的視線被這地方的黯影弄得彷彿在厚沉沉的河水裡摸索潛泳。我順著路走,應該會慢慢看到家的,朝向莫伊瓦利的道路,朝向我的山谷的道路。別了,我也是,走回拉斯曼,走回我的土圍垣。

不過,話說回來啊,她就是一隻怪怪老雞母,安娜·莉薇雅,纖纖腳趾細巧巧,一閃一閃亮晶晶!當然囉,他也不錯,是個詭異的老好人,親愛的髒髒胖胖大水餃,他有芬戈、麥克庫爾和金髮北歐蠻族眾養子,他有小溪流、小酒量和黑髮外國異族眾養女,他是他們糊里糊塗的養父!歐巴桑和歐吉桑,我們都是他們的小嘍囉。不是有七個女人要嫁給他當老婆嗎?每一個都有自己七種腰胯功夫。每一種功夫都可夾出七彩色調。每一色調均可對應一口抓賊喝咻的淒厲腔調。瞧那肥皂殘渣堆得,浮游植物團,啤酒白泡沫,都像,我來收拾,晚餐呢,就妳來處理吧,喬約翰會去搞定醫生的帳單。要是從前哪!各走各的!他那時就是跟他的銷售市場罟密相連,唇齒相依,爛貨賤賣,我心知肚明,就像任何一個伊特魯里亞王國的人一樣,以天主教信仰自居而採異教徒行徑之實,他們這邊身著淡粉紅、檸檬橙、奶油黃、鴨梨綠,他們那邊一身的松石藍、法蘭西印花棉布靛、苯胺紫。可是在奶羊羔的米迦勒節,誰會是他的配偶呢?那麼,凡存在的都是美好的囉。咄,少來,那只是童話世界精靈王國!世

變幾更迭，福澤恆輪轉。重新來一遍，彷彿不會變。維科(Vico)那可上溯奧陶紀(Ordovician)之久遠的恐怖歷史規律，或是，回憶情懷裡盤旋返復的我-記-得-你。以前是安娜，現在是莉薇雅，未來是普菈貝兒。北方維京人的玩意兒自治議會庭(Thing)，成就了南方佬在薩福克街(Suffolk)聖安德肋教堂(Andrew)的聚會處，不過這聚會處又如何在每個人的一體內造就出變化多端的分身位格呢？我們三一學院的蛋頭學者們，請翻譯成拉丁文來教化我，請把沒有信條嘰哩咕嚕冗長的神聖梵文，轉變成我們雅利安語系的愛爾蘭文吧！都柏林的山羊市民！他身上有公羊乳頭，軟趴趴剛好適合孤兒扒懶趴。哈，天哪！他胸膛的雙胞胎。天主護佑我們喔！都翻譯成啥碗膏了。瞧！啥？所有男人都育禍。他那些……的唧唧喳喳小女兒。有痰吐乾淨啦，啥玩意嘛？

聽 不 到 耳朵裡都是……的水聲……的訴苦埋怨喊喊喳喳水流聲。蝙蝠拍擊翅膀來回飛翔，田鼠口角沾糞吱吱頂嘴。呵！妳怎麼還沒回家啊？啥湯姆妒怨[66]？聽 不 到 全是那些沾糞蝙蝠吱吱亂叫，全都是……的奔流濺水聲。啊，說說話足以護佑咱們！我的兩腳長了青苔動不了了。我感覺像遠處那棵榆樹一樣蒼老。說一個關於碩恩或是楦姆的故事？反正全都是莉薇雅的兒女們。聖多爾卡(Dorcas)，請聆聽我們！晚！安！我整顆頭顱像座巨大的廳堂，各種聲響在裡面來回激盪。[215] 我覺得我像遠處那顆石頭一樣笨重。跟我講講若望，還是叫碩恩？楦姆是誰，碩恩又是誰？是……的兒子，或是～～～的女兒？晚安囉！與我講，與我講，與我講，榆！九十九，晚安安！跟我講根或賜我以石的故事。在～～～的河流邊，在～～～的這邊流那邊流到處流的河流邊。晚！安！[216]

---

[66] 原文是 Thom Malone。由於天色已暗，加上蝙蝠叫聲和水流嘈聲，造成兩位洗衣婦溝通上的困難。回問中的 Thom Malone，似乎是某人的名字。但前面的問話是「妳怎麼還沒有回家啊？」，因此較合理的猜測是，Thom Malone 不是某人的名字，而是要回去的建築物的名字，最有可能的是 Tom-All-Alone's，也就是英國小說家狄更斯《荒涼山莊》(*Bleak House*)中貧民區裡一棟大雜院的名字，「湯姆獨院」。